U0128492

雾色边城

上册

高子民　著

远方出版社

图书在版编目（CIP）数据

雾色边城 ／ 高子民著 ． —— 呼和浩特 ：远方出版社，
2020.3
ISBN 978-7-5555-1285-1

Ⅰ．①雾… Ⅱ．①高… Ⅲ．①长篇小说－中国－当代
Ⅳ．① I247.5

中国版本图书馆 CIP 数据核字 (2019) 第 197806 号

雾色边城
WUSE BIANCHENG

著　　者	高子民	
责任编辑	蔺　洁　云高娃　刘洪洋	
责任校对	蔺　洁　云高娃　刘洪洋	
封面题字	刘晓林	
装帧设计	王改英	
出版发行	远方出版社	
社　　址	呼和浩特市乌兰察布东路666号　邮编 010010	
电　　话	(0471) 2236473 总编室　2236460 发行部	
经　　销	新华书店	
印　　刷	廊坊市海涛印刷有限公司	
开　　本	170mm×240mm　1/16	
字　　数	1400千	
印　　张	83.5	
版　　次	2020年3月第1版	
印　　次	2020年3月第1次印刷	
印　　数	1—5000册	
标准书号	ISBN 978-7-5555-1285-1	
定　　价	145.00元（全三册）	

如发现印装质量问题，请与出版社联系调换

序

这是一部思想精深、艺术精湛的现实题材长篇小说。

《雾色边城》以讴歌英雄为主题，以生动鲜活的警察故事为素材，以精细的主线穿插为写作脉络，以真挚热烈的思想感情、丰富多样的表现手法和幽默、个性化的语言，讴歌了中国北疆两代警察在努力践行"中国梦"的伟大进程中，不畏强暴，不怕牺牲，扫黑除恶，为社会繁荣、边疆稳定做出的卓越贡献。

纵观全篇，该作品主要有以下特点。

一是时代性。作者以贯穿东北到西南、困扰两代刑警的"东北新干线"等黑恶势力被摧毁为纲，以六个高中同学及其上一代人的奋斗历程、感情纠葛为目，立体、多层面、真实地再现了人间冷暖和爱恨情仇。

党的十八大以来，以习近平同志为总书记的党中央，以巨大的政治勇气，高超的驾驭能力，引领中国开始了一场深刻的变革，中华大地发生了令人欣喜的巨大变化，各项事业蓬勃发展，党风政风明显好转，民族凝聚力和自豪感显著增强。尤其是反腐风暴正在卓有成效地净化着党风政风。

"一个有希望的民族不能没有英雄，一个有前途的国家不能没有先锋。"《雾色边城》就是以基层民警为原型，让英雄人物成为引人向前、催人奋斗的精神坐标。所以，全篇虽然表面写的是案件侦破，实为唤醒国人对社会责任的反思。

二是客观性。小说真实客观地再现这一时期的社会生活变迁，传播社会正能量，这也是作者持之以恒的创作追求。

作者在设置故事情节、塑造人物形象时，求真还原，全方位地挖掘人物的内心世界。如文中的主要人物龙大章，一个刚刚进入职场的理想青年和法治时代年轻警察的代表，他经历了纯、勇、智三个历练过程，在事业与爱情饱受打击中不弃信仰、不辱使命，最终导致龙城三大黑恶势力覆灭。纵观全篇，小说中的人物有血有肉，有爱有恨。女刑警朱丽雅，有纯情、勇敢、乐观、机智、大方的一面，也有单纯犯傻的一面。女记者姜美祺，有着"铁肩担道义"的执着，也有猜忌固执的致命弱点。

老一代警察代表人物姜长庚，在失亲失爱的打击下，也会变得儿女情长。神秘人物赫老大，虽然集黑恶于一体，也有泪满衣襟的软肋。

在展现社会变革时期人们的精神面貌时，让每一个人物鲜明的个性和最终的命运相契合，这是作者的艺术出发点。如敖拉倚教授，离奇的身世、受挫的爱情、乖张的性格、特殊的使命让她错走了一生，终至疯狂。副市长赵连起，敢想敢做、清正进取，但因好大喜功、主观刚愎、教子无方，也将被时代所不容。女学生白小艺，天真时尚、外向可爱，身世复杂，故其行事必有非常人之举。

在揭示社会矛盾时，作者注重对社会各阶层人物命运的挖掘，揭示人们只有恪守社会主义核心价值观，才能实现真正意义上的成功。小说中，以吴寄瑶和小金子为代表的贫家子女，因出身寒微，却又追求奢华，所以走上了一条寄生傍款的不归路。两个黑恶势力的代表——钱如意"傲而贪"，李明鑫"浮而恶"，虽然家财万贯，但也被正义的铁扫帚扫得干干净净。官二代赵直帆，贪婪狭隘，自私轻浮，德不配位，必有灾难。最终，正义长存，社会风清气正。

三是独创性。作者在创作中力求用典型人物、现实场景和曲折故事，把时代英雄、民族团结进步等主题诠释得更加生动鲜活。

在行文思路上，作者尝试了大框架构思，多线条展开。全篇以"鸡血麻神"

和《辽域地志》被盗案侦破为明线，串起三条暗线，即三势力起伏兴衰、两代人感情纠葛和反腐风云。

在写作手法上，作者成功吸收了当前电视连续剧的成功范例，以案串情、步步设疑、层层递进、跨度深广、结构严谨、寓意深刻。作者用白描化的手法，有条不紊地推动故事的发展。

在语言风格上，作者注意人物的个性化语言，表现了不同年龄、职业、性格的人的典型语言，注意使用当今流行语，力求生动活泼而不媚俗。

《雾色边城》还全方位、多角度地展示了内蒙古中东部地区和西南地区的风土人情，注重呈现改革开放以来的新变化，形象生动地展现中国北方亮丽风景线、各族人民团结进步等内容，让读者全方位、多视角地感受到这里人们的生活和追求。

这是一个呼唤英雄的时代，社会需要平民英雄、孤胆英雄和群体英雄，愿高子民先生的作品能激起一片浪花。

是为序。

内蒙古作家协会副主席 王樵夫

2019 年 6 月于赤峰

目 录

上册

3

第一章　麻神被盗，歧路亡羊

1

一栋两层的老式别墅，一阵风吹起薄薄的窗帘，一本《木叶山你在哪里》的书稿随风翻页，敖拉倚在重复着一个梦：

祠堂的香案，香火明暗。一个身着兽皮圆领长袍、脚蹬长靴、头戴皮帽的男人，在诡异的先祖像前跪拜于地：我祖契丹，古居方城。延至清代，始称龙城。先人传下鸡血麻神，被迫充公，你要请回麻神，请回麻神，请回麻神……

敖拉倚"嗷"的一声坐了起来，捋了一下散乱的头发，擦了擦额头的汗，把枕头翻了三个个，打开窗帘，顺着晨光向一楼走去。

她挽起蓝边儿的长袍，脱下白袜花鞋，满脸憔悴地跪拜在先人画像前："爸爸，你怎么老给我托梦啊？你的话我都融在血液里了。初一、十五、晨昏三叩，早晚一炉，祈求上苍，鸡血麻神，回来吧……"

"砰——砰——"的礼炮声惊得她愣了一下。她快步向二楼阳台走去，进入眼帘的是一个"条筒万"俱全的高大建筑，阳光串成一串奇特的光晕。这神秘而奇异的光晕落在契丹王府博物馆蓝灰色的顶子上。

博物馆门前，鞭炮齐鸣、鼓乐喧天、气球升空、信鸽飞翔。写着"龙城契

1

丹王府博物馆开业典礼"的彩虹门前的鼓乐队里，一名十七八岁的女学生白小艺动作外放、表情夸张地演奏着电吉他，脸上展着灿烂的笑容。

伏龙区区委书记赵连起和几名穿着光鲜庄重的官员在台上剪下礼仪小姐端上的红绸子，带头鼓掌。台下的设计者、承建商和新闻记者及各单位代表方阵响起了爆豆子般的掌声。

赵连起腆着肚子，微微含笑，神采奕奕地扫视了一下会场，提起了腔调："各位领导、专家、来宾，今天是二〇一一年七月十八日，历时六载，经过九次完善，规模空前的龙城契丹王府博物馆今天终于和大家见面了！我代表龙城市伏龙区委、区政府感谢各位在百忙之中前来参加我们的盛会！"

台下又一次响起雷鸣般的掌声。女记者姜美祺斜背着摄影包，拿着长镜头照相机正在"咔嚓咔嚓"地拍照，一名电视台男记者正在撅着屁股调摄像机镜头。

赵连起骄傲地说："在这里，各位将有幸见到一件契丹王朝传下的稀世珍宝，它也是我们即将要设立的麻神艺术节的绝对主角——鸡血麻神！"

他优雅挥起的手还没落下，博物馆馆长于伟绩满脸是汗、慌慌张张地跑上主席台，贴近赵连起的耳朵小声道："赵书记，不好了，镇馆之宝鸡血麻神被盗了！"

赵连起的脸僵了一下，没有理于伟绩，大声说："下面，让我们用热烈的掌声有请市委常委、市长徐文彩同志致庆典贺词！"

2

龙城契丹博物馆一号展厅内，年轻警察龙大章和朱丽雅忙着在门外拉起警戒线。几名拿着"长枪短炮"的记者向这边跑来。众多群众挤在警戒线外，乱哄哄地议论着。管理员刘尔贵与龙大章眼神一对，马上低头走开了。龙大章警觉地盯着刘尔贵的背影。

姜美祺背着相机，越过赵连起和于伟绩向这边跑来。赵连起望着姜美祺长发飘飞的背影说道："你看人家这种敬业精神，再看看你们——天到这般光景，才知道老婆丢了。"

于伟绩弓腰跟在身后，战战兢兢："赵书记，我们……也是准备开展时才发现的。那假鸡血麻神足以乱真，足以乱真啊！要不是龙小晴眼尖，一般人是看不出来的，我一秒……一秒也没耽搁就报案了。"

赵连起吃惊地停住脚步，直视着于伟绩。于伟绩的汗如黄豆般落下。赵连起问："你报了案？两馆开放、麻神归位，是我市今年十件大事中的头一件，来了这么多领导、专家，你是让我给他们看警察破案吗？"

于伟绩一副苦瓜相："赵书记，都怪我……大意失荆州啊……该长脸时却丢了脸啊，天火烧鸡毛，真是该着……"

赵连起不耐烦地摆手打断他的话："公安那儿谁来了？"于伟绩说："副局长兼刑警大队长姜长庚带人来了。"赵连起"噢"了一声说："他——我的搭档，有戏。"

于伟绩满眼疑惑："他……有传说中的那么神吗？"赵连起斜了他一眼："十七年前，我们联手破获过举国震惊的'东北新干线'涉黑组织大案，你说神不？"

博物馆内，刑警鲁运歪着脖子拍照，朱丽雅认真地画现场图，龙大章看了一眼展台上的那把锁，掂着白色手套里的一枚像扣子一样的东西出神儿。年过五十、身着便装的姜长庚目光犀利地扫视着门窗，向外一指："大章，发什么愣呢？看一下天花板，再去房子周围查看一下。"龙大章说："师傅，都看过了。我在屋后捡到一枚奇怪的扣子。"

副大队长周至祥走过来，摘下白手套："年轻人，毛愣怔咣的，玩儿呢？"转身对姜长庚说："姜局，龙城契丹博物馆一号展厅门窗完好无损，放鸡血麻神的玻璃罩及盒子均没有被损坏，鸡血麻神……还在。"姜长庚看了周至祥一眼："移花接木！这叫移花接木……"

突然，姜长庚的目光惊愕地停留在龙大章拿着的那枚扣子一样的东西上，脑海中闪过二十多年前的一幕——

凤城黑老大王彪得意地说："兄弟们，看见了衬衣袖口的这枚虎踞龙盘的扣子，就如同看见了'东北新干线'弟兄的眼睛……"

姜长庚拿过扣子自语道："东北新干线？虎踞龙盘，险象环生……"龙大章问："师傅，你说什么？赵书记找你。"姜长庚愣了一下，把扣子装进塑料袋："周副队长，把昨晚加班的人召集起来，一个都不许离开，挨个调查。大章，跟我来。"

姜长庚在前，龙大章在后，和风风火火跑过来的姜美祺打了个照面。姜长庚沉着老脸，没有吱声，龙大章却是又惊又喜："美祺？你不是在纽约吗？"姜美祺神秘兮兮地说："傻帽儿，我'胡汉三'又回来了！喂——透露点儿消息？"龙大章小声一笑："我就是个跟班儿打杂的小徒弟，问我师傅——你爸。"

姜美祺伸着脖子瞪着眼正要去追龙大章，双眼却被一双秀丽的手捂住了。她摸摸那双手："白小艺，你个小妮子，闹着玩儿也不分内外。"白小艺松开手，扮个鬼脸："大姐，你怎么知道是我？"姜美祺嗔道："别人谁像你，这么大的丫头了还没正形。"

赵连起和于伟绩站在院里的小路上向博物馆焦急地望着，姜长庚和龙大章快步走过来，他们握手后向办公区走去。姜美祺等记者想跟着，被朱丽雅双手一挡，只好停在了外边。

赵连起问："怎么样？"姜长庚答："还没发现有价值的线索。"赵连起意味深长地说："老姜啊，鸡血麻神不光是龙城契丹博物馆的镇馆之宝，也是龙城市的市宝、中国的国宝。它对我市旅游产业规划及北方契丹文化的研究都有着特殊的意义。一个月破案？"

姜长庚想了一下，敬了一个军礼："首长放心，我保证一个月内破案，让这件国宝完璧归馆！"龙大章没有吱声，皱了一下眉头，向远处的姜美祺和白小艺望着，幸福地笑了。

姜美祺边给白小艺整理衬衫边问："小艺，今天咋没学钢琴去？你明年可就要高考了。"白小艺说："这不是为了陪你吗，我怕你又'飞'了。"姜美祺说："说正经的。"白小艺骄傲地说："出来演出，给钱儿滴——"姜美祺点着她的脑门："这么小就财迷。"白小艺顽皮地说："我不想当财迷，我想当警花，看——"她指着朱丽雅，"飒爽英姿又不失妩媚，会引起很多人的遐想……"

朱丽雅笔挺地站在台阶上，向前方望着。姜美祺顺着她的眼神儿就看见了龙大章。她捏了一下白小艺的脸："别瞎想了，学琴去，你明年就高考了，文化课任务重，学琴的时间就更少了，让你姜爸省点儿心吧。"白小艺答应一声，转身蹦跳地向乐队跑去。

几人正在探讨案情，龙小晴慌慌张张地跑过来："于……于馆长，来宾们要一睹鸡血麻神的风采呢！"于伟绩擦着脑门子上的汗，祈求地看着赵连起。赵连起头也没回："谁的梦谁去圆，于馆长，你说——咋圆呢？"于伟绩赶紧凑上前："请领导训示。"

赵连起严肃地说："这次典礼有关我市声誉和正在酝酿的麻神艺术节，不能出师未捷，办不好你就回家抱孩子去！"于伟绩眼睛眨巴了半天，汗都下来了："赵书记，我……我……"

3

博物馆一号展厅，一身蓝裙的敖拉倚站在鸡血麻神的展柜前凝视着。突然，她一脸惊疑，正要说什么，于伟绩走过来向大家一拱手："哟——敖拉教授，到这儿凑啥热闹啊？展厅很小，先紧领导，请吧。"

博物馆院内，鲁运带着民警和管理员刘尔贵等人向外驱赶着姜美祺等记者和游客："都出去吧，明天再来。"游客们不情愿地向外撤，嘴里不三不四地骂着"什么玩意儿"。测字的张半仙、教授敖拉倚以及姜美祺等记者都不情愿地被警察和馆员"劝"出了大门。

僻静处，龙大章向栅栏外的姜美祺打手势，姜美祺会意地跑过来，龙大章帮她从栅栏上翻过来，裙子却挂在了栅栏上。龙大章帮她提起裙子，她一跳便扑在龙大章怀里，这让远处的朱丽雅、龙小晴和白小艺看得目瞪口呆。

龙小晴刚要和姜美祺打招呼，于伟绩过来了，对她耳语了半天。管理员刘尔贵焦急地跑来："于馆长，领导、专家和来宾就要到一号展厅了。"于伟绩恳求道："小晴，就看你的啦！"

参观人员在引导员的引领下走过来，于伟绩躬身堆笑道："各位，在我们面前的是一号展厅，在这里将由全省著名导游、政府特聘名导、我公司接待部主任龙小晴为大家讲解。"

龙小晴身着契丹礼服，笑容可掬地行了一个契丹礼："各位领导、专家、来宾，欢迎光顾龙城契丹博物馆。很多朋友可能是第一次来到龙城。龙城是全国闻名的文化大市、宝石大市、麻将大市。这里有一件稀世珍宝，集文化、宝石与麻将于一体，也是我们的镇馆之宝。它在哪里？"她顿了一下，用手一指："就在这个透明的盒子里，它的名字叫鸡血麻神。"

众人沸腾了，纷纷来到鸡血麻神展柜前。一个日本"专家"把鼻子撞在了玻璃罩上，连连说："太神奇了！太神奇了！"姜美祺对龙小晴点点头，闪光灯频闪，赞叹声迭起。龙大章扫过展馆和参观的人群，发现人们都漫不经心地听着，只有那日本"专家"认真地听着龙小晴的讲解，生怕漏掉一个字。

"巴林石质地细润，通灵清亮，光彩灿烂，颜色妖媚，极具赏玩价值，而鸡血麻神所用的石料正是巴林石中的极品——鸡血牛角冻。它质地温润坚实，石上斑斑血迹聚散有致，红光照人，点点入石，集中成片，晶莹欲滴。鸡血麻神堪称麻将之祖。它被打磨成成品的时间约在辽代晚期，一百零八张麻将牌选用同样图案的鸡血石磨制而成。更为神奇的是，传说其中有八张牌内藏玄机，是打开契丹宝藏的钥匙……"

龙小晴的最后一句话，不仅引起了那位日本"专家"的注意，也引起了龙大章的注意，他一扭脸，发现朱丽雅正盯着他。二人目光一对，朱丽雅向他一招手，转身向小会议室走去。

二人来到小会议室，赵连起和姜长庚正在听于伟绩汇报。于伟绩面露不安，不时地擦着秃了半个前额上的汗。赵连起打断他的汇报："于馆长，有道啊！你能骗专家一时，能骗游人一世吗？"于伟绩战战兢兢地说："赵……赵书记，我……也是被逼无奈啊！"

赵连起说："老于，这么说我还得表扬你呗？"他站起身说："为了全市旅游业发展的需要，也为了侦查需要，所有知情人要统一口径，像于馆长所说——鸡血麻神，有惊无险。老姜，你明白了吗？好了，我得去陪客人了。"

姜长庚望着赵连起远去的背影，平静地说："大章，记录。于馆长，是谁最先发现麻神被盗的？"于伟绩说："噢，是龙小晴。"姜长庚说："把她叫来。"于伟绩答应一声出去了。

龙大章合上记录本儿："师傅，'限时破案'这种说法有科学根据吗？"姜长庚说："有啊，这叫加压疗法。发案就如发病，不及时除病就会造成陈年老病。我当兵那会儿，赵书记是我的老班长，他一再告诫我们，一支队伍不能拖沓成风。你想，要是一个月还破不了案，那以后难度就越来越大了。你参加工作有两年了吧，雷厉风行是我们当刑警的一贯作风。"龙大章调皮地行了个礼："是，二弟子记住了！"

龙小晴进来，见龙大章正给姜长庚行礼，笑了："哥，你们找我？"龙大章说："小晴，这是姜局，美祺的爸爸。师傅，这是小晴，我妹妹，和美祺还有赵书记的儿子赵直帆，是高中时很要好的同学。"

姜长庚奇怪地说："噢？哥俩是同学。你——留级生？她——跳级生？"龙大章解释道："师傅，我俩是龙凤胎，弟子的智商没妹妹高，复读了一年。但是，我相信勤能补拙……"说着，他摊开文件夹，准备记录。姜长庚说："龙凤胎？你得回避，丽雅记录。"

龙城契丹博物馆外广场，大型喷泉伴着欢快的契丹音乐舞动着，构成一条和谐的流线，演绎着千年前大辽的盛华。

白小艺悄悄地向出神儿地欣赏喷泉的姜美祺走去，走到跟前，她"嗷"地做了个怪相，把姜美祺吓了一跳："你个小妮子！"白小艺搂着姜美祺的脖子："大姐，刚把你拎到里边那英俊警察是谁呀？"

姜美祺说："说了你也不认识。"白小艺打趣道："我看他看你的眼神儿……跟饿狼似的。"姜美祺推开白小艺："你这孩子，上学都学什么了？越来越不像话了。快回去学习，一会儿让你姜爸看见，又该训你了。"

白小艺说："他才不训我呢，要训还得训你！我不和你玩了，上敖拉老师那儿去啦。"白小艺说完，蹦跳地跑了。

姜美祺目送白小艺的背影，又向会议室那扇关着的门望去。

龙城契丹博物馆小会议室内，龙小晴正在介绍昨晚的情况："为了准备今天的典礼，我们忙到半夜十二点多，于馆长让我爸留下看门儿，我们就都回去睡觉了。今早六点我来搞卫生、摆展品。八点多，我正在帮刘尔贵擦展柜，外面传来锣鼓声，于馆长让我们把鸡血麻神等重要展品摆出来。我走过去打开玻璃罩，再打开盒子，盒子里的鸡血麻神红红的荧光照在我脸上，我感觉那光不对劲，就喊来了于馆长。于馆长仔细看了半天，叫刘尔贵去拿仪器一测，发现麻神被人调包了。"

姜长庚问："从搬过来后这个玻璃罩有人动过吗？"龙小晴说："锁着呢，谁能动？"姜长庚拿出那枚奇怪的扣子："你见过这枚扣子吗？"龙小晴仔细看了看："没见过，这是扣子吗？"

在龙城契丹博物馆门卫房，于伟绩无精打采地坐在一把破椅子上，那椅子被压得"吱吱"乱叫。

老龙头弓腰站着，于伟绩便指着老龙头的鼻子开训了："你可真是干啥啥不行、吃啥啥没够，让你打扫楼道你不着调，让你打更你睡觉，要不是看龙小晴的面子，早把你打发了。"老龙头低声下气地赔着不是："唉，昨晚喝了点儿酒就睡着了，谁知道会出这么大的事儿呢？"

姜美祺等几名记者闯了进来："于馆长，可找到你了。快说说今天到底发生什么案子了。"于伟绩摆摆手："什么案子？好好的日子，能发生什么案子？真是的，越忙越添乱……真是的。"姜美祺问："有人说镇馆之宝鸡血麻神被盗了，是真的吗？"

于伟绩站起来，边向外走边急赤白脸地说："乱弹琴，谣言……谣言止于智者……"姜美祺问："于馆长，展厅近期能对外开放吗？"于伟绩两手一摊，欲言又止，擦擦脑门子上的汗要向外走，却被记者们堵在了门里，只好叨念着："知之为知之，不知为不知……"

于伟绩正愁无法脱离记者们的纠缠时，龙小晴跑进来对老龙头说："爸，找你呢，让你快去小会议室。"她看了看于伟绩，狡黠地说："于馆长，也找你呢。"

于伟绩瞪了老龙头一眼，心领神会，垂头丧气地挤出记者的包围圈儿，拉着老龙头向小会议室跑。龙小晴打了美祺一拳："别像苍蝇一样盯了，回来了也不告诉我一声。"她向外面的云杉林一指："去那边看看风景？那里有树木活化石——千年的沙地云杉。"

姜美祺和龙小晴走在云杉林荫下。

龙小晴说："美祺，我是应该称呼你姐呢，还是嫂子呢？"姜美祺说："小晴，别开玩笑了，我好不容易找到于馆长，刚要问出点儿事儿，你就跑来搅局，你可真不是我的贵人，你坏我的正事儿啦！"龙小晴说："美祺，坏你正事儿，可没坏你好事儿。怎么着，突然回来想搅浑两池子春水啊？继续在我哥和直帆两条船上蹦跶？"

姜美祺说："小晴，看你说的，你还不了解我，念书时就擅长多项选择题。"龙小晴说："蹦了七年了，你就不怕他俩一闪，把你掉河去湿（失）了身？"姜美祺笑道："没事儿，我会水，这次我准备写上两个人的名字，往桌上一撒——抓阄儿，然后找一棵歪脖子树吊死。哎，你那黑马郝子强还在个人奋斗呢？"龙小晴感叹地向南边的天空望去，喃喃地说："七年了，孤雁南飞，无处栖身。没办法呀！人要是像这千年的云杉多好……"

两棵云杉并肩而立，树枝相交，天空中一只鸽子风筝飘过来，忽高忽低。敖拉倚站在家里的绿色假山上，似在赏着鲜花。当契丹博物馆那只风筝跌跌撞撞地落在了契丹博物馆院里时，她才向阳台走去。她向大街看时，就见白小艺正一蹦一跳地跑过来，便惆怅地转身进了屋里。

那只断了线的鸽子风筝落在姜美祺和龙小晴面前。姜美祺说："风筝，会放不？"龙小晴捡起风筝："会呀，七八岁时郝子强就领我放过，想起来，那时牵着线儿傻跑还真有意思呢。"姜美祺拿过风筝："书上说男人就像你放的风筝，放高了、放远了，你就得收线儿。"龙小晴摆弄着长长的线绳："收线儿？你看这个，收线儿收急了就会断。"姜美祺说："傻老婆等男人。"龙小晴捡起那只鸽子风筝："那也得等。哎，你会放鸽子吗？"姜美祺说："不会。"龙小晴说："我会，小时候，郝子强养了两只鸽子，我就怕它们飞丢了。子强告诉我，鸽子不管飞多远、飞多高，飞野了，飞累了，就回来了。"姜美祺若有所思："是啊，我就是鸽子，终要飞回来……"

于伟绩从会议室出来，姜美祺赶紧背着相机向他跑去。龙小晴看着她婀娜的身姿，再看看天空快速流去的云，举起手中的鸽子风筝，惆怅地把线缠起来。突然，她发现风筝翼上贴着一张纸条：想破麻神案，围着石头转。

4

清新的书房，古朴的书架。敖拉倚站在书房里，夸张且面带表情地朗诵着汪国真的诗："爱的时候，让他自由；不爱的时候，让爱自由。我高调地曾经拥有，谁还想天长地久？若没有合适的鞋，我宁可光着脚慢慢地走……"

白小艺从楼梯下跑上来："敖拉老师，又朗诵汪国真的诗呢？就像你这老房子一样，不时兴了。"敖拉倚问："那时兴啥？"白小艺说："我从网上看到一首好词，给你念念？"敖拉倚放下书："啥词？我欣赏一下。"白小艺摇头晃脑、夸张地念道："小资喝花酒，老兵坐床头。知青咏古自助游，皇上宫中愁。剩女宅家里，萝莉嫁王侯。名媛丈夫死得早，妹妹在青楼。"

敖拉倚"扑哧"一声笑了："什么玩意儿！小艺，你姜爸没送你来啊？"白小艺说："姜爸？不知发生啥案子了，焦头烂额为上宾呢。"敖拉倚皱了一下眉头，仿佛看见伏龙区公安分局的刑警们又整齐地坐在会议室里。她了解他们的工作和生活，就像了解自己一样。

果然，姜长庚正在布置破案事宜："大家都知道，在龙城契丹博物馆开业典礼时，镇馆之宝鸡血麻神险些被盗……自然，这种说法，是保密的需要。"他拿出一摞照片，说："这是鸡血麻神的照片，我们要在一个月内侦破此案，请周至祥副大队长分析一下案情。"

周至祥站得笔直，翻开记录本："根据我精心收集到的信息显示，从时间上看，契丹博物馆工作人员一直工作到半夜，现在天亮的时间是早晨四点半，盗窃者必须要在天亮前离开现场，因此作案时间锁定在零点到四点之间。从作案手段上看，门窗未被破坏，锁具也没有被破坏，当属熟人作案或有熟人参与作案……"

鲁运说："那就把能接触到这个宝贝的人都过一遍'筛'，先从拿钥匙的人开刀。"朱丽雅说："也许钥匙是睡着时被人偷了呢。"龙大章坐在椅子上打了个瞌睡，头一歪，撞在朱丽雅的身上。姜长庚皱了皱眉头，敲敲桌子："睡觉哥——你说呢！"

朱丽雅推了龙大章一把，他才挠挠头皮说："噢……对不起啊，昨晚那个盗窃案蹲守了一宿，太困了。我……同意周副大队长'熟人参与作案'的说法，不同意作案时间是在零点到四点之间的结论。"鲁运调侃道："师弟，大梦也先觉？"众人大笑，姜长庚示意他继续说下去。

龙大章提了提神儿说："从现场调查和勘察情况看，不排除鸡血麻神在昨晚半夜前就已丢失的可能性。理由是，嫌疑人要进入展厅，在不破坏任何设施的情况下需要打开门上的一明一暗和玻璃罩上的专用锁，而这三把锁的钥匙分别由三个人保管，即馆长于伟绩、展厅管理员刘尔贵和接待部主任龙小晴……"

周至祥哂笑道："年轻人，梦还没醒吧。你要知道，我们的侦查方向一旦有误，就会贻误战机，你是公安大学的高才生，说点儿专业用语。"

龙大章被说得没了下文，姜长庚看了下表："好了，大家先去吃饭，此案由周至祥、鲁运负责，朱丽雅配合展开外围调查，随时交流信息，散会。"

龙大章揉揉眼睛："姜局，我呢？"姜长庚斜了他一眼："你——接着睡。跟你实说吧，被调查者中，有两位是你的家人，你得回避。"

在刑警大队的走廊中，姜美祺在向会议室探头探脑地张望着。

鲁运第一个从会议室里走出来，姜美祺迎上去问："你好，看见大章了吗？"鲁运用下巴向后一指。见龙大章出来了，姜美祺便迎上去，一个前蹿蹦到了龙大章的身上，搂住了龙大章的脖子。这一举动吓得鲁运和朱丽雅差点儿跳起来，也羞得龙大章赶紧放手："美祺，快下来，让你爸看到就麻烦了。"

此时，姜长庚与周至祥刚好走出来，二人脸都沉了下来。姜美祺从龙大章的身上跳下来："老姜，我要采访你。"姜长庚瞪了二人一眼："不像话！"

龙大章愣愣地站着，姜美祺推了他一下："想什么呢？这是我回来的第一篇'试卷'，等米下锅呢，透点儿案情呗？"龙大章尴尬地说："对……对不起，博物馆有惊无险。"姜美祺说："无险你个头啊，无险你们兴师动众的干啥呢？走，找地儿说去。"她不由分说地揪着龙大章的耳朵就走。

鲁运和朱丽雅像鸭子吃筷子一样，大眼儿瞪小眼儿地直着脖子瞅着。鲁运张着嘴、瞪着眼："小师弟，这方面，有道啊！"朱丽雅瞪了鲁运一眼："背后说别人，小人。"鲁运走了，朱丽雅站在那里，望着龙大章和姜美祺的背影一直到模糊……

龙大章领着姜美祺出了刑警队，才觉得美祺回来得有些突然："多少人盼着出国盼得脖子都酸了，你怎么刚出去就回来了？"姜美祺仰起脸："傻子，你说呢？你有机会留在首都，为什么回要到这经济欠发达的龙城？"龙大章："我嘛，没你那么远大的理想，我是喝龙城的水长大的，我要为家乡的平安做点儿事。"

姜美祺摆摆手："低调，低调……大章，我回来了，接风宴可以简单点儿，但不能没有吧？"龙大章说："好，我请你。"姜美祺说："那还用说吗？吃了我爸二十七年了，将来得吃你了，这是国际惯例。"龙大章说："我明白了，我将来应该把名字改一下，龙大章改为龙大头。"姜美祺说："有人想当这大头还当不上呢。如果我在国外不回来，知道费用谁会出吗？"龙大章说："谁？"姜美祺说："赵直帆。他把我爸这个老侦察兵给忽悠的老眼昏花了……"

二人话还没说完，白小艺突然挡在了他们面前："骗得了老眼昏花，瞒不了小眼儿啪嚓。吃什么好吃的？想把我撇了，门儿也没有。"姜美祺捏白小艺的脸："快回去吧，你姜爸喊你回家吃饭呢。"白小艺调皮地说："我可懒得吃姜爸做的饭，天天老三样。姐，从今天起，我要跟你混！"

龙大章问："美祺，你还有个妹妹啊？"姜美祺说："噢——不行吗？"龙大章说："没听说呀。你说你们姐俩，一个懒得吃老爸做的饭，一个懒得看老爸那张脸，好像都跟你爸不太对付啊。"白小艺说："小男人，竟然打听别人的私事儿，知道我为什么对我爸来气吗？"龙大章问："为啥？"姜美祺说："俩事儿，一是他没保护好我妈，二是他太惯着她。"白小艺说："哼！姐，你隐藏得够深的。赵公子昨天还打听你行踪呢，今天你就自己解决了，而且打入了姜爸的内部，阴险啊！"姜美祺说："小艺，你要在你姜爸那儿多给我说好话。"白小艺说："好说——"她伸出五个手指："只要五十块，再请我到前边那家小馆吃大馅儿饸子。"姜美祺刮了她鼻子一下，给她一百元："馋猫！"

在龙城市特色小吃一条街大馅饸子馆，一盘香喷喷的大馅饸子摆在了龙大章、姜美祺、白小艺的面前。

白小艺急不可待地夹起一个咬了一口，烫得立马吐了出来："大姐，快吃。"姜美祺笑道："小妮子，我可没你那么没出息。"她用筷子夹起一个吃了一小口："嗯，比我会吃。"白小艺得意地说："这算什么，上周敖拉老师领我去大辽绿都了呢，那可是全市最有名、最贵的馆子，龙哥哥，你说是吧？"

龙大章说："小艺，我可消费不起，你老师，有钱儿？"

白小艺得意地说："敖拉老师是龙城大学的音乐教授，还是契丹文化专家、品石藏石专家呢。我是宁吃鲜桃一口，不吃烂杏半筐；有钱没钱，回家过年……"

龙大章说："品石藏石专家？那我可得请教一下你的敖拉老师。"白小艺说："好，大姐，冲他今天出了点儿血，又把我捎上，我也让你的龙哥哥见见敖拉老师……哎哟！吃多了，我都恶心了。"姜美祺笑道："你恶心？我早就看你恶心了。"

白小艺掂着一百元钱说："大姐，多给五十元钱，我有增值服务。你不是想知道契丹博物馆发生了什么吗？"姜美祺说："想知道啊。"白小艺神秘地说："公安把刘尔贵抓了。"

龙大章听闻，吃了一惊："抓了？"姜美祺问："抓哪儿去了？对了，公安局。"姜美祺说完，撇下龙大章和白小艺，向门外跑去。

5

在伏龙区公安分局刑警大队办公室，鲁运用手顶起刘尔贵的下巴说："刘尔贵，老实说吧，没有证据我们是不会把你叫来的。"刘尔贵嘟囔道："你让我说什么啊，说说说，该说的我可都说了。"

周至祥来回地走着，突然一脚踏在椅子上："人说不到黄河不死心，你就是到了黄河也不死心。告诉你吧，你说你后半夜回去就睡了，可是我们调查的结果是——你早晨五点半才回家，拿了西服、领带就去上班了。"

刘尔贵声调变高了："我没回家！我没回家犯法吗？我在车里眯瞪会儿不行吗？"鲁运喊："叫唤什么？你有证人吗？"刘尔贵说："噢？我就睡个觉，还得找三个证人看着我呀？"

周至祥把记录本一扔："你也别给我软货硬卖，抱着屎橛子给个麻花不换。你就是再能耍，你也没有证据证明你没有作案时间吧。"刘尔贵轻蔑地一笑："你有证据证明你没作案时间吗？"周至祥愣了一下，走到刘尔贵身边，拍拍他的肩膀："刘尔贵，外号二棍，你以为你这个态度就能混过去吗？你给我放老实点儿，现在是我们在讯问你！"他转身对鲁运说："给他换个凉快的地方！"

鲁运给刘尔贵戴上手铐，押着他向审讯室走去。

审讯室的屋子很暗，一束强光照着刘尔贵那变形的脸和周至祥那似笑非笑的脸上。周至祥从刘尔贵身边走出来，走过铁椅子，回过头来说："靠耍贫嘴救不了你。你说你，拿着展厅暗锁的钥匙，明锁和玻璃罩的锁都是你买回来的，你完全可以偷着配一把钥匙。也就是说，只有你有作案的时间和条件。"

刘尔贵含混不清地说："你们非要这样说，我就是说得龙吱吱叫唤，也说不清。放着真正的罪犯不去抓，你们算什么警察？"

周至祥冷冷地说："刘尔贵，你这样死硬的我们见多了。再告诉你个不幸的消息，那副假鸡血麻神上只有你的指纹，也就是说只有你接触到了那副假麻神，你还有什么可抵赖的呢？你要想明天中午不在这儿吃电棍，就痛快地说了！"

在姜美祺心牵这个案子时，还有一个人心里不落神儿。敖拉倚的眼皮在看见刘尔贵被带走后就跳得厉害，她在脸上贴着白色的美容贴，心不在焉地弹着钢琴曲，突然响起的敲门声吓了她一跳。

她从猫眼儿往外仔细看了一下，问："小艺，你领谁来了？"白小艺说："敖拉老师，是我表哥，喜欢石头，听说老师家有好石头，就让我领他来见识一下。"敖拉倚生气地说："小艺，我告诉你多少回了，不要领别人来。你老师我只能算是个鸡血石鉴定家，哪有什么好石头啊？你以后不要出去乱说，会让人误解的。你们走吧！"

龙大章对着门镜说："敖拉老师，请原谅我的冒昧打扰。您是鸡血石方面的专家，我是石头爱好者，有个问题想请教您，请教完我就走。"敖拉倚说："我只能给你一分钟，对我来说，时间就是金钱，这个你也知道。"龙大章说："敖拉老师，您知道鸡血王石吗？"

敖拉倚愣了一下说："知道，你问这个干吗？（喃喃地）那是一种绝迹的奇石，只有鸡血麻神是用这种石头磨制的。"龙大章说："敖拉老师，按你的说法，现在如果有，肯定是假的？"敖拉倚看了看表："时间到了，你该走了！"

龙大章和白小艺在门口等了半天，里面传来了忧伤的琴声《雨一直下》，门却始终没有打开。龙大章想起了在现场捡到的那枚扣子一样的东西，便和白小艺道别，向刑警大队走去。

刑警大队大队长办公室，姜长庚用夹子夹着那枚扣子发呆，看着看着，那扣子竟串起了一些往事。

在凤城，王彪说："姜弟，把这枚扣子缝在袖口上，整个凤城不会有人敢小瞧你的……"三年后，几十个袖口上别着这种扣子的人被押上警车，十几辆警车呼啸而去……赵连起和姜长庚站在领奖台上，主持人宣布："请领导为打掉凤城'东北新干线'涉黑组织的英雄颁奖……"

姜长庚眉头紧锁，凤城……凤城"东北新干线"涉黑组织十七年前就没影了，难道它阴魂不散？这枚奇怪的扣子是有人提供线索，还是有人误导侦查？他正想着，见龙大章在门外，便说："进来吧，鬼鬼祟祟的干什么呢？"

龙大章进门说："师傅，我想主办鸡血麻神案。"姜长庚喝了一口茶，看了看龙大章："你自己独立办过案子吗？"

龙大章说："没有，准确地说，两年来师傅从没给我这个机会。"姜长庚说："嗯？这么说我还低估你了呗？那好吧，昨晚蹲守的那个盗窃案，你主办吧。"龙大章说："这……已经快结案了，太小了。"

姜长庚瞪了龙大章一眼："没什么这那的，美祺刚来烦过我，你又来，以后要注意影响，这是警营！去吧，这里的保密纪律你应该明白！"

龙大章知道再说什么也没用，师傅就是这性格。他回到刑警大队办公室，见朱丽雅正在看一份资料，他走过去念道："鸡血麻神出自辽代晚期。辽朝又称大契丹国或者大辽国，建于九一六年，灭亡于一一二五年……"朱丽雅说："大章，你说盗贼盗窃这近千年的文物要干什么呢？换钱？私藏？还是别的用途？"龙大章说："嗯，还真可能有我们想不到的作用。"

朱丽雅没有接这个话茬，而是小声说："大章，跟你说个事儿……今天是我的生日。"龙大章说："那要庆贺一下。"

龙大章不等朱丽雅表态，便拿起电话："三面生日城吗？麻烦晚上送一束生日鲜花到伏龙区公安宿舍一〇六室……对，送姑娘的……名字，朱丽雅……你们看着送吧，这个我外行。"他放下电话，急急地向外走去。

朱丽雅望着他的背影，那背影渐渐被外面的雨水模糊了……

姜美祺的采访并不如意，准确地说，她连刑警大队的审讯区都没有进入，这时正在龙城晚报社采访中心主任室受着考验。主任陈立言阴沉着脸看着稿子。姜美祺想从他的表情中读懂他，可越看心越凉。

没想到，一直拉着脸的陈立言竟然有了一丝笑意："嗯，这个稿子写得还算不错，尤其是描写鸡血麻神这几句。照片也与众不同，你能够从读者的角度去思考问题，这算个进步。"他的笑容转瞬即逝，脸又拉得老长："不过，你要想让都市类报社破格录用你，光唱这样的赞歌，没希望啊！"

姜美祺说："没希望？陈主任夸了半天，一言就给毙了？刚来时听说陈主任脸如诸葛瑾，言语如利剑，果不其然。"

陈立言说："我的脸只拉给有错的人。你写的稿子虽没有错，可这样的稿子怎么能吸引人呢？晚报的稿子没有提出新问题，你的'海归'就成了最大的问题。你在外国新闻界干了三年，不知道什么是新闻吗？"

姜美祺说："知道，'人狗说''啊呀说''性、金钱、犯罪说''欲知、应知而未知说'。其他的我也学过一些，可是，没有轰动的事件，你让我怎么写出轰动效应？"

陈立言把稿子一扔："怎么，还跟我嚷上了？新闻需要发现，你出去了大半天，发现了什么？别以为踏出了国门，就算'海龟'（海归），在新闻界，踏不上节奏的只能算'乌龟'。"

姜美祺猫腰捡起稿子，神秘而小声地说："我听说鸡血麻神被盗了。"

陈立言一听，惊讶得把茶杯里的水都碰洒了："鸡血麻神被盗了？这个于馆长是干什么吃的？市里的主管领导都是吃白饭的吗？这……不正是我们要找的大新闻吗？"陈立言的串儿问，使姜美祺感到沮丧："我也不确定。公安人员个个守口如瓶。"陈立言说："空穴能来风吗？我们不报，别的新闻单位会报，社会上也会谣言四起，到时我们只能去炒人家的剩饭吃了。"他站起来，语重心长地说："美祺啊，报社对你回来的考核可是最关键的一关了，你拿不出夺人眼球的作品，我也爱莫能助了。"

姜美祺拿着稿子向外边走边嘟囔："这个死龙大章，我美人计都用上了，连句准话也没套出来。"她拿出电话狠狠地拨打电话："大章，我想见你。"

6

龙城市区，璀璨的灯火，车灯画出金色的流淌的线条，淅淅沥沥的雨水淋湿了博物馆旁边龙城大桥下一个算命老头儿——张半仙。他匆忙地收拾起黄牙子旗和卦摊，望了望奇石馆，又看了看走过来的敖拉倚，转身走了。

敖拉倚脸上贴着面膜，穿一身蓝色的衣服，打着伞独自走在龙城的大桥下。一辆疾驶而来的黑色轿车溅了她一身泥，车内的赵直帆似乎向敖拉倚望了一下，但并没有减速。敖拉倚气愤地抖着身上的泥，抬头向后边楼房的一扇窗望去，那里映着姜长庚刚毅的脸和雪茄烟的红火。敖拉倚低下头，扯下面膜，向曼丽酒吧的方向走去。

这个性格古怪的女人穿过熙熙攘攘的车流，穿过那些看她的眼神儿，她觉得自己只是这繁华中的一个过客，她几十年来形单影只的，一直在寻找着什么，眼前却只有曼丽酒吧那闪烁的霓虹。

曼丽酒吧的霓虹灯像初恋的人们一样浪漫，萨克斯曲《雨一直下》飘出窗外，与雨打枝叶的声音融合到了一起，和大街上的雨帘组成了一首和谐流畅的赞美诗。

姜美祺和龙大章对坐在酒吧的角落里，桌上放着两杯咖啡，已经有点儿凉了。姜美祺把稿纸递过去："请你可不能白请。我要回龙城，得有惹眼球的稿子，你帮我过了这难关，就是成全你自己。"龙大章接过稿纸瞭了一眼，《石破天惊——龙城契丹博物馆开业前夕被"斩首"》。他盯着姜美祺："真是京都传媒大学的留洋生，一看这'眼睛'就够瘆人的了。"

姜美祺直视着龙大章："让你看文章，你看什么眼睛啊？"龙大章说："我是说文章的眼睛。"姜美祺挑衅地说："看啥都不能光看眼睛。有些人呢，有一双美丽的大眼睛，却不一定有姣美的身材，比如说你单位那女同事朱丽雅；有些人呢，小眼儿不大可是聚光，小个不大可是秀气，比如说本姑娘……"

龙大章还是盯着她看，姜美祺娇嗔地说："你看文章，色眼迷离地看什么呢？"龙大章说："噢。"他指指文稿，"这儿得改改，是鸡血麻神险些被盗，不是真的被盗。"姜美祺说："你可真逗，怎么和我爸一样呢？捂着耳朵偷铃铛。我又问过龙小晴了，刘尔贵被抓走了，你还在这儿和我玩儿虚的，什么人啊？！"她站起来，揪住了龙大章的耳朵……

姜长庚家厨房的窗户上映着一双深沉的眼睛，他看见敖拉倚的身影消失在曼丽酒吧的霓虹灯里，转回卧室，拿出一张发黄的照片，又拿出他和夫人的结婚照，对比着、宁神静气地看着。看着看着，姜长庚目光呆滞的两眼流出泪来……

十七年了，凤城涉黑组织的阴影从未在姜长庚的心里抹去，鸡血麻神现场那枚他曾经戴过的扣子，家中保存了二十七年的照片，又勾起了他血色的回忆。

十七年前，龙城曼丽酒吧，年轻漂亮的敖拉倚独自坐在一个角落里不停地看表，一直到酒吧里没有一个客人时，对面那杯咖啡还晾在那里……凤城涉黑组织的二号人物赫老二用枪顶在姜夫人的脑袋上，王彪的夫人扑过来……姜长庚听见三声枪响，他向楼上跑去，惊愕地发现姜夫人倒在血泊中，红酒流了一地……

姜长庚失神地坐在客厅里，拿出一个红布包，把里面的奖状、证书、勋章一一拿出来，凝神看着。他几次拿起电话拨号，又几次放下，记忆零乱而清晰。

十七年前，姜长庚带领公安人员踹门踹掉了涉黑组织的老窝，凯旋。他找遍了龙城大学和敖拉倚家，逢人就问，却没有找到敖拉倚，他拼命地喊着："小倚，你在哪儿？你在哪儿？"他找到了曼丽酒吧，酒吧里敖拉倚对面放的那杯咖啡已经凉了。敖拉倚静静地望着姜长庚的眼睛，像是在自言自语："这杯咖啡放了三年，我在这个座位上等了你三年，你迟到了……"

姜长庚抬眼看了看墙上的时钟，时间指向二十点四十五分。他又点燃了一支雪茄烟，自言自语道："那一天，如果不是因为有特殊任务，我一定能在这个时间赶到曼丽酒吧，我就不会迟到了……敖拉倚，我对不起你……"

他合上了相册，默默地向厨房走去。他向远处望去，那里仍是曼丽酒吧那闪烁的霓虹。

敖拉倚进了酒吧，找了个角落的位置坐下，要了一杯红酒，漫不经心地品着，像是品着流逝的岁月。她时常看表，像在等什么人。

姜美祺揪住龙大章耳朵的时候，《雨一直下》回响在心间。龙大章说："快放手啊，耳朵掉了……"白小艺突然出现："揪掉了才好呢，让你捂着耳朵偷铃铛。"姜美祺放开龙大章："哎呀，小妮子，你怎么无处不在啊？这地方是你能来的吗？"白小艺骄傲地说："我怎么不能来？敖拉老师最喜欢上这儿来了。"姜美祺说："小孩子家，搅什么事儿啊。你怎么找到我们的？"

白小艺端起姜美祺那杯咖啡喝了一口："谁小孩子了，我去敖拉老师家，她不在，回来路过这儿，看见龙哥哥的破自行车了。"龙大章说："白小艺就是聪明，长大了当刑警？"姜美祺说："你的意思是你俩聪明，我……只能当记者呗？"白小艺坐了下来，又拿起龙大章的咖啡喝了一口："那是自然了，我今天想帮龙哥哥一个忙，唉，敖拉老师不给面子啊！"她把咖啡吐了出来——太苦了。龙大章说："你们敖拉老师真是个怪人。"白小艺往咖啡里加了点儿糖："就是呢，她从不见外人。家里明明有好石头，非得说没有。"

敖拉倚的桌子上放着的两杯咖啡，没喝一口，她像是沉浸在音乐的氛围中。服务生给白小艺上了一杯咖啡，下去了。龙大章悄声问："你说敖拉老师家有好石头？"白小艺说："有啊。"她放下咖啡沉思道："一个月前，我拿着课本坐在敖拉老师家门口，向大街上看着。敖拉倚老师喝得醉醺醺地走回来，我迎上去。敖拉老师掏钥匙开门，不小心把一块包着的石头掉在了地上。我问：'这啥呀？'敖拉老师说是鸡血王石，价值连城，你信吗？"

一杯红酒堵在白小艺的嘴上。敖拉倚站在三人面前，冷冷地说："白小艺，这就是你所谓的喜欢石头的表哥？"白小艺吓得结结巴巴道："敖拉老师，你怎么在这儿啊？"敖拉倚没有吱声，一口把一大杯红酒喝了下去，转身走了。龙大章和姜美祺直着眼睛看着，白小艺赶紧跟了出去……

在敖拉倚家，敖拉倚和白小艺抖掉雨伞上的水，向客厅走去。白小艺说："敖拉老师，你今天为什么不高兴啊？"敖拉倚严肃地说："小艺，你和我说实话，你那个表哥是干什么的？"白小艺说："刑警啊。"敖拉倚问："他在办案？"白小艺说："没有啊，博物馆好像发生了案子，我看见警察抓了管理员刘尔贵……"

敖拉倚没有吱声，阴着脸向一楼走去，在小祠堂先人挂像前，点燃了一炷香，双手合十，默念着什么。白小艺跟在后面，惊恐地看着她。敖拉倚说："小艺，你回去吧。"白小艺像是解脱了一样，惊惶地向外跑去。

龙大章和姜美祺从酒吧出来时，雨已经停了。龙大章望着博物馆的灯火思索着。姜美祺用手在龙大章眼前晃着："发什么呆呢？我的事儿你到底帮不帮忙啊？"龙大章沉思了半天："我帮不了你……"

姜美祺说："这回我知道什么叫大智若愚了，就是有智慧的人都是呆子。你为什么不帮我？"龙大章说："说实话，我帮不了你，这个案子你爸让我回避。"姜美祺说："为什么？"龙大章说："因为我爸和小晴都在被调查之列。"姜美祺说："就因为这个呀？"

龙大章指着文稿："这儿……就是真发生案子了，这段也不能这么说。'警方怀疑鸡血麻神丢失的时间在子夜一点到四点间，嫌疑人刘尔贵已到案'，这种说法可不是警方的权威说法。"

姜美祺问："权威，谁权威？我爸算权威不？"龙大章说："你爸绝对权威，可这不是你爸的说法。说吧，这种说法哪儿来的？"姜美祺说："告诉你吧，下午我去我爸那儿，有份向市局汇报的材料，我偷看的。"

龙大章说："家贼难防啊！可是，这个案子真不能报道，证据还不充分。"

姜美祺说："为什么？我如果不能完成这个案子的报道，我到报社上班的事儿就会泡汤。我回不了龙城，你我的事儿也会泡汤。你个死脑筋，七年了，还那德行。这个案子，我报（抱）定了……"

两个人暧昧地对望了一下，姜美祺猛地抱住了龙大章，萨克斯曲《雨一直下》响起，整个天地仿佛都在雨中旋转起来……

7

淅淅沥沥的小雨伴随着敖拉倚的琴声，这是姜长庚非常熟悉的音乐——《雨一直下》。一阵电话铃声打断了他的思绪："至祥啊……攻下来了？……审了三次？……刘尔贵承认了？……东西找到了吗？……没找到？你们是不是动手了？只凭他有作案时间和条件不能定案，问题不是那么简单，先拘了，明天再审吧……"

门锁响了，姜美祺和白小艺进屋，抖掉伞上的雨水。

姜长庚放下电话，眉头紧锁。姜美祺高兴地说："老姜，从门外就听见了，案子破了？"姜长庚没有吱声。白小艺问："姜爸，你每次案子破了不都特别高兴吗，今天怎么'阴天'啊？"

姜长庚收拾起桌上的东西："哎，美祺、小艺，你们俩怎么不回来吃饭啊？"

白小艺抱住姜长庚的脖子，看了一眼姜长庚的结婚照："姜爸，我想起来了，今天是你的结婚纪念日，你又在这儿睹物思人、暗自伤神呢？脆弱的男人，现在你这么做还有什么用啊？"姜长庚把结婚照收拾起来："小艺批评得对，我以后要坚强。小艺今天很高兴？"白小艺说："是啊，我今天首演成功，说明我报艺术院校专业课是没问题的。最最高兴的是，我赚了一百元演出费。姜爸，归你，买烟！"白小艺掏出一百元钱在姜长庚面前晃。

姜美祺说："小妮子，就知道让爸爸买烟，这屋都抽成啥味了！"姜长庚说："小艺，钱我不要，只要小艺高兴就好。"

白小艺收起钱，得意地说："姜爸，还有比我高兴的呢！"她向姜美祺那边努嘴。姜长庚疑惑："嗯？"姜美祺兴奋地说："爸，我们出去喝了点儿咖啡。"姜长庚说："噢，我知道了，直帆找到你了？"白小艺说："赵直帆？不是啊，姜爸——你当刑警快三十年了，就知道瞎猜。"

姜长庚说："不是赵直帆？他今天电话都打我那儿去了，没找到你？美祺，你也是二十六七岁的人了，你和谁交往，爸爸不干涉，可是你得向我汇报。我呢，以一个老刑警的眼力替你把关定向，对你没坏处。"白小艺问："姜爸，她要是相中谁，你能支持她吗？"姜长庚说："那我得看是谁。凭我姑娘——一个记者的眼力，不会让我失望的。"姜美祺喃喃地说："爸爸，是龙大章请我……"

姜长庚眼睛瞪得吓人，直视着姜美祺。白小艺说："姜爸，怎么了，你这样可真吓人啊！我可是睡觉去啦。"姜长庚站起来，把一根刚点着的雪茄狠狠地捻灭在烟灰缸里，拿着夫人的照片和那个红布包默默地回卧室了。

姜美祺和白小艺惊讶地从门缝里看着，只见姜长庚的眼泪滴在了照片上。他倚在床上，拿着姜美祺的照片和妻子的照片对比着。

门响了，姜美祺拿着一本相册站在门口："爸，你又想妈妈了？"姜长庚说："美祺，我想和你谈谈。我费了那么大的劲把你送到国外，你为什么执意要回来？"姜美祺说："爸，要是我说为了这个城市的一个人，你能懂吗？"

姜长庚低沉地说："我看出来了，是为了大章。"姜美祺说："爸，你不认为大章是个好刑警吗？"姜长庚点点头："他是我最得意的徒弟，那还用说吗？"姜美祺说："那为什么不让他办鸡血麻神案，是怕他徇私舞弊吗？"姜长庚无奈道："美祺，这是纪律。我们不说龙大章了好吗？不早了，去睡吧。"
姜美祺说："爸，我明白了。你也睡吧，别总活在往事中。"

二人对笑了一下，美祺拿着相册向外走去。

《雨一直下》的旋律从酒吧一直响到公安宿舍，在龙大章的脑海里回旋。因为他把唯一的一把伞交给了美祺，自己全身被淋得透湿。他乐滋滋地走进宿舍，听见从朱丽雅的宿舍里传出鲁运的说笑声。

朱丽雅穿着拖鞋、拿着一束鲜花跑出来："哎，二师兄，你可来了！呀，怎么成落汤鸡了，伞呢？"鲁运把着门框，拉长声调："还用说吗？不是让青蛇借去了，就是让白蛇借去了。"

龙大章回头笑笑："呵，俩人儿唠得挺高兴啊。"朱丽雅说："没你高兴呢，我们是因公，高兴写在脸上；你呢是因私，高兴写在心里。"龙大章问："因公？有啥高兴事儿啊？"

鲁运兴奋地说："大师兄我参加工作四年来首破今年全省第一个大案，你说高兴不？"龙大章兴奋地说："破了？谁作的案？"朱丽雅说："还能是谁，管理员刘尔贵。"龙大章说："破了？好啊。师妹，非常抱歉没参加你的生日。"

朱丽雅说："花送来了，只有大师兄庆贺了我的生日，你却面带风雨，暗藏春色地跑到了别处。"鲁运说："师弟，今天往你身上一蹿的姑娘是谁啊？这当公安的是得好好锻炼身体，要不，小腿承载不住不说，就这被雨淋也受不了啊。"

龙大章说："大师兄，你就别损我了。"朱丽雅说："被雨淋成这个样子，不是被情所困就是被智所迷，人咋也不至于傻到没事儿出去挨淋吧。"

鲁运说："听说你对师傅的姑娘'下手'了？南宋诗人洪迈在《得意失意诗》里概括了人生四大喜——久旱逢甘雨，他乡遇故知，洞房花烛夜，金榜题名时。师弟，你属于哪类？"

龙大章说："这四大喜我全赶上了。久旱逢甘雨——两滴，都落在我身上了；他乡遇故知——情敌，刚参加工作就碰上鲁师兄等一群光棍儿；洞房花烛夜——同学，我那开出租的同学昨天结婚今天得儿子了；金榜题名时——重名，中国公安大学研究生榜有个龙大章，一查是凤城的。你们说我是喜是悲啊？"

朱丽雅说："得了便宜还卖乖，要是有人和我雨中漫步，就是拿凉水灌我，我也高兴。"鲁运说："师妹，有我呢，你的爱情理想会实现的。"朱丽雅说："大师兄，你的爱情在那边。"她向隔壁一指，鲁运没趣儿地站起来，一边回宿舍一边念叨："回老窝啦，刑警苦啊刑警难，今生来世没红颜……睡——"

夜，渐浓，只有失眠的人知道夜的宁静。

"啪"的一声，龙大章的影集掉在地上，一张六人的合影掉了出来，惊醒了鲁运。他打开灯，眯着眼向龙大章的床上望着。龙大章歉意地笑笑，下床捡起了影集和照片。

鲁运看了一下手机上的时间，猛地从床上爬起来："哎呀，多亏你这最后一响，我差点儿睡过头了。"见他急急地穿衣服，龙大章问："大师兄，急着干什么去？"鲁运答道："突击审刘尔贵啊，那小子还没交代鸡血麻神藏在哪儿呢！"

龙大章望了望鲁运匆忙而去的背影，又呆呆地看着那张六人合影，眼睛停留在姜美祺的脸上。照片中的姜美祺正看着他笑，他也一直看着，直到模糊……

8

刑警大队的院子和楼房灯光昏暗。审讯室内，一盏强光灯照在刘尔贵脸上。周至祥站在一边表情严肃，拿着一根长长的电棍对着刘尔贵冷笑了一下。刘尔贵惊恐而痛苦地看着他。

周至祥弯下腰："刘尔贵，说吧，扛是扛不过去的，人心似铁不是铁，官法如炉才是炉啊。"刘尔贵说："周队，我真不知道鸡血麻神的下落啊！"

鲁运说："你白天让我往东我不敢往西，让我打狗我不敢撵鸡，白耽误了一下午工夫，现在又想翻供？"刘尔贵说："我不是翻供，我是熬……熬不过才屈打成招的……"

周至祥转过身来，托起刘尔贵的下巴冷笑道："刘尔贵，屈打成招？你想明白了，这里有人打你吗？有人刑讯逼供吗？"

刘尔贵吭哧了半天说："没……没有……是我主动说的。"周至祥说："这不得了吗？算你懂事儿——要不……"他举起电棍，刘尔贵吓得面如土色："周队呀，别电我了，给我支烟，让我想想再说，成吗？"

周至祥努努嘴，鲁运把烟点着了塞在刘尔贵嘴里。

姜长庚躺在床上看着妻子和敖拉倚的照片。他的手机屏幕亮了，来了条短信："救刘尔贵。"这时，刑警大队对面的楼上，一个穿着黑色衣服的人向刑警大队这边焦急地望着；审讯室外，一双漆黑的大眼睛在向审讯室里张望着。看见鲁运起身向门口走来，这个黑影一闪，躲到了拐角处。

昏暗的灯光下，刘尔贵嘴里吸着烟，烟雾笼罩在他的脸上。他静静地看着坐在前面的周至祥和鲁运，一脸的失望。周至祥说："二棍，烟快抽透了吧？"刘尔贵说："周队，这就好，这就好。"鲁运说："刘尔贵，说吧，我们没时间和你'熬鹰'。"

刘尔贵舔舔干裂的嘴唇："鲁警官，我想喝杯开水。"周至祥说："半夜三更的，哪儿来的开水，你还挺难侍候啊！鲁运，去卫生间给他弄杯水。"

鲁运开门出去，回来把一杯水放在刘尔贵前面的小铁桌上。

刘尔贵把嘴里的烟吐了出来，低头用嘴去喝水。裤带的钎子慢慢地伸进铐子的锁孔里，钎子在铐子孔里拨动着，轻微的声响被"嗞溜"的喝水声掩盖着……

周至祥不耐烦地说："刘尔贵，我们的耐心是有限的，说吧。"

刘尔贵说："周队，该说的我都说了，你饶了我吧，我真冤枉啊！"周至祥突然一把夺过鲁运的电棍，向刘尔贵打来，刘尔贵本能地一闪，还是打在了肩上。周至祥抡起电棍再打，刘尔贵突然把手一抖，铐子"哗啦"一声落在了地上。他愤怒地盯着周至祥，拿起茶杯向站在门口的周至祥扔了过来。周至祥一闪，茶杯砸在了门上。

周至祥掏出手枪："刘尔贵，你想脱逃？我击毙了你！"他打开扳机指向刘尔贵，"砰"的一声枪响打破了沉寂的夜晚，子弹打在了天花板上。周至祥又举起枪瞄准着，一只大手却牢牢地攥住了周至祥的手腕。

"砰"的又一声枪响，打在刘尔贵身边的桌子上。周至祥一愣："你？龙大章，你想阻挠办案？"龙大章说："我不是阻挠办案，我是阻挠你们违法办案！"

刘尔贵愣了一下，推开鲁运拼命向外跑去。鲁运追出去，龙大章也追出去，刘尔贵已消失在雨夜里……

第二章　乱中理麻，嫌疑浮出

1

龙城市区，晨练的人们，穿梭而接踵的脚步。阳光斜射下来，透过龙城那"条筒万"俱全的建筑顶端，打在一脸疲惫的龙大章和鲁运脸上。

鲁运无奈地看了一眼指向八点的钟楼："这一夜又白忙活了，找不到刘尔贵，师弟，等处分吧。"龙大章淡定地说："我倒是觉得抓刘尔贵并不急。"鲁运惊疑地看着龙大章："屁眼儿太大——把心丢了？"

龙城契丹博物馆，墙上的老式挂钟敲了八下，于伟绩烦躁地来回走着，一脑门子的汗。龙小晴急匆匆地进来："于馆长，刘尔贵可怎么办啊？他妈要是知道他进了局子，还不得急死啊！"于伟绩说："真是的，真是的……怎么就出了这么个败类呢？"

龙小晴说："于馆长，我想了一夜，觉得事有蹊跷。你说，刘尔贵平时吊儿郎当的，五马倒六羊、偷鸡摸狗的事儿或许还行，鸡血麻神这么大的案子，他能做了吗？我们去保他吧。"于伟绩说："小晴，我知道他是你老师的私生子。他吃喝嫖赌抽、坑蒙拐骗偷啥都干。你以为他是什么好鸟啊？保他？谁保我啊？谁保我啊！真是的……"

于伟绩向龙小晴摆摆手，龙小晴失望地出去了。于伟绩叹了口气，看了看墙上的奖牌，耳边响起赵连起的讲话声："从今日开始，契丹王府博物馆修复工作暨龙城麻神馆建设工作全权由于伟绩负责。两馆建设是重要的、必要的、紧要的，工程完成后，鸡血麻神就是镇馆之宝……老于啊，组织上已经对你考核过了，文化局局长的任命等庆典完事儿就下文儿……"

他长叹一声："我辜负了领导的期望啊！"说完，急急地向区党政楼走去。

赵连起端坐在办公室的椅子上，不怒自威地看着于伟绩。于伟绩局促得手不知怎么放。赵连起仰起脸说："老于啊，从你的能力和业绩上看当局长没问题，这对你来说是最后的机会，可是，你关键时刻掉了链子啦——"

于伟绩坐卧不安地搓着手，像是汇报工作，又像是自说自话："我于伟绩要学历有学历，要能力有能力，七年了，我苦心完成了博物馆建设和装配工作，正准备向上迈那么一小步，在这个节骨眼儿上，出了这么大的事儿，赵书记您能保我吗？七年了……"

赵连起说："老于，组织已经给你机会了，在这个时候要是给你升职，让群众怎么看待我们组织？我们的组织是讲原则的。"他站起来，拿起于伟绩放在沙发上的帽子掂量着："要想保住你这顶帽子，难啦。"

于伟绩说："我该怎么办呢？"赵连起说："龙城可以没我没你，不能没有鸡血麻神。回去吧，先检讨，再积极配合公安机关调查，对相关责任人员严肃处理。"于伟绩认真地听着，不时地点着头，脸上的肉一颤一颤的，还不停地流着汗。这时，他的电话响了："姜……记者，我……没时间接受采访……（眼珠一转）这么着吧，我这就亲自去你们报社。"

姜美祺放下电话，背着包和相机匆匆走进龙城晚报社大楼。在走廊上，姜美祺碰见了陈立言，刚想躲，陈立言却发话了："美祺，怎么样，博物馆案子的报道写了吗？"姜美祺尴尬地说："写……了。"她递上纸稿，陈立言翻着看了看说："嗯，嗯，好，独家新闻。《石破天惊》——好，看题目绝对能引起轰动。"他脸色变了："看来看去，怎么好多都是推理性的？你深入采访了吗？刑警大队有权威说法吗？新闻要靠事实说话。（把稿纸一摔）废纸一张！"

陈立言开门进了办公室，只留下姜美祺在走廊里独自凌乱。这时，她看见于伟绩正在走廊那边东张西望，姜美祺向他走去："于馆长，你来得太及时了，有关鸡血麻神被盗的事儿我正要去找你呢。”

于伟绩眼睛眯成一条缝："整拧啦。姜记者，本来就不存在什么鸡血麻神被盗。我来是要你们不要以讹传讹的。"姜美祺吃惊地说："于馆长，你这么说是在掩盖事实真相吧？这个案件我们准备做出几篇文章，一是跟踪报道案件侦破过程，二是深入挖掘博物馆的管理问题，三是就鸡血麻神的传奇故事展开……"

于伟绩一听急眼了："啥？你还要做几篇文章？小记者，大作为，有思路，你要了我老命得了。我希望你在鸡血麻神的问题上不要再纠缠了，事后自有定论。"

姜美祺说："于馆长，我是在采访，怎么能说是纠缠呢？"于伟绩说："我不和你说了，我找你们领导去。"于伟绩说完气愤地向陈立言的办公室走去。姜美祺不解地望着他的背影，没有吱声。

于伟绩站在采访中心主任室的门前，望着那块白底黑字的牌子发呆。说实话，于伟绩这次来找陈立言，要求他暂停对鸡血麻神丢失案的报道，心里有着无穷大的阴影。因为，他俩同属龙城的著名学者，可是一向见面就掐。前些日子，陈立言还曾举报过于伟绩在修建博物馆时有受贿行为，俩人刚斗过一场。但是，为了渡过难关，于伟绩还是硬着头皮敲响了陈立言办公室的门……

2

伏龙区刑警大队，刑警们整齐地坐在会议室里，气氛像阴着的天一样。

周至祥的脸是铁青色的："各位，我们公安队伍有着严明的执法纪律，不能插手别人办的案子，不能包庇犯罪。可是，警官龙大章私自干涉我和鲁运负责的案件，致使嫌疑人脱逃、鸡血麻神错过了最佳的追寻时机。我请求，对龙大章追究刑事责任！"

姜长庚冷峻的目光掠过龙大章、鲁运、朱丽雅那疲惫的脸，尚未表态。朱丽雅"腾"地站起来："我反对！龙大章此举也是出于公心，并非私念。"

周至祥向鲁运使眼色，鲁运站起来，不敢看龙大章，小声说："我同意周副大队长的说法，龙大章此举是不是公心我不知道，我只知道他是会朋友喝多了，昏了头，教育一下可以，处分……就免了吧。"周至祥瞪了鲁运一眼："吞吞吐吐的，哪像个爷们儿！你明知道刘尔贵的妈是龙大章的老师，私心私情明显，他必须受到处罚！"说完，他向姜长庚望去。

姜长庚放下茶杯，示意鲁运坐下，冷冷地说："龙大章，你怎么说？"

龙大章站起来自责地说："各位，私自干涉别人办案，严重违纪，我愿接受任何处分。若是刘尔贵真是作案人，放跑了他，我当负刑事责任。但暴力执法也是违法犯罪，我们的国家是法治国家，文明执法不能只是一句口号……"

姜长庚一看内部要鼓包，赶紧做了一个"暂停"的手势。他站起来深沉地说："各位，刘尔贵脱逃的事情我已经调查清楚了。周副队长，你涉嫌刑讯逼供，即日起停职检查！龙大章的问题也很严重，理该重罚。但是，我今天破例让你戴罪立功。这个案子我亲自主办，你协办，你要在一天之内找到刘尔贵，五天之内找到案件重的要线索，有一项做不到，就自己戴上手铐走进禁闭室！散会。"

此言一出，周至祥瞪大了眼睛，龙大章等人也颇感意外。姜长庚拉着脸谁也不看，起身向会议室外走去。周至祥斜眼看了龙大章一眼，把案卷一摔走了出去。朱丽雅欣慰地看着龙大章："怎么办？"龙大章说："从刚才的监控情况看，刘尔贵去了博物馆方向。"

契丹王府博物馆，龙小晴拿着那张写有"想破麻神案，围着石头转"的纸条向自己的办公室走去。路过刘尔贵的办公室时，听见"啪"的一声，像是有什么东西掉在了地上。龙小晴敲门："谁在屋里？"没有任何动静。龙小晴拿起电话："爸，找于馆长拿钥匙，刘尔贵的办公室进人了。"

刘尔贵在办公室内，听到龙小晴的声音，匆匆地把抽屉里的钱塞进裤兜里，又找到一张羊皮地图，看了看，塞进书里。他打开窗户，向外纵身跳去，刚一落地，就见龙大章正笑眯眯地看着他。刘尔贵惊道："大章？你……你怎么知道我在这儿？"

龙大章用手一指上边的摄像头："有一只'眼睛'在盯着你。为了找你，我查了八十个摄像头。"刘尔贵说："大章，我是被冤枉的，看在我妈——你老师刘国珍的面子上，你要救我啊！"龙大章问："你跑回来找什么？"刘尔贵说："找……点儿钱……我要出去躲几天。"龙大章说："你认为躲是最好的办法吗？跟我回去吧，你冤不冤得看证据，跑是解决不了问题的，因为你无处可逃。回去配合公安调查！"

刘尔贵转身就跑，险些撞在龙小晴身上。龙小晴惊恐得纸条也掉在了地上。龙大章追出去二里地，一个扫堂腿把跑得上气不接下气的刘尔贵扫倒在地，给他戴上了手铐。刘尔贵哆嗦着："不要电我，不要电我，不要电我……"

伏龙区公安分局刑警大队长办公室，姜长庚神情严肃地翻看着讯问笔录，周至祥气鼓鼓地站在一边。姜长庚说："至祥，我知道你有想法。年轻人嘛，我们得给他改正错误的机会。况且，你的做法要是传出去，影响警察形象是小，涉嫌刑讯逼供或是一枪把刘尔贵打死，就不是我能处理得了的了。"

龙大章在门外喊："报告，姜局，刘尔贵归案。"姜长庚说："进来，你打算怎么办？"龙大章说："我打算先调查，后审讯。我认为车站、路口的检查要加强，不能让鸡血麻神流出龙城，要给犯罪嫌疑人以高压态势。"

周至祥瞪了龙大章一眼，没趣儿地向外走去。姜长庚说："好。大章，有一事我想问你，昨晚是你给我发的短信？"龙大章说："没有啊，什么短信？"姜长庚说："噢？你出去吧。"龙大章说："师傅，我想再去一趟博物馆。"

刘尔贵的一场脱逃闹剧加重了于伟绩的垂头丧气，他把帽子摘下来掂量着，耳畔响起陈立言的话——"于馆长，及时、真实地报道新闻是我们的职责，这和咱俩有没有过节无关，你要有话和公安说去吧。要不，你还是去赵书记那儿告我？"

他恨恨地把烟头踩在脚下，抬头看见龙大章、朱丽雅正在馆里的司机吴寄山的陪同下向他走来。龙大章说："于馆长，有关契丹王府博物馆和鸡血麻神以及刘尔贵的情况，我们想全面了解一下，您能介绍一下吗？"于伟绩说："只要对破案有利，我愿意效劳。你们随我来。"

于伟绩领他们来到了会议室，那里的展板上写着"英明的决策，辉煌的历程——龙城契丹博物馆建设图片展"。于伟绩指着板上的图说："契丹博物馆的前身是契丹的南院大王府。近千年来，一直由敖拉家族的人居住。据考证他们是契丹贵族的传人，鸡血麻神就是这个家族的传家宝。二十年前，鸡血麻神传到敖拉维国手里时，凤城有个涉黑组织叫'东北新干线'盯上了它，敖拉维国迫于压力，在去世前将鸡血麻神献给了国家。"

龙大章说："请问，敖拉家族还有后人吗？"于伟绩说："有啊，敖拉维国有个女儿叫敖拉倚，在龙城大学当音乐教授。'文革'时，敖拉家族被迫搬出了这座王府，住进了前面那栋小楼。王府修缮后，一直被当作学校。七年前，敖拉倚想要回王府和鸡血麻神，为此，还大闹过市政府。"龙大章问："大规模修缮后她没再主张过吗？"

于伟绩说："敖拉倚多次想要回鸡血麻神，我跟她说鸡血麻神现在属于国家了，可是她说'拼上性命也要把属于她家的东西讨回去'。七年前，政府要修缮王府时，敖拉倚还曾闹过……"

龙大章想了想说："于馆长，你说的这事儿我有点儿印象，那时，我正在这里备战高考。"于伟绩说："是啊，那时这里是最后一年当学校用。很多事情还像过电影一样在我眼前……"

七年前的王府中学大院里，一行穿着考究、派头十足的人正在听于伟绩比比画画地讲解："契丹王府由府邸、花园和跨院三部分组成，分别为政务机构处所、寝室、膳房、仓库、书斋、客厅、议事厅、祠堂和练武场……"他的声音渐小，被下面的议论声音盖过。建筑商钱如意挺着肚子说："这有什么稀奇的，挺大一个王爷，赶上省长大了吧？就住这破房子！我搞了大半辈子建筑，可是开了眼界了……"

敖拉倚不知何时走到了钱如意面前："怎的？听这位的意思是瞧不上这大院呗？别看房破院烂，这可是我家的。于馆长，我给这位爷普及一下历史可好？辽朝设契丹北院、南院两大王府，我家就是这南院大王府的主人。你们要修缮，得和主人商量一下吧？"钱如意缩到了后面，人群一片混乱。敖拉倚说："不过，跟你这样的鱼鳖虾蟹也说不着，我找赵连起去！"于伟绩看着她远去，很无奈地摇了摇他的胖脑袋，汗便流了下来……

陈立言走到于伟绩面前："唉，虎落平阳被犬欺啊，这要是大辽不灭，敖拉倚能当个王妃，于馆长之流就只能当个大太监了。要我说，人家的东西就要还给人家。"

于伟绩瞪了他一眼："有些人吧，穷得就剩一层皮了，还往外冒酸水。"

陈立言和于伟绩互相瞪着眼，尴尬的局面被高跟鞋"嘎嘎"有节奏地敲着青砖甬道的声音打破了。刘老师穿过青砖甬道向高三五班的教室走去。钱如意走向陈、于二人中间打着和："你们两个文化人就别掐了，还是听我说说刘老师吧。可别小瞧这刘老师，当姑娘时就不明不白地来了个儿子刘二棍，至今也不知孩子的爹是谁。"

于伟绩惊道："你说刘老师？"钱如意见有人搭腔，立马来了精神："这刘老师还是学校'四大宝'之一呢。"于伟绩问："什么'四大宝'？"钱如意说："王府的房，庭院的树，刘老师的小手，贾校长的肚。咋样调皮的学生放到刘老师班里，没有治不好的。你知道她的绝招是什么吗？掐尖。"于伟绩问："什么叫掐尖啊？"钱如意浮浪地比画着："就是掐有些人的小鸡鸡啦……"

这时，不知谁喊了一声："赵书记来了！"人群马上静了下来。赵连起脸上挂着细汗大踏步走了进来，向大家拱拱手道："各位，对不起，刚才被敖拉倚绊住了。我声明一点，王府是国家的，不是家族的。想必大家对修复我国保护最完好的契丹王府已经有了很好的方案，这是个利在当今、功在万代的大事，我们一定要办好！接下来，还是请我们文物学方面的专家——（看了看陈立言）于伟绩副馆长给大家讲讲他的想法。"

于伟绩用手捋了下头发，用"地方支援了中央"，得意地看了一眼陈立言，一改刚才的颓势，声音洪亮了不少："我们一期工程要修复的是主体建筑及耳房、厢房和抄手廊。要让青砖灰瓦、朱梁彩窗美轮美奂、精巧别致、典雅活泼地再现辽代王府的风采……""好！"随着赵连起的一声叫好，大家都跟着叫好，唯有敖拉倚和陈立言气愤地走了出去……

龙大章不得不佩服于伟绩的记忆力，但是不能这么听他不着边际地说个没完。他看着博物馆会议室墙上的契丹专家名录问："于馆长，你是说陈立言一直支持敖拉倚讨回鸡血麻神？"

于伟绩说："我和陈立言既是同学，又一起教过学。这个陈立言一直认为他才是龙城第一文史专家。他多次想和我借鸡血麻神，说要研究辽代娱乐业，都被我严正地拒绝了。他说他此生一定要用鸡血麻神敲开契丹文化的大门。"

龙大章说："可是这契丹专家名录中并没有陈立言。照你分析，谁有可能涉嫌这起案子？"于伟绩说："龙警官，我是个文人，只能凭着感性浑（分）析，不能做定案依据啊。"龙大章说："那是，你尽管说。"

于伟绩说："比如说，刘尔贵，这小子有娘生、无爹养，从小就打架斗殴、偷鸡摸狗，平时好耍个小聪明，要让他做这么大个案子，我不是小瞧他，除非他和外人勾结。再比如说敖拉倚，她是鸡血麻神的传人。那天她和赵书记闹得不可开交，发誓要讨回鸡血麻神，用你们的话说，有作案动机。"于伟绩突然压低声音："又比如说陈立言，一个死心瞎眼的学者，对他要研究的对象比孩子还爱，有想要得到它的冲动……还比如说我自己、龙小晴，都具备作案的条件……"

外面，龙小晴"于馆长——于馆长——"的喊声让于伟绩停了下来。龙小晴拉着刘老师进来了："馆长，刘老师来了。"于伟绩问："刘老师，你这是？"刘老师风风火火地说："于馆长，尔贵这个不争气的在这儿给你找了不少麻烦。可是，你要说他盗窃国宝，打死我也不相信啊！你要向组织说明白啊！"于伟绩说："刘老师，不要着急。尔贵嘛，家有家规，国有国法，一旦有变，你还是要挺住……"

刘老师说："于馆长，要是尔贵给国家添了大乱，你毙了他我也死而无怨，是我教育得不好。可是，你们要给他机会……"说着，她蓬乱的头发乱颤，眼泪在眼眶里打转儿。

龙大章走上前："刘老师，我是你的学生龙大章啊，尔贵哥的事儿还没有定论呢，公安正在调查，你回去等消息吧，不用着急。"刘老师疑惑而热切地看着龙大章。龙大章点了点头，把刘老师扶了出去，看着刘老师花白的头发，陷入沉思中……

从博物馆出来，龙大章和朱丽雅疲惫地走在龙城大街上。龙大章扭头问："听了于馆长一番话，有什么感想？"朱丽雅一脸迷惑："我怎么听着每个人都有作案动机呢。"龙大章说："是啊，在案子没破之前，每一个人都值得怀疑，这就需要我们找到一种方法……"朱丽雅说："排除法。大章，我想可以一个个地调查、排除，直到接近目标。"

龙大章说："是啊，敖拉倚，为了拿回祖传宝贝，可能会想出歪路；陈立言，为了研究需要也可能铤而走险；刘尔贵，为了拿国宝卖钱不惜监守自盗；于伟绩，利用职权最方便得手；龙小晴和我爸要是联手，更加方便……这些，听起来都合理。但是，还要考虑他们有没有作案能力和作案时间。"

朱丽雅说："分析来分析去，嫌疑又都解除了。"龙大章说："丽雅，你想过谁最想得到鸡血麻神、又有能力得到它吗？表面看刘尔贵具备这个条件，可于馆长说得有道理，他不是能做大案的料。不过，刘尔贵这条线不能断。"

3

审讯室里，刘尔贵坐在椅子上，耷拉着脑袋像半死的人，用失望而迷离的眼神看着龙大章。

龙大章上前给他打开了手铐，盯着他看了半天："刘尔贵，昨天三次审讯你，你都说你是在车里睡的，为什么不回家？"刘尔贵懒洋洋地活动着手："怕吵醒老婆。"龙大章说："你在说谎。你喜欢交友、喝酒、打麻将，常常半夜三更回家，从不怕吵醒老婆。"刘尔贵低声道："我是良心发现了。"龙大章严肃地说："你说你睡在单位的车里。我调查了，你单位的车前天晚上让司机吴寄山开着跑'黑车'去了。说吧，前天一点到四点你到底在哪儿？"刘尔贵瞅了龙大章一眼："我算是服你了，审个案子得把祖坟刨出来。我说，我上……吴寄瑶那儿去了。"龙大章问："吴寄瑶？"刘尔贵声音更小了："你同学，开……方格棋牌室的那个……"

询问完刘尔贵，龙大章和朱丽雅奔方格棋牌室而来。

棋牌室内，吴寄瑶一边搞卫生一边骂："这些个没教养的猪，到处吐黏痰、弹烟灰、扔东西……"她一抬头，看见朱丽雅站在面前问她："吴老板，我是伏龙区公安分局刑警大队的，有个事情向你调查一下，你要实事求是地说明。"

吴寄瑶清理着烟灰缸说："吴老板？说我呢？我一个大门不出、二门不迈的社会闲散人员，啥他妈老板啊，我上床认识枕头，下床认识鞋，别的啥也不知道。"朱丽雅说："这好说，知道的就说知道，不知道的就说不知道。"吴寄瑶说："你这话听着像孔子说的呢。"她继续阴阳怪气地说："你来问，我来答，什么树上开什么花……"

朱丽雅无心跟她贫嘴，严肃地问："刘尔贵，认识不？"吴寄瑶说："不认识。"朱丽雅拿出照片："就是这个人，你要是和警察做虚假陈述，是要负法律责任的。"吴寄瑶斜了一眼照片："昂——二棍呀，你要早说二棍不得了吗？兜比脸干净，穿假名牌，抽好烟，没啥钱儿还好摸两把的主儿……"朱丽雅问："前天晚上见着他了吗？"吴寄瑶停止了抹桌子："前晚？……那没有。"朱丽雅说："可是，他说在你这儿了。"

吴寄瑶把抹布扔到盆里，溅起的污水落到朱丽雅身上。她端起盆向外泼水，把水又泼到了龙大章身上："哎哟！这外边还潜伏着一个呢……大章啊，你怎么不进来？"

龙大章边抖落身上的水边说："寄瑶，我怕你有什么不方便。"吴寄瑶从疑惑到恍然大悟："啥意思？噢——刘二棍，这个犊子玩意儿，尽胡说！这是坏我名声、毁我声誉，我得告他去！"龙大章说："这事儿你得掂量着来，他要是真在你这儿，你又不承认，我们调查实了，损你名声是小，妨害取证就涉及刑事责任了。"

吴寄瑶眨巴一下眼："那么严重？那……我跟你们说实的吧！"

雨夜的方格棋牌室，吴寄瑶刚熄灭了灯，脱衣睡觉，响起了敲门声。吴寄瑶坐起，开灯："谁呀？"刘尔贵说："我，二棍。"吴寄瑶穿衣："半夜三更的，干啥？"刘尔贵说："送你一件宝贝。"吴寄瑶下床："啥宝贝？明天吧，睡了。"刘尔贵说："妹子，下着雨呢，再不开门，明天就指不定是谁的了。"

吴寄瑶背对着龙大章小声说："出于好奇，我就给他开了门。他说太晚了，又下着雨，要在我这儿将就半宿。我说不行，他就死赖着躺沙发上了。"朱丽雅惊讶地看着吴寄瑶。吴寄瑶赶紧解释："那眼神看我干啥？住……住是住了，我很理智啊！再说，那下三烂玩意儿，谁会喜欢他，要钱没钱，要人样没人样，要担当没担当的……"

龙大章说："寄瑶，把刘尔贵给你的东西拿出来给我们看看。"吴寄瑶说："那东西我找人鉴定去了……"

这时，吴寄瑶的电话响了。龙大章示意让她开免提接电话，电话里传来一个男人的声音："你好，吴小姐吗？你拿来的东西我鉴定了，是假的……你听着呢吗？你要不信可以再找找龙城大学的敖拉教授看看……"

吴寄瑶放下电话，发了疯："可耻的死二棍，我要扒他的皮，抽他的筋……"龙大章说："别冲动，他是几点从你这儿走的？"吴寄瑶说："五点，早晨五点，说回去换衣服，就走了。"

龙大章对刘尔贵作案时间的调查略有进展，被停职检查的周至祥却怒气难平。他气呼呼地拉着鲁运从刑警大队出来："刘尔贵，咱们煮熟的鸭子喂了野猫了。你说姜局怎么能这么偏心呢？"鲁运说："周队，我们确实涉嫌刑讯逼供了。或许，龙大章是对的。"

周至祥猛地回过头来："没脑子的熊玩意儿，他这是在出风头和你抢功，你还向着他说话。知道我在这个副大队长的位子上干了多少年了吗？十七年了！前边有姜长庚挡着，后边有无数人盯着。你当刑警四年了吧，破过一个像样的案子吗？"

鲁运难为情地说："还……真没有。"周至祥说："为什么没有？刚有个机会，小荷才露尖尖角，就让蜻蜓给掐了尖啦！"鲁运说："只要能破案，谁破不一样啊？"

周至祥嘲讽地看着鲁运："还大师兄呢！你看看《西游记》里的大师兄，再看看你。没看见吗？姜局的女儿出国又回来了，昨天和龙大章那个腻啊，今天就让他破大案，你是不是情窦未开啊？"鲁运说："他们是高中同学，近水楼台……"周至祥远远地看见龙大章和朱丽雅走过来，气愤地说："这不光搞裙带，还搞宗派！"

一只镯子在阳光下闪着红光，朱丽雅拉着龙大章在街角的阳光下盯着那只镯子看："这就是刘尔贵半夜送你女同学的信物？不可思议，一个女人为了一只假镯子就给一个看不上眼的男人大开方便之门，你说你的同学咋都这样呢？"龙大章说："丽雅，你这句话犯了两个逻辑错误：一是她很理智，二是我同学不都那样。"朱丽雅说："伤着你的人了？很理智，谁信啊！"

龙大章踢飞一颗石子说："没有一个人天生就是坏人，在物欲面前，真爱贬值了；在虚伪面前，人们不再拥有信任了。"朱丽雅说："谁说贬值了，人和人不同，比如我……"龙大章问："开会时，为什么替我说话？"朱丽雅用挑逗的眼神儿看着他："你说呢？"龙大章收起镯子："你也是一块没有磨圆的毛石。"说完，按了几个电话号码："小晴，让你准备的材料怎么样了……"

朱丽雅手向前一指："大章，看——周队他们。周队——鲁运——"

周至祥和鲁运站住了，龙大章和朱丽雅走了过去。龙大章问："周队，师兄，你们干啥去？看见姜局了吗？"周至祥酸酸地说："问我啊？你和你师傅不是连体的吗？年轻人，案子交给你了，立功的机会来了！冲啊——"说完，拉着鲁运头也不回地走了。

朱丽雅愣了一下："大章，他们怎么这样啊！"龙大章不理会他的态度，说："走吧，去博物馆那儿，师傅应该在那儿。"

二人路过敖拉倚家那二层小楼，就听见敖拉倚正在阳台上读文："一千年前，在美丽富饶的昭乌达草原，有一个随草迁徙、车帐为家、倚山而居的民族，它的名字叫契丹。契丹人对山岭有一种特殊的神秘感，他们认为木叶山是通往上天的路，是神灵的住所地，是祖先灵魂的归宿，所以，就有了契丹人大礼盛装祭木叶山的礼节。那么，木叶山究竟在哪里……"

读到这儿，敖拉倚坐在阳台的藤椅上，拿出一本破烂的书稿，隐约显示着"敖拉维国笔记"的字样。她翻看着那本笔记，忽然心神不宁起来。她站起来，向楼下的龙大章和朱丽雅望去，眼里显现着艳羡和迷恋的眼神儿，嘴里小声地嘟囔着："郎才女貌……郎才女貌……"

龙山大桥边，测字先生张半仙一袭长袍，满脸沧桑。他坐在小板凳上捋着八字胡，身边的一面黄牙子旗上的"测字"二字随风舞动。

朱丽雅说："大章，我听说张老先生测字可准了。你刚才不是问我为什么替你说话吗，我想测个字，算是给你的答案。"龙大章说："好，你既然相信，就测一个吧。"

朱丽雅随手写了一个"夫"，龙大章想看朱丽雅没让他看，直接交给了张半仙。

张半仙轻摇羽扇，微捻长须，徐徐道来："这位小姐所测之字嘛，本意为二人交叉，当有好事。但此字减一人为'二'，加一撇为'失'，重影后为'替'，事与愿违啊！"他提笔写下"好事当前却难成，爱情婚姻很朦胧"。

一阵古典音乐传来，朱丽雅看了一眼字条，迷茫地愣在那里。龙大章扔下十元钱说："走吧，找师傅去，玩个游戏，还傻傻地当真了。"他扯着朱丽雅向不远处的博物馆走去，看见龙小晴正在指导排练，就停下来观看。

契丹王府博物馆门前，契丹宫廷音乐响起，龙小晴领着乐队和十几个小姑娘在排演契丹音乐及宫廷舞蹈。龙小晴站在队列前喊道："大家先停一下，我们现在演练的是契丹宫廷音乐，这是一种集威严、动感与娱乐于一体的契丹大乐。开头要突出欢快，前部要突出激越，后部要突出典雅，结尾要突出悠长，几个声部要配合好……来，我们再练一下。"

乐队起，小姑娘们翩翩起舞。龙小晴一摆手："停一下，大辽国的音乐是民间战斗艺术与宫廷典制音乐的结合体，所以，箫、笙、琵琶、五弦、箜篌、筝、枝鼓、第二鼓、第三鼓、腰鼓、大鼓与拍板要错落有致。舞蹈队要随着节拍夸张地舞起，不要拿出没吃饭的姿势……"

电话响了，她接起电话："于馆长……嗯……我这就去。"她放下电话对队友们说："你们先认真地练着，我们要在一个月内达到可以熟练地给游客表演的程度，人多场面大，我们要表现出大辽的恢宏气势，任务很艰巨，我去去就来。"说完，她背起包向后一转身，看见龙大章和朱丽雅在身后，打了一声招呼，三个人一起向博物馆走去，身后传来古典音乐声。

博物馆会议室，姜长庚坐在椅子上吸着雪茄，龙大章把笔录递了过去，朱丽雅把镯子递了上去。姜长庚认真地看着，不时地点一下头："大章，你出去，叫龙小晴进来吧。"龙小晴进来了，姜长庚示意朱丽雅记录。

姜长庚说："小晴，你说说契丹博物馆开业前，文物转运上展台的情况。"龙小晴回忆道："文物是十天前开始从老展馆向这边转运的，具体由于馆长指挥，那边签发，这边签收，中途有专人押运……"姜长庚问："是谁负责搬运的？"龙小晴说："是陆陆顺搬家公司。"姜长庚问："搬运时有什么安全保障？"龙小晴说："我们公司跟着两个人，保安公司跟着两个人，这期间是万无一失的。"姜长庚问："搬运过程中有什么意外情况吗？"龙小晴陷入回忆中——

庆典前一天，契丹博物馆院内，傍晚的阳光从树梢上透过来，几个搬运工无精打采地卸着车。于伟绩看着太阳焦急地说："武工头，快卸啊！你们也太能磨洋工了，天要黑了，这可都是贵重文物。"武玉鹏懒洋洋地说："于馆长，你们这东西又沉又怕碰的，不好搬啊，再加点儿钱吧。"于伟绩生气地说："加钱？不扣你们钱就不错了，还加钱？你们磨着洋工却让我加钱？真是的！真是的……"武玉鹏把东西往地上一放："不加钱，不干了！"

武玉鹏说完，躺在地上，其他搬运工也躺在地上。于伟绩急得团团转，看了看落山的太阳，不耐烦地摆摆手："唉，赖皮，都起来干活去，我给你们加钱。"说完，伸出两个手指头。武玉鹏问："二十？于大馆长，你打发叫花子呢？"于伟绩看了看苍茫的暮色，一使劲儿伸出五个指头。武玉鹏说："一人加五十元？要干他们干，反正我不干。"于伟绩伸出十个指头："一百，你们再不干都给我滚蛋！"武玉鹏看了看西沉的太阳，懒洋洋地站起来："凑合着干吧。"他们正往仓库里搬鸡血麻神时，突然停电了……

外面的龙大章跟着于伟绩查看着麻神馆的配电室："你说停电了？"于伟绩说："是，我赶紧让刘尔贵去检查，因为他也是我馆的兼职电工。他来到配电室，合上闸，并没有发现其他情况。"龙大章问："停了多长时间？"于伟绩说："也就五六分钟吧。"龙大章说："鸡血麻神是谁签收的？"于伟绩说："刘尔贵啊，他负责一号展厅的全部奇石，他合上电门后签收的鸡血麻神。"龙大章问："签收时检查不检查物品，有没有人在旁边监收？"于伟绩说："必须认真检查。刘尔贵负责检查，龙小晴负责监收。"龙大章问："搬运鸡血麻神的是哪个搬运工？"于伟绩说："单子上都有搬运工签字的……那小子似乎叫武玉鹏。"

调查完毕，龙小晴送姜长庚、龙大章和朱丽雅出门。龙大章问："小晴，我要的资料呢？"龙小晴一拍脑门儿："我都给你准备好了。"她快速跑向办公室，拿了一个文件袋塞给了龙大章。

姜长庚望着龙小晴的背影："你这双胞胎妹妹不错，人长得好，还聪明。"龙大章骄傲地说："是啊，念书时就是一朵花。"姜长庚说："你和丽雅也不错嘛，都是名牌大学毕业的高才生，也到谈婚论嫁的年龄了。"

朱丽雅高兴地问："师傅，你们那时是自由恋爱吗？"姜长庚皱了一下眉头："咋说呢？半封建半殖民地吧。"朱丽雅说："不懂。"姜长庚说："就是自己有想法，自己没办法，家庭出身啊、民族信仰啊等都是一道关。"朱丽雅说："师傅，说说你的经历呗，一定对我们有指导意义。"

姜长庚对朱丽雅苦笑道："说起来都是眼泪，怎么能说我呢？不要转移话题，还是说说你和大章吧……"朱丽雅娇羞地说："说我什么啊，还是说说风流的龙公子吧。"

龙大章调侃道："大案未破，无以为家……师傅，看，敖拉倚教授家，一栋老怪的楼里住着一个古怪的人。"

姜长庚没有吱声，仰头向楼上望去。敖拉倚坐在阳台的鲜花边，继续读着《木叶山，你在哪里》："从《辽史·地理志》《契丹国志》记载来看，契丹先民特别重视自己的始祖庙。相传，有神人乘白马，自马盂山浮河而东，有天女驾青牛由平地松林泛潢而下，至木叶山，二水合流，相遇为配偶，生八子……"

她看见姜长庚等三人从楼下走过，突然把文稿扔到一边，扭身进了书房。她走到了父亲的照片前，凝视着、回忆着——

敖拉维国躺在病床上，一句一喘地说："倚……我们的敖拉祖先留下来的契丹宝藏的钥匙——鸡血麻神，还有那笔巨额财富，是属于我们契丹的……你是契丹人的后裔……有机会，你一定……要把这件祖传宝物……赎回来……不能……在我这一代失传了……"敖拉倚问："爸爸，你说财富埋藏在木叶山，可木叶山究竟在哪儿？你的笔记也没什么特别的啊。"敖拉维国说："小倚，木叶山究竟在哪里，我不能在笔记中明说，你要从字缝里看出字来。据先人说，得找到两个半张的……《辽域地志》……"他没说完，就背过气去了……

敖拉倚泪眼婆娑地从箱子里找出一本红色的证书。她盯着那本证书发着呆。证书上写着："敖拉维国同志捐献祖传鸡血麻神一套。"她的耳畔又响起了赵连起的声音："敖拉维国同志，把祖传四十代的鸡血麻神献给了国家。他用自己的实际行动诠释了什么叫爱国主义，什么叫无私奉献……"

敖拉倚的怪异举动是想提示什么吗？龙大章想不明白。他走进办公室，打开龙小晴给他的那个文件袋，里面是一本《契丹国史》和《鸡血石的品鉴》，两张纸条从资料里掉了出来。

一张纸条上写着："哥，刘尔贵是我们老师的儿子，我相信他没有作案，你要照顾他。"另一张纸条上写着："欲破麻神案，围着石头转。"

龙大章沉思着："那张是龙小晴写的，这张是谁写的呢？"朱丽雅看见这两本书，搭讪道："大章，你这是要当辽史专家还是要当石头贩子啊？"龙大章说："我两个都要当。"他把刘尔贵那只镯子拿出来，认真审视着。

刑警大队拘押室，光线很暗，显得人们的脸色很阴沉。

龙大章把假鸡血石镯子放在刘尔贵面前："你可认得这个？"刘尔贵低头小声："我送吴寄瑶的。"龙大章说："假的，留它何用？"顺势做出要摔状。刘尔贵赶紧制止："不能摔，它可是……"龙大章问："哪儿来的？"刘尔贵看着镯子，眼睛不停地眨着，几天前的一幕仿佛就在眼前——

龙城南山树荫里，刘尔贵和武玉鹏吃着烤鸽子。武玉鹏说："兄弟，也不让你白干，这可是上好的鸡血石。你，只那么一点，自动跳闸。我们多赚工钱，镯子轻松到你手。事成之后，我再给你一万，我知道你喜欢吴寄瑶……"

想到这儿，刘尔贵浑身哆嗦了一下，但马上恢复了镇静："买的。"龙大章问："是宏运奇石城吗？哪个摊位？多少钱？"刘尔贵嘀咕道："不……不是，早市那个石头市场，没摊位，推车的……卖的，五千元。"

龙大章怀疑地看着刘尔贵，刘尔贵哆嗦着问："我是不是可以回去了？"龙大章说："没那么简单，有些事儿我们还在调查，希望你主动配合。"刘尔贵喃喃道："唉，你们查不清就关着我，不怕我告你们吗？"龙大章说："告我们？你私自打开象征着国家专政工具的手铐，就凭这，关你几天不违法。"

朱丽雅进来小声说："大章，姜局让去会议室开案情分析会。"

刑警们早已坐在小会议室里，龙大章和朱丽雅来到椭圆形会议桌旁静静地坐下来。姜长庚喝了口茶慢悠悠地说："对鸡血麻神被盗案，各组说说你们调查的情况和思路。"他向鲁运点了一下头，鲁运低沉地说："我们外围组没发现新情况，各边卡组没发现可疑人物。"姜长庚说："大章，你说说。"

龙大章站起来："从我们掌握的情况看，鸡血麻神从老馆转新馆有一套严格的措施，且每个环节至少有五个人在场，五个不同部门、身份的人串通作案的可能性很小，鸡血麻神被调包最有可能是在转运入库的时候。因为这个时间突然停电五分钟，犯罪嫌疑人有足够的时间将鸡血麻神调换，而能便利地调换的人可能是搬运它的人——武玉鹏。除他之外，还应该有一个同伙，是那个同伙拉的电闸或造成电线短路。我们找到武玉鹏，就会真相大白……"

周至祥站起来打断龙大章："你意思是刘尔贵跟这个案子没一毛钱关系了呗？"

龙大章答道："我们现在还没有证据证明刘尔贵参与作案，只能说他查收时没有认真查验物品的真假。从制假手段上看，像刘尔贵这样没有专业经验的人是看不出真假的，我们只能在中午十二点前释放刘尔贵，交回单位处理。"

周至祥眼睛一斜："他暴力脱逃，若不刑拘他，法律还有威慑力吗？"龙大章说："他暴力脱逃是因为我们刑讯逼供……"周至祥激动地喊："怎么着？我们连夜办案还成了毛病了？"

姜长庚见势头不对，摆了摆手："好了，别争了，先释放刘尔贵。龙大章，秘密查找武玉鹏！还有四天，破不了案蹲禁闭去！"

龙大章和朱丽雅来到拘押室。他直视着刘尔贵问："刘尔贵，你想出去吗？"刘尔贵说："谁愿意在这儿待着啊！"龙大章说："可是，你暴力脱逃、玩忽职守、虚假陈述已涉嫌犯罪。不过，我给你个立功赎罪的机会，你得帮我找到武玉鹏。"

刘尔贵一哆嗦："大章，你就饶了我吧。"龙大章问："为什么？"刘尔贵心有余悸地说："这武愣子，虽说我们从小玩尿泥一起长大的，可那小子心狠手辣的，我可惹不起……再说，我也不知道他在哪儿啊。"

龙大章说："你要是找不到他，你还得回来。"刘尔贵眼睛转了半天："有了，有一个人能帮你完成这一任务，可你千万别说是我说的。"

刘尔贵看了看朱丽雅，凑到龙大章身边，与龙大章耳语了半天。龙大章不时地点头，示意朱丽雅给他打开手铐。刘尔贵长出了一口气，活动了一下手腕，一溜烟儿地跑了。

朱丽雅问："就这么放了？"龙大章说："他的嫌疑并没有解除。"朱丽雅说："二师兄，你就是这么破案啊？不按常规出牌。"龙大章说："不管白猫黑猫，抓住耗子才是好猫。诸葛亮六出祁山、七擒孟获，放的是线，收的是网。师妹你就等着看戏吧。"朱丽雅嘀咕："侦察学上可没有你这一套路……"

4

放走刘尔贵，鲁运也想不通。他无精打采地走在黄昏的大街上，想想师傅让他给师弟打"外围"，他心里有点儿不平衡，便狠狠地把一粒石子踢出老远。

周至祥从后面赶了上来："鲁运，怎么像霜打的茄子似的？"鲁运支支吾吾地说："找人……"周至祥问："鸡血麻神案就没有新线索吗？"鲁运说："周队，你说过，我们是有纪律的。"周至祥拍拍鲁运的肩，不无讥讽地说："对，守纪律，有觉悟，你这绿叶当得像春天的白菜叶啊！"鲁运说："周队，都是为了破案……"周至祥说："你可真没心眼儿啊，为他人作嫁衣，让你做外围、当配角，干着还挺来劲呗？"

鲁运低沉地说："我也觉得大章的案子办得有些荒唐。他把刘尔贵这个线团扔了，却去大海捞针。"周至祥说："鲁运啊鲁运，你这个所谓的大师兄，却总跟在二师兄猪八戒的后边捡屁吃。走吧，喝两杯去。老姜不是重用那个嘴上没毛的龙大章吗，他们愿意大海里捞针就捞去吧，我们不能让他带进死胡同。"

鲁运迟疑了一下，架不住周至祥连拉带拽，还是跟着周至祥向一个小饭店走去。他们的身影在夕阳中形成两道斜斜的黑影。

新雨过后，华灯初上。清音缭绕，细语呢喃。龙大章和朱丽雅穿着华丽的便装对坐在心心酒吧的藤椅上，悠闲地呷着红酒。灯光红黄蓝绿紫地明暗变幻，让他们互相看对方的表情显得很暧昧。

旁边桌坐着一个像猴子一样的男人，在自斟自饮。

朱丽雅说："这里环境好。"龙大章说："这里有情调。"朱丽雅说："今天我们得好好喝点儿了。二师兄，你说今天测字那个张半仙测得准吗？"龙大章说："管他呢，阎王爷逗小鬼，乐呵一会儿是一会儿。有钱不花，丢了白瞎。"

龙大章二郎腿一跷，半醉着把皮夹子亮了出来。朱丽雅抢过来，用手指龙大章的脑门儿："我看看有几个糟子儿啊，花没了，你那誉誉，还有祺祺能饶你？"龙大章醉得不成样子："有能耐……今晚你给我造……造没它……"话还没说完，"咣当"一下趴在了桌子上。朱丽雅看了看龙大章，把他的钱装进自己包里："小量……欠练——"

旁边桌上的男人向朱丽雅瞟了一眼，又喝了一口酒……

心心酒吧对面的龙城大酒店里，姜长庚、姜美祺、白小艺高兴地坐在方桌旁。姜长庚举起酒杯："美祺，别等了，大章联系不上或许是有别的事儿。你已经回来好几天了，爸爸太忙，我们喝一杯，给你接风。"姜美祺说："在我记忆中，爸爸从来没不忙过。"姜长庚说："没办法，干公安的就这样。"白小艺笑道："姜爸，难得有如此情调，我们干杯！"她一口干了下去。姜长庚说："这孩子，真干了？"姜美祺责怪道："一个高中生，喝什么酒啊？"姜长庚摆手道："今天就让她破一次例。美祺，这酒局，本来是直帆安排的，可是他临时有事儿，要晚来一会儿。"

姜美祺吃了一惊："他召集的？你当了这么多年副局长，一顿饭都安排不起啊？"她把酒杯重重地放在了桌子上，脸上掠过一丝不快。姜长庚喝了一小口酒说："不至于。美祺，我想和你单独谈谈。"姜美祺站起来倚在窗前向外望着："爸，吃个饭谈什么？"

姜长庚站在姜美祺身后，严肃地说："你妈常说，吃饭不应该谈事儿。可是，我憋不住。简单地说，俩事儿。一是鸡血麻神的案子不要报道。你知道，这是赵书记主抓的项目，赵书记从当兵时就是我的老上级，这会影响他的形象和龙城旅游业。二是龙大章和朱丽雅正在恋爱，你不要横插一杠子。"

姜美祺转身惊愕地说："什么？爸爸，晚了！你说的这俩事儿我一件也做不到。"姜长庚严厉地说："美祺，你要一意孤行，那你就先跟我断绝父女关系！"姜美祺气得要发火，看了看惊讶的小艺，又压了回去："爸爸……我不想和你吵，你告诉我为什么呀？我们究竟欠老赵家什么？"姜长庚喝了一杯酒，呛得直咳嗽，他踉踉跄跄地站起来说："为了和谐而快乐地生活。"

白小艺站起来扶住姜长庚："姜爸，才一杯就喝多了，不服老不行啊。姜爸，吃口菜吧。"她扶着姜长庚坐在餐桌边。

姜美祺打开窗帘向外望去，看见对面心心酒吧那闪烁的霓虹灯下，龙大章和朱丽雅挽着胳膊走了出来。她整个人像泥像一样，定在了窗前……

夏风清凉，灯火阑珊。龙大章和朱丽雅勾肩搭背地走出心心酒吧，昏暗的灯影里只有他们俩。他们先直走，再斜走，摇摇摆摆。小巷里没有人，也没有汽车，在一个大广告牌前，俩人靠在了一起。

对面酒楼的窗户上，是姜美祺的身影。突然，窗帘猛地被拉上，姜美祺向楼下跑去，打了一辆出租车，从车窗向外气愤地望着……

那个猴一样的人叫时猴子，他也歪歪扭扭地向广告牌走来，差点儿撞在龙大章身上："喂，兄弟，忙呢？借个火。"龙大章说："我……我不喝水，没……火。"时猴子说："你没带火，我有火，有烟就行。"龙大章说："我不吸火，哪儿……来的烟啊？"时猴子说："没烟没火的，就到这儿浪漫啊？没有不要紧，有银子就行。前面小店有，我不怕累，我去买。"

龙大章结结巴巴地问："你……你……要……劫财啊……"时猴子眼睛一眨："别说得那么难听嘛，我们不过是要根烟抽，你可是连人家良家姑娘都要了呢，你说钱重要啊还是人重要啊？"龙大章说："你想要钱？"时猴子说："要钱那是犯罪，我……不干，大爷我就是看着你们在外胡搞来气！"龙大章说："闹事儿？"时猴子说："还挺凶呗，眼镜没白戴，学校没白念，大爷我就是闹事儿了，怎么着吧？"

龙大章一个提膝动作，时猴子"哎哟"一声瘫倒在地上。时猴子痛苦地说："你……你小子给我来真的啊？"龙大章和朱丽雅会心地一笑，把时猴子铐了起来。龙大章掏出警察证在时猴子面前晃了晃，又拿着一份资料念起来：

"时子厚，龙城市伏龙区城郊乡河西村村民，十二岁时因盗窃邻居家自行车被村民驱逐出村，浪迹社会，自称《水浒传》中时迁的后代、龙城通，人称龙城神偷，擅长开各种锁……说吧，为什么抢劫？"

时猴子说："警官，我可没偷没抢啊！我女朋友就是在酒吧被像你们一样穿着新潮的浪荡公子拐走的，我特别恨那些人，就想整治他们一下。"龙大章说："这么说，你还成正义的化身了呗？"时猴子说："那倒不敢当，我今天就是手贱，你放过我吧！"

龙大章眼睛盯着他："放你？时猴子，你不是自称龙城通吗？放你可以，你得帮我找到一个人。"时猴子问："谁？"龙大章说："武玉鹏。"时猴子回道："他？我不认识。"龙大章接着念那张纸："时猴子和武玉鹏、刘尔贵系把兄弟，被村民称为'河西三害'……这些，没说错吧？"

时猴子眼睛一转："警官，武愣子当过龙城第一开发商钱如意的'小弟'。他连老钱都敢揍，我不敢惹他。"龙大章把手铐紧了紧："猴子，我们已经调查清楚了，不要讲价钱，四十八小时之内找着他的行踪或提供准确信息，你是自由的；否则，你回来蹲十天拘留，我陪你五天禁闭。你自己选择。"时猴子点了点头，向龙大章抖了抖手铐。

龙大章说："不要试图和我们耍花招！自己打开它吧。"时猴子一惊："你知道我会这绝活儿？"龙大章说："随时来我这儿报到，教会我。还有，不要给武玉鹏通风报信，后果你自己知道。"

时猴子活动了一下手腕，把手铐的锁孔对着腰带上的钎子只一插，手铐"啪"的一下打开了，他一溜烟儿地消失在夜色中……

朱丽雅问："这号人可信吗？"龙大章说："为了保全自己，他会认真工作的。"

5

一个不欢而散的晚宴之后，姜长庚一家三口郁闷而回。

姜长庚斜在床上，醉眼蒙眬地盯着那枚奇怪的扣子。姜美祺悄悄地端着一杯水探进头来："爸爸，你在看什么？喝点儿水吧。"姜长庚赶紧把扣子藏了起来："没……什么，美祺，你有话说？"

姜美祺问："爸爸，你知道我为什么不留在国外吗？"姜长庚说："以前我是在想，你不舍得离开爸爸，也不想让爸爸承受太大的压力。昨天，我明白了，你是舍不了大章。"姜美祺说："爸爸，准确地说，这两个因素都有。爸爸，大章……有什么不好吗？"

姜长庚沉思了一会儿说："美祺，大章很优秀，他会成为一个优秀的人民警察。"姜美祺说："我和他相处你为什么不同意啊？"姜长庚说："美祺，你请求让我给大章一个破案机会，我给了；你也要尊重我一回，我告诉你，龙大章，当同学可以，当同事可以，当朋友可以……当丈夫，绝对不行！"

姜美祺听到这儿愣了一下："爸爸，为什么一说这个你就激动？你不能告诉我为什么吗？"姜长庚拿起妻子的照片："我不想让你成为你妈妈第二。"姜美祺接过妈妈的照片喃喃地说："所以，你就故意让我看到他和朱丽雅在一起的场景？"姜长庚说："朱丽雅追龙大章全大队的人都知道。"姜美祺说："她是烧火棍一头热，我要竞争到底！"

姜长庚痛苦得半天不语，他知道美祺的犟脾气和自己一样，一条道跑到黑，便沉沉地说："美祺，退出吧，你应该比我们这一代有更好的生活。"

姜美祺默默地退出了父亲的房间，看着父亲的白发，她不想争辩了。她感觉父亲老了，没有原来的英姿和豪情了……

6

白小艺甜甜地做着梦，姜美祺蔫头耷脑地回到卧室，百无聊赖地在床上翻看着影集。手机响了，她捂着被子接手机："噢，直帆啊……你要见我？太晚了，明天吧。我还没确定回来呢……你喝高了吧？……刚才手机没电了，打五十次也没用，有事儿吧？……好啊，七年没见同学们了，你组织吧，我准时参加、积极参与，好……拜。"

白小艺翻了个身，学美祺："直帆啊……我准时参加……拜。"扮个鬼脸，翻身睡去。姜美祺怜惜地望着她这个调皮的妹妹："小妮子。"她放下电话，眼睛深沉地停留在一张六人合影上。那六个人是龙大章、姜美祺、赵直帆、龙小晴、郝子强、吴寄瑶。她起身，望着窗外。夜雨落在水坑里，激起层层涟漪……

夜雨中的公安局宿舍显得更加静谧。龙大章躺在床上，看看打着呼噜的鲁运。他打开手电筒，兴奋地从影集里拿出中学时的一张老照片看了起来。照片上的六个人是龙大章、姜美祺、赵直帆、龙小晴、郝子强、吴寄瑶。

鲁运翻了个身像是呓语："二师弟，情不能自控，欲不能自制，别让情烧魔怔了……"说完，又"呼呼"睡去。龙大章看了一眼熟睡的鲁运，把影集放在了床头，微笑着躺在床上。他太累了，已经三天没睡好觉了。刚睡着，他的手机响了："小晴？这么晚了……好，我这就去。"他爬起来敲朱丽雅的屋门："丽雅，起来，辛苦一趟，跟我去找小晴。"

夜雨已经不下了，闪电在远处虚晃一枪。博物馆宿舍内，闪电照着龙小晴那惊恐的脸。她焦急地向窗外望着，借着闪电的光，看见龙大章和朱丽雅走过来。她兴奋地打开门："你们可来了，吓死我了。"龙大章问："小晴，发生了什么事儿？"

龙小晴回忆了刚才和郝子强视频聊天的情况——

龙小晴坐在电脑前对着耳机说："子强，不行就回来吧，是金子在哪儿都发光。"郝子强说："不闯出一条路来，我是不会回去的。小晴，你等我，给我时间，给我支点，我要撬动地球。"龙小晴说："等你撬动地球，我都回归地球了。好了，我得休息了，这两天单位丢了鸡血麻神，弄得鸡飞狗跳的，我累坏了。"

龙小晴熄灯躺在床上，她的脑海里出现了深圳某出租屋，郝子强和几个年轻人正在一台电脑前指指点点地看股市行情，不时地争论着……一道闪电照亮了她的脸，一个炸雷让她哆嗦了一下，她战战兢兢地去拿被子。"啪"，不知什么打了窗户一下；"刷"，一道绿光照过来。随着一道闪电，龙小晴惊诧地发现窗外有一个白色的影子。她吓得被子落在地上，想找手电，腿却不能动了……

龙大章和朱丽雅拿着手电走出去，周围漆黑一片。一道闪电照在窗台的一个小塑料包上。龙大章慢慢地接近那个包时，又一声炸雷响了。龙大章把那个包拿进了屋，打开来小心地看着。里面有一小块通红的石头和一张纸条，上面写着：交给龙大章，不要乱声张。

龙大章心怀疑虑地看看外面的夜空，把那个包重新包了起来……

离开龙小晴的宿舍，夜色已经很深了。龙大章和朱丽雅走在回去的路上，小巷里黑黢黢的有些吓人。联想起白天见到的那张"要破麻神案，围着石头转"的纸条，龙大章心里更疑惑了。

昏黄的路灯伴着龙大章和朱丽雅疲惫的脚步。龙大章说："丽雅，今天太辛苦你了。"朱丽雅说："我愿意陪着你办案，你这又恋爱又破案的两头忙，比我累。"龙大章说："是啊，真想好好睡一觉了。"朱丽雅问："小晴有男朋友了？"龙大章笑了笑："嗯，是同学，在深圳，我父母不同意，还不知道啥结果呢。"朱丽雅说："在那儿干什么？"龙大章说："说是搞风险投资，其实就是炒股票，我倒是很担心他……"

一阵琴声打断了龙大章的思绪，敖拉倚家别墅窗户上映出敖拉倚的剪影，钢琴声《雨一直下》从窗户飘了出来。龙大章抬头向二楼望去，窗户上那个剪影消失了。

在敖拉倚家别墅对面的高楼顶层窗口，一个神秘人正用望远镜向下望着。他把镜头对准龙大章和朱丽雅，调着焦距。他阴沉地对身后一个胖子说："如果刘尔贵被一枪毙命，那就是另一个故事了。"那个胖子回应道："另一个故事，还得靠大哥导演。"神秘人放下望远镜："未来的夜，注定神秘……"

雨后的夜确实很神秘，朱丽雅在这样的夜色中很有兴致："大章，你说这人给龙小晴送纸条又送石头的，到底想干什么呢？"龙大章却疲倦地打了个哈欠："不是指引我们破案，就是把我们引入泥潭……"

第三章 寻踪觅迹，张网以待

1

阳光下的契丹王府博物馆门前，片片积水反射着王府牌匾的光芒，陈立言一脸阳光，带着灿烂的笑容走进了博物馆办公楼。一纸"关于推荐中国契丹文化专家的决定"摆在于伟绩的办公桌上，陈立言笑眯眯地看着他。

于伟绩从近视镜上斜眼扫过题头念结论："市委、市政府和学术界决定推荐陈立言、敖拉倚为中国契丹文化专家，我市文化部门要为他们的研究提供方便……"他把文件扔在桌上，看也不看陈立言。

陈立言似笑非笑地说："于馆长，市委、市政府的公章有造假嫌疑？"于伟绩说："不是市委、市政府不妥，是你不妥。要说敖拉倚是这方面的专家谁也说不出啥来，可是你……算哪门子专家？"陈立言说："不要想不通嘛，过去虽然都是你以契丹文化专家的面目浪迹江湖，但那是因为党政界和学术界信息不畅。"

于伟绩一摆手："说吧，你不会就是来炫耀自己成为契丹文化专家的吧？"陈立言说："你猜错了。你知道我历来为人低调，怎么能为这虚名浮夸呢？"于伟绩说："黄鼠狼给鸡拜年，想干什么？"

陈立言拿起文件，指着道："文件上说得很清楚嘛，我要住下来研究鸡血麻神，我要用它来揭开一个传言千载的重大秘密。文件上还说了，你要积极配合。"于伟绩说："不方便研究。"陈立言说："你不是声称鸡血麻神有惊无险吗，有什么不方便的？"

于伟绩说："是我个人不方便。保安！保安！"见保安进屋，他用手一指："把这位'契丹文化专家'请出去！"两个保安不由分说，架着陈立言的胳膊向外拖。

陈立言气急败坏地说："你给我等着，我要告你去！"于伟绩苦笑着说："小人得志，真是的……天都到这般光景了，我还怕个鸟啊!"

龙小晴进来说："于馆长，会议室已经按你的意见布置完毕，请领导检验。"于伟绩斜了一眼愤愤而去的陈立言，和龙小晴来到小会议室，欣赏着会议室的展板，不时地点头，七年前的情景浮现在眼前。

主席台上方挂着"契丹王府博物馆修复暨龙城奇石馆建设工作座谈会"的横幅，椭圆形的会议桌前坐满了官员、学者、工程经理及当地代表。

赵连起清了清嗓子："请大家来，是希望大家从不同的角度阐述一下有关修复契丹王府博物馆的看法，大家各抒己见吧。"

于伟绩不失时机地站起来："我是伏龙区文化馆副馆长于伟绩，我以为，要修复契丹王府博物馆就要大兴土木，不要小家子气，要彰显我契丹南大王府的恢宏气势。为了使该建筑群一炮走红，吸引国际目光，可以适当扩大其建筑比例，增加其人文景观，添加一些必要的景点……"

他的话还没说完，就被陈立言怼了回去："这是一个学者在说话吗？我陈立言以一个文史专家的身份说四个字：尊重历史！修复契丹王府不是重修契丹王府，那里的一砖一瓦都应遵循旧制，这才能给我们的游客一个真实的契丹王府。若随意改扩建，凭空加景点，那和造假有什么区别？"

敖拉倚也站起来响应："立言主任说得有理。契丹南大王府是我先祖传下来的文化遗产，怎样修旧如旧，应该充分尊重我敖拉家族的意见，不能听名利小人之言……"

于伟绩那次很狼狈，想到这儿，他气愤地把一张有敖拉倚、陈立言陪同专家考察的照片扯了下来，连同陈立言带来的红头文件一起撕得粉碎。龙小晴看得莫名其妙，正要开口问时，见龙大章和朱丽雅拿着风筝在向她招手。

龙城博物馆云杉林边，龙大章拿着风筝线头目测着。他爬到捡风筝的树上，向西南望去，便看见了敖拉倚家阳台上那正在盛开的茶花。朱丽雅问："大章，你怀疑风筝是从敖拉倚家发出的？"

龙大章说："是的。"他指着风筝线解释："你看，这断线处是齐头的，说明是有人故意弄断的。另外，这也与那天的风向和线长相符。我们要密切注意这个敖拉教授，只是……这事儿先不要让师傅知道。"

2

龙山大桥下，张半仙的黄牙子旗在迎风飘扬。

敖拉倚郁郁地走了过来，在张半仙的面前坐了下来："张先生，都说您是半仙儿，您就测一下我今天为何而来。"张半仙说："这位女士，本人只会测字、看风水，实不会算卦。测字所言，也是信口雌黄，只当文字游戏，切莫较真儿。"敖拉倚说："那就玩个文字游戏。"她随手写了一个"王"字，放在张半仙那树枝一样的手里。

张半仙摘下太阳镜，仔细地看了看说："'王'，加一点为'玉'，减一横为'土'；加一框为'国'，减一竖为三；加一撇为'生'……"

敖拉倚打断他："老先生，您就直说我测的这个事能不能成吧。"

张半仙半晌不语，在黄表纸上写道："生自将门姻缘差，一副肠子三下挂……"敖拉倚说："意思是不好呗？"张半仙说："非也，还有两句呢。"他继续写道："中年财缘双比翼，逢三无处不佳话。"

敖拉倚看后，并不懂："请指教。"张半仙感慨道："所测之事，三日内亲情无妨，十三日爱情得续，三十日可得国玉啊。"

敖拉倚惊讶地伸出大拇指："神奇！老先生，请详细指教。"张半仙看了看面前扔钱的罐子，敖拉倚会意地扔进了一百元钱。张半仙又在黄表纸上写了一个大大的"缘"字，在四面写了四句话：有福之人不用忙，没福之人跑断肠。

缘到之时福自到，天乙贵人西南方。

敖拉倚回头向西南方望去，看见龙大章和朱丽雅从自家门前走过，头顶上是一片白云。

她美滋滋地回到家里，慢慢地收拾旅行箱。她把抽屉里的那个捐石证书看了又看，耳边又响起敖拉维国的画外音——

"小倚，我的女儿，鸡血麻神是我们家世传之宝，到我这儿第四十代了。可是，涉黑组织的人已经盯上它了，为了我们和鸡血麻神的安全，我不得不把它交给国家。我，不行了，你有机会一定要把它赎回来……"

她把证书放回了抽屉，接着收拾背包、衣饰、生活用品。她把一个沉甸甸的盒子放进拉杆箱里，拿出一张地图，在西南的凤城上画了个圈儿……

一阵敲门声响起，敖拉倚赶紧把桌子上的东西收了起来，她从门镜里看见白小艺，按遥控开了门。

白小艺进门上楼："敖拉老师，今天练什么曲子啊？"敖拉倚打开曲谱说："小艺，这首《风将记忆吹成花瓣》很适合你。我今天很累，不能教你了，你自己先练着。"白小艺站起来看着敖拉倚的眼睛说："敖拉老师，你又没睡好？"

敖拉倚说："小艺，对我来说，不眠的夜晚太正常了。学校放假了，我想一个人出去度度假，歇歇了。"白小艺仰着脸说："为什么要一个人出去度假呢？"敖拉倚平静地说道："老师喜欢安静。"

白小艺说："敖拉老师，你不会像李娜那样抛却红尘吧？"敖拉倚说："傻丫头，老师可没那境界。我只想换个环境，忘掉一些人、一些事。"白小艺说："没那境界就找个人儿嫁了吧。昨天读了舒婷的《神女峰》，里面有两句诗太好了。"敖拉倚问："哪两句？"白小艺说："与其守望千年，不如在爱人肩上痛哭一晚。敖拉老师，我觉得这两句诗就是说你呢。"

敖拉倚笑了笑说："小孩子，懂个啥。"白小艺说："敖拉老师，可不能小瞧人，我懂的可多了。（凑上前）哎——我给你当个红娘呗。"敖拉倚呵呵一笑："谁呀？"白小艺说："公安英雄姜长庚啊。"敖拉倚脸上表情很复杂地看着窗外说："姜长庚……姜长庚。"

白小艺说："老师，你怎么了？"敖拉倚转过脸去说："没什么。小艺，估计我得出去一段时间，这期间你自己按课本上的练，不要间断，一间断，手指就会僵硬的。"

琴声响起来，敖拉倚坐在书房里，一边弹琴一边望着窗外的夕阳沉浸在思考中。白小艺发现，只要一提姜长庚，敖拉老师就会忧郁地弹起琴……

那曲《雨一直下》轻轻地弥漫在伏龙区刑警大队副局长室和姜长庚心里。他拿着那枚像扣子一样的东西看了看，走到地图前，在龙城和凤城之间画了一条线，写上"东北新干线"几个字，又加了一个问号。

这时，龙大章进来了，问道："师傅，你找我？"姜长庚说："是啊，鸡血麻神案可有新进展？"龙大章说："报告姜局，武玉鹏过去给地产商钱如意当过保镖，后来自己单干了。我们寻找了三天，但还没有头绪。"姜长庚说："你的五天期限可是要到了。"龙大章说："师傅，我明白……我想敖拉姨……"姜长庚没有让他说下去，摆了摆手。龙大章只好退了出去。

黄昏时分，姜长庚和龙大章、朱丽雅从刑警大队出来，他们一边走一边讨论着案情。可每当提到那张纸条和石头的时候，姜长庚似乎都不感兴趣。这时，龙大章向远处一指说："看——那不是白小艺吗？"

白小艺边走边踢着石子儿玩儿，姜长庚走过去说："小艺，你又逃学了？"白小艺吓了一跳："姜爸，这么大声，吓我一跳。琴没人教了，敖拉老师要出家了。"

姜长庚惊疑地问："出家？"白小艺答："是啊，明天……"没等白小艺说完，姜长庚就向敖拉倚家跑去。龙大章、朱丽雅和白小艺呆呆地向姜长庚望去，百思不得其解……

敲门声响起，敖拉倚从门镜屏幕上发现姜长庚站在门外。

敖拉倚说："别敲了，我是不会见你的。"姜长庚说："看在小艺的面子上，开门吧。"敖拉倚倚在门上："我的门不会再为你打开了，过时了。"

姜长庚说："我有事问你。"敖拉倚说："以往惯例——隔着门说。"姜长庚无奈地说："好吧。我问你，送到龙小晴那里的字条是你写的吗？"敖拉倚无声。姜长庚接着问："那块假石头是你送过去的吗？"敖拉倚无声。姜长庚继续问："听说你要出门，是真的吗？"

敖拉倚语速放缓："公安英雄，侦破案件是你的本分，不要把我搅和到里面。对你，我已无话可说。你走吧。"不管姜长庚再说什么，里面再无一言。

姜长庚站到夜色朦胧，只好蹒跚离去。

望着姜长庚的背影，一个场景浮现在敖拉倚眼前——

半年前，戴着墨镜的武玉鹏找到敖拉倚，打开塑料包说："敖拉专家，别问我是谁，你给我看看这鸡血王原石，价值多少啊？"敖拉倚拿起来，仔细看了半天，又用强光手电照了照，把石头推给武玉鹏："做得太像了，什么人会有这手艺？"武玉鹏没有回答，而是问："你意思这是假的？我可是花大价钱买来的。"敖拉倚把石头往武玉鹏手里一塞："你不信？可以找别人再看看。"武玉鹏没有接，说道："您是鸡血麻神的第四十一代传人，你说是假的，我信。"敖拉倚放下石头说："上当也不奇怪，不是专家根本看不出来的。哪儿买的？"武玉鹏阴阴地说："这你就别管了，石头送你了，一定要保守秘密。否则……会有大麻烦的。"

敖拉倚自言自语道："他为什么要把这块石头送给我呢？"

3

七月的龙城夜色最具魅力，龙大章推了与姜美祺的约会，和朱丽雅向不远处的方格棋牌室方向走去。武玉鹏的线索一点儿也没有，他不得不把希望寄托在"河西二害"身上。他们坐在棋牌室对面的公交椅上，等着刘尔贵。

龙大章问："丽雅，你说师傅一听到敖拉倚要出家，反应为什么那么强烈？"朱丽雅说："听大师兄说，师傅年轻时有个恋人，或许就是她吧。"

正说着，刘尔贵向方格棋牌室走来，龙大章迎上去小声说："找武玉鹏的事儿不能再耽搁了。"刘尔贵左右看了看："我已探出猴子知道武玉鹏的下落，他只是不敢说。我今天正要到棋牌室套他，只是……这手头……紧。"龙大章拿了几张百元钞塞在刘尔贵手里，看着刘尔贵向棋牌室走去。

雨夜的方格棋牌室传出了闹哄哄的搓麻声，刘尔贵的"战斗"成果很不理想。这不，时猴子把牌一摊，笑呵呵地说："哥们儿又和了，知道这叫什么吗？'东北新干线'，大牌，上钱吧，您！"

刘尔贵站起来，一张一张地查看时猴子的牌："对于你这样的'三只手'我得看看……"时猴子心虚地说："俗话说，捉贼捉赃……（邪眼看着吴寄瑶）捉奸捉双，没毛病吧？"刘尔贵瞅着时猴子，手便捏住了时猴子藏在袖子里的四张牌，嘲讽地说："山中无老虎，猴子成大王了。有钱的赵公子走了，兄弟我要钱没有，要命一条。"吴寄瑶不明就里，轻蔑地看了刘尔贵一眼说："没钱啊，那就哪儿凉快哪儿待着去，别在这儿充大尾巴鹰。"刘尔贵说："现在的人啊，眼皮薄……"话没说完，就挨了吴寄瑶一巴掌。

刘尔贵向时猴子使了个眼色，二人趁乱把牌一推，那几张牌混入了牌堆。刘尔贵说："扫兴！刚上来就让人搂个大的，今天不玩了，我要和猴子到外面谈谈。"他不由分说，拉起时猴子向门外树荫里走去。

时猴子抱拳谢道："多谢哥们儿没当场戳穿。"刘尔贵摸摸时猴子的手指说："兄弟，你的手没让人剁了，怎么感谢我呀？"时猴子说："走，今晚消费我全担。"刘尔贵说："猴子，我不要你请，我要你帮我把武愣子欠我的三万元钱要回来，我给你提成。"时猴子说："提几成？最少得三成。"刘尔贵嘴一咧："三成？够黑，只怕你得不到。"时猴子说："你是说我不知道他的下落啊，还是不想给钱啊？你说就你这样的人，连个大活人都找不到，不求我'龙城通'求谁呢？"刘尔贵说："好吧，成交！"

二人嘀咕着向一个偏僻的小巷里走去。里面漆黑一团，只有一家门面房发出微弱的灯光。

刘尔贵拉着时猴子小心翼翼地向小巷里走去："猴子，你哆嗦什么？"时猴子说："我冷……冷。"刘尔贵说："不是吓得吧？"时猴子向那扇窗指了指："我想他应该在那儿，你……自己去找他吧。我可是走了，钱儿不能少我的。"刘尔贵说："哎，你要是不去，要回钱来也没你份儿。"他回头一看，时猴子已经消失在夜色中……

　　刘尔贵向那个出租屋走去，试探地上前去敲门："武兄——大哥——"

　　里面的灯灭了，没有任何声息。刘尔贵还在叫着门，窗帘从里面拉开一条缝，一双眼睛向外扫描着……突然，门猛地开了，一个黑影蹿出来，一棍子打在刘尔贵的肩上。

　　刘尔贵抱头声明："鹏哥，是我，我……二棍。"武玉鹏狰狞地说："你小子，打的就是你。"刘尔贵说："鹏哥，我们可是从小光屁股儿玩大的兄弟啊！"武玉鹏说："谁和你是兄弟？过去我在钱如意那儿人模狗样的时候，你们拿我当亲兄弟。现在老子落庙了，猴子你们哪个当我是兄弟了？"刘尔贵说："鹏哥，我和猴子可是不一样啊！"

　　武玉鹏说："你还不如那龟孙子呢。谁不知道你让公安抓了，敢来绕我，你就不怕连累我吗？今天老子要了你的命！"说完，棍子又"噼里啪啦"地落了下来。刘尔贵被揍得哭爹喊娘地说："你欠我那三万元我不要了……"

　　刘尔贵的鲁莽误了龙大章的大事。此时，他正在公安宿舍仔细研究着那块通红的石头和字条。这张字条和石头是为了指明办案方向还是混淆视听？又为什么不直接送到我手里？是想让我通过假石找到做假的人吗……

　　电话打断了他的思绪："猴子，你说什么？……说清具体位置，我马上就到……"龙大章跳下床，快速地穿上衣裤和鞋，向外跑去。鲁运翻了下身："大半夜不睡觉，这是闹啥呢？"龙大章路过朱丽雅的房间，里面传来了朱丽雅的声音："大章，是不是发生案子了？我也去。"

　　院内，龙大章发动了一辆警车，朱丽雅打开车门蹿上车，车扬起地上的积水，冲了出去，直奔那偏僻的小巷。

　　偏僻的出租屋前，沉闷的棍子声后，刘尔贵不动了，武玉鹏又踢了他两脚。刘尔贵躺在地上，像死过去一样一动不动。武玉鹏把棍子一扔，气哼哼地向外走。时猴子躲在角落里，吓得大气也不敢出一下，看着武玉鹏消失在小巷口。

　　小巷另一端，一辆汽车的灯光照得躲在角落里的时猴子睁不开眼睛。龙大章和朱丽雅从车上跳下来："他们在哪儿？"时猴子向巷子里一指："就在那边，就在那边。"龙大章和朱丽雅飞快地向巷子里跑去……

出租屋外，刘尔贵躺在地上一动不动。直到看见是龙大章和朱丽雅，他才敢"哎哟"。龙大章走过来，蹲下："我问你，武玉鹏在哪儿？"刘尔贵有气无力："跑……跑了……"龙大章焦急地问："往哪儿跑了？"刘尔贵用手一指："那边……"龙大章和朱丽雅向巷子口望去，那里孤零零地立着一杆路灯。

出租屋内，床上凌乱不堪，一个俊俏的小姑娘失神地蜷缩在墙角。朱丽雅说："起来说话，叫什么名字？"小金子掩面答道："别人管我叫小金子。"朱丽雅问："你是干什么的？"小金子说："租房的。"朱丽雅问："刚才那个人是谁？"小金子答："不认识。"朱丽雅说："不认识就住一起了？小小年纪倒是挺开放的。他在这儿住多长时间了？"小金子答："他总共来过……一次……不，两次。"龙大章说："带她回去做笔录。"

半宿的折腾后，天色微明。龙大章疲惫地走进了宿舍，脱掉外衣，翻箱倒柜地找着什么。鲁运翻了个身："师弟，又是一个不眠的夜晚呗。"龙大章说："是啊。"鲁运问："收获颇丰？"龙大章说："一言难尽啊，师兄，能借我点儿钱吗？"鲁运问："借钱干什么？相亲啊？"龙大章说："就算相亲吧。"鲁运从床头柜里拿出三千元钱，交给龙大章说："这可是我的'脱光'钱，你未来嫂子的化妆品钱，你得早点儿还我。"龙大章抓过钱，说声"谢谢"跑出去了。

来到龙城医院，龙大章把钱交上，便在处置室外的走廊里焦急地等待。这时，龙大章的父亲老龙头和老师刘国珍急急忙忙地走过来。龙大章问："爸爸，刘老师，你们怎么来了？"刘老师说："大章啊，刚才猴子说尔贵受伤住院了，我就求你爸和我一起来看看。尔贵呢？尔贵呢？"龙大章说："刘老师，你不用着急，刘尔贵在做包扎呢，医生说是皮外伤，没啥危险。"刘老师用颤抖的手掏出一包钱说："大章，尔贵住院得花不少钱吧，你替我交上。"龙大章把钱推还给刘老师说："刘老师，钱我已经交上了。"刘老师说："那怎么行呢？（把钱又塞过来）大章，你替老师我交上。"龙大章内疚地说："刘老师，尔贵是替我受的伤……"刘老师说："唉——尔贵，苦瓜蛋子……"

刘尔贵被推出处置室，刘老师心疼地上前问候。龙大章打了个哈欠，心想，为什么他不先报告就独自去找武玉鹏？是不是他和武玉鹏有着某种瓜葛？

4

契丹王府博物馆馆长室，于伟绩伸了伸懒腰，看着墙上赵连起等领导视察的照片发呆。

龙小晴进门："于馆长，你又没睡好？"于伟绩说："我能睡得着吗？陈立言这个小人，在这节骨眼儿上到市里告我，竟然说我有监守自盗的嫌疑。"龙小晴说："于馆长，刘尔贵被打住院了，你要不要去看看他？"

于伟绩说："看他？我处分他还来不及呢！要是鸡血麻神的事儿在报纸上捅出来，我就要被架在锅腔子上烤了。"龙小晴说："于馆长，纸包不住火，真相大白是早晚的事儿。"于伟绩说："在我被处分之前，要把一些成事不足、吃里爬外、落井下石的东西先拿下。"龙小晴问："拿下？于馆长，拿谁？"

于伟绩神秘地左右看看，拿出一张纸小声地说："小晴，你看看这个。"龙小晴疑惑地拿起那张纸："举报信？陈立言有作案动机和嫌疑……于馆长，你想举报他啊？"于伟绩左右看看："小声点儿，我想让你通过你大章哥秘密举报陈立言。"

龙小晴说："于馆长，你想举报就举报呗，这是公民的权利，通过我……不合适吧？"于伟绩尴尬地一时说不出话来。

对于伟绩来说，怕什么来什么。在区委书记办公室，赵连起泡上一壶茶，漫不经心地拿起一张报纸看了起来。突然，他瞪大了眼睛——《石破天惊——契丹博物馆开业前被"斩首"》："鸡血麻神被盗，暴露出管理问题和安保措施不力的问题，群众反映的博物馆建设中的诸多'猫腻'也不可轻视。本报将继续关注相关情况，在第一时间让读者了解到最权威的信息……"赵连起"啪"地把报纸摔在桌子上，拿起了电话："于大馆长，你跑步到我这儿来！"

于伟绩虽不是跑步来的，但是一刻也没敢耽搁，在他点头哈腰的时候，热汗落了书记室一地。赵连起危坐在椅子上，于伟绩弓着腰、流着汗看那张报纸："赵书记，陈立言是小人啊！这都是他指使人写的，我前天找过他，他答应得挺好，说不报道了，你说，今天就登出来了。"

赵连起严肃地说："老于，新闻单位实行正常的舆论监督是他们的本分，这有利于我们当干部的廉洁自律，不要一提意见就一蹦三尺。鸡血麻神被盗，案子至今没破，纸里包不住火。这事儿，你我都有责任，你是怎么协助公安破案的？你把心思都用在保官、跑关系、阻止报道上了！"

于伟绩说："书记，我知错了。"赵连起说："老于，我叫你来还有个更重要的事儿，关于博物馆建设，群众有些议论，你明白吗？"于伟绩说："书记，我明白，是您力主让我主管这两大项目建设的，我永远是您的人。他们整我就是想……"

赵连起不耐烦地打断他："老于，我发现你嘴上明白，心里糊涂。我用你，是因为你是这方面的专家，认识几个契丹文字，不是因为你是谁的人。我们干的是事业，为的是龙城乃至中国能让契丹文化得到发展。你是文化人，我不想让你下不来台。你马上回去，仔细想想博物馆建设的过程中有没有什么不得体或是违法犯罪的事情。有风言风语说，我儿子直帆插手了博物馆建设？"

于伟绩赶紧否认："这是造谣。"赵连起说："老于，你当过直帆的老师。你们背着我做了什么我不清楚，赵直帆的质检站长是不是你给跑下来的？有一条底线，你不要把直帆给我带沟儿里去。（挥挥手）回去吧，想清楚了再来找我。"于伟绩说："书记，这个你可错怪我了，直帆是自己干得好，跟我没有关系。赵书记，还有人向我举报陈立言涉嫌鸡血麻神案呢，（拿出举报信）你相信吗？"

赵连起一惊："老于，我们党是不会偏听偏信的。要是有人举报，你可以让他向公安局举报，不要搞小动作。你去吧。"

于伟绩诺诺而退，赵连起若有所思地目送着于伟绩离去。

5

晚上的敖拉倚家小祠堂倍感诡异，敖拉倚跪在先人的画像前。

面前的香火一闪一闪的，照着她惨白的脸："先人啊，你留给我们后人的东西太少了，这让历朝历代的历史学家犯了难。我所寻找的木叶山，没有谁能确切地说出它的位置。我翻遍了古籍、走访了居民、搜集了传说、考察了古道、观测了地貌，跨越了时空的阻隔，仍能未准确地寻找到契丹木叶山的蛛丝马迹。我有能力当契丹文化专家，却揭不开契丹宝藏的神秘面纱。测字先生说我要向西南走，我能去吗？”

一阵风吹过来，香火被吹灭了。敖拉倚起身向阳台走去，她想望一望西南天空的星星，却看到了姜长庚在厨房窗户里闪烁的烟头儿。

姜长庚抽着他专用的加长雪茄，失落地向敖拉倚家望着。最近，鸡血麻神被盗案搞得他心神不宁，举报信如雪片，可有价值的信息奇缺。如按举报信，敖拉倚、于伟绩、陈立言、于小晴、刘尔贵、赵直帆等都人在其中。可是，他自己感觉，这个案子背后的人绝没那么简单……

姜美祺走过来，也向窗外望，她看见了敖拉倚，就问：“爸，你在看什么？”姜长庚说：“美祺，你妈……”姜美祺说：“别拿我妈打掩护。”姜长庚继续说道：“你妈给我托梦了，她让我给你找个好人家，千万别找像我一样的……美祺，你说，赵直帆有什么不好呢？”姜美祺说：“好与不好我不清楚，可是我对他没感觉。”姜长庚说：“感觉能当日子过吗？”姜美祺说：“爸，你还是多考虑一下自己吧，比如说对面那位敖拉阿姨。”

姜长庚想说什么，从白小艺的屋里传来了《欢乐颂》的曲子。姜美祺走进卧室，发现白小艺在梦中露出甜美的微笑，正在念着《欢乐颂》的曲谱。姜美祺怜爱地看着她，给她盖好了被子。

姜美祺再次走到厨房，望向对面，已没了敖拉倚的身影。楼下有一对对情侣走过。突然，她看见龙大章和朱丽雅从楼下走过去，姜美祺转身回到卧室，气愤地拿起那本影集摔在地上……

6

赵连起坐在客厅沙发上翻阅着《中国巴林石》杂志。“哐”的一声，赵直帆喝得醉眼蒙眬地撞门进来。赵连起惊愕地望着赵直帆，看了看墙上的时钟——二十二时零五分。

赵直帆两眼通红地靠着门框说："老爸……又准备……讲话稿呢？"赵连起把杂志摔在茶几上："看你，喝成了什么样纸（子）？"赵直帆歪歪斜斜、晃里晃荡地走过来："历时六载……你老人家一手促成的……麻神馆'啪啪'打脸啦……脸都打肿了……哈哈哈……"

赵连起站起来："想什么呢？天天和一些不三不四的狐朋狗友混在一起，喝……就知道喝！"赵直帆向卧室边走边说："老爸，你喝了大半辈子酒，喝过请客人不到场的酒吗？没有吧？我今晚喝……喝了，还自己喝多了……我在想……那年英雄救美的为什么不是我呢……"卧室还没到、话没说完，人倒在沙发上，"咣当"一声把茶几踹出老远。赵连起无奈地看着他，叹了口气。

姜美祺仰在床上，看着天花板发呆，有两天时间没见着龙大章了，他总说忙，可她两次见到他和朱丽雅在"逛街"，这让她很不高兴。正想着，她的手机前后来了两条短信——"美祺，我知道你还没睡，我可是等了你七年了。赵直帆。""美祺，听说刘老师身体不好，有时间一起去看看她吧。龙大章。"

姜美祺没回短信。她翻开影集，那张六人合影形成的记忆慢慢打开了——

七年前，校门口挂着"龙城市王府中学"。教室门口挂着"高三五班教室"。教室墙上的电子时钟显示：二〇〇四年六月三日九点五十五分，墙上挂着"决战高考""冲刺高考"的标语。绝大多数同学埋在高耸而拥挤的书堆儿里。安静的教室，突然传来赵直帆均匀的鼾声。龙大章在赵直帆身后，拿一根草叶子往赵直帆的耳朵里塞。赵直帆旁边的姜美祺几次想推醒睡觉的赵直帆，却又几次把伸出的手缩了回来。她调皮地在一张白纸上用水彩笔写上"这，已经沉寂了一千年；你，已昏迷了两节课。醒醒吧！"用别针别在了赵直帆的后背上，后面的龙大章、龙小晴和郝子强就憨憨地笑……

刑警大队宿舍，鲁运打着鼾，龙大章轻轻地拧亮了台灯，灯光照在那张六人合影上，竟把几个人的记忆连接起来——

　　一阵清脆的皮鞋声惊动了靠窗的郝子强，他从窗口探出头来，眼光正好和刘国珍老师对上。他吐了下舌头，头马上缩了回去。教室里立马传来一片小声的议论："私孩子他妈来啦！"之后，是死一样的沉寂。这时，睡觉的鼾声显得更大了。姜美祺和龙大章一起推赵直帆："快醒醒，快醒醒，刘老师来了！"

　　此时，刘老师已经走到了赵直帆跟前，看了看赵直帆后背上挂着的纸条，笑了笑。赵直帆揉着眼睛喃喃地说："老师，昨天做题睡得太晚了，你处罚我吧……可是……别掐我……行吗？"刘老师笑了，笑容可掬地看着赵直帆。

　　赵直帆更毛了，怔怔地看着刘老师。刘老师温和地说："醒了就好，我这次不罚你啦。"她走上讲台："同学们，你们解放啦！我知道你们很累，我儿子刘尔贵复读了四年，今年和你们同时参加高考，我发现，我的教育很失败……"眼泪下来了，她哽咽道："你们，放假三天，充分休息，备战高考！"

　　几句话，教室死一样沉寂。赵直帆第一个跳起来，高呼："万岁！解放了！"喊着喊着，赵直帆就把书本儿、练习册什么的撕成了雪片，向空中扬去。接下来，后座的龙大章也加入了撕书的行列，其他同学群起效仿。姜美祺努力地阻止同学们撕书，可是她的话谁也不听，她摔门而去……

　　想到这里，龙大章的想念之情油然而生。他拿出手机发着短信："曼丽酒吧，我要见你！"

　　深夜，怀念过去的还有赵直帆。他满脸酒气地斜靠在床上，手里是姜美祺的照片。他反复地翻着，回想着过去的故事——

　　千年古槐下，姜美祺靠在树下生气，龙大章和赵直帆就赶紧追了过来。

　　龙大章说："姜美祺，独自在这儿感慨万千呢？"姜美祺扭过脸去，不吱声。赵直帆扮狗熊逗她笑，她背过身。姜美祺突然转过身喊："太过分了，你们两个怎么能带头做这种事呢？书是人类进步的阶梯，你们这是对知识的不尊重！"

　　赵直帆说："我这叫减压发泄，你外行，我们苦读了十多年，发泄一下情绪还不行吗？"姜美祺说："太疯狂了，这叫忘本！"龙大章说："我们的行为是有些过激，美祺说得对。书本是值得尊敬的，它教会了我们知识，我们不能抛弃它。"

正说着，千年古槐的一个枯树枝杈向姜美祺头上直插下来，龙大章跑过去，把姜美祺压在了身下。姜美祺喊道："你！"她看了看落在身边的枝杈，脸"腾"的一下红了。赵直帆艳羡地说："英雄救美，怎么不是我呢？"

赵直帆怀抱着影集，嘴里念叨着："美祺，怎么不是我呢？为什么不是我……不是我……"在鼾声中睡去……

三个人的记忆，像是变幻的霓虹，是由里到外的浪漫。如果说这是一个怀春的夜晚，倒不如说这是一个燃烧的夏夜。两个睡不着觉的人对坐在曼丽酒吧的角落里，彼此心照不宣地听着萨克斯曲《等爱的玫瑰》。

龙大章说："不是《雨一直下》了。"姜美祺说："因为天要晴了。怎么样，案子有进展吗？"龙大章说："和一个记者谈未决的案子，有点儿违纪。不过，说实话，嫌疑人找不到，这是我睡不着的主要原因。如果明天还找不到，我就要自己走进禁闭室了。"姜美祺一惊："嫌疑人的线索一点儿也没有吗？"龙大章无奈道："刘尔贵这样一折腾，嫌疑人藏得更严实了。"

姜美祺说："我的回归之路受阻，你的破案之旅受挫，老天给了我们太多的压力。大章，你还能行吗？"龙大章说："我是男人，怎能说不行呢？压力才能让我们快速地成长，让我们共勉。"两掌击在了一起，龙大章接着说："我在想，鸡血麻神被盗，不是个简单的盗窃犯罪。随着契丹热的产生，会出现很多针对契丹文物的案件，后天晚上有个有关辽代文物的鉴宝大会，我想利用这次大会引蛇出洞……"姜美祺问道："需要我做什么？"

龙大章说："俩事儿，一是高调宣传契丹宝藏，传说藏宝图在一本叫《木叶山》的书里，今晚就发出去，我已经替你写好稿子了。"说着，把稿件塞到姜美祺手里。

姜美祺问："第二件事儿呢？"龙大章说："借阅一些辽代文物方面的资料，我想从中看出鸡血麻神盗窃者究竟想干什么。"姜美祺说："有一个人一定能借出来。"龙大章说："直帆？我明白了。"姜美祺点了一下头，笑着与他碰了一下红酒杯，那首《等爱的玫瑰》已近尾声……

7

龙城市区的早晨，晨雾弥漫。到处是匆匆忙忙的人流、车流，阳光透过奇石馆广场上的喷泉，折射出五颜六色的光晕。

契丹王府博物馆馆长室，于伟绩无精打采地坐在办公桌前，赵直帆大咧咧地跷着二郎腿坐在沙发上："于大馆长，怎么不乐呵呢？"于伟绩说："昨天挨完你爸训，今天准备做检讨，能乐呵起来吗？"赵直帆问："又为了什么呀？"于伟绩说："还不是博物馆建设中所谓的行贿受贿问题，而且特别提到你是否参与了博物馆建设。你爸让我反省呢，他要听汇报。"

赵直帆惊讶地问："提到我？你准备怎么汇报？"于伟绩说："共产党要讲认真二字。实事求是，毫无隐瞒，把你、宏大公司，还有那个平原物资公司都供出来，反正我没得到什么好处。"赵直帆"腾"地从沙发上坐了起来："于老头，你疯了？没良心的，要不是我，你现在还是个初中代课教师呢！"

于伟绩哈哈一笑："赵公子，你还是嫩啊。你爸那儿我已经想好了，写个博物馆建设过程的详细汇报，多说点儿领导的丰功伟绩，能混过去。说吧，又来找我什么麻烦？"赵直帆说："借两本书看。"于伟绩感到不可思议："借书？这倒是太阳从西边出来了。你不是一看书就头疼吗？"赵直帆说："于老头，你管得太多了。"于伟绩说："说吧，啥书？"赵直帆答道："《龙城市志》《辽史》和有关大辽国的全部古籍。"于伟绩两手一摊："古籍？按规定是不能借的。"

赵直帆说："从没有铁板一块的制度，不借，我可自己去拿了。"于伟绩笑道："活土匪！（向外喊）小晴——给赵公子找书。"姜美祺和龙小晴一同进来说道："谢谢于馆长。"于伟绩说："噢，我明白了，闹了半天，赵公子是给你借书。为什么不自己来呢？"姜美祺说："怕你不借嘛。"于伟绩说："噢？我于伟绩可没你们报社的人那么难性。只是，借的书一定要做好登记，打借条，这可是关系着我身家性命的事儿。赵公子，今晚在大辽绿都有个五年一度的鉴宝大会，我得准备致辞了。"

　　姜美祺和赵直帆走在大街上，怀里各抱着几本古书。赵直帆说："就为这几本破书，折腾我亲自来一趟，我以为什么要紧的事呢。"姜美祺说："这可不是破书，这几本古籍，哪一本不值个万八千的。你不来，我们借不出来，你脸大。"赵直帆说："钻进这故纸堆里想干什么？"姜美祺说："我写有关契丹方面的报道要用，龙大章针对契丹文物的案件也要用。"赵直帆说："说来说去，是大章用啊？"姜美祺说："主要是我用。"赵直帆不快："早知道这样，我就不管了。"姜美祺说："你个小心眼儿。走，中午我请你——豪华抻面，外加俩蛋。"赵直帆说："丢不起那人，还是我请你吧。"

　　此时，敖拉倚家对面窗口的望远镜正对着赵直帆和姜美祺，焦点落在姜美祺手中的书上。一个戴着墨镜的神秘人和一个胖子站在窗前。神秘人抖了抖手里的《龙城晚报》说："看来，这次鉴宝大会还真有些真材实料。"那个胖子说："晚报居然用一个版面报道契丹藏宝的秘密，不会有诈吧？"神秘人说："让人好好打探一下，那个姓龙的小警察在像没头的苍蝇一样乱撞，再过一天，就得自己蹲禁闭去了。"

　　在大街拐角处，龙大章这只"乱撞的苍蝇"险些撞在姜长庚身上。

　　姜长庚问："大章，急三火四的干啥去？"龙大章着急地说："师傅，我去找白小艺有点儿事，回头向你汇报。"姜长庚问："你小子，鸡血麻神被盗的案情是你透露给美祺的？"龙大章说："是……"姜长庚心虚道："我已经挨批了！明天破不了案，你就等着上禁闭室吃饭去吧！"

　　龙大章说："师傅，我正在想办法。"姜长庚问："噢？瞒不了我的眼睛，说，啥办法？"龙大章说："我觉得还得从假石头这个根儿入手。"姜长庚目光坚定："你在打敖拉倚的主意？不过，我告诉你，你不要把她带进这个案子。"龙大章问："师傅，你有什么好办法？"姜长庚说："我想去一趟凤城……"龙大章疑惑地念叨："凤城？风马牛不相及也。"

　　姜长庚摆摆手，龙大章匆匆地走了。

　　他在公园门口找到了正与男同学嬉耍的白小艺，把她叫到了旁边："敖拉老师也该下班了吧？"白小艺说："下什么班啊？放假了。敖拉老师每天这个时间都到契丹文化广场喂鸽子，我想得上那儿去找她。"龙大章说："前边就是契丹文化广场，（拿出假鸡血石）这块石头就是你们敖拉老师那天掉地上的对吧？"白小艺向远处望着说："颜色一样，大小、形状不对，你问了五遍了！看——（向远处一指）敖拉老师在那儿——"

龙大章顺着白小艺手指的方向，看见了敖拉老师正在喂鸽子，而她旁边还有一人——姜长庚。他们坐得很近，说笑着。

白小艺喊道："敖……"话没出口，就被龙大章捂住了嘴。龙大章小声地说："不要喊，你姜爸在。"白小艺把龙大章的手一拨拉："你要捂死我呀！姜爸在不是更好吗？我正要给他俩说媒呢。"

龙大章把白小艺拉到一边说："你小小年纪会说个啥，该成的也得让你说黄了。"白小艺说："给你们大人办事儿这个难。不是我没帮你啊，是你不见，你答应请我的事儿不能黄了。"龙大章说："今天不行了，明天。明天叫上你大姐，咱们一起吃大馅饸子。"白小艺喊："不吃，我要吃大馆子！想拿小店糊弄我？"她指着龙大章的脑门儿："山娃子，想省，门儿也没有！"

不方便见敖拉教授，龙大章回到刑警大队办公室。他正坐在那儿翻阅着那几本古籍，朱丽雅面带笑容地进来了："大章，看什么书呢？（把书翻过来看）《辽史》《契丹国志》《统一志》《大辽国史话》《大金国史话》《二十六史·中国历朝记事本》《辽史·地理志》，你是真想当辽史专家了？"龙大章说："随意翻翻，这就叫'文武之道，一张一弛'。"

朱丽雅焦急地说："心多大啊，再有十几个小时就被关禁闭了，你想怎么办呀？"龙大章平静地说："丽雅，今晚我们去参加鉴宝大会。"朱丽雅说："鉴宝大会？你不会天真地想武玉鹏会拿着鸡血麻神去找专家定价吧？"

龙大章说："那不会。可是，我越来越觉得盗宝者不会只盗鸡血麻神，这种五年才开一次的盛会，如果有他们想要的东西，他们不会错过机会的。小金子前天偷听到武玉鹏的电话，听见他们对鉴宝大会很感兴趣。"

朱丽雅说："有道理。"龙大章说："丽雅，你看，这几本有关辽代文物方面的书页被人撕掉了。我打电话问过龙小晴，她说这些书早就被人挖了天窗。"朱丽雅问道："这说明什么问题？"龙大章说："早有人对契丹文物垂涎欲滴了。丽雅，趁着天还早，我要去找几样宝贝，也好混进交易会现场。另外，我还要去见美祺，让她引见一下陈立言，问问缺页里到底写的是什么。"龙大章说完，向外走去。

龙大章来到青丝茶艺楼玲珑茶室，刚点完两杯清茶、两盘干果，龙小晴进来了："哥，有事儿上我单位说不得了吗，还请到这儿来。"龙大章说："单位说不方便。"龙小晴问："鬼鬼祟祟的，到底什么事儿？"龙大章小声地说："实话跟你说了吧，我想借博物馆两件宝贝。"

龙小晴一惊："哥，你不是开玩笑吧？博物馆的东西谁敢往外借啊？你要不想让我进监狱，就不要提这茬儿。"龙大章说："小晴，我没开玩笑。这个忙不管有多大风险，你都要帮，这跟破案有关。"龙小晴说："哥，你是公安执法人员，怎能执法犯法呢？借文物的事儿真不成。"

龙大章说："好吧，没想到我妹妹已经成熟了，这我就放心了。"龙小晴松一口气："噢，你是在试探我？"龙大章说："小晴，家里不是有两个老式花瓶吗，晚上下班后你回家偷偷地拿给我。"

龙小晴说："说来说去，不是让我借，就是让我偷啊！再说了，你可真逗，契丹鉴宝大会，你拿民国的花瓶去糊弄。"龙大章说："就为了能进那个门嘛，鉴定中谁管它是西周的还是上周的。"他从包里拿出一本叫《木叶山》的古书塞到龙小晴手里说："找个可靠的人，在鉴宝大会上献宝，并在会场入口处高调宣传……"龙小晴问："哥，你到底要干什么？"

这时，龙大章透过玻璃看见时猴子正从楼下走过，便放下茶杯，急匆匆地向外走去，后面传来龙小晴叫服务生买单的声音。

阳光从玉龙上照下来，照在一个"条筒万"俱全的建筑物上。时猴子压低着帽檐儿从这里匆匆而过，龙大章偷偷地跟在后边。时猴子和一个穿黑衣服的人在路边嘀咕着什么。一会儿，时猴子走了，龙大章跟了上去。时猴子一回头，和龙大章四目相对："猴子，你承诺完就没事儿了唄？"时猴子说："龙警官啊，我已经尽力了，可是……可是，武玉鹏从龙城蒸发了。"

龙大章说："等着回去蹲拘留吧。"时猴子说："龙警官，别这样啊，东方不亮西方亮。我给你提供个重要情报，是不是就可以顶替找武玉鹏这活儿了？"龙大章说："那得看看你要说的是啥事儿。"

时猴子压低声音，故弄玄虚地说："有个叫'秃哥'的人今晚要在大辽绿都的鉴宝大会上动手。"龙大章一惊："真的？"时猴子说："我虽是'龙城通'，但我不能确定真假。"龙大章说："详细说说。"时猴子说："有人对契丹地图感兴趣，详细情况我也说不太清。"龙大章说："我可提醒你，不要和我耍心眼儿，也不要对别人说起这事儿，小心别走刘尔贵的道。"

时猴子走了，龙大章掏出电话："师傅，有人要在契丹鉴宝大会上动手。"姜长庚问："消息准确吗？"龙大章说："不能确定。可是，我想不管是否有事儿，我们都应加强安全防护措施，以防万一。"姜长庚说："好吧，我马上让鲁运通知全体警员紧急集合，让丽雅通知其他警种，外松内紧，把藏在犄角旮旯儿的坏人引出来！"

8

伏龙区公安分局刑警大队，刑警们整齐而严肃地坐着。周至祥不时地看着表对姜长庚说："大章的消息靠谱吗？我们这么多人等他，他倒是逛起街来了。"

正说着，龙大章和朱丽雅汗流满面地跑了进来，每人拎着一个大花瓶，拿着几本古书。屋里人都愣了，接下来是哄笑声。

姜长庚看了龙大章和朱丽雅一眼："大家都肃静。匆匆把大家召集来，是因为龙大章得到了有关契丹鉴宝大会的案情线索，有人要制造一场文物抢劫案。不过，也可能是虚惊一场，会一无所获。不管什么情况，我们都要认真对待。下面，让龙大章说说具体情况。"

龙大章说："据我得到的不确切消息，'秃哥'今晚可能会在大辽绿都一楼会展中心出现，制造混乱抢劫参展文物。对于'秃哥'，我们一无所知……"周至祥不满道："你这'不确切''可能'的没影事儿，不是为了逃避禁闭吧？"他刚一说完，下面就传来了哄笑声。

姜长庚站起来，敲着桌子，严肃地下达命令："今晚的行动一律不得向外透露，所有通信工具立即封存。人员分成三组：第一组，由副大队长周至祥带队，化装成申请鉴宝的人员潜伏在大辽绿都一楼会展中心。大章已经为你们准备了两个大花瓶。'秃哥'若有动作，即时抓捕，一定要保护好现场文物。第二组最为关键，需要一对热恋中的男女，承担辨认嫌疑人和向指挥部传递信息的任务，朱丽雅算一个，男的谁去？"

鲁运站起来："姜局，我愿献此童子身。"姜长庚看了看他说："你嘛，长得老了点儿。"周至祥笑眯眯地说："这样好啊，让人理解成醉汉泡妞。"

龙大章说："我愿前往。"周至祥冷冷地看着龙大章。鲁运不太高兴地坐了下去。姜长庚说："好，就你了。第三组由鲁运负责，埋伏在大辽绿都的外围，等待指令进行围堵。各组准备行动！"

所有人员开始上交通信工具，周至祥把手机郑重地放在桌子上……

华灯初上，车流成线。

刑警们在会议室吃着盒饭。周至祥凝视着那两个大花瓶，发出了讪笑声。龙大章和朱丽雅在试衣服。鲁运把一件工服套在身上，却把裤裆撑开了，引来了人们的笑声……

9

龙城街边一处偏僻的住宅里，脏乱的屋子散发着一股霉味。武玉鹏光着膀子，伸着懒腰，打着哈欠，活脱脱一个流浪汉模样。

一个外号叫金疤痢的胖子拎了一包衣服和一包食品开门进来了："武兄弟，生活寂寞了吧？"武玉鹏站起来："金大哥，你还知道来看兄弟啊？都要憋死我了。"

金疤痢拍拍他的肩膀："没办法，风声正紧，这个时候出去等于自己走进了监狱大门。"武玉鹏不满地说："我这样跟蹲监狱有啥区别？"金疤痢说："兄弟，不受苦中苦，难为人上人。忍些时日，我们的货一出手，就大秤分金条，大碗喝洋酒了。咱们的货藏好了吧？"武玉鹏说："货没问题，什么时候出？"

金疤瘌说："一定要藏好。今晚在大辽绿都有个契丹鉴宝大会，有个叫'秃哥'的人要在大会上动手，我们也要掺和一下。"

武玉鹏说："那不是自投罗网吗？"金疤瘌说："不会，都打听好了，那里连个维持秩序的警察都没有。即使有警察，主要也是对付'秃哥'，咱们可以趁火打劫。"武玉鹏说："具体啥活儿？"

金疤瘌说："也就是古书古图的，趁乱抢来。我们的人会配合你。你等待指令入场，看见断电就下手，然后按指定路线逃离。"武玉鹏说："大哥，我跟你也不熟，完事儿后哪儿找你去？"金疤瘌说："不用你找，我们随时会找到你的。"

武玉鹏疑惑地看着金疤瘌捂着鼻子走出了他住的"猪窝"，狼吞虎咽地吃起了金疤瘌带来的熟食。

金疤瘌来到一处豪华住所，那个神秘人正背对着门口，向公安局的大楼和街道扫视着。金疤瘌说："大哥，货取回来了。"

神秘人打开包装，爱不释手地看着，悠悠地说："雨停了，雾散了，见亮了。夜晚的龙城，总有许多不为人知的故事发生。"

金疤瘌低眉顺眼地说："大哥，鸡血麻神赶紧出手吧？"神秘人说："想得到鸡血麻神的人不知有多少呢。可是，这一票，忙着出手会中了公安的圈套。有好买主可以和他谈，但不要真和他交易，我们的货有大用途。你用的人没问题吧？"金疤瘌说："大哥，没问题。那小子，货被咱们调包了，还傻呵呵地做着发财梦呢。完事儿后是不是把他做了？"

神秘人低沉地说："不忙，他还有用途。今晚的行动一定要小心。纵观过去的案子，不是我们的公安多么神通广大，而是作案的人素质低劣。"

金疤瘌问："大哥，完事儿后怎么办？"

神秘人说："耐心地等待。二十多年了，为了鸡血麻神，我们付出太多了。为什么我们还能像孙子一样等待？因为当不了孙子的人，就当不了爷爷。"

第四章　暗流涌动，再陷泥潭

1

仲夏之夜的大辽绿都流光溢彩、豪华典雅，人们像黄鼠狼搬家一样拿着宝物进了那栋名叫大辽绿都的大厦。周至祥和两名便衣随着人流、拎着大花瓶很滑稽地进了楼内。鲁运在楼外边走边和一位便衣嘀咕着什么。姜美祺、赵直帆和龙小晴等人先后进了大辽绿都。龙大章和朱丽雅穿着很时尚的衣服来到了大辽绿都的假山旁边，说着悄悄话。

大辽绿都三〇一餐室，姜美祺坐在沙发上不停地看表。赵直帆转着圈儿地在不停地打电话："吴寄瑶，你个妖女，就等你了，直接进三〇一餐室。"龙小晴拉着其他同学的手说着话，餐室便热闹起来。

这时，进来一个打扮得特别妖艳、穿着吊带背心的女子，人们便都停止了喧哗，转过头去看。

吴寄瑶向赵直帆晃手："哎哎哎，眼珠子别掉出来，没看过美人儿啊？"龙小晴向前仔细一看："你是吴寄瑶？七年没见都认不出来你了。"赵直帆说："妖女，名不虚传。"吴寄瑶拍着赵直帆的肩说："赵公子，官二代——眼珠子就是往上瞅，今天怎么想起我来了？"她又上前抱住姜美祺："美祺，你怎么回来了？有人望穿双眼想出国，你却主动回来了。你这一回来，我们也能进大馆子了。"

姜美祺不好意思地笑笑问："寄瑶，你这些年都在干啥啊？"吴寄瑶一边说一边扭腰："干啥？啥都干，啥都不干。开个棋牌室，抽个头什么的。现在又去了宏运建筑公司钱如意那儿，卖个楼花、唬个人什么的。"说着，又把手搭在了赵直帆的肩上。

赵直帆把吴寄瑶的手拿下说："还是那妖道样。童鞋（同学）们，围桌吧，咱们在市区的同学，郝子强离家出走不知去向，龙大章关机隐藏联系不上……"

一男位同学说："谁说郝子强不知动向，龙小晴知道啊。"另一位男同学说："谁说龙大章联系不上，姜美祺有专线啊。"龙小晴和姜美祺同声道："就你俩嘴欠，不说话能把你当哑巴卖了？"

同学几个你推我让，赵直帆当仁不让地坐在了首席，让姜美祺挨着他坐。吴寄瑶紧贴着赵直帆坐了下来，低胸的衣服露着半个"馒头"。两个男同学不时地朝吴寄瑶胸部"扫描"，一个说："你看人家，'发面儿'的。"另一个回："就你开个'刀切馒头'（面包车）跑出租，只配找个'死面儿'的。"两个女同学露出讥笑的眼神儿，向吴寄瑶那儿扫。

大辽绿都一楼的会展中心已经来了好多人。周至祥等人在和周围的人天南地北地闲扯着，好像很懂文物的样子。敖拉倚不时用眼睛搜寻着，和邻座的人小声议论着谁是《辽域地志》和那本《木叶山》的持有人。

姜长庚在2022室吸着雪茄，不停地看着表。龙大章和朱丽雅化装成热恋男女，在楼下花坛旁拉着手说着悄悄话，眼睛却盯着酒店门口。鲁运和几名便衣警员分坐在两辆车里，停在酒店的阴暗处和大门外，眼睛向外望着。一个门童喊着"贵宾请"，另一个门童喊着"倒——倒——倒——"

大辽绿都对面那处豪华住所，阳台上站着一个神秘人，面目看不太清楚，向酒店这边望着："疤癞，有一个人得利用一下。这个人胆小，欺软怕硬，你一定要把他收拾老实了，一会儿为我们所用。"金疤癞问："大哥，谁？"神秘人说："时猴子，他可能在给公安当眼线，正在四处打探武玉鹏的下落。"金疤瘌恨恨地说："这个贼皮，我这就让人去收拾他。"神秘人说："不，让武玉鹏带人去。"

龙城一个偏僻小巷，酒足饭饱的时猴子哼着小曲儿正在想怎么弄到钱，就被一前一后两个大汉堵在旮旯里。他颤抖地问："你……你们要干什么？"一个大汉说："猴哥，你不是要找鹏哥吗？我告诉你他在哪儿。"时猴子问："在哪儿？"武玉鹏从背后走出来说："猴子，鹏哥我在这儿呢，你要找我呀？"时猴子战战兢兢道："找……啊，不找。"武玉鹏一提时猴子的下巴，他的脚就离了地。武玉鹏咬着牙签说："鹏哥我远在天边，近在眼前，你到底是找还是不找啊？"时猴子说："鹏哥……我找你是想和你好好喝两盅，叙叙旧，玩儿两把。"武玉鹏说："好啊，今天老子就陪你好好玩玩，给我打。"

武玉鹏一松手，时猴子摊在地上，两名大汉的拳脚就如同雨点儿般落在时猴子身上……时猴子瘫倒在地，武玉鹏一摆手："好了，猴子，你要是再敢给公安提供情报，我扒了你的贼皮！带他回去，我有话跟他说。"时猴子忙说道："鹏哥，我可没出卖你啊！"武玉鹏恨恨道："不要出声，否则我让你永远闭嘴！"

时猴子被架走了，一声也不敢吭了。

大辽绿都楼下假山上，龙大章和朱丽雅手挽手坐了下来。朱丽雅靠在龙大章身上，撒娇地说："蟑螂，我们数星星吧。"龙大章把身子向旁边闪了一下笑道："栗子，你数月亮，我数星星。"朱丽雅不解地问："为什么呀？"龙大章坏笑着说："我是怕你数不过来嘛。"朱丽雅嗔道："噢，我明白了，你是在说我智商低，我打死你……"

在两个人笑着闹着的时候，对面的神秘人一直观察着他们。

那处豪华住所，光线很暗，气氛诡异。一个六十多岁的男人面向窗外站着，金疤瘌站在他身后，他们的背影看起来像落日下的黑熊。

神秘人问："你……确定秃哥也会来？"金疤瘌答道："那不会错，阿三已经探听清楚了。"神秘人不紧不慢地说："我们要好好利用他玩一把醉翁之意不在酒。这次行动要万无一失，既要拿到货，又要把公安引向秃子，要让他知道背叛的下场！"金疤瘌讨好道："大哥，放心，我已安排几个手脚利落的人去了。"神秘人放下望远镜说："这事儿还得谨慎行事。你看，那对谈恋爱的年轻人，男的怎么老躲啊？今晚，我要亲自去看看，秃子不认识我，你过来……"金疤瘌凑上去，神秘人对他耳语起来。金疤瘌点头："是，还是大哥想得周全。"

大辽绿都有很多进出的客人，一派兴旺景象。进来两个秃头的男人，龙大章和朱丽雅警觉地看着。龙城第一开发商钱如意腆着肚子，傲慢而严肃地进去了，后边跟着一个年轻的女人和一个穿西装的律师。测字的张半仙穿着长衫，戴着礼帽，一副说书人的打扮，拿着两个白色鸡冠壶进去了。搞煤炭的李明鑫和大裤裆各拿了一个辽白瓷盘，一边走一边挠他的秃脑袋。帝豪会馆的总经理金疤瘌进去了，手里拿着一个地道的辽代白瓷。又进来两个秃头的男人，抬着一个特大的坛子进了一楼。

龙大章和朱丽雅拉着手靠在一起，瞪大眼睛看着他们。朱丽雅小声地说："蟑螂，今晚这是怎么了？秃瓢大集会……"龙大章小声地答："栗子，少说话，注意观察。"朱丽雅说："你还没跟我说，那测字的到底准不准啊？"龙大章说："别闹……"

大辽绿都三〇一餐室，闹哄哄的劝酒声一浪高过一浪。

吴寄瑶推推发愣的姜美祺说："美祺……想谁呢？第三大杯就差你没干啦。赵公子……可是给你接风啊！"姜美祺拿着酒杯在那儿摆弄："寄瑶，我真喝不下去了。"吴寄瑶说："那……可不行……同学聚会……谁也不能耍蔫蔫熊，直帆，你说系（是）布（不）系（是）呀？"赵直帆说："系滴（是的），系滴（是的）。寄瑶，我替喝，我替喝……"

赵直帆说完，一扬脖把美祺的半杯白酒喝了下去。吴寄瑶拿过姜美祺的杯子倒酒说："那……可不行，你……白喝……有白痴（吃），还有白喝的？你替什么呀？人家是在等……大章呢！你爱替，也替我半杯……"

吴寄瑶倒上半杯酒就要赵直帆喝，赵直帆不喝，她就去揪他耳朵。开出租的男同学醉眼蒙眬地看着吴寄瑶："瑶……哥喝了你这半杯残酒……"龙小晴夺过酒杯说："寄瑶，都喝多了，别喝了！"吴寄瑶摇摇晃晃地说："你们……

都向着他……他不就是有两个糟钱儿吗？不如龙大章仗义，我要嫁人，就嫁龙大章那样的……"她拿起酒杯要喝，被姜美祺一把夺了过去："寄瑶，你喝多了。"吴寄瑶一下子趴在了桌子上，任饭菜横流。

大辽绿都院内，一辆黑色的奔驰车悄悄地停在离门不远的地方，车灯熄灭，却不见人走出来。龙大章和朱丽雅向这辆车走来，司机开车门欲下车，龙大章他们又向别处走去。车内，两个黑影抬起头来。

武玉鹏低声而严厉地说："猴子，今天你给哥哥我看好了，你也不是不知道你鹏哥的性格。你和雷子打交道时候多，你要是看走了眼，就得瞎了这两只水汪汪的大眼睛，明白吗？"

时猴子看着在他眼前晃着的两只黑手，战战兢兢地说："明……白，明白。"武玉鹏说："有雷子吗？"时猴子向龙大章他们这儿望了望，哆嗦了一下说："没……没有……"

大辽绿都门旁的假山边，张半仙从酒店里走出来，舒展着双臂透着气，做着体操。朱丽雅说："二师兄，那不是那个给我测字的张半仙吗？我还要找他测字。"龙大章阻止道："别胡闹，这个测字先生可不一般。"

正说着，张半仙蹒跚地向龙大章和朱丽雅走来，险些撞在龙大章的身上。他憨厚地笑道："对不起，年轻人，继续，谁……谁还没年轻过？书上说，热恋中的人智商是零……零……零。"边说边向门外走去。朱丽雅赶紧说："先生，我……"她话还没说完，就被龙大章捂住了嘴。

这时，就见白小艺和几个同学拿着演唱的乐器、话筒、音箱过来了。白小艺看见龙大章拢着朱丽雅的腰，眼睛瞪得溜圆儿："龙……"龙大章一边摇头，一边给她使眼色。白小艺的男同学一口娘娘腔地问："艺儿，介（这）谁呀？"白小艺没好气地说："噢，一对狗男女，其中没有你。"

白小艺和她的男同学各做了一个吻别的动作，相继走进了酒店，上楼时，正碰见赵直帆和聚会的同学东倒西歪地相扶着向楼下走。吴寄瑶说："我……我……没喝多，就是……喝急了点儿……再整三杯……你们……都得趴我石榴……裙下……"

开出租的男同学架着吴寄瑶向外走："唉……你说你，想当年我拜倒在你石榴裙下了……可你非看人家有钱，这回让人家始乱之……终弃之了吧！"另一位男同学笑嘻嘻地提醒："哥们儿，你开出租送她吧，可别乘人之危啊——"

姜美祺、龙小晴和同学们晃里晃荡地从酒店门口走出来，互相道别。龙大章看见同学们出来，拉了朱丽雅手一下，向树荫处躲去。

酒店门口，赵直帆倚着车门向姜美祺招手，姜美祺摆手回绝了，赵直帆就开车跟在姜美祺的身后。姜美祺告别了其他同学，向门外走去。这时，她的手机短信铃响了："大酒店，树荫里，仔细看，有男女。"

她吃了一惊，迟疑地转身向酒店走来。龙大章惊愕地看着姜美祺，拉着朱丽雅的手向树林里钻。一楼的窗户上，映着一张阴森的脸。

姜美祺望着龙大章他们狼狈的背影，大声地喊："出来吧，看见你们了！"龙大章和朱丽雅尴尬地站在姜美祺面前。姜美祺嘲讽地说："同学聚会你不去，学会躲猫猫了，长出息了！"

那辆黑色的车里，一双眼睛正在向龙大章他们望着。龙大章给姜美祺使眼色，姜美祺扭头生气不理，气愤地快步离去："哼！"龙大章和朱丽雅看着姜美祺的背影消失在夜色中，对望了一眼，谁也没有说话……

大辽绿都楼下，院内外停着好多车。张半仙从外边回来了，看了看，又走进了一楼会展中心。一辆黑色的奔驰车里，涌起两个黑黑的人影。一个说："鹏哥，里面进行得差不多了，动手不？"武玉鹏说："不行，我们得听大哥的指令。"这时，武玉鹏的手机来了条短信："再过三分钟准备进入，目标：西北前排《辽域地志》和《木叶山》。"

武玉鹏向其他人低声说："准备好，三分钟后分头行动，里面一断电，马上动手，西北角《辽域地志》和《木叶山》。得手后迅速撤到一号位，等待接应。"另一个人不解道："鹏哥，费这么大事儿就为了抢本破书？"武玉鹏说："别啰唆，利落点儿！"

2

姜美祺蹒跚地走在大街上，眼前是闪烁的灯光，脑海中响着两个人七年前的对话。龙大章说："你一定要在大学等着我啊。"姜美祺说："我会在原地等着你的……"

这场景马上变成了龙大章和朱丽雅在夜色中漫步的身影和喧嚣的大街上昏暗的路灯。姜美祺风一样向前跑去，跑到曼丽酒吧门前停了下来，里面传来歌声《雨一直下》："雨一直下，气氛不算融洽。在同个屋檐下，你渐渐感到心在变化。你爱着他，也许带着恨吧？青春耗了一大半，原来只是陪他玩耍……"

姜美祺抬头看了看，犹豫不决地走进了曼丽酒吧。

大辽绿都楼下黑色奔驰车里，两个人正在注视着外面。他们看见龙大章和朱丽雅往这边走来，赶紧低下了头。看着他们走到了另一边。才又抬起头。

黑衣人说："鹏哥，我们进去吧，你也太小心了。"武玉鹏小声道："不可，大哥吩咐过，宁可错过，不可做错，再等一下。"他拿了一瓶酒给时猴子灌得满嘴满身都是之后说："猴子，你悄悄地下去，给我探明白了，要是我'进去'了，我的小弟会要了你的狗命！该怎么做，你比我懂。"时猴子下了车，歪歪扭扭地满院溜达起来。武玉鹏拿着一把古扇，带着黑衣人向展厅走去……

大辽绿都一楼，鉴宝大会正在热闹地进行，周至祥和两个便衣民警坐在一个准备献《辽域地志》和一个准备献《木叶山》的人的身后。敖拉倚坐在献宝人的身边，向台上的专家望着。钱如意、李明鑫、张半仙、金疤瘌等人坐在了后边。主持人宣布鉴定开始后说："下面，有请张万年先生上场，他展现给大家的宝贝是一对辽代鸡冠壶。"

张半仙起身向台上走去，武玉鹏走到了准备鉴宝人的身后……

大辽绿都院外，鲁运等人正在大门外的车里监视着前方。远远地过来一个歪歪扭扭的"醉汉"——时猴子。他先是照鲁运的车轮上撒尿，后又"当当"地踹了两脚车门子。鲁运忍无可忍，下车喝道："干什么的？"时猴子醉眼迷离地说："闹了半天……这流动的棺材里……还有活人啊！"

鲁运一来气，便用脚踹时猴子，时猴子就着酒劲儿挥拳还击。鲁运说："不许动，警察！"时猴子愣了一下，边跑边喊："警察打人啦——警察打人啦——"鲁运追过去，一脚把时猴子踹倒在地，嘴里一边喊着"不许喊"，一边狂踹。时猴子嘴里还在不停地喊："警察打人啦——警察打人啦——"

喊声传到白色面包车里。一个黑影说："似乎有雷子的埋伏啊。"另一个黑影说："是，赶快打电话让档哥他们出来。"那黑影快速地拨打着电话。

一楼鉴宝活动现场，张半仙站在台上，刚亮出鸡冠壶，突然停电了。大裤裆喊："出事了，快跑啊！出事了，快跑啊！"

屋内一片混乱，人们争先恐后地向门口挤去。周至祥刚要站起身，似乎被人挤了一下，倒在身边的大花瓶上，把花瓶砸碎了。大裤裆向献宝人挤过去，一把掠过献宝人的盒子，尚未拿稳，手腕麻了一下，盒子落入武玉鹏手中。大裤裆反身一脚，那盒子飞了起来，二人奋起去抢，不料被另一只神秘的手接了过去。二人向外追去，那黑影瞬间无影无踪了……

于伟绩声嘶力竭地喊："大家都别乱！电路出了故障，马上就会好——"献宝人大喊："我的图呢？谁抢了我的图？我的图啊……"

两名便衣警察冲了过来，可是人多手杂，一片混乱。他们扶起周至祥，发现现场的人已经跑得差不多了。

大辽绿都楼下，钱如意和那名年轻女子出来了；张半仙拿着鸡冠壶从酒店里出来了，很快消失在夜色中；李明鑫和大裤裆从酒店里惊慌地出来，那辆白色的面包车发动了。白车的灯光照在院内一辆黑色奔驰车上，灯光透过车玻璃打在开黑奔驰的人的脸上。武玉鹏怔了一下，看着白色面包车匆匆离去。

龙大章似乎发现了什么，使劲地眨了眨眼睛。武玉鹏的照片和眼前黑色奔驰车里人的那张脸交叉闪动着。龙大章小声地说："武玉鹏！"

白色的面包车开了出去，武玉鹏的黑车紧随其后。龙大章向黑色奔驰车冲去，朱丽雅紧跟过去。奔驰车快速地朝龙大章开过来，快要撞上时，一个急转弯，把龙大章刮倒在地，扬尘而去……

3

伏龙区公安分局刑警大队大队长室，姜长庚气得直拍桌子，周至祥和鲁运立在身边，低着头不吭声。

姜长庚气愤地吼道："废物，都是废物！鲁运，你当刑警也有四年了吧？关键时刻就是往你身上撒尿、拉屎，你也得装熊！"鲁运嘟囔："我哪知道那小子是他们派来打探的。"姜长庚怒道："你终于明白了，可是你知道得太晚了！你说他们是一伙的，证据呢？"周至祥说："姜局，也不能全怨鲁运，在那之前龙大章就暴露了。"姜长庚一愣，问："你怎么知道他暴露了？"周至祥说："装得不像啊！"

警官李明乔推门进来："报告姜局，那小子一口咬定他是喝醉了才冲撞了警察，别的啥也不说。"鲁运说："欠揍！我去收拾收拾他。"说完就要往外走。姜长庚斜了鲁运一眼："还收拾？你没看他身上青一块紫一块的吗？赶紧送医院治伤去，他不告咱们就不错了。他是个社会惯偷，也是老油子了，没用的。"鲁运说："姜局，那就没办法了？"姜长庚说："咋也不能因为乱撒尿拘十天吧？拘够二十四小时，放了。"李明乔答道："是。"

周至祥说："姜局，那个乱喊乱叫制造混乱的人找到了。"姜长庚问："谁？"周至祥答道："他外号叫'大裤裆'，是龙城最大的煤贩子李明鑫的人。巧的是，李明鑫的外号叫'秃哥'，要不要传讯李明鑫？"

姜长庚说："就凭个外号吗？不过，可以把大裤裆拘了。"周至祥答道："是。"姜长庚说："周大队，你们就眼睁睁地看着《辽域地志》让人抢去了？"

周至祥说："我很惭愧，当时突然停电，我什么也没看见。"姜长庚揶揄地说："周郎带队去埋伏，碎了花瓶折了图。"周至祥没趣儿地出去了。

那处豪华住所灯火正明。

神秘人背对着，金疤瘌猥琐地站在他后面汇报着"工作"："对不起大哥，失手了……"神秘人说："能全身而退就好。"金疤瘌说："大哥想得周全啊，乱中脱身，要不就中了雷子的埋伏了。"神秘人若有所思："以我多年的对'敌'经验看，龙城，怕是要起风了，风可是雾的克星啊！"

金疤瘌说："大哥，'秃哥'跑了，图落到了别人手里，我们执行任务不力……"神秘人说："螳螂捕蝉，黄雀在后啊，黑吃黑那一套现在不能用了。我想，秃子已经进入了公安的视线，我们的目的就达到了。那个武玉鹏呢？"金疤瘌疑惑地说："大哥，这个人心狠手辣、贪财好色，刚搭上个售楼的小金子，没等热乎呢，就让公安撵得屁滚尿流。他也是惧怕我们的威势，否则早单挑了。要不要让他消失？"

神秘人说："不，留着他有用，让他就地躲起来，不要露面。还有，你说的什么小金子？地产要火了，不能让钱如意一个人把着，我们需要掏他的老底。"他递给金疤瘌一张名片吩咐道："找这个人，他是龙城一顶一的整容高手。从此，公安要找的人就没了。"金疤瘌说："好。"

神秘人继续吩咐道："你还要连夜派人飞到凤城，大黑猫的生意伙伴近两天就到了。"金疤瘌应道："是。"他刚要向外走去，神秘人却说："回来。（拿出一张图）这次，让黑猫用这个和她交易，她会感兴趣的。"金疤瘌惊道："《辽域地志》？大哥，原来是你得手了！"神秘人说："我想得手的东西势在必得。"金疤瘌担心道："用这么贵重的东西和她交易？万一……"神秘人说："我只是让她给我鉴定一下真伪，替我找到藏宝地儿，没有万一。"金疤瘌讨好地说："大哥历来放得开、收得拢。"

夜深了，姜长庚坐在客厅沙发上凝神地看着那枚奇怪的扣子，门锁响了一下，白小艺搀扶着醉眼蒙眬的姜美祺走了进来。

姜长庚直视着她们："你俩怎么才回来？怎么，脸色那么难看，喝多了？"姜美祺喃喃道："无聊！无聊！无聊！"姜长庚问："这是跟谁喝的？"姜美祺眼睛迷离地说："花间一壶酒，独酌无相亲。举杯邀明月，对影成三人……能在花下死，做鬼也风流……"她瘫在沙发上傻笑着。

白小艺说："姜爸，别问了，还不是让那龙大章气的！"姜长庚说："噢，我当什么事儿呢，龙大章……受伤了。"姜美祺"腾"地坐起来："受伤了？谁受伤了？……噢，我的心受伤了……"姜长庚无奈道："一说大章立马酒醒了。小艺，扶你大姐进屋睡去，明天我要飞一趟凤城。"

白小艺扶着姜美祺向卧室走去，姜美祺嘴里嘟囔着"花心大萝卜……花心大萝卜……"倒在床上睡着了。

<h2 style="text-align:center">4</h2>

清晨的阳光照在龙城的钟楼上，雾霾弥漫的街上行人匆匆忙忙，姜美祺骑着自行车飞快地穿行在车流中。

龙城晚报社采访中心主任室，陈立言一会儿坐在椅子上，一会儿满地走动。姜美祺匆忙而疲倦地进来了。

陈立言手一摊："美祺，你那两篇《石破天惊》惹了祸了。龙城晚报社要拒绝你回来的请求了！"姜美祺惊讶地问："为什么？"陈立言说："我没买于伟绩的账，他就找领导来算我的账了。"

姜美祺调侃地笑道："陈大主任，你这么急地叫来我就为这个啊？那好啊，龙城没新闻，我们自己可以制造一个新闻了。"

陈立言苦笑着说："'商女不知亡国恨'啊，社长都着急了，你还有心思唱'玉树后庭花'呢？"姜美祺把脸一拉："怎么，有失实的地方？"陈立言说："那倒没有。听说是伏龙区的赵书记看完报纸不高兴了。赵书记估计很快就升副市长了，分管咱们单位。咱们老总很头疼，叫咱们要讲政治、明大局，不能光顾着追求轰动效应，不能影响了龙城改革开放的对外形象。"

姜美祺满不在乎地说："噢，我还以为啥大事儿呢，稿子是我写的，要批评批评我；版是你让上的，要撤撤你的职。这样吧，我和赵书记理论去，通不过我走人！"陈立言说："你看你，六岁天真是可爱，二十六还天真那就是傻，不行就应付一下嘛。"姜美祺严肃地说："不能应付，得认真检查——陈大主任！"

　　说完，姜美祺昂着头像小旋风一样出去了。陈立言愣在那里，手指伸进茶杯里都没察觉。

　　龙山医院某外科病房，和刘尔贵对床的龙大章躺在病床上，腿上缠着绷带，朱丽雅正在给他喂西瓜。这时，姜美祺和白小艺各拎一袋水果进来了。看到眼前的场景，姜美祺愣了一下。

　　朱丽雅看姜美祺她们进来，坐得离大章更近了些："张嘴，吃吃吃……"龙大章没有吃朱丽雅喂的西瓜，坐了起来，笑了笑："美祺，你来了。"

　　姜美祺深沉地说："大章，我是来和你辞行的，我要走了。"龙大章惊问："哪儿去？"姜美祺说："出国。龙城……没有搞新闻的氛围，龙城……没有我想要的人……"

　　朱丽雅挑衅地说："主要是，龙城着不了你这个大才吧？"姜美祺说："怎么，我又影响你们了？"朱丽雅说："是，你影响我们抓坏人了……"

　　龙大章摆摆手："说话就是带刺儿。来，我给你们郑重介绍一下，我同学，姜美祺；小妹，白小艺；我搭档，朱丽雅。"

　　姜美祺和朱丽雅都扭过脸去，谁也不说话，气氛显得很尴尬。

　　白小艺调皮地摸摸龙大章缠着的纱布说："朱丽雅，朱丽叶，你改名罗密欧得了，好出演《罗密欧与朱丽叶》。"龙大章说："呵呵，那可不行，那是悲剧，我想演喜剧。"白小艺说："你可真逗，你已经演了一出人间喜剧了。人家谈恋爱都能谈出浪漫来，你谈恋爱能谈出绷带来，高人啊！"

　　姜美祺心疼地说："就在树丛里猫着得了，非充英雄出来。这下玩儿大发啦——肉体挡汽车，精神可嘉。"朱丽雅说："他不出来，行吗？醋坛子都摔碎了。"姜美祺没理朱丽雅，也去摸纱布："伤得怎么样啊？让我看看。"龙大章说："这没事儿，伤的地方你不方便看。我明天就能出院了。"

　　朱丽雅看了看他们说："二师兄，你们聊，亲戚托我买个房子，我去看看。"龙大章说："好，丽雅，你忙去吧，下午帮我办点儿事儿。"朱丽雅瞪了姜美祺一眼，笑着和白小艺摆了下手，向外走。

姜美祺不快地说："大章，我也走了，说不定又有哪个姐来侍候你呢，别误了你的好事儿。"说完，也向外走去。白小艺见状也跟了出去。

坐在对床的刘尔贵看着龙大章笑："大章，没想到我们又成病友了。"龙大章说："尔贵哥，你如果与武玉鹏有瓜葛，一定要说明白，路不能越走越远。"刘尔贵说："大章，我知道你在给我机会，可是，我什么也不知道啊！"

龙大章还在用情交流，可刘尔贵在社会上浸染了这么多年，早已把情义卖在场面上了……

伏龙区区委书记赵连起正在办公室看文件，电话响了："报社？谁……噢，让她进来吧。"

姜美祺沉着脸进了屋："赵书记，龙城晚报社姜美祺特意来向您当面检讨。"赵连起吃了一惊："给我检讨？检讨什么？"姜美祺说："那两篇《石破天惊》的稿子是我写的，影响了您的前程吧？"

赵连起愣了一下，站起来呵呵地笑了："你是直帆的同学美祺吧？"姜美祺说："我是他同学，怎么了？"赵连起说："直帆常夸奖你，说你心灵手巧……"

姜美祺打断赵连起的话："赵书记，还是说稿子的事儿吧。"赵连起说："稿子啊，写得不错啊。"

姜美祺问："写得不错为什么还让检讨呢？"赵连起说："检讨？噢，我不就是和你们领导开了个玩笑嘛。"姜美祺气道："书记大人，你那么随便一个'玩笑'没事儿了，对我来说我的饭碗'啪'一下掉地上摔碎了。"

赵连起惊讶地问："这么严重？我这就和你们领导认真说说，那么好的稿子怎么能检讨呢？得嘉奖。对了，要检讨也得我检讨，我这不成了干涉新闻自由了。"姜美祺说："这……"赵连起说："美祺，我和你爸爸过去做过同事，你和直帆又是同学，工作上有什么问题你尽管和我说，检什么讨，快去好好工作吧。"

姜美祺一脸疑惑地走了出去，她想，如果她不是直帆的同学，会是什么结果呢？想着想着，姜美祺的脸上云开现日出了，快步向龙山医院走去。

进了外科病房，她发现龙大章一手提着吊瓶、一手提着裤子向卫生间走。姜美祺看见龙大章的狼狈相忍不住笑出了声。她赶紧去给他提吊瓶，却被龙大章一挡："不用，怎么能让你来呢？噢？这一会儿就雨过天晴了？"姜美祺说："本姑娘我不走了，对于你这样的花心大萝卜，我有责任让你变成一颗红心跟党走。"

龙大章激动地拉住了姜美祺的手，一起坐在病床上。床头上放着侦查日记，姜美祺刚看到"昨晚进入一楼展厅的有宏运建筑公司的钱如意，平原公司的李明鑫，他的外号叫秃哥"……就被龙大章拿了过去。

姜美祺问："大章，我采访时听说，你断定有人会对《辽域地志》下手，有什么根据？"龙大章拿起身边的《龙城市志》，说："就凭这里的缺页，被人挖走的两个重要篇目，一个是介绍《辽域地志》的，一个是介绍《木叶山》这本书的。"姜美祺问："你认为这次《辽域地志》被抢和鸡血麻神被盗有必然联系吗？"龙大章为难道："这涉及侦查思路，我也说不好……"

龙大章正不知该怎样应对美祺，老龙头和龙小晴进来了。老龙头急步走到床前："大章，伤得重不重？"龙大章说："爸，没事儿。"龙小晴对美祺笑了笑："美祺也来了。哥，爸妈都担心死了，以后这事儿你得躲着点儿了。"龙大章说："好，我躲着。"

老龙头说："我和你妹妹来，还有一事，你们也老大不小的了，想给你们订一处小点儿的房子，你俩谁先结婚谁先住。"龙大章说："好啊，我想，大概得小晴先结了，我这儿瞎子打弹弓——没准儿呢。"

姜美祺说："小晴，要买房啊，找寄瑶去，能便宜些。"龙小晴开玩笑道："美祺，你就不想看看你未来的窝吗？"姜美祺说："我看也白看，我在你哥那儿还不知道排第几呢。"龙小晴说："怎么这么没底气？走吧。"

5

阳光从宏运建筑公司售楼处的字缝里透过来，照在吴寄瑶的脸上。她闲着没事儿，正在嗑瓜子，一起搞销售的小金子进来了。

小金子问："吴姐早，昨晚同学会会得怎么样啊？找到如意郎君了吗？"

吴寄瑶无精打采："别说了小金子，男人不少，歪瓜裂枣，该来的不来，该跑的不跑，喝得一塌糊涂。你说我看见谁了？"小金子问："谁？"

　　吴寄瑶小声地说："钱种（总），咱们那人见人饱的钱种（总）。你说我就奇了怪了，就咱那钱种（总），嘴大得吃蛤蟆不用掰爪儿，一笑那嘴要是没耳朵挡着就得咧到后脑勺，秃着个脑袋，挺着个肚子，咋有那么多小姑娘像苍蝇一样跟在他后边呢？"

　　小金子把嘴一撇，吐了个瓜子皮儿："姐，钱呗。你不知道吗，有钱能使鬼推磨。听说老钱想把鸡血麻神买下来当作宏运奇石城的镇店之宝呢，可是丢了。"

　　吴寄瑶抓了一把瓜子说："这老钱能使磨推鬼，牛！没准儿鸡血麻神就在他手上呢。"小金子诡秘地说："嗯，有道理，没看他手下那于律师都挺腰凸肚的不知自己姓啥了。我发现，他是想要泡你呢。"吴寄瑶不屑道："他呀！老娘我小钱儿不缺，他大钱儿没有，我才不稀罕他呢。"

　　二人正闲嗑着牙帮，姜美祺和龙小晴进来了。

　　吴寄瑶惊喜地说："小晴、美祺，你们真来看我了呀？"龙小晴看着周围的环境说："是啊，来看你，稍带看看房子。"吴寄瑶问道："你要结婚啊？"龙小晴笑道："跟你结啊？这房子要是我哥先结婚，他住；要是我先结婚，我住。"吴寄瑶说："大闺女扯尿布——闲置忙用。现在房子正是淡季，倒是可以考虑入手。想买多大的？"

　　龙小晴说："三四十平，我们现在基本还算啃老族。"吴寄瑶说："你呀！大姑娘要饭——死心眼儿，女人现在谁还自己买房子啊？瞎了你这杨柳般的身段儿和八哥一样的嘴啦。等着，小金子，找个户型图来……"

　　小金子把户型图递了过来。姜美祺翻着户型图指了指："嗯，这儿有个小的，一室一厨一卫，三十八平。"龙小晴说："算算得多少钱。"吴寄瑶按完计算器说："卖给你们，我俩白忙活，每平两千七百五十元，房款十万零四千五百元，加上杂七杂八的，十五万元吧。"

　　龙小晴和姜美祺商量了半天，最后付了定金。

　　吴寄瑶刚送走姜美祺和龙小晴，回到售楼处，电话响了。她接起电话，一脸焦急："妈……怎么又病了呢？老妈，你能不能让我省点儿心啊……我这点儿工资还不够你吃药的呢……有时间我给你送钱去，别着急啊，让我哥先出去借借……行，行……过来吧。"

吴寄瑶放下电话，满脸愁容。小金子嗑着瓜子，拉长调："吴姐，又咋的了？"吴寄瑶叹口气："唉，老妈长期吃药，这不，糖尿病又犯了。一犯病并发症就来……犯愁。"

小金子吐出个瓜子皮，漫不经心地说："你哥没钱吗？"吴寄瑶满脸愁容地说："生在碾盘沟那兔子都不拉屎的地方，在博物馆当个临时工，跑黑车赶上鸡血麻神丢失，又被扣了工资，哪儿搞钱去？人家都买房子了，我得猴年马月了……"

吴寄瑶放下电话，坐在椅子上发愁。小金子陪着她皱起了眉头。

紧挨着售楼处的是宏运建筑公司的建筑工地，几名工人正在忙碌地收拾着东西，钱如意腆着肚子走了过来。

他挺腰凸肚地嚷嚷："都给我麻利点儿，没看要下雨了吗？于大律，你得负起责任来，咱们开会不是说了吗，你不光是法律顾问，还是副经理……"于海平点着头说："钱总，有人要见你。"钱如意："见我？他手里有鸡血麻神啊还是有矿啊？不见！"

这时，赵直帆迈着方步走了过来，半认真半玩笑地说："钱总——这又给谁施淫威呢？我给你送鸡血麻神来了。"钱如意满脸堆笑地说："哟，赵站长，赵公子，亲自来视察啊。这回，我们的钢筋、水泥都超标准了，你的手下刚抽完样。"

赵直帆一脸严肃："我来可不是查你钢筋、水泥的。"钱如意说："那，沙子？空心砖？都没事儿，和送检的一模一样。"赵直帆环视了一下，用脚踩踩钢筋说："看把你吓得，蒙外行呢？你们的一贯做法，送检送好的，施工用次品。不过，这次我是来收账的。"

钱如意说："收账？（对于海平）上石头城那儿，给赵站长整副对章，看赵站长那破石头章，像是萝卜做的，当官儿的，没方像样的印怎么行呢？"

于海平会意地答应一声，走了。钱如意和赵直帆心照不宣地对视了一下，勾肩搭背地向售楼处走来。

赵直帆说："钱种（总），建博物馆的工程款回得差不多了吧？原来红口白牙应承的事儿也该有个说法了吧？我可是一手托两家呢。"钱如意有些心虚："老弟，答应你的事儿我怎么敢忘呢？只是……我的钱都押在房子里了。"赵直帆想了想："钱总，鸡血麻神都敢开价的人，那点儿钱算毡子掉根毛吧。我现在炒股被套，等着真金白银救我的股票呢。"

钱如意说："我说赵公子啊，质检你说了算，买房子还是买股票你得听我的。我跟你说吧，这房子别看现在是臭的，将来一定能升值；这股票现在看着香，将来保证臭不可闻。电视上说，几亿农民要进城，国家在搞城市化。"

赵直帆说："你说得也有几分道理，你的意思是用房子顶？好，房子得足够大，我要置婚房。"钱如意说："你要结婚啊？看上谁家的千金了？"赵直帆说："跟谁？我赵公子想跟谁就跟谁。"

钱如意点头："那是，那是。男大当婚，这妻子、房子、票子、车子、孩子，五子登科，一样也不能少。妻子、孩子的事儿你自己来，其他的我包了。"赵直帆说："钱总，那就找个好点儿的位置、好的楼层？"钱如意答道："好吧，你老爸我们是多年的交情了，我可不是为了巴结你这个质检站长。"他拿起手机："喂，小金子……你不是小金子？新来的？我谁？钱如意——你立马把玉苑小区的户型图准备出来，我这就去看。"

钱如意放下电话："这个于海平，得罪人的事不敢负责，安排个人什么的倒是麻利，明天我就开了他。"赵直帆说："钱总门大户大的，有一个半个不认识的人也正常。"钱如意说："你不知道，我的副手于律师，那叫个会维人儿，要是让他得罪个人，除非杀了他……"

他们边说着边向宏运建筑公司售楼处走。于海平早已拿着一对儿鸡血石对章等在外面。钱如意把对章拿过来，和赵直帆一人拿一枚对着太阳照着。

赵直帆问于海平："就这俩对章，得几万吧？"于海平没有吱声。钱如意轻松地说："赵公子，在你这儿就不能讲价钱，给别人就是十万也拿不走。情义无价，你老爸帮我时，分文未取……"赵直帆把对章交还给钱如意："这么名贵，受之有愧。"几人走到了售楼处，吴寄瑶迎了出来。

　　吴寄瑶一步三摇地走到钱如意面前，娇声说："钱总，您要的图册。"赵直帆惊讶地说："寄瑶，你在这儿？"吴寄瑶点了点头。钱如意看见吴寄瑶，眼睛有些发直。于海平看着钱如意的表情，显得很不自然。吴寄瑶妩媚地说："钱总，是这个吗？"钱如意愣了半天才回言："噢？是，是……你们认识？"吴寄瑶说："直帆我们是高中同学。"

　　钱如意心领神会，拿着图册来到沙盘前："那——太好了，你叫寄瑶？来，一起参谋参谋。"他边翻图册边看着吴寄瑶："我看你就来这栋这户，依山傍水，居高临下。寄瑶——你说呢？"吴寄瑶说："钱总，这户这儿标着卖出去了。"钱如意说："寄瑶，你是新来的，不懂，这个就是卖出去了，也得给我们赵公子赎回来。"他一边说一边把手搭了过去，吴寄瑶笑呵呵地抽回手说："钱总高瞻远瞩，闹了半天，钱总标明卖出去了，是另有所图啊。直帆，美祺和小晴刚走，订了套小房子。"

　　赵直帆看着图："刚走？小房子？钱种，这套你留着卖给别人吧。"他指着另一户："我想来这户，现在就办手续？"钱如意说："这个……这个可是一百八十多平啊!祖宗……"赵直帆直视钱如意："卖饭的还怕大肚子汉吗？你要是舍不得就算了。"

　　钱如意心里很不情愿地想够黑的，可嘴里说："行……吧……"

　　赵直帆说："寄瑶，马上给我开发票、办手续、交钥匙，房款我已早交给你们钱总了。结婚大事可不能误了啊。"吴寄瑶用眼睛询问着钱如意。钱如意勉强地点了点头。

　　吴寄瑶边开发票边问："结婚？不会是和姜美祺吧？"赵直帆不置可否地笑了笑，拿着购房发票走了。

　　钱如意苦笑着像被人摘了肋条上的肉一样难受，目送着赵直帆远去，一跺脚，"呸"了一声，才发现吴寄瑶还在身后。他意味深长地看了吴寄瑶一眼。吴寄瑶脸红了一下，回了一个媚眼，二人各自转身。

　　吴寄瑶回到售楼处，心里愈加不平衡，把图册扔在桌上，把小金子嗑剩下的瓜子扔进了垃圾筒里，叹了一口气："唉，人比人得死，货比货得扔啊！"小金子说："吴姐感叹什么呢？我要是和你比都没法活了。"吴寄瑶说："我算什么啊？人家一句话值一栋房钱……"

电话打断了她的慨叹，吴寄瑶从售楼处边接电话边向外走："哥……我就知道，你往我这儿一送就不管了……你个七尺男人搞不到钱，我哪儿赚钱去？……找舅舅……赫老大？要找你找去，我不认他！"

吴寄瑶"啪"地合上了电话，这才发现钱如意不知啥时候站在了她身后。

钱如意笑眯眯地说："这是跟谁撒野呢？"吴寄瑶说："还能是谁，我那不争气的哥哥呗。"钱如意意味深长地看了吴寄瑶一眼说："寄瑶啊，要是有什么困难和我说，你也是我公司的人呢，别见外。"

吴寄瑶说："都是些小事儿，怎能让钱总分心呢？"钱如意问："你刚才好像说谁是你舅舅？"吴寄瑶说："我是有个姓赫的舅舅，听说有两个糟子儿，小时候见过。可是，我爸爸活着的时候告诉我们，坚决不认他，说他是个大坏蛋。"

钱如意摇了摇头："姓赫？龙城四百多万人没听说过姓赫的有钱人。寄瑶，你替我办一件事。"他拿出那两个巴林石对章："把这个给刑警大队的周队长送去，我们拆迁得靠他。"

6

周至祥和鲁运从宏运奇石城出来，来到大街上。周至祥拿着那对儿巴林石对章对着太阳照着，鲁运在旁边站着，情绪很低落。

周至祥得意道："地道的鱼子洞。鲁运，你说我当了十七年刑警大队副大队长，就没整块像样的对章，所以，一直不能扶正。"鲁运说："周队，扶不扶正和章有关系吗？咱们白拿人家的不好吧？"周至祥说："什么叫白拿？过两天发工资我就给他送钱去。地产商需要咱们保护，咱们需要地产商纳税，这叫警民鱼水情。"

鲁运喃喃道："理解不了。"周至祥诡秘地一笑说："你能理解，聪明着呢。那晚坏龙大章好事儿的活儿不是干得滴水不漏吗？"鲁运愣了一下说："周队，我可不是故意的，让那么多坏人跑了，大章又受了伤，我现在心里还难受呢。"

周至祥拍了一下鲁运的肩说："别自责了，我说让他们逍遥法外了吗？咱们是兄弟，抓坏人，有的是办法。你比大章早来两年，我要是上去了，能让你落后吗？龙城的事儿，水深着呢！"

鲁运疑惑地说："周队的话我越来越不懂了。"周至祥用手指了指身后的宏运奇石城说："兄弟，你以为这里的巴林石都地道吗？很多都是巧取豪夺来的。你以为钱如意地道吗？他垂涎鸡血麻神好多年了。"

鲁运不知周至祥要说什么，便不再搭言。周至祥边欣赏对章边在大街上走，一个人影一晃而过，引起了他的注意："时猴子，跟上他。"鲁运问："咱们刚放了他，跟他干吗？"

周至祥说："你想想，昨晚这小子出现在现场，只是个偶然吗？我听说龙大章就是靠这小子得到的信息。这小子在社会上混了这么多年，黑道、白道都通，手里有活计、肚子里有货。"

鲁运快步跟了上去。时猴子鬼鬼祟祟地左顾右盼地看着，但并没有发现鲁运。

龙城大街上，吴寄瑶的哥哥吴寄山和母亲蹒跚地走着，满脸是汗。

吴寄山说："妈，寄瑶离这儿还很远呢，要不打个车吧，我也走不动了。"吴母说："不能，本来就没钱，能省就省点儿吧。"吴寄山说："省省省，就你这三天两头住一次院，就是有座金山也得住没了。我们不是有个有钱的舅舅吗，为什么不找他去？"吴母气道："不许提他，没钱治咱们就回去，等死！"吴寄山不耐烦地说："回去，回去，我不管！我把你送到寄瑶那儿，你爱咋地咋地，我眼不见心不烦……"

吴母痛苦地不再吱声。这时，时猴子快步从吴寄山身边走过，顺手把吴寄山的钱包塞进了自己的口袋里，吴寄山和他母亲一点儿也没有察觉。

时猴子哼着小曲儿走进了一个胡同里，刚想把钱包打开来看，一抬头，鲁运那刀子一样的目光正看着他。时猴子愣了一下："噢，你是？"

鲁运说："咱们刚打过交道，你就不认识了？"说完，猛地一提时猴子的下巴说："拿出来！"时猴子眼睛一转，说："哎哟——拿什么啊？快放下，下巴要摘钩了……"

周至祥从后边站了出来，"当"地给了时猴子一脚："装，让你给我装！"

鲁运放下时猴子，时猴子从怀里掏出钱包，塞到周至祥手里。周至祥打开钱包看了一眼，丢给鲁运。

周至祥说："还有，拿！"时猴子又掏出一个钱包和一部手机。周至祥掂量着钱包说："你说你想怎么着吧？"时猴子吓得直哆嗦："但……但凭政府发落……"周至祥围着时猴子转了半圈儿："这次我放了你，不过，有个人你给我盯紧了。"时猴子问："谁？"周至祥说："'秃哥'，你要定期上我这儿来报告一次他的行踪，明白了吗？"时猴子说："明……明白。"周至祥大吼一声："滚！"时猴子连滚带爬地很快没影了。

望着时猴子远去的背影，周至祥笑了，鲁运却被弄得一头雾水，掏出的手铐竟不知该怎样收起来了。

周至祥看了看鲁运手里的铐子，把钱包往鲁运手里一送："鲁运，都归你了。"鲁运脸阴着说："周队，这就是我们的方式？那人……就这么放了？"周至祥讪笑着说："他叫时猴子，办他容易，可是找失主太麻烦了。"鲁运大声说："那我也要找！不然，我们公安和土匪有什么区别呢？"

鲁运说完转身要走，又回过头来把吴寄山的钱包抢过来，气呼呼地向胡同外跑去。周至祥怔怔地看着他没影了，把地上的钱包拿了起来。

这时，吴寄瑶的母亲喘着粗气坐在大街的马路牙子上。

吴寄山说："老太太，打车吧，还有五六里呢。"吴母有气无力道："嗯，寄山，打一会儿走一会儿也行，我是真走不动了。"吴寄山全身掏钱包没有找到，焦急地说："我的钱包丢了，哪个天杀的偷了？"吴母一听，一屁股坐在了地上，哭了起来。

吴寄山和母亲正坐在地上呜咽着，发现鲁运向他们跑来……

7

龙城医院病房住院处，龙大章帮助刘尔贵办理了出院手续。刘国珍老师把刘尔贵手里的大包小包拿了过去。

刘尔贵冷冷地说："我自己拿吧，都三十多岁了。"刘老师心疼道："尔贵，你的胳膊都肿了，能不疼吗？妈帮你拿，将来妈老了，你帮妈拿……尔贵啊，妈问你，鸡血麻神案真的和你没关系吗？不义之财可不要取啊！"刘尔贵说："妈，和我一毛钱关系也没有。我也有个问题，憋在心里一直想问……怕你不高兴……"

刘老师说："你问吧，妈这年龄也是见过风见过雨的。"刘尔贵说："从小就有人骂我是野种，我是私生子吗？"刘老师愣了一下说："别听他们嚼舌头。"刘尔贵问："你不承认？那么，我的父亲是谁？他为什么不要我？你倒是说呀！"刘老师一脸为难。

刘尔贵气愤地说："你知道就这事儿影响了我的前程吗？我为什么高考连考好几年都考不上？我为什么到了这个地步？都怨你！"

刘老师沉默着。刘尔贵没有得到答案，向前跑去，险些把龙大章撞倒。

龙大章正要拉刘尔贵，却见吴寄瑶扶着她母亲走了过来："寄瑶，你这是……"吴寄瑶说："大章，这是我妈，医生说要做个小手术，住些日子。（对吴母）妈，这是我同学龙大章。"吴母说："同学呀，你看人家多有福啊！哪像我家寄瑶啊，生在满地白石头的碾盘沟，又摊上我这天天闹病的妈……"龙大章说："阿姨，别说了，我出院了，给你倒床位，你好好治病吧。"

望着母女二人的背影，"石头"一词刺激了龙大章的神经，他想起那句"围着石头转"的字条。他恨不得马上飞离病房，见到敖拉倚。

关注着敖拉倚的还有姜长庚，他站在厨房的窗前，向外望去。他发现敖拉倚和白小艺拉着行李箱从别墅里走出来，打一辆出租车走了。姜长庚转身拿出那枚扣子，仔细地凝视起来……

　　龙山机场候机厅前，敖拉倚和白小艺执手话别。白小艺抱住敖拉倚撒娇道："敖拉老师……等我上了大学，我陪你出去度假。"敖拉倚俯下身，摸摸白小艺的头发："傻丫头，别看我把你当女儿对待，可到那时，你该跟你的男朋友度假去了，还能管我这个老太婆？"

　　白小艺问："敖拉姨，你为什么不找个男朋友啊？"敖拉倚调侃道："我嘛，姥姥不亲，舅舅不爱，二姨过来用脚踹。"白小艺说："才不是呢，我姜爸那么喜欢你，你为什么非要拒人千里之外呢？"敖拉倚刮了一下白小艺的嘴："小孩子，别胡说啊。"白小艺反驳道："我可不是胡说，我在我姜爸箱子里的老日记本里看见过你年轻时的照片，一个漂亮的契丹公主。"

　　敖拉倚惊讶地问："真的？"白小艺说："那还有错。那天我和龙哥哥还看见你和姜爸一起在广场喂鸽子了呢。"敖拉倚说："龙大章？"白小艺点头："对，他让我带他找你，说说石头的事儿，看你那个……挺忙的，就没吱声。"敖拉倚说："我不会见他的，你要见到他就告诉他'碾盘沟那儿好玩儿'。"白小艺拎起包说："不懂，老师，该安检了。"

　　白小艺在安检口向敖拉倚挥手告别。

　　晚风吹散了刑警大队的档案。朱丽雅把散乱的文件整理起来，就见龙大章缠着纱布进来了。"大章，医生不是说让你过几天出院吗，怎么回来了？"龙大章说："我躺不住啊。昨晚那张《辽域地志》的资料找来了吗？"朱丽雅说："找来了，（拿出资料）给你。"龙大章说："看来有好多人对那张图感兴趣，虽然是张假图。"朱丽雅说："为了财宝总有人去拼命。专家说，所谓的《辽域地志》在市面上很多，真的图现在很少有人见过，包括专家。"

　　龙大章问："师傅呢？"朱丽雅说："师傅上凤城了。他说，你的禁闭因伤免了。"龙大章问："真上凤城了？风马牛不相及……是不是敖拉教授也去了凤城？"朱丽雅说："这个我不知道。"龙大章放下资料，心存疑惑："破案正忙的时候，他跑去凤城干什么呢？"

　　与龙大章有着同样疑问的还有某豪华住所的神秘人和金疤癞。

　　神秘人背对着金疤癞："你说老姜也去了凤城？"金疤癞答道："是，大哥。他们前后两架次飞机，从北京转机。"神秘人问："外面的情况怎么样？"金疤瘌答道："一切都在您的预料中有序进行，武玉鹏消失在公安的视线外，他们已再无线索可寻，姜长庚他乡会情人，更加群龙无首。"

神秘人阴阴地说："老姜去凤城，似乎不是会情人那么简单吧？注意老姜的一举一动，不能让一块石头绊倒两次。"

金疤瘌答应一声，向外走去。神秘人走到窗前，眼望西南，那里星光隐晦。

夜色渐浓，长空辽阔。一架飞机轰鸣而过，像划破天际的流星。机舱内，姜长庚眉头紧锁。他要去曾经让他伤心的凤城了……

第五章　恩情再续，案外生枝

1

阳光从"凤城机场"几个大字的缝隙中透出来，照在络绎不绝的下飞机出来的旅客的后脑勺上。

雾霭茫茫，人车朦胧。敖拉倚的头发被阳光镀了一层金。她下了出租车，拉着拉杆箱，宁静而悠闲地走在凤城的大街上。拉客的人喊着："这位女士，住店吗？"敖拉倚没有理会，就那么走着。"凤城市帝豪会馆"的金字让敖拉倚驻了足，她左右看了看，把一本《中国巴林石》杂志塞到皮箱里，向帝豪会馆走去。

敖拉倚走进帝豪会馆，看见大厅的角落里坐着一个人，黑黑的、胖胖的，在看报纸。她平静地打了声招呼："胡总。"被称之为"胡总"的胡二海（外号大黑猫）放下手中的报纸站起来："哟，敖拉教授，终于显像亲自来了？一定有大生意要谈。"敖拉倚说："我这次来呢，是旅游，不谈生意。"

大黑猫似笑非笑地说："敖拉教授，音乐家、藏石家，不谈生意吃什么呢？我们是多年合作的老朋友了，就不绕弯子了，我知道你有大生意。"敖拉倚问："什么大生意？"大黑猫扬了扬手中的两张《龙城晚报》说："'石破天惊'系列报道看了吗？《石破天惊——契丹博物馆开业前被'斩首'》《石破

97

天惊——鸡血麻神，你究竟在何方》，敖拉教授，据说这鸡血麻神可是你家传的宝贝呀。"

敖拉倚觉得很意外："你这里有龙城的报纸？"

大黑猫说："我们想有什么就有什么。敖拉教授，我们换个地方说话？"

敖拉倚跟着大黑猫来到了里间的办公室。他们面对面坐着，气氛像龙城的雾一样阴郁而不融洽。大黑猫率先打破僵局："敖拉教授，希望我们合作愉快！"他要握敖拉倚的手，却被敖拉倚躲过了。

大黑猫的手僵在那里，尴尬地笑了笑说："对不起，忘了，敖拉教授，洁净。我就直说吧，我们想要……这个。"他指指报纸上的鸡血麻神，眼睛直视着敖拉倚。

敖拉倚笑了笑说："黑猫，我这次来也是想要这个。"她指指报纸上的鸡血麻神照片说："你开个价？"大黑猫说："敖拉教授，您就别逗我了，据我弟兄们掌握的可靠消息，货在您手上。"敖拉倚一拍桌子站起来说："货要是在我手上，我大老远地来跟你废什么话？"

二人一番对话，气氛更加不融洽了。

大黑猫赶紧打破僵局："对不起，或许是我们搞错了。"敖拉倚认为黑猫是故意隐瞒："既然黑猫老弟无意出手，那就再议吧。可是，东西放在你们手里，只是一堆石头。"大黑猫苦着脸说："看来是真的误会了。这样吧，不说这个了，我们还是回到从前，按约定的数量、价格完成以前的合作项目。"

敖拉倚心想，难道鸡血麻神真不在他们手上？她拿出一份供货表："原来的价格不行了，货比原来好了。我们就君子协定，你准备定金，我备货。"大黑猫说："那得先验货。"敖拉倚点点头："可以。只是这么大数额，到时货款两清，不会有障碍吧？"大黑猫说："您放心，我会为你安排好一切的。"敖拉倚说："但愿如此，我这次主要是来旅游的，要有个好的心情，具体事宜明天再谈。"

大黑猫说："好吧，敖拉教授，您是文人，一个人在外还是要当心些，有什么要求，您尽管提。"敖拉倚说："多谢！我想自己活动活动。"大黑猫站起身做了个请的姿势："请便。"

看着敖拉倚向外走去，大黑猫向身边的一个黑衣人使了个眼色，那个黑衣人便鬼鬼祟祟地跟了出去。看着敖拉倚出了会馆，大黑猫皱起了眉头：难道鸡血麻神真不在她手上？

在大黑猫和敖拉倚都想套出鸡血麻神下落的时候，姜长庚正走在凤城的另一条大街上。他仔细地辨认着凤城的街道，像是在寻找过去的影子，这感觉像是和敖拉倚的关系，看似很紧密，可一切似乎又跟自己没有任何关系。

他拿起手机打电话："倚，你在哪儿？"敖拉倚看看左右说："龙城。"姜长庚说："我已经从你的电话里听见了凤城的风。"敖拉倚一惊："我在凤城怎么了？"姜长庚说："我还闻到了你的气息，我想见你。"敖拉倚冷笑："呵呵，我可是不想见你呢。"姜长庚说："我可是好几千里专程跟你来的。"敖拉倚一惊："你在跟踪我？"姜长庚说："不，是有人跟踪你。"敖拉倚回头看了一眼，发现一个黑影一闪不见了。她沉默了一会儿，看了看身后的帝豪会馆说："我们晚上见吧。"

姜长庚放下电话，快步向另一条街走去，眼前是凤城吉祥小区物业管理处。姜长庚递上警官证问："麻烦给我查一下，这里有个姓金的人家吗？"物业人员查了好半天说："没有。"这时，旁边一个老一点儿的物业人员把名单收了回去，想了想说："原来是有一个叫金巴利的人，不过已经有十七八年没见着这个人了。"姜长庚拿出那个像扣子一样的东西问："见过这枚扣子吗？"老物业人员看了看说："嗯，有点儿印象，好像是十七八年前有个叫'东北新干线'的涉黑组织用过它，不过，他们早被公安收拾了。"

望着西下的太阳，敖拉倚来到凤城一个小饭店。她坐在饭店的椅子上，不时地向门口张望着。她焦急地看了下表，拿起包转身要离开。这时，姜长庚满头是汗地进来了，向敖拉倚点头打招呼："对不起，让你久等了。"敖拉倚毫无表情，姜长庚转头向饭店老板说："老板，定个二人包间。"店老板招呼道："好咧，二〇五房，客人两位。"姜长庚对店老板说："认识一个姓金的人吗？他在这一带开过饭店。"店老板回忆道："十七八年前是有那么一个人，早不干了，人都不知哪儿去了。"姜长庚拿出扣子："见过这枚扣子吗？"店老板看了看："那个金胖子好像戴过，这是啥啊？"

姜长庚没有回答，上楼走进包间，坐在敖拉倚对面，打开了一瓶红酒。包间里，四个菜，两杯红酒，两个沉默的人，一盏昏黄的吸顶灯。

敖拉倚长久地注视着姜长庚，轻声地问："长庚，你能告诉我你来凤城干什么吗？"姜长庚答道："那还用说吗？来见你呀。"敖拉倚幽怨地盯着姜长庚："我知道你这话百分之九十九的可能是假的，可如果是你特意说给我听的，我依然爱听。其实，我知道你来凤城干什么。"姜长庚问："干什么？"敖拉倚从包里拿出一枚奇怪的扣子说："我想你是为了这个。"

姜长庚一惊："你怎么知道？"

敖拉倚说："因为，鸡血麻神被盗案现场的那枚扣子是我扔的。我知道，对这枚给你我带来一生遗憾的扣子一定能把你带到凤城来。因为，对你来说事业永远比我重要！"

姜长庚深情地看着敖拉倚："小倚，快三十年了，你还不能原谅我吗？"敖拉倚用冷冷的眼神儿盯着姜长庚："你，让我婚前怀了孕；我为了你，气死了我亲爱的妈妈。我找了你三年，你却无声无息地和别人结婚生女。你毁了我一生，你明白我这三十年的感受吗？"

姜长庚说："小倚，是我对不住你。可是，这也不能全怪我，是你家狭隘的民族主义阻碍了我们。"

敖拉倚阴冷地说："你，一个男人，那点儿风浪都扛不住……你的事业、你的前程、你的荣誉，总是比我重要上千倍！"

姜长庚说："小倚，我已经知错了，再给我一次机会吧！这些年，每一天我都在愧疚中煎熬。倚，我愿意做任何事情来弥补我的过错。"

敖拉倚说："你知道我现在在想什么吗？三十年前，凤城埋葬了我们的爱情和我的一切，既然你想弥补对我的伤害，那么今天，在这个伤心之地，你陪我一起去个没有忧愁的地方吧！"

姜长庚说："哪儿？"敖拉倚说："听说这里有个玉龙第三国。"姜长庚惊愕地看着敖拉倚。

敖拉倚从挎包里拿出一个小包，把小包里的白色粉末倒进了两杯酒里，用汤匙慢慢地搅拌着，汤匙碰着杯壁，发出清脆的响声……

龙城曼丽酒吧在夜色中透着浪漫。萨克斯曲《雨一直下》萦绕在温馨的酒吧间里。龙大章和姜美祺对坐着，桌上有两杯咖啡，姜美祺用汤匙搅拌着。

姜美祺感叹道："人生要是永远生活在这种浪漫而虚幻的气氛中该多好啊！"龙大章轻声说："天空和大海本来是蔚蓝的，是沙尘搅黄了它的宁静。人生本色应该是幸福而温馨的，可总有一些困难和邪恶……"

"哈哈哈……"一声怪笑从一个阴暗的角落里传来，龙大章和姜美祺不自觉地向那边望去。一个肥胖而奇丑的男人——金疤痢正搂着吴寄瑶的腰要和她喝交杯酒。吴寄瑶正在半推半就地挣扎着。龙大章站了起来走过去，姜美祺紧随其后，愤怒地瞪着金疤痢。

金疤痢看也不看二人，直接倒了两杯酒，对吴寄瑶说："怎么的，挡横啊，你找来的？"吴寄瑶难为情地看了龙大章他们一眼："不，我同学。"金疤痢说："那就当着你同学的面，喝了这杯交杯酒！反正他们愿意见证我们短暂而美好的'爱情'。"

吴寄瑶祈求般地看着龙大章和姜美祺，示意他们离开。

"当——"两支酒杯响亮地碰在了一起。

敖拉倚一手拿一酒杯摆弄着，用迷离的眼神儿盯着姜长庚："我们喝了这交杯酒吧，我这辈子还没喝过交杯酒呢。"

姜长庚抢过两杯红酒凝视着，把两杯酒倒在一起，一饮而尽："这酒，我喝，你不能喝；我死，你不能死。"敖拉倚不解："为什么？"姜长庚懊恼道："你的一生、你的幸福毁在了我手里，我该死。"敖拉倚盯着姜长庚的眼睛："你愿意为我而死？"姜长庚盯着敖拉倚的眼睛大声说："我愿意！"

敖拉倚眼含泪花捶打着姜长庚："你这话倒是早说啊！可是，我有你这句话就足够了。"她轻轻地依偎在姜长庚的怀里，像个孩子，一动不动，沉浸在幸福之中……

姜长庚额头冒出汗来，痛苦地推开敖拉倚，捂着肚子说："拉倚，我……

怕是要不行了……"

龙城曼丽酒吧,空气变得很尴尬。

金疤瘌傲慢地看了一眼龙大章和姜美祺说:"交杯酒,死不了人的。"他笑呵呵地对吴寄瑶说:"小朋友,不想喝就别强撑着啦,我懂规矩。"吴寄瑶一咬牙说:"我喝!"

吴寄瑶把胳膊弯进金疤瘌胳膊里,俩人喝着交杯酒。金疤瘌露出嘲讽的眼神儿,龙大章和姜美祺站在旁边痛苦地看着。

金疤瘌说:"你的同学见证了我们曾经喝过交杯酒,我就满足了。"他醉醺醺地从钱包里掏出二百元钱拍在桌子上,转身踉踉跄跄地走了。

姜美祺看着金疤瘌走出门外,回过头来问:"寄瑶,为什么?"吴寄瑶喃喃地说:"我妈又住院了……"龙大章说:"有困难你可以说呀。"吴寄瑶无奈道:"说了有什么用,你们帮不了我的……年轻人都需要钱,可是你我都没钱。走吧!对了,明天赵直帆组织同学们龙山一日游,都去啊。你们……不要和同学们说今天的事儿……"

吴寄瑶一扬脖拿起半瓶红酒灌下去。龙大章和姜美祺呆呆地站着……

凤城小饭店二〇五包间的时间似乎凝固了。敖拉倚固执地依偎在姜长庚怀里,任姜长庚推她也不动。敖拉倚喃喃地说:"老姜,交杯酒也喝了,你有什么要交代的吗?"姜长庚痛苦地说:"拉倚……我的秘密你一直不给我解释的机会,今天我大限已至,你能听我说吗?"敖拉倚疑惑地说:"我听你怎么说……"

姜长庚捂着肚子,脸上冒着汗回忆着。

"三十年前,就在咱们准备私奔的时候,我突然接到一个紧急而特殊的任务……"

赵连起说:"长庚兄弟,紧急打入凤城涉黑组织的事儿,局里已经派给了我们刑警大队。领导和我研了一下,认为你去最合适,因为你和我们昨天擒获的顾老三年龄、长相、性格很相似,你也最熟悉顾老三的经历,希望你不辜负组织的重托。"

姜长庚焦急地说:"不行啊,赵大队,我要结婚了,能不能派别人去啊?"

赵连起很严肃："不可以。你不能结婚，为了你的安全，也为了取得王彪的信任，市局已派了一名经过专业训练的女警员和你以夫妻身份共同去执行任务。这一任务要绝对保密，不然，你们是在拿性命和事业开玩笑。"姜长庚问："什么时候动身？"赵连起答道："现在，因为顾老三和王彪定在明天下午两点接头……"

敖拉倚沉默地听着，似乎这个故事与自己无关。

姜长庚抓着自己的头发说："就这样，我没有机会和你告别，也不能跟任何人联系，更没能去曼丽酒吧和你约会。我和美祺的妈在凤城潜伏了三年才得手……"

敖拉倚喃喃地说："我离家出走，找了你三年，害得我母亲五十岁就离开了人世……"她站起来，默默地流着泪。

姜长庚一手捂着肚子，一手掏出一枚老式戒指来，颤抖着要给敖拉倚戴上。敖拉倚把手缩了回去。姜长庚把戒指放在敖拉倚包里，拿出笔来，双手颤抖、五官扭曲地在一张纸上写起字来——"我，姜长庚，因病自杀，与别人无关……"

敖拉倚收起纸，低声说："老姜，有你这句话就行了。"姜长庚问："你的扣子哪儿来的？为什么要扔在鸡血麻神被盗现场？"敖拉倚说："我是给你提个醒，我不想让鸡血麻神落在坏人手里，那扣子是我在小艺兜里发现的。"

姜长庚问："小倚，关于鸡血麻神，你是不是知道什么？哎哟——我不行了……"他捂着肚子，腰弯得像虾米。

敖拉倚回过头来，温柔地说："老姜，我也是凭一个女人的直觉，鸡血麻神或许在凤城。那边有洗手间，去吧，把泻药泻出来就好了。"

姜长庚苦笑地看着敖拉倚，捂着肚子向洗手间跑去……

2

龙城的早晨，雾蒙蒙的。现代化城市的车流、人流从那个"条筒万"俱全的建筑物旁边流过，又流过龙城大桥下张半仙的黄牙子旗边，分散开来。

姜长庚像是人群中遗落下的一颗沙粒。他无精打采、身心疲惫、蓬头垢面地拖着拉杆箱，像一个苍老的拾荒者从龙城大桥边走过。

大桥下，张半仙竖起的"测字"黄牙子旗随风飘摇。姜长庚看了看，停了下来。张半仙向下推了推太阳镜问："先生，你要测个什么字？"姜长庚写了一个"倚"字递了过去。张半仙看了看姜长庚说："'倚'，人大可，看似强大，很难独立啊，这辈子要靠别人了……"

但是，张半仙这一卦算错了，敖拉倚从来都是靠自己的。

凤城帝豪会馆某包厢内，敖拉倚和大黑猫坐在方桌前，桌上有两杯茶水。她把拉杆箱里那个精致的小盒子推过去说："请过目。"大黑猫慢慢地打开了那盒子，有一丝红色的光射出来，照在大黑猫那丑陋的脸上。大黑猫用紫外线手电仔细照着，呲着大板牙，点了点刺猬一样的头说："不辍（错）！能交货吗？"敖拉倚说："风声正紧，先交一百万定金，三个月后，钱货两清。"大黑猫问："非得等那么久吗？"敖拉倚说："我说过了，龙城要起风了。定金呢？"大黑猫说："百万的数额……没有。"敖拉倚很不满："那我们还谈什么？"

大黑猫拿了一张古老的地图在敖拉倚面前晃动，半眯着眼睛看着敖拉倚。敖拉倚瞪大了眼睛问："《辽域地志》？"大黑猫得意地说："系（是）的。这半张图系（是）《辽域地志》，价值可不止百万吧。"

敖拉倚讪笑着说："这样的图到处都有赝品，我怎么能相信它是真的呢？"大黑猫说："货在你手上，假了，你可以不交货啊。"敖拉倚仔细地看着那张图，拿过来问："那半张呢？"

大黑猫说："这得问老天爷啦……我们可说好了，交货之日，这张图你得一并交回来。"

敖拉倚强忍住兴奋回到凤城帝豪宾馆，在昏暗的灯光下，拿出那张地图，又找出那本破烂的敖拉维国笔记，用放大镜仔细比对起来。

据《辽史·地理志》记载，木叶山位于永州；从《契丹国志》的传说看，木叶山在潢水河南岸，二水合流地以西，永州城在广平甸上……

敖拉倚自言自语道："从记载和图上看，木叶山位于龙城市已毫无疑问，只是具体地点还不明确。这半张图是不是真的呢？"她小心翼翼地把地图和敖拉维国笔记放进拉杆箱，走出宾馆打车向凤城火车站而去。

在凤城至龙城的火车上，敖拉倚静静地靠在卧铺上，展开姜长庚写的"遗书"，沉思着三十年前的青春岁月。

龙山的山林鸟语花香，雾满山坡。龙山上，年轻的姜长庚和敖拉倚紧紧地抱在一起，在山坡上翻滚……铺满红叶的山坡上，有一栋坐北朝南的大院——古王府，院墙围绕着红柳条编织的带有各种花纹的篱笆。穿着皮靴的姜长庚，向穿着蓝色长袍、白袜花鞋的敖拉倚微笑着走来。后面跟着牵着马牛羊、担着美酒的迎亲人……母亲说："小倚，按我们民族的习惯，你要躲起来，不能见你的未婚夫……"

火车的长笛唤醒了敖拉倚亦真亦幻的梦境，她把姜长庚给她的戒指戴上又摘了下来，摘下来又戴上，最后放进盒子里，幸福地笑了。自己没躲起来，新郎却躲起来了。她这一笑，竟笑出了一串眼泪来……

3

鸟语花香、山石奇峭的龙山寺。一辆黑色奔驰车在风光秀丽的龙山寺山门前停了下来。

赵直帆第一个跳下车喊道："龙山——我们来了！"五个同学的欢呼声透过车窗："啊——我们来了！"龙大章、姜美祺、赵直帆、吴寄瑶、龙小晴五个人下车向龙山寺山门走去。

这时，于伟绩正给赵连起等一群官员一样的人讲解着："各位，我们赵书记提出的开发龙山景区的构想绝对可行。光这龙山寺就是天下一绝，您看，它坐落在离龙城市仅十多公里处的狮子崖下，后依峭壁，前有沟壑，锡伯河环绕，古建筑布局严谨对称，小巧玲珑，寺内殿宇宏伟壮丽、佛像慈严，是我国现存为数不多的辽代宫殿式建筑……"赵直帆向赵连起扮了个鬼脸，和同学们向侧殿走去。

一阵佛教音乐飘过，侧殿内，一个慈眉善目、身着僧服的人念念有词，众多信徒匍匐在地，抽取他们的命运签。吴寄瑶说："走，我们也抽一签？"赵直帆说："好咧，我先来。"

赵直帆大大咧咧地上前抽了一卦，念出声来："但求心中正，何愁眼下迟；得人轻着力，便是转身时。"

龙小晴优雅地走上前，作了一契丹揖，叩了一当代头，抽的卦没等拿稳，便让姜美祺抢了过去，念道："心灵感应很微妙，初恋滋味言难道；昼夜相思不敢说，六神无主怕人笑。"

龙小晴红着脸往回抢："给我，想看自己抽去。"

吴寄瑶到龙泉边用龙泉水洗了手，抽了签，小声地念："日落而息古人训，今人昼夜不再分；求名求利求贵人，死到临头不死心。"

她"唰唰"两下把签撕得粉碎："这啥啊？"

赵直帆前后左右地看："大章呢？"龙小晴前后左右地看："美祺呢？"三人面面相觑，只见茫茫龙山，不见二人踪影。

红日，白云，绿草，赵直帆、龙小晴、吴寄瑶三个人向龙山深处寻找着龙、姜二人。龙小晴把手做成喇叭状喊："美祺——你在哪儿？"吴寄瑶诡秘地瞅着赵直帆："俩人不是故意躲起来了吧？"赵直帆不耐烦地说："别喊了，丢不了！"

龙小晴拿出六人合影："看，七年前我们拍照的那棵树！他们一定上那儿找回忆去了。"赵直帆看了看照片，七年前的情景浮现在眼前。

七年前的龙山傍晚，姜美祺等六名同学在山林里玩疯了，他们采野花，捉蝴蝶，照照片，像是疯狂的蜜蜂。赵直帆狂喊着："我爱你——龙山！高考呀——见鬼去吧！"龙小晴和吴寄瑶在草地上打滚，做着各种姿势，让赵直帆给她们拍照。郝子强呆呆地坐在一边看。龙大章提议："我们照张合影吧。"赵直帆把相机支在三脚架上，六个人喊着"茄子"拍了一张合影。傍晚，他们唱起了《蓝色的蒙古高原》，那歌声就在这旷野里飞了起来，灿烂的晚霞照在这青春的一代人的脸上……

赵直帆的回忆被龙小晴一声"他们果然在那儿"打断，不高兴地说："别理他们！"龙小晴说："这么美好的自然世界，只有从城市里走出来重温才更有韵味。这么好的美景，怎能少了我哥和美祺呢？"

龙山深处，龙大章捡起一块块石头仔细查看着又扔掉。姜美祺则采着各种野花，编成花环，给他戴在了头上。他们向前跑着、闹着、笑着……一个峭壁挡在了面前，姜美祺定睛看着，眼睛湿润了.

七年前在这个悬崖前，姜美祺发现了一朵从未见过的花，可是花长在峭壁上。她拽住藤条去采那野花，结果，脚下一滑，掉了下来。在旁边的龙大章一个箭步飞过来，张开双臂去接。姜美祺重重地砸在他的怀里，二人滚了几个滚，姜美祺压在龙大章身上。姜美祺毫发无损,龙大章满脸是血，已经不省人事了……

赵直帆跑过来生气地说："美祺、大章，你们想甩了我们啊？"姜美祺愣了一下说："没有啊。"龙大章捡起一块石头说："我们下山吧，时候不早了。"

傍晚的龙山，夕阳镕金。几个人变成了一道剪影，在龙山上移动着。一曲粗犷的《龙山谣》远远地传来："龙山那个薄雾掩寺钟，杂树异草漫奇峰。上山循石石引路，下山问路路不应。平生走惯了顺风谷，逆势山行我眼发蒙。风舞落英声声问，人事如山怎通融……"

几个人的身影慢慢地和龙山盛景一起模糊了……

4

龙城大街的黄昏，车水马龙，车笛声声，拥挤不堪。一辆警车随着车流堵在大街上龟速前进。朱丽雅驾车，姜长庚坐在警车里，眼神迷离地向外看着这座灯火璀璨的城市。

朱丽雅说："姜局，你怎么这么快就回来了，不是说好要度假吗？"姜长庚说："鸡血麻神案还没有着落，我能安心度假吗？丽雅，我叫你找的十七年前'东北新干线'的案卷呢？"朱丽雅说："姜局，今天可是周日，为什么要急着找十七年前的档案呢？市局档案室的人休假了啊。"姜长庚说："丽雅，我已经和他们联系了，他们加班给我找。"朱丽雅说："姜局，你脸色不大好啊！档案的名字是什么，我忘了。"

姜长庚说："没事儿。档案名大概是'东北新干线'……"

话没说完，王彪、赫老二、妻子、姜美祺、白小艺、金疤瘌、敖拉倚等几个人的身影在他脑海里飞快地旋转着，直到图像定格在敖拉倚那带着怨恨的眼睛上……窗外似乎有无数的星星闪着刺眼的光在飞，所有的星星都向姜长庚的眼睛飞来，姜长庚躲闪着，脑袋"咚"的一声撞在车玻璃上。

朱丽雅一个急刹车，焦急地摇着晕过去的姜长庚喊："姜局，你怎么了？你怎么不吱声啊？"她飞快地打着电话："120吗？"

半小时后，龙城医院病房。姜长庚躺在床上，周至祥、朱丽雅、鲁运站在床前，姜美祺领着龙大章惊慌地推门进来了："爸爸，你这是怎么了？"

未待姜长庚说话，周至祥说："正好，美祺，你可得让你爸好好治疗一下了。我刚问过医生了，你爸爸有严重的糖尿病，还有其他病。今天突然血糖低到了极点，差点儿就上那边去了。不可思议的是，医生目前没查出突然发病的病因，说是什么药物所致……"

姜美祺焦急地问："是吗？爸，你怎么不注意身体呢，多危险啊！吃啥药了？"姜长庚苦笑了一下说："美祺，不用怕，我也问过医生了，就是一时血压突降，说让我静心治疗仨月。在医院要听医生的，但也不能全听医生的，我要是在这儿待上仨月，好人也得变成病人了。"

周至祥劝道："姜局，你就静养些时日吧，工作上的事儿有我呢！"姜长庚说："至祥，可能要辛苦你些日子了。但是，鸡血麻神案，还是由大章负责，因为他前期介入得比较深，你要支持他……"周至祥想说什么，嘴动了一下，终于没有说。

姜长庚摆摆手："你们都回去休息吧，我和大章有几句话说。"他又向姜美祺、白小艺摆手："你们也先回避一下。"鲁运看了看龙大章，走了出去。朱丽雅欣赏地看着龙大章。龙大章没有吱声，深情地看了姜美祺一眼。

　　周至祥和鲁运从龙城医院出来，走在龙城大街的灯影里，身影拖得很长。

　　周至祥手一摊，愤愤地说："看见了吗？看见了吗？老姜一心想培植龙大章这个党羽。这么大个案子交给一个只有两年工作经验的毛孩子，这是对工作负责任的态度吗？"鲁运说："我们没办法，让给有办法的人得了。"周至祥愤愤地说："妄自菲薄。谁说我们没办法？他的办法好使了吗？放了一个，跑了一个，案件又回到了起点。我是老公安了，有个词儿叫'黑吃黑'，听说过吗？"

　　鲁运说："听说倒是听说过，怎么个'黑吃黑'法？"周至祥说："当务之急，我们要做的有两件事，一是顺水推舟地阻止龙大章破案，二是我们千方百计地破案，给老姜一记响亮的耳光！"鲁运表态道："周队，你就说怎么个破法吧，只要能破案，你叫我给人当孙子都成。"

　　周至祥说："还记得那个叫'秃哥'的人吗？"鲁运说："'秃哥？'记得，那天晚上我们抓的制造混乱的大裤裆的把兄弟嘛。"周至祥说："对头，就是平原公司的头儿李明鑫，外号叫'秃哥'。这个人在龙城也是报了号的坏人，那晚他去大辽绿都干什么？或许是为了找销赃的主儿，没准儿那张藏宝图就在他手里。"

　　鲁运说："有道理，大裤裆制造混乱为的是什么？为了乱中抢图啊。可是，那晚去的秃子多了，咱们没证据，乱抓可不行啊！"周至祥说："公安办案需要证据，涉黑组织的人办事儿用证据吗？李秃子那些人，别看和公安软硬不吃，但和涉黑组织有共同语言。"鲁运说："可是，我们毕竟不是涉黑组织，不能使用涉黑组织那一套啊，而且那也违法啊……"

　　周至祥不耐烦了："熊是怎么死的？笨死的！你以为龙大章那一套就不违法吗？跟小偷学手艺，用证人去找嫌疑人，哪个老师教的？哪项合法？不管白道黑道，破了案才是正道。"

　　鲁运抓着头皮叹了口气："唉，人都说急中生智，我，越急越想不出办法来。"周至祥说："我告诉你……"他让鲁运俯耳过来，两人嘀咕起来……

晚风轻拂着龙城医院八〇九病房，龙大章坐在陪护的椅子上给姜长庚削水果。

姜长庚从床上坐起来："大章，我可能得在医院住些日子了，知道我为什么把这么大个案子交给你吗？"龙大章说："信任。"姜长庚说："说实话，我并不十分相信你。用你，是因为你太像我年轻的时候了。"

龙大章谦虚地说："我有些地方还真随师傅。"姜长庚说："不要说你胖你就喘，我要提醒你三点：一要充分认识这是一起有组织、有计划的盗窃犯罪，坚决不能让鸡血麻神流出龙城；二要处理好同事关系，也要注意行事机密，我不能保证我们的队伍每个人都是纯洁的；三要注意从犯罪分子的角度考虑问题，打击敌人的同时也要注意保护自己。"龙大章坚定道："我绝不辜负领导的信任。"

姜长庚说："案子的事儿我就说这些。还有……关于你和美祺的关系，我希望你们俩永远是同学加朋友，我们永远是师徒，你能答应我吗？"龙大章为难："师傅，这一点……我不能接受。"姜长庚问："为什么？"

龙大章说："师傅，我想你也年轻过，你也有过对美好婚姻的向往。你能忍心拆散一对鸳鸯吗？"姜长庚沉默了一下，深沉地说："大章，既然你说到了我，我就和你说说我年轻时的婚恋故事。"

三十二年前，年轻的姜长庚和敖拉倚在龙山玩着躲猫猫，姜长庚终于在再生洞里找到了敖拉倚。他兴奋地说："小倚，我可抓到你了。你为什么总往这里躲？"敖拉倚满脸愁容地说："长庚，我怀孕了，可是我妈就是不同意咱俩的婚事。我总觉得这个再生洞和我有着某种瓜葛，想求个吉利。"姜长庚吃惊地说："怀孕？一次就……"敖拉倚说："我能骗你吗？我父母要是知道我未婚先孕，按照我们契丹人的习俗会打死我的。"姜长庚说："我们结婚吧。"敖拉倚很难过："我父母死活不同意，怎么结啊！我们契丹的风俗习惯是不与汉族人通婚。我们的老祖宗和你的老祖宗打过仗，要是把我这个契丹姑娘嫁给你这个汉人，父母会不要我这个女儿的。"姜长庚不以为意："哪有那么多陈规旧俗啊？"敖拉倚无奈道："我爸妈这对契丹贵族是非常认这个传统的，他们认为这不是一个贵族后代应该做的事儿。"姜长庚说："傲慢与偏见，狭隘的民族主义……那怎么办？"敖拉倚坚定地望着远方说："逃婚——"姜长庚惊道："私奔？"

说到这儿，姜长庚陷入痛苦的回忆中，不再言语……

龙大章问："后来呢？"姜长庚说："后来，你敖拉姨回家与父母商量，没想到她母亲以死相胁。她决定和我相约在一个小酒馆，也就是现在的曼丽酒吧，一起逃婚。结果，我那天临时接到通知要去'东北新干线'做卧底，没有去那个小酒馆。我在凤城三年，你敖拉姨找了我三年，誓死不嫁。她的母亲在气愤中死去，父亲也没能长寿。是我害了你敖拉姨……"龙大章说："你们现在仍然可以再续前缘啊。"

姜长庚无奈道："时过境迁，激情消退，伤疤难复，人无法回到从前了。知道我为什么要给你讲我的故事吗？"龙大章不解："为什么？"姜长庚说："我在想，不能让你敖拉姨的悲剧重演，没有父母祝福的婚姻很难幸福……算是我求你了，我累了……"说完，转身躺在病床上。

龙大章难过地向外走，在走廊里碰见了姜美祺。他欲言又止，快步向外走去。

5

一个路灯昏暗的地方，李明鑫和大裤裆从饭店里晃里晃荡地出来了。大裤裆哼着小曲儿："大姑娘美来那大姑娘浪，大姑娘走进那青纱帐……"

李明鑫用一根笤帚苗子剔着牙，边走边埋怨："裤裆，东北民歌多了，你就会这一首啊？你说你找的这个小馆子，连根牙签都没有。"大裤裆说："大哥，将就着吧，你知道，我刚从看守所出来，哪儿还有钱请你啊？奶奶的，我就奇了怪了，那天晚上谁把那张图抢去了呢？让老子白吃了官司。"李明鑫说："裤裆，龙城的水深着呢，我们以后做事要小心了。"

大裤裆不屑道："小心？小心能换来钱和媳妇啊？"李明鑫拍拍大裤裆的肩说："兄弟，跟哥混，银子、娘子都会有的……"

"唰"，两个黑影吓得李明鑫把话噎了回去。两个穿夜行衣的人蒙着脸从路边窜出，两把尖刀分别顶在李明鑫和大裤裆的腰上。

一个黑影压低声音说："兄弟，识相点儿，别动，谈点儿生意。"李明鑫镇静下来："哪条道的？"一个黑影答："黑胡同的。"李明鑫轻蔑地冷笑道："连个码头都不敢报，懂不懂规矩？谈生意这么谈？"那个黑影说："不这样谈不成啊。"李明鑫只好说："说。"那个黑影说："想买你的鸡血麻神。"

李明鑫痞里痞气道："你是眼瞎了，还是心瞎了，我要是有那玩意儿，能上这小馆子吗？"那个黑影说："我有准确消息，东西就在你这儿，开价吧！"

大裤裆恶狠狠地说："跟你俩刚出道的二子有啥好说的，开什么价，直接开皮得了。"说完，身子一抖，手如闪电，那两个黑影顿时鼻青脸肿，两把刀很快被握在了大裤裆手里。他双手持刀，向那个黑影刺来。

就在刀扎向那个黑影胸部的一刹那，一只连环飞脚踢在大裤裆的两个手腕上，那两把刀飞了出去。李明鑫见有人挡道，愣了一下，扯起大裤裆撒腿就跑。龙大章手如旋风，两个黑影的面罩被扯了下来，鲁运和李明乔愣在那里。

龙大章吃惊地问："大师兄，你们做什么呢？"鲁运低下头，吭哧道："没……没什么，化装侦查，碰上流氓……"说完，拉着李明乔转身走了。龙大章看着他们，百思不得其解。他独自一人在胡同里走着，姜长庚的话还在耳边回响。

出了胡同口，灯影里猛然有几个人手持铁棍、菜刀，像电线杆子一样立在街头，一脸的杀气。大裤裆阴冷地笑道："就这小子，踢得我手腕肿成这样，还有心情散步啊？我让你路见不平！今天我要让你就地挺尸！"四五个人操着家伙冲了过来，龙大章左冲右突，那几个人死缠烂打，龙大章就是脱不了身。大裤裆喊道："弟兄们，给我往死里打，不拿下这个毛头青，我们怎么在龙城立棍？"

说完，大裤裆高扬着铁棍向他冲来，在冲到他跟前，铁棍即将砸到脑门的一刹那，龙大章一个后摔，脚随即向上一勾，那铁棍就到了手里。龙大章飞起身，铁棍一扫，几个人退到两旁，仍然死缠烂打，就是不让龙大章脱身。

一辆警车开了过来，车灯照在龙大章和一群人身上。警笛骤然响起，几个人假装围了上来，突然一哄而散，向黑胡同里跑去。

朱丽雅用车灯照得龙大章睁不开眼。她跑下车，向龙大章走来。龙大章愣了一下，扔下铁棍，顺手抹了一下脸，活动了一下筋骨，向朱丽雅走去。朱丽雅一惊，说道："大章，是你？你挂花了？"龙大章说："没事儿，让刀刮了一下。丽雅，你怎么在这儿？"朱丽雅说："我家就在胡同那边，今晚周队通知有行动，我刚好路过这儿。你快上车吧。"

伏龙区公安宿舍，鲁运躺在床上，用被子蒙着半个头，越想今天的事越窝囊。一阵急促的脚步声传来，门开了，就见龙大章满脸是血地站在灯影里。

鲁运吃惊地说："哎呀——你这是怎么了？怎么伤成了这样？"龙大章看着鲁运说："他们又来寻事儿了，打了一架。"鲁运低下头、不安地说："都是我惹的祸，我去抓他们！"龙大章摆摆手说："算了吧，毕竟是我们引起的。"

朱丽雅拿着纱布过来，心疼地看了看龙大章脸上被菜刀划的口子，给他贴上创可贴："感觉怎么样？这脸险些破了相。"龙大章大大咧咧地说："没那么娇贵。"鲁运惭愧地看着龙大章，眼睛里透着内疚。

这时，朱丽雅的电话响了："周队……就等我们三个了？好，我们马上到。"她放下电话说："快，周队组织的'震慑行动'就要开始了，等着我们呢。二师兄，赶紧把脸上的血擦净，到前院集合吧。'震慑行动'一号就要开始了，领导和新闻媒体的人都到了。"

伏龙区刑警大队院内，警灯闪烁，警车成排。会议室里，警员们整齐威严地坐着。各媒体的记者们零散地坐在旁边，有几个人正在摆弄摄像机。周至祥站在前边，像上足了发条一样激动："同志们好！感谢领导和媒体的支持，我们今天的行动叫'震慑行动'一号。这是姜局住院治疗以来我主持的第一项行动，刑警大队全体警员均已到位，交警、特警大队全程配合。我们的行动目的是——大造声势、震慑犯罪……"

龙大章站起来说："报告周副队，我对这个行动有看法。阻止与打击犯罪，不是靠开着警车满街叫就能实现的，这样不是安民，而是扰民。况且，撤掉卡口人员搞宣传有风险……"

周至祥摆手制止道："怎么又是你？成何体统！这里我说了算。你有意见，憋回去。全体——出发！"

6

龙城的夜晚，成排的警车打着警灯、鸣着警笛出现在大街上。记者专用车上，记者们正用"长枪短炮"扫描着。

警笛惊动了方格棋牌室，牌友们正手忙脚乱地收拾衣物。于海平说："走人吧，不知又出什么案子了。"吴寄瑶不急不缓地说："慌什么，能出什么案子？你家老爸把鸡血麻神都丢了，也没这么大动静啊！老母猪喝泔水——就是呱嗒的响亮，没啥实质内容。接着玩儿。"牌友们又坐在了牌桌前。

姜长庚躺在龙城医院病房的床上，姜美祺坐在床边剥着芒果皮："爸爸，这么多年苦了你了，我想和你谈一谈。"姜长庚说："是啊，美祺，这么多年因为我太忙，从来没静下心来和你们说过话，现在好了，我这挂破车是得好好修整一下了。"

姜美祺说："爸爸，我想说……你和我敖拉姨为什么不能走到一起呢？"姜长庚叹口气："说实话，我也不知道为什么。我总觉得我们之间隔的不仅是时间。"姜美祺说："爸，我知道，你们中间隔了小艺我俩。但是，我首先声明啊，我对你们的事不干涉、不反对、不撮合……"

这时，窗外传来警车声。姜长庚"腾"地坐起来，向外望着。他跳下床喊："医生，出大案子了，我要出院！"他打开门，正要出去，发现敖拉倚站在门口，一身白蓝相间的衣服，还有那苍白的脸格外显眼……

声声警笛让龙大章心里发颤。他来到刑警大队办公室，从文件柜里找出案卷，案卷里一张"卡口布防图"掉在了地上。这时，他想起了在医院姜长庚和他说的话——"要注意从犯罪分子的角度考虑问题"。他看了一眼"卡口布防图"，大惊，穿上警服，拿起手枪，急忙向外跑去。

　　警车队伍从那处豪华住所下面经过时，神秘人正背对着金疤癞，面目阴沉地站在阳台窗前，手拿望远镜向外望着："壮观！"金疤癞问："大哥，出手不？"神秘人问："都探明了吗？"金疤癞说："出城检查站的车和人都被调回来参加'震慑行动'了。这……不会是周至祥使的计吧？"

　　神秘人头也没回，阴沉地说："周至祥要是有那脑瓜，早扶正了。"金疤癞说："真是天赐良机啊！"神秘人吩咐道："装上货。"金疤癞问："装真的还是假的？"神秘人说："自然是假的了。我们让武玉鹏把假鸡血麻神运出去，再神不知鬼不觉地把他干掉，鸡血麻神的行踪就成了千古谜案。出东城，就跟在宣传车后边。"

　　金疤癞说："这真是个绝妙的讽刺，我要亲自去办。"神秘人说："屎没拉利索之前，不要请下狗。这活儿还是让武玉鹏去干，他还不知道真麻神被我们调包了，一定会拼死外运的。"

　　龙城大街，警车成排，警灯闪烁，扩音器里播着"我们一定要警民联合，打防结合，让犯罪无处容身……"警车前后，各有一辆摄影、摄像专用车。警车后边，有一辆黑色本田车悄悄地行驶着。

　　前边宣传车里，周至祥端坐在副驾驶的位置上，很得意地和坐在司机后边的朱丽雅、鲁运说着话。

　　朱丽雅从后视镜中看到一辆黑色轿车，便说："周队，后边好像多了辆车。"周至祥不以为意："搞声势还怕有人助阵吗？不用管它。"

　　一辆出租车越过那辆黑色轿车和警车队伍，飞快地向东郊行驶，龙大章着一身警服端坐在车内。出租车与宣传车擦肩而过，朱丽雅说："周队，像是大章。"周至祥说："无组织，无纪律，完事儿了看我怎么处分他。"

　　东郊出城检查站的牌子静静地立在那里，在车灯的照耀下，那牌子格外醒目。周至祥下令："左转，回城！"几辆警车和专用车打着左转灯往回驶去。那辆黑色轿车打着左转向，却直接向检查站冲去。

　　武玉鹏坐在黑色轿车里望着远去的警灯狞笑着，他想，过了这个关，鸡血麻神就是他自己的了，他再也不用受那死胖子的控制了，他要远走高飞，让金疙瘌毛也得不到。这样想着，车离检查站越来越近了。突然，检查站的横杆"唰"地落了下来，龙大章像铁塔一样立在横杆后。黑色轿车"吱——"的一声急刹车停在横杆前。

龙大章敬个礼："停车检查，请出示证件。"

武玉鹏对司机吴寄山说："倒回去，跑！"吴寄山一脚油门儿，倒车，一个左转弯，疾驰而去。龙大章掏出手枪，向那辆逃跑的车瞄着，可是枪没有响。他急忙掏出手机打电话："报告周队，一辆黑色本田轿车有重大涉案嫌疑，已逃往市区，望设卡拦截，车牌号为……"

周至祥狠狠地按了一下电话键，像将军一样挺了挺身子："狗拿耗子……"鲁运和朱丽雅坐在他后边，不解地看着他。周至祥不再说什么，鲁运的电话却响了："大章……我知道了，我再和周队说说。"他放下电话焦急地说："周队，大章让设卡拦截一辆黑色本田车……"周至祥慢慢地侧过脸来瞪了鲁运一眼："他是队长还是我是队长啊？我们的警营，是纪律部队，如果每个人都发号施令，还能有战斗力吗？"鲁运说："可是……"周至祥不耐烦道："别可是了，搞点儿活动这个难。告诉所有车辆人员，保持队形，不得擅自行动！"

朱丽雅急道："周队，如果那车有重大涉案嫌疑，我们现在布防，正好能把它堵住。"周至祥说："要堵你俩堵去，没完没了。"朱丽雅大喊："放我下车！"鲁运说："我也下车……"

司机李明乔吓了一跳，本能地减速，车一减速，朱丽雅和鲁运的车门同时打开，二人从车内跳了下去。警灯闪烁着，警笛鸣叫着远去了。

鲁运和朱丽雅持枪像铁塔一样站在街口，警惕地搜寻着。一辆出租车过去了，又一辆白车过去了。一辆黑色的本田车急速驶来，鲁运招手示意停车，那辆车不但没有减速，而且直向朱丽雅和鲁运驶来。朱丽雅和鲁运急忙向两边一闪，掏出手枪，各鸣一枪，眼睁睁地看着那辆车飞驰而去，朱丽雅惊愕地看着远去的车辆，鲁运痛苦地抱头蹲在了地上。

黑色本田车在宣传车后，向右画了一个弧，消失在一个胡同里……

那栋豪华住所里，神秘人在电脑里观察着那辆车的路线图，金疤瘌大气不敢喘地立在身后。金疤瘌说："大……大哥，它好像又折回来了。"神秘人看见那辆车飞驰而回，驶进了楼下的一条胡同里。他气愤地从鱼缸里抓起一条金鱼摔在了地上，又狠狠地踩了一脚，然后一言不发，沮丧地向屋里走去。

金疤瘌迟疑了一下，没趣儿地向外跑去。

警车形成一个整齐的直线，拉开了同等的距离，"长枪短炮"对着警车不停地闪着。周至祥坐在副驾驶位置上喊着话："保持队形！拉开距离！"

队伍到了方格棋牌室跟前。周至祥转身对李明乔说："去，带几个人，搂草打兔子——把棋牌室的人都带回来。"李明乔说："这……"周至祥说："这什么这？夜宵钱你出啊？"

司机李明乔把车向路边一停，后边的车也停了下来，李明乔带人向方格棋牌室冲去。

被甩在东城的鲁运蹲在地上，打着电话。朱丽雅回头望着，一辆车灯照得她睁不开眼睛。龙大章从一辆出租车内探出头来，向鲁运招手。

鲁运走到出租车前说："大章，师兄无能，没有堵住那辆车。"龙大章说："不怨你们，鲁师兄、丽雅，快上车。那辆车往哪个方向跑了？"朱丽雅说："前方路口右转。"

朱丽雅和鲁运赶紧上了出租车，出租车越过路口向右疾驰而去。龙城的夜色有一团黑雾在涌动……

第六章　爱情波折，事业受挫

1

晨光透过薄雾照在龙大章和朱丽雅、鲁运那疲倦的脸上，他们茫然地走在龙城的大街上，寻找着那辆消失的轿车。

从东城搜索到龙城市医院附近，鲁运一屁股坐在马路牙子上："师弟，忙了一宿，一无所获呀。"龙大章说："大师兄，现在我想是我太主观了，我们寻找的方向不对。在那个路口，向南拐会有摄像头，只有向北拐才能回避摄像头和红灯。"朱丽雅说："是啊，我们之前怎么没想到呢？我们再把各路口的录像查一下。"龙大章说："天亮了，我们接着找，跑不了他。"

鲁运用手一指："看——那不是咱师傅吗？要不要回去汇报一下再去找？"龙大章说："来不及了，我们必须在他们转移前找到他们。"三人又向下一个路口走去。

姜长庚拎着公文包从医院出来，并没有发现龙大章他们三人。他走到刑警大队门口，就见于伟绩垂头丧气地领着于海平和时猴子、吴寄瑶等人出来。姜长庚说："嗯？于馆长，你这么早忙什么呢？"

于伟绩阴阳怪气地说："忙什么？忙着给你这个公安英雄送夜宵钱啊。你说你们也够辛苦的了，半夜三更搞活动，虽说老虎抓不住，但也能抓几只耗子熬熬汤喝嘛！"

姜长庚愣在那里，于伟绩一脸阶级斗争的表情走远了。时猴子见着姜长庚灰溜溜地头也没敢回，溜边儿跑了。后面传来于伟绩和吴寄瑶的对话。于伟绩责怪道："你们也倒是没心，真是的……"吴寄瑶说："于叔，别生气了，说来说去不就是为了钱吗？罚罚罚，让公安创点儿收吧……"

姜长庚回头疑惑地看着他们，周至祥从楼里走出来："哟，姜局，你怎么来了？我怀疑你是偷着跑出来的。"姜长庚说："是偷着跑出来的，我听见警笛震天地响，就在医院住不下去了。"他指指吴寄瑶几人："怎么个情况？"周至祥说："嗨，参赌，带回来教育教育。"

龙大章和朱丽雅、鲁运在一个巷子口前停了下来查看着。龙大章说："师兄，刚才我仔细观看了昨天的宣传录像，发现那辆黑色本田车一直跟在公安宣传车后，后来在这儿不见了，它应该是在这条巷子附近消失的。再看周围四个街口的录像资料，都没有这辆车驶过的记录，要重点查找前面这条巷子。"

鲁运说："有道理。"朱丽雅说："我们分头找。"龙大章走进巷子，惊喜地说："快看，这儿有刮落的漆，可能是这辆车仓皇拐进时刮的。"

朱丽雅走过来，用相机拍着照。龙大章小心翼翼地把漆片放入塑料袋里："司机还不一定觉察到车刮了，巷口那边的监控中没有这辆车驶出的影像，说明这辆车应该就在这条巷子里。"

这时，朱丽雅的电话响了："周队……我查完案子再回去行吗？……不行？好，我这就回。"鲁运说："大章，周队让回去呢，我看咱们还是先回去吧，咋也得服从命令吧。"龙大章无奈地说："好吧，再排查一下就回。"

伏龙区刑警大队队长室，姜长庚气愤地坐在椅子上，周至祥坐在沙发上看着表："看见了吗？呼唤不灵了，就这么无组织无纪律的，自己拉上杆子了。"

姜长庚说："至祥啊，龙大章、朱丽雅和鲁运不听指挥的事儿先放一放。我倒觉得龙大章说得有道理，我们公安要树立形象，但不要刻意；要注重形象，但要从点滴做起。"

周至祥说："姜局，我可是为了整个大队着想，也是为了完成宣传任务。"姜长庚语重心长地说："我明白你的苦心，可是，不要为了罚而罚，为了声势而造声势，这样群众会有意见的。"周至祥反驳道："姜局，我不同意你的观点，文明是罚出来的。至于群众嘛，三十个群众能顶得住一个领导吗？"

姜长庚凝视着周至祥，坚定地说："别说了，取消'震慑行动'二号计划，出去吧。"周至祥表情复杂、脸部僵硬地说："这……"

龙大章气喘吁吁地和朱丽雅、鲁运立在门外："报告！"姜长庚说："进！"龙大章和朱丽雅、鲁运满脸是汗地进来了。周至祥阴着脸看了一眼龙大章，没有吱声，出去了。

姜长庚问："大章，什么情况？"龙大章说："昨晚发现有辆黑色本田车想闯关，没准儿和鸡血麻神案有关。我和鲁运已经排查到那辆车的线索了，就在胡萝卜巷里消失了，我们请求对那里的车库进行搜查。"姜长庚问："那你为什么不把那辆车扣了？"

龙大章说："那辆车像疯了一样，我们没有拦截住它。但是，鸡血麻神丢失后，我们封锁了所有的出口，鸡血麻神应该还在龙城。昨晚，他们借着卡口没人检查的机会偷运是有很大可能性的。"姜长庚说："那还等什么，等着他们再次转移啊？赶紧行动啊！"

姜长庚门都没关就向外跑去，龙大章等人赶紧跟了出去。

那处豪华住所，神秘人背着手面色阴沉地站在阳台上："疤瘌，你敢保证龙大章查不到那辆车吗？"金疤瘌低着头应道："应该……不会吧。等公安上班，车早开走了。"神秘人说："把对手当傻子，自己才是智障者。从你们行动的路线上来看，龙大章通过治安卡口的影像和其他线索能找到他们。你不要小看那个年轻人，想当年，凤城的王彪是怎么失手的？大意、自负，最后栽在了年轻的姜长庚手里……"

正说着，他腰带上的一个电子显示器亮了一下，神秘人看了一下，瞪了金疤瘌一眼："还等什么，等公安抓他们啊？你过来……"金疤瘌凑上前去。神秘人对着金疤瘌耳语着……

在胡萝卜巷子，武玉鹏和司机吴寄山神色慌张地往一辆白车上搬运着几个纸箱子。武玉鹏拿出一个车牌子说："吴寄山，完事儿把车牌子换上，到龙山寺下的龙湖南岸找我。"吴寄山说："是。"

武玉鹏飞快地开着白车向巷子北口驶去，与鲁运的警车擦肩而过。两辆警车从巷子南北口呼啸而至，龙大章和鲁运分别跳下车，领着警员挨家排查着："开门——开门——" 吴寄山从胡萝卜巷向外走着，惊惶地看着眼前的警察，打了一辆出租车向龙湖驶去……

2

龙湖南岸，僻静优美。武玉鹏戴着一顶草帽，悠闲地钓着鱼。周围空无一人，依稀能听见鸟叫声。武玉鹏的不远处还放着一根渔竿，可是没有人。吴寄山气喘吁吁地从湖对岸跑过来，到了武玉鹏跟前，大口地喘着气。

吴寄山边擦汗边说："武……哥，完了，公……公安查到那辆车了！车费、修车费……我的工作……全完了……"他坐在地上哭起来。武玉鹏钓起一条鱼，甩进桶里："兄弟，什么都不会少你的。慌什么，有你鹏哥呢。拿起渔竿，做深呼吸。"

吴寄山拿起渔竿，深呼吸："可是，我还……怕……"武玉鹏说："兄弟怕什么，车上啥也没有。"吴寄山担忧道："就是查不出啥来，我擅自用公车拉黑活儿的事让于馆长知道了，他也饶不了我。他已经警告过我好几次了。"

武玉鹏突然眼露凶光："寄山，你真的很怕吗？我有一个办法，人要是睡着了，就不怕了。你……就在这儿睡吧，这儿景色不错！"

吴寄山回头，惊恐地说："鹏……哥，你要干……干什么？"

武玉鹏突然用力一推，吴寄山"啊——"了一声，"咕咚"一声，一头栽进了湖里。湖面泛起一轮涟漪，很快又平静了……武玉鹏向湖里望了望，把那个装鱼的桶放到吴寄山钓鱼的湖边，把一条大鱼钩在吴寄山的鱼钩上，拿起自己的渔竿转身走了。

龙山上，敖拉倚坐在一块石头上向山下望着，眼前是碧波浩渺的龙湖。湖里荡着几只游船，岸边不规则地点缀着十几个黑点儿，那是钓鱼的人。她的眼睛停留在龙湖南岸，那里先看是两个黑点儿，转眼间就变成了一个。敖拉倚没有理会这些，掏出那本敖拉维国笔记和地图，对着山峰扫视了一会儿，翻开笔记读了起来："哨鹿。契丹皇帝每年驾车来到湖边，让猎人分布在水旁密林，等到子夜时分，鹿来饮水，猎人吹起口哨，模仿鹿的鸣叫声，听到'同伴'呼唤，鹿飞快跑来，猎手乱箭齐发……"

敖拉倚放下书，收起地图，向龙山寺望去，那里似有佛乐传来。她又向龙城望去，发现龙城笼罩在一片烟雾中。敖拉倚皱了一下眉，向那块写有"再生洞"的石头走去……

3

龙城大街上 车水马龙。姜美祺独自走在大街上拨打着电话："大章，你真想不起来今天是什么日子了？再想想……办案、办案，就知道办案！"她刚挂断了电话，手机响了："喂——直帆啊，有事儿吗？"赵直帆说："没事儿就不能给你打个电话呀？"姜美祺说："你这大公子天天忙，哪儿有时间扯闲啊？"赵直帆说："我在你石榴裙下呢。"姜美祺本能地向下看去："撒谎……哪儿有人啊？"

"吱——"一辆奔驰车停在了姜美祺的身边，赵直帆傻傻地看着姜美祺。他打开车窗，摘下墨镜："我不是人啊？走，上车！"姜美祺疑惑地问："哪儿去？"赵直帆坚决地说："上来说——"姜美祺不解地上了赵直帆的车。

赵直帆的车瞬间汇入了车流。车内，赵直帆怪笑着。姜美祺转过脸："上哪儿啊，赵公子？"赵直帆戴上墨镜："到那儿你就知道了。（向外一指）看——那是谁？"姜美祺向车窗外望去，就见龙大章和朱丽雅在大街上向契丹王府博物馆走去。

赵直帆说："大章这小子，长得黑不溜秋的，倒是很有女人缘儿啊。"姜美祺看看赵直帆说："他们是同事，没准儿是为了工作呢。"赵直帆摇头："同事？工作？领个美女压马路算工作？这个单位福利好。"姜美祺脸向外看着大章："小人之心……"

龙大章和朱丽雅来到博物馆宿舍，就见龙小晴正与郝子强视频。郝子强说："小晴，我发了，我的股票市值一年长了十倍啦！"龙小晴开心道："是吗？那恭喜你啊，啥时候回来，美祺要采访你呢。"郝子强说："暂时还不能回去，我要创造更大的辉煌。小晴，你再等我一年，面包会有的，房子也会有的，车子……"龙小晴打断他："穷富不是障碍。"郝子强说："对我来说穷是最大的障碍。我说过，要让你过上最好的生活。"龙小晴说："对我来说，你比钱重要不知多少倍……"

听到后面有声响，龙小晴一回头，看见龙大章和朱丽雅正在门口偷笑。

龙大章调侃地说："太重要了——眼睛都不过火了。子强吧？我和他说几句。"龙小晴不好意思："哥——来了也不知道咳嗽一声。子强，我哥要和你说话。"龙大章来到电脑前："子强，你小子闹大发了？"郝子强说："一般般啦。"龙大章说："见好就收，回来吧，再不回来，我妹这只百灵鸟就不知何枝可依了。"郝子强说："很快就回去……"

龙小晴关了视频："哥，你们找我有事儿？"朱丽雅问："小晴，于馆长呢？"龙小晴说："今天周日，他休息。"龙大章说："小晴，请你帮忙验块石头。"龙小晴说："上我办公室吧。"

三人走进契丹王府博物馆龙小晴的办公室。龙小晴把龙大章买的石头放在盘里，在里面注入了一些药水。龙大章又拿出一个塑料袋，把一些碎石屑放入另一个盘子。龙小晴问："哪儿来的？"龙大章答道："从一辆黑色本田车上提取的。"三个人仔细观察着石头的变化，可是啥也没发现。朱丽雅问："这也没掉色啊？"龙小晴把石头拿了出来说："这种做伪方法很特别，不是镶嵌法，不是浸渍法，不是切片贴皮法，也不是填补法……"朱丽雅："到底是什么方法？"龙小晴肯定道："激光注射法。所以，它不会掉色，尽管是这些石屑也一样。"

龙大章问："和假鸡血麻神是不是一个做假方法？"龙小晴说："采用的原石差不多，只是鸡血麻神的工艺要比这个精细上百倍。"朱丽雅问："哪里去找造假的石头呢？"

龙小晴说："龙城市九点六万平方千米的土地，我就不知道哪儿有了。"她放下石头说："造假的原石应该具备几个条件，质地较软，纹理细腻，无杂质，以白色为主。"龙大章说："城区附近的石头都不具备你说的条件，这几天我已考察过了……"

这时，龙大章的电话响了："噢？牌子是假的……车是契丹王府博物馆的……司机吴寄山……好……我正在这儿……"

接到电话的于伟绩很快来到了博物馆，龙大章和朱丽雅来到他的办公室给他做笔录。于伟绩说："这个吴寄山是我们单位的临时工，可以说是我的专用司机。我平时很少用公车，他有时会跑个黑车什么的。考虑到他家里很困难，工资又低，母亲常年生病，我就没深究……"龙大章问："他平时都和什么人交往？"于伟绩说："他交往的人五花八门的，没法说清楚。比如，博物馆搬迁用的搬运公司就是他牵线找来的，他和武玉鹏应该很熟。"

龙大章看了看表说："中午了，看来他是不来了。于馆长，一有他的消息，马上通知我们。"于伟绩恨恨地说："好，我们也要严肃处理他。真是的！"

天泓花卉市场各种奇花异草争香斗艳，姜美祺就在这花丛中穿梭着、欣赏着。她眼睛一亮："这么多名贵的花呀！简直是个百花园。"赵直帆看着姜美祺："你不是最喜欢花了吗？"姜美祺说："是啊，那年为了摘一朵花，险些'牺牲'了，要不是大章……"

赵直帆看着姜美祺没有吱声。姜美祺看了他一眼："不说这个了。"赵直帆说："选择吧。"姜美祺说："我已经选择了，龙……"赵直帆打断她："我是说选花！"姜美祺不好意思地笑了："不用，咱俩随意欣赏一下吧。"

姜美祺在两束花前停了下来，售花员马上走过来亲切地说："二位，你们太有眼力了。这一束，以九朵红玫瑰为主，满天星、黄莺点缀，名字叫海枯石烂，最宜情侣相送。这一束，以十一朵白玫瑰、八朵红玫瑰相映，配以毛绒玩具增加情趣，名叫心诚意甜……"

赵直帆对售花员说："好，都给我送车上去。"姜美祺刚要制止，售花员已经抱起两大束鲜花向外走去。姜美祺说："直帆，其实……我喜欢的是自然生长的花……"赵直帆说："这样啊——（向售花员）再搬两盆盆栽送车上去。"姜美祺说："我不是这个意思……"

姜美祺就像那几盆花一样被动地上了赵直帆的奔驰车，奔驰停在了三面生日城门口。姜美祺跳下车，欣赏着生日城门口立着的三面佛铜像："三面佛？"

赵直帆说："是呢，这面是观音像，这面是母亲像，这面是自己的像——谁站在像前就映出谁的头像。饭店立个三面像，商家赚钱的思路可真是别出心裁啊！"姜美祺用手轻轻地转着铜像说："不仅是为了赚钱吧，人嘛，第一要拜的是观音，希望给我们带来好运；第二要拜的是母亲，孩子的生日就是娘的受苦日；第三要拜的是自己，人生的成就要靠自己努力。"

赵直帆指着下面的诗说："深奥，你看，下面还有诗呢。"姜美祺念诗："世人苦求多艰繁，多变人生眼观三。远求观音风雨顺，善待父母福寿安。不拜不叩佛心在，修身养性禧禄全。恶行见光更昭著，三面佛解好人难。"

赵直帆说："你这个大好人，福禄寿禧，齐啦！"姜美祺疑惑："我？"赵直帆说："傻孩纸（子），今天是你的生日，你忘了？"姜美祺眼神儿迷离地说："生日……"赵直帆问："想什么呢？我们进去吧。"

推开一餐室的门，姜美祺惊呆了——九名服务小姐站成半圆形，中间一名高个子的服务小姐手捧插有二十六根蜡烛的大蛋糕，旁边的两个服务员手捧刚买的两大束鲜花，用中英两种语言齐唱《生日快乐》。姜美祺失神地看着，中间那名高个儿的服务员竟然幻化成了龙大章。

姜美祺的眼睛湿润了："大章，自从我妈妈不在了，我还没过过生日呢……"赵直帆听到美祺喊"大章"愣了一下。姜美祺的一滴泪掉下来，烛光变成了一个模糊的亮点儿……

那个亮点儿是姜长庚在妻子遗照前点燃的一炷香。姜长庚拱手拜了三拜，便去厨房做菜。白小艺抱着电脑在上网聊天，时不时地发出几声莫名其妙的笑。

姜长庚边往餐桌上端菜边喊："小艺，吃饭吧，以后不许抱着手提电脑不放，会累坏眼睛的。"白小艺放下电脑出来："姜爸，从医院溜回来还做这么多好菜，不嫌累啊？"姜长庚呵呵一笑："一看我姑娘，我就不累啦——"

白小艺问："姜爸，今天是什么日子啊？做这么多菜。"姜长庚说："小傻瓜，今天是你和你大姐的生日，还有……你们都忘了？"白小艺说："有姜爸记着就行了。大姐呢？"姜长庚高兴地说："和直帆在一起，不回来了。"

丰盛的餐桌上，姜长庚旁边还整齐地放了一副碗筷。白小艺不解地问："放双碗筷干什么？"姜长庚没有回答，倒了两杯酒问："你大姐真的会和直帆在一起吗？"白小艺吃了口面条："以我一个少女的直觉看，不会。没准儿又去找那个龙……"姜长庚眼睛一瞪："什么？"白小艺狡黠地一笑："没什么，那龙哥哥还是和朱姐姐好。"

姜长庚放松地喝了口酒："是吗？现在的小孩子也不单纯了。小艺，姜爸忙，你要替我多关心你大姐，看她都和谁来往。"白小艺说："我听着怎么像是要我监视大姐呢？"姜长庚说："那是你的理解，总之，要多做好事，成全你龙哥哥和朱姐姐，他们都是我的部下，都是好人……"

白小艺说："没头没脑的，一点儿也不像公安英雄，跟你唠嗑费劲。"她放下碗筷："姜爸，你慢慢喝，我找同学玩儿去了。"说完，蹦跳着出门去了。

姜长庚目送着小艺出门，回头对着那副摆着的碗筷说："美祺她妈，你也吃点儿吧，今天可是你五十二岁的生日啊……"那副碗筷模糊起来，直到变成姜长庚一滴浑浊的眼泪。

赵直帆的奔驰车在龙城晚报社门前停下。姜美祺微醉地从车上下来，她回过头："直帆，谢谢你，给我一个温馨、豪华、夸张的生日宴。"赵直帆下车边搬盆边说："没什么，只要你快乐！"他把那两束鲜花塞到姜美祺怀里："盆栽你自己找人搬？一个日本专家找我，我就不给你送上楼了。"

姜美祺静静地看着赵直帆的车汇入了车流，这一幕让站在旁边的陈立言羡慕不已。他拍了几下巴掌，调侃道："一声轻笛，绝尘而去。那姑娘还在风中傻傻地伫立……"姜美祺回头不好意思地说："比猎狗的鼻子还要好使啊！"

陈立言说："对头，我们新闻人就要像猎狗一样捕捉一切信息。恭喜你，美祺，你来龙城晚报社工作的编制板上钉钉了。"姜美祺惊道："这么快？"陈立言一声"嗯哪"转身而去。

听到这个消息，姜美祺并没有多高兴，她知道，一定是赵书记说了好话，事情才戏剧性地变调了。一个新闻人，要靠官员安排工作、指导写新闻，她想哭……

4

龙湖南岸，吴寄瑶和她的母亲在地上打着滚儿地哭，几名刑警阻挡了围观的人群。湖面上有几艘渔船，有人潜入湖里，吴寄山的衣服和两只鞋被打捞了上来。龙大章和鲁运等人正在拍照和画图，周至祥正在比画着什么。

看见龙大章和鲁运走出来，吴寄瑶扑过去跪在龙大章面前，满脸哭腔："大章，我哥是自杀、意外，还是被人谋杀？"龙大章扶起吴寄瑶说："寄瑶，别着急，你哥哥的死活现在下结论还早，等他们打捞完了再说吧。你哥哥喜欢钓鱼？"吴寄瑶哭道："不喜欢，我哥哥从小就怕水，怎么会来这里钓鱼呢？"

周至祥走过来摆摆手："处理后事吧，人在钓鱼，鱼也在钓人啊。"龙大章拿起鱼钩上那条特大的鲤鱼仔细看着，眼睛模糊起来……

回到伏龙区刑警大队队长室，专案组很快成立起来。姜长庚坐在椅子上，周至祥、鲁运和朱丽雅坐在沙发上，听着龙大章的汇报："吴寄山，契丹博物馆司机、招聘人员，工资每月一千二百五十元，家境贫寒，利用双休日跑黑车给别人运货。上午九时左右湖管人员看见他向南岸走去，没有人见到他出来。"

姜长庚说："至祥，说说现场的情况。"

周至祥说："通过现场勘察和调查走访，吴寄山显然是在钓到一条大鱼后，激动地到湖里去抓鱼，却没有注意那里是深水区，踩在水草上，脚底一滑掉进水里。湖区管理人员也证实，湖南岸一带只见到一个人在那里钓鱼，没有第二个人到过那里。也就是说，吴寄山不是自杀，那只能是意外，不存在他杀的可能……"

龙大章站起来抢过话："我有不同的看法。首先，我们现在还不能认定吴寄山已死亡，因为死要见尸，目前我们只找到他的一双鞋和一身外衣。其次，如果吴寄山已死，我认为是他杀，有三条理由：一是，吴寄山不会游泳，且从小怕水，他到湖边应该是有人约他，约他的人可能就是杀他的人；二是，我们追查昨晚的闯关车辆，开车的人正是吴寄山，在公安追得正紧的时候他出意外，是不是太巧合了！三是，鱼钩上那条鲤鱼格外大，据湖管人员介绍，目前该湖还未见过那么大的鱼……"

周至祥不耐烦地说："破案不是写推理小说，一切都得靠证据。我们现在立了案，说是人没死，你给找人去？说是他杀，破不了案怎么向死者家属交代？怎么向上级公安机关交代？"

空气凝固了，经过短暂的沉默，姜长庚沉思了一下说："这个案子由至祥负责，扩大走访范围，从吴寄山的交往面入手，是否立案，再行定夺。"

周至祥得意地看了龙大章一眼.龙大章把调查材料交给了周至祥。这时，他的电话又响了。他走出会议室，悄悄地接电话："美祺，我忙完了就去找你，你等我。"

从会议室出来，眼看太阳即将落山，龙大章回头对鲁运和朱丽雅说："师兄、师妹，跟我再去趟龙湖吧。"

夕阳照在龙山寺黄色的屋顶上，湖光映着龙山寺的倒影。湖面上仍有渔船在打捞尸体。敖拉倚拿着那半张图，站在龙湖边的伏龙石上，仔细地端详着这里的湖光山色。三十二年前的一幕又呈现在眼前——

年轻的敖拉倚把一个布包放在龙山寺前的伏龙石上，包里露出一个婴儿的脸……她拿着一个空水壶摇了一下，两眼失神地向寺里走去。当她拿着水壶回来时，那个布包和婴儿已经不见了，敖拉倚一屁股坐在地上哭起来……

她惆怅地放眼望去，眼前是号称"人生三关"的阎王道、再生洞和桃石山。远远的似有民歌传来："阎王道上惊花容，再生洞里悟亲情。三绕桃石圆大梦，灵岩峰顶见真功。云蒸霞蔚开心界，浮尘落处雾蒙蒙。人生若得三关过，冬日春光雨夜明……"

敖拉倚收起地图，惆怅地向山下走去。顺着弯曲的龙山山道，她看见龙小晴推着电动车从山道向上走来。敖拉倚迎上去："你好，是龙导游啊。"龙小晴问："您是……敖拉教授？"敖拉倚说："是，龙导，你是旅游专家，请教一下，书上对再生洞的说法有多个版本儿，哪个是准的呢？"

龙小晴支起电动车说："其实，我们通常说的再生洞主要有两处，一处在南边桃石山的半山腰上，一片丛林之中，有一个天然洞穴叫再生洞，传说是契丹藏宝的一个将军留下的；另一处是在鸭鸡山山脚下，历史就更加悠久了。"

敖拉倚问："那么，两个'再生洞'的名字分别是什么时候起的？"龙小晴说："'再生洞'一词只见于野史，在正史中从未见过。"敖拉倚继续问道："龙导，你能给我讲讲鸭鸡山的再生洞吗？"龙小晴说："都是传说……"敖拉倚说："我喜欢听传说。"龙小晴望着山下的龙湖："那我就给你讲讲……"

龙湖南岸边，夕阳在湖面上泛起了红光。龙大章、朱丽雅和鲁运正在湖边查看着，湖里游船穿梭而过，构成了一幅渔舟唱晚的图画。

朱丽雅望了一眼正在观察现场的龙大章，低声说："要不是这里出了案子，真有一点儿渔舟唱晚的味道。"龙大章说："丽雅，别抒情了，我们要把周围的环境好好观察一下，假如说吴寄山没死，要想不被别人看见从这里溜走，他会选择从哪儿出去？"鲁运向四面的群山环顾了一下说："无路可出，周围全是峭壁，就是一只鸟飞过去也难，更别说一个山民吴寄山了。"

龙大章说："不，找到吴寄山鞋的附近有个地方叫再生洞。"朱丽雅问："再生洞在什么地方？"龙大章用手向南一指："南边桃石山的半山腰上。"朱丽雅说："这个名字挺有意思，请教一下，再生洞是怎么回事？"

龙大章说："传说再生洞是契丹藏宝的一个将军留下的。契丹首领下令让敖拉将军带领武士去藏宝，可是藏完宝后，敖拉将军发现有人封闭了洞口。洞里的人如不能出去，就成了宝藏的守护神，会被困死。他们便分头找出口，均没有找到。敖拉将军吃了七七四十九天的蛇肉和人肉，终于钻出再生洞、爬过阎王道逃了出来，用带出的财宝扩建了契丹王府南大院。"

鲁运说："这个传说很凄惨。"龙大章从树丛里走出来："是啊，凄惨的故事今天又在这里上演了——一个年轻人不知死活。我现在有一个大胆的设想，吴寄山或许走了敖拉将军走过的道。"朱丽雅问："那他为什么不回家？"龙大章说："他也许是有难言之隐，或是怕给家里带来灾难，或是涉案潜逃。"鲁运失望地说："什么也没有发现，又要无功而返啊！"

龙大章笑道："二位，太阳要下山了，我们得走了，今晚的饭师兄管。"朱丽雅问："你干什么去？"龙大章笑道："我有约会。"鲁运不悦："太不讲究，我们可是给你干活的，就是恶霸地主也得管顿稀粥烂饭吧。"龙大章笑：

"没法讲究了。"说完，向外跑去，剩下朱丽雅和鲁运直愣愣地看着龙大章向山下跑去……

龙城大街上，一家礼品店正要打烊，龙大章气喘吁吁地跑过来，挤进了礼品店，抱出两只毛茸茸的雪白的工艺小兔子，向大街上跑去。

姜美祺独自漫步在大桥上，不时地看着表。她跺着脚自言自语道："这个龙大章，看来是没拿这个月子当日子过啊。"

远处传来喊声："美祺，美祺——"姜美祺回过头来，会心地笑了。她摸摸那两只小兔子，拿出纸巾给龙大章擦汗："你还算是有良心的。"龙大章说："你要不说，我还真忘了。走吧，我们去庆贺一下。"

姜美祺摆弄着小兔子，高兴得像个孩子："还知道送礼物了，进步了。记得两年前我们第一次约会吗？你什么也没拿，就这么傻傻地在桥上站了五个小时。"龙大章问："你怎么知道我站了五个小时？"姜美祺说："我在我家的楼房阳台上喝着茶，盯着你呢。"龙大章笑道："够坏的。这次知道为什么给你买礼物了吧？"姜美祺就问："为什么？"龙大章说："因为女孩子嘴上说啥也不要，可心里特别希望有人记着她，不管大事小事，有人送礼物就高兴。你可以说不要，但我不能不送，这是规矩。"姜美祺娇羞地一笑："学会贫嘴了。"

龙山大桥，休闲的情侣，多彩的夜市。龙大章和姜美祺幸福地走在龙山大桥上。桥下的张半仙收起黄牙子旗，拿起板凳，准备收起测字摊儿。姜美祺说："大章，都说那位张先生测字可准了，我们下去测一把？"龙大章说："我不信那个。"姜美祺拽他："就当游戏吧。"

他们走过去，姜美祺拿小兔子在张半仙面前晃了晃。张半仙看了看说："意思是个'兔'字？"龙大章说："对，我们都属兔。"张半仙用手指掐算着，微闭着眼睛说："少一点儿心思免祸，多一分走之儿安逸。狡兔三窟，你要离开你的工作、你的爱人才会有好日子过啊！"

张半仙一番话说得姜美祺目瞪口呆。龙大章一抬头发现敖拉倚从身边走过。他扔下几个零钱，拉起姜美祺，跟在敖拉倚身后。敖拉倚没有回头，独自一人走在街道上，曼丽酒吧的霓虹灯光在她的脸上闪着，她轻轻地走了进去。

曼丽酒吧，萨克斯曲《等爱的玫瑰》萦绕在龙大章和姜美祺对坐的角落里。

龙大章看着姜美祺的眼睛："换曲子了。"姜美祺看着龙大章的眼睛："我还是喜欢《雨一直下》。"龙大章问："为什么？"姜美祺说："在文人的眼里，雨和爱情有关，那种含蓄，那种缠绵……"龙大章调侃地笑道："又发癔症了。"

姜美祺严肃地说："是发意征，这是诗的话语。我知道，对俗人谈诗犹如对牛弹琴。不说了，还是说说你那警花同事吧。"

龙大章放下茶杯："没什么好说的，我们永远是同事。"

姜美祺不悦道："永远是同事？你可真逗，夜色中牵手，白日里并肩，你和你永远的同事生活安排得很丰富、很浪漫哟——"龙大章似乎没有听姜美祺说话，他向敖拉倚坐的角落望着。

敖拉倚似乎看见了龙大章和姜美祺，站起身走了。姜美祺把龙大章的脸扳过来，小声问："你在跟踪敖拉姨？"龙大章说："听小艺说她出门旅游了，可是听龙湖管理人员说，她在龙湖附近转了好几天了，根本没出门。"姜美祺说："大章，今天是我的生日，我不想让你的案子或是敖拉姨破坏了我的心情，过去的事儿……"龙大章说："过去？我们的过去？"

姜美祺说："过去的都过去啦，过去你能救我，将来你也可以救别人。岁月逢春花遍地，花心萝卜早逢春。我最关心的不是过去，是我们的未来。"

龙大章不解："我们的未来？"姜美祺问："假如我再次离开龙城，对你，是喜还是悲？"龙大章说："你不是已经决定留下了吗？"姜美祺说："是，可是我不想通过靠官员说好话回来。我想，是直帆的爸爸替我说了话，我才能这么快就调回来。我想走！"龙大章深沉地看着姜美祺说："美祺，留下来吧，为了我……"

姜美祺笑："傻瓜，就等你这句话呢。可是，你似乎心不在焉啊？"龙大章说："一个好消息，郝子强要回来了，他发达了；一个坏消息，吴寄瑶的哥哥不明不白地失踪了。"姜美祺瞪大眼睛，放下咖啡杯："出了这么大的事儿？我们去看看寄瑶吧。"龙大章低沉地说："好吧。答应我，留下来！"

姜美祺向龙大章妩媚地一笑，二人向龙城医院走去。

　　夜晚的龙城医院走廊仍是人来人往，吴寄瑶送于海平出来。于海平把一叠钱塞在吴寄瑶的包里说："寄瑶，给你妈买点儿吃的。"吴寄瑶把钱推回去："于律师，这么多钱，怎么行呢？"于海平把钱塞到吴寄瑶手里，握着她的手不放："你必须收着。这钱……是钱总……让我送来的……"屋内传来吴寄瑶母亲的声音："寄瑶，谁啊？要是你那缺德的舅舅家的人送钱可不能收啊！"

　　见龙大章和姜美祺拎着水果走过来，于海平把钱一塞，走了。吴寄瑶的母亲憔悴地躺在病床上，向龙大章和姜美祺哭诉。姜美祺急得不知所措，只能好言安慰："大娘，事情也许没那么糟糕，看我们还能帮你什么。"

　　吴寄瑶擦了下眼泪说："美祺、大章，我现在需要抓住凶手，为我哥报仇！"龙大章说："寄瑶，你也不要太难过了，有些情况你和伯母再仔细想想，看看你哥哥平时都和什么人来往，昨晚是谁用的他的车。"吴寄瑶点头，说："好，我一定要找出那个租我哥车的人。"龙大章说："现在还不能确定你哥是否已经被害，有什么情况，你随时联系我。"

　　龙大章说完和姜美祺走了。吴寄瑶送到门口，抹着眼泪回去了。吴寄瑶的母亲微闭着眼躺在病床上。吴寄瑶走进屋边剥香蕉皮边问："妈，你那两个兄弟就那么可恨吗？"

　　寄瑶妈猛地睁开眼睛，气愤地说："你知道吗？你姥姥就是被他们活活饿死的！"

　　吴寄瑶惊道："真的？"寄瑶母亲恨恨道："那还有错！你姥姥得了重病，不能起床。可是，你的大舅为了得到他把子兄弟的女人，一周没有回家。你二舅整天在外打打杀杀，根本就不管你姥姥的死活。你姥姥爬着吃了三天生小米，终于倒在了水缸旁边……"

　　吴寄瑶气愤地说："他们个天杀的……"寄瑶妈说："'东北新干线'被公安灭了，赫老二被枪崩了，赫老大不知去向，已经遭报应了……可怜的寄山啊！寄瑶，你那公安同学说没说能不能破案啊……"吴寄瑶眼泪流了下来，说："妈，别尽想这些事了，大章说我哥可能还活着……"

5

从龙城医院出来，龙大章和姜美祺并肩走在街上，气氛有些沉闷。

龙大章感慨道："吴寄瑶，多么热情、浪漫的姑娘，变成了现在的样子。昨天我不理解她，现在理解了，她以微薄的收入支撑着这个多病多灾的家……走向了社会，这个世界越来越让我们害怕了。"

姜美祺问道："我们能帮她点儿什么呢？"龙大章坚定地说："查明案情，抓到坏人。美祺，在你生日的夜晚，不说这个了，还是说点儿高兴的事儿吧。"姜美祺说："好，还说我们的未来……"龙大章接道："在希望的田野上……"

龙大章快步跑进一个花店，买了一束玫瑰出来，跑到姜美祺的面前，单膝着地地捧给姜美祺，他发现姜美祺眼泪流了下来。龙大章站起来给她擦眼泪："说是要高兴的，可不能哭啊，过生日要快快乐乐的，一年都乐呵。等我破了鸡血麻神案，就正式向你求婚。"姜美祺哽咽地说："我不哭，我是忍不住，我想起了妈妈……"龙大章扶着她的肩膀说："美祺，我听同事说过，你妈妈是被'东北新干线'的人打死的，我要铲除一切黑恶势力，给你妈妈和所有的受害者报仇。"

姜美祺说："黑恶势力的人都被绳之以法了，可我永远失去了妈妈。"

龙大章说："不，黑恶势力的残渣还会泛起，妈妈永远活在我们心中。"

姜美祺靠在龙大章身上："大章，谢谢你……别送我了，这就到家了。"

龙大章说："不行，太晚了，最近黑恶势力又有活动迹象，不安全。"

龙大章和姜美祺抱在一起，整个世界都是旋转的，他们是静止的……远处似乎有一首歌曲《爱一个人好难》响起："你说你还是喜欢孤单，其实你怕被我看穿，你怕属于我们的船，漂漂荡荡靠不了岸……"

就在龙大章和姜美祺抱在一起旋转的时候，两双邪恶的眼睛在胡同里扫描着，二人一个眼神儿，同时窜出来。瞬间，高个的大裤裆刀子已顶在了龙大章的腰上，矮个的结巴也箍住了美祺的脖子。

大裤裆恶狠狠地说："你小子，玩浪漫啊！那晚让你逃了，今天看谁救你！"矮个子结结巴巴地说："裆哥，先别伤……伤他，让他……留下银子、女子、车子……噢，没车……走人！"

龙大章赶紧护住美祺，厉声说："抢劫？你们也太没有王法了！"大裤裆坏笑说："王法？你给我讲讲王法值几个钱啊？得罪了'秃哥'你还想在龙城混生活啊？"

龙大章对矮个子喊道："放了她！我和你们单挑。"姜美祺对大裤裆说："大哥，别难为他，你们要啥我给。"大裤裆说："听着倒是有情有义的，一个想英雄救美，一个想让我们英雄难过美人关……放了他？想得美！"矮个子说："裆……裆哥，我……看可以放了那小子……"大裤裆说："放屁！妈了个巴子，找屎（死)啊？"

龙大章此时膝盖一曲，直顶在大裤裆的裆处，大裤裆"哎哟"一声，后退五步倒在了地上。矮个子听见喊声，从龙大章背后一刀扎过来。龙大章低头一闪，那刀便把龙大章的衣服划了长长的一道口子。大裤裆站起来，拿刀往上冲……

一道手电光照了过来，远处一声大喊："警察！都给我站住！"大裤裆愣了一下，拉起矮个子一溜烟儿地消失在胡同里。

姜长庚拿着手电走了过来："美祺，我来接你。"姜美祺哭道："爸爸！"龙大章惊道："师傅？"姜长庚没有理龙大章，拉着姜美祺向楼内走去。龙大章看着姜美祺一步三回头地离去，不解地看着，师傅反对他和美祺交往，让他和美祺都很为难。

望了望四周无边的黑暗，龙大章在大街上漫无目的地走着，他想起刚才和姜美祺抱在一起旋转的情景，偷偷地笑了。

灯火阑珊处，龙大章突然发现一个人影从眼前匆匆而过。武玉鹏？龙大章的脑海里迅速地闪出了武玉鹏的形象，悄悄地跟了上去。此时，街面上已经没有了车辆和行人，武玉鹏走走停停，警觉地向后望着。他似乎没有发现后面跟踪的龙大章，便径直向一处住宅小区走去。

住宅楼上，金疤瘌站在阳台上向下面望着，神秘人站在他身后，也在向下望着。金疤癞不安地说："大哥，武玉鹏已经发现鸡血麻神被调包了，嚷嚷着要找我算账呢。"神秘人漫不经心地向外望着说："疤癞，不可掉以轻心了，今天公安能赶在我们前头行动，说明我们的处境并不好。武玉鹏这颗老鼠屎一搅，满锅的汤都得倒掉。"

金疤癞问："除了他？"神秘人说："不，给他'整容'！"金疤癞问："可是，武玉鹏拼着命要分钱呢，我们拿什么给他？"神秘人说："告诉他不用担心，东西一成交，钱不是问题，就等拿麻袋装钱吧。姜长庚去了趟凤城，虽说没大动作，但'东北新干线'还得做一阵儿水下鳖。"金疤癞说："大哥，放心，遵照您的意思——低调、高效，万无一失。"

神秘人望着窗外："龙大章盯着那个司机不放……那个司机是哪儿的，真的死了吗？"金疤癞说："碾盘沟的，姓吴，平时跑个黑车什么的。那么深的水，跑不了他。"

神秘人惊问："姓吴？找到尸体了吗？"金疤癞答道："武玉鹏说盯了一个小时也没见上来，估计是见龙王爷去了。大哥，我就想不通了，为什么我们非要那个司机死呢？"神秘人阴冷地说："做大事，没有狠心不行。武玉鹏虽然是个死猪了，可是，那个司机没准儿还知道其他秘密，不能在小河沟里翻船。他要是真死了，绕着弯儿给他家送点儿钱去，毕竟跟我们干了一回。"

金疤癞犹豫："这……"神秘人说："我们要有点儿人味儿……我叫武玉鹏来见我也是这个意思。"金疤癞说："大哥，你为什么要见他呢？这不符合道上的规矩啊。"

神秘人说："疤癞，我这半辈子经历了太多的背叛。你想，我的人都这么单线儿地在外浮着，不知哪天就要飞一个，比如说李秃子。"他拍拍金疤癞的肩膀，意味深长地说："我需要像你这样忠诚的战士。"

金疤癞被拍得很是得意："大哥，我们的人又探准了李秃子的活动规律了。他每晚必去方格棋牌室，要不要让武玉鹏做了他？"神秘人摆摆手："这两天的事儿，够闹心的了。在当前如此恶劣的环境下，我们还能战斗，没有三把神煞是不行了。"金疤癞向楼下望着："大哥，他快到了，看——那个就是他。"神秘人用望远镜看了一会儿说："且慢，后边有尾巴。"金疤癞问："那怎么办？"神秘人跟金疤瘌耳语了一番。

武玉鹏正在大街上鬼鬼祟祟地走着，手机亮了一下。他拿起来看，短信显示："别回头，把尾巴引到秃子那儿再脱身。"武玉鹏看后，假装若无其事地往前走。龙大章在不远处紧盯不放。武玉鹏时紧时慢地走着，龙大章闪转腾挪地跟着，不知不觉就到了东郊一带.武玉鹏突然像箭一样钻进了某煤场院内……

6

深夜的东郊煤场，只有一间屋亮着灯，大裤裆等七八个人正在吆五喝六，有的划拳，有的玩儿骰子，还有的倒在炕上就着酒劲儿说胡话。龙大章紧跟着武玉鹏进了院，却不见了他的踪影。

屋内，酒至正酣。大裤裆一边晃骰子一边说："奶奶的，今晚要不是有人搅了局，裆哥我就能给你们带个姐儿回来了。"矮个子结结巴巴地附和着："那……那是……"大裤裆学结巴："说……也不会话……兄弟们，我给你们说段儿歌——张结巴，李结巴，站在墙头比结巴，看谁结巴……大。"

众人哄笑，声还未落，"啪——"一块石头从窗外飞了进来，打飞了大裤裆手里的骰子。这一打炸开了锅，一伙人叫嚷着冲了出来。大裤裆喊道："奶奶的，不想活了？哥几个，要是让他跑了，我炖了你们！"

煤场子院里，武玉鹏趁着夜色悄悄地从后院的小门溜了出去，撒欢儿地消失在夜色中。龙大章看见有人出来，跑已经来不及了，偷偷地潜入煤堆后边。大裤裆带着人，拿着手电筒到处乱晃。大裤裆吩咐："打开院内所有的灯，把前后门给我把住了，我要让他有来无回！"

"唰——"院内的灯一时亮起来，整个院子如同白昼一般。龙大章再也无处藏身，从煤堆后站了出来。大裤裆手里拎着根棍子，眯缝着眼带着几个人围了上来："你小子？又是你小子！三番五次跟我过不去，还追到我的老窝来了。今天裆哥就陪你玩玩。给我拿下！"

一伙人围上来，"噼里啪啦"一阵打。终于，龙大章双拳难敌四脚，被大裤裆等人按在了地上。大裤裆嘲笑地说："你小子挺有种啊，算啥呢？孤胆英雄……不，孤陋寡闻。你也不看看这是谁的地盘儿。兄弟们，你们说怎么处置他呢？"矮个子说："剁……剁根手指！"

大裤裆学结巴取笑道："别……别……说话，行……不行啊？弟兄们，下了他的手机，把他扔到后面那个不用的菜窖里，哥几个好好侍候侍候他。"矮个子把龙大章的手机搜出来，几个人拖起龙大章向后院走去。他们打开菜窖门，把龙大章扔了进去。

龙大章从菜窖里爬起来，推了推菜窖的门，一动不动。外面传来说话声："小子，别费那驴劲儿了，门锁着呢。""你要是自己能开开锁，你就出来，否则，就在里面吃大白菜吧。""别对贵客……这……这样啊，裆哥不是说……说了吗……让咱们好好侍候侍候他，我们大家一起来……来好不好啊？"紧接着，就有几股细细的"水柱"浇了下来。上面传来一阵哄笑声……

龙大章蜷缩在菜窖的角落里，似梦非梦，眼前出现了二十年前一幕——

龙山的盘山路上，龙大章的父亲和同村的男人们像"铁道游击队"一样爬上了一辆又一辆上坡的卡车，往下扔东西……晚上，村里的狗叫声连成一片，百十号警察突然把村子团团围住。姜长庚带着人一脚踹开龙大章家的门，把龙大章的父亲铐了起来。大章和他母亲蜷缩在旮旯里，惊恐地看着。姜长庚对警察们命令道："挨家搜，所有男人全带走！"大章妈喊："别抓人了，我们这儿成了寡妇村了……"

出了看守所的老龙头送孩子上学，痛苦地抚摸着龙大章的头说："儿子，我刚从监狱出来，就不送你去学校了，免得你在同学面前抬不起头来。我希望你能走出大山，做个好人……"龙大章说："爸，我不仅要做个好人，还要当警察、抓坏人……"

几声狗叫声打断了龙大章的回忆，他悄悄地走向菜窖口，仔细听了听，狗叫声停止，传来一阵蛙鸣。他把梯子竖起来，慢慢向上爬去，自言自语着："我还算是警察吗？警察就是我这窝囊废样吗？"

他爬到菜窖口，把裤带解下来，一手提着裤子，一手用裤带钎子向那把锁捅去……捅啊，捅啊，裤子掉了下去，可那锁竟像石头一样纹丝不动。

他气哼哼地骂了句："时猴子！"只好又下到菜窖里，把钎子在砖缝里掰弯、打磨着……

7

湖畔骏景小区住宅楼里，神秘人和金疤瘌坐在黑影里，越发看不清神秘人的脸。金疤瘌说："大哥，武玉鹏已经把人引到了大裤裆的煤场子，成功甩掉了尾巴，他要来见你。"

神秘人说："不必了，他是一个合格的战士，可以成为我们的人了。'整容'后，派他到凤城去，'东北新干线'需要他这样的人。"

金疤瘌吓得一哆嗦："大……大哥，非得整……整容吗？比如说我……本来就长得丑，又让你们一整容，见不得人了。"

神秘人说："疤瘌，对给你脸上造成的疤瘌我也常常自责。可是，脸重要还是命重要啊？十七年前，若不是我一狼牙棒给你破了相，你早成姜长庚的俘虏了。现在好了，你就是站在姜长庚面前，他能认出你来吗？"

金疤瘌说："大哥，不行我给他找个整形医院？"神秘人冷冷地说："那不行，整形医院是要留整形前的照片的。你就是他最好的整形医生。我走了，趁着夜深人静，你给他做手术吧。"

神秘人出去了，金疤瘌摸摸自己的脸，拎起一个像狼牙棒一样的东西站在了门后。轻轻的敲门声像重重的心跳，金疤瘌犹豫地打开了门，武玉鹏闪了进来。金疤瘌随手关上门，手里提着狼牙棒，黑暗中，整个人像门神一样站在武玉鹏面前。

武玉鹏吓了一跳："大……大哥，你要干什么？"金疤瘌说："玉鹏，不瞒你说，道上的规矩，你得'整容'了。"武玉鹏问："什么道？整什么容？要让我去韩国吗？"金疤瘌说："去韩国费用大、时间长，按我们'东北新干线'的组织原则，每一个暴露了身份的人都得整容，让别人再也认不出来。"

武玉鹏说："大哥，我跟着你，就是为了发点儿财，可没想入什么'新干线'啊。"金疤瘌说："这由不得你了。"说完，一棒子打在武玉鹏脸上。"嗷——"的像杀猪一样的叫声在黑夜中格外瘆人。武玉鹏双手捂住了脸，叫起来没完。

金疤瘌说："鹏弟，别叫了，这里是隔音室，叫也没用。看在我们以往交情的份上，我下手很轻。你到里面处理一下，将来就可以自由行走了。"武玉鹏捂着脸，血从手缝中渗出来。他边叫着边说："大疤瘌，你太狠了！"金疤瘌嘶哑而阴沉地说："鹏弟，我是在保护你。换了别人，就不是破相这么简单了，吃饭的家什都得让人当球踢。以后不要再提什么分钱的话，命没了，要钱有什么用？"

武玉鹏怔怔地听着，知道遇上了比自己还狠的角色，自己即使是好虎也干不过一群狼。他把被打掉的两颗门牙吐在地上，捂着脸号叫着向里屋走去……

8

一片天光唤醒了龙城。雾霭朦胧的晨光中，晨练的人们和卖菜的小贩匆匆走过，新的一天开始了。

煤场子菜窖，一只泥手从菜窖门的缝隙中伸了出来，不断地把铁钎子伸向锁孔，伸进拿出地开着锁。锁终于"啪"的一声打开了。菜窖门向上翻开来，龙大章像叫花子一样，满身是泥和煤灰。他从菜窖里翻了出来，满眼是杂乱的原煤。

"有人吗？有人吗？"没有人回答，只有几声狗叫回应他。他看了看周围，一个人也没有。他捡起地上的手机，拍了拍身上的泥土，向外走去。这时他才发现，龙城隐约出现在他的视野里。他想截一辆出租车，可是司机一看他那拾荒者的形象，没人敢拉他。

伏龙区公安分局刑警大队宿舍，朱丽雅在龙大章宿舍门口探头探脑地看着。鲁运打开门说："小师妹，看什么，一夜未归，其情不言自明。"朱丽雅焦急地一跺脚说："打他手机啊，战友一夜未归，你也不找找，还说风凉话。"鲁运说："我把我手机都打没电、按没字儿了，他就是不开机。"朱丽雅焦急道："这人哪儿去了呢，难道真的……"

伏龙区公安分局刑警大队会议室，刑警们整齐地坐在会议室里，气氛很严肃地听着周至祥分析案情："根据我们进一步调查，吴寄山身为奇石馆司机，却与嫌犯武玉鹏过往甚密，估计已意外溺水身亡或畏罪自杀，决定——不予立案……"

门"吱"的一声开了，龙大章全身是泥、满脸煤灰，狼狈不堪地进来了："周队，这个结论为时尚早，我坚持昨天的观点。"姜长庚、周至祥、朱丽雅、鲁运等人惊讶地看着黑脸白牙、蓬头垢面的龙大章，短暂的沉默后，会场发出一片哄笑声。

龙大章不顾众人笑话，大声说："昨晚，我们又去了现场，出事的地点是在湖东南那个角落，管理人员根本就看不到那里的情况，我正在寻找证人……"

周至祥高声地说："龙大章，我知道吴寄山是你同学的哥哥，你不要感情用事！"龙大章厉声说："这跟谁的哥哥没关系！面对一个年轻的生命，我们要还他公道！"

姜长庚摆手制止了两个人的争论："都别说了，这个结论是我们共同研究后做出的。"龙大章坚持道："共同做出的也不行！我请求重新调查……"

姜长庚严肃地站起来："龙大章，出去！你看你成了什么样子，还像个人民警察吗？身为刑警，不听指挥、擅自行动，显示个人英雄主义。前几天，与地痞当街斗殴；昨晚，和小痞子动刀；昨夜，夜不归宿；开会无故迟到、形象狼狈，影响极坏。我决定，龙大章交回警服，停职一个月并扣发当月工资和奖金！"

龙大章激动地说："姜局，我冤枉！"姜长庚说："你冤枉？不服找市局领导说去！散会！"周至祥得意地看着龙大章。朱丽雅睁大了眼睛看着龙大章。龙大章狼狈地跑出了会议室……

回到刑警大队长室，姜长庚紧锁眉头，看着案卷。周至祥拿着一叠案卷进来："姜局，别跟大章那小生虎子生气了。这是有关吴寄山案的全部调查材料和结案报告，请你签字。"

姜长庚说："好，先放我这儿吧，我还要好好看看。"周至祥问："怎么？姜局，还有什么疑问吗？"姜长庚说："毕竟人命关天……"周至祥说：

"姜局，这个案子定为畏罪自杀，可谓一石两鸟啊！你看，吴寄山案结了，鸡血麻神也有个交代了。"姜长庚问："怎么个交代法儿？"周至祥说："吴寄山盗得鸡血麻神，意外掉进湖里呀……我可是为您着想啊！"姜长庚意味深长地看了周至祥一眼说："还是周大队想得周全啊，我明白了，案卷放这儿吧。"

周至祥碰了个软钉子，没趣儿地出去了。

龙城市区街心公园，一对对情侣从风景如画的长廊走过。龙大章坐在音乐喷泉旁，百无聊赖地听着音乐。白小艺吃着冰激凌与一个男同学说笑着跑过。

龙大章喊："小艺——白小艺——"白小艺回头说："龙哥哥？噢——回头四顾心茫然，我明白了，失恋了。"龙大章说："胡说什么呢？咋不学琴去？"白小艺说："还说我呢，你自己的事儿搞明白了吗？你那警花妹把你当感冒的鼻涕——甩啦？送你一个字——"龙大章问："啥啊？"白小艺说："活该！"男同学说："那系（是）两个字的啦……"白小艺说："我说一个字就是一个字，你也想像他那样啊？"

朱丽雅从远处跑过来喊："大章——大章——"

街心公园林荫道上，龙大章在前边走，朱丽雅在后边紧跟："你忙着救火去啊，慢点儿不行吗？"龙大章说："别老跟着我呀，你说你穿身警服在后边跟着我，别人还以为我犯啥事儿了呢。"朱丽雅说："不可理喻！大章，你早上为什么那么狼狈？发生了什么事？你为什么不解释？"龙大章说："解释？我说我练了一宿开锁技术，你信吗？"朱丽雅点头："我相信你……"

龙大章平静地说："师傅说得对，我是一名人民警察，整天被坏人牵着鼻子走，大案破不了，就是跟踪个嫌疑人都让人像猴一样给耍了，我还是个合格的警察吗？我还有什么脸解释？"说完，向公园里走去。

朱丽雅停下脚步，看着龙大章消失在林荫尽头，一头雾水。

其实，龙大章在菜窖里被人往身上撒尿时就清醒了不少。他想了很多，龙城有一个制售假鸡血石的窝点，更有若干个阴暗势力在和正义博弈，从哪儿下手呢？他决定沉下去，看看龙城的各个角落，究竟还有多少不为人知的阴暗……

第七章　双线侦查，殊途同归

1

大辽绿都酒店八○九餐室，桌上四个菜、一瓶白酒，赵直帆与龙大章的酒杯碰在了一起："请吧，金色盾牌。"龙大章说："今天我请你。"

赵直帆险些把酒喷出来："可别逗了，就你那一脚踢不倒的工资？还得往家汇点儿。对了，听说又被扣了，别瘦驴拉糨屎——硬撑了。要是找我有事儿，尽管说，咱们是最好的同学、哥们儿，我能办到的就是豁出命来也会帮你。"

龙大章说："你在社会上行走这些年，有些套路？"赵直帆自得地说："还行，混不太好，常混。比如说，你要想收拾个谁，以你现在的身份下不了手的，我找人儿，削他个半身不遂、嘴斜眼歪、找不着北的……没问题。"龙大章拿起酒杯："这个，用不着你，以后，你在'道'上行走，带上我，也让我见识见识。"

赵直帆愣了一下，拿起筷子说："这点儿破事儿啊，吃菜！（指着一盆毛血旺）来，这个，麻辣的；（指着盘山楂冻）这个，酸酸的；（指着一小筐苦菜）这个，苦苦的……"

龙大章摇头："我怕辣。"赵直帆说："你怕辣？不装你能死啊？念书时，美祺挑出来的尖辣椒都让你捡起来吃了，你现在怕辣？再说，不吃尽酸甜苦辣，怎好在江湖上客串呢？吃！"龙大章吃了一口毛血旺，辣得直吐舌头：
"说实在的，那时家里穷，怕浪费了，其实我真怕辣。"赵直帆大大咧咧地说：
"有啥要我帮忙的，千万别客气。"龙大章说："你给我介绍点儿社会中的
人，我想试试社会的水有多深，我有多浅。"

赵直帆放下筷子："别说得那么含蓄嘛，你想当卧底，趟趟涉黑组织的浑
水？你不是那块料。不过，你这当警察的，得多往坏人堆儿里扎。你只有比坏
人还坏，才能治得了坏人嘛。"龙大章说："听着咋这么不中听呢？"赵直帆
说："可这是实嗑——"

在赵直帆教龙大章"要比坏人更坏"时，姜美祺正在和姜长庚较劲。她坐
在沙发上生着闷气，看见姜长庚进屋就把身子背了过去。

姜长庚说："哟，姑娘今天回来得早。"姜美祺扭过脸去不理他。他笑呵
呵地说："谁又惹我姑娘生气啦？"

姜美祺猛地转过身："除了你还能是谁？昨晚龙大章勇斗歹徒的事儿你
看得清清楚楚，结果你不奖励他还给他个处分。"姜长庚问："大章跟你说
的？"姜美祺说："谁说的重要吗，他才不会说呢。"

姜长庚扳着美祺的肩膀，耐心地说："美祺，局里的事儿，不要问，不要
管，不要说。你看你妈，想当年，人家那……"姜美祺说："你少提我妈，我妈
要不是嫁给你，能死吗？"姜长庚顿时蔫了。

白小艺开门进来了，看了看二人的脸："天气不对劲，晴空出阴云啊！"

姜美祺没理白小艺，气呼呼地站起来说："我知道，你是不想让我和大章
处，故意整他！"

姜长庚说："美祺，你只说对了一点，我确实不想让你和大章处朋友。可
是，我不是故意整他，我是爱护他。一个刚参加工作两年的愣头青，不知天高
地厚，学点儿书本知识就以为自己可以做007了。他要是不受点儿挫折，会把命
搭上的，你知道吗？"说完，默默地回屋去了。

白小艺小声说："姐，为了傻大章生气不值得，那警花追龙哥哥追得紧着
呢，他俩把街心公园的林荫道踩得都不长草了。"

姜美祺生气地一指卧室："小妮子，哪儿凉快哪儿待着去。"

白小艺自知此时说这话不对路，吐了下舌头，进卧室了。

大辽绿都某餐室，龙大章和赵直帆还在喝酒，为了一杯酒，龙大章和赵直帆来回地推，酒洒得到处都是。

赵直帆满是醉态地说："这杯酒可是你的……咱俩说得好，谁不够哥们儿，罚谁一杯酒。念书时，同学六人……好成一个人似的。美祺是咱哥们儿吧……昨天她过生日……我给过的，你那时哪儿去了？"

龙大章亦是醉眼蒙眬："这个……我确实有事儿……我喝一杯。他一扬脖，干了。"赵直帆说："我们看见你了……拉着美女，名曰破案，实为压马路。工作两年多了，破几个案子了？寄瑶是咱哥们儿吧？她哥哥没影了，你破案了吗？"龙大章表情内疚："我……我再干一杯……杯……"

赵直帆继续说："念书我不行，处事儿你不行。龙城这地方，山有多高、水有多深、路有多长，你知道吗？告诉你……美祺是我的人儿……你别想跟我争……你给我喝！"

龙大章端起那杯酒还没到嘴边儿，人就趴在桌子上了……赵直帆拽龙大章："量小非君子……起来给我喝……"他话没说完，直接倒在了桌子底下。

过了好长时间，朱丽雅进来，把龙大章架了出去。

龙大章在朱丽雅的搀扶下歪斜着向大街走去，前面是一排奇石摊，他们在一个摊位前停了下来。龙大章拿起一块石头问："老……板，这……块石头……多少钱啊？"摊主笑眯眯地说："这小哥们儿就是识货，就冲这纯正的鸡血、这祥云一般的冻，您出个价。"

龙大章伸出两根手指头。摊主说："二十万？少了点儿……"龙大章说："二……十。"摊主脸一沉，把石头拿了回去说："小哥们儿，你开玩笑呢？我要二十万，你给二十？"龙大章大声地说："你这石头……是假的，石粉加工的，你……以为我是外行啊？"摊主赶紧摆手示意："小哥们儿，别嚷嚷，别嚷嚷，买卖不成情义在。"龙大章说："买卖……能成。"他又伸出五个手指，摊主小声地说："五十，你拿去，看都喝成什么样了，（对朱丽雅）你这当媳妇的也不管管，拿走吧，我可是赔钱卖给你的。"

龙大章付了五十元钱，讨好地说："老……板，这石头，哪儿……进的？

我……亲戚想在别处开……个石头店，跟……你没竞争……"摊主说："我的石头都是别人送货上门，我也不知道哪儿卖。快走吧，快走吧。"

二人边走边把那块假石头传来传去地看，朱丽雅说："怎么，要藏石啊？"龙大章说："藏石……"朱丽雅说："你可真逗，契丹鉴宝大会，你拿民国的花瓶去糊弄。现在，不知又要拿块假石头去糊弄哪个妞儿呢。"龙大章醉醺醺地说："我……要用这块假石头敲开这个社会的……大门。"

朱丽雅用手摸了一下龙大章的额头说："这一停职，不光喝高了，还发上烧了。"龙大章说："丽雅，我……没喝多。"朱丽雅问："没喝多？"她转了个圈儿，摆了一个姿势问："大章，你说我穿警服好看还是穿便装好看？"龙大章坏笑着说："你……呀，穿啥都好看，啥也不穿……更好看。"朱丽雅嗔道："不正经。"

在朱丽雅追打龙大章时，白小艺突然出现了："人民警察也在大街上打情骂俏啊？"龙大章说："小艺，你不好好上学，闲……逛啥呢？"白小艺扮个鬼脸："放假啦——"龙大章说："有时间……带我去见你敖拉老师。"白小艺说："她不会见你的，走之前还让我告诉你个话来呢。"龙大章问："啥话？"

白小艺嘴一撅："不告诉你，你个骗子。"龙大章疑惑："我？"白小艺指着龙大章的脑门说："你上次说请我，忘了！"

龙大章说："就……为这点儿小事儿啊？好说，我这就请你去……吃大馅饺子。"白小艺调皮地说："要去就去你那天晚上揽着小蛮腰的地方。对，你们俩上那儿比在这儿逛大街强。钻到酒店树底下多浪漫啊，你追我，我追你的……"龙大章说："这孩子哪儿学的……酒店那地方……以后不许去。"

白小艺说："哼！你以为你是谁呀？对啦，敖拉老师说，碾盘沟那儿好玩儿。"龙大章一脸疑惑："啥……意思？"白小艺眼睛一眨："我想，是让你滚得越远越好吧。"说完，瞪了龙大章一眼，一扭身儿走了。

2

豪华住所，神秘人坐在阴影里，金疤癞坐在他对面，二人悠闲地喝着茶。

　　神秘人问："疤瘌，公安那儿有啥动向？"金疤瘌说："吴寄山案基本结案了，鸡血麻神案也可以推到他身上了。"神秘人问："武玉鹏的事处理得咋样了。"

　　金疤瘌迟疑了一下说："他对让他冒着被抓的风险运送假鸡血麻神很有意见，但经过'整容'后，他平和了许多。恢复后，在给老三帮忙。"

　　神秘人点头："嗯，他这种人必须拿老实了才能为我们所用。"金疤瘌说："我们的'东北新干线'又活了。"神秘人问："这个月的运转情况咋样？"金疤瘌回："大哥，比上个月好多了。我们要是再顺利地出手鸡血麻神，那日子……"神秘人意味深长地说："鸡血麻神可以寻找买主了。"

　　金疤瘌说："嗯，大哥，我家和敖拉家族是世交，可以跟她正面谈谈了。"

　　神秘人说："你可以和所有的买主谈，但千万要掌握火候。大的原则不能变，不托底的不要谈，给不上现金的不要谈；货款照收，拒不发货；我们要一女嫁八主，但最后也不能让她成为任何一个人的新娘。"金疤瘌小声问："大哥，你留着，有大用途？"神秘人笑道："算你聪明。至于你说的那个敖拉倚，可以跟她谈，因为只有她最急于收回鸡血麻神。"

　　街心公园，流光溢彩，热闹非凡。敖拉倚独自坐在街心公园的长条椅上，似睡非睡地纳着凉。眼前浮现出辽代上流社会妇女的享乐图——鲜果排前，女仆摇扇……

　　街心公园的休闲区，人们其乐融融。时猴子从人群里一过，顺手从一个中年妇女那儿偷了个钱包，一边走一边翻看钱包里的东西。时猴子从敖拉倚身边走过，敖拉倚一伸腿，时猴子立即摔了个嘴啃泥，钱包甩出老远。他正要发火，看见朱丽雅穿着便服走过来，白了敖拉倚一眼，赶紧逃得无影无踪。

　　远远地，金疤瘌走过来，向四周看了看，坐在敖拉倚坐的长椅上。

　　敖拉倚盯着金疤瘌看，脑海中闪过小时候和自己一起玩耍的胖嘟嘟的那个小男孩儿。突然，她恍然大悟地问："八利？你是金八利？我们有三十年没见过面了！"

　　金疤瘌站起来拱手道："敖拉教授，我的主人，你居然还能认出我！"敖拉倚说："我们两家可是世交啊，你眉心这颗瘊子，多少年也能看出来。"金疤痫躬身："是啊，我们的祖上一直给您祖上当厨子，吃住都在一起，也算是一家人呢，只是怕你不认我。"

敖拉倚说："一晃这么多年没见，你在哪儿发财啊？"金疤痫用手向前边的帝豪会馆和忘情夜总会指了指："这两处产业都是金某人的……混个生活吧。"敖拉倚说："看你小时候鼻子邋遢、打打杀杀的，没想到会有这么大的产业……以后可得多关照啊。"

金疤痫谦恭地说："敖拉教授不要笑话我，金某人时刻关注着敖拉家族的兴衰呢。就是鸡血麻神的捐献、丢失，金某人都很是痛心呢。"

闻听此话，敖拉倚失落道："是啊，我记得小时候我们还一起玩过那副麻将……可惜啦，我们敖拉家族败在了我这一代，连个家传的宝贝也守不住啊！"金疤痫跟着感叹："我也听说了，你找政府去要过几次，政府拒不归还，结果，丢了。看来，靠政府是靠不住的！"敖拉倚说："不靠政府，我一个妇道人家还能怎么样呢……咋也不能去偷去抢吧？"金疤痫点头："那是，那是，犯罪的事儿不能做，但是可以通过合法的方式取回来嘛。"敖拉倚无奈地说："谁不想取回来啊？现在东西都没了，即使政府追回了宝贝，也不会让我赎回来的。"

金疤痫压低声音："主人，或许通过黑道能赎回来。"敖拉倚听了这话，眼睛立马放出前所未有的光："真的？"金疤痫说："我道上的朋友多，你要是有心，我替你打听着点儿。只是，公安盯得紧……钱儿肯定少不了……"

敖拉倚像落水的人抓住了一根稻草："八利兄，只要有门路就行，你的担忧我来解决。"

二人像久别重逢的亲人一样，又唠了一阵家常，各自离去。

刑警大队队长室，姜长庚在翻阅着一本旧档案，档案封皮上的《凤城"东北新干线"王彪涉黑组织卷宗（副卷）》字迹已磨损得不完整了。他打开来，找出了《结案报告》念："凤城涉黑组织被一网打尽，老大王彪在要投案前被二掌柜赫老二打死，赫老二被姜长庚击毙，该组织所有人员悉数落网……"

姜长庚又开始翻看《落网人员名单》，自言自语："悉数落网？"他拿起那枚奇怪的扣子端详起来："难道这个组织真的没有被根除？"

　　朱丽雅在门口喊："报告！"姜长庚收起档案："进来。丽雅，有事儿？"朱丽雅严肃地说："姜局，对龙大章的处理我有意见。"姜长庚说："你有意见，保留！要是没别的事，和市局沟通，把十七年前王彪涉黑案的正卷从凤城公安部门复印回来。去吧！"朱丽雅不情愿地应了一声，一甩袖子走了出去。

　　灯光下，姜长庚打开书橱，翻了老半天，在一个旧皮箱里翻着旧照片。突然，他眼前一亮，把一张照片挑了出来。那是金疤瘌年轻时英俊的照片，脸上没疤瘌，人看上去憨厚英俊，眉心处一颗痦子特别打眼。看着看着，过去的一幕幕又浮现在姜长庚眼前。

　　年轻的金疤瘌穿着厨师服笑眯眯地给他们上饭，老大王彪赞赏地说："长庚弟，就是这胖子给我们提供的鸡血麻神信息，没落的敖拉家族是守不住那宝贝的，我们不能让那件稀世珍宝落入他人之手。"……凤城涉黑组织被公安一一擒获，押上警车，姜长庚扫视了一遍，没有发现金疤瘌……王彪说："我的上线在龙城……"

　　姜长庚看着金疤瘌的照片，把照片上金疤瘌袖口那枚奇怪的扣子圈了起来，将照片塞进文件夹里，看了下时间，出门而去。

3

　　忘情夜总会，昏暗的灯光，刺耳的迪斯科曲。龙大章坐在角落里，眼睛通红，无精打采地喝着啤酒。来了一个陪酒小妹小金子，左顾右盼地看着龙大章。

　　小金子俯下身妩媚地说："大哥哥，一个人喝闷酒呢？来，妹陪你！"龙大章没说话，示意小金子坐下。小金子说："哥哥，我看你有点儿面熟，先敬你一杯。"龙大章说："面熟？我看你是……自来熟……咱俩先碰……两杯，好事儿成双……成双……"

　　在一个角落里，穿着便衣的朱丽雅向这边望着。她看见龙大章和小金子喝酒想去制止，最后，还是一扭身气愤地出去了。小金子说："一看哥就是爽快人，刚'下水'吧？"龙大章说："好眼力，大学刚毕业就失业啦……你说……

糟心不……"

小金子说："我一看就知道。哥们儿，这混社会可是不比上大学，你知道龙城谁从东头一跺脚西头就晃吗？你知道谁能买下龙城一条街吗？你知道全城哪儿的小姐最多最俊吗？你知道……"

龙大章调笑道："这个……我还真不知道，等着向你请教呢。"小金子得意地说："你找我就找对了。我跟你说，龙城这地方……"她向站在舞池边上的金疤瘌望了望："有些人看着挺腰凸肚的……没准儿也就是个店小二，或者说就是个看场子的。"龙大章向忘情夜总会舞池那边望去，那里是昏暗的灯光和刺耳的迪斯科曲，边上站着一个胖子。

金疤瘌站在角落里看着白小艺和她的男同学热舞，流露出一种赞赏的表情。他再看大裤裆等人的舞姿，不觉皱了一下眉头。

大裤裆也轻佻地进了舞池，舞到了白小艺的身边，舞得近乎疯狂。他用屁股撞了白小艺一下，白小艺回撞了一下。大裤裆笑嘻嘻地说："小姐，小心你的小蛮腰，别折了。"

白小艺喊道："我不和流氓说话！"大裤裆把脸凑过去轻佻地说："小姐，你说啥，我耳背——你要跟大爷我单独谈谈？"

"啪"，大裤裆挨了一个大嘴巴。大裤裆捂着脸，直勾勾地看着白小艺的男同学。白小艺的男同学一口娘娘腔得意地说："我打你个耳聋眼花找不着北。"大裤裆气恼地说："你敢打你大爷？"说完，他一拳把白小艺的男同学打出很远，倒在地上。舞池乱成了一锅粥，有人喊："打起来了！打起来了——"

龙大章和小金子正要喝酒，"打起来了"的喊声传了过来。龙大章听到喊声，猛地放下酒杯向舞池这边跑来。大裤裆拎着白小艺的男同学的衣领狞笑着："哈哈哈，小胳膊小腿，小模小样，小柳树条子，想英雄救美，你这是看电视剧看多了，看杂了，看混了！我让你救！"

白小艺的男同学一口娘娘腔地喊："小艺，救……我！救……"龙大章大喊一声："住手！"大裤裆愣了一下，斜眼一看，立马笑了。他把白小艺的男同学用力一推，那小伙儿就倒在了龙大章怀里。大裤裆面带嘲讽地说："哟？这不是在我家菜窖里啃白菜帮子、喝童子尿的那位爷吗？路见不平一声吼，不知你武功有没有？"

龙大章喊道："滚！"大裤裆痞里痞气地扭着脖子，脖子扭得嘎嘎响："跟爷上哪儿练去？"龙大章向门外一指："外边，没人儿的地方。"大裤裆拉开猴拳的架势，上蹿下跳，左右摇摆，勾手搂拳："爷我哪儿也不去，就在这儿收拾你！"话没说完，大裤裆一脚就踹过来，龙大章一闪身捉住大裤裆的脚往上一掀，大裤裆倒在地上。龙大章顺势又是一脚，踢得大裤裆滚了几个滚。

灯影里，金疤痢看着他们打架，手托着下巴阴阴地笑着。

白小艺拍着手："龙哥哥，打得好，打得好——"龙大章勾手瞅着大裤裆："哥们儿，起来，兄弟我陪着你练。"大裤裆从地上爬起来，摆了一个标准武术动作，一转身立刻跑得无影无踪。白小艺过来："龙哥哥——"龙大章喊道："你给我滚回去！"

龙大章转身走向了旮旯，坐下，拿起一杯酒灌了下去。小金子目瞪口呆地看着他。白小艺跟过来，瞪了龙大章和小金子一眼，"哼"了一声，一跺脚转身跑了出去。

两只酒杯碰到了一起，小金子说："大哥，这事儿，不能管……"龙大章气道："再让我看到，我还揍他。"小金子说："一个下三烂，打也打了，还想打到人家老窝去呀？"龙大章问："你刚才说这店是谁的？"小金子左右看看，把脸凑到龙大章耳边说："我听说是涉黑组织老大的。"

俩人正在说悄悄话，姜美祺突然出现在他们面前，气愤地盯着龙大章："你给我滚出来！"龙大章愣了一下，眼前是姜美祺那喷火的眼睛。小金子吓得赶紧溜走了，龙大章怔怔地看着姜美祺，姜美祺提着他的耳朵把他揪出了夜总会。

昏黄的路灯下，是龙大章和姜美祺歪歪斜斜的身影。姜美祺既气愤又怕龙大章摔着，她扯着龙大章的胳膊，边走边说："龙大章，你可真是长出息了，年轻轻的学会泡妞了。"

龙大章站在大街上，醉醺醺地说："我的事儿……你不要管好不好呀！哎——我的事儿谁那么嘴欠和你说的呢？"

姜美祺说:"你那美女警花,没发现她一直跟着你吗?现在,她保准在哪儿哭呢!她眼睛哭肿了,你不心疼呀?"

龙大章四下望了望,没有见到朱丽雅,却看到了契丹王府博物馆。他低声说:"我的母校……"姜美祺说:"你还知道你的母校?物是人非了!想当年,在这儿念书时,你是怎么说的?"龙大章打了一个立正:"好好学习……报效社会。"

姜美祺"扑哧"一下笑了:"大章,你就是这样报效社会的吗?你这是在报废社会。"龙大章说:"报废……怎么了?赵直帆说得好啊,我们当警察的不比坏人坏,怎么能坏得过坏人呢?"姜美祺气道:"混蛋逻辑。大章,你喝多了,我今天不和你计较。想当年,咱们的刘国珍老师没少为直帆你俩费心……"

龙大章说:"刘老师……'掐尖'……赵直帆就这么被掐得'嗷嗷'地叫……现在想起来真好笑。"说完大笑。姜美祺捶了他一拳:"笑什么?你说,刘老师咋就没给你'掐了尖'呢?"龙大章坐在地上低沉地说:"惨了……被开除了。"姜美祺问:"谁被开除了?你?刘老师?"龙大章没有回答姜美祺的话,说:"我们去看看小晴在干啥。"

契丹王府博物馆龙小晴宿舍,一本《契丹宝藏的传说》遮住了龙小晴的脸,她歪在床上半梦半醒,敲门声让她坐了起来。她打开门看,姜美祺扶着龙大章站在门口。

龙小晴惊讶地说:"你们?这么晚了,成双入对地到我这儿,一定有事儿。"姜美祺扶龙大章进来:"就是走到这儿了,想起你,来看看你有啥业余活动。"龙小晴说:"我能有啥?守着这青砖堆成的契丹王府博物馆,只好做尼姑了。哪能跟你们比啊?潇洒一走,双宿双飞……"

姜美祺说:"是啊,瞧瞧你亲哥吧——工作上红旗已倒,业余生活倒是彩旗飘飘,都潇洒到夜总会去了。让他在你这儿躺会儿醒醒酒吧,都喝傻了。"姜美祺把龙大章扶到床上,龙小晴把一杯水端了过来。

龙大章向龙小晴使眼色,小声地说:"不用……我的一切都在半梦半醒之间……我让你给我借的书呢?"龙小晴从床头把一本《契丹宝藏的传说》拿出来，龙大章醉眼蒙眬地翻阅着。

姜美祺环视了一下宿舍说："刚才大章说刘国珍老师被开除了，为啥？"

龙小晴说："为了你所说的三位'爷'——"

六年前，王府中学会议室，校长贾其明提着大哈拉嗓子一字一板地拉着长音："高考前，我校发生了建校以来的三大事件：一是高三五班赵直帆带领同学集体闹事儿，撕碎了给他们知识与力量的书本儿，推翻了承载他们身体与知识的桌椅，扰乱了严肃活泼的课堂秩序，影响了二〇〇四年高考；二是班主任刘国珍串通六班班主任吴主建擅自决定放假三天，致使龙大章受伤无法参加高考；三是高三五班的尖子生郝子强放弃高考，离家出走。制造此次事件的罪魁祸首已毕业，我们对他们已无法处罚。可是，作为班主任的刘国珍对上述事件未有预见、控制不力、处置不当，责任难辞，下面请大家讨论该给相关老师怎样的处分，请大家踊跃发言……"

龙小晴深沉地说："讨论的结果——开除。刘老师被开除后，一直没有正式工作，最近在龙山脚下开了个农家乐。"

龙大章坐在椅子上喃喃地说："我们……欠刘老师的太多了……别说报效社会了，就是个人恩情也报答不了……"

这个普普通通的夜晚，还有两个人思绪也不平静。姜长庚坐在客厅里，抬头向墙上望了望，时钟指向了夜间十点三十分。他从沙发上站起来，向厨房走去。他站在厨房的窗前，向外望着，对面是敖拉倚家的老式楼房，楼房的一个窗子上印着敖拉倚的身影。

敖拉倚坐在书房里，用放大镜看着那半张老式地图，那张地图上标有龙山、龙山寺、再生洞、鸭鸡山等地名。她的脑海中回响着两个人的话。

金疤瓤说："或许通过黑道能赎回……"龙小晴说："我们通常说的再生洞主要有两处，一处是南边桃石山的半山腰上，在一片丛林之中，那里有一天然洞穴叫再生洞，传说是契丹藏宝的一个将军留下的；另一处是鸭鸡山山脚下的再生洞……"

敖拉倚在鸭鸡山上用铅笔画了个圈儿，便去翻阅敖拉维国笔记……

多年来，姜长庚习惯听敖拉倚那首忧伤的钢琴曲，可是现在，他什么也没有听到，不知敖拉倚在干什么。他心神不宁地返回客厅，拿起手机，拨通电话："美祺，你在哪儿？"

在龙小晴宿舍里，姜美祺接起电话："爸——我想自己待一会儿。"姜长庚小心地说："孩子，回来吧，爸爸等着你呢。"姜美祺固执地说："不回！除非你取消对大章的处分。"姜长庚说："那不可能。"姜美祺"啪"地挂了电话，脸拉了下来。

龙小晴不解地看着她。姜美祺的电话又响了，姜美祺马上按了拒接键。电话响个不停，姜美祺刚要按，仔细看了看，接起："小艺，我一会儿就回，你先睡吧，乖。"

龙大章"呼"地站起来说："美祺，我送你回家！"龙小晴说："我今天不留你们了，不行就早点儿办了得了，免得跟对儿野鸭子似的。"她拿出一盒杏："这是碾盘沟的甜核杏，拿回去解解酒。"龙大章惊道："碾盘沟？"

听到碾盘沟这个词，龙大章想起了两句话——

吴母亲说："哪像我家寄瑶啊，生在满地白石头的碾盘沟……"白小艺说："敖拉老师说碾盘沟好玩儿……"

龙大章眉头一展："碾盘沟，你们去过碾盘沟吗？"龙小晴说："那里是吴寄瑶的老家，我没去过。"姜美祺说："那是个未开发的风景区，在鸭鸡山脚下，我去过。"龙大章没有拿杏，却拿起《契丹宝藏的传说》，拽着美祺的手急急地向外走。龙小晴羡慕地目送着他们远去。

4

龙大章和姜美祺站在契丹王府博物馆外的大街上，频频招手，可是没有一辆出租车过来，周围的光线很暗。龙大章说："美祺，我想去一趟吴寄瑶的老家，碾盘沟。"姜美祺问："到那儿去干什么？"龙大章说："你就说你去还是不去吧。"姜美祺说："去。"

这时，一个黑影从契丹王府博物馆的墙上"噌"地蹿了下来，重重地摔在地上，吓得姜美祺扑到了龙大章的怀里。龙大章大喊一声："谁？"

那黑影站起来撒腿就跑。龙大章推开姜美祺，只几步就把那黑影踹倒在地上。微弱的路灯照在那人涂得黝黑的脸上，龙大章惊问："刘尔贵，你？"刘尔贵说："哎哟，大章，你别踩着我呀，腿快断了。"

龙大章把刘尔贵拎起来问："半夜三更的干什么呢？"刘尔贵起来揉着腿说："大章，你下手咋这么重呢？于大头（于馆长）把我开除了，我来拿自己的东西还不行吗？"龙大章说："拿自己的东西偷偷摸摸地干什么？刘兄，派出所里说去！"

刘尔贵哀求道："兄弟，别介啊，不看僧面看佛面，我妈可是你的恩师啊！"龙大章说："刘兄，这事吧，我要是放了你就是徇私枉法，你咋也不能让我犯法吧？"刘尔贵没好气地说："好好好，拿我去升官发财吧。你要是办了我能当上大队长，我认！"

姜美祺一招手，一辆出租车停下来。龙大章对刘尔贵说："刘兄，请吧？"

刘尔贵瞪了龙大章一眼，不情愿地从这边上了出租车，从那边打开车门就想逃。没想到，姜美祺挡在了车门口。龙大章扭头对刘尔贵说："别让我费手续了。（对司机）伏龙区刑警大队。"

出租车一溜烟儿融入夜色中，很快就到了伏龙区刑警大队。刘尔贵坐在椅子上，半眯着眼睛不理睬面前的鲁运和记录的民警。

鲁运端详着刘尔贵："面涂油彩，夜入王府，有何贵干啊？"刘尔贵平静地说："拿东西。"鲁运问："什么东西？"刘尔贵拿出一本古书《木叶山》。鲁运说："还有呢！"他从刘尔贵怀里掏出半张羊皮卷问，"旧地图？哪儿来的？"刘尔贵眨巴几下眼说："那不是……那个啥吗……"

过去的情景出现在他眼前。刘尔贵等人在整理老博物馆藏书阁古籍，在打开一本线装《木叶山》时，里面有一张地图掉了下来。刘尔贵看没人注意他，就将地图揣到了怀里……

鲁运问："哪个啥？问你话呢。"刘尔贵痞里痞气地说："噢，我们家祖传的，我拿到单位想找于馆长给看看是啥，这不还没来得及看呢，就被你们给冤枉了一把，让于大头那官儿迷给辞退了。"鲁运问："那你为什么不白天去拿？"

刘尔贵委屈地说："于大头不让啊，我只好晚上来拿。"鲁运说："你说这东西是你的，有什么证据吗？"刘尔贵说："证据证据，若不信你打电话问一下于馆长不就知道了吗？"鲁运说："告诉我你们于馆长的电话。"刘尔贵拿出通讯录，扔在鲁运面前："小本儿上有。"鲁运看着通讯录打电话。刘尔贵的眼睛滴溜乱转着……

于伟绩接到电话很快来到了刑警大队，拿着那张图用手电照了照。那是一张契丹文字的地图，用毛笔绘制，汉字标注。看着看着，他脸上露出了惊讶的神色。他摘下眼镜又戴上，从近视镜上仔细看着地图。刘尔贵蹲在地上，不时地偷眼瞅着于伟绩和值班警员。

鲁运用询问的眼光看着于伟绩："于馆长，有那么难回答吗？"于伟绩说："鲁警官，这是用契丹小字和大字组合成的文字，我也得仔细辨认。"

神鹿寺、平顶山、海金山，还有一首诗：云蒸霞蔚开心界，浮尘飞处雾蒙蒙。人生难得三关过，冬日春光雨月明。

于伟绩沉吟道："这首诗挺有意思，似乎是后半首……"鲁运问："于馆长，这到底是什么？"于伟绩拿眼瞟着刘尔贵："这张图……准确地说这只是半张图……"

刘尔贵用祈求的眼光看着于伟绩，于伟绩意味深长地看了一眼刘尔贵说："我现在还看不出是什么图。"

鲁运不耐烦了："于馆长，我们请你来不是让你做学术鉴定的，你就说这是不是你们馆中的东西吧。"

于伟绩沉思道："它……我在博物馆工作了近三十年，从未见过这张图。"他瞪了刘尔贵一眼："你小子，是看博物馆这两天肃静了？"

刘尔贵喃喃地说："早说不得了吗，这个磨叽。"鲁运说："刘尔贵，起来吧，以后光明正大些，别总干这些鸡鸣狗盗的事儿。"刘尔贵站起来躬身点头："是……拿自己的东西不犯法吧？这半夜三更闹的，我要告龙大章去！"说完，向外跑去。

于伟绩望着刘尔贵的背影，沉思着……

因为地图，敖拉倚又没睡好。她躺在床上，睁着眼看着豪华的吸顶灯，猛地坐起来关了灯，屋里一片漆黑……她又猛地坐起来，把被子扔在了地上。她辗转反侧，无法入睡，脑子里想着些莫名其妙的问题，黑暗犹如一张巨大的蜘蛛网把她包裹在内。她感觉被子这薄薄的东西一定是黑心棉，因为她感觉好冷好孤单。

她爬起来，披头散发地走进书房，拿出那张鹿皮地图，用放大镜照着看了起来，那是一张没有名的地图，用毛笔绘制，上有真寂寺、灵岩峰、三关道等地名，还有半首诗。敖拉倚来回踱着步读诗："阎王道上惊花容，再生洞里悟亲情。三绕桃石圆大梦，灵岩峰顶见真功。"

5

龙城的早晨依旧是忙碌的人流、车流在晨雾中穿行，喧嚣的城市以匆匆的脚步和飞旋的车轮开始了新的一天。

赵直帆坐在奔驰车驾驶室里，信心百倍地望着车窗外这个快节奏的城市，车子拐进了姜美祺家所在的小区。

姜美祺甜美地睡在床上，手机惊醒了她的美梦。姜美祺睁开惺忪的睡眼，阳光透过窗帘缝照得她睁不开眼。她眯缝着眼接电话："谁呀？"赵直帆说："我，连我的声音都听不出来呀？"姜美祺欠起身子："噢，直帆，这么早……有事儿啊？"赵直帆说："还这早呢，都八点多了。"姜美祺看看旁边的闹钟："是吗，那我再睡会儿。"赵直帆说："爬山去吧，碾盘沟那儿鸽子花成海啊，你不是最喜欢鸽子花吗？"姜美祺躺下说："我不想去，过几天行吗？"赵直帆说："过几天就花落人去两不知了。"姜美祺无力道："不想去，头疼，就想睡觉。"赵直帆说："我在你家楼下呢，上去看看你？"姜美祺连忙说："不要啊，我一会儿有事儿呢。"

赵直帆愣了一下，放下电话，沉思起来。此时，他明显感觉到姜美祺是在有意躲着他。但是，他不想就此罢手，他有良好的条件和足够的耐心，长长的袖子会亲家，不信春风唤不回……

他沮丧地回到家里，躺在沙发上百无聊赖，不断地按着电视遥控器，就差把遥控器摔了。电话响了，他没好气地接电话："谁？"很快他堆满了笑脸儿："美祺啊……你又想去了……好，好，太好了。"姜美祺说："不过，我得带上个人。"赵直帆问："谁呀？"姜美祺说："龙大章，他昨晚好像说要去碾盘沟的。"

赵直帆一下子坐到地上，低沉地说："我明白了，说白了我就是你们的司机。那你们去吧，我不去了。"姜美祺说："醋味从电话里都传过来了。你不去，是吧？"赵直帆无可奈何地说："去——去——我去——"

他放下电话，赶紧找相机，开车出了小区。来到姜长庚家楼下，姜美祺一身运动装，背着包和相机在楼下等车。赵直帆打开车门，龙大章从副驾驶座位上跳了下来。

姜美祺对赵直帆说："这么快就接上大章了？给力！"赵直帆说："我敢不快点儿接上他吗？你非要闹一个这么大的灯泡，是为了照亮我的前程啊？"

白小艺拎着一个旅行袋往车上蹿，调皮地说："别忙，别忙，还一个小灯泡呢。想撇下我，门儿也没有，我听你们多时了。"

龙大章指指她的脑门儿说："白小艺，你可真是无处不在啊。"白小艺回头撇嘴："你不也是吗？"

黑色奔驰车在颠簸的路上逶迤而行，车里飞出了白小艺的欢声笑语。

姜美祺向远处一指："小艺，看，那就是鸭鸡山，鸭鸡山脚下就是我们要去的碾盘沟。鸭鸡山是个有着很多传说的地方。"龙大章说："是啊，最著名的就是鸭鸡下金蛋的故事。"白小艺说："大章哥哥，我想听。"龙大章说："好吧，那是个劝人不要贪心的故事……"伴着车外的鸭鸡山优美的自然风光，一个古老的传说在山风中回响起来。

"在龙城去往碾盘沟的路上，有一座像鸭又像鸡的山，人们称之为鸭鸡山。有一个穷人上山迷了路，顺碾盘沟而下，雷雨大作。他无意中进了一个狭窄的山洞。黑暗中，山洞突然一亮，这个人发现有一颗像麻雀蛋一样大小的金蛋。他捡起金蛋，想走出这个山洞，却怎么也出不去。后来，他匍匐在地，做婴儿出生状，才从半山腰处出了山洞。从此，这个穷人每年都能捡到一颗这样金蛋……"

敖拉倚坐在鸭鸡山下的一块石头上，看着手里的地图，耳边仿佛响起了龙小晴讲的鸭鸡山的故事。

"一个财主知道了这是一个金鸭鸡，就赶在穷人之前捡到了金蛋。但是，他怎么也爬不出山洞，直到饿得精瘦才钻出来。这个财主嫌鸭鸡下的蛋太小了，就让石匠把蛋门凿大了一些。突然，乱石飞崩，鸭鸡不再下蛋，碾盘沟一带也成了乱石滩……"

敖拉倚看见一辆黑色奔驰车开上来，凝神望了望，收拾起地图，起身向自己的车走去。

碾盘沟的山坡上，姜美祺欢快地采着鸽子花。龙大章捡起一块块石头，看了看又扔掉。赵直帆跟在姜美祺身后，时不时地给姜美祺和白小艺拍照。白小艺做着各种姿势，花季少女与繁花草原构成了一幅和谐的画面。

姜美祺兴奋地向龙大章招手："大章——过来，看我捡到了什么？"龙大章跑过来："不会是金蛋吧？"姜美祺手拿一小块假鸡血石："精美的石头，比金蛋贵吧？"龙大章把石头拿过来仔细看了看说："对我来说比金蛋贵重，对你来说一文不值。你们玩儿，我上山腰的民房看看。"

龙大章向山腰的民房走去。姜美祺不解地看着他。从这一小块假鸡血石来看，龙大章觉得自己离制假鸡血石的窝点越来越近了。姜美祺看看蓝色的天空，又看看远去的龙大章，举起了相机。白小艺正在草地上打滚儿，赵直帆半蹲着快速地按着快门儿……

龙大章来到碾盘沟村的时候，一个四十多岁的农民扛着铁锹走过来。他迎上去问："大叔，听说这儿有个加工石头的地方，是哪家啊？"男村民疑惑地看了看他，说："石头？不知道，你听谁说的？"

龙大章又向村里走，碰见了一个女村民，便拦下问："大婶，我想打磨个戳料，听说这儿有个工匠，在哪儿啊？"女村民想了想，神秘地说："噢，一年前听说村最西头老吴家来了个磨石头的。那不，（向西一指）就那三间瓦房那儿。"龙大章说："噢。"女村民低声说："不过，他家那房子犯邪，前几天吴寄山也活不见人死不见尸的，村民都绕着走。"龙大章问："怎么个犯邪法？"女村民露出惊恐的神色："听说以前半夜有时出现两只红眼睛，有时出现两只绿眼睛，还有人听到过鬼叫……嗷嗷的，太吓人了。"

明知那儿"有鬼"，偏要向前行。龙大章穿过七扭八拐的街道，向村西那三间瓦房走去。来到碾盘沟村吴寄山家的时候，太阳突然被黑云遮了起来，天变得阴沉了。

吴寄山家大门紧锁着，锁锈迹斑斑。龙大章扒开门缝向里看，一道闪电，"咔嚓——"一个响雷，透过大门缝，看见房门紧锁着，两个门神的图片不知被人画上了什么，更加可怕。院子破烂不堪，像是好久没人住了。龙大章正聚精会神地向屋里看，肩膀被人重重地拍了一下，一个粗重的声音从脑后传来："你小子，我可抓到你了！"

龙大章转过身去，一张粗陋油黑的脸呈现在他面前。龙大章问："你是？"那个油黑的村民愣了一下说："我以为是吴寄山回来了呢，那龟孙欠我三千块钱。三年了，还没还。"龙大章问："吴寄山？欠你啥钱？"

那村民说："打麻将输的呗。听说这小子把房子租出去了，也该还我钱了。你是？"龙大章说："我是上山玩儿的，忘带水了，想要点儿水喝。"那村民说："还要水呢？这山里有云彩就有雨，一会儿你就全身是水了。"

龙大章问："吴寄山喜欢打麻将？"那村民说："那小子，有局儿就上，大小都敢干，十赌九输，输了就躲。现在是一屁股两眼子饥荒，人们都找他要钱呢，兔子那么大的人儿也没见着，见着，得把他揍死。"龙大章说："噢，这样啊。"龙大章抬头望了下阴暗的天空，不再听那村民唠叨，向山下赵直帆的奔驰车跑去。

车内，白小艺在摆弄着赵直帆的相机。姜美祺拿着一顶旅游帽在向龙大章摆着。疾风暴雨来了，铜钱大的雨点儿砸在龙大章的脸上。龙大章深一脚、浅一脚地跑着，在快到车跟前时，一个跟头摔倒在地，顺着山势滚出好远。

车内，姜美祺一惊，跳下车去给龙大章送伞，伞却被风吹得向上扬去。赵直帆充满嫉妒地看着雨帘中的姜美祺。白小艺一边笑一边用相机不失时机地抓拍着照片。龙大章扯着姜美祺狼狈地逃到车里，他们互相擦着泥水。

赵直帆终于爆发了："小艺，别浪费胶卷了！"白小艺一愣："数码相机用胶卷啊？"二人对视了一下，都笑了。

白小艺问："赵哥，知道今天最开心的事是什么吗？"赵直帆疑惑："什么？"白小艺大笑："大章哥上山没捡着金蛋，却成了土豆下山。美中不足啊，刚才要是下冰雹就好了。"姜美祺说："小妮子，别幸灾乐祸啦，天晴啦。"

几个人向外一看，雨过天晴，阳光明媚。姜美祺说："这天可真是怪了。"龙大章说："听说这里的气候就这样，阴晴不定。没想到吴寄瑶的家乡这么美。"姜美祺说："可是，她在这儿住久了，美好的环境改变不了她熟视无睹的心境。"赵直帆说："别感慨了，我们吃午餐吧。"

草尖上挂着雨珠，几个人下了车，铺开塑料布野餐。

乡间大道上，黑色的奔驰车颠簸着，车里传出一阵阵欢声笑语。

白小艺说："赵哥，再说点儿你们念书时的事儿，我爱听。"赵直帆说："小艺，光你爱听不行啊，有人会不爱听的。"龙大章说："你只要别添油加醋，随意说。"赵直帆说："那我可就说了。先说龙大章，念书时家里那个穷啊，每顿饭啃两口咸菜就算吃菜了。后来，我们几个人打饭在一起吃，美祺每次挑出的辣椒都让大章吃了，以至于给我个他特别能吃辣的印象。昨天一验证，是个菜鸟。"白小艺问："大章哥，他说的是真的吗？"龙大章说："这个是真的。"赵直帆继续："再说美祺，是后转到我们班的，天天阴着个脸，有个男同学要欺负她，我把那小子揍得直喊美祺姑奶奶……"

一个坑把车颠起很高，打断了赵直帆的话。龙大章掏出那块彩色石头，"围着石头转"的纸条浮现在他脑海中。

他在伏龙区公安刑警大队门前下了车，直奔姜长庚办公室。此时，姜长庚正盯着那枚扣子，看着看着，那枚扣子就有了一丝血色……

龙大章兴奋地跑进来："报告师傅，龙大章已认真悔过，请求早日归队。"姜长庚说："你凭什么归队？"龙大章递上一张纸，纸里包着一小块石头："这是我的检查，写了一半儿。"姜长庚看着那张纸和石头，表情从喜悦到严肃："思路正确，措施不力，还要继续检查！"龙大章回答："是！"

望着龙大章兴奋地走出去的背影，姜长庚拿起那枚扣子和那块石头长久地思索着。他仿佛感觉到过去凤城涉黑组织的阴影总在他跟前晃来晃去。他从这个年轻人的身上看到了自己当年的影子。龙大章越是像他，他越感到不安。

赫老二用枪顶着姜夫人的脑袋，狰狞地笑着。姜夫人倒在血泊中。"砰砰砰"，赫老二被打了好几枪……王彪说："我的上线在龙城……他叫……"

周至祥敲门进来了，疑惑地向龙大章的背影望去，回头看着姜长庚问："服软了？"姜长庚点头："服软了。不过，服软了也不行！"

6

龙城质检站，赵直帆把碾盘沟的照片复制到电脑里。白小艺在旁边一张张地看，她兴奋地说："赵哥哥，你看这几张，抓拍得多好啊！我拍的。"赵直帆伸过头去看，那几张照片是龙大章在风雨中挣扎着，浑身是泥；龙大章和姜美祺满脸是泥地互相扶持着向车边走着；野餐时，姜美祺正用筷子夹一块火腿送到龙大章嘴里，龙大章的嘴咧得特别大。赵直帆脸一沉说："好什么好？"

他脑子里的一幅图始终抹不去——姜美祺从岩石上掉下来，龙大章一个箭步冲上去，姜美祺砸在龙大章身上，龙大章头部流血……

赵直帆想到这儿，就没头没脑地自语道："为什么受伤的不是我？"

白小艺不解地问："赵哥哥，你怎么了？难道你希望受伤的总是你啊！"

赵直帆的手机响了，他白了白小艺一眼，接电话："老妈，又啥事儿啊？……打对光，又安排相亲……不见！就是仙女下凡也不见……我二舅妈？不见不行……不走？定在金阁饭店二〇八……孟宪姿……好，我一会儿去行吧。"白小艺笑道："赵哥哥，你相亲，我走啦。"

白小艺吐了吐舌头走了。赵直帆放下电话，把白小艺说好的那几张照片从电脑里删除了，把姜美祺拿着一朵鸽子花的照片设置成了桌面，凝神看着。

金阁饭店，一个朴素大方的建筑。207餐室里，餐桌上摆着两个毛菜，龙大章和姜长庚谁也没有动筷，两个人盯着几块毛石发着呆。姜长庚低声问："你是说碾盘沟山上的这种石头就是造假原石？"龙大章悄声地说："这个，我找小晴鉴定过了。从卖石头的小贩儿和村民的说法看，制假窝点就在碾盘沟。"

姜长庚拿着两块石头和那假鸡血石对比着："大章，我当众抹了你的脸，你不怨我还请我？"龙大章说："师傅，这两天我想明白了，我们天天跟在犯罪分子屁股后面跑，虽然能破案，但是弥补不了犯罪给受害人造成的精神及物质损失。我要接地气，争取离犯罪分子近点儿、再近点儿。我们不能变成瞎子、聋子，要走进社会各个层面。"

姜长庚点了点头："是啊，大章，都说我们的天网疏而不漏，那只是报纸上宣传用的。最近，我很不安，龙城并没有表面上那么太平，我感到几股'黑雾'正在升起，这几股黑雾会无孔不入。我老了，你能担当治'霾'这一重任吗？"

龙大章说："师傅，我也在试图理清龙城的各种势力。我们虽然势单力薄，但绝不允许邪压正。"

姜长庚说："大章，鸡血麻神被盗案、吴寄山溺水案，似乎和龙城的黑恶势力有着某种联系，我明察，你暗访？"

龙大章点头道："是，师傅，我们殊途同归。（两杯酒碰到了一起）我请求从碾盘沟制假作坊入手，顺藤摸瓜，找到鸡血麻神。"

姜长庚说："好，我批准了。（向外喊）服务员！"

赵直帆穿着怪异，边往金阁饭店二〇八餐室跑边喊："来啦——来啦——"

一见赵直帆闯进门，坐在方桌旁的孟宪姿脸上挂着的期待的微笑瞬间收了起来。她很有礼貌地站起来，审视着赵直帆。

赵直帆轻浮地绕着孟宪姿转了一圈儿说："孟仙子？"孟宪姿一字一顿地说："不，孟宪姿。"赵直帆摇头晃脑、一本正经地说："错，就你这姣好的面容，就应该叫孟仙子。仙女下凡——对了，着陆点有点儿不对。当过演员？"孟宪姿矜持地回道："没有。"赵直帆摸着自己的下巴说："别谦虚，我想起来了，拍过《西游记》吧？"孟宪姿摇头："这个，真没有。"赵直帆把脸凑过去说："太像明星啦！"孟宪姿羞涩地问："像谁？"赵直帆轻浮地笑道："就那一群被孙悟空一棍子打死的……"

孟宪姿气愤地说："你这是侮辱人！"说完一甩袖子走了。赵直帆望着她的背影，得意地笑了。他用手捏了一条咸菜放到嘴里，喊："服务员，买单！"

龙城的夜晚，薄雾如纱，一轮明月从城市的东南升起时，一天的喧嚣就要结束了。

姜长庚回到家里的时候，姜美祺和白小艺正在对着一盆饭皱眉。白小艺说："姜爸，你没回来，大姐把饭做煳了，你快尝尝吧。"姜长庚说："用电饭锅能做煳了饭，也是奇葩。这回显示出爸爸的重要性了吧？不过，我总不能给你们做一辈子饭吧？"

姜美祺说："爸爸，你似乎很纠结啊。"姜长庚若有所思："是啊，昨晚我做梦又梦见你妈妈了，她责备我怎么还不张罗你的婚事。"白小艺抢道："姜爸，你不知道，追我大姐的人可多了，龙哥哥，赵哥哥……还有我不知道的呢。"姜美祺说："小孩子别瞎说！"白小艺："我没瞎说，那一个望穿秋水，一个牵肠挂肚……"

姜长庚说："嗯，我小闺女观察力强。小艺，依你看，你大姐应该答应谁？"

白小艺看看美祺，又看看姜长庚，头歪向了姜长庚："赵哥哥呗。"姜长庚问："为啥？"白小艺掰着手指头说："你看啊，人家是官二代，有钱又有前程，对大姐又热情……我们班的同学议论过，嫁人就要嫁这样的人，就是当小三儿，也划算。"

姜美祺站起来说："你个叛徒，看我不揍你！"白小艺躲在姜长庚身后说："姜爸，我得罪大姐了。她是向着龙哥哥的。"姜长庚问："那你为什么不顺着她说？"白小艺对姜美祺说："你说，你那龙哥哥能给你什么呀？能给你什么呀？"

姜长庚护着白小艺："真是的，你都赶不上个小孩子。"姜美祺若有所思地说："爸爸，我只想有一次婚姻。今天中午参加了小学同学的二婚婚礼，有一种让人说不出的滋味……"

白小艺说："大姐，说说。"姜美祺说："新娘是我同学，原来是博物馆被开除的刘尔贵媳妇。你猜新郎是谁？爸，你同学，上咱家找你办事儿，被你哄出去的那个，叫李明鑫什么的。"

姜长庚说："李秃子啊，这个人，你要说吃啥有毒，他会尝尝；干啥犯法，他会试试。他给我发请帖了，我没去。可这跟你的婚姻有什么关系呢？"

姜美祺坚定地说："我要嫁一个有理想、有抱负的正直的人。"姜长庚说："我知道你说的是龙大章，可朱丽雅在追她，你不能横刀夺爱。"姜美祺说："每个人都有爱的权利，我们要平等竞争。"

没等姜美祺说完，姜长庚一摆手，进卧室了。

7

每个夜晚来临的时候，敖拉倚总有一种孤独感袭来。她一袭蓝边儿白衣，脸上贴着面膜，立在自家的阳台上，有无尽的心事。她或是默默地欣赏着这座城市的夜景，或是想着往事。

与她同样心累的还有一个人。神秘人一身黑衣，后面站着金疤瘌，居高临下地审视着这座城市。龙城的夜晚车水马龙、流光溢彩，这是他们赏不完的风景。

刑警大队院内，一辆没有牌照的黑色越野车悄悄地从车库开了出来，向门口驶去。灯光处，朱丽雅立在门口。龙大章从车窗探出头说："丽雅，让一让，我要出去。"朱丽雅说："带上我。"龙大章说："你知道我干什么去，就带上你。"朱丽雅说："不管你是吃喝嫖赌抽还是坑蒙拐骗偷，都得带上我。"

龙大章说："我要下乡，八十多公里的山路，这一夜可能要风餐露宿呢。"朱丽雅说："那我也去。"龙大章无奈："真拿你没办法。上车吧。"

朱丽雅很高兴地蹿上了车，车向外驶去。穿梭过这条城市的流线，便分离到夜幕下的郊外。

漆黑的山路上，那辆黑色越野车在颠簸，车外不时惊起几只野兔或野鸟。车内，龙大章专注地看着前方。朱丽雅靠在副驾驶的位置上看着车窗外匆匆闪过的树，远处的蓬草像静卧的大牛，黑黢黢的，很吓人。

朱丽雅问："大章，我们到底要去干什么？"龙大章答："捉鬼。"朱丽雅问："为什么非得晚上去呢？"龙大章笑道："绝大多数鬼是在夜里活动的。你不怕吗？"朱丽雅说："跟你在一起，我什么都不怕。"

龙大章笑了："那么，我给你讲个鬼故事吧？"朱丽雅捂上耳朵："不能讲，我从小最怕鬼了。"龙大章大笑道："我说不让你来你偏来吧。其实，世上最可怕的不是鬼。"朱丽雅疑惑："是什么？"龙大章说："是人，是那些心怀鬼胎的人。我们要做的，就是铲除这些人中之鬼，还百姓一个和谐社会。你闭眼默念'正气贯通任督二脉'，念十遍，就什么也不怕了。"

朱丽雅闭眼默念完十遍，兴奋地说："真的好管用耶！"

越野车七扭八歪地穿过树林，悄然停在了村外。龙大章和朱丽雅穿着便装从车里出来，向山上的村庄走去。朱丽雅颤抖着说："大……章，我还是有点儿怕……为什么不把车开到村里。"龙大章轻声说："那样会惊动村里人……"

"扑棱"一只山鸡飞起，一只猫头鹰尖笑着从朱丽雅面前飞过，朱丽雅尖叫一声扑到龙大章怀里。她牵牢了龙大章的手，再也不松开。

碾盘沟吴寄山家的大门仍然紧锁着，有微弱的灯光从屋内透出。龙大章和朱丽雅轻轻地跳过土墙，来到屋门前，发现门上着锁。龙大章轻轻地敲着门，里面没有一丝声音。他拿出一根铁丝，轻轻拨弄了一阵，锁"啪"的一声开了。他们推开门向屋里走去。

打开东屋门，眼前是吴寄山的大幅黑白照片。朱丽雅又尖叫一声扑到龙大章怀里。龙大章轻声呼唤着"朱丽雅"，半天，朱丽雅才缓过那口气来。二人定睛一看，发现照片前点着一盏长明灯，还有人烧纸的痕迹。炕上的被褥叠得整整齐齐。堂屋，堆着些啤酒瓶等杂物。

西屋，门上着一把大锁。龙大章拿出钢丝，费了很大劲儿才打开锁，屋里的东西盖得严严实实。打开来，里面有小型切割机、磨石机和一些玻璃器皿。龙大章用手指蹭了一下，发现有一种红色染料。他打开一个盖板，发现一个地窖形的地方，有一股刺鼻的气味直让朱丽雅捂鼻子。

龙大章边取样边说："这应该是煮石头的地方，正利用地热煮着石头呢。"

他们又察看了其他地方，果然有一口大锅冒着热气。龙大章盖上盖子，收拾成原样，走了出去。他把锁子锁好，悄悄向山下奔去。

第八章　青锋指假，雨夜出击

1

太阳照在契丹文化广场上，于伟绩领着几个工匠在做着契丹彩绘。随着契丹博物馆对外开放，契丹文化热正像龙城的天气一样升温。

敖拉倚家的小祠堂里，香火闪烁地照在敖拉倚先人的画像上，小祠堂便显得很诡异。敖拉倚跪在先祖像前读着书："契丹首领耶律雄黄下令部下敖拉将军带武士九人进去对宝藏外椁做最后处理。他们完成任务后，发现出去的门已被封死。洞里十人分头寻找出口，食蛇度命。后来，有九人相继被暗流淹死。蛇尽，敖拉将军食人肉而未放弃寻找。七七四十九天后，敖拉将军执开宝钥匙和部分财宝从一个狭窄险峻的山洞里逃了出来，后人称之为再生洞……"

敖拉倚执香而拜："先人啊，书上说的都是真的吗？你真的就是传说中唯一逃出来的人吗？那个山洞在哪儿？打开宝藏之门的钥匙在哪儿？你还是托梦给我吧，我是契丹人的后裔，我有权找到和拿回我们契丹的宝藏。先人啊，给我指条明路吧……"

伏龙区刑警大队，龙大章疲惫地在龙城地图上画了一条红线。他想，这是神秘的敖拉教授给他指引的一些人制假、售假的线路图——石头就地取材，隐蔽加工打磨，偷偷进入市场。朱丽雅望了望龙大章画的红线问："这个制假窝点和鸡血麻神案有关系吗？"

这时，姜长庚、周至祥、鲁运进来了。姜长庚看了看地图说："声明一下，关于龙大章处分一事，因案情紧急，暂缓执行。你马上给我上岗干活儿。"周至祥颇感意外地看了看姜长庚，又看了看龙大章，面冷如冰。

姜长庚平静地说："你们可能会说我出尔反尔，可是，我跟你们说，龙大章在背着处分期间，毫无怨言，不忘使命，掌握了假鸡血石方面的线索。大章，说说调查情况。"

龙大章站起来，敬个礼："报告姜局，昨天，我发现碾盘沟村吴寄山家被一个南方人租下，疑似用作制售假鸡血石的窝点，市面上的假鸡血石可能就是从这里出去的。昨夜，我和丽雅又去核实了一下，他们的制假工作正在进行，设备还在，估计他们马上会回来进行深加工……"

周至祥不以为然地说："既然发现了就抓吧，嚷嚷什么？我们刑警大队主要抓的是大案要案，打假是其他部门的责任，不能眉毛胡子一把抓。"

龙大章看了看姜长庚，没有吱声。

姜长庚说："你们说得都有道理。不过，现在还不能急于抓人，我们要会同有关部门，既要摧毁龙城制作假石头的系统，又要追踪鸡血麻神案的线索。"他回过头郑重地宣布："下面，我布置一下任务。一组，由周副大队长带队，前往周边省市，从那里查找假鸡血石的根源及销售情况。二组，由鲁运负责，摸清龙城鸡血石有无售假情况，同时到社区走访群众，寻找武玉鹏的行踪。三组，由龙大章负责，带领朱丽雅化装成游客，监视吴寄山家。记住，各组必须秘密行动，以石找人，不可打草惊蛇。"

周至祥闷闷不乐地回到家里，让他去外地调查假鸡血石，他一百个不愿意，但又不好公然抗命。聚光灯下，他用放大镜反复地看着家里收藏的鸡血石。他拿起那对巴林石对章用一个聚光灯照着，脸色也由红转成了绿色。他气愤地把对章扔在地上说："可恶，真可恶，我还拿着这假石头当宝贝呢，钱胖子这龟孙！"他正在发牢骚，电话响了。他看了看左右，小声地接起电话……

那栋豪华住所里，神秘人放下电话，向窗外深深地望着，他隐约地看见了钱如意的宏运奇石城。金疤瘌问："大哥，有什么问题吗？"神秘人说："龙城要起风了。"金疤瘌不屑道："大哥，啥风能吹到我们啊。打黑扫黄，我们的前边有钱胖子、李秃子等人挡着，到我们这儿……"

神秘人打断他的话："公安查到假巴林石制作窝点了。"金疤瘌说："那不正合我们的意吗？大哥不早就想拔了宏运奇石城这根肉刺吗。"神秘人说："风是冲假巴林石去的，只怕风不止于打假。我们在龙城没卖过一块假石头，没什么好怕的，这对我们来说是好事，只有扼制其他势力的发展，我们的'东北新干线'才能安稳地、长久地暗香浮动。只是我有一事想不明白，是谁给那个小公安提供的线索呢？"金疤瘌说："大哥，我让下边的人好好查查。"

2

绿草漫上了鸭鸡山山坡，鸭鸡山便成了艺术挂毯。

敖拉倚和白小艺坐在一块大石头上，向山下眺望着。山下的欧式草原风光使白小艺很兴奋，她向山下跑去，却被一块石头绊了一跤。她回身踢了石头两脚，惊奇地喊起来："敖拉姨，这石头上好像有字耶！"

敖拉倚正心不在焉，听到喊声，走到白小艺身边，发现石头上似乎有几个斑驳的字迹。她叫白小艺拿来矿泉水浇上，那字迹更明显了些，只是不像汉字。敖拉倚喃喃道："神鹿庙？"

她拿出相机，认真地给石头拍了照片，又到车里拿出敖拉维国笔记，找到其中一页念道："有一天，景宗皇帝骑马来到湖边，有一只大鹿从山下的树林里出来。景宗举弓飞射，鹿用嘴叼着箭往山里跑去。景宗骑马追鹿，直至一座大山前，山上发出一股佛光，鹿不见了，出来一个银白胡须的老翁说：猎鹿对你朝廷不利。景宗信为奇首可汗显灵，慌忙跪拜，并认为此山就是契丹的神山木叶山。于是，回府下诏：今以后不许猎鹿，并于公元九六九年在木叶山建起神鹿庙……"

白小艺直听得目瞪口呆，不解地问："敖拉姨，整天拿这本破笔记看。这里面说的是真的吗？"敖拉倚放下笔记："谁知道呢？传说，真真假假害死人的鬼传说。"

这时，她们发现一辆越野车蜿蜒地开上山来，从她们不远处颠簸而过。

白小艺望了望说："敖拉姨，开车的好像是龙警官，那边是朱警官。"她刚要打招呼，敖拉倚制止了她："他们或许有任务，不要打扰他们。小艺，帮我把这石头埋起来。"

敖拉倚从越野车上拿下铁锹，二人费了很大劲儿才把石头埋了起来。她们又捡了一些石头做上记号，才向车边走去。白小艺擦了把汗问："一块破石头有啥用？"敖拉倚说："你敖拉姨半辈子就是和这些破烂打交道，走，咱们去那边看鸽子花吧。"

碾盘沟村的山坡上，越野车在一棵大树后停了下来。龙大章和朱丽雅穿着旅游装，像一对上山游玩的情侣。敖拉倚的车也在不远处停了下来，她和白小艺看着龙大章和朱丽雅的背影，眼睛里流露出羡慕的神色。

小虫飞舞着，朱丽雅采了一大把野花，驱赶着蚊虫："这么好的草原风光让蚊蝇给搅局了。"龙大章说："所以，多好的风光也要远观而不可近玩，多想想它的浪漫就好了。"朱丽雅问："大章，我们在哪儿落脚？"龙大章向一丛小树后一指："就在这儿吧，最佳观察点。"朱丽雅突然喊道："哎呀，大章，虫子钻我裤子里了。"龙大章问："在哪儿？"朱丽雅指大腿处："在这儿。"龙大章一把捏过去，把虫子捏死了。朱丽雅脸红了。

敖拉倚对正盯着龙大章的白小艺看了一眼说："走吧，没觉得我们在这儿是多余的吗？"

敖拉倚拉着白小艺再回到鸭鸡山的时候已是傍晚，落日从长长的树影边斜射下来，残阳如血，紧接着变成了紫红色。紫色的黄昏，笼罩在鸭鸡山的草原上，再有青春靓丽的白小艺加入，整个风景透出一抹紫红色的浪漫。敖拉倚下车独自坐在山石上，面对如此美丽的黄昏，似乎有一种落寞的感觉。想当年，她就是像白小艺一样阳光灿烂。可是，黄昏来了，之后是无边黑夜的脚步，对她可能是个不眠的夜晚。夕阳，红得像是她在先人的画像前点燃的一炷香，燃烧着她无尽的惆怅……

白小艺采了一大束鸽子花回来，脸上挂着幸福的表情："敖拉姨，（向南指）那边龙警官他们好像也是来野游的，这么长时间没回来，怕是要野营吧？"

敖拉倚向远处望了望，看了看身后的山洞说："管他呢，我们下山吧。"白小艺跟着敖拉倚向车边走去，一边走一边向龙大章他们的方向张望。

碾盘沟村的山坡，晚霞消退，天地间就变成了银灰色。碾盘沟村，乳白的炊烟和灰色的暮霭交融在一起，墙头、屋脊、树顶若隐若现，飘飘荡荡。小蠓虫开始活跃，成团地"嗡嗡"飞旋。布谷鸟在河边的树林子里，用哑了的嗓子鸣叫着。猫头鹰不知道受了什么惊动，大笑着，飞向山林。树后的越野车里，响着《送别》："长亭外，古道边，芳草碧连天。晚风拂柳笛声残，夕阳山外山。天之涯，地之角，知交半零落。一壶浊酒尽余欢，今宵别梦寒……"

夜幕笼罩，一轮圆月从鱼鳞般的云隙中闪出，碾盘沟的山坡上弥漫起朦胧的月光。

朱丽雅抬头望着深蓝色的天空说："大章，今晚的月色多美啊。"龙大章说："是啊，任何地方、任何时候月色都是迷人的。月的使命就是让黑夜不再可怕，给人们送去一片光明和希望。"朱丽雅问："你是在赞颂我吗？"

龙大章说："是赞颂你，更是在赞颂我们神圣的职业。丽雅，你到后座去睡，我盯着。"朱丽雅问："就这么睡了？"龙大章说："不这样又能怎样呢？想当年，契丹王朝车帐为家的时候，当个皇帝也没现在这条件。"

朱丽雅躺在后座上，听着风吹树梢"哗啦哗啦"地响，蛐蛐没完没了地叫，像是在听一曲童话世界的交响曲，她幸福地睡去。龙大章把车前座往下放了放，也闭上了眼睛。这一夜，不知二人是否有梦。

时光飞度，一轮红日从地平线上冉冉升起，为夏日的草原镀上一层金色。草叶上的露珠，像镶在翡翠上的珍珠，闪着晶莹剔透的光华。朱丽雅走在草丛中五颜六色的花草中间，向车上熟睡的龙大章望了望，拿出面包和矿泉水。

龙大章起身伸了个懒腰，与朱丽雅说着话，眼睛却盯着吴家，整个碾盘沟都笼罩在炊烟里。朱丽雅一双大眼睛看着龙大章："大章，你说咱们队那么多人，为什么姜局总是让咱俩搭档呢？"龙大章漫不经心地说："用我，是因为我熟悉地形；用你，可能是实在找不着合适的人选吧。"朱丽雅自我陶醉、羞涩地说："错——主要是师傅看着咱俩和谐、般配，像是天生的一对。"龙大章眼睛向吴家望着："化装侦察又不是化装舞会……"

后面似有响动，龙大章回头一望，发现姜长庚拿着望远镜过来了，说："哇，师傅来无影去无踪啊。"姜长庚得意地说："想当年我是侦察兵中的尖刀呢。俩人说什么呢？"朱丽雅答："说您为什么总让我俩搭档呢。"姜长庚问："怎么，你俩搭档不好吗？"朱丽雅说："不好，他一点儿人情味也没有。"

姜长庚意味深长地看了朱丽雅一眼："那——我把你大师兄调上来？"朱丽雅说："不能换，将就着吧，换个柳木再来个朽木，哭都找不着调。"姜长庚说："忘了给你们配望远镜了，这玩意儿，高倍。（递给龙大章）监视的情况怎么样？"

龙大章说："三天了，他家也没来个人儿。"姜长庚问："这说明什么？"龙大章用望远镜看了看："我想还不到'出锅'（石头打磨）的时候。"姜长庚点头："有道理，我拉你们转一圈儿。"

姜长庚的越野车颠簸在山路上，透过一丛树林，龙大章还在用望远镜监视着吴寄山家。朱丽雅望着七叉八叉的路说："师傅，我们走错路了。"姜长庚说："现在迷路不可怕，怕的是抓捕时迷了路。这路像树枝一样，很容易走错。"朱丽雅说："原来师傅是在探路，我还以为是关心我们的疾苦呢。"龙大章向吴家一指："丽雅，你看。"顺着龙大章手指的方向，朱丽雅望见有人进了吴寄山家的院子。

镜头拉近，吴寄山家。一个南方人打开了门锁，贼头贼脑地看了一圈儿，进屋里了。龙大章的电话响了，他把望远镜交给朱丽雅说："丽雅，你继续监视。"姜长庚看了龙大章一眼问："什么情况？"龙大章看了看手机，发现是姜美祺打来的，按了拒接键说："目标出现了。"

三个人回到碾盘沟的山坡上，姜长庚把水和面包等食品从车里拿出来，开车走了。龙大章和朱丽雅目送着姜长庚的车迤逦而去，才知道师傅看似粗心，实则缜密。龙大章拿起望远镜向吴家扫描着，电话响个不停，他只好接起电话："美祺……我这儿有任务，没顾上跟你说……公安这活儿就这样……"他看了看朱丽雅，把脸转了过去："不……不是……是和鲁运……买房子？这事儿你找寄瑶商量，她内行，拜。"他按了电话，电话又响起。

朱丽雅看了看龙大章："接吧，你就说跟我在一起呢，看能不能醋漫龙山啊。"龙大章不好意思地接起电话："美祺，啥事儿啊……电话里说不清？我这儿走不开啊……必须回来？挂了。"

龙大章无奈地看着朱丽雅。朱丽雅揶揄地说："这都到研究新房的份儿上了，就回去一趟吧。"龙大章说："可是……你自己……"朱丽雅说："没事儿，少了胡屠户，不吃带毛的猪。我不怕，我什么也不怕，揭谛揭谛，波罗揭谛。"龙大章不解："什么意思？"朱丽雅说："佛教《心经》中的句子，去吧，去吧，到彼岸去吧。祝你们早日修成正果！"龙大章为难地向车边走，回头说："我速去速回。"

越野车穿山越岭，穿越市区，在一片楼区前停下来，姜美祺拉着龙大章向宏大公司售楼处走去。

龙大章问："美祺，你急三火四地叫我回来，到底什么事儿啊？"姜美祺笑而不答，向小金子要过一页楼房平面图说："大章，你看这套房子怎么样？"龙大章说："好是好，可是我只能看看了。对于我这样的人来说，研究也是白研究，真金白银的得给人家掏出来。"

姜美祺说："我想和你合着买。寄瑶说了，给我们最大的折扣。"龙大章低沉地说："以我现在的经济状况，你只有绝对控股了。美祺，你叫我回来，就为看看房子？"姜美祺问："你还记得你前几天和我说过的话吗？"

前几天的情景历历在目。那个夜色朦胧的晚上，龙大章抱着姜美祺旋转时信誓旦旦地说："美祺，等你确定留在龙城，我就向你郑重求婚。"说这话的时候，曼丽酒吧的《爱一个人好难》响起："事到如今没有答案，我的真心为你牵绊，不管相见的夜多么难堪，简简单单地说爱是不爱。想要把你忘记真的好难，失恋的痛在我心里纠缠……"

姜美祺从包里拿出一个盒子，打开来，是一块闪光的手表。她期待地看着龙大章。龙大章望了望西沉的太阳说："美祺，改天我向你郑重求婚，今天得和师兄执行任务去了。"姜美祺失望地走出售楼处，喃喃地说："师兄，朱丽雅是你师兄啊？荒郊野外，孤男寡女，朝沐霞光，暮宿朗月，你这个花丛健将过得很幸福啊！"她甩袖向外而去。

龙大章追过去："美祺，我向你保证，绝不擦出火花，绝不失火烧身，绝不……"姜美祺没有停留，她期待的求婚仪式变成了绝尘而去的笛音……

3

碾盘沟的山道上，龙大章把所有的遗憾都踩在了那辆越野车的油门上，道路两边的景色黑黢黢地"唰唰"退去，惊起的是无数的虫鸟，远远的鸭鸡山的轮廓以及星星点点的灯火。龙大章一手扶着方向盘一手打着电话："丽雅，快了……这回真快了……你要是害怕就别挂电话，我一直和你通着话。"越野车惊起的猫头鹰"扑啦啦"地撞在前挡风玻璃上，龙大章的头撞在车顶上。

万籁俱寂，蛙叫虫鸣。朱丽雅惊恐地在野外用望远镜观察着吴寄山家。吴寄山家漆黑一团，没有一点儿动静。朱丽雅焦急地看了看表，自言自语着："这个死大章，快十点了还不来！"突然，她尖叫了一声："鬼火！"

吴寄山家两个像眼睛一样的东西，红红的像是在院子里游荡。朱丽雅扔下望远镜和手机，缩在草窠里。终于，两束灯光忽闪着，一辆越野车停在了她的面前。龙大章从车上跑了下来。朱丽雅愣了一下，跑过去，紧紧地抱住了龙大章，蜷缩在龙大章怀里，身体瑟瑟发抖，衣服已被汗浸透。

朱丽雅的眼泪像两行断线的珍珠，她使劲儿捶着龙大章："把我一个人留在山上，你……就不知道我怕鬼吗？"龙大章给朱丽雅擦眼泪说："对不起，出城时堵车了。"朱丽雅又抱住了龙大章："什么堵车，你是属猪八戒的，你不怕我堵心吗？（向吴家指）看那儿——鬼火又来了！"龙大章笑说："真害怕了？还人民警察呢。"朱丽雅点点头，直往龙大章怀里钻。龙大章说："别怕，他们开工了。"

吴寄山家像鬼火一样的东西飘了几下没影了。朱丽雅还惊恐地望着那个神秘的小院。

敖拉倚家一楼小祠堂的祖像前，香火明暗闪烁，祖宗牌位前多了一张神鹿庙的照片。敖拉倚跪下双手合十："列祖列宗，我已把神鹿找到请回。我正在扫清阻碍，尽一切努力请回麻神，找到地图，光复我契丹敖拉家族，请保佑我。"

匆匆上班的人流和车流喧闹了龙城的早晨，也惊醒了敖拉倚的祈祷。她走上阳台，想起金疤痫说的买回鸡血麻神的话。可她有几天没见到金疤痫了，她希望金疤痫能给她带来有关鸡血麻神的确切消息。她站在阳台上，希望看见那个胖得有些憨厚的仆人的儿子出现，可是只看见龙大章和朱丽雅的越野车满身泥土地向刑警大队驶去。

刑警大队会议室，刑警们整齐地坐在会议室里，气氛很严肃。姜长庚说："各组把情况汇集一下。"周至祥说："周边几座城市的假鸡血石是在一年前出现的，曾经充斥安城藏石市场，进货渠道就是我们龙城。据卖石头的小贩讲，最近这种假鸡血石很紧俏，不容易进到货，只是在石头贩子间来回倒手，价格明显回升。"鲁运说："龙城的情况比较乐观，我们秘密查访了大小藏石市场，竟然没有发现一块假鸡血石……"

周至祥打断鲁运的话："我不知道鲁警官的结论来自哪个部门还是自己主观臆断，如果是来自哪个部门，就会大错而特错，因为有的监管部门已经和售假者坐到一条板凳上了；如果是鲁警官自己调查的，那么可能粉饰了太平或是眼神儿有问题。"

姜长庚说："周队说得很有道理，事实马上就要'揭锅'。龙大章汇报一下他那边的情况。"

龙大章站起来："碾盘沟吴寄山出租屋的承租人已经回到屋中，灯火从每天晚十点亮到早晨四点左右，已持续了五天，说明他在夜间加班加工。"

姜长庚说："各位，为什么我们龙城没发现假石头？一是造假者不在鸡血石的发源地销售，怕被认出来；二是有些不法商贩和有关部门、人员有着不可告人的交易；三是，假石头摆在我们面前，我们能认出来吗？下面，我布置一下收网任务。第一组由龙大章负责，一天二十四小时继续监控碾盘沟制假点，一旦发现假石头外运或销售，当即发回信息。第二组由鲁运负责，随时听候调遣，全力收网。第三组由周至祥副队长负责，在第一组行动结束后，会同相关部门强力打假，让假石头从龙城彻底消失！"

龙城晚报社，采访中心新闻策划会议正在进行。

陈立言正襟危坐："我们继续讨论，美祺，说说你负责的法制、生活方面的新闻策划。"

姜美祺说："大家好，我们小组负责的法制和生活方面的新闻采写，肩负着净化龙城物质文明和精神文明的重任，法制报道我们要处理好及时跟进与保密制度的矛盾……"

陈立言打断姜美祺的发言："你的发言让我很失望！怎么都是这些套话、瞎话、废话呢？我们办的是都市报，在纸媒江河日下的今天，你们还在唱着岁月静好，说着不痛不痒的车轱辘话，报业能发展吗？我们再也不能躺在安乐窝里等新闻了，我们要紧跟有关部门的步伐，紧些紧些再紧些，近些近些再近些。比如，美祺，你不是有个当公安的爹吗？不是有个官二代的……同学吗？鸡血麻神案进展如何？倒是追啊！那个不学无术的于伟绩掌控着博物馆却大案频出，你给曝光了吗？散会！"

挨了一顿呲儿的姜美祺第一个从会议室里走出来，一个光头男记者追过来："姜组长，'有爱才有家'大型访谈活动还搞不搞啊？"姜美祺一脸情绪："说不搞了吗？你们就是不吃饭，也得给我拿出点儿像样的东西来！"

姜美祺走出办公室，来到大街上。她自言自语着"有爱才有家"，拿出那块表，眼前出现了她和龙大章相拥旋转的情景。可是，越怕什么越会来什么。她抬眼一看，就见前方两个熟悉的身影——朱丽雅扶着大章的肩倒鞋里的砂粒。

她想绕开，龙大章发现了她，挥手招呼："美祺！"姜美祺酸酸地说："哟，黄金搭档练造型呢？"龙大章不好意思地一笑，问："忙啥去？"姜美祺看也不看他们，说："不是有个吃着盆儿、望着碗儿、看着锅儿的多角恋爱吗……别紧张，我可没心情采访这事，有个征地上访的事，本姑娘要去看看！"

姜美祺向龙大章冷冷地一笑，又向朱丽雅挑战般地看了一眼，走了。龙大章傻傻地看着美祺。朱丽雅手在龙大章眼前晃："哎，眼睛不过火了？我们先去吃饭吧，吃完还得上山呢。"

二人找了个小吃部临窗的位置坐下，要了两碟炒菜、两杯饮料。刚要吃饭，龙大章的电话响了："美祺……你要跟我去完成任务？……我的任务怎么能带你去呢？……违反纪律……等到能报道时我马上通知你……乖……别闹了。"

他挂了电话，拿起筷子。朱丽雅看了看龙大章，揶揄地说："大章，我看外国电影里，有一种芯片植入体内，对方就能掌握你的一切。"龙大章笑了笑问："哪儿有卖的？"朱丽雅说："这还当了真了。哎，这几天尽吃干粮喝矿泉水了，中午好好地吃一顿吧？"

她正在给龙大章夹菜，一抬头，看见姜美祺拿着个饭盒正虎视眈眈地望着自己。服务员问："请问，来几盒啊？"姜美祺头也不回地说："不要了。"她转身就走，饭盒"哐当"一声扔在了地上。

龙大章追出门外："美祺！"姜美祺回头，梨花带雨地一笑："举案齐眉、相敬如宾呢？你的任务确实很重要！"龙大章解释道："工作餐，就是……"姜美祺气道："吃吧，别误了你的好事儿。"说完，跑了。龙大章呆呆地望着姜美祺的背影，捡起餐盒。朱丽雅望望姜美祺远去的背影，笑眯眯地看着龙大章："吓够呛吧，汗都出来了，擦擦？"

姜美祺独自郁郁寡欢地走着，走过敖拉倚家楼下，听见了敖拉倚带有一种夸张的声调在朗诵着汪国真的诗："有一个未来的目标，总能让我们欢欣鼓舞。就像飞向火光的灰蛾，甘愿做烈焰的俘虏……"

白小艺停止了弹钢琴，来到敖拉倚身后。敖拉倚看着楼下走过的姜美祺说："小艺，怎么不按我教你的指法练了？"白小艺说："敖拉老师，你的朗诵打动了我，又看啥书呢？"敖拉倚说："汪国真的诗歌简直太美了，这一首《嫁给幸福》让我百读不厌。"白小艺向楼下一望，也看见了姜美祺，她想喊，却被敖拉倚制止了。敖拉倚低沉地说："你大姐应该有平静的幸福……"

姜美祺看见姜长庚向这边走来，匆匆地向拐角走去，耳畔还在回响着汪国真的《嫁给幸福》："只知道，确定了就义无反顾。要输，就输给追求；要嫁，就嫁给幸福……"

敖拉倚和白小艺从阳台上回到书房，琴声又弥漫了整栋小楼，却激不起敖拉倚的快乐，她低沉地自言自语："要嫁就嫁给幸福……"

姜长庚不知何时站在了身后："谁要嫁给幸福啊？"敖拉倚幽怨地说："老姜，你？我这儿一宽松，你上楼也不打招呼了。"姜长庚从包里掏出六千元钱放在桌子上说："小倚，门没关。你教小艺这么长时间了，这点儿学费你必须收下。"

敖拉倚说："老姜，我教小艺不是因为钱，更不是看在你的面子上。"

白小艺诡秘地看着他们说："敖拉老师，姜爸，我同学找我有事儿呢，我先去了。"她向姜长庚扮了个鬼脸，向门外跑去。

敖拉倚沉默了半天，背过脸去："老姜，你对我，除了钱就没有别的可弥补的吗？"

姜长庚说："小倚，你一个人也不容易。"敖拉倚喃喃道："你还知道我不容易啊？"她幽怨地望着姜长庚，把那六千元钱塞到姜长庚手里说："你走吧，我不缺钱。"姜长庚鼓起勇气说："小倚，等美祺成了家，我重新向你求婚，请给我时间……"

敖拉倚没说话也没有动。姜长庚把钱放在桌子上，快步下楼了。过了一会儿，敖拉倚站在窗前，看着市区的风景。楼下，姜长庚回头向敖拉倚的楼上望着……敖拉倚站在窗帘后看着姜长庚，喃喃自语："风云际会，要下雨了。"

4

一道闪电，一个炸雷。去碾盘沟的山道上，雨帘中，那辆越野车在颠簸，龙大章紧张地注视着前方。朱丽雅看了看外面的雨说："大章，这么大的雨，我们还去吗？这天气他们不会出货吧？"龙大章说："越是这种天气越要看得紧些，不然我们十几天的努力就白费了。"

闪电照在两个年轻人的脸上，"咔——"一个响雷，前面的道路已经看不太清了。越野车在树林里停了下来，龙大章和朱丽雅一边下车一边打伞。一道闪电划破夜空，雨水从龙大章和朱丽雅的伞上流下来。

朱丽雅说："要不，我把车开过去吧，避避雨。"龙大章说："不行，听见车声他们会警觉的。你上车避雨，这儿我自己来。"

正说着，雨水打在龙大章的脸上，龙大章打了个冷战。朱丽雅靠了过来。龙大章顾不得擦脸，向山上走去。在一棵大树下，龙大章抹了一下脸上的雨水，拿起望远镜向对面的吴家望去。

通向碾盘沟的村道上，一辆小厢式货车在泥泞中颠簸地行驶着，闪电照亮了车内人的脸。吴寄山说："哥们儿，雨过了再走吧，这要是掉沟里去，就玩儿完了。"南方人说："那怎么行的啦，耽误了时间是违约的啦。我可以给你加点儿钱的啦。你到底熟不熟悉路啊？"吴寄山点头："这个，我熟。"南方人说："那还说什么呢，好好开车的啦。"

吴寄山家的灯又亮起来了，窗口，两个绿色的"眼睛"在闪烁。山坡上，龙大章的伞被风刮坏了，他通身如水洗了一样。龙大章指了指吴家："看见了吗，今天吴家有什么不一样的？"朱丽雅靠在龙大章身上抖着："绿眼睛！阴森森的，有鬼啊！"龙大章说："什么鬼，这是信号，要出货了！"

朱丽雅掏出手机要打电话。龙大章制止说："等雷打过后再打手机！"朱丽雅把雨伞向龙大章这边移了移，龙大章又推了回去。

一个闪电，一声炸雷，厢式货车已到了村头。南方人警觉地向车窗外望着。

山坡上，暴雨中，龙大章用伞遮着手机："姜局，蛇已异动，请求行动。"

又一道闪电、一声炸雷。吴寄山家门外，闪电照亮了两支乌黑的六四式手枪，有个黑粗的手指已经钩在了扳机上。屋内，依稀可见一个南方人正在包装石头，又把包装好的石头往箱子里装。在雨衣的包裹下，两个持枪人只露出四只阴森的眼睛。一个持枪人说："兄弟，动手吧？"另一个持枪人说："再等一下，等他们给咱们包装好了，咱们就省事儿了。"

一阵汽车马达声和喇叭声传来，一辆厢式货车驶过来。吴寄山把车停在了院子里，两个持枪人愣在那里。一个持枪人说："大哥，又来了两个人，怎么办？"另一个持枪人说："嗯，我们收秋收晚了，撤吧！"二人转身离去，消失在雨中。

碾盘沟山野里，龙大章拿着望远镜向吴寄山家望着。他看见那辆厢式货车停在院子里，便说："走，我们得过去，不能让他们跑了！"朱丽雅惊道："就咱们俩？"龙大章肯定道："就咱们俩。"

龙大章和朱丽雅奔跑着，雨水和汗水已分不清。朱丽雅摔倒了，龙大章把她扶了起来。龙大章擦了一把雨水，拽着朱丽雅向前跑去。雷声和闪电交织在一起，龙大章和朱丽雅身上的泥和雨水交织在一起，伴着他们奔跑的身影，仿佛响起了歌曲《雨一直下》。

雨下得更紧了，吴寄山家，几个人在雨帘中手忙脚乱地搬着木箱。南方人不耐烦地嚷道：快点啦，快点啦！另一个南方人不悦道："馁（你）以为系（是）搬棉发（花）哪？"南方人向吴寄山求援："帮忙的啦！加钱的啦！"吴寄山望了望天上的乌云和如帘的雨水，不情愿地下了车："运的是什么？不怕雨浇吗？"没人搭理他，几个人在雨中忙碌着。

碾盘沟的山道上，几辆警车在奔驰。车厢内，姜长庚凝视着前方，民警们都穿着雨衣，个个精神抖擞。姜长庚下令："目标已近，通知后车，关掉警灯！"鲁运在步话机里喊："关掉警灯！"前面一辆面包车驶过来，看见飞驰的警车，停在了路旁，车里人看着警车疾驶过去。

吴寄山家院内，灯影摇晃。南方人喊："快点吧，这系（是）最后一只箱子了，司机师户（傅）准备走人。"他们从屋里搬着箱子出来了。突然，龙大章和朱丽雅从雨中钻了出来。

龙大章举起枪："不许动，警察！"朱丽雅也举起枪："举起手，蹲下！"突然有人抡起一只箱子向龙大章打来。朱丽雅推了龙大章一下，自己的胳膊却被木箱划出了一条血口子。龙大章飞起一脚把那人踹飞在砖墙上，又重重地摔在地上。龙大章上前把那个南方人铐在了车上。龙大章扶起朱丽雅："丽雅，你没事儿吧？"朱丽雅说："我没事儿，别管我，赶紧去抓那两个人。"

龙大章看见朱丽雅的血从胳膊上流下来，很是心痛。朱丽雅靠在了他身上……这时，一声断喝，姜长庚领着民警围了过来，司机等人蹲在地上束手就擒。那两个南方人想跑，被龙大章、姜长庚一人一脚踹倒在地上。

吴寄山出租屋东屋，几名涉案人员被铐在一起，有两名民警持枪看着。西屋，加工机器和残碎的石料散乱着。这时，姜长庚进来了。龙大章说："报告姜局，所有涉案人员一个未跑。"姜长庚望了望供着的吴寄山像拱了下手道："打扰了。"龙大章笑道："师傅，活的在这儿呢。"他把吴寄山推到了姜长庚面前，姜长庚轻蔑地说："这是借尸还魂还是暗度陈仓啊？（向两个民警）把他们都带回去！"

5

大辽绿都207餐室，钱如意醉眼蒙眬地扫视着赵直帆、吴寄瑶和于海平，还有那成排的啤酒空瓶。吴寄瑶暧昧地看了钱如意一眼，和赵直帆又碰了一杯酒说："老同学，钱总的事儿还得靠你啊。"赵直帆把酒杯放在桌子上，醉醺醺地说："这都不用说，老关系了。钱种（总），你自己说说，我待你薄吗？其实，我家两代人都在给你打工。可是，最近我发现你很不讲究！"

钱如意刚想争辩几句，吴寄瑶的电话响了："妈，你说什么？……我哥被抓了？我哥不是死了吗？……刚才有人看见他被警察带走了？……（悲喜交加）好……弄假鸡血石被端了？"

听到"假鸡血石"几个字，钱如意的手一哆嗦，酒瓶子掉在了地上。

龙城大街上，几辆警车闪着警灯从敖拉倚家门前驶过，楼上传来敖拉倚弹奏的《雨一直下》。姜长庚透过车窗向她家望去，窗帘上映出她的身影。

神秘人也站在阳台上，看着闪烁的警灯从街头流过，发出一声冷笑。金疤瘌说："大哥，他们栽了。"神秘人感叹："对于我们，喜忧参半啊。那个南蛮子不会把你供出来吧？"金疤瘌说："应该不会……大哥，我们何不在这个时候出手鸡血麻神啊？"神秘人说："短见！"

伏龙区刑警大队，地面上全是积水，几名嫌疑人被押下警车，警灯在水面上闪烁着。

朱丽雅和龙大章一前一后向审讯室走去。姜长庚站在审讯室门口说："朱丽雅，你受伤了，这个我来。"朱丽雅说："没事儿，皮肉伤，大章已经给我包扎过了。"

吴寄山被押了进来，姜长庚点头出去了。朱丽雅坐下来盯着吴寄山："说吧，在这儿，不要有什么隐瞒。"吴寄山问："从哪儿说起。"朱丽雅说："就从你失踪前说起。"

吴寄山的眼前浮现出龙湖南岸那可怕的场景。

武玉鹏突然用力一推，吴寄山"啊——"了一声，"咕咚"一下，一头栽进了湖里，湖面泛起一轮涟漪，很快又平静了……吴寄山在水底下游啊游，游到了一个水中树丛的后面，爬到了树丛里，脱掉外衣和鞋，直到看见武玉鹏走远了，才游到岸边，向再生洞的方向走去。

朱丽雅直视着吴寄山："为什么把衣服和鞋脱在水里？上岸后为什么不报警？为什么不回家？"吴寄山抬头看了看朱丽雅那犀利的眼神儿说："我怕。"朱丽雅问："怕什么？"吴寄山说："一怕武玉鹏再对我杀人灭口，二怕于馆长找我算账，三怕别人和我要赌债。"朱丽雅说："你怕的事儿还不少。"

吴寄山说："我家困难，我工资也不高，我妈长期住院，我想'打点儿快柴火'，就去赌博，结果欠了好多外债，债主天天逼着我要钱，我就背着于馆长跑点儿私活儿还债。那天，一个不认识的年轻人找我要跑趟凤城，装东西时我才看见原来是武玉鹏用我的车。我去湖边拿车费，没想到武玉鹏要杀我，我就顺水推舟地制造了假死事件。"

朱丽雅问："你是怎样从水里翻过龙山的？"吴寄山说："我小时跟同学到湖里摸鱼，游进过再生洞。"朱丽雅问："你家人不是说你怕水吗？"吴寄山说："那是装的，怕逃学遭母亲骂，其实，我是被同学们称为'浪里白条'的。"朱丽雅说："把这以后的情况详细说一下。"

吴寄山说："我逃了出去，就去了凤城，给一家物流公司当司机。正赶上那个南方人去公司租车跑龙城。老板知道我是龙城来的，就让我出了这趟车，没想到他们是运假鸡血石，又是去我家里。"朱丽雅问："你把房子租给他们的时候，不知道他们要干什么吗？"吴寄山说："不知道。他们给了我三年租金，说是搞工艺品加工，价格很高，我就没问……"

刑警大队另一审讯室，龙大章直视着那南方人。那个南方人低下了头。

龙大章说："抬起头来，详细说说你制假售假的情况。"制假的南方人说："你们已经看见的啦，就这一次啊。"龙大章说："说实话，争取个好态度。"

制假的南方人说："好，好，我说。我系（是）在滨市开石头店的啦，卖过你们这儿的鸡血石。这些年，鸡血石的价格上涨了几十倍，利润薄的啦，我就想起了我们家传的造假技术。"

龙大章问："为什么选中碾盘沟？"南方人说："就地取材啦，别处没有可做原料的石头啦。"龙大章问："造假多长时间了？"南方人掰着手指算了算说："有三年零二十八天了吧。"龙大章问："造的假石头都卖哪儿去了？"

南方人说："前两年主要卖给宏运奇石城的啦，近年来他们压价压得太低啦，还不按时给货款，我就自己联系了周边城市的石头城，那儿的人不认识鸡血石的啦。"龙大章一惊："宏运奇石城？"他站起来向审讯室外走去。

过了一会儿，龙大章拿着那块假鸡血王石原石和一沓照片走了进来，他径直走到南方人面前，扬起了那块石头："你还有一个重要情况没说。仔细看看这个，是你制造的吗？"南方人仔细地看了半天，低下头说："是……"

龙大章问："这样的石头造得多吗？"南方人说："就一批啦。这系（是）龙城市宏运奇石城定做的，他给我提供了样品照片和定金，要求很高，我做了两年多才做完的啦，所以价钱也是其他的几百倍啦。"龙大章问："那个石头贩子姓什么？叫什么？"

南方人说："他说他系（是）宏运奇石城的李主管。可是，过去都不是他去定做，而且宏运那儿也从没有留定金的说法，反正他给钱，别的我就不想知道的啦。"

龙大章拿出宏运奇石城所有员工的照片："看看有没有定做石头的人。"

南方人仔细看了看说："没有的啦。"龙大章问："前些日子为什么没开工？"南方人说："煮石是个漫长过程的啦，这期间我自己联系南方客户的啦，宏运给的价格太低，不值得冒险的啦。"

宏运奇石城，散乱的筒灯照着浑身湿透的两个人和一张气恼的脸上。

钱夫人梳着寸头，看不出是男人还是女人。她叉着腰板，怒目圆睁："你们，就这么回来了？那个南蛮子已经好久不给咱们供货了，得治治他，两个'地头蛇'抢不了一个'外地虫'？"

一个持枪人说："我们刚要动手，来了辆车，就没法下手了。再说，就这假枪……"另一个持枪人说："后来我发现公安也在往那儿奔，我就叫我们的车赶紧回来了……"

正说着，钱夫人的电话响了。她接起电话："老钱……我刚才没带手机……啥？要出大事儿？……不会那么快吧，好，我这就转移走！"钱夫人放下电话，抓住持枪人的衣领子吼道："快，赶紧收拾东西啊！要出事儿了！"

几个人手忙脚乱地往箱子里装石头，又把箱子搬到车上。钱夫人说："看好了，一点儿线索也不能给公安留下。你们谁给我整出事儿，我让你们谁变成太监！"持枪人说："那些都是真的，不怕查。"钱夫人一挥手说："没明天了，赶紧运走！"

面包车发动了，一辆黑色轿车别在面包车前，车灯照在钱夫人的脸上。钱夫人用手遮住眼睛，张开大嘴刚说了句"他妈……"，鲁运和李明乔便从黑车中下来了。

鲁运冷笑着说："哥儿几个半夜三更，黑灯瞎火的，这是想搬家啊？"钱夫人说："啥眼神儿，公母都不分。"很快，她满脸堆笑："鲁警官呀，是搬家，你们周队，我认识。"鲁运嘲讽地笑道："大哥，搬家得先看个时辰。"他掏出证件，把枪一摆："那就到局里去见我们周队吧。走吧！"

持枪人想跑，李明乔用枪顶住了他的脑袋。这时，周至祥的警车开了过来。周至祥面无表情地下了车，钱夫人像见到了救星："周队……咱们可是有交情的啊……你看……"周至祥从怀里掏出那两枚假对章："你是说这个吗？这就是你售假的证据！"钱夫人蔫儿了，双手抱头蹲在了地上，两个持假枪的人也蹲在了地上。

第九章 威胁迫近，嚣张弄险

1

一辆轿车急促地向宏运奇石城驶来。钱如意和于海平表情凝重地坐在车里，透过雨刷器刷过的前窗，他们看到钱夫人、持枪人和一车的石头被刑警押走了。钱如意把烟头狠狠地掐灭，甩了出去："猪头刁婆，宏运完了！我完了！"

在钱如意像死人一样仰在靠背上的时候，于海平提醒说："钱总，公安的这次行动你不觉得突然吗？"钱如意垂头丧气地说："是啊，我在龙城经营了二十多年的石头生意，刚撒手三年就出了事儿，这可是我的大半个家当啊！"于海平说："是不是有人在背后搞我们？"钱如意说："你是说平原公司的李秃子？"于海平说："有可能吧，那小子从小就是一痞子，多次来说要'保护'我们，你都没理他的茬。再说，他想进入地产界很久了。"

钱如意恶狠狠地说："这个李秃子，我饶不了他！"于海平说："钱总，还是先顾自己吧。大规模经营假冒伪劣商品，定罪是够了。"钱如意一惊，坐得笔直："那么严重？"于海平安慰道："钱总，别慌，这步棋我早已给你想到下一步了。一年前我就帮你变更了法人，现在，夫人是宏运奇石城的独立法人。"钱如意疑惑："你的意思？"

于海平说："财产损失是免不了，你想脱了干系吗？只有说她是自主经营，你从不过问就得了，只是难为了夫人。"钱如意点点头说："不能因为个虱子烧了棉袄。"

此时，有个人站在高处看着热闹。那所豪华住所，灯光昏暗，气氛诡异。神秘人在给一个硕大的貔貅上着香，口中念念有词。那貔貅嘴里叼着成扎的百元大钞，脚下踩着两根闪光的金条。一道闪电划过夜空，神秘人向阳台走去，站在窗前，欣赏着雨夜的街景。雨帘中，有几辆警车驶过。

金疤痢气喘吁吁地进来："大哥，宏运奇石城让公安给端了。"神秘人微笑着，头也不回："这回知道公安的厉害了吧？"金疤痢忐忑地说："大哥，我担心那南蛮子会认出我来。"神秘人站在鱼缸前，慢条斯理地说："鱼见食而不见钩啊！你不是以宏运奇石城的名义和他做的交易吗？不过，还是小心为妙，暂停所有非法活动，休克治疗，静观其变。"金疤痢说："钱胖子的奇石城怕是开不下去了。"

神秘人说："小心驶得万年船，你出去避一避吧，去趟凤城，替我看一下刘大侃和大黑猫，筹集一些收购款，等风声过了再回来。"

金疤痢问："那这里？"神秘人用漏子搅拌着鱼缸，发财鱼被吓得"噌噌"乱窜："我会安排一些事儿，搅浑了水也就好摸鱼了。"

夜雨敲打着窗户，看着金疤痢一脸蒙圈，神秘人饶有兴趣地走到麻将机前，拿起东西南北风一字排开，几张牌便在桌上旋转起来。神秘人咬着牙根说："宏运、平原，两个狗屁公司早有嫌隙，会因为这事互相猜疑，让他们掐吧，狗咬狗，两嘴毛。搞垮了钱胖子，有勇无谋的李秃子成不了气候。（打出东风）至于公安嘛，看似障碍，用好了是支点。哎，疤痢，武玉鹏又该出场了。"

神秘人一招手，金疤痢便把耳朵附了过来，一边听一边不时地点头："大哥，我明白了。"神秘人又叮嘱道："疤痢，你去凤城后，加快'东北新干线'的交易，让龙城的石头快速进入西南市场。"

金疤痢不解地说："这个时候？"神秘人呵呵笑道："越是危险的时候越安全。公安替我们清了门户，就让公安请功去吧。"

2

雨停了，夜色笼罩着伏龙区公安分局刑警大队。

会议室里，龙大章、朱丽雅和警察们一脸疲惫地听着姜长庚分析案情："通过我们初审犯罪嫌疑人，宏运奇石有限公司涉嫌大批量倒卖假鸡血石和其他石制工艺品，数额之大、涉及范围之广空前，我们已报市局全面追查。"

周至祥说："姜局，除恶务尽，现在是我们乘胜追击、向钱氏集团发起正面进攻的时候了。"姜长庚说："这个，要谨慎。钱如意是龙城著名企业家、市人大代表，我们要动他，要有充分的证据。"

龙大章回到公安宿舍，拿着那块假鸡血石认真地看着。鲁运说："师弟，睡吧，天要亮了，你想从石头里看出字儿来啊？"龙大章说："睡吧，师兄，真还累得不行了。"他躺在床上，翻来覆去地睡不着，眼前浮现出一幕幕场景。

龙小晴打开包小心地看着，一小块通红的石头，一张纸条上写着："交给龙大章，不要乱声张……"敖拉倚说："我不会见他的，你要见到他，告诉他'碾盘沟那儿好玩儿'……"南方人说："这系（是）龙城市宏运奇石城定做的，他给我提供了样品照片和定金，要求很高，我做了两年多才做完的啦，所以价钱也是其他的几百倍啦……他说他系（是）宏运奇石城的李主管……"

龙大章自言自语："宏运奇石城靠售假做大？敖拉倚为什么要帮我？"

雨后的龙城清晨格外明丽，天上有了少见的白云。契丹广场边的水池里有几只鸭子在池塘里浮着，水面平静得没有一丝波纹。

敖拉倚点燃一炷香，跪在先人像前磕头道："列位先人，不孝女敖拉倚未能完成先人遗愿，鸡血麻神至今下落不明，《辽域地志》不知真伪。我已踏遍了龙城附近的山山水水，也没有参透图上所标之地，更不用说找到藏宝地点。若列位先人在天有灵，给我个暗示……"

立在像前的香倒向了地下室的门，敖拉倚站起来，打开门向地下室走去。

姜美祺背着相机和采访包来到公安宿舍敲龙大章的门。龙大章穿着裤头儿半眯着眼睛去开门，很意外地说："美祺，这么早来有事儿？"姜美祺说："还这么早呢，都快九点了。听说你们破了大案，我们想搞个系列报道，把你们侦破过程中有意思的事儿跟我说说呗。"

鲁运从床上探出头来，挤眉弄眼地说："有意思的事儿？采对了，大章和丽雅化装侦察，十几天如一日，不舍昼夜，一定有许多有意思的故事。"

龙大章回头瞪了鲁运一眼："师兄，你就挑事儿吧。美祺，别听这坏人的，艰苦而单调的生活，能有什么故事啊。"姜美祺揪住龙大章的耳朵："不行，必须得说！"

鲁运在旁边得意地笑。龙大章瞪了鲁运一眼说："好，我说。让我先穿上衣服，行不？"姜美祺说："快去穿上你那外衣吧，你这样子哪像个人民警察？"

龙大章关上门，把鲁运的被子扯了下来，拿一杯凉水浇了上去。鲁运被凉得"哇哇"叫了起来。

来到办公室，龙大章给姜美祺倒了一杯白开水说："在山上化装侦察，听着是挺美的差事，可是，那个苦啊。有一天，我们实在饿急眼了，吃完树叶吃草根，吃完草根就没啥能吃的了……"姜美祺说："听着像长征故事呢。"

龙大章说："准确地说是馋了，就到山下一家农家乐去吃饭。那小店那叫个脏啊！辍学的小姑娘也就十一二岁，鼻涕压着嘴唇，一上菜就把我们逗乐了，只见她倒退三步，打了个立正说'拌黄瓜'！后来，我问：'有牙签吗？'她跑到外屋就把扫地的笤帚拿来了说，谁使谁撅啊！"

姜美祺笑道："瞎掰。"

龙大章说："这个是真的，那小姑娘的母亲生病了，挺可怜的。我正要找你呢，想请你们报社给呼吁一下，社会帮扶……"他拿出一张照片，指着照片背面的电话："你可以打这个电话核实。"

姜美祺接过照片看："你也有用着我的时候啊，这回，答应我的事儿可该办了吧？"正说着，朱丽雅进来打了个招呼："美祺来了，我说这儿这么热闹呢。二师兄，师傅有请！"

姜长庚吸着粗黑的雪茄，半靠在椅子上，姜美祺和龙大章站在门口等着示下。没想到姜长庚冷着脸说："美祺，你来干什么？"姜美祺说："我来采访。"姜长庚说："采访？采访是公事，公事要公办，你们在办公室里嘻嘻哈哈的成何体统！"

姜美祺说："爸爸，谁说采访得像审犯人一样严肃了？"姜长庚说："别说了，采访的事儿归周队管，你去找他吧，我和大章有事儿说。"姜美祺很不高兴地出去了。

姜长庚看着龙大章说："大章，昨晚我们抓获制造假鸡血石者，只查获了大批假鸡血石，鸡血麻神还是不知所踪啊。"龙大章说："姜局，经造假的南方人辨认，定做假鸡血麻神原石的并不是武玉鹏，找到那个定做假石头的人将是这个案子的关键。我想，我们离破案不远了。"姜长庚问："你有什么想法？"

龙大章说："通过审讯，我发现那个自称姓李的人并不一定姓李，也不是宏运奇石城的人。我们可以根据那个南方人的描述，画像查人。"姜长庚说："有道理。这要详细讯问定做人的体貌特征，以图索人。"

这时，门似乎动了一下，龙大章一开门，险些撞在周至祥的身上。周至祥没理龙大章，进了姜长庚的办公室说："姜局，我们准备再次传讯钱如意。"

就在龙大章盯住圆脸胖子、周至祥盯着钱如意不放的时候，那所豪华住所的金疤瘌正无精打采地在电脑上玩儿着猫捉老鼠的游戏。神秘人背对着金疤瘌，在看照片。

金疤瘌说："大哥，从这个游戏中我发现个问题，过去老鼠怕猫，那是因为老鼠总是躲闪，不敢主动进攻，你看这只老鼠，把猫追得到处跑。"

神秘人头也没抬地说："疤瘌，那样的老鼠普天之下能有几只？那样的猫又占几成？我们是得主动进攻，可先要掂量一下自己的身脚。告诉我们的人，不贪小利，低调经营，注意各方的一举一动。'浑水计划'都安排好了吗？"

金疤瘌说："妥妥的，大哥。"

神秘人说："现在，老猫正要画像找你这只老鼠。你明天就去西南躲些时日。"金疤瘌一惊："老猫又闻到了我的气息？"神秘人说："是啊，所以老鼠也要动起来。你去凤城办好两件事，一是让他们配合好'浑水计划'，二是听说刘大侃似有另起炉灶之意……"

金疤痢把耳朵凑过来，看神秘人正拿着几张旧照片仔细端详着，那是一个弹琴女人和一个婴儿的照片。

3

白小艺一蹦一跳地来到了敖拉倚家楼下，准备找敖拉老师上钢琴课。在敖拉老师家门口，门缝里塞着的一个信封引起了她的注意。她把信封抽出来一看，信封上写着："白小艺亲启，地址内详。"

她拆开信封，里面是一封打印的书信，上面写着："白小艺，你不叫白小艺，你的名字叫王小艺，你父亲叫王彪，母亲叫白文静。知道你父母是怎么死的吗？是被姜长庚打死的。你不思报仇，却认贼作父，可悲啊！"

白小艺拿着信沉思着。十年前，白小艺问："姜爸，我爸和我妈哪儿去了？"姜长庚神色很不自然地说："他们出国了，托我照顾你。"白小艺问："哪国？"姜长庚说："或许……是玉龙第三国吧。"白小艺渐渐长大，查遍了地理课本也没找到叫"玉龙第三国"的国家。五年前，她问姜美祺，美祺告诉她："你亲爸亲妈出车祸去世了，你姜爸就是你爸，我就是你亲大姐……"

想到这儿，白小艺的脸都变形了："胡说！胡说！谁写的，出来啊！"门打开了，敖拉老师惊讶地看着她。

龙大章总觉得敖拉倚是个谜，想与敖拉倚面谈一次。可是，在他走到她家不远处时，却见墙角处一个戴着鸭舌帽的人一闪而过，在拐角处向大街走去。龙大章不经意地看了他一眼，武玉鹏的照片在他眼前闪来闪去。龙大章悄悄地跟了上去，走过了一个街口。朱丽雅从一个胡同口走来，看见龙大章，大声喊："大章，干啥去？"

武玉鹏回了一下头，转脸快步向大街走去。一辆出租车停了下来，武玉鹏急急上车，出租车飞快地开走了。龙大章紧跑几步，向出租车招手，可是车里有人，没有车停下来。他急急地掏出电话："110指挥中心，有一名嫌疑人乘出租车向云杉路方向而去，汽车尾号911，请设卡拦截！"

朱丽雅跑过来问："大章，出什么事了？"龙大章说："像是武玉鹏。又让他从我们的眼皮子底下溜啦了。"

在敖拉倚家客厅里，白小艺一脸疑惑地坐在沙发上。敖拉倚给她倒了一杯水说："小艺，你为什么这么想呢？这信是别有用心、胡说八道的。"白小艺想喝又放下说："敖拉老师，你骗我。你们大人就喜欢骗人。"敖拉倚看着白小艺说："难道你姜爸对你不好吗？"白小艺说："我姜爸对我比对我大姐都好，可这是两回事儿，我要知道的是，我爸我妈到底是怎么死的，他们为什么扔下我不管。"

敖拉倚喝了一口茶，沉重地说："你爸妈是……出车祸死的，你姜爸怕你伤心，说他们出国了，这是善意的谎言。"白小艺站了起来："我不信，我要亲口问老姜！"

白小艺说完，向楼下跑去。敖拉倚惊愕地看着白小艺。白小艺跑到楼下，看见龙大章和朱丽雅向敖拉倚家走来，"哼"了一声，向前跑去。敖拉倚站在阳台上，龙大章和朱丽雅站在路边，疑惑地看着白小艺的背影越走越远。

龙大章在门外敲门："敖拉姨，有些事儿你得帮我。"敖拉倚说："我帮不了你，你们走吧，我不会给你开门的。"楼上传来《雨一直下》的琴声，门始终没有打开。龙大章和朱丽雅只得无奈地走了。

目送着龙大章二人远去，敖拉倚来到大辽绿都的一间小餐室，姜长庚已在这里等她，桌上放着两个菜和两杯酒。听完白小艺捡到书信的事后，姜长庚难受地搓着手说："这下可完犊子了。"敖拉倚探询地问："你说写信的人会是谁呢？"姜长庚说："要想知道是谁，就得从他写信的动机分析。我想，是和我们查的案子有关，我们已经触动了犯罪嫌疑人的某根神经。他是在扰乱我们的神经，分散我们的注意力。"

敖拉倚说："想想查案子得罪了谁呗？"姜长庚说："要说得罪谁，只能是得罪坏人。仅仅是目前办的宏运奇石城售假案，就来了很多说情的人和电话，就连赵书记的公子赵直帆都亲自跑了几趟了。"敖拉倚说："也是，当时让我带小艺就好了。"

姜长庚说："怎么能让你带呢？就是我带，还有人说是你我的私生女呢！"敖拉倚说："白小艺要是问你怎么办？这孩子可是上了心了，一上午啥也没学，蔫儿了。"姜长庚说："我只能实话实说了。白小艺长大了，她有权知道真相。"

敖拉倚沉思道："可是你想过没有，那样会扼杀了白小艺的纯真、快乐与艺术天分！"姜长庚说："想个办法啊。"敖拉倚说："骗，你们男人不是最擅长骗吗？骗她一辈子……"

在一个又脏又旧的老式楼房里，金疤瘌和武玉鹏一边吃饭一边嘀咕着"浑水计划"。

金疤瘌得意扬扬地说："累啊——一个谎言得用十个谎言来掩盖。这一招，足以乱了老姜的心智。"武玉鹏说："姜长庚可是铁汉子。"金疤瘌说："姜长庚英雄气短，敖拉倚美人迟暮。人都是血肉之躯，顶不了多久。还是老大的招狠啊！"

武玉鹏很惊讶："老大？谁是老大？"金疤瘌发现说走了嘴，干脆也不再隐瞒，低声说："老大是姜长庚的死对头，他们已经斗了二十多年了。"武玉鹏说："逗，我看你就是老大。"金疤瘌神秘地说："鹏弟，我离老大还很远呢。少打听事儿吧，吴寄山没死，你今天又碰上龙大章，够悬的了。我想公安现在正在全市搜查你呢。"

武玉鹏喝了一口酒："那我喝完饭就跑？"金疤瘌说："兄弟，你想自投罗网？就在这儿好好给我待着。"武玉鹏像惊弓之鸟一样点了点头。

吴寄山从伏龙区看守所出来，眼睛被太阳晃得睁不开。吴寄瑶迎上去说："哥，回家吧，妈都等急了。"吴寄山眼含热泪地说："寄瑶，对不起。"

这时，龙大章走了过来。吴寄瑶把脸扭到一边说："大神探，和我哥这样的坏人沾边儿，不怕影响你的光辉前程吗？"龙大章说："寄瑶，你哥哥租房审查不严，且多次参赌，拘留他十天不为过。我找你哥是想问问制假方面的情况。"

吴寄瑶冷冷地说："他要是犯法，你就抓他；他要是没犯法，你就让他去赚点儿生活费。哥，赵直帆帮忙，给你安排当工头，钱总答应了。你以后好好干吧。可是，你要学会保护自己，别耍钱闹鬼的了，让妈省点儿心吧，妈妈在医院等你呢。"

说完，吴寄瑶扯起吴寄山要走。吴寄山没有动，说："妹妹放心吧，以前不是穷的嘛，人穷志短，马瘦毛长。可是，老钱那儿我就不去了。"吴寄瑶问："为什么？"吴寄山说："我在看守所里见到一个高人，他教了我一个发财的道。将来，哥发财了，一定让你们都过上好日子。"

被晾在一边的龙大章对吴寄山说："不管干什么，要做个守法公民。"吴寄瑶说："大警官，别唱高调了。老钱的事儿我和直帆找了你几次，你很不给面子，都是要好的同学，就不能网开一面吗？"龙大章说："寄瑶，公与私我们是要分清的……"

没等龙大章说完，吴寄瑶已经拉着吴寄山走了。

龙山特色餐厅207餐室里，赵直帆和姜美祺对坐着。

赵直帆脸上洋溢着胜利者的微笑："老天爷就是够意思，人要是顺了，做梦都做好梦。"姜美祺说："我看啊，老天爷就是不公平，要看你念书那会儿吧，怎么也想象不到你年纪轻轻的就当上了质检站站长。"赵直帆说："瞧不起人了吧！书上说，人不可貌相，海水不可斗量。天生我材必有用，千金散尽还复来……"

姜美祺说："知道为啥请你吗？"赵直帆一本正经地说："向我求婚。"姜美祺拿出一个小姑娘的照片："这个小姑娘，碾盘沟的，父母瘫痪，十岁就辍学在家，十一岁当童工……"赵直帆说："你不是要给我找童养媳吧？"姜美祺抢回照片，递过一张纸："什么童养媳？我单位发起了一个联络社会各界的'二托一'帮扶活动，我想起了大章说的碾盘沟这个因母亲生病退学的小姑娘，我想和你一起帮扶她。"赵直帆很反感地说："以后少提大章，嗯……'二托一'什么意思？"姜美祺说："通俗点儿说，就是两个帮一个。"赵直帆说："我明白了，我就是那'二'？"姜美祺说："怎么能这么说呢？但行好事，莫问前程嘛。（拿出一个表格）帮扶的事儿……"

赵直帆把表格拿了过去："我可以帮扶她，但你也要答应我一件事儿。"姜美祺说："只要不是求婚，都可以提。"赵直帆说："让你爸和大章放老钱一马。"姜美祺说："徇私枉法呀？（把那表格拿了回去）我还是找别人吧。"

二人一时很尴尬。赵直帆把那张表格重新拿了过去，打破了僵局："跟你开玩笑呢，小事儿。"姜美祺拿起赵直帆签了字的表格："对我来说是大事儿。"赵直帆说："你放心，你让我帮谁我帮谁，你让我揍谁我找人揍，我不是那种没良心的人。"

姜美祺说："这事儿就定了。直帆，吃啥？我请你。"

赵直帆说："这是最让人头疼的问题。你说，念书那会儿吧，伙食那么差，从来吃得饱、睡得香，现在可好，吃啥啥不香，干啥啥没劲。"姜美祺说："还说念书时呢，班主任刘老师没少为你操心。"赵直帆放下菜谱说："那时不懂事儿嘛。哎，那时你对我挺好的，现在怎么变了呢？"姜美祺说："不是我变了，是你变了。"赵直帆疑惑地说："我可没变啊。"姜美祺说："那时候咱们是哥们儿，你是以一个哥哥的心态和我交往。现在呢？还说没变？"赵直帆说："这意思啊？你的意思，我这辈子只能是你哥们儿了？"

姜美祺点了点头，赵直帆往桌子上一趴说："我赵公子这辈子可是完了！"姜美祺把菜谱递给服务员说："鲜金针一份、苦柳芽一份，不用'摆谱'了……"她突然停了下来，看见白小艺站在餐室门口，正在用异样的眼神看着她，便问："小艺，你……有什么事吗？"

白小艺进门一坐说："大姐，我想问你个事儿。"赵直帆说："小艺，跟你大姐还那么客气，有事儿说呀！"白小艺看了看桌上的小菜和白酒，倒了大半杯，吃了一口咸菜，一口把酒喝了下去。

姜美祺问："小艺……你这是干什么？"白小艺没有吱声，转身向楼下跑去。赵直帆看着小艺的背影说："小崽子失恋了？"

就在白小艺刚跑出去不久，姜长庚和敖拉倚来到餐厅收银台前。姜长庚说："可是说好的，我请你。"敖拉倚说："你那点儿加班费留着给小艺买零食吧。"二人都往收银员手里塞钱，收银员说："二位贵宾，你们的单对门餐室已经结过了。"姜长庚向对门瞄去，透过门缝，隐约看见赵直帆和姜美祺对坐在餐厅里。

敖拉倚看了看姜长庚："美祺他们……"姜长庚说："我早晨还担心呢，怕她和龙大章好上……小倚，有句话我不知该不该问。"敖拉倚说："不该问就别问了。老姜，小艺的事儿怎么办啊？"姜长庚说："过了这个劲儿，她也许就不问了。我得去办案了，不送你了。"敖拉倚笑了，笑着笑着，脸部现出一丝苦笑来……

龙大章从龙山特色餐厅对面的抻面馆走出来，悄悄地跟在姜长庚和敖拉倚身后。在大街转角处，衣服被人扯了一下。他回头一看道："白小艺，喝酒了？你搞什么名堂？"

白小艺神秘地说："龙哥哥，我想请你帮我个忙。"龙大章点头："你说。"白小艺说："我想让你调查我。"

龙大章摸摸白小艺的脑门："有点儿热啊！我调查你？是你脑子有病，还是我脑子有病啊？你喝多了，快回家休息去吧。"

白小艺嘴一噘："我和你说真的呢，你要是不同意，我就自己去调查。"她转身要走，龙大章拽住她问："我调查，我调查。调查你啥呢？"白小艺回过头，认真地说："调查我是谁家孩子。"龙大章说："你是姜家的孩子啊，不对，你姓白。"白小艺说："是你喝面汤喝多了——满脑子糨糊！敖拉姨说我是老姜战友家的孩子，我不信。龙哥哥，这事儿和谁也不能讲，包括我大姐，拉钩。"

龙大章疑惑地看着眼前这个脸色发红、满嘴酒气的小女孩，百思不得其解，是啊，白小艺到底是谁家的孩子呢？

4

就在白小艺追问自己到底是谁家孩子的时候，有一个人还在为脱离干系而奔波，这就是宏运集团的掌门人钱如意。当风刮到他身上的时候，赵公子不好使，他就找到了赵公子的爹。赵连起坐在办公桌旁，钱如意躬身立着，一时竟然无话。

钱如意终于低声下气地说："赵书记，想当年，是你把我拉把起来的，有你罩着，顺水顺风的，现在……"

赵连起抬起头："老钱啊，当年我帮你，不光是为了你，当时伏龙区急需支柱产业。我帮你打造宏运奇石城，是要你守法经营，让龙城的鸡血石市场有一片晴空。可你这几年做的一些见不得阳光的事儿，谁也罩不住你了。"

钱如意叹气："唉，都是我那臭婆娘惹的事儿，她已经进去了，我这刚办了取保候审，可姜长庚和周至祥，还有个叫龙大章的就是盯着我不放，是想把我往死里整啊！"赵连起说："别把事情搞糟了就往婆娘身上推，为富要仁德。他们也是秉公办案，有什么违法的地方吗？"钱如意忙说："是，是。不过，赵书记，咋也不能看着宏运集团垮下去呀。"

赵连起站起来深沉地说："宏运集团是我区民营企业的一面旗帜，是伏龙区纳税第一大户。你回去吧，严肃整改，我会顾全大局的。"他把放在桌子角上的一盒茶拎起来，打开，里面是红红的人民币："把这个拿回去，找我，从来不用这个！"

钱如意接过"茶"，趁赵连起没注意，放在茶几上，诺诺而退。赵连起抬眼看见了那包"茶"，匆匆地喊："刘秘书，来，客人把东西落这儿了，给他送去。"

赵连起送走钱如意后打了两个电话，起身向大辽绿都走去。

赵连起进了餐室，姜长庚和周至祥从沙发上站起来和他握手。

姜长庚说："赵书记，你找我们？"赵连起拿出一包茶泡上，又给每人倒了一杯说："是啊，老姜，还有至祥，我们过去是老同事，分开这几年就没好好坐一会儿。尝尝这茶，新的。"周至祥喝了一口："这茶还真不错，喝新茶叙旧谊，赵书记时刻关心着我们。"

赵连起说："我不光关心你们，还要督促你们。鸡血麻神案可有眉目了？"姜长庚迟疑地说："是……有些线索了。"赵连起严肃地说："老姜，你可是许诺一个月内破案的，留给你的时间不多了。自然，你们独立办案，我不便问，我也是着急。"姜长庚说："您作为区委领导，有权过问。现在证据是有的，只是还不太充分。"赵连起说："长庚，我们要拿出十七年前办理凤城'东北新干线'案子的精神，把犯罪分子一网打尽！不过，你说有一个姓金的伙夫漏网了，可有实据？"

姜长庚似乎很为难地说："也就是个猜测……"赵连起说："还记得当时凤城的公安局长想把你留下，我是死活没同意。他们就让你带回了白小艺，还为你请了功，我的一等功还是沾你的光呢。"

赵连起谈兴正浓，谈完过往谈到了现在："鸡血麻神案一定要加大力度，至于其他案子嘛，主次要分开，要考虑政治影响和地区经济，一要依法，二要依情，三要顾全大局。比如说那个宏运奇石城，打假是打假，不能打倒，更不能夫代妻受过、株连一大片……"

姜长庚解释道："宏运假鸡血石案也不是小案……"赵连起说："这些我都知道了。至祥啊，你要多替长庚分忧，把这个案子办得墙内开花墙外香，要把负面的东西变成正面的，不要里外不是人……明白吗？"

周至祥连忙站起来点头："赵书记，我明白了。我愿意负责假鸡血石案，一定把它办得两面儿光！"赵连起问："长庚，你的意见呢？"

赵连起的一番话让姜长庚没了意见，连力主把钱如意"办了"的周至祥都"明白了"，他岂能不明白，也站起来表态："按赵书记的意见办。"赵连起向门外喊："服务员，上菜吧。不说这个了，咱们仨可是老伙计了，说点儿私事儿。我听说直帆和美祺关系很好，至祥，你说他俩合适吗？"

周至祥赶紧接过话茬："太合适了。赵书记，这事儿您放心，我愿玉成此事。"赵连起说："嗯？我们当大人的，孩子的事儿不能干涉，只要他们愿意，我们支持就是。"姜长庚表态："赵书记，我是军人，听首长的。"

就在龙大章准备进一步深挖假鸡血石案的时候，此案在赵连起的干涉下已经"达成共识"。朱丽雅告诉大章，周副大队让赶快写个结案报告，连同所有卷宗一齐送他审阅。

龙大章一惊："送他？结案？就这么草草地结案了？我要告诉师傅，我不同意这么做！"他的话音未落，电话响了，电话里传来姜长庚的声音："大章，假鸡血石案件已决定由周副队长全权负责，你把全部案卷档案交给他。"

龙大章极不情愿地整理完案卷，来到副队长室。周至祥一脸冰水："为什么才交案卷？"龙大章说："周队，我想这个案子还有下文。现在的脉络已经很清楚了——南方人制假鸡血石，销售给那个神秘人制作成麻将，再由武玉鹏择机偷梁换柱，交给他的老板，我正在追查那个定做的人……"

周至祥说："大章，你分析得头头是道，可是我们不能凭想象办案，要有足够的证据。"龙大章说："只要是发生的事儿都会留下痕迹，证据会有的。"周至祥摆手制止："大章啊，这个案子叫制假售假案，那个案子叫盗窃案。制假售假案侦查终结，不能久拖不决，这是上级的指令。"

龙大章说："周队，破获制假案只是个开端啊！"周至祥摆手："别说了，执行命令！近期'两抢'案件频发，干部、群众人心惶惶，队里决定由你带一组人，重点突破几起，震慑一下。"龙大章不太高兴地回了一声"是"。

龙大章把一叠案卷摔在周至祥的桌子上，出去了。在走廊，朱丽雅乐呵呵地迎上来："大章，案卷交了，晚上咱们去看3D电影吧《艺术家》，听说挺好看的。"龙大章低沉地说："好吧，只有看电影的份儿了。"

朱丽雅不高兴："跟我看电影情绪不高呗？"龙大章说："高，求之不得呢。"朱丽雅说："那就定了，晚上八点，影都门前第二根灯杆下见。"龙大章懒散地说："好，不见不散。"

周至祥从后边走过来："俩人嘀咕啥呢？"朱丽雅调皮地说："嘀咕有些人怎么那么好打听事儿呢，周队，你说是吧？"周至祥说："小丫头，开起我老人家的玩笑来了。"他似笑非笑地看着龙大章："大章啊，破了大案了，我会为你请功的，看电影去吧。"

龙大章看着周至祥向外走去，气愤地摇了摇头。他回到办公室，呆坐在椅子上，过去的一幕在眼前浮现出来——吴寄山仔细回想着："去订石头的，主要是钱夫人的人，再就是外地人，当地……好像见过一个胖子……"

想到这儿，龙大章"呼"地站起来，向姜长庚的办公室走去。此时，姜长庚正紧锁眉头伏案阅卷。龙大章喊："报告，姜局，我有话和你说。"姜长庚头也没抬："说。"龙大章说："我认为制假售假案不能草草结案，它可能是侦破鸡血麻神案的突破口。在案发前，有人见到过制假麻将的石头。"姜长庚问："谁？"龙大章说："敖拉倚。"姜长庚惊道："敖拉倚？你怀疑她？"

龙大章说："姜局，她不一定是幕后指使人，可是，她可能是知情人。"姜长庚打断他："别说了，敖拉倚，不可能！出去吧，你的想法和别人不要提起，也不要再有这种想法！"龙大章说："姜局……我觉得你们对我有成见。"

姜长庚抬头看着龙大章："此话从何说起？"龙大章说："上午我提出搜查武玉鹏时，你不让，还把我负责的假鸡血石案交给了周队。"姜长庚平静地说："动静太大，不合时宜，赵书记说得有道理，我们都有保护安宁和经济发展的义务。"

龙大章说："姜局，你是不是怕武玉鹏和敖拉倚有瓜葛？因为，今天我看见武玉鹏是从敖拉倚家门口过来的，你怕我顺势破了鸡血麻神案？"

姜长庚嘴角明显动了一下，站起来，走到龙大章跟前，拍拍他的肩膀："你错了。你破获了特大鸡血石造假案，为保护国石的纯洁做出了巨大贡献，我已报请市局，给你请功。至于鸡血麻神案，我告诉你，你没有理由怀疑敖拉倚！"龙大章说："我们不能被情迷惑了眼睛，你不觉得我们的胜利来得太容易了吗？"

姜长庚说："越说越不像话了！这里是警营，服从第一、保密第一。去吧！"

龙大章怔怔地看着他的领导、他的偶像。案件已经取得了突破性进展，只需挥剑挑开定做假鸡血麻神者的面纱，案子就破了。可是，这个神探却在案子外边徘徊、犹豫，他有什么不可告人的苦衷吗？

5

在刑警大队副大队长室，周至祥给姜美祺倒了一杯水说："小姜，这么急叫你来，是要把宏运奇石城售假案的报道重点转移一下，用赵书记的话说，叫'负面事件正面引导'，转移到报道公安及时打假破案结案、各部门通力合作，整顿市场上来……"

姜美祺说："那样不是有失偏颇吗？群众关心的是这个制假窝点究竟制造了多少假鸡血石，宏运奇石馆这些年卖了多少假货，假鸡血石案和鸡血麻神被盗案有没有牵连……"

周至祥讪笑了一下："美祺，别说了，打击犯罪是我们公安的职责，对宏运奇石馆，我们不会手软。"姜美祺合上采访本："周队，纯唱赞歌的报道我们不会发，要不，您另请高明吧。"周至祥尴尬地拿出一份材料说："我这儿有一份现成的情况介绍，你看……"

姜美祺拿过材料看了几眼，放在桌上接电话："好……一会儿到……老地方……好，我这就过去。"姜美祺没有拿那份材料，急急向外走去。周至祥气恼地把材料扔在文件筐里。

说实话，对假鸡血石案姜长庚也不赞同周至祥的做法，可是，在老战友面前，他不能再强硬了。他眉头不展地走在龙城大街上，路过契丹文化广场，看见敖拉倚正在喂鸽子。今天，赵连起嘴里说着不干涉办案，难道是真的不干涉？周至祥主动请缨负责假鸡血石案，仅仅是为了执行领导意图吗？龙大章盯上了敖拉倚，敖拉倚真的像自己所说的那样清白吗？一系列问题，让姜长庚头痛。

这让他想起了十七年前。

龙城市公安局大会议室，老局长郑重地宣布："下面我们要隆重表彰的是以赵连起为首的伏龙区公安刑警大队，两次派员深入敌后，屡立奇功，近日，又一举摧毁了王彪的'东北新干线'涉黑集团。经上级公安机关决定，伏龙区公安刑警大队荣立集体二等功一次，赵连起、姜长庚荣立一等功……"

十七年前的龙山森林公园月牙湖，一叶小舟荡在晚风中，湖水在夏日的月光中显得很幽暗。年轻的敖拉倚幽怨地说："你两次卧底，第一次牺牲了爱情，第二次牺牲了爱人，换来的是赵连起和你的荣耀。而我牺牲了自己的幸福和家传的鸡血麻神。麻神比我的生命还要重要……"

想到这里，姜长庚的脑子更乱了。他快步向敖拉倚走去，以致惊飞了落在敖拉倚肩上的鸽子。敖拉倚奇怪："怎么来得像风一样？"姜长庚说："拉倚，我可能又要忙一阵了，小艺的事儿你还要多费心。"敖拉倚说："你啥时不忙过？长庚，眉头紧皱的在想啥？"姜长庚说："我……在想……我们第一次见面的地方。"敖拉倚感慨地说："一品香小酒馆，现在的曼丽酒吧，三十多年了，我们老了，这个小店却越来越年轻、越来越浪漫了。"

姜长庚说："过去，在人生的上半场，我们在为职位、业绩、薪金的上升而奋斗；现在，在人生的下半场，我们在为血压、血糖、血尿酸的下降而努力。回想起来，没有什么物质可以永恒。"敖拉倚感慨："是啊，想当年，我们的契丹祖先和你们汉族祖先打了那么多年的仗，可是说没影就没影了。"姜长庚说："契丹，赢了屠城，败了纵火，你不会拿我这个当代汉人报祖先的仇吧？"

敖拉倚向姜长庚暧昧地一笑："我还没那么狭隘，我们之间，以情开始，也终将以情结束。老姜，你在全力撮合龙大章和朱丽雅？"姜长庚奇道："你怎么知道？"敖拉倚说："我是女人，契丹贵族的聪明女人。你为朱丽雅创造条件，就是在变相地干涉美祺的婚姻。但是，日久不一定生情。"姜长庚说："美祺是我的女儿，我为什么不能'指引'她的幸福？"敖拉倚说："三十年前，我父母也是在'指引'我的幸福，可是，我幸福了吗？"姜长庚说："那是他们狭隘的民族主义害了你，美祺和你不一样。"敖拉倚说："我不想和你争辩什么，我们去曼丽酒吧坐坐？"

曼丽酒吧，萨克斯曲《雨一直下》把这个夜晚渲染得浪漫而忧伤。龙大章喝了一口咖啡说："这首曲子很有味道。"姜美祺深情地看着龙大章："我妈妈最喜欢这首曲子了，我妈妈喜欢萨克斯，可是她再也听不到了。"龙大章说："又感伤了，这么多年，就知道你与师傅一起过，一直没敢问你，你妈妈去哪儿了呢？"姜美祺说："她在天堂……"

她的眼泪掉下来了。龙大章赶紧给她擦眼泪："是我不该问，咱们说点儿高兴的事儿吧。"

酒吧外，姜长庚和敖拉倚注视着龙大章和姜美祺。敖拉倚小声地说："给爱自由吧。"姜长庚凝重的脸抽动了几下，本想说明为什么不能让美祺嫁给大章，问敖拉倚是否和鸡血麻神案有关，可他现在连这个兴趣和勇气都没有了。

酒吧内，姜美祺的眼泪还没有断线："明天是我妈去世十五周年的祭日。我爸太苦了……唉，不说这个了，我想喝酒。"龙大章向服务生摆手："服务生，来瓶红酒。"

龙城的傍晚，一层灰蒙蒙的雾，看不见蓝天白云，整个城市更显得拥堵。朱丽雅穿着性感的晚礼服打车来到龙城影都门前，优雅地下了车，向售票处走去。

龙城影都门前，一对对情侣进入了影院。朱丽雅拿着两张票坐在影都门前的台阶上，焦急地看着表，不时地想打电话又放下。她终于拿起手机打电话："大章，走到哪儿了？……电影要开演了，这可是最后一场……忘了？……我等你……来不了？"

朱丽雅沮丧地放下电话，向售票处望去。售票处前挤了几个人。一个男青年焦急地对售票员说："大姐，怎么没票了呢，我们可是专程来看这个电影的，我女朋友还没看过3D电影呢，你想想办法吧。"售票员说："没办法，明天再看吧。"男青年失望地说："她明天就要到北京做心脏移植手术了……"

朱丽雅把票塞到那男青年手里，转身离去。那男青年怔了半天："妹妹，给你票钱。"朱丽雅在夜色中失落地走着，在大章和美祺之间，她不认为自己是第三者，她相信每个人都有公平竞争的机会，婚恋也不例外，她不想轻易放弃。她和龙大章共同破案的过程在脑海里一遍遍地回闪。这时，她和一个人撞了个满怀。

朱丽雅一惊，问："周大队，这是干啥呢？"周至祥说："散步，我每天晚上都要走上一圈儿，削削这腐败的肚子。哎，不是看电影去了吗？"朱丽雅说："不看了。"周至祥说："对了，丽雅，下班后市局来电话，让你把借的什么卷宗送回去。"朱丽雅略一回忆："卷宗？噢，是不是凤城涉黑组织那个'东北新干线'的卷宗？"周至祥一愣，马上恢复常态："好像是……这个，还有一个姓什么的人的材料。"朱丽雅问："姓金？"周至祥说："我也没听清。"

周至祥走了，朱丽雅望着他的背影，感觉哪儿不对。

6

那所豪华住所里烟雾缭绕，围棋盘上已经摆上了不少棋子，金疤瘌表情黯淡地落了一枚黑子，看不见脸的神秘人落了一枚白子。

金疤瘌问："大哥，你说姜长庚在找我？"神秘人说："不仅仅是找你，老姜在挖凤城案的根儿。"金疤瘌问："那怎么办？不行我外逃吧。"

神秘人瞅了瞅眼前这个胖子："外逃？我跟公安斗了大半辈子，啥时候像老鼠一样东躲西藏了？再说，我们离开了生我养我的根据地，就是流民、难民。没了龙城的人脉，就得低三下四地从头开始，容易吗？"

金疤瘌拿着一枚黑子举棋不定地说："那倒是，可是咱们该怎么办呢？"神秘人说："危险来了，就地趴下，那是孬种。我想你已经改了名、整了容，他一时半会儿的找不到你。"神秘人落下一枚白子："我要和老姜斗智斗勇地玩上一着险棋——到敌人后方去！"

"啪"——一枚白子落在了一群黑子中间。

姜长庚走进家门，看了看表，把他和夫人的结婚照拿出来看着发呆。白小艺安静地写着作业，头也不抬。姜长庚不时地向白小艺这边望望，见她毫无反应。正要和小艺说话，手机来了一条短信，"老姜，收手吧，不然，你的两个宝贝女儿就要找她们的妈妈去了。"姜长庚一愣，向白小艺看了一眼，脸上现出凝重的表情。

其实，姜长庚当了近三十年刑警，两次卧底，接到过各种恐吓电话或短信，但他从未像今天这样震惊过。因为，他心里受过很大的伤痛——妻子满脸是血，他抱着她向前走去……白小艺小的时候问："姜爸，我是谁家的孩子？"

姜长庚快速地回了条短信："你是谁？想干什么？"

短信很快回复："不要问我是谁，二十三点，植物园，我们谈谈。"

姜长庚看了看表，再度沉思起来。白小艺看了姜长庚一眼，没有说话。

夜色撩人，微醉的姜美祺和龙大章手拉手走在大街上。

姜美祺充满浪漫而又忧伤地说："我从小就喜欢这么在夏日的晚上走在大街上。十一岁前，爸爸忙，妈妈总是领着我这么走，给我讲故事；十一岁之后，爸爸忙，妈妈上那边去了，我就不这么走了。"

龙大章站住，搬过姜美祺的脸："过去只知道你是个懂事儿的小姑娘，没看出来你有这么多的忧伤。"姜美祺说："不知道二十六岁后……还有没有人总陪我这么走啊走。"龙大章把姜美祺的手拉住，深情地说："我这不是陪着你呢吗？"

姜美祺娇羞地挣脱手："我说的是一辈子，一辈子！"龙大章要亲姜美祺，姜美祺向前跑去，龙大章追了过去，路上洒下一串笑声。

黑暗的角落里，有个戴鸭舌帽的男人一会儿躲在树后，一会儿疾步前行，偷偷地跟踪着龙大章他们。龙大章警觉地向后望去。鸭舌帽立刻躲了起来。

姜美祺瞅瞅龙大章，又瞅瞅前后左右问："瞅什么呢？"龙大章说："没什么。"姜美祺不悦："我说话你也不听，总往后瞅啥？噢，我明白了，你是在等待警花出更。不理你了，不理你了——"

龙大章说："天晚了，你醉了，我送你回去吧。"姜美祺醉眼蒙眬地说："不，我喜欢醉的感觉——（唱）今夜无眠……今夜……礼花满天……"她猛地蹿到龙大章怀里，双手把在龙大章的脖子上，幸福地闭上了眼睛。任路边的行人车辆匆匆而过，他们就是不动。

龙城市植物园，姜长庚一身休闲打扮，戴一鸭舌帽，坐在公园的长椅上，静静地等待着。公园里几乎没了人，只有夏夜的风吹着树叶"沙沙"作响。他坚信这不是一个恶作剧，因为他查的案子离"大鱼"越来越近了，对方已经沉不住气了，不管见到的是什么，他都要看一看。

姜长庚的手机屏幕亮了："向前走，到月牙湖东岸，合欢林边。"

合欢林边，黑漆漆的没有灯光。姜长庚起身向周围看了看，朝那边走去。

龙大章和姜美祺也来到了植物园。龙大章坐在龙城市植物园广场姜长庚坐过的长椅上。姜美祺枕着龙大章的腿躺在那里，幸福地望着天上的星星："一颗两颗……大章，这是我家的后花园。"龙大章说："你家园子快赶上慈禧太后的院子大了。"姜美祺陶醉地说："多么清凉的夜晚啊！星星、月亮都那么亮。"

龙大章俯下身去要亲姜美祺："今夕何夕，遇此良人。"姜美祺假装挣扎着："可别酸了，我冷了。"龙大章马上停止了，脱下半袖给姜美祺披上。姜美祺说："你们当警察的是不是都缺点儿啥啊？"龙大章问："缺啥？"姜美祺说："情调。"龙大章说："倒过来念就是调情……"他去搂美祺，姜美祺躲开："又来浑的是吧，欠削。"说完，顺势依偎在龙大章怀里。

植物园合欢林边，这里已经没有了路灯，月光拉出黑乎乎的树影，没有一个游人。姜长庚站在那里，身后传来一个男人的声音："不愧是孤胆英雄，站在那儿不许动，别回头！"

姜长庚镇静地说："你凭什么判断我不会报警？"神秘人阴冷地说："第一，我知道你的为人；第二，你报警以什么理由呢？"姜长庚问："想和我说什么？"神秘人说："让你停止对鸡血麻神案的追查。"姜长庚问："为什么？"神秘人说："你我都不想再死人，你两次卧底给你带来了什么……"

姜长庚说："这是我的职责。"神秘人说："不要跟我谈职责！你的职责是少让无辜的人伤亡，多让你的家人生活得美满。而你，过去保护不了家人，现在，美祺和小艺都在我们的控制范围，他们就在你刚坐过的长椅上！"姜长庚问："你想叫我怎么办？"神秘人说："我们把鸡血麻神的一半儿交给你保管，你不能交给博物馆，也不能再抓人，抵押物是你的两个女儿。"姜长庚问："我要是不答应呢？"神秘人说："那只好鱼死网破了。"姜长庚问："鸡血麻神在哪儿？"

神秘人阴冷地说："你要找的东西在你正前方第八棵树下，那是半副麻神，你收到后要好生保管，若是上交或丢失，你的家人将和我手里的半副麻神一起从在这个世界上永远消失！你对公安事业付出的太多了，可你失去了人生最重要的东西。我劝你，收起东西，给美祺找个好婆家，安心当你的副局长。"姜长庚斩钉截铁地说："我不同意！"

没有回声，姜长庚猛地转过脸来，什么都没有。他认真地搜索刚才神秘人说话的地方，并没有发现一个人。他转回身，快步向林中走去。对于神秘人的话，姜长庚有一种无形的恐惧。想到"东北新干线"，他知道这些人什么都做得出来，他妻子的遭遇便是最好的证明。他不怕自己在战场上流血牺牲，但是怕他的家人再有一点儿闪失。他觉得有一张无形的大网笼罩了他，自己竟然觉得无能为力。

龙大章和姜美祺依偎在一起，四周只有"沙沙"的风声。

龙大章坐直了说："回去吧，快到半夜了，你爸该等着急了。"姜美祺抬起头说："不想回去，好久没这么放松自己了。"龙大章问："你爸对你不好吗？"

姜美祺说："太好了，对白小艺比对我还要好。可是他没有保护好妈妈，我们常怪他，他也很难受。我爸今年老得快，头发都白了不少……"

龙大章瞪大了眼睛一指："看——美祺，那是谁？"姜美祺顺着龙大章的手指望去，就见姜长庚正匆匆地向园外走去。姜美祺大声喊："爸爸——"

姜长庚吃了一惊，回头看见龙大章和姜美祺向他走来，便站住了。

姜美祺说："爸爸，这晚还出来？"姜长庚说："你不在家，我憋得慌，出来杀盘象棋。（抖抖手里的布袋）美祺，以后晚上不许出来！"

姜长庚没理龙大章。龙大章看着他们走出园门，看见姜美祺向他挥手，觉得有些奇怪。

姜长庚把手提袋放到自己的卧室里，出来了。白小艺瞪大眼睛看着他们，就是不说话。

姜长庚说："美祺，再也不要这么晚回来了。你看，小艺还在等你呢。"姜美祺说："爸爸，你对大章怎么能那态度呢？我都多大的人了，我要自主！"姜长庚严肃地说："听话！我当了三十多年刑警，能不得罪人吗？"

姜美祺倒在沙发上："那么严厉干什么？"姜长庚挨着美祺坐在沙发上，

温情地说："美祺，听爸的话，你以后不要和大章来往了。直帆对你挺好的，一个女孩子，有个安稳、富裕的家，就是大福。"

姜美祺瞪大眼睛："为什么？你嫌大章是农村的？"

白小艺从卧室里出来："我看龙哥哥好。"

姜长庚语重心长地说："美祺、小艺，我郑重地告诉你们，大章是刑警，作为一名刑警，他时时处处站在刀尖儿上。老爸不能让你有任何的闪失。当刑警的有时能保护别人，却保护不了自己或自己的亲人。别说了，明天是你妈的祭日，我们还得起早呢。"

白小艺说："我也去！"

这时，姜长庚的手机铃声响了，他向卧室走去。短信上写着："不要心存侥幸，美祺和小艺二十四小时在我们的监控中，保护好到手的东西。"

姜长庚关了门，打开那个手提袋，又打开几层包装纸，里面的半副鸡血麻神在夜色中泛着红光。他拿起几张牌，对着灯光仔细研究起来。他当了三十多年的刑警，顶住了无数次威胁利诱，曾被称为"孤胆英雄"，这一次他该怎么办呢？姜长庚放下麻将，拿起夫人的照片，沉思着，他希望能从这老照片的笑容里找到答案。

姜夫人说："老姜，你是一名警察，我支持你！"

神秘人说："不要心存侥幸……不要心存侥幸……不要心存侥幸……"

姜美祺说："你没有看好妈妈……你没有看好妈妈……你没有看好妈妈……"

姜长庚痛苦地微闭着眼睛向后仰着，门响的声音吓了他一跳。白小艺站在门口："姜爸，你还没睡吗？"姜长庚说："嗯……啊，这就睡……"白小艺说："姜爸，你哭了？"姜长庚说："没什么……小艺，你有事儿？"

白小艺点了点头，又摇了摇头："姜爸，你说人为什么会有那么多的烦恼呢？"姜长庚温情地说："小艺，像你这么小的孩子，不应该有烦恼，你的烦恼来自你自己……"白小艺似乎听懂了，向姜长庚点了下头，出去了。

姜长庚伫立在窗前，发现天不知何时又有了一层非云非雾的东西，犹如自己的心境。

第十章 弃名拒奖，恶势反制

1

龙城的早晨，天空下着毛毛细雨，行人打着伞匆匆忙忙地走着，一团灰雾，朦胧而清冷。

敖拉倚一个人站在阳台上，蓝白色的连衣裙在雨中特别显眼。她远远地看着姜长庚拿着一包东西，和姜美祺、白小艺上了出租车，一直消失在龙城的烟雾中。她阴沉地转身进了屋里，屋里便响起了忧伤的琴声《雨一直下》。

龙山的公墓没有琴声，这里被雨洗得洁净而肃穆。在一块墓碑前，姜长庚领着姜美祺和白小艺鞠躬，献上白菊花。

姜美祺含泪说："要是妈妈还在该多好啊。"姜长庚低沉地说："是啊，要是你妈妈还在，我们可能正在对面的山上野游呢。可是，就有人不让别人活得好。给你妈上炷香吧，香能通神。"

白小艺用打火机点香，但怎么也点不着。姜长庚拿过香，放在香炉里，一点就着了。他肃穆地行了个礼："祝福你们的妈妈吧，我没有保护好她。"
姜美祺含泪说："爸，妈妈不会怪你的……我以后也不怪你了，你是一名警察。"

　　姜长庚说："可我自己打不开自己的心结。"白小艺仰起头："姜爸，在去世的人面前能说谎吗？"姜长庚和蔼地说："不能，孩子，任何时候都要做一个诚实的人。我信奉前辈的一句话：真话不全说，假话全不说。"

　　白小艺直视着姜长庚的眼睛："那好，姜爸，我问你，我爸妈在哪儿？"姜长庚久久地看着白小艺说："跟我来。"

　　姜长庚领着白小艺和姜美祺转了几个墓区，来到了一座久无人扫的墓前，伫立。墓碑上写着：王彪、白文静之墓。与其他墓不同的是，这个墓没有写立碑人。白小艺用奇怪的眼神儿瞅着姜长庚，过往的一幕又出现在眼前……白小艺读信："你父亲叫王彪，母亲叫白文静。"

　　姜长庚看着发呆的白小艺，沉重地说："这就是你爸妈的墓，好好扫扫吧，十七年没人扫了。"白小艺说："姜爸，你能告诉我，我爸妈是什么样的人吗？"姜长庚说："他们先是好人，后做了坏人，最后又成了好人。"白小艺问："我爸妈是怎么死的？"姜长庚说："车祸……"

　　此时，白小艺又想起了那封信——"知道你父母是怎么死的吗？是姜长庚打死的。你不思报仇，却认贼作父，可悲啊！"她气愤地说："你骗人！"说完，冒着雨哭着向外跑去。姜美祺紧紧跟了出去。姜长庚望着她们的背影发呆。

　　白小艺一把眼泪一把雨水地跑回来时，敖拉倚正站在书房里朗诵着《木叶山你在哪里》的文稿："唐宋散文八大家之一的苏辙为贺辽主道宗耶律洪基五十七岁生日，于公元一〇八九年出使辽国，作诗《木叶山》一首。他以'民生亦复尔，垢污不知作。君看齐鲁间，桑柘皆沃若'，表明诗人登上了木叶山看到了当时契丹人民的生活风貌。从诗词中不难看出，苏辙是在当年晚秋写了这首诗，这也恰好是辽主祭木叶山的时刻……"

　　敖拉倚放下书稿，打开抽屉，拿出那半张地图，仔细地看着。她拿出一张纸，在上面写着：大青山、大黑山、鸭鸡山、海金山、锅撑子山……她在鸭鸡山和海金山上画了个圈儿，希望从古诗中能找到木叶山的蛛丝马迹。

　　雨中的白小艺拿着伞准备敲门，在敖拉老师家门缝里又看到了一个信封。

她抽了出来，打开信封。

那是一张一九九五年七月十九日的《凤城日报》，头版头条标题是《"东北新干线"覆灭记》，旁边配有姜长庚归来时的照片。"把王彪、赫老二特大贩毒集团头目送上断头台的正是这位孤胆英雄姜长庚……"看到这里，白小艺扔掉了伞，转身往街上跑去，慌乱中碰倒了一盆芍药。

敖拉倚闻声开门出来，只发现白小艺的背影和一把在楼下被风雨吹得滚动着的伞。

神秘人站在那处豪华住所的阳台窗前，看着雨中奔跑的白小艺，阴郁地笑了。他向笼罩在烟雾中的屋里咳了一声，金疤癞跑过来："大哥，该做的都做了，老姜不会找到我吧？"神秘人向窗外望着白小艺："看啊，雨下得正来劲儿呢。我想……老姜目前不一定顾得上你。他自己家的事儿也够他操心的了，还有时间找你？"金疤癞问："我们怎么办？"

神秘人阴沉地说："自从王彪发展的那个李秃子反水，我们'东北新干线'的得力干将越来越少了。要想对敌斗争，就要发展我们的势力。比如说，麻神馆那边那个刘尔贵，龙城惯偷时猴子，资源不能浪费啊。"金疤癞说："都是些下三烂、小角色。"神秘人说："别小看这些小角色，《水浒传》里有个时迁，小偷却作了不少大案。"

金疤癞说："那个时猴子就以时迁的后人自居。只是，时猴子这个人自小在社会上混生活，油滑得很，就是一个东倒吃猪头西倒吃羊头的墙头草。给公安当过眼线，给我们打过下手，有奶就是娘。这个农村痞子，整天在城里混，成了惯偷，不好掌控啊！"

神秘人说："这个人有个致命的弱点——怕硬，只要你们把他收拾老实了，让他干啥他干啥。拿下他，再让他策反刘尔贵就容易多了。'东北新干线'是一幅大作，而这篇作品少不了契丹文化。真正的契丹文化都在那个博物馆，博物馆的事儿只有他俩能办地道，那俩小子缺钱。"

金疤癞点头："是，只要给个仨瓜俩枣的，他们啥下三烂的活儿都干。找时间让武玉鹏和时猴子拉呱（联系）一下。"

神秘人说："时猴子怕死，刘二棍怕穷，武玉鹏怕软，'河西三害'要全部为我所用。但是，不能让他们知道咱们的秘密，他们只能做外围人员，可以让他们干点儿跟踪之类的活儿。"金疤痢一拍脑门儿："还真忘了这个茬儿了。"

2

被周至祥分配去暗访"两抢"工作的龙大章漫无目的地走在大街上。他心里还在想着鸡血麻神案。打假案匆匆而来，草草收场，动了钱如意的奶酪，会肥了谁的腰包呢？他决定还是要沉下去，沉到时猴子之类人的生活中。就在龙大章跟踪时猴子的时候，惊奇地发现，时猴子也在跟踪一个人。

龙城大街上，白小艺不知所措地在前边走，时猴子鬼鬼祟祟地跟在白小艺的后边。龙大章警觉地跟了上去，在同学开的锁店拐角处，时猴子不见了，龙大章紧跟了几步，与折回的时猴子撞了个满怀。时猴子想走，龙大章一把抓住了他，把他拖进了锁店。

龙大章把时猴子推进里间："鬼鬼祟祟干啥呢？"时猴子说："没……没干啥……穷逛。"龙大章问："猴子，你在跟踪白小艺？"时猴子说："没……没有啊。"龙大章说："不要跟我耍滑头，你要敢打白小艺的主意，我饶不了你！"时猴子忙说："不敢，不敢。"龙大章说："我要你给我的那画像师傅呢？"

时猴子说："这个人是个高人，一般人找他他是不会去的，刘尔贵说公安找他，他才勉强答应下来，一会儿他就去队里找你。"

龙大章想起自己在大裤裆菜窖受辱的事儿，便气不打一处来："猴子，你教我开锁的技术不过关呀。"时猴子觍着脸说："龙警官，我就那两下子了。"龙大章看了看时猴子，对男同学说："老同学，再借你这儿练练手。"

男同学说："没问题，我这儿锁全。"

龙大章把时猴子的眼睛用胶带一蒙，随手拿出各色大小不一的锁头十几把，"咔咔"把时猴子锁了起来说："我看着你开，啥时候打开再回去吃饭。"

说完，把门反锁上出去了。

时猴子从内衣兜里摸出五根铁丝，试探着开起锁来。只一会儿工夫，时猴子蒙着眼拎着一串锁放在龙大章面前。龙大章惊讶地看了看表："五分钟蒙着眼打开了十七把锁！"时猴子得意地说："还不包括屋里的所有柜子。老板，去你屋看丢东西了吗。"龙大章和男同学进里屋一看，所有的箱柜、保险柜都被打开了，但是钱还整齐地摆在那里。

龙大章说："你比刘尔贵厉害多了，知道他在忙啥不？"时猴子说："他的原配从李秃子那儿又回来了，俩人买了个三轮卖水果呢。"龙大章说："总算务些正业了。"时猴子说："他务正业？三天打鱼两天晒网的。"

时猴子走了，大章对男同学说："把他开锁的视频给我拷贝下来，我回去认真研究一下。"

刘尔贵垂头丧气地拎着书籍等物品从博物馆里出来，龙小晴跟在后面送他："刘哥，以后有什么打算？"刘尔贵无精打采："人要是倒霉喝凉水都塞牙。我能怎么着，脚踩西瓜皮——滑到哪里算哪里吧……"

刘尔贵媳妇骑着卖水果的三轮车在门外等刘尔贵。这时，城管的车过来了，刘尔贵媳妇赶紧骑着三轮车跑，却不料车撞在马路牙子上，水果洒得满地乱滚。她边捡水果边骂："刘尔贵，你个稀蛋怂玩意儿，好好的工作你弄丢了，让我跟着你推车受累。"刘尔贵放下书籍走过去，帮助媳妇捡水果："别磨叨了，怨我吗？（朝着博物馆）于伟绩，你个不讲情面的东西！"刘尔贵媳妇说："我这辈子跟了你算倒八辈子血霉了。"说完，把车一扔，独自走了。

刘尔贵正骂着，一回头，发现于伟绩夹着包正瞪着自己。他一脸尴尬地说："于……馆长，你……你在啊？！"于伟绩没好气地说："你希望我不在了呗？又来干什么？"刘尔贵点头哈腰地说："于馆长，我的事儿就没有余地了吗？"

于伟绩气道："要什么余地？我本来退休能弄个副处，这连副科都保不住了。你的忙，我帮到头了。"

刘尔贵求道："于馆长，别这样啊，你上次不是帮了我的忙吗？您老人家帮人帮到底，您是专家，能不能告诉我那张图到底是什么图啊？"于伟绩说："我帮你？不是为了博物馆这儿少点儿麻烦，我就让你在里边待着。我可跟你说，我儿子海平，你们常在一起混吧？我帮你，你也要帮我，不要让他天天泡在麻将屋里。"刘尔贵说："这个……我帮你。"

于伟绩神秘地说："你那张图，比你的命值钱。"他小声说道："像是传说中的半张《辽域地志》，不过，得找到另外半张才能确认。"刘尔贵面带惊喜："到哪儿找那半张去？"于伟绩反问："你问我啊？我还想问你呢，这张图到底哪儿来的？"

刘尔贵说："真是我家祖传的。"于伟绩轻蔑地说："还祖传的呢，你祖宗是谁知道吗？"刘尔贵激动地举起拳头："于大头，你说这话像人话吗？"

于伟绩看刘尔贵恼了，忙赔笑说："二棍，我跟你闹着玩儿呢，我给你赔礼。这一天天的。真是的……不过，二棍，跟你说句真心话，这张图很珍贵，有可能关系到整个龙山是谁的。你要是不想有麻烦，就不要和任何人说起这张图的事儿。"于伟绩说完，扬长而去。

刘尔贵望望已经走远的媳妇，气愤地踢了车一脚，却又笑了。他急三火四地跑回家里，把秤盘往桌上一扔，找到那张图，用放大镜反复地看着。

媳妇叉着腰、瞪着眼过来："天天盯着这张破图看、看、看，能看出满汉全席来啊？"刘尔贵说："哪天我要是发达了，你管我叫祖宗我也不答应。"媳妇嘬了下紫牙花子："你发达？除非太阳从月球上出来！我让你看！"她一把抢过那半张图，团起来向窗外扔去。

刘尔贵赶忙跳起来，向窗外望了望，有雨点儿从打开的窗户斜射进来。他愣了一下，猛地开开门，光着脚向楼下跑去。刘尔贵媳妇气得直跺脚。一会儿，刘尔贵满脚是泥地拿着那半张被淋了雨水的老羊皮地图喘着气上楼了。借着光，他发现被雨淋的地方显示出字来。他把那地图展开，放在桌子上，瞪大眼睛仔细看着："这是什么字呢？"

比刘尔贵看地图内行的是敖拉倚，她戴上老花镜，拿着放大镜，在那半张地图上扫描了半圈儿："契丹小字，翻译过来是真寂寺。"

真寂之寺现辽烟，善福佑护福绵绵。佛祖涅槃得正果，唇齿相依二百年。

人生若得真寂寥，物得清闲人安然。佛山圣水通灵地，人缘深处是佛缘。

她自言自语道："我记得父亲说，真的《辽域地志》是用契丹大字写成的，假的？！"

窗外有警车驶过，敖拉倚把地图扔在桌上，向阳台走去。她看见几辆警车驶过，嘴角上挂着一丝让人难以觉察的笑。她悠闲地向一楼走去，进了一楼厨房，按了一下按钮，操作台慢慢地移开了。她又拧了一个开关，地上的一个盖板翘了起来，露出一个暗道。她回了一下头，向暗道里走去。

3

伏龙区公安局刑警大队，龙大章把那个制假的南方人带到小会议室。朱丽雅带着一个光头的中年人走了进来："大章，这就是你找的画师。"龙大章礼貌道："画师，您贵姓？"画像人并没有回答，淡淡地说："我们工作吧，说说要画的人的基本情况。"

制假的南方人描述着，画像人并无一言，认真地画着素描头像，龙大章和做假石头的南方人在旁边看着。龙大章说："看看这回像不。"南方人说："太瘦的啦，我系（是）说，那人全身都发圆的啦。"

画像人把所画的脸往上收了收。南方人说："那人看着像系（是）有两个下巴……对啦，他虽然包得很严密，但我还系（是）看见他左脸上像是有个疤的啦……"

姜长庚阴沉着脸走了进来，看了看龙大章，又看了看那张画像，眼前闪出金疤瘌那似笑非笑的表情。他严肃地说："大章，知道自己的职责吗？'两抢'案破得怎么样了？"龙大章说："姜局，我想按照画像发动群众就能找到这个人。"姜长庚说："别说了，管好自己负责的事情，不要插手别人的案件，去吧！"龙大章不情愿地敬了个礼："是！"姜长庚对看守的民警向南方人努努嘴："把他押回去！（对画像人）大师，您辛苦了。"

民警押着南方人走了，画像人被姜长庚请进了大队长室。姜长庚对画像人伸出了手："文住持，您都亲自来了。"文住持不急不缓地说："能助力除恶，也算做一善事。老衲不想过问俗怨，只劝除恶务尽啊！"姜长庚说："文住持，这一点我知道，只是现在还不是时候，过些日子再请大师画像。"

文住持双手合十，转身告辞。姜长庚送走画师文住持，看着那张画像，又从抽屉里拿出一张金疤瘌的照片，对比着。姜长庚从抽屉里拿出那枚扣子，仔细看了起来。

十七年前，赵连起把姜长庚袖口那枚奇怪的扣子摘下来，沉痛地说："老姜，你为咱们大队争了光，可你付出的太多了。我要到政府工作了，刑警大队就交给你了……"姜美祺说："你没有看好妈妈……你没有看好妈妈……你没有看好妈妈……"

这时，姜美祺忧郁地进来了。姜长庚问："小艺……没事儿吧？"姜美祺焦急地说："上敖拉姨家了。可是，就她那脾气，她不会就这么罢休的，怎么办啊？"

能怎么办？姜长庚这把过去无比锋利的宝刀现在已经钝了，他不知道他的对手要走哪步棋，更不想再失去任何一个亲人。他突然站起来，把那张画像撕碎扔到了纸篓里。

姜长庚回到家里，疲惫地靠在沙发上，看着电视新闻。电视播音员播报："近日，我市伏龙区公安分局连续破获了三起'两抢'案，抓获犯罪嫌疑人五人……"他对美祺和小艺叮嘱道："美祺，小艺，现在龙城治安状况不太好，连续发生'两抢'案，你们晚上不要出去。"姜美祺放下遥控器说："龙大章不是破了三起了吗？"姜长庚说："捉不尽的虱子拿不尽的贼，一定要小心。"

白小艺闷头看书，没有吱声。姜长庚把门反锁上回卧室了。白小艺的手机屏幕亮了："我没有骗你吧？你要想报仇，就按我们说的去做。"

姜美祺抬起头问："小艺，谁来的短信？"白小艺钻进被窝："没……没什么，我们乐队的。"姜美祺问："不是又拉你去搞什么商演吧？我可跟你说，没钱和姐要，演出不能去！"白小艺拉长声："知——道了——大姐。"

姜美祺睡了，白小艺在被窝里偷偷地回着短信。

　　夜晚的伏龙区公安宿舍里传来阴森的音乐声，一根钢丝悄悄地捅进锁孔里，拨动着锁簧。鲁运斜躺着看电视里有关闹鬼的悬疑片。突然，他发现门一声不响地开了，却不见一个人影。鲁运从床上起来，惊恐地问："谁……谁呀！"

　　没人，门又慢慢地关上了。等鲁运瞪大眼睛看时，门又开了，一副鬼脸扑了过来。鲁运吓得"啊呀"一声，从床上滚了下来。

　　灯亮了，鲁运惊魂未定地说："师弟？我怎么没见你开门呢？"龙大章说："师兄，这在武林上叫无影手。"这时，朱丽雅听见声音过来了。龙大章说："正好，二位，我抓了两个'两抢'的嫌疑人，帮忙审一下。"

　　鲁运说："怕是又要通宵难眠了！"龙大章拽起懒洋洋的鲁运，三个人说笑着向外走去。

　　一缕霞光透过薄雾唤醒了这座塞外城市。晨练的人们，欢快的舞曲，让这个城市开启了新的节奏。

　　敖拉倚在这晨练的人群中格外显眼，她不时地看表，像是在等待什么人。

　　姜长庚起来穿上运动服和运动鞋，准备出门。他走到门口，愣住了——门开着。他疑惑地看着锁，这时他的手机短信来了："看到你家的锁了吗？是不是开着啊？告诉你吧，出入你家对我们来说不费吹灰之力，了事求平安吧！"

　　他转身急忙去美祺的卧室，发现姜美祺和白小艺睡得正香。再看屋内放鸡血麻神的地方，没有任何异常。姜长庚来回巡视着屋里的一切。惊醒了的姜美祺问："爸爸，一大早来回走动干什么？"姜长庚说："没什么，你们昨晚没人开门锁出去吧？"白小艺说："开锁干什么……"说完又睡了过去。

　　姜长庚心存疑虑地买回早餐，边往餐桌上摆碗筷、倒豆浆边说："美祺、小艺，你们快吃吧，一会儿凉了，我得上班了。"姜美祺擦着脸出来："爸，你也吃口再走吧。"姜长庚说："来不及了，大章他们抓住个抢劫者，我得去看看审得怎么样了。"他向白小艺这边看了看说："小艺，和姜爸再见。"白小艺呆呆地望着姜长庚，没有吱声。姜长庚出去了，白小艺又蒙头倒在床上。

　　姜美祺走进卧室推白小艺："小艺，起来吧，姐知道你难过，可是过去的都过去了。"白小艺眼泪流下来说："大姐，我吃不下。"姜美祺说："小艺，不要和自己过不去。不吃饭、不睡觉、不高兴，只能使你憔悴和抑郁，会让你变老变丑的。"

白小艺说："大姐，我难受……"姜美祺把白小艺从床上拉起来说："每个人都会有很多痛苦，我们要学会忍受和忘记。来吧，姐喜欢快乐的白小艺。"白小艺哭道："姐……"白小艺和姜美祺抱在了一起。

姜美祺上班后不久接到了龙大章的电话，说要和她谈点儿事情，他们相约在龙城契丹广场见面。见面后，龙大章告诉美祺，小艺在打听自己的身世。姜美祺说："是啊，挺上心的。"龙大章问："小艺最近怎么了？"姜美祺忧郁地说："可能是那天到墓地见着她父母的墓受刺激了吧，很难过。"龙大章说："问题好像没那么简单。白小艺是一张白纸，她在怀疑自己的身世，说明她听到了什么闲言碎语。"姜美祺说："不会吧，在龙城只有爸爸、敖拉姨和我知道她的来历。"龙大章说："你想想，在师傅大力侦破鸡血麻神案的时候，突然有人给白小艺提醒身世，这是为什么呢？"

一阵吵嚷声传来，龙大章和姜美祺向前面望去，就见白小艺和她男同学与两个年龄相当的青年打成了一个团儿。姜美祺跑过去大喊："住手，都给我住手！"一个头发染得像鹦鹉一样的少年是钱如意的儿子钱无迪，手持一把水果刀去刺白小艺。龙大章一把抓住了他的手腕喝道："住手，我是警察！"龙大章亮出警察证，钱无迪等人一哄而散。

姜美祺扯过白小艺："小艺，怎么能和别人打架呢？"白小艺低着头，不吱声。她的男同学一口娘娘腔："他们骂她……骂她是野种啊，就欠咒（揍）！"

龙大章说："小艺，那也不能打架。我们是有教养的人，不能和垃圾人一般见识。走，我们回去吧。"白小艺一扭脸："不！"她转身对男同学说："我们走！"

白小艺和她男同学快速地消失在绿荫中。姜美祺心痛地看着她："这孩子受刺激了……"

傍晚，姜长庚回到家里卸下原来的门锁，又换上新的门锁。他把几把钥匙都试了一下，回到卧室，打开保险柜，拿出鸡血麻神看了一下，又收了起来。他坐在沙发上，不时地看着表。传来敲门声，姜长庚去开门。

姜美祺问："爸，换锁了？"姜长庚点头："嗯，看见小艺了吗？"

"当当当"很响的敲门声，姜长庚去开门。白小艺进门阴着脸直奔卧室，和谁也不说话，一头倒在了自己的床上。姜长庚走进卧室："小艺，把新锁的钥匙给你——放床头了……出来吃饭吧。"

收拾完碗筷，姜长庚站在厨房的窗前，看着敖拉倚家那盏灯和敖拉倚映在窗户上持书的倩影。他从厨房里出来，看姜美祺和白小艺屋里熄了灯。他向卧室走去，掏出手枪，仔细地擦了擦，压上子弹，塞在枕头下，靠在床上吸起烟来。多年的往事一起向他袭来。

刚当公安时自豪的敬礼……和敖拉倚手拉手走在龙山的小道上……赫老二那疯狂的叫声和金疤癞的假笑……英姿飒爽的妻子倒在血泊中……"东北新干线"的会标变成了一条蛇……姜美祺和白小艺天真的笑变成责备的眼神……

循环往复的一幕幕夹杂着近日的种种威胁向他袭来，他今夜怕是要失眠了。他不知自己是在回想还是在做梦，从未如此纠结过。一些现象让姜长庚感到十七年前凤城涉黑组织的阴影挥之不去。他知道，自己对嫌疑人逼得越紧，对方对自己也会逼得越紧。他第一次感到这么迷惘和恐惧……

突然，一阵窸窸窣窣的响声让姜长庚警觉起来。他蹑手蹑脚地从床上爬起来，拿起枪，轻轻地打开保险，将门拉开一道小缝，向外望去。只见一个人影轻轻地打开了门，向屋内走来。姜长庚的枪口跟着那个黑影移动，借着微弱的光线，姜长庚惊讶地发现那个黑影居然是白小艺。他长出了一口气，把枪合上保险，站在窗前，向对面敖拉倚家望去。

柔和的灯光下，敖拉倚正在看一本影集，那里有她年轻时和姜长庚照的照片，在单位、在公园、在野地……看着看着，她从幸福到失望，"啪"地合上了影集。她打开音响，伫立在窗前，汪国真的配乐诗《怀想》弥漫在这个静静的夜晚。

"我不知道，是否，还在爱你。如果爱着，为什么，会有那样一次分离。

我不知道，是否，早已不再爱你。如果不爱，为什么，记忆没有随着时光，流去……只有婆娑的夜晚，一如从前，那样美丽……"

外面广场的乐曲声吵醒了姜长庚，他才发现自己竟然又睡过了点儿。他伸了个懒腰，拿出枕头底下的手枪，取出子弹，换上运动服，向门口走去。看了看开了一道缝的门，他转身，疑惑地向姜美祺和白小艺的屋望了望，回屋打开保险柜，拿了鸡血麻神，快步向门外走去。

来到伏龙区公安刑警大队办公室，他藏好了麻神，拿出那枚扣子望着。这时，龙大章进来了。

姜长庚把扣子放进抽屉里："大章，这么早就来了。"

龙大章看了一眼桌上的《鸡血石制假售假案结案报告》说："师傅，我睡不着觉啊。假鸡血石案只是'瓜蔓儿'，鸡血麻神才是'瓜蛋儿'。你不是常教导我们'顺着瓜蔓儿找瓜蛋儿'吗？"

姜长庚说："市局和区委指示我们要快侦快诉快判，不能拖了。再说，明天市局在这儿召开全市破案能手表彰现场会呢，咋也不能闹个半拉案子去受表彰啊！"

龙大章说："师傅，你不想想，在这个时候出现很多阻挠我们继续下去的力量，说明什么？说明我们侦查的方向是对的，我们已经离犯罪嫌疑人很近了，我们的明暗线……"

姜长庚摆了摆手："大章，以后别再叫我师傅了，我是副局长，这是警局，不是私人会所。我们有很多的案子等着办，不能把所有警力放在一个案子上。"

龙大章依旧坚持："姜副局长，我不同意这么草率地处理，我请求重回鸡血麻神专案组！"姜长庚说："不行！你上次没有按时破案，已经失去机会了。你现在是不是觉得没事儿做了？你和朱丽雅马上把昨天发生的那个东郊林场杀人焚尸案梳理一下报我和市局。"

龙大章严肃地说："姜局，我请示，调查敖拉倚，按画像查找那个定做假鸡血麻神的人。"姜长庚气道："胡闹！东郊林场杀人焚尸案人命关天，执行命令！"

周至祥不知何时进来了："无视纪律，无视领导。姜局，报告你看了吧，市局等着要呢。"

姜长庚默默地在报告上签了字。龙大章没理周至祥，愤愤地向外走去。他怎么也想不明白，鸡血石制假售假案就这么结案了，钱夫人等人被刑事处理，宏运奇石馆被罚得几乎停业。用钱去平衡，是周至祥的一贯思路，姜长庚就这么妥协地签了字……

就在龙大章要求调查敖拉倚时，敖拉倚家的书房里响着忧伤的琴声。琴声忽止，她从书房里出来，向楼下走去，走进厨房，输入了密码，按了一下按钮，操作台移开了。她按了开关，打开一个盖板，向暗室深处走去。在暗室，她把一个铜像的头一转，一道门打开了。呈现在她面前的是琳琅满目的鸡血石，就像一个展馆。她拿了十几块，装在一个袋子里，退了出来，门又自动合上了。

白小艺来到了楼下，敲着门，可是里面一点儿动静也没有。白小艺向上望了望，转身惆怅地离开了。敖拉倚走上阳台，把一盆盛开的月季放在阳台上。

4

龙城曼丽酒吧，龙大章和姜美祺坐在酒吧的一个单间里，变幻的灯光照着姜美祺幸福的脸。姜美祺呷了一口咖啡："大章，你似乎有心事。"龙大章说："没有。我总是处于职业氛围当中，这是不是一种病啊？"姜美祺说："自然，很严重又无法治愈的病——职业病。"龙大章问："美祺，你对敖拉老师了解吗？"

姜美祺说："她呀，从小在我心中就是谜一样的女人。听说她是契丹贵族的后代，祖先曾是契丹皇帝的一个护卫将军，丢失的鸡血麻神就是她家祖传的宝贝。因为她是我爸的初恋，所以我一向对她敬而远之。为什么问起她？你不会认为鸡血麻神案和她有关吧？"

龙大章说："我还不能确定。"姜美祺说："说你有职业病，你还真是职业病。跟你说吧，敖拉姨世代贵族，自幼学习琴棋书画、契丹文字，家教甚严。而且平时喜欢读书，品位很高，做不出鸡鸣狗盗之事。"龙大章解释道："要说她能盗窃鸡血麻神，打死我也不会那么想。可是，我总觉得她和这个案子有着某种牵连。"

白小艺突然进来："我就知道你们在这儿。大姐，你回避，我和大章哥有话说。"姜美祺噘一下嘴："这小妮子，到底谁该回避？"龙大章说："美祺，小艺可能是真的有事儿。"姜美祺说："好吧，小妮子，我回避。"

姜美祺掩上门，向外走去。看见她走远了，白小艺从包里掏出一张报纸，塞在龙大章手里。龙大章不解："《凤城日报》？小艺，你找我就是让我来看报纸的？"白小艺责怪道："大章哥，我交代的事儿，你也太不上心了。"龙大章问："什么事儿？"白小艺说："我没冤枉你吧，忘了吧？查我是谁家孩子啊。"龙大章恍然大悟："这事儿啊，我忙着抓坏人了，还真没办地道。"白小艺说："我自己查清了。你下一步要帮我查一下，我父母是怎么死的。"龙大章问："有线索吗？"白小艺说："这张报纸，马上看，看完还给我。"

龙大章读报："《'东北新干线'覆灭记》，一九九五年七月十七日，震惊全国的'东北新干线'涉黑犯罪团伙倾巢覆灭，集团成员悉数落网，把王彪、赫老二特大贩毒集团头目送上断头台的正是这位孤胆英雄姜长庚。近日，这位卧底三年、痛失娇妻的铁血英雄终于回归故里，出现在领奖台上……"

白小艺烦躁地跺着脚："别念了！你告诉我，姜长庚杀了我的父母，我该怎样对待他？"龙大章惊道："杀你父母？"白小艺指着报纸："这上面说的王彪就是我父亲。可是，老姜说我父母不是他杀的，你说报纸能撒谎吗？"龙大章说："小艺，报纸说不说谎我不知道，你姜爸是不会说谎的。这事儿，我抽时间给你查清楚。你要告诉我，这报纸是哪儿来的。"白小艺问："哪儿来的重要吗？在敖拉老师家门口发现的。（恨恨地）老姜，我要折磨你……"她说完，拿起报纸气呼呼地开门走了，龙大章叫她，她也没有回头。

姜美祺吃惊地看着白小艺跑远，她和龙大章已无心再喝咖啡，他们并肩走上龙城大桥，向下望去，四周是璀璨的万家灯火。姜美祺问："大章，小艺和你说什么了？"龙大章忧心道："她给我看了一张报纸，十七年前的《凤城日报》。她怀疑她的亲生父母是被你爸打死的。"姜美祺恍然大悟："噢？是这样。看来这就是她这几天反常的原因。"

龙大章说："这张报纸让我这几天百思不得其解的问题有了新的头绪——鸡血麻神案或与十七年前的'东北新干线'有关。"姜美祺说："'东北新干线'？已经被全部剿灭了呀，我听我爸说过。"龙大章说："我也听说过，可问题是它的成员'悉数落网'了吗？十七年前的捷报是不是掺了'水'……"

姜美祺说："你怀疑我爸他们假报了战果？"龙大章说："这都是些无根据的猜想。美祺，这样的良辰美景，我们还是说点儿轻松的话题吧。"姜美祺说："好吧，你许诺的求婚，有时间表吗？我的订婚表买后转十八圈儿前，必须送出去。"龙大章望着桥下潺潺的流水："美祺，原谅我，等我破了鸡血麻神案，好吗？"姜美祺沉默了一会儿说："要是一时半会儿破不了呢？"龙大章自信地说："没有破不了的案，你可要等我啊！"姜美祺生气说："不等。"

姜美祺向桥下跑去，龙大章追到桥下，把姜美祺揽在怀里，两个人旋转起来。远处似有一首歌曲《爱一个人好难》响起："朝朝暮暮的期盼，永远没有答案……曾经说过的话风吹云散……"

晴朗的早晨，人们匆匆上班。契丹文化广场跳舞的人群中，姜长庚和敖拉倚并排跳着。伴着《爱一个人好难》的舞曲，敖拉倚脸上洋溢着一种幸福感，姜长庚却常常踏错节拍。

敖拉倚说："老姜，你怎么总走神儿啊？你答应和我一起晨练的事儿总是失信。"姜长庚叹气："唉，最近家宅不宁，哪有心思跳舞啊。"没等说完，姜长庚踩在了敖拉倚的脚上，两个人险些摔倒。姜长庚赶紧搂住敖拉倚。敖拉倚羞涩而嗔怪地说："我们总是迈不到一个节拍上……"

姜长庚说："我们这辈子就这命吧，只能把希望寄托在下一代人身上了。"敖拉倚说："一代代希望，一代代失望……"姜长庚说："太悲观了，希望就在眼前。到了咱们这个年龄，有时就是为儿女活着，不管心里多难受，也要把微笑和阳光带给孩子们。我得给小艺她们买早点去了。"

敖拉倚苦笑了一下："你有两个孩子，可我的孩子在哪儿呢？"姜长庚说："对不起……小艺就算我们的孩子吧。"敖拉倚没再吱声，晨练的人流渐渐散去，姜长庚与敖拉倚默默地向两个方向走去。

5

晨雾散去的龙城早晨格外清爽，正像姜美祺的心情。她骑着自行车穿过人流向龙城晚报社走去，街道两旁不知何时多了两只欢快的喜鹊。姜美祺看着喜鹊，脸上露出了笑容。

龙城晚报社陈立言办公室今天格外热闹，一群记者围住了陈立言。姜美祺一本正经地说："陈主任，不——陈副总编，计生委给指标——升（生）了，今天中午一定要请客。"众记者围成了一个圈儿，喊："对，不请咱就罢工！"

陈立言站了起来："好，我请……我请……不过，不能就我自己请啊，还有两个人也得请。"姜美祺问："谁呀？"陈立言说："美祺和李主任啊，你看，我要是不给李主任腾出这个位子，他就上不来吧；他不给美祺腾出那个位子，美祺这副主任就没戏吧。"

李主任说："陈总，你这话只说对了一半儿。我的位子是你给腾的，人家美祺的位子是赵公子给的，不用搭我的交情。"

姜美祺的脸色有点儿不好，刚要说话，陈立言摆了摆手对李主任说："不会说话，人家美祺靠的是自己的工作业绩。我决定，在创造节约型社会的今天，咱们仨合着请大伙，行不？"

众记者喊："抠门！"姜美祺说："兵抠抠一个，将抠抠一窝，在陈副总编的分管下，在李主任的直接统治下，采访中心改叫抠抠中心。"陈立言说："怎么能这么说呢？领导少花点儿钱，这叫节俭；你们这些小记者节俭，那才叫抠门呢。不去拉倒！"众记者说："我们去！"

不是每一次表彰都让人欢欣鼓舞。这不，龙大章就没这心情。他情绪低落地从公安宿舍向伏龙区公安局走去，在门口碰见了朱丽雅和鲁运。朱丽雅脸上带着微笑："二师兄，你今天有喜事啊！"鲁运说："你替师兄争了光，师兄羡慕你，绝不嫉妒、恨你。"龙大章知道他们说的是什么，却笑不起来，满脑子都是鸡血麻神。

一阵掌声响过，伏龙区公安局会场液晶显示屏上"龙城市公安局现场表彰大会"的横幅似乎镀了金光。主持人宣布："经龙城市公安局党组批准，伏龙区公安分局刑警大队在侦破特大鸡血石造假案中荣立集体三等功；刑警大队侦察员龙大章荣立个人三等功，有请获奖者上台领奖！"

掌声响起来，周至祥代表刑警大队领奖。龙大章走向主席台，市局领导给他披上了绶带，笑容可掬地颁发着获奖证书。主持人说："下面请龙大章同志发表获奖感言。"

龙大章接过话筒，把红绶带解下来，披在了会议桌的扩音器上，把证书放在音箱上，台下议论声一片。他正了正衣襟说："各位领导、战友们，把荣誉放在这里，让它鞭策我们努力。侦破鸡血石造假案是我们大队全体成员共同战斗的结果，我个人受之有愧，等到鸡血麻神案侦破之时，我再接受这份荣誉。"

台上台下一下子静了下来。台上的领导像鸭子吃了筷子一样直着脖子看着龙大章。姜长庚气得脸都扭曲了，周至祥的表情很复杂，朱丽雅和鲁运急得直跺脚。龙大章谁也不看，在一片嘈杂的议论声中，放下话筒向会场外走去。

他坐在会场外的台阶上向远方望去，龙城又起雾了。此时的龙大章并没有他的战友们那么高兴，他在想，这还不是最后的胜利，为什么要庆贺呢？他觉得，似乎有一双无形的手一直在指引着他们前进的方向。

朱丽雅悄悄地从他身后走过来："大章，为什么这样做？"龙大章站起来："丽雅，这个荣誉，应该发给场外那个给我指路的观众。"朱丽雅说："莫名其妙，你这样，市区两级领导的脸往哪儿放？"

这时，龙大章的电话响了，电话里传来姜美祺兴奋的声音："大章，祝贺啊……"龙大章粗暴地说："有什么值得祝贺的？……噢，你升职了……那是得祝贺。雅乐迪K歌……你们祝贺吧……我就不去了……我这也贺着呢……拜。"

朱丽雅说："唉，人家得奖都高高兴兴的，获奖感言或热泪盈眶，或振奋激昂，你倒好，一桶冷水现场灭火。"

龙大章说："丽雅，我们是拿着现代最先进武器的猎人，十几个人忙活了一个月，就打了只野兔、几只老鼠，还不知是谁开的枪。你说，我们算什么猎人？"

朱丽雅说："大章，咱们喝茶去吧，清清你的心火。"

青丝茶艺楼，玲珑茶艺厅里坐满了茶客，一首古筝曲《问情》在大厅里如泣如诉。龙大章和朱丽雅在进门右侧的角落坐下了。

龙大章把茶谱递了过来："丽雅，茶你点，你替我挡了一箱子石头，我欠你人情。"朱丽雅问："我替你挡了一箱子石头，请喝茶就过去了？"龙大章说："咋也不能一辈子都还不完吧？"朱丽雅调皮地说："那是，无以报答，只有以身相许了。"龙大章说："家贫人丑，一米六九，初中文化，随身户口。这样的人，你要啊？"朱丽雅热辣辣地说："求之不得，辗转反侧。（向服务生）龙井一壶，干果两盘。"她突然指向表演台："大章，你看，演奏者不是白小艺吗？"

龙大章仔细一看："还真是她，她这两天跟师傅斗气呢。我们一会儿要给她献束花。"朱丽雅问："她怎么了？"龙大章反问："丽雅，说实在的，你觉得师傅这人怎么样？"朱丽雅说："大英雄啊。听说，他的事迹说三天都说不完。"龙大章问："师母是怎么去世的？"

朱丽雅说："听同事们讲，师傅两次卧底，屡立奇功。十七年前，在凤城成功取得涉黑组织'东北新干线'老大王彪信任后，收网时，师母被涉黑组织二当家赫老二杀害。"龙大章问："那白小艺呢？"朱丽雅说："有人说，她是姜局的私生女，你信吗？"龙大章放下茶杯："胡说！据我了解，她是师傅战友的女儿，父母双亡后被师傅收养，从小就和敖拉倚学习琴棋书画，可是……（陷入沉思中）这两天她怎么了呢？"

正说着，只听见白小艺在演出台上哭出声来。龙大章和朱丽雅慌忙上前问候，不料白小艺看见他俩，掩面跑了出去。龙大章和朱丽雅跑出来找白小艺的时候，白小艺已经不见了踪影。

漫阴的天气，灰色的天空中似有沙尘扬起。龙大章的电话响了，里面传来姜长庚冰冷的声音："到我办公室来！"

龙大章来到姜长庚的办公室，姜长庚正在看着文件，头也没抬，冷冷地问："为什么那么做？"龙大章说："我……受之有愧。"姜长庚一拍桌子："太让人失望了！我把你说得天花乱坠，你却是狗屎一堆！你的举动直接影响了我们整个分局！"龙大章慌忙道："师傅，我没想那么多……"

姜长庚说："我告诉过你，以后别叫我师傅！……这样吧，这几年，我们局的宣传工作一直上不去，因为办公室那儿缺个文字功底好的人。我向局党组推荐了你，由你担任办公室副主任，这也是将来进步的一个台阶，好好干吧。"

龙大章没想到局里会这样安排："姜局，我在公安大学学的是刑侦，不要当什么办公室副主任。"姜长庚合上案卷："这最好了，报道时不至于说外行话呀。（摆摆手）去报到吧。"龙大章问："姜局，就这么把我的办案权剥夺了？"

姜长庚说："你走出会场的那一刻，是你自己没拿刑警的纪律当回事儿，是你自己没拿刑警的荣誉当回事儿！因为你没在这一职业上经受过生死的考验！你太狂妄太轻浮了！"

龙大章说："姜局，我错了。鸡血麻神案未破，你再给我一次办案的机会吧。"姜长庚看看龙大章："机会不是天天有的。"龙大章焦急地说："姜局，麻神案已过了黄金侦破期，案子一放，证据可就更不好找了。我们这么做，是不是太不负责了？"姜长庚说："负责？这个案子我负责。"龙大章说："可是你没为国家的利益负责啊！姜局，我感觉你已经摸到了鸡血麻神的脉搏，可是你止步不前，不敢出手。你是不是有什么顾虑、有什么不敢拿到桌面上说的话呀？"

姜长庚闻听此言，气恼地说："好啊，你敢批我了！服从命令！"

龙大章一甩袖子出去了。他立功升职了，可他一点儿也高兴不起来。他知道让一个学刑侦的去搞宣传意味着什么。他爱刑侦这一职业，实在想不明白组织在用人上是怎么考虑的。

6

姜长庚现在理解了一个歇后语——耗子钻风箱，两头受气。一家人默默地坐在餐桌旁吃饭，姜美祺和白小艺都不搭理他。

姜美祺用筷子扒拉着菜，抱怨道："做些什么破菜啊？越不爱吃越是做。"姜长庚说："美祺，你要是非想从鸡蛋里找骨头，能找到吗？"姜美祺说："我就明说了吧，你明知道龙大章不喜欢办公室工作，却从刑侦岗位把他开出去。"

姜长庚说："美祺，你这么快就知道了？我那是向着他，多少人送礼想要这个职位我都没答应。"白小艺突然抬起头问："姜爸，你喜欢龙大章吗？"姜长庚说："这和我喜欢不喜欢没关系，这是局里的决定，你们不要多说了。"

姜美祺放下碗筷，气呼呼地在沙发上坐了下来。她不想与父亲发生冲突，可是自从母亲去世后，她对父亲总有一股无名火，不发出来，就会烧毁自己。

姜长庚也放下碗筷，坐到沙发上说："美祺，你对爸爸越来越远了，咱爷俩得谈谈。"姜美祺："知道为什么吗？爸，你有失公道。"姜长庚说："爸爸是欠你们和妈妈的，可爸爸是爱你们的，而且一直在还账。"姜美祺说："你要培养龙大章就要让他冲锋陷阵，你要是爱我就应该为我的幸福考虑。"姜长庚说："正是为了培养龙大章我才会让他这根新苗顺利成长，正是为了你的幸福，我才希望你和赵直帆多交往。"

姜美祺问："为什么？"姜长庚说："我们都生活在现实社会中，不能靠梦想活着。赵直帆有很好且无风险的工作和家庭。龙大章呢，从他的身上，我看到了我自己年轻时的影子，我不想让他成为我，让你当你妈妈第二……"

"砰"的一声，白小艺把琵琶弦弄断了。姜长庚喊："小艺，你也过来坐，姜爸也有话对你说。"

白小艺把琵琶扔出老远："我不听行不？听你们说话费劲。"姜长庚说："孩子，我们是一家人，不能没有交流，你也要有耐心，不能一意孤行。"白小艺站起来板着脸说："老姜，你到底要说什么？"姜长庚走到白小艺跟前："你每天晚上都要打开门锁，能告诉姜爸是为了什么吗？"白小艺倔强地说："不是我！"

姜长庚站起来搬过小艺的脸："你看着姜爸的眼睛，你满眼的仇恨……为了看这个锁是怎么回事，我守了三个半夜了。"白小艺眼里冒火："老姜，是我，为了刺激！为了闹事儿！我愿意！"

姜美祺惊呆了，不解地看着白小艺。姜长庚说："孩子们，你们听着，你们都有一千个理由——你愿意！我们不是生活在自己的空间里，我们有亲人，你要考虑亲人的感受。我再也不想失去什么了！我输不起了。你们每一个人的选择，你们的妈都不会同意！"

姜长庚说完，痛苦地走了。白小艺愣在那里。姜美祺的电话响了，她接起电话："直帆，同学聚会，对不起，我忘了，这就去……"

姜美祺带着满脸的惆怅来到龙山特色餐厅，赵直帆已点好了菜在等待她。赵直帆说："荣升了，怎么情绪不高啊？"姜美祺摇头："一言难尽，说来话长……同学们呢？"

赵直帆说："别拽词儿了，听不懂。你来了，我就高兴。过去请人吃顿饭，人家能感谢半年；现在请人吃饭请十个能来五个就算好人缘了。"姜美祺问："不是说同学聚会吗？"赵直帆说："一会儿吴寄瑶来，领个装修的，帮我参谋一下装修方案。"姜美祺问："你买房子了？"赵直帆说："算是你我买房子了。"姜美祺转头："我可是没有那么好的福分。"

这时，吴寄瑶领着装修的进门了。几人寒暄后，吴寄瑶递上装修图纸。装修的问："赵站长过下目，只要你相中了设计，所有的事情我来做。"赵直帆指指姜美祺："让美祺看吧，她相中了就成。"姜美祺推回图纸："那怎么行呢，又不是我住。"赵直帆说："你就以女主人的心态去选择得了。"吴寄瑶凑上前来使眼色："多好的差事啊，我怎么就得不到呢。"姜美祺笑道："让给你了。"吴寄瑶说："你干，他还不干呢，就别推辞了。"

正说着，外面传来嚷嚷声，姜美祺起身向窗口走去。她发现对面的隆达金店人声嘈杂，警察拉起了警戒线，一群人正在围观。李明乔喊着："让开——

让开——别妨碍公务！"

　　姜美祺拎起相机向楼下跑去，来到对面问："怎么了？"一围观群众：听说一个被传销集团骗得精光的疯子抢金店时被警察围住了，狗急跳墙劫持了一个女店员。另一群众说："真是疯了，大白天的一个人就敢抢金店……"

　　墙角处，姜长庚、周至祥、鲁运、朱丽雅等警员正在焦急地商议着、画着图。朱丽雅说："姜局，就让我上吧。"鲁运阻止道："师妹，太危险了，那是个丧失理智的疯子。"姜长庚说："没什么更好的办法了，丽雅，那个劫匪有点儿失控，你去可以，一定要稳住他，自己也要当心啊！"

　　朱丽雅点了点头，便去对面的店里换了一身时尚的裙装，拿着小包，张扬地向金店走去。

　　不知何时，龙大章穿着便衣，挤过围观的人群，焦急地看着朱丽雅的背影。突然，他发现那个疯子竟然是吴寄山。

　　吴寄山披头散发地押着一名女店员叫嚷着："快点！都给我退下！"他向姜美祺一指："说你呢！哈哈，港台剧就是这么演的……"

　　姜美祺赶紧退出很远，朱丽雅款款地向吴寄山走来，在彩灯的照耀下，朱丽雅显得特别美丽。吴寄山眼睛直了一下，脸抽了一下，刀动了一下，冲朱丽雅喊："不要过来，过来……她就没命了！"

　　朱丽雅把漂亮的裙装拉了拉，扬了扬手中的小包："嘿，哥们儿，我不会伤害你的，你看，我手里什么也没有。"吴寄山傻笑着："小妞……你是谁？"朱丽雅优雅地说："我是这家店的二股东。你不就是要钱吗？你抓那个店员说得不算，咱俩可以商量。"

　　吴寄山疑惑地看着她，突然大笑道："我要钱，我要钱，我要钱买十单啊……我告诉你，电视里可不是这样演的，我这刀……"朱丽雅说："你有什么条件可以和我说嘛。"吴寄山大喊："电视剧里说……让他们退后五十米，不，一万米……你才能过来。"

　　朱丽雅回头喊："你们……都退后一万米，我们自己商量解决，不用你们了。"吴寄山挥着刀唱道："向后退！向后退！向呀嘛向后退……"

警察退后，群众后退着，龙大章悄悄地潜伏到了一块大广告牌子后面。朱丽雅走过去，吴寄山把服务员推了出来，刀架在朱丽雅的脖子上傻笑。朱丽雅说："该你说条件了。"吴寄山说："呵呵……你当我的下线好吗？你……你要买几单啊？"朱丽雅道："几单？不懂。"吴寄山刀子在朱丽雅脖子上动了一下，咆哮："不懂？你……过来干啥？"龙大章向她伸出十个手指，朱丽雅假装害怕地说："我懂……我懂，十单。"

朱丽雅警觉地向外边挪边四周扫视着，寻找着机会。龙大章贴在广告牌后一动不动，他示意朱丽雅慢慢地挪到一辆汽车旁边。

吴寄山问："你到底买几单啊？哈哈……你要不行换成功人士来。"朱丽雅说："不用换，我，自从入了传销组织，已年薪百万。"吴寄山推了朱丽雅一把："太少了，哈哈，小妹妹，今天该你出血了！我要你买一万单！"他说着，举起了刀子。就在吴寄山刀子落下的一刹那，朱丽雅向后一仰，一脚踢向吴寄山。吴寄山一个闪身，抓住了朱丽雅的一只脚，只那么一掀，朱丽雅便倒在地上，吴寄山的刀随即向朱丽雅刺去。这时，广告牌后的龙大章冲过去，飞起一脚，踢在吴寄山的手腕上，刀子飞了出去。

龙大章大喊："吴寄山！吴寄山！我是龙大章，你妹的同学！"吴寄山傻笑着看着龙大章："那……你得买三万单。"吴寄山摇摆着向龙大章走来，趁龙大章没注意，袖里子一把尖刀向龙大章的肚子捅去，血立刻染红了白色的衬衣……

朱丽雅吃了一惊，一个鲤鱼打挺站起来，猛踹一脚，吴寄山倒地。龙大章把吴寄山的胳膊扭了过来。吴寄山哈哈大笑，把刀子递到朱丽雅手中，笑道："小妹妹，该你给我放血了……一万单。"朱丽雅怒道："你个疯子。"她给吴寄山戴上了手铐。

吴寄瑶跑了过来，焦急地喊："哥，你怎么变成这样了？传销害死人啊！你怎么就是不听话呀？！"

龙大章跟跟跄跄地想站起来，却慢慢地倒了下去。姜美祺露出惊慌的表情，扑过去扶起龙大章。龙大章倒在姜美祺的怀里，鲜血染红了姜美祺雪白的衬衫。朱丽雅和赵直帆等人惊愕地看着眼前这一切，不知所措。

第十一章 误惹人命，情隔两地

1

龙城市医院手术室外，朱丽雅、姜美祺、吴寄瑶、龙小晴、赵直帆、姜长庚、鲁运等人在手术室外焦急地等待着。一个戴口罩的医生从手术室里出来了，众人围过去。医生问："谁是伤者家属？"

朱丽雅和姜美祺异口同声："我是。"姜长庚瞪了姜美祺一眼："她们都是赝品，我是。我是伏龙区公安分局的副局长姜长庚，伤者龙大章是我们的民警，他的事我们负责。"医生说："伤者腹部受伤，失血性休克，急需输血，过些日子就能康复。"

龙小晴说："我是他妹妹，输我的血吧。"朱丽雅说："他是为救我负的伤，我愿意为他输血。"姜美祺说："我们是关系最好的同学，我愿意为他输血。"吴寄瑶说："他是被我的疯哥哥刺伤的，我给他输血。"医生头疼："都不要争了，看谁的血型能碰上。"

龙城市医院采血室，医务人员用棉球给龙小晴和姜美祺消毒。姜美祺说："能多采就多采点儿吧，我身体好。"医务人员说："那可不行，我们有行业规定。"赵直帆心疼地说："我联系血站了，美祺，你……行吗？要不，抽我的？"姜美祺笑了笑："没什么，血站的血不新鲜，我早就想义务献血了。你

233

的血，怕是有一大半是酒精。"

医务人员开始抽美祺和小晴的血。赵直帆在旁边心疼地看着，转过脸去；朱丽雅也在旁边看着，表情复杂；吴寄瑶在旁边看着，一脸内疚；姜长庚在旁边看着，满是爱怜的眼神。

朱丽雅问吴寄瑶："你哥怎么变成了这个样子。"吴寄瑶说："唉，本来好好的，谁知在看守所结识了一个搞传销的大哥。把我妈治病的钱都让人家骗去了，还欠了亲朋好多钱。我妈急得晕过去了，他一口痰上不来，就疯了。"龙小晴若有所思，像是自言自语："一心想钱，执于一念，不疯才怪。"

2

龙城市区，雨过天晴，地上还有不少积水，在太阳的照射下，升腾起一层薄雾。敖拉倚站在阳台上，朗诵汪国真的《假如你不够快乐》："假如你不够快乐，也不要把眉头深锁。人生本来短暂，为什么还要栽培苦涩？打开尘封的门窗，让阳光雨露洒遍每个角落；走向生命的原野，让风儿熨平前额；博大可以稀释忧愁，深色能够覆盖浅色……"

白小艺郁郁寡欢地走在大街上，把一块石子踢出老远。一辆黑色的奔驰快速从白小艺的身边驶过，又驶过敖拉倚家楼前。赵直帆探出头来，看见朗诵的敖拉倚，嘴里嘟哝了一句："有病！"

刘尔贵和时猴子从方格棋牌室里出来，晃晃地跟在白小艺后面。刘尔贵自言自语："一宿下来，战果焦黄，点儿怎么这么背呢？都是那测字的给测的。"

赵直帆的奔驰车驶过去，溅了刘尔贵一身泥。刘尔贵指着车骂道："龟孙子，开车长眼了吗？你给我下来！"开车的赵直帆探头斜了他一眼，扬长而去。

刘尔贵抖抖身上的泥说："人要是倒霉，放屁都砸脚后跟。开这个车的，一定没文化。"时猴子说："说这话的，包里肯定没什么钱。"刘尔贵给了时猴子一拳："你也敢笑话我？"

时猴子说："兄弟，不是谁笑话谁，'河西三害'在江湖上混了半辈子了，武愣子有钱有女人，咱俩还是这副德行，也得想办法寻儿两银子了，要不，阿猫阿狗都敢骑咱脖子上撒尿了。"

一个戴鸭舌帽的男人从眼前走过，时猴子眼睛一亮，悄悄地跟了上去。刘尔贵不解地跟了过去。那个鸭舌帽进了红运体疗馆。刘尔贵小声地问："猴子，那谁啊？"时猴子悄声道："他是武玉鹏的小弟，前些日子打我，就这小子下手最黑。兄弟，你得帮我整治整治他。"刘尔贵为难地说："武玉鹏的人，是欠揍。可是咱俩，得罪不起他吧？你在这儿盯着，我找人去！"时猴子说："好。"

龙城市医院，走廊上摆满了病床，床上横七竖八地躺满了病人和陪护人员。四〇八病房，混合病房。

朱丽雅说："实在没病房了，只能这样混搭了。"吴寄瑶的母亲要上厕所，姜美祺去扶她，吴母说："不用，我自己去吧。小伙子怎么受的伤啊？"龙小晴气道："还怎么受的伤？让你那宝贝儿子捅的。"吴寄瑶的母亲一惊："我儿真疯了？"

龙大章瞪了龙小晴一眼："大姨，别听她的，她说着玩儿呢。"他坐了起来，自嘲地对美祺说："让我去搞新闻呢，一篇稿没写，自己成新闻人物了。你们快去休息吧，我没事儿了。"姜美祺坐在床沿儿上："流了那么多的血，挺吓人的，还有闲心说笑呢。"朱丽雅说："你现在身上流着美祺和小晴的血了。"

龙大章拉着姜美祺的手，深情地望着她。姜美祺不好意思地说："看什么看，没看过美人儿啊？我该上班去了，中午再过来。"龙大章说："你别过来了，弄点儿红糖水什么的喝点儿，补补，这儿有丽雅呢，小晴也去上班吧。"

姜美祺和龙小晴走了，这时，龙大章的电话响了："噢？尔贵……你确认他是武玉鹏的小弟？……叫张大赖（来）……也给钱如意当过打手？……好，别跟丢了……"

赵直帆开着奔驰疾驰进城建局院里，一个急刹车停下，从车上下来了。

今天他有点儿烦，烦在姜美祺对龙大章那心疼的样子上。他刚进走廊，就见钱如意在自己办公室门口站着，便冷着脸问："你找我？"钱如意说："你看昨晚那个装修的事儿也没定下来，老李他们等着施工呢。"赵直帆一边开锁一边说："这是办'公'室，你明白吗？"钱如意跟着进了办公室："我知道，我知道。"赵直帆没好气道："你知道？你知道就给我从哪儿进来的从哪儿出去！"

钱如意愣了一下，没趣儿地走了。值此宏运奇石馆走麦城之际，赵直帆又和他抢脸子掉腔，他有点儿受不了，便郁郁寡欢地开车回到宏运建筑公司。

刚一进门，钱如意见吴寄瑶拎着小包急匆匆地出来，顿时眼睛一亮。他落下车窗，摘下墨镜："寄瑶，干啥去？"吴寄瑶一脸憔悴地走到车前："先到安定医院安排我哥，再去龙城市医院看看我妈妈和同学。这一天天的，可真不省心！"钱如意眉毛一挑："这事儿赶的，我送你去吧。"吴寄瑶把着车门儿说："那怎么好意思呢？你那么忙。"钱如意说："事儿多，上来吧！看那脸都啥色了。"吴寄瑶上车："钱总，你的脸色也不大好啊。"

钱如意启动着车，戴上墨镜："能好吗？大清早的想溜须呢，挨了顿狗屁呲。你那老同学赵公子也不知哪根筋不对，酸脸子狗一样，把我怼出来了。"吴寄瑶说："你上公家单位谈私事儿，搁谁谁也怼你。"钱如意说："以前的孙站长就不像他那样，在哪儿见着也是笑呵呵的。"

吴寄瑶打开车窗："他笑呵呵的给你办啥事儿了？他笑呵呵的没耽误进去吧？"钱如意说："也是，笑呵呵的，不办事儿还收钱，是得进去。寄瑶，直帆那儿还得你跑，帮我把金禾小区验收了。交不了工，客户闹事儿我闹心啊。更重要的是，把市里的城区规划搞到手。"吴寄瑶说："规划？那是领导考虑的事儿，你一个……"

钱如意说："这你就不懂了，信息社会，谁掌握了信息谁就掌握了金钱。"他把一个纸袋塞在吴寄瑶手里。吴寄瑶捏了捏："噢？这么大作用啊。那我搞出来后你怎么感谢我呢？"钱如意说："房子。唉，我老钱只有房地产这一条腿了！想我老钱，也是有身份、有地位的人，让我那猪头婆娘搞得我失去了大半壁江山，还险些进局子，点儿背啊。"

吴寄瑶说："真是业有多大操多大的心。"钱如意摆摆手："不说这个了，我老钱没那么多弯弯肠子，我知道你急需一处房子。不过，你有了房子，不能把你家老太太接过来。"吴寄瑶不解："为什么？"钱如意色眯眯地看着吴寄瑶："得给我留个房间……"

吴寄瑶嘴一撇："屁吧……说正经的，暂时不能去找直帆，他因为美祺给大章输血的事闹心呢。"钱如意笑道："吃醋？"他照吴寄瑶的腿上摸了一把："我最会治吃醋了，我给你出一条妙计……"

吴寄瑶一路领教着钱如意的"追女计"，转眼就到了医院。她推门进了四〇八病房，发现朱丽雅正伏在龙大章的耳边，俩人正嘀咕什么，表情神秘。吴寄瑶停住了脚步，惊讶地看着他们。想着钱如意所谓的"妙计"，她盯着朱丽雅出了病房，眼睛移过来说："大章，你好些了吗？"

龙大章说："寄瑶，我好多了。你哥怎么变成了那样子？"吴寄瑶指指她母亲叹道："唉，他把我妈住院的钱拿去入了传销组织，又借了亲朋好多钱。我妈知道了，眼前一黑，晕过去摔着了，他也疯了。不过，刚才医院医生又说他好像是一种精神类药物中毒，不是真疯。"

寄瑶妈叹口气："唉，这个不省心的玩意儿。"龙大章对吴寄瑶的母亲说："阿姨，您安心治疗吧。"寄瑶妈说："我都想出院了，这一天两千好儿的也治不起啊。"龙大章说："那也得治，好了再出院。"寄瑶妈说："不用，我们前院的老李头摔坏了，一天院没住，江湖郎中一副膏药、一副夹板儿，三个月，好了。"吴寄瑶："妈，你不要想钱的事儿，咱有钱，我这就给你交钱去。我哥的事儿你也不用太担心，医生说解了毒就会好了。"

龙大章看着吴寄瑶去交医疗费，他很同情这个支撑着多灾多难之家的坚强女同学。他又想，吴寄山中的是什么毒呢？会和武玉鹏有关吗？他现在顾不上想这么多，他担心朱丽雅和鲁运不是张大来的对手，因为武玉鹏、大裤裆和张大来都是有名的"练家子"。他悄悄地下床，穿好鞋向外走去。

红运体疗馆外，刘尔贵和时猴子躲在合欢树后，像两个吃了筷子的鸭子一样直着脖子向里面望着。时猴子悄声说："二棍，你叫的人呢？"刘尔贵说："龙大章马上就到。"时猴子一惊："怎么，你叫了公安啊？你这不是坑我吗？

这要是让武玉鹏知道了，还不得扒了我的皮呀！"刘尔贵说："你说这话晚了。"时猴子哭笑不得："我们要的是钱，你真把自己当正义的化身了？"刘尔贵说："咱俩又不是他的对手……"

时猴子没等刘尔贵说完，风一样向胡同跑去。这时，刘尔贵发现朱丽雅躲在树后，鲁运向这边走来。刘尔贵向体疗馆一指，也灰溜溜地跑了。

红运体疗馆内，鲁运身着便装，朱丽雅穿着服务员服。他们轻轻地向二楼走来。鲁运小声地问："张大来在屋里吧？"朱丽雅小声地回："服务员说，进去后一直没出来。师兄，你行吗？不行叫明乔他们过来。"鲁运说："到那时早人走茶凉了。"朱丽雅说："我想我先去对付他。"鲁运说："不行，他是个狠角色，是个'练家子'，你打开门后赶紧闪一边儿去，看大师兄我降妖除魔。"

二人轻轻走到二〇六房间，朱丽雅"当当"地敲门，里面没有回声。她用房卡开门，屋里一个粗野的声音传来："谁？"朱丽雅说："服务员，打扫卫生。"

门开了，朱丽雅在前，鲁运在后，喊了一声"公安"，冲了进去。一个五大三粗光膀子的男人从床上像大鱼一样跃起来。朱丽雅、鲁运去抓他，他一个鲤鱼打挺儿蹿到地上，和他们对打。鲁运躲过张大来的勾拳，却没防着他的飞脚，被一脚踹得撞在门上。待朱丽雅上前，张大来已从窗户飞身而下。

窗外，张大来刚一落地，就见龙大章像金刚一样挡住去路。俩人拳来脚往，最后扭作一团。朱丽雅跑下楼，与龙大章合力把张大来捺在地上，戴上了手铐。

张大来喘着粗气："凭……什么抓我？"鲁运说："凭什么抓你？"他把搜出的吸毒用具一晃："就凭这个。叫什么名字？"张大来答："张大来。"龙大章拿出武玉鹏的照片："这个人你熟悉吧？"张大来嘴张得大大地说："不……熟悉。"龙大章说："带回局里去！"

大辽绿都，两叠百元大钞放在赵直帆面前，赵直帆连看都没看，有一搭没一搭地翻着菜谱。

吴寄瑶问："赵公子，你也不问问我想干啥？"赵直帆说："寄瑶，能干啥？见得多了。二十六年请一回，替钱胖子做嫁衣裳。你知道钱胖子是什么样的人吗？无求不登门，用人现烧香，说话像放屁。"吴寄瑶说："直帆，别那么损人嘛。我要是有你那么风光，天天做东。不过今天可是我自己出钱请客，和钱胖子没关系。我不光请了你，还请了美祺，你明白我的用心吗？"

赵直帆抬头："美祺？可别给我绕，真没老钱的事儿？一会儿喝酒可不能说事儿，我最烦喝酒说事儿的人了。"吴寄瑶说："那我就先直说吧。老钱想让金禾小区早日验收，还要知道城区规划设计，也好确立主攻方向。"赵直帆把桌上的钱掭了掭："打住，就凭他这分量？他到办公室找过我，不是个地道的鸟。"

吴寄瑶说："那是，土包子玩意儿，不太会办事儿。不过，他倒是个仗义的人，知恩必报，这个，你先收着。"赵直帆不屑："他仗义？我和他打了八年交道了，那小子打着我老爸的旗号，取了多少不义之财？那是个看人下菜碟的主。"吴寄瑶转移话题："不说这个了，还是说说你和姜美祺的事情吧。"

赵直帆难受的样子："我和她呀，别提了，难啊！昨晚大章流了那么多血没咋样，差点儿把美祺急死，至于吗？"吴寄瑶说："呵呵，醋劲儿十足。你俩的事儿不就是有个大章挡着吗？可是，我今天发现个秘密，大章和他的女同事好上了。"赵直帆嘴一撇："不可能。"吴寄瑶说："那还有假，我今天看见他俩嘴都挨在一起了，病房里还有别人也不避讳……"

听到此处，赵直帆的脸阴转晴，眼里有一丝得意的笑。这时，姜美祺进屋了。

吴寄瑶端起酒杯："美祺，你可来了，我祝贺你俩一杯。"姜美祺不解："为什么呀？是不是我也得祝贺你俩一杯啊？"赵直帆一饮而尽："寄瑶让喝就喝呗。"

姜美祺放下酒杯："糊涂的酒我不喝。"吴寄瑶一饮而尽："可别装了，你俩的事儿谁不知道啊，郎才女貌的，房子都准备好了。不光你大喜临门，大章也和他的女同事如胶似漆了……"姜美祺说："胡说什么呀？"

吴寄瑶说："谁胡说了，今天龙大章和朱丽雅那脸挨的，都要蹭秃噜皮了；那嘴亲的，都嗑肿了。"姜美祺脸色一沉："说真的呢还是开玩笑呢？"吴寄瑶说："这事儿能开玩笑吗？我亲眼看见的，那家伙，在病房就亲……"

姜美祺站了起来："真的？"赵直帆说："美祺，你那么痴心，要受伤害的，龙大章和他的女同事朱丽雅在谈恋爱，就差你一个人不知道了……"

姜美祺"哼"了一声，扔下酒杯，气呼呼地走了。赵直帆望着姜美祺的背影，对吴寄瑶说："你说你这是帮忙呢还是添乱呢？以后喝酒不要说事儿，我最烦借酒说事儿了……"

3

中午，姜长庚戴着围裙往桌子上端饭，白小艺呆呆地坐在桌边，像个木偶。这个一根筋的小女孩，心里的结打不开就要抑郁了。

姜长庚给她递上筷子："小艺，别等你大姐了，咱们吃吧。"白小艺把筷子扔在桌上："我不想吃，老姜——"姜长庚惊讶地问："你这孩子怎么了？"

白小艺喊："我恨你，老姜，你骗了我！"姜长庚惊讶地问："小艺，你说什么呢？"白小艺把那份《凤城日报》往姜长庚面前一摔："你自己看吧！"

姜长庚拿起那份报纸皱着眉头看了起来。姜长庚看完报道，沉重地将报纸放在桌子上。他叹了一口气："添乱啊，这是有人别有用心。"白小艺讽刺地说："这白纸黑字地写着，老姜，你属鸭子的，嘴太硬了。"姜长庚焦急地说："小艺，这篇报道写得并不真实，我本来不想让你知道真相，可是……"

白小艺气愤地说："可是什么？你怕我恨你，怕我报复，是吗？"姜长庚深情地说："孩子，我是怕你伤心，怕你不再快乐。可是，你非要知道，你也老大不小了，我就告诉你吧。"白小艺恨恨地说："我看你怎么编！"

姜长庚点燃一根烟，陷入痛苦的回忆中。

"二十年前，我奉命打入凤城以你爸为首的涉黑组织'东北新干线'，进行第二次卧底行动。经过三年时间，我成了你爸信任的把兄弟，我夫人和你妈白文静也成了好朋友。在最后收网时，你爸准备自首。谁知这时，'东北新干线'的二号人物赫老二发现了我们的身份。

"在一间大办公室里，赫老二拿枪抵在我夫人的脑袋上叫嚣：'姜长庚，你害了我们一百多人，你们不是想立功吗？你们不是想光荣吗？我让你们一家都光荣了。'白文静摆手：'二弟，不能啊，快放下枪，你大哥已经决定自首了！'赫老二嘲笑地看着白文静：'哈哈哈，你也想自首立功吗？我让你们结伴而行！'白文静扑过来挡在了我夫人前面，赫老二手里的枪响了，白文静倒在血泊中。我夫人和赫老二搏斗，枪又响了，她也倒在血泊中……

"王彪从楼下跑上来，惊愕地问：'老二，你……'话没说完，赫老二的枪又响了，王彪倒了下去。赫老二提着冒烟儿的枪来到王彪面前，用枪顶着他的脑袋喊：'大哥，我们拜把子时，头都磕破了。'王彪声音断续地说：'不能同生……但求同死。'赫老二狞笑着说：'大哥？你以为你是真正的大哥吗？我让你知道我们这一百多人谁是真正的大哥大。'他歇斯底里地吼道：'是我！是你兄弟我！'

"赫老二手指又勾在扳机上。'砰'的一声，赫老二倒在血泊中，我提着枪站在身后，扶起了王彪。王彪艰难而小声地告诉我：'姜弟……我不行了……小艺就托付给你了……她不能姓王，不要让她知道她爹妈是涉黑人员……我告诉你一个你还不知道的秘密，我的上线在龙城……他叫……'王彪脑袋一歪，永远地闭上了眼睛。我抱起妻子叫着：'安静，你睁开眼啊！'我夫人说了半句：'长庚，你和敖拉……'就再也没有醒来。我悲愤地抱起她向外走去……"

空气好像凝固了，姜长庚老泪纵横。白小艺默默地看了姜长庚一眼，喃喃地说："'东北新干线'……我是犯罪分子的后代……我不是！我宁愿是同学们骂我的野孩子……"姜长庚沉痛地说："孩子，是我没保护好你爹妈。"白小艺说："我不信！报纸上可是说你孤身一人打死了涉黑组织十几名成员，把王彪集团送上了断头台。"姜长庚无奈道："他们可能是为了宣传英雄形象吧……我也没见过这份报纸。"白小艺摇摇头，默默地流着泪，向外走去。

4

公安宿舍，朱丽雅收拾着桌子上吃完的饭盒。龙大章斜靠在枕头上，脸色发暗。

朱丽雅埋怨道："说好的我和鲁运去就得了，你偏逞能，这要是挣断了伤口的线，谁担待得起？"龙大章说："没那么娇气。张大来审得怎么样了？"朱丽雅边给龙大章倒水边说："这小子一开始嘴还真硬，后来承认打过时猴子、给吴寄山下迷幻药，他还说武玉鹏就在凤城，加入了个组织，好像叫什么'东北新干线'……"

龙大章一听"东北新干线"，心中一惊，擦了下汗说："这个人很有价值。他没法不硬，他是有顾虑的，不说，过不了我们这关；说了，过不了武玉鹏那一关。可是，再硬也撬开了他的嘴……你们得快点儿请示姜局呀。"朱丽雅说："姜局联系不上。我已经请示了周队，他说先放一放，等姜局回来再审。"龙大章说："来不及了，既然张大来是武玉鹏的一个小兄弟，武玉鹏和他联系不上后，会再次玩儿失踪……哎哟！"

朱丽雅关切地问："伤口疼了吧？我说不让你去你偏去，马上回医院吧。"龙大章痛苦地伸伸腰："哎哟……今天抓这小子的时候，被他踹了一脚，可能是踹开线了。"朱丽雅急道："我看看。"

龙大章脸色煞白，血从伤口渗了出来。朱丽雅心痛地说："哎呀，血都渗出来了，还没事呢！快躺下，我给你换药、包扎一下，然后赶紧去医院吧，主治医生都不愿意了，刚打电话找你呢。"龙大章说："你的包扎技术行吗？"朱丽雅说："学过的。"龙大章苦笑了一下，解开裤带，躺在床上，朱丽雅给龙大章换药。

走廊上，姜美祺风风火火地走了进来，冷冷地站在了朱丽雅宿舍门口。宿舍里，龙大章从床上起来正系着裤带，朱丽雅正在洗手，姜美祺气呼呼地说："哟——还真都不背人儿了，在医院不方便吧，大白天的跑宿舍'加班'来了？"龙大章说："美祺，你说什么呢？"姜美祺气愤地说："说什么不懂吗？医生说你们不辞而别，还真就跑回来了。在医院脸对脸，在这儿心贴心啊。"

朱丽雅高傲地走过来："你说对了，我和你有平等的竞争机会。我们就脸对脸、心贴心了，怎么着吧？"姜美祺气道："平等竞争？你以为是工作啊，竞职上岗，我已经容忍你很多次了！"龙大章说："美祺，别胡闹，我们在工作呢。你先出去一下，我们还有重要的事儿商量呢。"姜美祺"哼"了一声，捂着脸跑了出去。朱丽雅淡淡地说："大章，我送你回医院吧。"

从公安宿舍跑出去的姜美祺沮丧地走在龙城大街上，电话响了几次她不看也不接。穿过眼前匆匆而过的人流，美祺伤心地坐在街心公园的长椅上。此时，有几个声音交织而来——龙大章说："美祺，你等着我……"赵直帆说："你那么痴心，要受伤害的……"姜长庚说："龙大章，绝对不行……"朱丽雅说："我和你有平等的竞争机会。我们就脸对脸、心贴心了，怎么着吧？"

她望着西下的太阳，心烦地站起来，向大街上无目的地走着。这时，她的电话响了："爸爸，你说什么？小艺留下纸条离家出走了？……学校、同学那儿找了吗？……对了，敖拉老师那儿……没有？那咋办啊？"她放下电话，焦急地向路上的出租车招手。

伏龙区公安刑警大队，鲁运和李明乔押着嫌疑人张大来向卫生间走去。张大来的眼睛在飞快地转着。

鲁运对李明乔说："你看紧他，我去买包烟。"李明乔站在厕所外说："好吧。"他对张大来说："你自己进去吧，要快点儿！"张大来抖了抖手铐："这个……我咋方便？"李明乔看了看说："我给你打开一个，你可不要动歪心思。"

张大来低眉顺眼地说："那不能，到了局子，能逃到哪儿去？"他回头看了看向楼下走去的鲁运，又用感激的眼神儿看了看李明乔，慢慢地进了卫生间。李明乔守在门口，警觉地听着里面的动静。

刑警大队四楼的一扇窗子打开了，一个黑影多次试图抓外边的排水管。他试了几次，纵身一跳，可是那手铐挂了窗户把手一下，那人没有抓住那个水管，人"啊"的一声掉了下去，"嘭"的一声摔在楼后的草坪上。

李明乔一惊，跑到卫生间一看，已没了张大来的踪影，在楼上喊："有人跳楼下了！有人跳楼了！嫌疑人跑了！"楼上几束手电光、杂沓的脚步及乱晃的人影向楼下跑去……鲁运拿着一包烟急忙向楼后跑去。

龙城大街上，姜长庚、姜美祺和敖拉倚在大街上搜寻着。两个黑衣人悄悄地跟在他们后边。姜长庚喊："白小艺——"姜美祺也喊："白小艺——"她焦急地问："爸，你怎么能告诉她实情呢？"

姜长庚说："不知她从哪儿弄了份当年的报纸，报纸上说我孤身一人杀了涉黑组织的十几个人，她怀疑我没有和她说实情，是我杀了她爸爸妈妈。"敖拉倚说："我们宁可自己忍受被误解的痛苦，也不能毁了孩子的快乐！"姜长庚懊悔："我错了。"

敖拉倚说："给小艺送信、送报纸的人是谁呢？什么用心呢？"

姜美祺说："现在不是考虑这个的时候，赶紧找小艺吧。该找的地方都找了，我想是小艺故意让我们找不到的。她会不会去了凤城？"姜长庚点头："对，是凤城。她对我说的话不会信的，她信那份拔了高的报纸，一定会去凤城核实。"

行人匆匆而过，没有小艺的踪影。刘尔贵推着水果车，孩子坐在车上，慢慢地走过来。他看见姜长庚："姜局啊，找谁呢？我刚才听刑警大队那儿有人跳楼了呢。"姜长庚一惊："是吗？"这时，他的电话响了："嗯？……知道了，我马上就去。"他放下电话，焦急地说："我得去刑警大队一趟，有人坠楼了。"姜美祺气得跺脚："虚假新闻害死人啊！我这就去凤城。"

一辆闪着顶灯的救护车从市区急急地驶过，救护车越过姜长庚打的出租车，向伏龙区刑警大队方向驶去。

那处豪华住所里，神秘人阴郁地面向窗户站着，金疤瘌站在他身后。

神秘人问："被抓的这小子是你的人？"金疤瘌答道："大哥，他是跟着武玉鹏从钱如意那边过来的，名字叫张大来。这次来是为我们'东北新干线'提货的，不知怎么就被公安的人瞄上了。"神秘人冷冷地问："知道的事儿多吗？"

金疤瘌说："他主要负责安城周边的市场，鸡血麻神的事他知道一点儿，'东北新干线'的事情也应该知道一些。"神秘人说："噢？那得格外注意他的死活了，估计公安找你都找疯了。好在姜长庚现在心乱如麻，我们不能给姜长庚喘息的机会。"

金疤瘌的电话响了："嗯……说……姜美祺买了去凤城的车票？几

点？……好，我知道了。"神秘人说："姜美祺估计去找白小艺，凤城的事安排得怎么样了？"金疤癞说："白小艺明天才能到。大黑猫他们已经按我们说的安排好了。"

神秘人叫过金疤癞耳语了一番，金疤癞不断地点头："我这就去安排人手，一定要让老姜崩溃！"神秘人抓起一条金鱼，捏死，扔在地上，阴沉地说："跳楼的弟兄得让他闭嘴！"

刑警大队楼下，警察拉起了警戒线，警灯闪烁，探照灯照得这儿一片雪白。一些群众向这边跑来。

姜长庚气恼地问："你们怎么搞的，怎么就让他跳楼了呢？"鲁运嘟哝："都怪我一时疏忽大意，他说要上厕所，谁知这小子就寻了短见呢。"龙大章捂着肚子从现场走过来："什么寻短见？他是想抓住那根管子逃跑，失手了。"姜长庚问："何以见得？"龙大章说："看见他的指甲了吗？一个想自杀的人会去拼命抓东西吗？"

姜长庚看到，跳楼者指甲被刮掉，警察正在他指甲中提取物品。他深深地点了点头，焦急地看着跳楼者被抬上救护车。龙大章说："姜局，我要跟着上医院，他还有救。"姜长庚瞪了龙大章一眼："这个人是你抓的？谁让你擅自行动的？你还嫌事儿小啊？回医院养好伤、思好过，等着受处分吧！"

龙大章捂着伤口转身走了，周至祥得意地目送着龙大章远去，阴阴地笑了。

回到龙城医院病房，龙大章让医生给他换了药。他坐在床边焦急地向外望着，终于见朱丽雅拎着盒饭进来了。

龙大章焦急地说："丽雅，你可回来了。"朱丽雅问："怎么样，换完药了吗？"龙大章点了点头："丽雅，知道刚才坠楼的张大来被送到哪家医院了吗？我要去看看。"

朱丽雅说："听说是龙城第二医院吧？吃过饭再去吧。"龙大章说："先去，回头再吃饭。这个嫌疑人很重要，还没审讯就出了这么大的事儿。我们对他在龙城的活动、武玉鹏的去向还一无所知。他供出的'东北新干线'或许是侦破鸡血麻神案的关键点。"朱丽雅提醒道："可是，你已经不能办案子了，你现在的身份是办公室副主任。"龙大章说："为破麻神案，我宁愿再违反一次纪律。"朱丽雅一咬牙："好吧，我陪你。"

此时，龙城二医院急救室，李明乔和一名警员守在急救室门口。跳楼的张大来气息微弱地躺在病床上，两名护士在给他安放氧气和急救设备。一名穿白大褂的"医生"走了过来。李明乔疑惑地问："你是？"装扮成医生的武玉鹏说："我是泌尿外科新来的何医生，你们张主任怀疑伤者外阴部受到严重损伤，叫我过来会诊。"李明乔看了看他的胸牌，让他进去了。

武玉鹏对两个女护士说："你们先回避一会儿，有事儿我会叫你们的。"两个女护士答应一声出去了。武玉鹏把跳楼者的氧气罩一移，用胶皮手套捂在张大来的嘴和鼻子上，张大来顿时瞪大了眼睛、脖子挺了一下、身子动了动，就一动不动了。

他用手试了一下鼻息，悄声说："张弟，西南大路，一路走好，来世还做兄弟！"说完，匆匆向外走去。

龙大章和朱丽雅风风火火地走在医院的走廊上，与武玉鹏擦肩而过。他们在门口对李明乔点了点头，进了急救室，发现张大来一动不动地躺在急救床上，脸憋成了猪肝色。看到这儿，龙大章和朱丽雅的眼睛瞪得比张大来还大。

5

卖蒙古野果的刘尔贵开门回家，眼前的场景吓了他一跳。橱柜里的东西被翻得乱七八糟，满地都是。他拿起手机，正要拨110，这时他的目光落在一张纸上。他疑惑地拿起那张纸。那是妻子写给他的一封信。

尔贵：

我来拿我的东西了。我这辈子摊上你这么不争气的东西，实在没法过了。你不要记恨我。那么好的工作你丢了，没了工作你还离不开麻将。我满以为可以再嫁个有钱的主儿，也好衣食无忧，没想到李明鑫根本不是人，我不和谁过了。儿子你先带着，等我有钱了再来接他。他奶身体也不好，还得经营饭店，你要多管儿子。

李艳艳

那张纸掉落在地上，刘尔贵叹了口气，开始收拾地上的东西。他捡起落在地上的那张旧羊皮地图，看了看，吹了吹上面的尘土，把它夹在《木叶山》书里，躺在床上喘着粗气。所有的烦恼似乎一齐涌来。他掏掏兜，只掏出几块钱来。他又把那张羊皮地图拿起来仔细看着，那张图就幻化成了成扎的百元大钞。

不知是幻觉提醒了他，还是生活逼迫了他，刘尔贵从床上爬起来，乘着夜色，又推着水果车叫卖起了"蒙古野果"。姜美祺和敖拉倚匆匆地从他车前走过，敖拉倚买了一袋水果塞到姜美祺手里，刘尔贵找她钱也没要。敖拉倚说："美祺，我和你一起去凤城吧？"姜美祺说："不用了，我想她一定会去那里的公安局的。"

姜美祺匆匆向车站走去。刘尔贵抬头向姜美祺的背影望去，看见时猴子跟在姜美祺身后，便也向车站走去。时猴子猛然一回头，看见了刘尔贵，神秘地说："兄弟，有好事儿，跟我上凤城走一趟？"刘尔贵问："干吗去？我跟你去，你给我开支啊？"时猴子说："那自然，就那么潇洒地走一回，一定比你卖一个月水果来钱儿多。另外，我们还能游一下七彩凤城"。刘尔贵说："别说，那儿还真没去过……"心情烦躁的刘尔贵就这样随着时猴子奔车站而去。

龙城至凤城的火车"咣当——咣当——"地启动。卧铺车厢，乘客坐得满满的，有的在收拾旅行箱，有的忙着吃晚饭。售货员推着车过来："香烟啤酒矿泉水烤鱼片啊，饮料白酒方便面火腿肠啊。腿收一下……"

姜美祺买了一碗方便面和两根火腿肠，拿起暖瓶去打水。时猴子跌跌撞撞地走过来，撞在了姜美祺的身上："对不起，对不起啊！"姜美祺的钱包和手机瞬间就被时猴子掏了去。她毫无察觉，吃完方便面，回到座位上，爬到上铺看起书来。

与姜美祺隔着几个铺位的时猴子偷偷地把钱包里的钱掏出来，向厕所走去。刘尔贵斜倚在上铺玩儿着手机，对这一切毫无察觉。

火车"咣当——咣当——"地行驶在夜色中，姜美祺的心"怦怦"地跳着，不知此行能不能找到小艺。

6

　　龙城的早晨，阴云密布，雾霭重重，行人匆匆。敖拉倚家阳台上一盆盛开的月季格外显眼。楼下，一辆厢式货车开走了，敖拉倚走上阳台，把那盆月季抱了回去，脸平静得像水。

　　姜长庚的警车呼啸着向伏龙区公安刑警大队驶去。他在电话里焦急地说："至祥，我马上就到，死者家属这儿你先和他们谈着，一定要稳住他们的情绪，还要讲清缘由。"

　　刑警大队门口，一群人闹哄哄地围在周至祥周围嚷嚷着："偿命！偿命！"

　　周至祥摆着手："你们不要跟我闹，你们的亲人是龙大章抓的，他是我们局办公室的人。我这个副大队长也不知情，至于存在不存在刑讯逼供，我们正在调查……"

　　下面的人议论："办公室的人怎么能抓人呢？他有办案权吗？有犯罪证据吗就抓人？"

　　张大来的家属气愤地说："这么说，龙大章是私自办案。你说你们没刑讯逼供，那怎么好好的人就跳楼了呢？"围观的群众嚷成一片："没准儿是你们害的呢……必须偿命……让那个抓他的人偿命……"

　　姜长庚下车，向围观的群众走来。他站在台阶上，高声说："你们不要乱，这是刑事案件，我们正在调查，你们要想解决问题，就不能干扰我们的工作。"张大来的家属喊道："是你们的龙大章抓了他，我就得跟你们要人，你们必须给个说法，要不，我们就把尸体再抬回来。"

　　群众喊："抬回来！抬回来！放在龙大章的办公室！"说着，张大来的家属就带着一群人嚷嚷着去抬棺材。鲁运、朱丽雅来到了刑警队门口，惊讶地看着这一场面。他俩劝说着张大来的亲属，可是换来的是烂菜帮子和鸡蛋。

　　姜长庚脸色阴沉地回到刑警大队队长室，对跟在后边的周至祥和龙大章说："事已至此，你们说怎么办吧。"龙大章说："姜局，张大来是畏罪脱逃，我们不能任其家属胡闹。"周至祥说："你说他是脱逃，证据呢？张大来死了，死人口，无招对。不要忘了，人是死在咱们刑警大队！不要激起民愤，弄成群体性事件，谁能担这个责任？"龙大章说："我们用得着安抚吗？难道正义就让邪恶压下去了吗？"姜长庚站起来，一拍桌子："龙大章，你不是不愿意当那办公室副主任吗？回去主动脱掉警服，等待上级机关的调查处理结果！"龙大章说："不，姜局，在脱掉警服之前，我一定要查出真相！"周至祥似笑非笑地说："你还是先养好自己的伤吧，别一脑袋秃疮，还给别人看外科。"

外面又响起了起哄声，姜长庚摆摆手。龙大章跑了出去，就见张大来的家属带着一群人闹哄哄地抬着尸体向刑警大队办公室涌来。龙大章站在办公楼门口，像一个铁塔般，他大喝一声："都给我站住！"

人群静了下来，也停了下来。龙大章厉声道："人是我抓的，你们要解决问题就和我说！"张大来的家属说："你是刑警吗？你的执法证呢？你是私设公堂，违法抓人！"

龙大章大声说："你们弄错了，在我还没到办公室报到前，我还是一名刑警。"张大来的家属气愤地喊："我不管你那个。龙大章，你害死了我兄弟，你得偿命！"龙大章说："我郑重地告诉你们，你兄弟不是我害死的，他涉嫌犯有贩毒罪，借上厕所之机畏罪潜逃，失手坠楼。你们有什么诉求，必须通过合法途径解决，这样借机闹事儿是违法犯罪。你们要是不想进班房，就把尸体抬回去！"

张大来的家属喊道："你就是说得龙吱吱叫唤也没用，我们是受害者！"

围观群众喊："揍他！揍他！"鸡蛋、萝卜等东西像雨点儿一样打在龙大章的脸上。朱丽雅跑了过去，护着龙大章。周至祥站在办公室窗前暗藏笑意。

龙山大桥下，张半仙竖起的黄牙子旗迎风飘扬，看见张大来的两个家属向他走来，他有了一丝笑意。

张大来的家属说："张大师，我兄弟被公安的给逼的跳楼摔死了，请指点迷津。"

张半仙没有吱声，眼睛向那面黄牙子旗上扫了一眼，旗上写着："指点迷津，测资随付。"张大来的家属会意地递上一百元钱。张半仙随手在一张黄表纸上写了两个字：门市。张大来的家属看了看，不解地问："请问老先生这是什么意思啊？"

张半仙向二人的来路指了指，又向远处指了指，还是没有言语。张大来的亲属丈二和尚摸不着头脑，边走边无奈地念叨："门市，啥意思？让上小铺买点儿纸烧了？"另一个亲属："不能吧，我们找个懂法的问问？"二人向宏运建筑公司走去。

于海平坐在椅子上欠着屁股斜眼看了看那张纸条。张大来的家属恭立着："于律师，你说这两个字啥意思啊？"于海平说："啥意思？门市，老头儿，高人啊！闹，闹，闹——人死为大，就是个闹！"张大来家属恍然大悟："可不是咋地。可是，咋闹呢？"于海平说："咋闹？那是你们的事儿，要闹得恰到好处，争取利益最大化，既不要崩断琴弦，也不要触犯了法律。快去吧，别烦我了，你又没交咨询费，这一通问。"

张大来的家属说："于律师，看在同乡的份儿上，你接下案子，替我们出头呗。"于海平说："你让我跟着你们闹？你心可真大，我这左胸口别着代表公平的天平呢。我等着上契丹王府博物馆相亲呢，不要坏了我的心境！"他说完拿着个包出去了。

张大来的家属们看着走远的于海平，像得了真传一样，顿时战斗力十足。老大一挥手，众人又把死尸抬了起来。他们打出白底黑字的横幅："让龙大章偿命，还死者清白！"张大来的家属说："他们不管，我们就冲进去！"围观群众喊："冲进去！冲进去！"

一群人叫嚷着向楼内涌来。龙大章、鲁运和朱丽雅在门前阻止着众人往前冲，可是阻止不住。龙大章抖了下手中的一大串手铐："还是那句话，想解决事儿还是想闹事儿？想解决事儿我们坐下谈！谁想借机闹事，你们会受到法律的严惩！你们谁来呀？我已经给你们准备了足够的手铐！"

手铐"哗哗"作响，朱丽雅和鲁运拱卫其后，起哄的众人此时面面相觑，停住了脚步，谁也不往里冲了。

7

穿越高原，绿色渐浓。龙城去凤城的火车上，姜美祺和时猴子坐在边座上看车窗外的风景。列车广播响起："各位旅客，欢迎您乘坐本次列车。本次列车是由龙城开往凤城的全卧铺空调客车，全程运行时间为十八个小时零七分……"

姜美祺自言自语道："运行时间也太长了。"时猴子说："妹子，不到一天时间你就嫌长啊？过去，从东北到西南是要走三四个月的。"姜美祺没有理时猴子，反身回卧铺翻着所带的包找东西，把被子、枕头都翻了一个遍。刘尔贵从过道走过来："这不是美祺吗？找什么呢？"姜美祺焦急地说："是刘大哥吧？麻烦了，我的钱包和手机丢了。"

刘尔贵说："丢了？那快报警吧。"时猴子探过头来："知道哪儿丢的吗？知道啥时候丢的吗？要是不知道，报了也没用。"刘尔贵眼睛盯着时猴子，时猴子沉下脸来："唉，我说你盯着我干什么？好像我偷的似的……不行，为了我的清白，咱们这几个铺位都得翻一遍。"

姜美祺沮丧地说："不用了，那样是违法的。可是，到凤城啥都没了，我可怎么办啊？"刘尔贵说："钱？没事儿。猴子，看在咱们老乡的份儿上，借给她点儿钱，到时候我还你。"时猴子说："二棍，这不大合适吧……"

刘尔贵不由分说，从时猴子包里掏出一些钱来，数了数，递到姜美祺手里。姜美祺感激道："谢谢刘哥，你可帮我大忙了，我回去就还你。刘哥，把你手机借我用一下吧。"

丢了手机和钱包的姜美祺这时突然很想给龙大章打个电话，询问一下他的伤情。可是想到龙大章和朱丽雅的种种过往，她把手机又还给了刘尔贵。

深夜的龙城医院病房只有一间还亮着灯光，同病房的寄瑶妈已经沉沉睡去。龙大章双眉紧锁，伏在床上写着信。

市公安局葛局长：

　　我在侦办张大来贩毒案中，存在违规办案问题，特向市局领导做深刻检讨并请求依律严处。但是，本案涉及一个重要线索——十七年前的凤城"东北新干线"并没有被彻底摧毁，种种迹象表明，这个组织已死灰复燃。鸡血麻神被盗案似与该组织有关。我请求赴凤城协同凤城警方重新调查该组织。

望组织批准！

龙大章二〇一一年八月请示

龙大章写完信后，郑重地装进信封里，用胶水粘好。他拿起电话，找到"祺"，开始拨打电话，电话里传来："对不起，您拨打的电话已关机。"龙大章望着苍茫的夜色，熄灯躺在床上。

晨光照在凤城市公安局那白底黑字的牌子上。姜美祺把白小艺的照片递给了一名工作人员。公安人员拿着白小艺的照片端详着："嗯，来过。这小姑娘昨天下午来过，问起了当年涉黑头目王彪的事儿，我还帮她联系了当年负责王彪案的李支队长，李支队长接待的她。"

姜美祺问："您能帮忙联系一下李支队长吗？"公安人员说："他外出办案去了，不过有什么事儿你可以在电话里说。"公安人员找电话本查了电话，并帮忙接通了。姜美祺和对方说着什么，刘尔贵和公安人员说着话。

打完电话，姜美祺问公安人员："白小艺说她住哪儿了吗？"公安人员说："没说，那小姑娘好像很消沉，不爱多说话。"姜美祺摇了摇头，迷惘地看着外边。

外边是花团锦簇的凤城大街，姜美祺迷惘地走着，无暇顾及这些美景。刘尔贵跟在后面也受到美祺的感染，不再说话。

姜美祺说："刘哥，把你手机借我用一下吧。"刘尔贵说："客气什么，找你妹妹是大事。"姜美祺打电话："爸爸，我的手机丢了。小艺在凤城……你不用着急……现在还没找到她……找到了我就告诉你。你那边若有小艺的消息，往这个手机上打电话。"她珲回电话问："刘哥，忘了问，你们此行来干什么？"

刘尔贵说："噢，我就是跟着那个猴子来玩儿的……你小艺妹妹怎么就离家出走了呢？"姜美祺失望地回答："她来问了十年前的王彪案，李支队长都告诉她了。这孩子，太任性。"刘尔贵说："她一个小姑娘家，身上又没多少钱，估计也就住这附近或车站呗。我们一家一家地找，总能找到的。"姜美祺无奈地说："也只能这样了，只是耽误了你们旅游。"

姜美祺和刘尔贵走在凤城的大街上，眼前是凤城变幻的晨昏。他们拿着白小艺的照片，逢旅店就问，可人们都说没见过。查找白小艺的购票信息，只有来时的火车票。也就是说，白小艺失踪了。

姜美祺无奈地望着骄阳似火的天空说："这小妮子会在哪儿呢？"她恍然大悟："对了，小艺是不会住这些站前旅店的，她会利用自己的特长去演出赚钱的。咱们去找演艺场所。"

刘尔贵说："我们已经找了两天了，一点儿踪迹也没有，没准儿是回去了吧。"姜美祺说："我每天都在打电话问，刚才又打电话问过了，没有。"

姜美祺和刘尔贵坐在一个商铺的台阶上，向前面望去，前面是数不尽的高楼大厦。姜美祺说："刘哥，我们只有慢慢找了，重点是娱乐场所。只是，你带的钱还够吗？我让我爸打些钱过来吧。"刘尔贵说："我已经让我妈给我打卡上了一些，没问题。"

龙城的夜晚一片清凉，姜长庚和敖拉倚对坐在黄昏的马路牙子上，失神地看着大街上匆匆而过的行人。

敖拉倚说："老姜，美祺已经找了三天还没消息。小艺在凤城干什么呢？"

姜长庚疑惑："是啊，她为什么不和家人联系呢？误解没消除？不好意思？还是有别的不测？我已经电话告知凤城公安的李支队长帮忙查找了。"敖拉倚心疼地说："老姜，别想那么多了，她需要一个想开的过程。这些天，你都瘦了。"姜长庚叹气："唉，我现在是老了，一些事不知该怎么办了。鸡血麻神丢失，嫌疑人坠楼，小艺出走，美祺恋着龙大章，这一件件事都够让人头疼的。"

敖拉倚感慨道："想当年，我爸爸也是处于这种艰难之中，才把鸡血麻神献给政府的，否则，就不会有这么多的事儿了。"姜长庚说："本打算等美祺的事儿解决了就考虑咱们呢，看来也不像想象的那么顺啊。"敖拉倚说："有些事，本来想找条近道，可是越走越远……"姜长庚喃喃道："我们还能走到一起吗？"

敖拉倚用深情而痛苦的眼神望着姜长庚，没有说话，默默地向家走去。她等了二十八年，那原本属于她的婚姻，现在只能谈重续前缘，他们的激情已消磨殆尽，这让她感到有些时过境迁般的悲哀。

第十二章　执命向西，失之交臂

1

天空中有一层似雾似尘的东西，龙城笼罩在灰蒙蒙的穹庐中，街面上是穿梭的人流和车流。被勒令给张大来亲属道歉的龙大章在朱丽雅和鲁运的陪同下，迈着沉重的脚步走在大街上，等待他的会是猛烈的风雨。

他们路过敖拉倚家楼下，龙大章看见二楼的阳台上放着一盆盛开的月季花。

楼上书房传来《雨一直下》的钢琴曲。一辆小型厢式货车开了过来。门开了，一个人进去，搬出了几个水果箱。车开走了，楼上的曲子结束了。敖拉倚走上阳台，把那盆盛开的月季花搬了回去。她着一身白底蓝花的民族服装，优雅地走出家门，向龙城大桥方向走来。

龙城大桥下，张半仙的黄牙子旗在晨风中飘扬，他的面前已坐了几个善男信女。敖拉倚走过来，站在旁边听张半仙讲着人的一命、二运、三风水。

张半仙坐着小板凳，轻捻八字须："大家都知道，诸葛亮上懂天文，下晓地理，用兵必胜，用人必准。他独创的测字秘诀更是料事如神。小到个人荣辱、家庭得失、人生命运，大到战争胜负、邦国兴衰，皆可测算，无不灵验……"

敖拉倚说："张大师，上个月我可是找你测了字的，没有应验啊。"张半仙说："是吗？说说所测之字及卦辞。"敖拉倚从包里拿出一个卦签，递到张半仙手中。张半仙持签念道："生自将门姻缘差，一副肠子三下挂。中年财缘双比翼，逢三无处不佳话。"敖拉倚说："你还告诉我，所测之事，三日内亲情无妨，十三日爱情得续，三十日可得国玉。一件也没应验啊。"

张半仙尴尬地说："那……或许是我老人家学艺不精，也或许是让人冲了吧。"敖拉倚问："会是什么人冲了呢？"张半仙向路过的龙大章三人望了望说："求财问喜，最忌公门中人。"闻听此言，敖拉倚心凉了半截，此半生都在与姜长庚这个公门中人打交道，现在又让龙大章这个小"公门之人"盯上，顿觉不爽。但是，她明白，那个小警察现在已经顾不上她了。

是的，龙大章被停职后正在等待上级部门宣布对他的处分。他来到刑警大队会议室的时候，刑警们已经整齐而严肃地坐在那里。不同的是，前台坐了几名面孔陌生的警务督察。

姜长庚扫视了一下会场，又扫过龙大章等人，声音沉重地说："各位，今天召开这次紧急会议，由市局政治部张主任亲临指导。下面，有请张主任宣布一下市局决定。"

微胖的张主任向台下点了下头："各位，受市局葛局长指派，有件事情要通报一下。前天，伏龙区刑警大队出了建队以来影响极坏的一件大事，犯罪嫌疑人借上厕所之名，企图脱逃，坠楼身亡。此事，社会上众说纷纭，影响恶劣，也使侦破鸡血麻神被盗案中断了线索。本案涉案人龙大章，已调任局办公室副主任，未经批准，越权办案，导致嫌疑人死亡，暂时停职停薪，交回警服及警用装备，等待上级局党组或检察机关的最后处理决定；间接责任人鲁运、李明乔暂停职务三个月，朱丽雅停职一个月……"

龙大章站起来说："张主任，出了这么大的事故，是我提前没请示，也没有安排好，不怨鲁运他们。"朱丽雅说："张主任，案子是我办砸的，要处分应该处分我。"鲁运忙道："这事都怪我疏忽大意，和大章没关系，我请求组织重新考虑。"

周至祥瞪了他们一眼："看你们这个争，啥光彩事儿啊？谁的梦谁去圆，谁闹出布楞蹭（毛病）谁承担。"姜长庚摆摆手说："都别说了，散会！"

龙大章回到伏龙区公安宿舍，脱下了警服。他心情沮丧地靠在宿舍的被子上，一遍遍地拨着手机，手机里传来歌曲《陪你一起看草原》，可就是没人接电话。他自言自语道："美祺去哪儿了呢？还生我的气呢？"他又开始发短信。

凤城天涯宾馆客房里，时猴子脚搭在床头上，看着姜美祺的手机响就是不接，听着音乐傻笑。短信响了，时猴子拿起来看："美祺，都怨我简单粗暴，请你原谅，见面后我给你解释。"时猴子马上回了条短信："死了你那颗不安分的心吧，以后不要烦我。"

他突然想起了什么，赶紧用自己的手机拨电话："鹏哥，白小艺已经问清自己的身世，但不知去向，美祺和二棍在苦苦寻找。你给的钱花没了，再打过点儿来吧。"武玉鹏的声音传来："你们的任务完成了，带上二棍滚回来吧。"

时猴子还要说什么，突然发现刘尔贵正直勾勾地看着他。时猴子左手拿着姜美祺的手机，右手拿着自己的手机愣在了那里。刘尔贵问："你在干什么？"时猴子轻浮地说："人间自有痴情种啊，有个人这两天一个劲地往我手机上打电话、发短信，你说可笑不可笑。"刘尔贵一把抓住时猴子的衣领："你手机？是不是你偷了美祺的手机？"时猴子耍赖："你哪只眼看见我偷了？我还说是你偷的呢。"刘尔贵气愤地说："你个混蛋，人家丢了妹妹，你不帮助找，还偷人家手机、跟踪人家，还是个人不？"时猴子说："放手，放手啊！二棍，你威风啊，你以前还人模狗样地坐办公室呢，现在怎么骑个倒骑驴，走大街、串小巷，屁股蛋子磨铮亮了，有人跟你玩儿就不错了。"

刘尔贵把时猴子提了起来，举起了拳头："再说，再说老子削你！"时猴子说："兄弟，我错了。手机嘛，真不是美祺的。我跟你说，她是姜长庚的女儿，我们这么多年少受姜长庚修理了？就说前些日子吧……"刘尔贵放下时猴子："那是两码事儿，你这种人就不能叫人。"时猴子"嘿嘿"一笑，往床上一仰，又开始回短信："晚了，到了这一步，想回头也回不了了。"刘尔贵继续说："你这样的人，河西村把你开除是最英明的决定，咋不把你开除出地球呢? 就你这么个货, 还要靦着脸回去争村主任呢, 不是看光屁眼儿玩儿到大的交情, 我把你送进去。"

时猴子说: "二棍, 别较劲了, 我们得回去了。" 刘尔贵说: "要回你回, 我不回。" 时猴子说: "那以后的费用哥们儿可是不承担了。" 刘尔贵气道: "你的钱, 没一分是干净的, 你给我滚!"

看见刘尔贵真的恼了, 时猴子收拾好东西, 背着旅行包灰溜溜地走了。

2

伏龙区公安刑警大队, 姜长庚无精打采地看着案卷。龙大章穿着一身便装急匆匆地进来了。

姜长庚头也没抬: "大章, 又有什么事?" 龙大章焦急地问: "师傅, 我想知道美祺在哪儿。" 姜长庚说: "师傅? 我跟你说过多少次了, 这是公安局, 不是过去的镖局, 别把江湖那一套用在这里!"

龙大章一怔: "姜……局, 我打了五天电话, 美祺就是不接, 单位也有好多天没去了。她是不是有什么事啊?"

姜长庚抬起头说: "龙大章, 这是办公时间和场所, 你和我谈个人的事儿。美祺不接你电话, 这意思你还不明白吗?" 龙大章说: "我想我们之间有点儿误会。" 姜长庚直视着龙大章: "你俩不是误会, 是不合适。你要是真的为她着想, 就果断地和她分手。" 龙大章说: "我想不通。" 姜长庚站起来深沉地说: "你知道美祺的妈吗? 她要是不嫁给我, 会活得很好……美祺需要一种安宁祥和的生活环境, 你的工作、你的性格, 都给不了她! 你死了这条心吧!"

龙大章狼狈地走出了姜长庚的办公室, 在走廊上碰见了周至祥, 谁也没有说话。各个办公室的人都探出头来, 用异样的眼神儿看着龙大章。

朱丽雅正在办公室看一张纸条, 见龙大章沮丧地进来了, 便把纸条赶紧收起来: "大章, 你的心可真大啊! 这几天局里都编成顺口溜了。" 龙大章问: "什么顺口溜?" 朱丽雅把纸条递给龙大章。

龙大章念道："麻神麻神门不开，小小警官乡下来。左边牵着菊（局）花手，右边还把梅（美）花采。"就这个呀？他随手把纸条一撕，低声道："丽雅，我求你点儿事儿。"朱丽雅问："什么事儿啊，这么神秘？"龙大章小声地说："我想借假鸡血石案、吴寄山落水案和张大来案的案卷看一下。还有，十七年前的'东北新干线'案的案卷。"

朱丽雅为难地说："'东北新干线'的案卷已送回市局了。想看那几个案子的案卷却不经过批准可是违纪或是违法的。你现在是在被无限期停职等着处分的阶段，先找人把事儿平了再说吧。"龙大章说："找谁啊？师傅这几天脸色难看，快去找案卷吧。"朱丽雅说："你是让我跟着你犯错误啊？"龙大章说："没办法，到了这步田地，也只有你能帮我了，侦破鸡血麻神被盗案不也是你的心愿吗？我不想这么闲着。"朱丽雅深情地看着龙大章："那好吧……我犯一次错误。"

朱丽雅来到档案室打开档案柜，拿出几本案卷，郑重地交给龙大章。龙大章拿着案卷往外走，险些撞在周至祥身上。周至祥斜了一眼龙大章，又盯着龙大章手上的案卷，阴阴地笑了笑。

那个豪华住所里，神秘人和金疤痫像那盏昏暗的灯一样朦胧。

神秘人问："疤痫，你说的那个武玉鹏的小弟张大来死前真没交代过什么吗？"

金疤痫说："大哥，我问过武玉鹏，张大来对有些事并不知情，关于进货的事儿看来他并没有说，否则，公安早就采取行动了。那个办案的警察正待受处分，'东北新干线'一路绿灯。"

神秘人说："那就把这个最可靠的进货渠道利用好，让西南到东北的大通道更加畅通。"金疤痫点头："大哥，你放心吧，石头越做越精了，有几个新样品晚上我给你看看。"神秘人说："嗯，白小艺的事儿办得怎么样了？"金疤痫说："大哥，白小艺已经自投到我们的阵营了，姜美祺也已误在凤城。"神秘人说："好，够老姜忙活一阵子了，只有这样，姜长庚才不敢轻举妄动。"

金疤瘌说："只是……凤城的警方已经介入寻找白小艺了。"神秘人吩咐道："要告诉他们不要过分。还有，趁着姜长庚心乱时，把那半副鸡血麻神秘密取回来，让老姜哑巴吃黄连——有苦说不出。"金疤瘌拍手道："大哥这一箭双雕，真是高明啊！"

神秘人说："我们还不能盲目乐观，有两件事还要办一下，一是那个年轻警官，他能抓到你的人，这个人不能再当警察了，这事儿，我来办；另一个是那个官二代赵公子，我们要进入龙城地产的核心，不能总让他给钱胖子服务，这事儿，你去办。"金疤瘌说："好。"神秘人说："自从十七年前遭受重创以来，我们就在城乡接合部小打小闹地做修修补补的活儿，'东北新干线'要脱黑转白，没有个光明正大的事业是不行的，那就要从日益发展的地产做起，做成地王，疤瘌，你明白吗？"金疤瘌一边摆酒具一边说："大哥，还是您高瞻远瞩。"

两个酒杯碰在了一起，他们在庆祝，在这场和公安的斗智斗勇中，无疑是神秘人胜了……

可是，偏有人在阻碍他们的胜利。公安宿舍里，龙大章摊开几本案卷对比地看着，在笔记本上写下了武玉鹏，龙城、凤城，神秘人，然后用"东北新干线"连成一个三角。有两个场景让他不能忘记，一是载有《"东北新干线"覆灭记》的那张报纸，说的"东北新干线"涉黑犯罪团伙倾巢覆灭、成员悉数落网；二是张大来说的"东北新干线"的主要业务在凤城。

龙大章自言自语道："悉数落网……在凤城……会是一个什么样的组织呢？"他走到窗前，向西南望去，一条银河，从东北直贯西南。

大西南的凤城此时华灯初上。姜美祺和刘尔贵疲惫不堪地坐在商铺的台阶上，向对面望去，凤城帝豪会馆的霓虹灯亮了起来。姜美祺说："刘哥，凤城也有帝豪会馆，我们去看看。"

凤城的帝豪会馆比龙城的帝豪会馆还气派。姜美祺和刘尔贵走进会馆，拿出了白小艺的照片，并说明了来意。接待员看了看白小艺的照片，又看了看站在旁边的像黑熊一样的大黑猫，迟疑地说："没有……我们这儿没……这个人。"姜美祺说："您再仔细看看。"大黑猫蛮横地说："她说没有就是没有，你们到别处找吧。"刘尔贵说："你们啥态度？"大黑猫脸一沉说："啥态度？你耽误了我们的工作，时间就是金钱，你知道不？"

刘尔贵刚要发火，姜美祺制止了他。她拉着刘尔贵就走："算了，我们去别处。"他们出了会馆，向一个旅馆走去。姜美祺说："从吧台人员的眼神儿和话语看，白小艺可能就在这儿。"刘尔贵问："那为什么不和他们要人啊？"姜美祺说："不是时候，我们也得吃口饭了，饭费……还得你出……"

龙城植物园，昏暗的灯影里，看不清坐在石凳上的两个人。那个人神秘而小声地说："老大，以后能不能不再找我啊？"神秘人不急不缓地说："怎么，要撂挑子啊？兄弟，是黑，白不了，挺住。看见前面那个黑胡同了吗？没有拐弯儿的地儿。"那个人劝道："老大，就不能做些正经生意吗？做一个正常的人多幸福。"

神秘人小声说："我要你做的事儿，也是在为你清理障碍。"那个人说："我不需要。"神秘人把一档案袋钱交给那人："拿着。不能再让龙大章横空出世了，这是你最后的机会。"那人捏了捏档案袋："他在全局已经臭了，和老姜的关系也在恶化。"神秘人说："违规办案，逼出人命，私阅案卷，我是要他就把那身警服彻底脱了回家抱孩子去。没了他，将来的刑警大队就是你的天下。"那个人说："我不想要什么天下，我只要平静的生活。"神秘人向天空望了望："晚了，我们的生活已经被牢牢地拴在东北到西南这条灿烂的星河里了，星河的尽头，是七彩的凤城……"

七彩的凤城，摇曳的灯光，凤城帝豪会馆，尖叫的人群。白小艺站在舞台上，一遍遍地谢幕，又被一声声的尖叫声掩盖。白小艺说："各位叔叔大爷婶婶阿姨兄弟姐妹，感谢大家对我的厚爱，我再为大家演唱一首《雨一直下》。"音乐响起，白小艺动情地唱着："为何当初那么傻，还一心想要嫁给他。就是爱到深处才怨他，舍不舍得都断了吧。那是从来都没有后路的悬崖，就是爱到深处才由他……"

观众起哄："下去吧——下去吧——我们不爱听这个！"

台下，姜美祺和刘尔贵瞪大眼睛看着白小艺。台上，白小艺在演唱中竟流下了眼泪。姜美祺也流下了眼泪，掩面跑了出去。刘尔贵也跟了出去。姜美祺倚在树下擦着眼泪，这时，她看见一对送盒饭的男女从后门进了会馆。

3

龙城的早晨，阴雨绵绵，灰蒙蒙的雨雾笼罩着敖拉倚家的二楼。钢琴曲《雨一直下》漫到楼下。楼下，一辆小厢式货车开走了。

龙大章疑惑地看着这栋神秘的小楼，好想与性情古怪的敖拉倚当面锣、对面鼓地说个明白，可是，他现在已经不是警察了。朱丽雅的电话打来了："大章，师傅叫你带上卷宗去他那儿一趟。"龙大章问："卷宗？师傅知道卷宗在我这儿？"

龙大章志忑地向姜长庚的办公室走去，在走廊里碰见几个同事，都用异样的眼神儿看着他。他喊"报告"后进屋，姜长庚严肃地审视着这个年轻人，不吱声。他把卷宗放在姜长庚的桌子上："姜局，你找我？"

姜长庚看了一眼卷宗，站起来低沉地说："大章啊，你要有个思想准备。市公安局关于你的处理决定已经下来了，你自己看吧。"他把一份红头文件递给龙大章。

龙大章看文件——"私自违规办案，逼出人命；私阅别人办理的案卷，违反保密制度；多次违纪，不听指挥；言行上不注意检点，有失公安形象……决定开除出公安队伍……"龙大章怔住："姜局，你的意见？"

姜长庚沉重地说："这是市局党组会议的决定。为了这事儿，我已经找过市局葛局长了。"龙大章说："我服从市局决定。"他调侃地说："其实，就是我不服从也得服从，组织已经决定了，组织总是对的。"姜长庚叹了口气："唉——我也觉得可惜……大章，有什么打算？"龙大章说："师傅，我想去深圳，那里有我的同学。大章愧对您的栽培……"

朱丽雅进门："报告姜局，开除他，我也辞职！"姜长庚吃惊地看着龙大章和朱丽雅，摆摆手说："你们出去吧。"

二人迈着沉重的步子走了。姜长庚来到刑警大队副队长室，把那份红头文件摔在周至祥面前，气愤地说："周至祥，材料是你上报的？"周至祥说："是，姜局，你前几天有事儿，让我全权处理此事。现在，正值全局上下严肃警纪之时，龙大章赶上了……"

姜长庚气道："不是他赶上了，是你赶上了。为什么不提前和我商量就把报告打到市局？你知道，龙大章是一个优秀的刑警，我们刑警大队不能后继无人！"

周至祥说："姜局，他犯了那么大的错误，开除他才能警醒别人、平息民怨，没有龙大章，刑警大队照样运转。"姜长庚说："你明知道，嫌疑人逃跑致死之事不怨龙大章，所谓的民怨也是有人幕后指使！"周至祥说："姜局，我也是在为你做工作。我知道，你不同意大章和美祺处朋友，要是大章好好的，你能阻止他们相爱吗？"姜长庚说："那是私事！卑鄙！"说完，姜长庚一甩袖子出去了。

伏龙区刑警大队大办公室，朱丽雅在收拾行李。她把龙大章在领奖台上的照片放了皮箱里。龙大章出现在门口，把那张照片拿出来撕得粉碎："丽雅，我想和你谈谈。你为什么总跟着起哄呢？现在想当个人民警察多难啊！我希望你慎重考虑，重新选择。"朱丽雅站起来，泪眼婆娑地看着龙大章："大章，我的辞职请求已经报到局党组了，你说晚了。"

龙大章看着朱丽雅："丽雅，你想和农民工一样……不一样，农民工还有土地、还有本事呢，你、我，一无所有、孤立无援地闯世界吗？"朱丽雅深情地靠在龙大章的肩上："大章，你知道，从认识你的那一天起，我就决定这辈子跟着你走。如果让你消失在我的视线里，我会睡不着觉的。"龙大章把朱丽雅的手轻轻地拿开："丽雅，我们永远是战友，在这个时刻，你能理解我、同情我，我感谢你。可是，你不能感情用事！"

朱丽雅把手又倔强地搭在他肩上："不，不是同情，是爱情。我和师傅说了，我们走出警局就结婚！"龙大章瞪大了眼睛。朱丽雅突然抱住了龙大章的脖子。周至祥拿着手机从办公室前走过，随手拍下了他们相拥的照片。

龙大章推开朱丽雅："我说了，我们一辈子只做战友，你不要冲动。"朱丽雅又扑到了龙大章的身上："我也说了，我就冲动！"

龙城的夜色比白天更加美丽，曼丽酒吧、帝豪会馆、忘情夜总会、龙城大酒店的五彩灯光衬托着这座城市的繁华。敫拉倚家从二楼流淌出《送别》的曲子，窗户上映出敫拉倚抚琴的剪影。龙城大桥兀立在城市中央，流线型形彩灯和流水演绎着那飞逝的光阴。

龙大章伏在桥栏杆上望着龙城的夜景。朱丽雅站在他身后问："大章，你在想什么？"龙大章说："我在想，我们的城市多美啊，要是没有犯罪该多好。"朱丽雅说："那你早就失业了。"龙大章说："我宁可失业，也要这个世界充满美好。我始终想不明白，鸡血麻神案就剩下一层窗户纸了，师傅为什么不去捅破它？他在等待什么呢？摸大鱼，一网打尽，还是有难言之隐？"

朱丽雅伤感地说："别想那么多了，我们已经不是警察了。"

姜长庚突然出现在他们身后："你们是在和这座城市做最后的告别吗？"朱丽雅说："师傅，你就眼睁睁地看着大章离开他割舍不了的警营，难道你这个公安英雄只剩下传说了吗？"姜长庚低下了头。龙大章说："丽雅，别说了。师傅，你怎么来了？"姜长庚说："丽雅，有件事我要和大章单独谈谈。"

龙大章跟着姜长庚向桥上走去。朱丽雅疑惑地看着他们。龙大章说："师傅，你说吧。"姜长庚严肃地说："你给葛局长写信了？"龙大章说："师傅，你怎么知道？"

姜长庚说："你写信有关'东北新干线'的事儿，市局的葛局长刚才和我谈了，你胆子够大的。"龙大章说："对不起，师傅。"姜长庚说："葛局长告诉我'东北新干线'成员十七年前并没有'悉数落网'，现在仍有活动迹象……还说我们……冒领了战功。我准备把荣誉证书交回去。你这个小徒弟敢瞒着师傅做事情了。"

龙大章说："师傅，我可不是要告你的黑状啊！"姜长庚问："那你为什么不提前和我说？"龙大章说："不是师傅告诉我'害人之心不可有、防人之心不可无'吗？"姜长庚说："噢，你能耐啊，把这句话用到师傅身上了。"龙大章说："师傅，不是我不信任你，我只是有一事不明白，鸡血麻神案你为什么那么瞻前顾后？你有难言之隐？"

姜长庚说："大章，我是怕。我当警察三十多年，遇到过各色各样的坏人，我坚信一点——邪不压正。可是，现在，我怕了。我怕我们的国宝玉石俱焚，我怕我的父母儿女因我遇害，我怕我出师未捷身先死……这些后果，大章，你不怕吗？"

龙大章坚定地说："我也怕。可是，当我穿上警服的那一刻起，我就有了充分的准备——为了绝大多数人的安宁，我可以舍弃自己和家庭。"姜长庚问："你坚信你不是在唱高调？"龙大章点头："坚信。"姜长庚向西南一指："那好，我们去那边谈。"

二人并肩向上走去，西南是灿烂的星空。

4

星光与彩灯交相辉映。凤城帝豪会馆大厅，白小艺在彩幻的光影中演奏着《蝴蝶泉边》，掌声和叫喊声此起彼伏。谢幕时，一个肥头大耳的家伙走上台去，献了一束鲜花，那满脸的络腮胡子贴过去，扎得白小艺直躲。白小艺又客套了一番，向观众挥手后下场了。

台下，姜美祺瞪大眼睛看着，不断地扫视着演出大厅。她悄悄地把一套衣服递给刘尔贵，二人悄悄走出观众席，向门外走去。

不一会儿，姜美祺一身工服和刘尔贵拎着盒饭悄悄地走向了帝豪会馆后门。后门保安喊道："站住，干什么的？"姜美祺说："大哥，送盒饭。"后门保安说："今天送这么早，换人儿了？"姜美祺说："是，他们临时有事。"后门保安疑惑地看了看他们，又看了看盒饭，猥琐地说："今天是人美菜硬啊！给我留两份儿。你们只能进去一个人，（指指姜美祺）妹子，你进去！"

姜美祺给刘尔贵使了个眼色，向楼里走去。刘尔贵在外边溜达着和保安闲扯了几句，向外走去。

帝豪会馆后台，白小艺与几个女孩子正在换服装，突然看见了姜美祺，她惊喜地笑了一下，直向姜美祺使眼色。姜美祺会心地点了点头，把盒饭放在桌子上，那几个女孩子就围了过来。白小艺说："你们先吃，我要去洗手间。"

姜美祺会意地向洗手间走去。有个黑衣人走过来，白小艺拉住姜美祺的手躲在角落里，等到那人过去，她们溜进洗手间。在洗手间里，姐妹俩紧紧地抱在了一起。姜美祺问："你手机呢？"白小艺小声地说："欠他们钱，押上了，大姐，快，跳窗户。"

她们打开窗户，从窗口跳了出来。前门保安似乎发现有人从窗户跳了出来，喊："谁！"姜美祺和白小艺没有吱声，保安跑过来，拦住了她们。刘尔贵在后边一个绊子把保安放倒了，迅速拉着姜美祺和白小艺向等候在外面的出租车跑去。司机一脚油门，扬长而去。前门保安没有拦住出租车，大叫起来："有人跑了！"

大黑猫听见前门保安的喊声出来了，向前门保安问明了情况。他气愤地向后门走去，发现后门保安正在吸着烟，悠闲地走动着。大黑猫问："看见白小艺了吗？"后门保安说："没……没有啊，后门没人出来过……"

"啪"一记耳光打在保安脸上，把保安手里的盒饭一脚踢出去老远："白小艺跑了，欠的钱你还啊？你上台演奏啊？要是有观众退票，我弄死你！"后门保安忙说："猫哥，我去追？"大黑猫气道："追什么追？你想把公安给我引来啊？"后门保安被打得愣愣地站在那里，一时竟不知所措。

5

姜长庚和龙大章站在大桥上，深情地望着这座城市，谁也没有说话。说实话，龙大章在这座城市生活了这么多年，从没发现这座城市如此之美。"师傅，有什么教诲你就说吧，我要离开这个美丽的城市了。"姜长庚问："大章，我再问你，假如……这座美丽的城市需要你献身，你会义无反顾吗？"龙大章说："把假如去掉。"姜长庚继续问："假如……你献身了，（向桥下的朱丽雅指了指）那位怎么办？"龙大章说："师傅，你有什么话就直说吧。"

姜长庚压低声音说："事情是这样，你的信里提到的十七年前被摧毁的涉黑组织'东北新干线'，也是我正找市局查找的线索，市局的葛局长和我进行了多次探讨，认为这个组织并没有被完全打掉，或许它的核心成员还在，他们仍然从事着从东北到西南的一系列违法犯罪活动。我们怀疑它的核心仍在凤城，只是，我们始终抓不到他们的尾巴。"

龙大章惊喜道："师傅，你的意思是让我去调查？"姜长庚说："不是调查，是潜入凤城'东北新干线'内部。"龙大章问："我怎么能找到他们呢？"姜长庚说："那是你的事儿。不过，我给你提个醒，你首先要有把生命置之度外的准备。这个组织涉及贩毒、制假、制枪等犯罪活动，打入它就等于进入了龙潭虎穴，时刻都有生命危险。"

龙大章默默地听着，望着西南的星空，星河已不再灿烂。

姜长庚说："葛局的意思是先征求你个人的意见，去与不去，都要对所有人保密，包括你的父母兄妹、同学、同事、朋友。"龙大章说："可是，我已经被开除了。"姜长庚说："开除你就是为你能去西南做铺垫。这事儿关系重大，不能草率决定。葛局说了，你如果不想去……或无能力办好，都不要去。"龙大章坚定道："师傅，我去！"姜长庚不忍道："大章，我劝你知难而退。你去了，不仅要面对生死，而且有关你的流言蜚语一定会在龙城流传发酵。"

龙大章说："从参加工作尊称你为'师傅'的那一刻起，你就一直是我心中的偶像。我有足够的心理准备迎接挑战！"姜长庚笑了笑，拿出那份开除龙大章的红头文件："我已经把这份文件在全局大会上通报了。葛局长说，把你处理得越惨越是对你多一层保护。不过，大章，这个任务你要慎重决定，它可能关系到你自己和家人的生命和命运……我一直在物色人选，不想让你去……"他眼里噙着泪水，沉重地说不下去了。龙大章说："师傅，你越来越儿女情长了。"

姜长庚说："大章，这事儿，你知、我知、葛局长知。（向朱丽雅一指）那位铁粉怎么办？"龙大章胸有成竹道："我有办法。师傅，啥时候动身？"姜长庚说："事情紧急，两天内动身……从此，全龙城都知道，龙大章被开除了，一气之下辞职南下经商去了……"

姜长庚越说越沉重，背过脸去，却发现朱丽雅就站在自己身后。龙大章向龙城的四周望去，四面是闪烁的灯火，眼前是姜长庚一双含泪的眼睛。他掏出一个挂件："师傅，这是我奶奶传给我妈的鸡血凤凰，请你转交给美祺吧。"

姜长庚看了看龙大章，又看了看那个挂件，双手颤抖地接过。电话铃响了，他边接电话边向桥下走去。

豪华住所，烟雾缭绕，灯光昏暗。一束聚光灯照在桌面的鸡血石上，神秘人拿起一块仔细看着。

金疤瘌拿起一块石头讨好地说：“大哥，这石头，南蛮子的手艺和它没法比。”神秘人接过石头：“青出于蓝而胜于蓝啊，不愧为石王之后。两车货直达大西南，不要在本地销售，哪怕是手指肚那么大的一块都不行。”金疤瘌答道：“是。”

神秘人说：“‘东北新干线’活了，我们要学会转型，要洗掉金钱上面的罪恶痕迹，进军地产是唯一的选择。”金疤瘌说：“大哥，钱如意被打瘸了一条‘石头腿’，可那条地产腿越发硬起来了。听说在赵公子的帮助下，他又得了块好地皮，咸鱼翻身，又抖起来了。李秃子独霸了卧龙区的全部小煤窑，煤炭生意也做得风生水起。”

神秘人说：“百足之虫，死而不僵，通知凤城，马上接货。还有，把放在老姜处的东西取回来。”

这时，金疤瘌的电话响了：“跑了？……你们都是死人啊？”他放下电话：“大哥，姜美祺带走了白小艺，要不要追回来？”神秘人摆了摆手算是作答。

大辽绿都207餐室，优美的环境，桌上摆着精致的四个菜和两杯红酒。姜长庚风尘仆仆地进来了，他说声“久等了”便坐在敖拉倚对面。

敖拉倚问：“今天怎么这么有兴致？”姜长庚说：“刚接到美祺电话，小艺找到了，为了路费，她和凤城的一家演艺场签了一个月的合同。只是那家会所不让签约人员与外界联系，美祺找到她，她才脱了身。”敖拉倚说：“这孩子，总想自食其力……”

姜长庚说：“唉，一块石头总算落了地了。小倚，美祺说她后天早晨就带小艺回来了。小艺这孩子听你的，你要费心好好开导她，不要让她有什么心理障碍。"敖拉倚嗔道："谈什么费心不费心啊，我这辈子就是欠你的，还了五十多年了也没还完。"姜长庚说："拉倚，你也不要那么伤感。当初，要不是你妈极力反对，又赶上局里有特殊任务，我们的孩子比美祺还要大五岁呢。等美祺结了婚，我们就搬到一起，我要加倍补偿你。"

敖拉倚站了起来，忧郁的眼神儿望向窗外，过去的一幕又浮现在眼前。

三十多年前的敖拉倚家，一场母女大战正在进行。敖拉倚的母亲说："你明天就和赫连秘书领结婚证去，你要是敢嫁给那个当兵出身的汉族警察，我就死给你看。你是要那个汉人小伙儿还是要我，你选择吧！"敖拉倚哭道："我都想要……妈，我怀了他的孩子了！"敖母听闻，气得青筋暴起，指着敖拉倚骂道："你个死爹哭妈的孽种！按照我们契丹人的传统习俗，婚礼要经过提亲、定亲、过彩礼定结婚日子及结婚这四个步骤。订婚后，男方要送女方家马、牛、羊和酒，称为'大礼'。这一天姑娘都要躲起来，不能见未婚夫。你可倒好，主动给人家送上门去。我没脸见我的列祖列宗了！""咚"的一声，敖母哭着撞在了墙上……

敖拉倚的眼泪不知何时下来了，她低声说："长庚，美祺的事儿你就依着她吧。"姜长庚看了看那个鸡血凤凰，痛苦地把一杯酒全喝了下去："晚了！我不能让她重走她妈的路。"敖拉倚凝视着姜长庚。姜长庚内疚地低下了头。

就在姜长庚和敖拉倚在酒店伤感的时候，家里来了两个不速之客。武玉鹏和金疤瘌戴着手套在黑暗中打着手电筒寻找着什么。

金疤瘌小声地说："慢点儿翻，然后恢复原样，别让老姜看出来。"武玉鹏说："哪儿都找了，什么也没有啊！"金疤瘌眼睛一亮："看这儿——墙壁上有个保险柜！能打开不？"武玉鹏说："和猴子学过，没学精通，得花点儿时间。他不会回来吧？"金疤瘌说："不会，老夫聊发少年狂，谈着呢。再说，下面一路有我们的人，你慢慢来，我歇会儿。"

金疤瘌坐在沙发上悠闲地吸起烟来，武玉鹏在那儿忙活着。一会儿，武玉鹏说："金哥，打开了，来。"二人打开保险箱，翻出一叠文件，里面掉出一张照片。那是金疤瘌的照片，袖口的扣子被用红笔圈着。金疤瘌惊惶地把照片揣到怀里，翻看其他东西。武玉鹏停了手，回过头说："金哥，鸡血麻神不在他家里啊。老姜当了这么多年副局长，家里却没啥值钱的东西，怪了。"金疤癞把文件小心地放回保险箱里："是啊，放原样，我们撤！"二人鬼鬼祟祟地溜了出去。

二人刚走，姜长庚醉醺醺地进了家门。他倚着墙，开了灯，昏黄的灯光照在他疲惫的脸上。他歪倒在沙发上，突然，他警觉地四下看了看，又用鼻子嗅了嗅，直皱眉头。他快步走到卧室，看了看保险柜，蹲下来捡起一根头发丝看着。那根头发丝断成了两截。他打开保险箱，把里面的东西拿出来，查看着，眉头皱了起来——金疤癞的照片没了，他脑海里现出了金疤癞当厨师时那弥勒佛一样的笑。

姜长庚气愤地坐在客厅沙发上："'东北新干线'，我要是不把你们根除了，我白来这个世上一回！"

金疤癞回到那个豪华住所，把照片交给了神秘人。神秘人看了照片一眼："姜长庚就是姜长庚，不减当年。"金疤癞焦急地说："大哥，怎么办？"神秘人站起来，拉长腔调："现在明白了吧，他到凤城不是会情人，他是在寻找我们当年的影子！"金疤癞担心道："大哥，他不是想把我们一勺烩吧？"神秘人转过身去："你和那杀猪匠刘大侃就认一勺烩，那叫一网打尽。以后行动要机密些，我们不能眼睁睁地让姜长庚再去干扰我们的工作。"金疤癞忙问："大哥，咋办？"

神秘人在墙上的地图上圈了一下："去趟凤城，你曾经战斗过的地方，我的老根据地，去看看我那个叫刘大侃的兄弟。听监督他的兄弟大黑猫说，刘大侃单干的意图日益显露。派你去的目的，明白了吗？"金疤癞说："大哥，明白，监督刘大侃。"神秘人说："错，你要和大黑猫联手，择机除掉刘大侃。我的眼揉不得半点儿沙子！"

6

伏龙区公安宿舍，龙大章把自己的物品收拾成两个大包。他拿起那本影集，翻看着，姜美祺、龙小晴、郝子强、赵直帆、吴寄瑶的身影在他面前晃动起来……他又打开另一本影集，父母的照片映入他的眼帘，正慈祥地望着他……

朱丽雅出现在龙大章身后，默默地看着龙大章。

龙大章转身笑道："丽雅，正好，师兄出去办案了，有件事，我要托付给你，帮我一下呗。"朱丽雅问："什么事？"龙大章说："明天碾盘沟村有个警民共建活动，我前几天答应他们了，你替我去一下。"朱丽雅问："为什么？"龙大章说："我不是警察了，以警察的身份去不合适。我还要回老家一趟，和父母待上两天，毕竟……从毕业到现在一直忙，没顾上照看父母。"朱丽雅说："好吧，我替你去。"

龙大章把两本影集塞到一个包里，拉着行李箱向外走去。朱丽雅默默地注视着他，眼泪从眼角流了下来。

伏龙区刑警大队门口，一辆出租车停在龙大章身边，龙小晴下了车，帮着龙大章把行李放到车上。几名警员默默地注视着龙大章走出刑警大队的院子。

龙小晴含着眼泪说："哥，爸妈给你包韭菜馅儿饺子呢。"龙大章说："当父母的，对子女了如指掌……"龙小晴说："哥，你的事儿村里都传开了。可父母说你一定是被冤枉的，为了这事儿，还和邻居打了一架呢。"龙大章含泪道："当父母的总向着自己的孩子。我不冤枉，是我铸成了大错，我要对一条人命承担后果。上车吧。"

龙大章把最后一个包放到车上，回头望去，发现朱丽雅正在门玻璃后注视着自己。

坐上回家的出租车的龙大章并没有回家，他怕自己一时冲动说漏了计划。他让龙小晴把他的行李送回去，并转告父母他去南方做生意了。

他来到曼丽酒吧，这里依然有柔和而幽暗的灯光，舒缓而忧伤的音乐。他选了个角落，自斟自饮，眼前闪过的是和姜美祺的种种过往……他几次拿起电话，想拨打，又放下，最终，他还是拨了过去。电话里传出："您拨打的电话已关机。"

姜长庚不知何时站在龙大章面前，慢慢地坐下来："大章，我原本想送你一张照片，那是十七年前'东北新干线'的一个伙夫留下的，他可能就是其中的一个漏网之鱼。可惜，那张照片被盗了。"

龙大章说："师傅，你能描述一下他的外貌吗？"姜长庚说："还记得你那次找人画的那幅像吗？基本就是那样……师傅帮不了你什么忙了，到了凤城，你找这个人。"他拿出一张照片："我们当年共同战斗过。还有一点，一旦威胁到生命安全，你要学会保全自己，即刻撤离。人在，就有机会。"龙大章点头："师傅，我会的……"

姜长庚继续嘱咐道："还有，不要给亲人、同学……尤其是美祺打电话……"

龙大章不知师傅是何时离开酒吧的，当他摇摇晃晃出来的时候，眼前是流光溢彩的龙城夜景。他慢步走过龙城大桥，四面是闪烁的灯火；他走过敖拉倚家门前，二楼飘来《雨一直下》那忧郁而铿锵的旋律；他走过方格棋牌室，里面传来"哗哗"的麻将声……

城市的夜色渐渐从他眼中淡去，可是有一个人——朱丽雅，一直悄悄地跟在龙大章身后。

7

一轮红日从"龙城站"三个大字间透出来。候车室里，姜长庚穿着便衣、戴着墨镜，看着龙大章上了火车，摘下眼镜，抹了一把泪，默默地走了。

龙城开往北京的火车上，龙大章在车上找着座位，把皮箱往行李架上放的时候，发现了一个熟悉的身影，惊讶地喊了出来："丽雅，你……怎么在这儿？要上哪儿去？"朱丽雅笑眯眯地看着龙大章："你上哪儿，我就上哪儿。我昨晚就知道你想把我甩了，跟我说过些天走，今天怎么就坐车了？"龙大章问："你怎么知道我今天走？"朱丽雅说："你忘了我是干什么的了？"龙大章严肃地说："丽雅，这不是开玩笑的事儿，你下车吧。"朱丽雅说："不，我没开玩笑，我是认真的。"

龙大章还想说什么，一列到达龙城正在进站的火车笛声响起，淹没了他说的话。

龙城火车站，姜美祺和白小艺走出站台，后面跟着的刘尔贵帮忙拎着东西。阳光照在她们的脸上，姜美祺露出一丝微笑，白小艺脸上掠过一丝迷惘。

赵直帆拿着两束鲜花，跑步迎上来："美祺，小艺，你们可回来了！"姜美祺先是一愣，向四周巡视着，眼前是匆匆的人流。白小艺说："赵哥哥。"赵直帆把鲜花献给了姜美祺和白小艺。姜美祺愣了一下，接过了鲜花。白小艺说："大姐，这花可真好看啊！"赵直帆说："生活本来就应该由鲜花和掌声组成嘛。"

姜美祺向帮她拎东西的刘尔贵笑了笑："太感谢你了！（扭头）直帆，带钱了吗？"

赵直帆掏出一叠钱交给姜美祺。美祺将钱交给了刘尔贵。刘尔贵往外推："不行啊，大妹子，太多了，花多少你还我多少就得了。你是我妈的学生，不是外人。"刘尔贵拿出其中一部分要给美祺，姜美祺坚决推拒，刘尔贵只好装进了自己的包里。

赵直帆接过行李，美祺和小艺跟着他上了奔驰车。奔驰车融入了城市的车流之中。刘尔贵羡慕地向大街上走去。

时猴子从刘尔贵身后上来，拍了刘尔贵一下，感慨地说："兄弟，你发了，做人还是做好人好啊！"刘尔贵瞪了时猴子一眼："我们还他妈是好人吗？"时猴子没回答，"兄弟，中午给你接风。"

龙大章和朱丽雅坐在火车上，火车响起长长的启动笛声。龙大章一遍遍地使劲儿按着手机按键，电话里传来："该用户已关机……该用户已关机……"

朱丽雅劝道："别费劲了，你就是把手机的字儿按没了，人家也不会接了。"龙大章沉痛地说："我这次出去，不知多长时间呢，只有今天有和美祺道别的机会了。"朱丽雅说："你不是给她发短信了吗？"龙大章沮丧："回的短信语气上不对，她是不是出了什么事儿啊？"

在火车响起的"哐当哐当"的启动声中，龙大章失神地望着窗外。

朱丽雅显出很兴奋的样子："哐当——逛荡，大章，我们要飞出龙城了！我们是真战友，不是假夫妻！"龙大章说："丽雅，你以为是在拍国产电影吗？我就要踏上新的征程了，就是和亲人告别一下都不能……"

火车在加速，离情在加剧。与姜美祺失之交臂的龙大章带着强烈要求得来的特殊使命和不知就里、"硬要参加"的朱丽雅离开了这座他熟悉的城市，一路向陌生的大西南挺进……

姜长庚围着围裙做饭，美祺和小艺疲惫地进屋了，后面跟着赵直帆。见他们进屋，姜长庚擦着手迎了过来。白小艺怯生生地扑到姜长庚的怀里："姜爸，我错了。"她的眼泪像断了线的珍珠，哭得梨花带雨。姜长庚给白小艺擦着眼泪："小艺，这么多天在外边没吃好吧。你都让姜爸急死了。"姜美祺说："爸爸，快开饭吧，我们从昨晚到现在还没吃饭呢。我钱也丢了，手机也丢了。在家千日好，出门事事难啊！"

白小艺去厨房帮忙端饭。姜长庚说："小艺，你别去，没干过，烫着你。直帆，一起吃吧。"赵直帆也不推辞："好的，姜叔，我帮你上菜。"赵直帆去厨房端菜，四个人坐下来吃饭。

姜美祺拿起筷子："爸爸，大章他忙啥呢？"姜长庚抬起头："先吃饭吧。"姜美祺不听："爸，我问你大章呢？十多天没他的音信了。"姜长庚说："他呀，前些天因违规办案、疏忽大意导致嫌疑人坠楼身亡，受了点儿处分，结果他一气之下辞职了。朱丽雅也递了辞呈，说要和龙大章浪迹天涯结婚去……"姜美祺惊讶得瞪大了眼睛："又是你出的招！"

她"啪"的把筷子一摔，拿起固定电话。几个人都吃惊地看着她。

朱丽雅迷惘地看着窗外一闪即逝的风景。龙大章微闭着眼睛沉思着，耳边仿佛响起了姜美祺的声音："我在大学等着你……等着你……等着你……"

电话铃声吓了他一跳，他惊喜地接起："美祺啊，你终于来电话了。这些天你跑哪儿去了，我以为你失踪了呢。"姜美祺说："我在家里，你在哪儿呢？"龙大章低落道："火车上，我要去外地了。"姜美祺问："去外地？干什么去？"龙大章说："下海……经商。"姜美祺问："还有谁啊？"龙大章说："你别问了。美祺，有些事情我不能与你说，以后你会明白的。"姜美祺说："那祝你们旅途愉快……幸福……"她放下电话，眼泪流了出来。

赵直帆递上一张纸巾，姜美祺接了过来，她发现姜长庚的眼泪也下来了，便气愤地说："鳄鱼的眼泪！"姜长庚拿出龙大章和朱丽雅相拥的几张照片："周至祥照的……"姜美祺失神地看着那几张照片。

火车上的龙大章还拿着电话："你能等我三年吗？……挂了？……说话呀！说话呀！"朱丽雅心疼地看着龙大章："早挂了，她要是心里有你，会再找你的。"

龙大章放下电话，默默地看着窗外一闪而过的景物，向龙山望去，眼里噙着泪花……

姜美祺从家里出来时，龙城的雾弥漫开来。一曲《送别》从敖拉倚的书房传出，"长城外、古道边，芳草碧连天"……

姜美祺在复杂情绪交织中全神贯注地听着敖拉倚的琴声。一声车笛，吓了她一跳。她看见赵直帆从车窗里探出头来，笑眯眯地看着她："美祺，在想什么呢？上车，我送你上班。"姜美祺看了看表，打开车门上车："也好，十多天没上班了，也不知单位忙成什么样子呢。直帆，碾盘沟因母亲生病辍学的那个小女孩儿已经重返校园了，谢谢你的救助……我们还要继续。"

赵直帆说："没什么，你的事儿就是我的事儿。"他从车内箱里拿出一个盒子，放到姜美祺的手里说："这个，我给你买了有七年了，你一定要收下。"

姜美祺拿起盒子打开看："学习不着调，这事儿启蒙得早。（合上盒子）直帆，这个我不能收。"赵直帆说："我知道，在你们文化人眼里，这个有点儿俗，可是谁能逃脱世俗的圈子呢？"姜美祺说："我真不能收。"赵直帆说：

"我也不难为你，要是你和我结婚的话呢，它叫结婚戒指；要是你不和我结婚的话呢，它就叫纯金饰品。"姜美祺把盒子放到车上："这个纯金的友谊收回吧，报社到了。"

车子缓缓地在龙城晚报社门前停了下来，姜美祺下车，赵直帆跟上去，把盒子塞到美祺包里："这个，从今天就归你说了算了，你可以卖给金店……或者把它扔到大街上……"

赵直帆上车开车走了，姜美祺打开盒子，在那儿发呆地看着蓝宝石指戒。蓝宝石戒指变成了一个蓝蓝的亮点，那个亮点变成了朱丽雅裙装上的装饰扣。

第十三章　沉渣泛起，凤城涉险

1

火车的一声长笛唤醒了沉睡的乘客，阳光照在朱丽雅上衣的蓝色纽扣上。她睁开眼，发现车已到了北京北站。再一看身边，已没了龙大章的身影。她向车外望去，看见龙大章正拉着拉杆箱匆匆忙忙地向出站口奔去。朱丽雅迅速拿下行李，来不及走车门，从车窗跳了出去。车站人员过来拦她，她把警察证一晃，向前跑去。

火车站外，龙大章打了一辆的士，准备放行李，一双秀丽的手伸了过来。朱丽雅笑眯眯地说："这个，我来。"龙大章吃了一惊："你……不是睡得挺香吗？"朱丽雅说："哥们儿，你下的蒙汗药是从地摊儿上买的吧，喝上怎么失眠了呢？"龙大章问："真的？"朱丽雅说："傻瓜，我根本就没喝。"

火车上，龙大章把一瓶饮料递给朱丽雅，亲眼看见她"啪"的一声打开喝起来，一会儿就躺在下铺睡着了，是在装睡？

朱丽雅从自己包里拿出一瓶饮料，在龙大章面前晃了晃："早被我调包了。二师兄，我在大学读刑侦时，成绩不比你差。你把犯罪分子的手段给我用上，过分了吧！"

龙大章说："丽雅，算我求你了，你回去吧！"朱丽雅说："你要跟我说清到底去哪儿，干什么去，我就回。"龙大章无奈道："丽雅，别逼我了，我现在的心情是剪不断、理还乱，你说你跟着掺和啥呢。"朱丽雅说："国家安宁，你我有责。"

这次意外是龙大章没预料到的，他没想到朱丽雅那么执着，只怕是这个"尾巴"甩不掉了。

二人拉着拉杆箱走在大街上，朱丽雅摆弄着自己裙装上的蓝色纽扣，眼睛火辣辣地看着龙大章："大章，你说我穿裙装是不是比穿警服好看啊？"龙大章说："当我们还是一名人民警察时，还是警服好看。不过，丽雅，我得好好地跟你谈谈了。"朱丽雅说："谈什么？你不要试图把我甩了。你和师傅暗中商量的事儿，我听见了。"龙大章一惊："你听见了什么？"

朱丽雅得意地回首："师傅和你说话时，我站在下风头，听得清清楚楚。而且，我此行已得到师傅默认了。"

龙大章问："丽雅，你知道我此行是干什么去吗？"朱丽雅点头："秘密行动，你我心知肚明。"龙大章说："听见了你还跟着？此后我得更名改姓、换电话……总之，什么都得换。我不能暴露出一点儿公安的气息，这和化装侦察不一样。我是孤军奋战，就像搁浅在荒岛的船，谁也帮不了谁，谁也顾不上谁，是拿自己和家人的生命、安全和名声在赌。"

朱丽雅瞪大了眼睛："啊？这么凶险？"龙大章恍然大悟："噢，我明白了，你什么都没听见，你是在诓我。"朱丽雅说："我承认，我是在诓你。可是，就你这样，深入敌后，一诓你，就什么都招了，我对你更不放心了。"

龙大章说："丽雅，我知道你看过不少警匪片，可我们不是在拍电影。既然你对此行已猜了个大概，我也不说什么了，你回去吧。"

朱丽雅迟疑了一下，默默地走上天桥，凝视着北京这座伟大的城市，眼里含着泪花。突然，她毅然地转身跑过来，直奔龙大章而来。

龙大章愣愣地看着朱丽雅："丽雅，回程的车票师傅已经给你买好，师傅在单位等着你呢。"朱丽雅笑了笑："龙大章，你把这么机密的行动透露给我，就打算这么让我回去？"龙大章问："那怎么办？"朱丽雅打趣道："上刀山、下火海，我只有跟定你了，免得被你杀人灭口。"龙大章说："这般光景，你还有闲心开玩笑？"

朱丽雅眼含泪花："我从来不开玩笑。"龙大章感叹地说："离家远征，脱了那身警服，就少了安全，还不知等待我们的是什么呢。丽雅，我不值得你这么做。"朱丽雅坚定地说："不管前面是什么。"

龙大章深沉地说："没有鲜花、掌声，只有未知的困难和危险。我郑重地告诉你，退出吧。"朱丽雅问："我退出？你为什么要来呢？"龙大章说："为了扫除黑恶。我常想起我的爷爷，他吸食毒品使我们家倾家荡产，最后以自杀告终。为了那些被毒品折磨的人们，我愿意深入毒穴。"朱丽雅正色道："你以为我这样做仅仅是为了你吗？我也是一名人民警察。"

2

龙城的夜晚，广场到处是休闲的人们，小孩子在这里快乐地傻跑，树荫里是一对对情侣。姜美祺一个人从这里郁郁寡欢地走过去，脑海里闪现着龙大章和朱丽雅相拥的照片和爸爸的话："他呀……辞职了……朱丽雅也不干了，说要和龙大章浪迹天涯去。"

她拿出手机，想拨号，又放下……想拨号，又放下……就那么纠结着。回到家里，她发现爸爸站在厨房里向敖拉倚家望着。敖拉倚家窗户上映出敖拉倚持书的剪影。姜长庚没有察觉身后有人，还在向外望着。

姜美祺问："爸，你在干什么？"姜长庚愣了一下说："噢……我在看小艺去你敖拉姨家了没。"姜美祺放下包："爸，我想问你个事儿，你一定不能骗我。"姜长庚转过脸来："你问吧。"姜美祺说："龙大章那么热爱公安事业，他辞职了，我不信……"

姜长庚沉默了一下："美祺，我知道你心里装着龙大章。"他拿出开除文件复印件："你自己看吧，他是被开除的，不是辞职。他要是心里有你，会和你联系的。美祺，车到山前，此路不通，不能转弯吗？"姜美祺默默地看着那份文件，气愤地扔在桌上："我要是能转弯儿，还是你女儿吗？"

说完，美祺向卧室走去，卧室门"嘭"的一声关上了。她走到窗前，向西南望去，那里是北京，龙大章在北京吗？

北京的夜晚依然沉闷，龙大章和朱丽雅默默地走在大街上。朱丽雅满眼是泪地打着电话。龙大章也在拨打着电话，电话里传来："您拨打的电话已停机……"

身在龙城的姜美祺站在窗前，思绪万千、心神不宁，在李叔同《送别》的旋律中仿佛听见敖拉倚朗诵汪国真的诗《送别》："送你的时候，正是深秋。我的心像那秋树，无奈飘洒一地，只把寂寞挂在枝头……"

白小艺是敖拉倚朗诵的最忠实听众："敖拉姨，现在可是盛夏，诗里为什么是深秋，不是盛夏呢？"敖拉倚说："因为秋深似海，盛夏有点儿浮躁……练琴吧。"楼上便飘下琴声《雨一直下》……

琴声牵动着姜长庚的思绪，他想到三十年前的自己，想到现在的龙大章和朱丽雅——他的两员爱将，便心情沉重。他很后悔让龙大章和朱丽雅重走他的"长征路"。他站在厨房的窗前，望着窗外，眼泪流了下来。姜美祺穿着睡衣走出来，默默地站在了爸爸身后。

姜美祺问："爸爸，你又在看什么？"姜长庚擦干了泪说："看你敖拉姨家的灯火，听你敖拉姨家的琴声。"姜美祺向前走了两步，顺着姜长庚的视线望去："爸爸，我现在只看见城市灰蒙蒙的夜空，其他的什么也看不见、听不见。"

姜长庚说："美祺，有些事，要用心去看去听。"姜美祺说："爸爸，你做到用心去看去听了吗？"姜长庚遗憾道："爸爸明白这个道理时已经晚了。"姜美祺说："不晚，我是你女儿，是你生命的延续，你用心听我的心声了吗？你在让敖拉姨的悲剧在我身上重演。"姜长庚回过头，激动地说："美祺，我的好意你理解反了，我是不让你妈妈的悲剧在你身上重演！"

他回到卧室，拿出龙大章要他交给美祺的鸡血凤凰，摩挲着、犹豫着，最终狠狠心又放了回去。

来不及向任何人道别的龙大章和朱丽雅穿着便装，拉着大大的行李包，默默地走在北京的大街上。龙大章淡然地说："既然你意已决，那从现在开始，我们就是一对南漂的人了，今后的一切都是新的，给家人打个电话吧。"朱丽雅看了看龙大章，带着一丝伤感地拿出电话，到旁边一边打电话一边落泪。

龙大章掏出电话，表情复杂地拨了一个号码："龙城晚报社吗？我找姜美祺……不在单位？……知道电话吗？……噢，换号了？"他惆怅地又按了一个号："爸爸，我去南方做生意了，什么时候回没准儿……混不下去的时候就回来了，你不要惦记我……"

他断然地把手机卡从手机里抠了出来，折了折，扔到了路边的垃圾箱里，回头看朱丽雅，她正泪流满面地木然地看着他。他走过去，抠出她的手机卡，折了折，也扔到垃圾箱里，调侃地笑道："为什么你的眼里常含泪水？"朱丽雅神情有点儿忧伤地回道："因为我对这片土地爱得深沉。"她昂首道："大章，启程吧！"龙大章说："把你带的东西都拿出来吧。"

朱丽雅打开包，龙大章把里面几件很好的衣服装在塑料袋里，放在垃圾箱旁，一个拾荒老人马上拿走了。他们拉着大大的行李包，急匆匆地隐没在去火车站的人流中。

3

南山龙湖被一片晨雾笼罩着，烟波浩渺。晨练的人们在鸟语花香中做着各种运动，湖光山色中一只船上的人们正在打捞湖面上的垃圾。

湖岸的一片合欢林边，一身运动装的武玉鹏和一身休闲装的金疤痫先后来到这里，他们鬼鬼祟祟地向偏僻处走去。

金疤痫声音压得很低："鹏弟，你光天化日之下非要见我，有事？"武玉鹏说："大哥，鸡血麻神到手也有些时日了，我们啥时候分钱啊？再说，我也不能总躲在黑暗中活动呀，我想到外面晒晒太阳。"金疤痫说："鹏弟，你还没弄明白，和我们的事业比，多少钱都是小事。我们的事业做大了，还会少了你钱吗？老大说了，众人划桨开大船，众人拾柴火焰高。上了这条船，没有分钱之说。不光你上了船，你还要拉你那俩河西兄弟一起入伙儿。"

武玉鹏惊问："上梁山啊？他俩是那块料吗？"金疤痫说："老大说了，'河西三杰'，一个也不能少。"武玉鹏说："要除根啊？"金疤痫摇摇头：

"不，重用。"他望着南湖打捞垃圾的船："老大说了，警方那边已摆布得风平浪静，趁着夏季雨水多，正是我们沉渣泛起的最好时机，抓紧办吧，等我出门儿回来，我要看到二棍和猴子能成为我们的弟兄。"武玉鹏说："大哥，猴子嘛，我叫他往东他不敢往西，只是这二棍可是难缠的主儿啊。"金疤瘌说："那就让猴子做点儿工作嘛。"

金疤瘌塞给武玉鹏一个包，武玉鹏打开来看，里面全是成捆的百元大钞。他掏出电话拨出去，小声地说："猴子，我要见你……"

龙城火车站前，车水马龙。刘尔贵推着卖水果的车，带着孩子从火车站前走过。不知谁喊了一声："城管来了，城管来了。"小贩们推车四散而去，刘尔贵带着孩子，向前拼命地蹬着三轮车。没跑几步，城管的车过来往前一横，刘尔贵赶紧刹车，"吱——""彭"的一声，城管车的车门子上出现了一个大坑，水果滚了一地。

最先吓傻的是刘尔贵的儿子，他躲在一边发抖："爸爸，怎么了？"刘尔贵摸着儿子的头："别怕，别怕，这是拍电影呢，别怕。"儿子拍着手笑了："爸爸，我们成演员了，你演得可真像。"刘尔贵一脸苦笑："儿子，快，帮助爸爸捡苹果，没准儿还得重拍一遍呢。"儿子说："爸，你骗我，不对啊，电影里碰翻了车，你得拿扁担削他们啊，你怎么没动静呢？"刘尔贵说："儿子，那是以前，现在哪能那么做呢？"儿子满脸疑惑地问："还不对，怎么没看见摄像机呢？"刘尔贵不耐烦地说："小崽子，你哪儿那么多为什么？快捡！"儿子委屈地不敢再问，一只小手在一双穿皮鞋的大脚前停了下来。

时猴子拍着刘尔贵的肩膀："兄弟，跟小孩子发什么火呢？五尺五的汉子，要干点儿大的，推个三轮子能赚个'四条腿'啊？走，麻神馆那儿有个小店烧鸡做得好，跟哥撮一顿去。"

刘尔贵满脸沮丧地跟着时猴子来到博物馆对面的一个小饭馆。说实话，自从时猴子跟踪姜美祺后，他就懒得理这号人了。可能是人穷志短吧，时猴子就像他的精神鸦片，他只有从时猴子这里才能得到一丝慰藉。他愁闷地自斟自饮，孩子狼吞虎咽地啃着鸡腿。

时猴子带着一丝狡黠地瞅着他俩，给孩子拿了另一个鸡腿："看把孩子饿的。二棍，跟哥干吧。"刘尔贵放下酒杯，斜着眼睛看着对方："我是有毒的不吃，犯法的不做。就你那下三烂活儿，兄弟我宁可饿死也不伸那第三只手。"时猴子轻蔑地笑道："哈哈哈，冻死迎风站，饿死不弯腰，立地成佛了？你的丰功伟绩要不我给你一宗宗地说说？前些日子，鸡血麻神被调包，你为了一只假镯子，及时制造电线短路。前年，你把一个唐代脸谱卖给了日本老客，让博物馆丢了脸。大前年……"

刘尔贵捂时猴子的嘴："别瞎说，小心别人当真。"他小声说："我当时不知道武玉鹏要干什么。"时猴子把嘴伸到刘尔贵耳边，小声地说："要不去公安那儿和姜长庚解释解释？他可正在找断电的人呢。"刘尔贵左右看了看："你又要耍什么幺蛾子？"这时，对面传来一阵吵闹声。时猴子对刘尔贵的儿子说："小朋友，出去看看热闹。"刘尔贵的儿子拎着鸡腿跑了出去。

时猴子往刘尔贵包里塞了一叠钱说："这是你上凤城跟踪姜美祺的奖赏。"刘尔贵一愣："我什么时候跟踪……"时猴子制止了刘尔贵，趴在他耳边跟他耳语着什么……

4

龙城的夜晚因龙城大桥变幻的霓虹显得那么迷人。姜美祺独自一人走在龙城大桥上，远远的像银河一样的车灯与天上的银河遥相呼应，帝豪会馆那闪烁的霓虹灯与曼丽酒吧的霓虹灯竞相绽放，她仿佛听见了《雨一直下》的旋律，惆怅地向桥下走去。

一辆黑色轿车"吱"的一声在大桥边停了下来，赵直帆从车内探出头："美祺，跟我去吃饭吧！"姜美祺说："直帆，我还有事儿，不去了。"赵直帆仍不死心："美祺，你跟我去又能怎的？你们当记者的不得体验生活吗？"

姜美祺说："我不想体验你们那纸醉金迷的生活。直帆，以后下班也不要到单位接我了，我天天都得加班，不习惯被人等。"赵直帆说："就有享不了的福啊！"姜美祺说："直帆，你快去吧，免得他们一个劲儿地催。我想自己走走，再见！"

赵直帆轻轻地按了一下喇叭，小车一溜烟儿地向帝豪会馆开去。

帝豪会馆某包间内，"喝——"随着黑老三一声喊，几只酒杯碰在了一起。金疤瘌的下属们全干了，金疤瘌只抿了一抿。黑老三再次举起酒杯："金哥，你生意兴隆、顺水顺风，帝豪占据着龙城娱乐业老大的地位，地产业也在发展，为什么闷闷不乐呢？我们哥几个敬你一杯！"众人应和道："好啊，我们敬金哥一杯。"众人都举起了大酒杯，一起杯底朝上。

金疤瘌看了看他们，一字一板地说："弟兄们，我们能取得这样的业绩，是弟兄们团结一心的结果，我不会说大话，但是，跟着我干，道路是弯弯的，钱包是鼓鼓的……我那边还有客人要照料一下，你们尽情地喝。"他象征性地一抿，拿着那半杯酒向楼上走去。

帝豪会馆楼上办公室，从电脑监控能看见各个包间的情况。阴暗的办公室里，立着一个黑影，看着包间里黑老三他们豪饮的情况。金疤瘌走进办公室，向那个黑影走去。

神秘人背对着门口站着："疤瘌，挺高兴呗。"金疤瘌问："大哥，不高兴？"神秘人拿起金疤瘌的半杯酒摇着："为什么剩半杯啊？"金疤瘌说："那半副鸡血麻神没有取回，兄弟我办事不力……"神秘人阴沉地说："你还算明智。我们未来的事业很多，诸如，鸡血麻神、《辽域地志》、进军地产业，哪一项不让我操心？"

金疤瘌说："大哥，不行让武二愣把老姜做了，把鸡血麻神抢回来？"神秘人严肃地说："疤瘌，以后不要动不动就说做了谁，都啥时代了，要用肩膀子上边做事。想当年，为什么凤城王彪集团全军覆灭？因为他和你思路一样。非常时期，谋求发展才是硬道理。哪怕我们是一块黑锅底，也要白得像一团雪；哪怕我们是无恶不作的地痞流氓，也要做得比绅士还要绅士。"金疤瘌佩服道："大哥，我这么多年从你这儿学的东西，比跟博士学得还要多。"

神秘人说："疤瘌，不要奉承我了。我们当前的两项任务要有序推进。人是事业的基础，（指指屏幕上黑老三他们）看看你用的这些人，要好好调教。还有，地产是很大很大的一块蛋糕，我们不是要分一块，而是要全盘端上来。

赵公子的事儿办得怎么样了？"金疤癞小声地说："大哥，都安排好了，你就等着看现场直播吧。"

帝豪会馆的另一个包间里，灯红酒绿，气氛暧昧。钱如意、赵直帆、吴寄瑶、小金子等人在包厢里喝着洋酒。

钱如意微醉地站起："来来来，让我们再敬赵公子一大杯。我跟你们说啊……我老钱能有今天，没有赵……赵老爷子罩着，那……屁也不是……"赵直帆得意地说："老钱，咱不说这个……不说这个。"钱如意说："不，我老钱得说……我老钱是个知恩图报的人……你们（用手指着吴寄瑶和小金子）都给我敬赵公子，谁……不喝是孙子。孙子……我陪着……在乡下建高尔夫球场的事儿，赵公子，你就和你同学姜美祺说说吧，她要是一报道，就得砸了锅……"

赵直帆也喝醉了："我……说，我这就说。"

小金子端起一杯酒，笑眼迷离地看着赵直帆："赵哥哥，我敬你。"

吴寄瑶瞪了小金子一眼："小金子，别喝了，他喝多了。"小金子说："我要喝嘛，我就要和赵哥哥喝嘛……喝嘛。"吴寄瑶厉声说："小金子，你也喝多了，老实待着！"

小金子不听吴寄瑶的话，眼睛直勾勾地逼着赵直帆干了一大杯。赵直帆放下空杯，歪歪斜斜地起身向洗手间走去。

龙城大桥阑珊的灯火中，姜美祺边走边拨打着电话，电话里传来："该用户无法接通。"她把电话扔进包里，生气地骂道："这个死大章，还真不来电话了……电话也打不通。"

这时，电话铃响了起来："噢……直帆……你有事儿？在哪儿……不知道哪儿……喝多了吧？快回家吧！想见我……不是刚见过吗？……建高尔夫球场的事儿……别报道？那怎么行……真是的，又喝多了，这事儿你别管了，快回家吧。"

姜美祺无可奈何地放下电话，从包里拿出一沓材料借着路灯看着。材料的标题是《谁来保护我们赖以生存的土地》，落款是碾盘沟四百七十六户村民。

后面一页是村民签字和手印。她看到这里，拨打了个电话："陈总，我明天要去一趟碾盘沟……耕地要建高尔夫球场的事儿……"

帝豪会馆的走廊上，赵直帆嘴里念叨着"高尔夫、高尔夫"，晃里晃荡地拿着手机从洗手间出来，和化装成大款的黑老三撞了个满怀。一件瓷器掉在地上，摔得粉碎，赵直帆的两只眼睛瞪得溜圆。

黑老三一把抓住赵直帆的衣领："好小子，你把我的明代青花撞碎了，你得赔我！"赵直帆满不在乎地说："不就……一个破瓶子吗？爷……赔……你。"黑老三说："破瓶子？赔我？你赔得起吗？我这瓶子可是能卖一千多万呢！"赵直帆一听此言，汗出来了，酒也醒了一半："一千……万？唬谁呢？你当我是山炮啊？我是赵公子！"黑老三说："我不管你是赵公子还是钱公子、孙公子，不赔钱你就别想走！"

听见吵闹声，钱如意、吴寄瑶、小金子都出来了。钱如意醉醺醺地嚷道："咋地……整事儿啊……欠揍啊？""啪——"一个大嘴巴抽在钱如意脸上。钱如意摸摸被打疼的脸，刚想发作，就见几个杂七杂八的人围了上来，怒目地看着他。钱如意马上软了下来："兄弟们，君子动口不动手，有话好说啊……"

黑老三把脚踏在椅子上说："好说？看你人模狗样的，像个见过世面的人，那你就说说咋办吧！"

神秘人和金疤瘌看着电脑显示屏，看到钱如意摸着脸、赵直帆低头哈腰的熊样，神秘人阴冷地笑了："哈哈，现场直播，有点儿意思。"

电脑画面上的黑老三趾高气扬，钱如意在和黑老三讨价还价，几个打手模样的人在一旁狐假虎威、吹胡子瞪眼地拉开了打架的阵势。金疤瘌说："大哥，我得出场了，要不，黑老三那小子收不了场。"神秘人点点头，金疤瘌一挥手，几个黑衣人就跟着他向楼下走去。

黑老三脚踏在椅子上，钱如意没了往日的威风，像孙子一样站在对面。黑老三说："赔两万？你开玩乐呢？我这可是地道的明代官窑青花，我们家祖传的东西可是不多啦。"赵直帆说："老……老钱，别跟他磨叽，报警……"黑老三两眼一瞪："报警？我先揍你个鼻青脸肿再报警，弟兄们，给我上！"

　　"呼——"杂七杂八们围了上来，把赵直帆和钱如意围在中间，一个个凶神恶煞的就要动手。吴寄瑶和小金子手足无措，一个打手把钱如意端得"扑通"一下跪在地上。

　　金疤瘌从灯影里优雅地走了出来，微笑地说："各位，我是这个店的总经理金某，大家都是我的客人，给我个薄面，调解一下？"黑老三转过身来，傲慢地说："又来了一个不知吃几碗干饭的。他是二明白，你是大明白，想必是你有能力替他赔钱呗？"金疤瘌拍拍黑老三的肩："兄弟，我听了多时了，给你两万你不要，那就不能怪人家了。"他从地上捡起一块瓷瓶碎片，用手掂着说："明代青花？好在你没说是辽代白瓷呢。就这玩意儿，我店里有的是。"

　　黑老三说："吹！有的是你去给我拿一个来。"金疤瘌回头对领班说："去，给这位爷拿一个比他的好的来。"领班答应一声去了，众人面面相觑地对峙着。领班拿了一个非常好看的瓷瓶过来，金疤瘌笑眯眯地接过那瓶子递给黑老三，可黑老三就是不接："我就要我的瓶子，你就是拿个金瓶子来，我也不赚那便宜，别整没用的。"

　　金疤瘌手一松，那瓶子落在了地上，摔得粉碎。这时，一群黑衣人唰的一下围了过来，把黑老三和杂七杂八们团团围住。两个黑衣人一下子把黑老三按在椅子上，两把刀子抵在黑老三脸上，黑老三脸上立马出了两个血印子。

　　黑老三疼得龇牙咧嘴："算你狠，大哥，我服了！"金疤瘌很绅士地说："滚吧？以后不要在我这儿闹事儿！"两个黑衣人把黑老三端出很远，他和杂七杂八们走了，赵直帆感激地看着金疤瘌。

　　金疤瘌拍拍赵直帆的肩："不知兄弟贵姓，我请你喝一盅，赏个脸？"

　　赵直帆忙道："金总……今天太感谢你替我解围了……我会常来的。有我能办的事情……您尽管吱声。今天我……喝多了，改……日再来登门拜谢！"金疤瘌说："给我捧场子的，就是我的贵人。我金贵是好交好维的人，老弟一看也是豪爽之人，我们后会有期。"说完，一抱拳，目送着众人散去，眼里现出一丝得意。

　　踽踽独行的姜美祺无助地望着天空。她走过敖拉倚家，窗上映着敖拉倚的身影，窗口流出白小艺的琴声。她驻足在小楼下，静静地聆听。她感觉自己像是敖拉倚第二，又感觉自己比白小艺还要缺些快乐的细胞。

此时敖拉倚对白小艺文艺修养的熏陶又在进行："小艺，如果能把诗和音乐结合起来，那才是最完美而和谐的艺术。再试一遍？"白小艺说："这对我来说，有些难。"敖拉倚鼓励道："没什么，按照自己的理解，用音乐来诉说情感。"白小艺拿起诗稿看了一眼，惊讶地说："敖拉姨，我太服你了，你现在自己作诗了？"敖拉倚谦虚道："就是瞎写，和汪国真的诗比，这就不是诗。"白小艺说："敖拉姨，我喜欢，你读我弹。"

白小艺弹着琴，一曲舒缓的曲子如泣如诉地从室内流出。音乐中，敖拉倚朗诵着自己的诗稿："欲望是自由的手铐，权势让友谊染上杂质。我希望给油盐酱醋作序，我希望白云飘在心里。给心灵一片纯净的天空，把爱释放给大地……"

姜长庚站在厨房里，对面是静如止水的敖拉倚家那淡淡的灯光和在楼下静若处子的姜美祺。他掏出电话："文勇，详尽的材料都已经发过去了……你们重新设计吧……他们也快到了……一定要保证他们的安全……拜托了！"

他神色凝重地放下手机，回到卧室，看了看表，把那个鸡血凤凰拿出来端详着，似乎看到了一丝血迹。他的眼泪不知何时掉了下来，直到门锁响了一下，姜美祺进来。他赶紧擦干眼泪："美祺，你以后晚上少出去吧，我现在很担心你们。"姜美祺说："爸，你快睡吧，小艺又在敖拉姨那儿住了。我明天要下乡，或许要住在那里。"姜长庚说："出去散散心吧，你这两天的情绪很不对头。"

姜美祺没有吱声，回到卧室，在昏暗的灯光下打开了手提电脑，一篇《"高尔夫"让农民变成"城里人"》的标题在她指尖流出。写完题目，她再也写不下去了，龙大章不同时期的身影总在她面前晃来晃去。她索性不再写稿子，看起她和龙大章等人的照片来。

5

北京至凤城的火车上，边座上摆满了空啤酒罐，龙大章坐在边座上，就着榨菜喝着啤酒。朱丽雅翻着《中国刑警》杂志。龙大章喝了一口酒，看着火车车顶发呆。朱丽雅合上杂志："大章，还不睡吗？想什么呢？"

龙大章又喝了一口酒："我们从东北走到了大西南，人生就像旅行，就在这'咣当'声中身不由己地走着、走着……"

朱丽雅说："不要感慨了，睡觉吧。明早就到了，我们要让凤城人民看到一个精神饱满的塞外青年。"龙大章没有答言，拿起一罐啤酒一口气喝了下去。他知道，这一走，未来的变化将影响他的一生。于公来说，鸡血麻神的案子将会被搁置；于私来讲，他和姜美祺的婚事将离现实越来越远。可是，他一个小警察能改变什么呢？

花团锦簇、人如潮涌的凤城是龙大章的一支强心剂，他和朱丽雅随着人流走出出站口。街道上，有穿着各色民族服装的人走过。没有人迎接他们，他们招手上了一辆出租车，车里一曲《彩云之南》正在欢唱："这世界变幻无常，如今你又在何方？原谅我无法陪你走那么长，别人的天堂不是我们的远方，不虚此行别遗憾……"

在凤城市公安局门前，龙大章和朱丽雅下了车。他们抬头看了看凤城市公安局白底黑字的牌子，走了进去。

李文勇紧紧握着龙大章、朱丽雅的手："二位，辗转几千里来到凤城，你们辛苦了，工作性质决定我不能去接你们。我是副局长兼缉毒支队队长李文勇，我代表局党组对你们的到来表示欢迎！"龙大章说："没什么，请李局长下达战斗任务。"李文勇呵呵一笑："不急，你们知道执行什么任务吗？"

龙大章和朱丽雅摇摇头。李文勇问："老姜没和你们说吗？他刚才还给我打电话，要我好好照顾你俩，希望我们这次联合行动顺利。但是，你们得先进行前期强化训练，合格了我们才能合作。"他拿出两张身份证——张小龙、李素梅。

李文勇说："这是你们俩的新身份证，原身份证留在我这儿。"朱丽雅拿过身份证看了看："这也不像我俩啊！"李文勇说："没办法，你们俩得比照着这两张身份证长。身份证上的人叫张小龙和李素梅，出生在塞外一个叫通城的县城。张小龙，当过武警排长，因斗殴打死个地痞流氓，携未婚妻仓皇逃亡到凤城，已被我们秘密抓捕。审讯得知，他是要到通达物流公司找一个叫大黑猫的人……（拿出两个档案袋）这是他们——不，是你们犯案的全部档案及详细生活状况。"

龙大章接过档案："我们的任务是什么？"李文勇说："对于'东北新干线'，我们有十几家重点怀疑对象，其中这个通达物流公司的机构，是我们的重点怀疑对象，但苦无证据。张小龙要找的大黑猫正是这家的二掌柜。你们的任务是打入这个集团，用三年时间摸清这家公司的底细……"龙大章一惊："三年啊？我以为只需要个把月呢。"

李文勇说："年轻人，不要急，急了不是去破案，而是去送死。你们仔细研究档案上的照片和U盘上的视频，从发型、肤色、胖瘦、举止、言谈等方面改变自己，直到把自己变成张小龙和李素梅为止。然后，再进行半个月的强化训练，达标后，才可以执行任务。"

龙大章问："如果我们一个月完成任务，是不是就可以回去了？"李文勇盯着他看了半天，拿出两部手机："没那么简单。这是你们的通信工具，为了你们的安全，你们的所有通话会被随时监听，位置会被锁定。自然，你们的电话也会被坏人控制或是被换掉。我是你们的唯一联系人，在危险的情况下，你们可以随时撤离，不要做不必要的牺牲。"

凤城街边一个破旧脏乱的出租屋里，穿着破旧的朱丽雅比照着张小龙的照片用剪子给龙大章剪头发。她向窗外的一栋楼望了望说："这是离通达公司最近的贫民窟，我们可以接近这个公司了。"

龙大章说："现在还不是时候。这个通达公司很复杂，它在物流、餐饮、娱乐等行业居然都有'腿儿'，我们得熟悉了情况再行动。"朱丽雅说："好吧，李支队也是这么叮嘱的。"龙大章照了照镜子："嗯，像，像，没想到你还有这手艺。"

朱丽雅得意道："那是，大学时，我们宿舍的女生全找我理头发。"龙大章说："你长得天然像张小龙的未婚妻，省心了。我可怎么办啊？我没有张小龙胖，也没他黑。"朱丽雅说："这些都好办，你呢，死吃横睡晒太阳，几天就达标了。我想，领导同意你去打入敌人内部，也是考虑你像那个杀人犯。走吧，我们得接受魔鬼训练了。"

龙大章和朱丽雅穿着便装，来到凤城市某秘密训练营。他们站得笔直，等着站在对面的李文勇发号施令。

李文勇严肃地看着他们，突然喊："龙大章！"龙大章"啪"的一个立正："到！"李文勇恼怒地走上前，照着龙大章的屁股就是一脚，吼道："你这样不是去做卧底，是去送死！叫什么名字？"龙大章爬起来："张小龙！"李局长微点了点头，突然喊："朱丽雅！"朱丽雅毫无反应。

李文勇意外地看了看朱丽雅，严厉地说："为什么不答应？"朱丽雅操着东北土话说："大哥呀，我叫李素梅，你说的朱丽雅好像是个外国人吧。"李文勇笑道："好，很好。你们要想出色地完成任务，首先要牢记自己的身份，忘掉自己的过去，尤其是家人、亲朋好友同学同事，说到谁，心里都不能有一点儿波澜。"

龙大章"啪"的又一个立正："是。"

李文勇瞪了龙大章一眼："在这里，只有我知道你们的真实身份。看你们站得笔挺的样子，像个没经过训练的人吗？要知道，你们是社会闲散人员，一个杀猪的，一个没文化、没见识的家庭妇女。得要改变自己，从现在做起。张小龙，你是怎么来凤城的？"

龙大章站得吊儿郎当的，一脸痞气："大哥，你问我啊？兄弟没啥能耐，打死个赖子，被'雷子'撵到大哥的地盘儿来了，（一抱拳）还请容留。"李文勇点了点头："嗯，以前做过毒品吗？"龙大章说："报告大哥，小打小闹地倒过一点儿。"

李文勇拿出一包棕色的东西："这是什么？"龙大章看了看，说："海洛因。"李文勇纠正道："错，黑话叫'四姑娘'或'四小姐'。"他又拿出一包白色的东西："这是什么？"朱丽雅看了看，说："大哥，这是冰毒吧？"李文勇说："错，黑话叫'马药'。在做卧底之前，必须精通很多毒贩之间使用的黑话和特定动作，诸如把钱叫'老顿'……这样的训练还要持续一些日子，你们要是觉得不能胜任，现在可以选择退出！"

龙大章坚决道："我不退出！"朱丽雅说："想让我退出，没门儿！"李文勇拿出一些光盘及书籍："这是老姜寄过来的，拿回去好好看一下吧，免得什么是毒品都不认识。"

6

龙城晚报社办公室，姜美祺看着她和龙大章在碾盘沟的照片发呆。她和龙大章交往的一幕幕浮现在她的脑海中，最后落在大章和她的一个拥抱上。她拿起电话拨打着，电话里传来："您拨打的电话已停机……"

她又拨打了一个电话："爸爸，你真的不知道龙大章去哪儿了吗？"电话里传来爸爸的声音："美祺，我和你说了多少遍了，他被开除下海结婚去了。"她放下电话，失神地望着窗外。不知何时，赵直帆来到了她的身后。

姜美祺对赵直帆点了点头："要是为了建高尔夫球场的事儿，就不要说了。"赵直帆问："为什么？"姜美祺说："为了这个稿子，我跑了三趟乡下，采访了很多村民和相关部门，这个时候你让我退出采写，不是前功尽弃吗？"赵直帆说："美祺，你的付出，你的损失，老钱会十倍补给你的。"姜美祺站起来："十倍？听着倒是挺诱人的啊。我问你，四百七十六户农民的付出和损失他也加倍补偿吗？碾盘沟那么好的自然景观必须要搞高尔夫球场吗？"

赵直帆说："那是两码事儿，这事儿关系着市县乡的很多人，美祺，听我的，别发了。我不想因为这个事儿影响了咱们的关系。"姜美祺问："你意思，我要是执意要发，咱俩就成陌路了？"赵直帆笑了笑："那怎么可能呢？你就是把天捅个窟窿，关键时刻，我还是会站到你身边替你挡风遮雨的。"

姜美祺说："那就好，有你的支持，我不仅要发，而且还要给上级部门写份内参。"姜美祺看也不看赵直帆，拿着纸稿向外走去。赵直帆显然没想到姜美祺会这么决绝，看了看桌子上龙大章和姜美祺的照片，气愤地扔在桌子上，无奈地摇了摇头。

姜美祺跟着赵直帆来到城青丝茶楼玲珑茶室的时候，一轮明月已挂在城市的东南角上。近几日，直帆总是陪着美祺加班，变着花样哄她开心。这不，今天又请她和寄瑶、小晴来喝茶。可姜美祺似乎很不领情，手托香腮站在玲珑茶室的窗前向远处望着。吴寄瑶来到跟前："哎，美祺，想什么呢？"姜美祺没有回头，也没有回答。

白小艺在给他们弹奏《月满西楼》，忧伤的曲调充满整个茶室。龙小晴说："美祺，我哥临走之前真没和我说什么，就说出去做生意了，要混个差不多再回来。我想，他会回来找你的。"吴寄瑶瞪了龙小晴一眼，看了赵直帆一眼："等你哥发达了回来，美祺青春期都过了。"

赵直帆说："一种相思，两处闲愁。一听到这首曲子，我也很感伤。你说大章干得好好的，怎么就人间蒸发了呢？真跟人私奔了？"吴寄瑶说："此情无计可消除啊，他是不是去找小晴的子强了？哎，子强在哪儿呢？"

龙小晴说："听说公司派他到凤城给人家培训去了，天天到处走天涯，这些不安分的男人啊。"姜美祺伤感地坐在茶桌边："嗯，郝子强不回来，龙大章走了，我现在能理解你的心情了。"赵直帆说："天下本无忧，庸人自扰之。痴心女子负心汉，自古世上少真情。"姜美祺放下茶杯："听你说话就生气。"赵直帆忙说："好了，我不说了，姑娘们，你们在这儿暗自伤神吧，我可是静心喝我的碧螺春了。"

赵直帆刚端起茶盅，电话响了："噢……金哥……你太客气了，我应该感谢你才对。"他向姜美祺这边看了看："好……我这边有个局……明天我一定会当面答谢金哥。"他刚放下电话，电话又响了："钱种（总），我也替你说话了，可是报社有报社的规定……发了……项目黄了也不能赖我啊。"他狠狠地按了电话："这些人，我喝个茶也喝不消停！"

那处豪华住所，神秘人站在阳台上阴沉着脸，手拿一张报纸向外望着。

金疤痢急急忙忙地进来了："大哥，赵公子那儿还是没进展，他好像在故意躲着我。"神秘人头也没回:"知道了。"金疤痢低沉地说:"还有,大哥,我们的两家娱乐场所昨夜又被查了个底儿朝天,公安带走了四十多人呢!"

神秘人抖了抖手里的报纸:"晚报早报道了。提前没得到消息吗?"金疤痢说:"没有,这两次都是市局突然行动,据我们的人说,是有人举报。"神秘人问:"谁举报的?李秃子?钱胖子?"金疤痢说:"应该是这俩龟孙,他们垂涎我们的娱乐业很久了。"神秘人叹道:"我们的人脉还是不畅通啊!"金疤痢说:"大哥,任其下去,我们的夜总会只能是赔钱赚吆喝了。"

神秘人说:"这一点我早就清楚。水至清则无鱼,我们是靠浑水摸鱼起的家,在这清凉世界,难混啊!"金疤痢急道:"大哥,快想法子吧。"神秘人背着身,拉长声,慢条斯理地说:"法子倒是有,你敢做吗?"金疤痢说:"大哥,兄弟我啥时退缩过?"神秘人脸上带着阴沉,从牙缝里挤出两个字来:"马药。"

金疤痢"扑通"一下跪在地上:"大哥,那可是要杀头的。十七年前,(摸摸自己的脑袋)多悬啊!"神秘人拍拍金疤痢的秃头:"兄弟,我们这些年所做的事,哪一件不得判个十年八年的。我们有一大帮子的兄弟,得吃饭,得消费,得人模狗样地立在人们面前,哪一样不需要钱?我们想进军地产业,现在能干得过钱胖子吗?我们想进入煤炭业,干得过李秃子吗?"金疤痢说:"大哥,如果和赵公子搭上话,地产界就会有咱们的一片天了。"

神秘人说:"时不我待啊,十七年来,我们像丧家之犬一样活着。地产是长线,倒'药'是短线,我们要学会两条腿走路。给我半年时间,我一定打败他俩。"金疤痢问:"大哥,你决定了?"神秘人阴郁地点了点头,并没有回头,继续向窗外望着说:"延长产业链,扩大'东北新干线',过几天你就去凤城。"

7

顶着一轮明月,龙大章和朱丽雅穿着破旧的民工装,拎着两个写有"夫妻保洁"的塑料桶,疲惫地走进一个大杂院的出租屋内。

龙大章把脏衣服一扔，仰面朝天地摔在了床上。

朱丽雅边抖落衣服上的泥土边说：“小龙，这打着工，受着训，累死人了。这个破‘教练’想把人折腾死啊？”龙大章问：“丽雅，不对，素梅，后悔了吧？”朱丽雅往另一张床上一躺：“一点儿也不好玩儿。”

龙大章说：“他狠点儿是为了我们好。我们的工作一旦露出一点儿破绽，我们的对手就会给你敬上一杯美酒，再给你安排个生日晚宴，然后让人把你扔到澜沧江里去喂鱼。”

朱丽雅坐了起来：“这么可怕啊？小龙，你说我们住在这大杂院里，真能和毒犯混上？”龙大章说：“鱼龙混杂的地方，才有可能和毒品扯上边儿，‘教练’让咱们住这儿肯定有他的道理。”朱丽雅说：“唉，累得饭也不想吃了。你会用电饭锅吗？”

龙大章和朱丽雅忙活着用一些旧锅碗做起饭来，两碗米饭，几碟咸菜，简单的晚餐很快就吃完了。龙大章和朱丽雅正在收拾碗筷，响起了粗鲁的敲门声。

龙大章警觉地问：“谁？”大黑猫说：“谁？你猫爷。”龙大章打开门，疑惑地看着门外一个傻大黑粗的男人：“你是？”大黑猫醉醺醺地打量着龙大章，又歪过脖子向朱丽雅这边看：“外地来的吧？租这房子前也没打听打听这是谁的地盘儿？有人尊称我为大黑猫，也有人骂我是黑阎王。其实，叫什么我不在意，只要给钱儿就行。”龙大章问：“什么钱？”

大黑猫说：“保护费啊。房东没和你们说过吗？这一片儿归我的小弟保护。没人保护你们，怎么能确保你们的安全呢？本来呢，都是我小弟来，听说小妹长得俊，我就……亲自来了。”

朱丽雅从屋里出来：“往们（我们）不稀罕保护。”大黑猫色眯眯地看着朱丽雅：“柴火妞儿，倒长得细皮嫩肉的，有气派。你们……新结婚的吧？要想睡个好觉儿，不受保护怎么行呢？”朱丽雅气愤地说：“老娘就不交，你想乍地（咋的）？”大黑猫笑道：“哟，有个性。怎么着？抓——你——去坐台。”

大黑猫上来要抓朱丽雅，龙大章一把抓住了大黑猫的手腕。大黑猫挥拳便打，龙大章用手一拧，大黑猫"哎哟"一声向后退，脚踩在一块西瓜皮上，摔了个嘴啃泥。大黑猫从地上爬起来，活动一下手腕，气恼地嚷道："有种，你给我等着！"说完，一溜烟儿地没影了。朱丽雅"嘭"地关上了门，气得直喘粗气。

凤城的早晨比龙城要晚来一个多小时，阳光从高大的建筑物间斜射下来，地上车流滚滚，天上薄雾蒙蒙。

龙大章和朱丽雅拎着"夫妻保洁"桶并肩从大杂院里走出来，还没走出胡同口，就被两个年轻人挡住了去路，回头一看，后边又上来了两个年轻人。他俩就被人前后堵截在了胡同里面。大黑猫扬着脸，趾高气扬地从胡同外走了过来。龙大章惊愕地看着大黑猫，大黑猫看也不看龙大章，径直向朱丽雅走来。

朱丽雅哆嗦着问："你要个哈（干什么）？"大黑猫冷着脸说："个哈？你不是嘴硬吗？看我兄弟的拳头硬还是你的嘴硬。你男人不是能打吗？让他出手呀！"龙大章放下桶，拱手抱拳："哥们儿，咱们往日无冤近日无仇的，昨晚是我的错。保护费……我们交。"

大黑猫侧过脸、梗着脖子，嘲弄道："别介啊，继续要横啊！你要非得交也可以，把你年轻的媳妇交给我们替你管教三天，省的连三从四德都不懂。"龙大章气道："不要欺人太甚！"大黑猫不屑道："我就欺人太……太甚了，怎么着吧。弟兄们，上！把那小娘们儿给我带回去，让她给我搞三天卫生。"

几个人冲上来抓朱丽雅。龙大章飞脚一扫，几个人退了回去。大黑猫喊道："弟兄们，上！好虎干不过一群狼，给我往死里打！"几个人又冲上来。龙大章手执泥子铲和涂料桶跟他们打成了一团，几个人身上脸上都被甩上了涂料，白花花的像唱戏的小丑，引来很多群众围观哄笑。

来凤城讲风险投资的郝子强背着电脑包去讲课地点，边走边接着电话："小晴，你就放心吧，我自己会照顾自己的……走南闯北这么多年了，已经习惯了……我在凤城带一批新手，带他们操盘，以后还得常来。同学们可都好？……大章和人私奔了？……他没联系我呀。"正说着，就见前面胡同口一群人闹哄哄的，他挂了电话赶紧跑了过去。

　　龙大章左冲右突，三拳两脚，那几个人涂着大花脸全躺在地上。大黑猫直奔朱丽雅而来。朱丽雅假装害怕躲闪，直躲到一个水池边，一个后仰向后倒去，涂料桶钩在了大黑猫的下巴上，顿时他满脸白色。朱丽雅那腾起的一只脚不偏不倚地踢在了大黑猫的裆部，大黑猫捂着裆蹲在地上直喊"哎哟"。

　　围观的人中有一个长得肥头大耳的人，是这一带有名的"人物"刘大侃，他默默地从胡同外走过来，冷眼旁观着，时不时眯着眼睛笑得像吃了蜂蜜。

　　胡同外，郝子强跑到了跟前，惊讶地看着龙大章。龙大章也看见了郝子强，但没有任何表情，拉起摔在地上满身是土的朱丽雅，捡起泥子桶和刮铲："素梅，我们走，去晚了工钱就泡汤了。"朱丽雅跟着龙大章惊慌失措地向胡同外跑。

　　郝子强喊："大章——大章！"见一点儿反应也没有，就跑过来，横在龙大章和朱丽雅面前："大章，你怎么来这里了？"龙大章愣了一下，冷冷地说："你认错人了。"郝子强说："怎么可能呢？"

　　龙大章把郝子强推了一个趔趄，恶狠狠地说："不要拦我，谁拦我我和谁拼命。"说完，和朱丽雅绕过郝子强跑了。刘大侃笑眯眯地拍拍郝子强的肩："兄弟，人家不认识你，你就别死缠了。你刚才说他是谁？"郝子强看了刘大侃一眼说："可能是我认错人了。"

　　朱丽雅边跑边小声地说："有人认出了你，对咱们今后的计划有影响吗？"龙大章小声地说："没事儿，那是我的同学郝子强，他可能只是到这儿出差。我们早出晚归的，不会再遇到他了。"

8

　　龙城晚报社，姜美祺正在电脑上打字，电话响了："你好……收发室？有我的邮件？……好，我这就去签收。"

　　她跑下楼，拎上一大包书来。她打开包装，发现全都是新闻专业方面的书。她好奇地在包装上寻找着寄书人，可是什么也没有发现。"谁给我寄来的呢？他怎么知道我需要这方面的书呢？"她眼前闪过姜长庚、赵直帆，最终定格在龙大章上。正在她甜甜地想着的时候，又来电话了："小晴……你说什么？……子强看清了是你哥？……不会错？他为什么不认子强？……他也说不清？"

姜美祺放下电话自言自语，看了看那一堆书，笑了："龙大章，跟我来这套。"她兴奋地亲了一下刚开包的一本《新闻例话》，兴奋地向家走去。

姜长庚在厨房做饭，白小艺弹着琴，姜美祺哼着"乌云散，明月照人来……"进了屋。这时，身后响起了敲门声。姜美祺回身打开了门，门外是一个快递员打扮的人："你好，姜美祺家吧？收一下快递。"姜美祺点了点头。快递员把几包东西拿了进来，并拿出一张单子让姜美祺签字。

白小艺从书房里跑出来："姐，买啥好东西了？"说着，就急三火四地打开了包装，惊喜地说："哇！绒毛狗，洋娃娃。有纸条耶——（念纸条）'我就像小狗一样，永远忠诚地守卫着你！希望以后我们的宝宝像这个洋娃娃一样可爱'。"

姜美祺一听，脸"唰"一下红得像熟透的苹果，脸上洋溢着幸福。

白小艺说："大姐，你还有心情笑呢？这是有人在算计你。"姜美祺不解："算计我？"白小艺说："当你的床上、桌上摆满了这个人送你的礼物时，你就被俘虏了。爱情三十六计都用上了，不是算计你是什么？"姜美祺刮了一下白小艺的鼻子："姐喜欢这样被人算计！"白小艺假装生气地说："哼！"她又调皮地说："这个小狗归我啦！"说完，抱着小狗向卧室走去。

姜美祺高兴地抱起了那个洋娃娃："小艺，别告诉你姜爸。"说完，她发现姜长庚戴着围裙正站在她身后："美祺今天高兴？"姜美祺微笑着点了点头，端起了一大碗饭。

那处豪华住所，光线依然昏黄，神秘人面对满桌的山珍海味却毫无食欲。他恹恹欲睡地听着金疤瘌的汇报："今天开标的九个工程，六个被钱胖子的公司投中、一个被李秃子公司……"

神秘人打断他的话："疤瘌，我们的地产公司成立一年多了，目前还没有揽到一个像样的工程？"金疤瘌诚惶诚恐地说："是，大哥，伏龙区建筑工程全被赵公子插手设计给了钱胖子。"神秘人说："搞点儿正拉巴经的事业太难了！赵公子那儿还没进展吗？"金疤瘌先摇头后低头。神秘人说："疤瘌，想接近什么人，就得懂他喜欢什么，要投其所好，要急人所难。听说赵公子在追姜长庚的女儿？"

金疤瘌点头："是。"神秘人意味深长地说："想办法成全他！君子成人之美，小人成人之恶。这是接近赵公子最好的筹码，明白吗？"金疤瘌点头："明白。"

晚饭后的姜美祺带着满腹心事和满眼憧憬来到龙城大桥。她望着西南方那片星河，在大桥的霓虹中轻移脚步，眼前的万家灯火似是她的点点希望。这是她和龙大章第一次约会的地方，每次走过这里，曾经的往事便会清晰可见。她爱龙大章，却不知他身处何方，就连想问问他"为什么总和朱丽雅在一起，你到底爱着谁"的机会也没有。

走过曼丽酒吧，姜美祺沉浸在《雨一直下》的音乐中。龙城大街，车如飞流。"吱——"的一声急刹车，一辆摩托车在姜美祺的身边停下来，摩托车手随手拽住了姜美祺的包，把毫无防备的姜美祺拽倒了，但她死死扯着包不放，摩托车手亮出了刀。

"住手"，一声断喝，金疤瘌向摩托车手踹去。摩托车手仓皇而去。这时，一辆黑色奔驰停在美祺身边。赵直帆从车里探出头来："美祺，你怎么了？"姜美祺惊魂未定地说："直帆，你？刚才有人抢我的包，多亏了这位先生出手相救……"

赵直帆一看："金哥，怎么是你？"金疤瘌说："噢，赵老弟，我出来散步……（对美祺）这位是？"赵直帆说："我女朋友。"

金疤瘌说："老弟，不是我说你，你也太粗心了，怎么能让你女朋友大晚上的一个人上街溜达呢？"赵直帆歉意加感激地看着金疤瘌。他下了车，来到美祺面前："你电话也打不通，听说你加班，我来接你，单位却说你早就走了，可得注意了，这样太危险了，没伤着吧？"

姜美祺看了看被扯断的小包，摇了摇头，又向金疤瘌道了谢，随着赵直帆上了车。

奔驰车在龙城大街上缓慢地开着，车里一首风笛曲《从前》飘向这个有波有浪的夜。

姜美祺的心绪终于静了下来："直帆，你说人能回到从前吗？"赵直帆说："回到从前？如果我们一如既往，那么现在永远是从前，现在永远是将来。"姜美祺说："可是，我们长大了。中学时天真无邪的龙大章、你还有吴寄瑶都变了，当友情迷失方向的时候，爱情还没有到来，我真不知道怎么去走未来的路。"

赵直帆一脸坏笑："哈哈哈，什么事情一到文人那里就变得复杂起来。美祺，我知道你在想着龙大章，可是，无论你拿我当同学、朋友还是路人对待，我永远不会离开你。"姜美祺说："这辈子赖上我了呗？"赵直帆点头："可以这么说吧，在爱情的路上，我心甘情愿做一回赵大赖。我们去茶室坐坐？"

姜美祺说："太晚了，换首曲子吧。"她把车上的光盘拿出来换上，车里响起了萨克斯曲《回家》。她边听边说："直帆，今天谢谢你。"赵直帆说："没什么，我愿意当你一辈子的司机，我们的车，你说往哪儿开就往哪儿开。"

赵直帆的高调和姜美祺的低沉形成了鲜明的对比。赵直帆的理想在眼前，他认为龙大章一走，他在姜美祺这儿就可以无障碍通行了。姜美祺的希望在远方，她的聚焦点还停留在对往事的怀恋上。

第十四章　只身打入，千里寻人

1

一首自创的歌曲《一路》在龙大章的心里响起："一路早，一路转，一路长线连短线。一路紧，一路慢，一路花海笑相伴。一路忙，一路闲，一路风雨在呼唤。一路想，一路看，一路荣辱已清淡。一路霞，一路烟，一路前景归画苑。一路尘，一路汗，一路星光更灿烂……"

各个招工场所、电线杆子、小广告前是龙大章和朱丽雅找工作的身影。他们因为得罪了大黑猫，附近再也没人敢用他们了。

这天，凤城市鲜蔬市场门口，朝阳照在市场外一群等活儿的人的破衣服上。龙大章和朱丽雅每人拿着一个煎饼，边吃边看《凤城晚报》的招聘广告。

龙大章眼睛一亮，悄悄地说："素梅，我们不能只等着李大哥给找机会了，快看，通达公司招装卸工呢。"朱丽雅赶紧凑过来："嗯，是个好机会，我们去应聘吧。"龙大章说："不是我们，是我。"

朱丽雅问："那我干什么？"龙大章说："素梅，你还干保洁。他们会录用我的。"他拿出一封推荐信："这是大黑猫的朋友推荐张小龙的信，有难处时可以用这个。"朱丽雅点了点头，看着龙大章向通达公司的方向走去。

凤城通达公司副总办公室，龙大章站在屋子中间，大黑猫围着他一圈儿一圈儿地转，乜斜着眼问："你来应聘？知道这是谁的场子吗？"龙大章昂首道："我不管这是谁的场子，哥们儿卖力气吃饭，不用走人。"说完，拿起报纸站起来向外走。

大黑猫"嘿嘿"一笑："哥们儿？你倒是不见外，送上门儿来的包子，我吃定你了。（向几个保镖喊）来人啊，咱这儿来了个国家一级陪练，弟兄们，跟他练练。"

没等龙大章动弹，保镖谭四就箍住了龙大章的脖子，又有两个保镖冲上来，把龙大章按倒在地，拳脚相加，那封推荐信掉在了地上。大黑猫站在旁边得意地看着，摆摆手："算啦，都住手吧。"他抬起龙大章的下巴："小子，有点儿钳子，一声不吭，我认定你了。"

龙大章昂头："呸！什么玩意儿！爷还懒得干了呢。"说完去捡掉在地上的推荐信。信被大黑猫一脚踩住了："谁给你写的情书啊？"龙大章没理大黑猫，扯起那封信要走："你给我等着，胡爷饶不了你们！"大黑猫一惊："你说谁……谁？"龙大章一字一顿道："胡——爷——"

大黑猫一把把推荐信抢过去看了看，对其他人说："你们还不快滚！"他满脸堆笑地说："兄弟，他们太过分了，我给你赔礼道歉。兄弟，跟我来，那边说话。"

龙大章没理大黑猫，转身要走。大黑猫扯住龙大章："我就是你哥们儿说的'胡爷'。兄弟，要想人前显贵，就得背后受罪，给兄弟一个改错的机会。"龙大章只好随着大黑猫来到凤城通达公司仓库。

大黑猫让人给龙大章找了一件新的劳动服，歉意地拍了拍龙大章的肩膀。他仔细地看着信，又看了看身上被打得青一块紫一块的龙大章，脸上浮起疑云："郭子安还好吗？"龙大章说："噢，你说狗蛋兄弟啊。我最好的把子兄弟，我跑了，他却'进去'了。"大黑猫说："进去了？我说不跟我联系了呢。"

龙大章说："他告诉我，有个为难着窄的时候，到凤城来找胡爷，他一定会关照的。"大黑猫说："放心吧，这儿，哥们儿说了算，只要你听哥们儿的，有出头的日子。"龙大章叹气："没那高要求，能养家糊口就行了。"

大黑猫说："小农意识，小富即安。"他意味深长地看着龙大章："不过，你是条汉子，被那么打都一声不吭。兄弟，扎根儿烟吧，没打坏吧？"

龙大章说："没有，哎哟……你的人够狠的。"大黑猫说："我说兄弟，你这是为啥落到了这步田地？"龙大章叹气："唉，一言难尽。郭子安不是在信上都说了吗？总之以后就得哥多关照了。"大黑猫眼睛转了一下："子安的媳妇苏翠可好？儿子郭竞该上小学了吧？"龙大章说："猫爷你记错了，狗蛋媳妇叫辛悦，他们只有个女儿，才两岁多。"

大黑猫一拍脑门："可不是呢，两年没见，看我这记性。小龙，你找我就找对人了，先扛几天'大个儿'（包裹），过几天我就给你安排好活儿。"

一个保镖跑过来喊："胡哥，刘总有请。"

龙城那处豪华住所，光线很暗。神秘人在麻将桌前摆弄着东西南北风。金疤瘌进来了，随手打开了顶灯，屋子顿时亮了起来。神秘人眯缝起眼睛："疤瘌，把大灯关了，我不适应这么亮。"金疤瘌关了顶灯："大哥，赵公子的事儿办好了，他答应帮我们了。"

神秘人把四张风码在牌里："疤瘌，我这几天仔细想了想，我们在龙城和钱胖子、李秃子之流斗来斗去，就像麻将一样，很难胜出，我想暂时撤出战场，另辟蹊径才是上策。凤城的事儿可有新消息？"

金疤瘌说："大哥，据大黑猫讲，刘大侃为另立山头已经开始排斥异己、私揽财物、发展网络了，让我们派人早去处理，以防生米煮成熟饭。"神秘人叹气："唉，尾大不掉。我把脑袋掖在裤裆里打下的江山，就要变成刘大侃的独立王国了。你去跑一趟，看看刘大侃究竟想干什么？"金疤瘌一哆嗦："大哥，让武玉鹏去吧。"

神秘人说："你小子还是那么滑，你是怕去了回不来？那就让武玉鹏去一趟吧，协助大黑猫，见机行事，除掉刘大侃。你可得告诉他，这活儿非比寻常，刘大侃是个笑面虎，稍有不慎，没了吃饭的家伙是小，加快了刘大侃反水是大。"

金疤瘌说："大哥放心，武玉鹏是曾经沧海的人。"神秘人说："此行以扩充'东北新干线'、减少流通环节为名，不要强硬，要自然，到那儿后，好生安抚。"他拿出两块鸡血石，指着那块真的说："这个交给刘大侃，（指着那块假的）这块交给大黑猫。"金疤瘌说："大哥，我这就去见武玉鹏。"

凤城通达公司仓库，龙大章扛了几个麻包，听见谁喊了一声"开饭了"，就随工友们到仓库的一个角落里吃盒饭。大黑猫进来转了一圈儿，给保镖谭四使了个眼色，谭四跟着大黑猫到了仓库外的一个角落里，龙大章悄悄地跟了过去。

大黑猫低声说："兄弟，成败就在此一举了。成了，通达就是我们哥们儿的天下；败了，吃饭的家什可就没了。"

谭四拍着胸脯说："胡哥，你让我上刀山，我不敢下火海。"大黑猫咬着牙根儿："箭在弦上，不得不发。明天刘总去江边钓鱼……"

大黑猫俯在保镖谭四的耳边嘀咕着，谭四点着头问："新来的那位怎么办？"大黑猫说："带上他，一旦有个说不清、道不明的也好推在他的头上。"转角外，龙大章贴在墙上听得心惊肉跳。

太阳升起后的凤城郊外，花团锦簇。刘大侃和一个女人坐在宝马车里，汽车飞快地行驶在一条偏僻的山路上。保镖谭四开着一辆送货车，远远地跟在后边。龙大章坐在副驾驶的位置上，欣赏着窗外的热带雨林风光。前面的路很凶险，右边是百米高的悬崖，左边是湍急的江水。

龙大章给谭四递上了一根烟："兄弟，前面宝马车里坐的是什么人？"谭四把车速降了下来："新来的，在这儿干活，不该问的不要问，不该看的不要看，不该管的不要管。"龙大章点点头，便默默地向前望着。

刘大侃的车快速地行驶在悬崖边上。突然，悬崖上的石块滚落下来，一块大石头挡在了车前，眼看就要撞了，为了躲避不断下落的石头，司机赶紧向左打方向盘，没想到刘大侃坐的宝马车冲下了路基，滚向了江边……

龙大章目睹了这一切，说了声"不好，快开过去"，没想到保镖谭四却一脚刹车停在了路边，说："这破车，又坏了。"龙大章打开车门向前跑去，身边是滚落着的碎石。身后保镖谭四喊："你不要命了？"

龙大章气喘吁吁地跑到刘大侃的车滚落的地方，抓住旁边的藤条，快速向那辆出事的宝马车跑去。他发现那辆宝马车翻了，油管渗出的油被撞出的火花点燃，那辆宝马车前部已经着了火。他用力拽开车门，把满脸是血的刘大侃和吓得不知所措的年轻女人（孔雀）从车里扯了出来，扶到江边。当他想回来救那位司机时，宝马车已燃起熊熊大火。不一会儿，那辆着火的宝马车"轰"的一声爆炸了……

龙大章从江边路基下爬上去，发现谭四正背着刘大侃往上爬。他跑到路中间，拼命地向过往的车辆挥手……

2

龙城某商厦，姜美祺正在试衣服，吴寄瑶和龙小晴在旁边品评着。

这时，龙小晴的手机响了，她兴奋地接电话："子强呀，你还在凤城吗？"郝子强说："我已经回深圳了。"龙小晴问："又见到我哥了吗？"郝子强说："我回深圳前，到那天见到他的地方去找过，邻居说，他怕是得罪了人，有几天没见着了。"龙小晴问："怎么想起给我打电话了呢？"郝子强说："我有个想法，现在股市行情要起来，你把预订的房子卖了吧，房款由我买成股票，年末就能翻番。"龙小晴惊疑地说："子强，那可不行，我那小窝儿明年就交工了，等你回来住呢。"郝子强说："那个小房子算什么呀，等我回去，买个比那大五倍的。"龙小晴说："不行，我喜欢。"那边再无声息。

吴寄瑶问："你那黑马打来的？"龙小晴点点头。吴寄瑶说："小晴，我可不是给你泼冷水啊。宁可信天下有鬼，也不要信男人那张破嘴。就我那结婚三天就离婚的前夫，说话吧吧的，尿炕哗哗的。郝子强不是想和你结婚吗？真金白银腰里缠着老头票拿来，否则，有多远让他滚多远……哎，你听着呢吗？"

龙小晴愣了一下："你说啥？"姜美祺问："大章还在凤城？出去闯世界，一定很艰难，不能那么绝情。"龙小晴说："谁知道呢？按理说，我哥也不是这样不近人情的人啊！"吴寄瑶向左右看看："和你们就唠不到一块儿。"

姜美祺默默地试着衣服，呆呆地向西南望着。

晚风中的凤城大街更加迷人。龙大章和朱丽雅顾不上欣赏这里的夜景，他们的蓝色工作服上散落着白花花的涂料，"夫妻保洁"桶和安全带也像他们一样疲惫。

朱丽雅说："小龙，你刚刚进通达公司，大黑猫就把你开了，我们的努力白费了。"龙大章说："素梅，机会还会有的。我发现通达公司正在酝酿着一场腥风血雨，我被开除是好事。"朱丽雅说："我们咋也不能干一辈子保洁吧？"

龙大章说："家政服务虽然累点儿，但也能帮助我们熟悉这里的环境。"朱丽雅说："累死了，我可是不想做饭了，我们买点儿现成的吧。"二人向路边的馒头店走去。

回到那处简陋的出租屋，龙大章用筷子串起三个馒头，和朱丽雅就着榨菜有滋有味地吃起晚饭，忽然听见门外闹哄哄的，门被敲得山响。

朱丽雅一惊："小龙，麻烦又来了。"龙大章警觉地打开门，看见门外站了好多人。大黑猫瞪着三角眼，恶狠狠地看得龙大章心里发毛。

龙大章一抱拳："黑猫哥，你又来了？"大黑猫龇着紫牙花子、斜着眼："兄弟，怎么不去上班了呢？心里有鬼吧。"龙大章说："黑猫哥，不是你把我开了吗？"刘大侃头上缠着绷带，从灯影后闪了出来，目光犀利地看着龙大章和朱丽雅，突然断喝一声："跪下！"

就在龙大章和朱丽雅还在打愣的空儿，"扑通"，大黑猫等一干人黑压压地全跪在了龙大章和朱丽雅脚下。龙大章惊愕地往起扯大黑猫："你们这是？"刘大侃摸摸头上的绷带说："兄弟，三天前在江边的山路上，要不是你救我们，我们就被活活烧死了。"龙大章说："噢，这事儿啊，换了谁都会救的。"

刘大侃瞪了大黑猫等人一眼："黑猫，你眼瘸了？这兄弟够义气。你们听着，这兄弟刚从外地来，你们要多帮衬他。"他笑眯眯地看了大黑猫一眼："谁要是跟他过不去，就是跟我刘大侃过不去。"大黑猫低下了头："是！"刘大侃扯过那把简陋的椅子，往上一坐，挥了下手，一个头上也缠着绷带的漂亮女人（孔雀）款款地走过来，递上一包化妆品给朱丽雅："妹子，这个归你，一点儿心意。"

朱丽雅忙向外推："哎呀，这是个哈（干什么）？我一个搞卫生的，可用不着这么娇贵的雪花膏。"

刘大侃环视了一下屋里，眼睛从"夫妻保洁"桶落在龙大章串起的馒头和咸菜上："兄弟，你这新婚宴尔的，过得很低调啊。我有处房子，闲着也是闲着，搬我那儿去吧。"

龙大章摇摇头："不，我们萍水相逢的。"刘大侃说："聚散都是缘嘛，你救过我的命，注定你我今生剪不断了。"

朱丽雅把化妆品往孔雀手里一塞："东西拿回去，往（我）男人救人不是为了钱。"大黑猫舔着脸凑上来："外道了不是，我就爱听妹子说话，一嘴嫩苞米味儿，是不是还在生我的气啊？"刘大侃瞪了大黑猫一眼："就你，尽干些狗呲尿的事儿。你们都出去，我和这位兄弟单独说会儿话。"

众人都退了出去。刘大侃转向龙大章，笑眯眯地说："兄弟，能告诉我你以前是干什么的、为什么到凤城来吗？"龙大章问："大哥，不说行吗？"刘大侃尴尬地打着哈哈："呵呵，这，你说了算。其实，你不说，我也知道你是谁。"龙大章惊讶地说："谁？"刘大侃说："张小龙，北国边塞通城人，当过武警，卖过猪肉，捅死了一个地痞，正在携未婚妻外逃……"他一边说一边看着龙大章的脸色。

龙大章倒退三步，惊慌失措地拿起菜刀："你是雷子！"刘大侃得意地哈哈大笑："哈哈，我要是雷子，能和你这样说话吗？"朱丽雅小心翼翼道："大锅（哥）……不会告官吧？"刘大侃眼神暧昧地看了朱丽雅一眼："妹，你说呢？告官会有赏钱的，虽然你们不值几个大子儿，可也够弟兄们消费几天的。"

朱丽雅赶紧上前套近乎："大锅（哥），看在小龙救你的分儿上，别和旁（外）人说啊。"刘大侃点了点头："不说可以，你们必须答应我一个条件。"龙大章放下菜刀，警惕地问："什么条件？"刘大侃操着公鸭嗓唱道："跟我走吧，天亮就出发……"

"梦已经醒来，心不会害怕……"大杂院谁家的音响叫醒了龙大章和朱丽雅。这一夜他们都没有睡好，既兴奋终于接近了刘大侃，又担心落入他的魔爪。

凤城的天亮得比较晚，薄雾锁住了租住院。一辆厢式货车疾驰进来，车上跳下几个人，大黑猫敲开房门后，不顾龙大章和朱丽雅的阻拦，指挥着人们七手八脚地把值钱的东西搬到了车上，对其他东西连摔带砸，地上一片狼藉。

朱丽雅护住一面镜子："这是新买的。"大黑猫把镜子拿过来扔在地上："小妹子，这玩意儿过时了。哥给你买高端大气上档次、低调奢华有内涵的，等着。"朱丽雅还想说什么，几个人把龙大章他俩架上了车，一溜烟儿开走了。

在一栋住宅楼一个带小跨院的一楼前，车子停了下来，那些人把龙大章的旅行箱往屋里搬。龙大章和朱丽雅惊讶地看着他们的新家，这是一个装潢考究、设备齐全的住宅，眼里充满迷惘。

大黑猫悄悄地走到站在旁边的刘大侃面前小声说："大哥，一个土包子，值得这么隆重吗？"刘大侃笑眯眯地说："黑猫，你不懂，我需要像他这样讲义气的人，而不是算计我的小人！"说完，转身向龙大章走去，大黑猫没趣地站在旁边。

刘大侃走过来，笑眯眯地看着龙大章："兄弟，还满意吗？"龙大章不住地点头："满意，满意……只是，这房租我可出不起。"刘大侃说："刚结婚，咋也得有个像样的屋子。房租，我出。"龙大章说："大哥，我们还没结婚呢。"刘大侃似笑非笑地说："都一样，早晚的事儿，较什么真儿啊？兄弟，安顿一下东西，一会儿我领你们去江边逛逛。"

龙大章说："谢谢大哥，我也没什么行李，这就去吧。"刘大侃斜了一眼大黑猫："黑猫，猫爷，让你给他们买的衣服呢？侍候着，更衣啊！"大黑猫非常不情愿地到车里拿衣服给龙大章。龙大章和朱丽雅回屋去换衣服，互相使了个眼色。

刘大侃对保镖谭四说："你们给猫爷也更衣吧。"大黑猫愣了一下，向旁边的保镖谭四瞄去。谭四躲开他的视线，默默地向车边走去。

谭四驾驶着车，刘大侃饶有兴致地跟车里播放着的《High歌》唱起来："Mountain top，就跟着一起来，没有什么阻挡着未来。Day and night，就你和我的爱，没有什么阻挡着未来……"

看了看一脸懵的龙大章，刘大侃收了公鸭嗓问："兄弟，听得惯吗？"龙大章说："还行，我在中俄边境当武警那会儿，林海雪原里，全是大老爷们儿，憋得慌，就爱听这类歌曲和蒙古长调，有时，听见狼嚎儿声都感到很舒服。"刘大侃说："兄弟，这可是另一个世界，不会有狼嚎，却会有狼心狗肺，能适应吗？"龙大章叹了口气："像我这身角（身份）的人，不适应又能怎么样呢？"坐在后排的孔雀意味深长地看了龙大章一眼，又看身边的朱丽雅，发现朱丽雅正没见过啥一样在欣赏着热带风光。

汽车一直开到江边一个偏僻而幽静的地方。这里绿植萦绕、美不胜收。几个人跳了下来，向江边走去。

刘大侃向身边的妖娆女人说道："雀儿，你去陪陪李小姐（指朱丽雅），树林那边有北方没有的热带植物，尤其是那棵千年菩提树，很值得一看。在那儿，还能许个愿，愿上天保佑每一个人。"孔雀答应一声，说声"请吧"，领着朱丽雅向树林走去。

在江水转弯处，刘大侃停了下来，乜斜着眼看着龙大章："兄弟，你就不问问上我这儿你能干什么吗？"龙大章说："知道，搞物流嘛。这个我行，有力气。大哥，只要你给我按月开支，什么脏活、累活我都行。"刘大侃"嘿嘿"一笑："要求不高，爱情理想会实现。你只要死心塌地地跟我干，钱，不会少你的。"他回头向保镖们断喝一声："给猫爷更衣！"

谭四等几个保镖像饿狼一样扑上去，把大黑猫按在地上，一个网状的东西便罩在了大黑猫的身上，他顿时成了"粽子"。大黑猫怪眼圆睁："大哥，为什么抓我？"

刘大侃笑道："哈哈，我让你死个明白。"他一挥手，两个保镖把谭四按倒在地，反剪双手押了过来。刘大侃笑着说："四儿，你给猫爷提个醒。"谭四说："胡二哥，你设计的在路上悬崖上滚石砸死大哥的事儿我都交代了，在山上滚石头的弟兄们也都招了，认了吧，你斗不过大哥的！"

大黑猫恶狠狠地说："你们这些没骨头的蛆！"说完，他"扑通"一下跪在刘大侃面前："大哥，饶了我！饶了我！"

刘大侃笑道："嘿嘿，黑猫，十七年来，你在我身边充当一个什么样的角色，你不清楚吗？我为大哥忠心耿耿，你却暗中告我黑状，要在这儿置我于死地。可惜啊，这么好的风光，只有你自己享受了。（手一挥）送江喂鱼！"

大黑猫转身对龙大章说："小龙，你要给猫爷我报仇啊！"

两个保镖把大黑猫拖到江边，按着大黑猫，直按到水里。一会儿，大黑猫的"尸体"就漂了上来，被一个大浪卷走了。

龙大章目瞪口呆，跟着刘大侃来到一个僻静处，后边几个保镖如狼似虎地盯着他。刘大侃也斜了龙大章一眼："小龙，你好像是投奔大黑猫来的吧？"龙大章说："是，大哥。"说完，他拿出那封推荐信。

刘大侃拿起那封信，看也没看，用打火机点燃："你是个诚实的孩子，我不在乎你的从前，只关心你的未来。你准备怎么混你未来的日子啊？"

龙大章说："刘总，我听……听你的。"刘大侃说："你是打算扛麻包、吃盒饭呢，还是当保安、吃剩饭呢？"龙大章说："啥都行，工资得按月开。"刘大侃问："假如让你从事的是一种特殊的物流呢？"龙大章说："我得养家糊口啊！我想我能行。大哥，你就说吧。"

刘大侃一字一板地说："贩毒、贩枪、贩人口！"龙大章愣了一下，"扑通"一下坐在地上，喘着粗气："大哥，别开这样的玩笑。"刘大侃说："开玩笑？我刘大侃只跟要死的人才会开玩笑。据我调查，你过去小打小闹地接触过马药。现在，你已经是杀人在逃犯了，最多不也就是个杀头吗？"龙大章哀求道："大哥，你放我走吧！"刘大侃向江里望着，一字一顿地说："入了我的门，干与不干就由不得你啦。"

龙大章战战兢兢地说："大哥，我……我可以跟你干，可是不能让我未婚妻素梅知道。她胆儿小……受不了这个。"刘大侃笑道："哈哈哈，她不会知道的，女人嘛，在欣赏热带雨林风光呢！"顺着刘大侃手指的方向望去，龙大章远远地看见朱丽雅和孔雀正在嬉闹。

朱丽雅跟着孔雀欣赏着江边的风光，在一棵菩提树前停了下来。她把手做成喇叭状喊："小龙——小龙——快来看呀，上千年的菩提老祖宗。"龙大章挥了挥手，发现朱丽雅她们正向这边走来。龙大章掏出手机给朱丽雅打电话："素梅，你们别过来了，我们这就过去了。"

刘大侃拿过龙大章的手机，笑呵呵地向朱丽雅迎了上去。走到跟前，他把朱丽雅的手机也拿了过去，从保镖包里拿出两部手机，递给龙大章和朱丽雅。他把龙大章和朱丽雅带的手机拿在手里仔细掂量着，突然，把两部手机向江中抛去："这样的山寨手机，我弟兄用这个，丢不起人！"

龙城那处豪华住所，窗帘半拉着，神秘人和金疤瘌悠闲地喝着铁观音。一只鹦鹉飞过来，一摊屎落在神秘人的杯里。

他正想发作，手机来短信了："大哥，小哥暴病去世，望速来处置家产。"

金疤瘌惊道："大哥，你脸色怎么那么难看？"

神秘人说："大黑猫出事了……这个自作聪明的家伙，擅自行动。他太低估刘大侃的能量了。"金疤瘌惊得水洒在手上，一哆嗦，茶杯掉在了地上。神秘人轻蔑地看了一眼金疤瘌："叫我去处置呢。疤瘌，你说该怎么处置？"金疤瘌说："大哥，这个时候你可千万不能去啊！刘大侃敢背着你处置你的人，他会把你也处置了的。"神秘人说："刘大侃还没长这个胆儿。我这就去凤城，看看大侃到底长几颗脑袋。"

金疤瘌"扑通"一声跪在地上："大哥，群龙不可无首，老大不可轻动。"神秘人说："那你替我跑一趟？"金疤瘌一听此话，立马头将磕在地上，额头磕出了血："大哥，我还没服侍够你呢，不在你身边我吃不香睡不好，还是让武愣子去吧！"

神秘人说："好吧，叫武玉鹏速飞凤城，探明虚实，再做打算。"金疤瘌答应一声，擦了擦脑门子上的汗，向外跑去。

3

龙大章和朱丽雅陪着刘大侃和孔雀逛了凤城市几处风景区，回来的时候天已擦黑。朱丽雅仔细看了看屋内的变化，发现她的包被拉开了一点儿："小龙，趟们（他们）趁咱们去江边，翻了往们（我们）的包。"龙大章向吸顶灯一指，给朱丽雅使眼色："是吗？素梅，看来他们是对我们不放心啊。"

朱丽雅会意地一点头："介（这）个刘大侃，不知耍什么鬼花枪，要不你别干了。"龙大章一边检查室内的一切一边说："不中（行）啊，受人滴水之恩，就得涌泉相报了。累了，睡大觉。"

龙大章熄灭了灯，走进卧室。他走到窗前轻轻地拨开窗帘，向楼外望去，就见两个人影在小跨院的树丛中隐蔽着。龙大章知道，他们没了手机，没有信任，一切只能靠自己历险奋斗、孤军奋战了。唯一令人欣慰的是，趁刘大侃用人之际他们轻松地进入了侦查对象内部。

他从窗前回到床上，与朱丽雅嘻嘻哈哈地说着闲话，用手机照着，在纸上写着："告诉上线，已进边缘。"朱丽雅接过纸条，点了点头，撕碎了。

天渐渐黑下来，二人沉沉睡去。这时，龙大章的电话响了："嗯？刘大哥？……这么晚还去玩啊？……欢迎我加入？都睡了……不是新媳妇觉多，我们还没结婚呢……是太累了……好吧，我这就和素梅过去。"

龙大章和朱丽雅带着满腹的疑惑来到凤城帝豪酒店歌舞厅包间，刘大侃和孔雀正喝着小酒，几名穿得花枝招展的舞女在他面前扭动着腰肢。见龙大章和朱丽雅过来，刘大侃一摆手，舞女退了出去。他又一摆手，孔雀起身拉着朱丽雅向外走去。

刘大侃示意龙大章坐下后说："兄弟，凤城的夜比你们那儿晚近两个小时，你不用那么早就上床。"龙大章不好意思地笑了笑，没有吱声。刘大侃接着低沉地说："大黑猫的离去给我公司造成了很大损失，一些网络和业务都得重新开始，你得替我分忧解愁啊。"

龙大章说："公司业务我一点儿都不了解，怕是会让大哥失望啊。"刘大侃说："兄弟，你从通城来，通城离龙城不远吧？"龙大章说："嗯，四个小时的车程。"

刘大侃说："我们准备扩充一下包括龙城、通城、辽城等地的东北网络，你了解那里的风土人情，我想让你负责东北和华北片儿。"

龙大章推辞："我？不大合适吧，我在通城犯有命案啊。再说，对这个，我外行。"刘大侃说："这个你不必担心，你也不用亲自去那里，只在这里坐镇就行了。（转身向保镖）龙城那人来了吗？他叫什么名字？"

保镖谭四说："刚到，叫什么鹏哥，就在隔壁候着呢。"刘大侃问："几个人？"谭四答道："鹏哥带个女人。"刘大侃说："带了个小姑娘？让鹏哥单独进来。"谭四答道："是，大哥。"

听到龙城鹏哥这个名字，龙大章的大脑里马上闪出了武玉鹏的形象。他心里既高兴又紧张，高兴的是，追踪了几个月的武玉鹏有了着落；紧张的是，怕龙城的人认出他来，那可就太危险了。这样一想，汗就流了下来。

凤城帝豪酒店歌舞厅大厅舞曲悠扬，舞兴正浓。朱丽雅的粗布衣和孔雀漂亮的晚礼服形成了鲜明对比。她们一个像阔太太，一个像跟班丫头。

刚坐下来，朱丽雅就意外地发现，副局长李文勇穿着便装来到了歌舞厅，找了个不起眼的位置坐了下来。李文勇不时地向朱丽雅这边张望。孔雀去跳舞了，李文勇向朱丽雅走来："你好，小姐，能请你跳支舞吗？"

朱丽雅点了点头，站了起来，和李局长步入了舞池。李文勇小声地说："三天没有你们的音讯了，我特别担心。我们的人刚才发现了你们的踪迹，告诉了我。"朱丽雅说："我想我们已经入场了，手机被扔了。"李文勇说："以后你们的处境一定很艰难，以后可在这儿联系，舞厅吧台收银的那个小姑娘是我们的人。"朱丽雅说："好。"

这时，孔雀走了过来，朱丽雅若无其事地放开了李文勇的手。

孔雀说："素梅，我们去喝杯酒吧，看见我跳舞，大侃该不高兴了。"朱丽雅答应一声，跟着孔雀坐回座位上，拿起了包。孔雀喝了一口红酒，意味深长地说："跟你跳舞的那男人很英俊啊！"

朱丽雅说："大姐，你拿我开涮呢？男人嘛，都那玩意儿。"孔雀说："你又没结过婚，不可乱下结论。"朱丽雅说："那是。"孔雀问："妹子，你没觉得你这身行头和这个地方很不协调吗？"朱丽雅说："我们那嘎哒跳广场舞，就是刚掏完猪圈就来跳，也没人笑话。"孔雀笑了笑："妹子，我给你的化妆品你就用吧。你是个美人儿胚子。不过，我可劝你，别被彩灯晃花了眼，凤城，是个七彩的世界。"

龙大章在凤城帝豪酒店歌舞厅的包间里感觉度日如年。他脸上的汗出来了，用手一抹，脸就变得黑一道白一道的。他用手捂着肚子，脸一阵苍白，猛地吸了口烟。

刘大侃问："兄弟，你不舒服吗？"龙大章痛苦地说："我……我肚子疼，我想回去。"刘大侃说："兄弟，你不能走啊，你是主角儿，以后就你们单线儿联系了。正说着，保镖已经带着武玉鹏进来了。"刘大侃笑眯眯地说："来来来，龙城的兄弟，我来给你介绍一下，（指着龙大章）这位，小龙弟；（指着武玉鹏）这位，鹏哥？（武玉鹏点点头）二位，坐下认识一下。"

武玉鹏仔细地瞅着龙大章："小龙弟？我们好像在哪儿见过吧？"龙大章仔细地看着武玉鹏，笑了笑："也许吧，火车上？商场里？或是大街上？反正我对鹏哥你没什么印象。灯光太暗，要不我把灯开亮点儿，你仔细看看？"武玉鹏突然指着龙大章大喊："我想起来了，你是雷子！"

刘大侃一听，"腾"地一下站了起来，"唰——"手枪就顶在了龙大章的脑袋上。

朱丽雅和孔雀有说有笑地向包间走来。门口的保镖们很有礼貌地让开了一条道，做出了一个"请"的姿势。门开了，朱丽雅看见刘大侃用枪顶在龙大章的脑袋上时，脸色一下就白了，眼睛瞪得大大的，汗珠子一颗颗往下滴。

朱丽雅差了声地喊："刘大哥，你们这是在个哈（干什么）呢？"龙大章笑了笑："素梅，别怕，他们在和我开玩笑呢。（对刘大侃）把枪拿开！"刘大侃说："开玩笑？我说过，我只对要死的人开玩笑。（对着武玉鹏）你说他是雷子，有证据吗？"

武玉鹏说："那倒没有，就是很像我们那儿的一个小警察。"龙大章说："鹏哥，你有病啊？我看你才像警察呢，你什么眼神儿啊？"刘大侃哈哈大笑："鹏哥，玩笑开大了，吓着弟妹了。别闹了，去那屋，你们边喝酒边谈？"

朱丽雅一摸胸口，跌坐在地上。武玉鹏疑惑地看着朱丽雅，跟着龙大章他们出去了。刘大侃殷勤地上前，扶起朱丽雅，"嘿嘿"笑了笑："弟妹，吓一跳吧？我们闹着玩呢，以后见这场景就当看3D电影，别害怕。"朱丽雅气愤地说："你们就这么玩儿啊？要是走火了怎么办？"刘大侃说："不会的，仿真枪。"朱丽雅说："哪儿有这么闹着玩儿的？我要把我的小龙领回去。"刘大侃没理朱丽雅，带着龙大章、武玉鹏进了另一个包间。

龙大章惊讶地发现包间内还有一个姑娘——小金子，使本已剑拔弩张的气氛更加紧张。小金子愣愣地看着他们，似要说话，但见到龙大章冷漠犀利的眼神儿，终究没敢吱声。

刘大侃向服务生招手："上酒！"服务生应声把酒端了上来，倒酒。几个人谁也不吭声。龙大章冷冷地看着他们，自己倒了一大杯酒，一口喝了下去。刘大侃皮笑肉不笑地说："弟兄们，干我们这一行的，有些误会很正常，都是我生性顽劣，得罪了小龙弟，我自罚一杯。"说完，刘大侃一口干了那杯酒。

龙大章还是冷冷地看着他们不说话。

武玉鹏满脸堆笑："小龙兄弟，今天实在对不住了，看走眼了，你要怪罪就怪罪我吧，我给你敬杯酒赔罪。"龙大章拿出一副地痞样："鹏哥，我告诉你，我最恨别人拿枪比画我。你知道我杀那地赖是为什么吗？就是因为他拿假枪比画我。今天，我是看刘大哥面子。否则，哥们儿当武警那会儿，一打十。就你，灭了你，像捻死个臭虫。"刘大侃说："小龙，你指桑骂槐我不恼，是当哥的我不对，我给你作揖、赔不是，行不？"他站起来作揖，龙大章赶紧站起来还礼："大哥，你看你，我又没说你。你们喝吧，小弟我不胜酒力，要回去睡大觉了。"

小金子看着龙大章，表情复杂。龙大章看了小金子一眼，一脸冰霜。

刘大侃说："小龙弟，忙什么？我说过，这里的太阳比你们那儿晚两个小时落山。你回去可以，不过，还得带上他们——鹏哥和他的女朋友。"龙大章说："不带。"刘大侃说："兄弟，看来你还是没原谅我。单独来往，不住宾馆，这……是道上的惯例。（对武玉鹏）鹏哥，明早我亲自来接你。"龙大章看了看武玉鹏和小金子，很不情愿地说："请吧——鹏爷——等我用轿子抬你啊？"

凤城市龙大章住处，屋门猛地被打开了。四个人都没有说话，龙大章和朱丽雅进了一个房间，武玉鹏和小金子进了另一个房间。龙大章在纸条上写着："告诉龙城警方，'东北新干线'要有新动作。"朱丽雅会意地点了点头。龙大章继续写道："武已整容，除掉他！那个小金子，可能认识我。"

这时，另一个房间里传来吵闹声和厮打声，龙大章和朱丽雅只好爬起来。

二人来到房间门口，就见武玉鹏和小金子扭打在一起，小金子已经被武玉鹏打得鼻青脸肿，倒在地上，呼天抢地地哭闹着。武玉鹏说："你个小烂货，我打死你！"说着，又扑向小金子。

龙大章大喝一声："住手！"他一把把武玉鹏扯到了一边，问："你要干什么？"武玉鹏恶狠狠地说："我的事儿你别管，小心闹身上血！"说着，又去踢小金子。龙大章把武玉鹏后衣领一拉，掼在地上："我管定了！在我这儿，没有你撒野的份儿！"

武玉鹏从地上爬起来："小龙弟，你不知道，我让她带点儿'马药'回去，她说啥也不同意，你说该不该挨揍？"小金子也从地上爬起来："你来时可是说带我旅游的，要是知道干这个，我才不来呢。你个大骗子！"武玉鹏恶狠狠地说："我就是大骗子，你怎么着吧？现在明白，晚了！你带就带，不带就得死！"

龙大章对武玉鹏说："哥们儿，这样吧，以大局为重，明天再议。"武玉鹏说："好吧，看你面子，我先饶了她。"龙大章咬着牙看着小金子："你不带可以，但这里的事儿，不能和任何人透漏半句。胡说八道，走了风声，就得死！"小金子连连点头："是，我明白。"她感激而好奇地看着龙大章，充满疑惑……

4

姜长庚家，姜美祺抱着洋娃娃坐在床上，白小艺抱着布狗玩儿着。姜美祺把洋娃娃放在小艺身边，拿出新买的衣服试起来。

白小艺说："大姐，我知道这娃娃是谁给你寄来的了。"姜美祺问："谁？"白小艺说："那还能是谁，龙大章呗。"姜美祺神秘地说："小艺，姐有一事要你帮忙。"白小艺说："大姐，有事你命令一声就得了，我能帮你是你给我面子和机会。"

姜美祺小声地说："小艺，姐想出趟远门儿，得十天八天的，你不要对任何人说，包括你姜爸。"白小艺迟疑："这……这有难度吧。"姜美祺说："因为有难度，才得用你这个撒谎精帮忙啊。"白小艺不悦："用着人还损着人，好吧，我尽力，可是一旦禁不住考验，变了节，你可不能怨我。"姜美祺说：

"不怨你，快睡吧，不早了。"

姜美祺和白小艺各自沉沉睡去，台灯照着姜美祺没关的电脑和白小艺的琵琶，便清晰了一个梦境。

姜美祺和龙大章手拉手到江边去游玩，他们奔跑在江边。姜美祺在前面跑，龙大章在后面追。突然，姜美祺一失足掉到了江里，就要被水冲走了。龙大章跳进江里，奋力地把姜美祺托了起来，可是龙大章掉进了漩涡……

姜美祺拼命地喊："大章，大章……你可不会水啊！大章，快拉住我的手！"她的喊声吵醒了白小艺，白小艺推姜美祺。姜美祺醒了，泪眼迷离地看着白小艺："又做梦了。"白小艺说："日有所思，夜有所梦。你要是真想大章，就去找他，你不是说他可能在凤城吗？你们这些年轻人啊！"姜美祺喃喃道："小妮子，睡吧。"

白小艺转身睡去，姜美祺看了看表，半夜十一时整。她站起来，走到窗前，向西南望着，一轮明月正挂天空，一条银河贯通西南。又一个不眠之夜开始了，直到一抹晨曦抹过窗台，她才沉沉睡去。

晨光洒满契丹广场。一曲广场舞结束了，姜长庚和敖拉倚坐在旁边的椅子上，边擦汗边看别人跳舞。

姜长庚说："小倚，你的舞姿不减当年啊。"敖拉倚说："长庚，我们契丹民族，男的骑马善战，女的能舞善织。血液里都是文艺细胞，我现在正在研究契丹人最后的去向。有专家说在凤城发现了契丹的后裔，有时间我要亲自去考证一番。"姜长庚说："我没啥文化，要我说，契丹这个民族已经和汉族等多个民族融合了。民族大融合多好，和谐而快乐。"

敖拉倚站起来："我才不和你融合呢，我要吃早点去了。"说完，向早餐店走去。

姜长庚回到家，戴着围裙忙着做早餐。姜美祺和白小艺慵懒地起床，梳头、洗脸。姜长庚说："孩子们，开饭了，看老爸给你们做了什么！"白小艺喊道："哇！玉米汁，蔬菜饼，我最爱吃了！"

姜美祺伸着懒腰、打着哈欠来到餐桌前："爸爸……"姜长庚惊讶地看着姜美祺："你有话说？"姜美祺说："我有个采访任务，可能得出去十多天。"姜长庚说："噢，去吧，工作嘛……不对，哪有那么长时间的采访？以我一个老刑警的眼光看，你在和你爸说谎。"

姜美祺说："爸爸，实话和你说了吧，我要到凤城去找龙大章。"白小艺说："大姐，没等我变节呢，你就先投降了？"姜长庚惊讶地问："龙大章在凤城？他和你说的？"姜美祺说："他连个音信都没有，我同学说见到他了。"姜长庚放下心："他不在凤城。"姜美祺问："你不是说不知道他的下落吗？"

姜长庚改口："噢，对了，他说上深圳，前儿天有人在深圳碰见他了。茫茫人海，你到哪儿找他去？"姜美祺说："那我也要找。我要问问这个负心男人，为什么。"姜长庚说："孩子，你找到他又如何？我想，他和朱丽雅已经成婚了。我们都是有家庭观念的人，不能为了自己去破坏别人的幸福。"姜美祺坚持道："我意已决。"

白小艺说："我支持大姐！"姜长庚说："我坚决反对！"姜美祺说："二比一，反对无效！"姜长庚"啪"地把筷子一摔，饭也没吃，转身向卧室走去。

5

凤城市龙大章的住处，龙大章、武玉鹏、朱丽雅、小金子四个人在默默地吃着早餐，他们各自想着自己的心事。这时，响起了敲门声。龙大章去开门，刘大侃站在门外。他进到屋里，关上门："兄弟们快吃，我们要出去干一趟活儿。"朱丽雅问："什么活啊？"刘大侃说："家庭主妇，不要多问。你和小金子找你孔雀姐逛街去。"

刘大侃说完，扔给龙大章和武玉鹏每人一支枪。朱丽雅和小金子吓得一哆嗦。龙大章看了看刘大侃，又看了看朱丽雅，没有吱声。刘大侃说："弟妹们，别怕，我说过，是仿真枪，吓唬人用的。"

龙大章开车拉着刘大侃和武玉鹏，车子在山上漫无目的地走着。刘大侃不耐烦地接着电话："你遛我狗腿呢？一会儿北山，一会儿公园的？……你要不做就算了，老子不差你这一个客户……什么？江边……第七道弯儿……可是说好了，再换地点，老子不玩儿了……好……好，我等着。"

武玉鹏问："大哥，我跟着去合适吗？"刘大侃说："既然鹏哥来了，就不是外人，我要让你体验一下我们是怎样把脑袋掖在腰里干活的。"武玉鹏问："大哥，不会有诈吧？"刘大侃狠狠地把烟头儿甩在车外："在这地盘儿上敢跟我玩儿花花肠子的人还没出生呢。"

二人你一言我一语，奇怪的是，刘大侃和武玉鹏都不提大黑猫的事儿，是在等着对方先开口吗？龙大章正这样想着，车子七拐八拐地驶进了江边的一片原始次生林旁——大黑猫被沉江的地方。刘大侃和龙大章、武玉鹏跳下车。刘大侃把一个小旅行箱交给武玉鹏。

盛夏的江面显得很平静，不时有鸟飞过。远处，有个人在钓鱼，整个背影构成一个渔民垂钓的剪影。鱼竿一挥，树林里突然冒出几个人，穿着迷彩服，像退役的军人。一个戴墨镜的人咧着大嘴，带着几个人向这边走来。刘大侃一挥手，带着龙大章和武玉鹏向那几个人走去。

刘大侃问："江里有鱼吗？"墨镜男答："鱼在大海上。"刘大侃问："老顿二号来了吗？"墨镜男问："四小姐来了吗？"刘大侃向后一挥手，武玉鹏把一个小旅行包扔在墨镜男脚下。墨镜男蹲下，拿出一小袋棕色的粉末揩拭了一下，皱了皱眉，继而哈哈大笑，向身后挥了一下手："货系正品，悉数查收！"几个人"呼啦"一下围住了刘大侃他们三个人，枪顶在了三个人的脑袋上。那个钓鱼的人似乎有意无意地向这边看了一下，继续垂钓。

刘大侃吓得腿直打哆嗦："兄……弟，不……大仗义吧？江湖规矩。"墨镜男讥讽地说："规矩？跟你这号人讲什么规矩？你不就是这样起家的吗？说吧，要钱还是要命？"刘大侃说："要……要命……命。"墨镜男说："那还不快滚！"刘大侃和武玉鹏转身就跑。

龙大章说："我——什么都要！"说话间，身一闪，手一动，脚一旋，几把手枪飞了出去，一把手枪顶在了墨镜男脑袋上。墨镜男顿时傻了，额头的汗流了下来。龙大章低声说："放下钱，滚！"

墨镜男等几个人扔下钱袋，一溜烟儿没影了。龙大章望着他们的背影，转身走了。刘大侃和武玉鹏跑回来，拎起两个袋子，向龙大章追过去。

孔雀、朱丽雅和小金子边说笑着边向歌舞厅走去。今天，小金子脸上也有了笑容。她们坐在大厅的雅座上，喝着红酒，听着音乐，不时和客人们跳一曲，脸上洋溢着幸福的微笑。

孔雀说："我们做女人的，只有男人顾不过来的时候，才是我们最好的时光。妹子，你不大高兴？"

朱丽雅说："我为小龙的破工作担心……怎么还发枪了呢？"孔雀说："不用怕，防身用的，见多了就习惯了。我们女人要想过和平日子，就不要过问男人的事儿，眼睛要这样（睁一只闭一只）。"她拍拍朱丽雅的肩，起身上洗手间了。

朱丽雅快速向吧台走去，把一张纸条递给了收银员。小金子突然出现在她身后："梅姐，你在干什么？"朱丽雅说："噢，没什么，光唠嗑，忘给钱了。"小金子疑惑地看着朱丽雅手里的一把零钱，孔雀不知何时立在身后："你们这是干什么呢？不用争着埋单，在这儿，我是特别VIP，不用付费的。"

朱丽雅说："孔雀姐，这次我想请你。"孔雀说："争什么？现金消费，让人笑话。我们还没玩儿够呢，正好那几个男人不在，我们好好乐和乐和。"

说完，孔雀把朱丽雅扯回了舞厅，意味深长地看了她一眼。

凤城帝豪大酒店包房内，灯光昏暗。

刘大侃、龙大章、武玉鹏喝着酒，地上是横七竖八的啤酒瓶子。刘大侃醉眼蒙眬地说："来，小龙弟，我再敬你一杯。今天要是没有你，我可是丢了大人了。打了半辈子鹰，让鹰把眼啄了，丢人啊！"龙大章说："大哥，这活儿你还要亲自到场啊？"刘大侃说："兄弟们，我也是好多年没出手了，今天亲自出马，就是要看看你们谁能敌我当年。"武玉鹏说："闹了半天，大哥是在考验我们呢。"

刘大侃神秘兮兮地说："说来也怪了，今天我怎么感觉远处那个钓鱼的人像大黑猫呢？不是他阴魂不散吧？"龙大章说："大哥，是你不忍心杀大黑猫，所以心里有阴影了。"刘大侃一拍大腿："嗯，还是小龙理解我。我也是没办法，他造谣生事，对我暗下杀手，我不杀他何以服众？二位，我再敬你们一杯。"

武玉鹏端起酒杯，龙大章却放下酒杯："大哥，我真的喝不下去了，我想回去睡会儿。"刘大侃说："睡？一个人躺那儿，那叫休息；两个人，那才叫睡……今天，叫几个妹子……你随意睡！"

龙大章说："大哥，你喝多了。"刘大侃说："谁……说我喝多了。"武玉鹏也劝道："小龙弟，你就从了吧。"龙大章站了起来："二位兄长，我张某人虽粗鲁，但在没结婚之前，再不做苟且之事了。"说完，龙大章踉踉跄跄地向门外走去。

刘大侃愣了一下："春风不解风情……不再做，说明以前做过，哈哈。"他和武玉鹏相视一笑，一招手，上来了四个陪酒女。二人把四个陪酒女一搂，又喝上了。

朱丽雅正在欣赏孔雀的独舞，电话响了："噢……小龙，我和孔姐、小金子就在这里的歌舞厅呢……你到这儿来接我吧。"孔雀下了舞场问：你那小龙哥呗？朱丽雅说："是啊，跟个黏年糕似的。"

孔雀说："你俩快结婚得了。"朱丽雅说："你不知道，他犯了事儿，不敢去领结婚证。"孔雀不在意地说："嗨——那不就是一张纸嘛，有啥用啊？我们家老刘和七个女人领了证，哪个能赶上我这没证的和他过得时间长？"

小金子凑过来说："就是，啥证都可以没有，只要主意正就成。"

这时，龙大章进来了，孔雀赶紧让座。小金子站了起来面带春风地说："我想和准姐夫跳曲舞。"龙大章看了看朱丽雅，朱丽雅看了看小金子笑笑："快去吧，你小姨子等着你呢！"

龙大章和小金子步入舞厅。在昏暗的彩色灯光下，小金子隆起的胸部紧贴在龙大章的胸前。龙大章不好意思地说："小金子，我想休息会儿。"小金子把脸贴过来："大章哥，谢谢你昨晚救我。"龙大章放开手，惊讶地看着眼前这个女孩。小金子又贴了上来："我知道你不是什么张小龙，你是龙大章。我在吴姐那儿看过你的照片，我在忘情夜总会还陪你喝过酒呢。还有，你还抓过我……"

过去的一幕幕迅速袭来，龙大章镇静地说："小金子，你看错人了，我不认识什么五（吴）姐六姐的，也不知道什么忘情夜总会。"小金子说："不说了，我刚才还看见梅姐传纸条了。"龙大章严肃地说："话可不能乱说啊，要死人的！"小金子说："不想死人，我们出去说。"

龙大章随着小金子来到歌舞厅外，在一个僻静处坐了下来。小金子突然抱住龙大章的脖子："小龙哥，你要救我！"龙大章疑惑："我救你？我怎么救你？"小金子说："我是被武玉鹏挟持着来的，他想要让我成为他运毒品的工具，我不干。"龙大章说："你可以摆脱他或是报案啊。"小金子摇头："那样他会杀了我全家的，你得帮我。"

小金子贴得更紧了，朱丽雅在向这边张望，孔雀向这边走来。龙大章推开小金子："我会帮你的，回去后马上离开鹏哥的视线或去报警。不想死的话，别说见过什么龙大章。"

孔雀笑吟吟地走过来："俩人这是聊什么呢，这么神秘？"龙大章说："孔姐，小金子有点儿晕，我扶她出来透透气……"

6

凤城的早晨格外明丽。从机场走出来的姜美祺打了一辆出租车，扬尘而来。凤城市区大街上，一首《彩云之南》在车内回响："这世界变幻无常，如今你又在何方……"

出租车在一个胡同前停了下来，姜美祺下车边走边打着电话："子强，你在深圳啊？……你说的那地方是叫耳朵眼儿胡同吧？……噢，爱多眼……之后再也没见着？知道了。"她走进爱多眼胡同，拿着龙大章的照片向住户询问着，终于找到了龙大章住过的大杂院儿。

一个正在洗衣服的农民工搓着满手的肥皂泡，看着照片："好像有这么个人，领着个年轻姑娘，那天还跟人打了一架，也没在这儿住多长时间。一周前突然搬走了，锅碗瓢盆的啥也没拿，还都打碎了，怪人。"姜美祺问："知道搬哪儿去了吗？"农民工说："这个还真不知道。"姜美祺问："谁给搬走的？"农民工说："好像是一个叫兄弟搬家公司的人给搬的，你可以上那儿问问。"

　　姜美祺道谢后走了出去。她在凤城大街上走着、问着，满脸是汗。太阳渐渐落山了，她终于问到了兄弟搬家公司的地址。

　　凤城的夜晚，凉风习习。龙大章和朱丽雅并肩走在大街上，俩人的胳膊挎在一起。朱丽雅说："难得的自由啊！他们好像对咱们信任了，跟踪的人撤了。"龙大章提醒道："越是这个时候越不能大意，也许是外松内紧呢。你通过吧台传纸条的事儿让小金子看见了，而且，她认出了我。"

　　朱丽雅惊得一哆嗦："她怎么会认识你呢？"龙大章说："吴寄瑶那儿有我的照片，还常说起我们这几个同学。你不记得了，小金子招嫖武玉鹏，我们还抓过她。"朱丽雅担心道："那……可怎么办？"

　　龙大章说："她说，她是被武玉鹏诱骗胁迫来的。我想暂时她还有用得着我的地方，不会说出去的。让凤城上线联合龙城，抓获武玉鹏……"

　　话未说完，龙大章的眼睛瞪大了。姜美祺在树影下，正瞪着一双幽怨的眼睛看着他和朱丽雅。龙大章看见姜美祺，挽着朱丽雅的胳膊自然地分开了。

　　姜美祺哀怨地、喃喃地说道："难道他们说的都是真的……"龙大章回头看了看："美祺，事情不是你看到的这样，我会给你一个解释，但不是现在。你能给我时间解释吗？"姜美祺含泪道："不必了，你的行动……是最好的解释。"她拿出那个洋娃娃："只是，既然你已经有了选择，为什么还要买这个给我呢？"

　　龙大章摇摇头说："这不是我买的啊！"

　　姜美祺气愤地把洋娃娃扔在龙大章身上，跑了。龙大章和朱丽雅呆呆地看着她跑进夜色中。朱丽雅刚捡起了洋娃娃，龙大章的电话响了，他回过神儿来接电话："大哥……必须去吗？……我马上就到。"

　　凤城饭店六八八包间，昏暗的灯光下，几只酒杯碰在了一起。刘大侃说："为了我们的合作干杯！为了鹏哥前来指导干杯！"他带头干了，看着武玉鹏说："弟兄们，我们以后就是一根绳上的蚂蚱了，小龙弟、鹏哥，你们要尽释前嫌、通力合作，谁有二心，我大侃不管是谁的人，都会……说说你们的想法。"

武玉鹏说："我初来乍到的，有点儿外行。我认为还是人体携带最保险。"龙大章说："既然都是弟兄，我就说两句。鹏哥，东北距大西南路途遥远，车站、机场检查严格，不适宜人体携带的方式，尤其是鹏哥所带的小金妹那类人。你可别生气啊。她性格张扬，心里藏不住事儿，不是那块儿料。半路有个闪失，牺牲了自己是小，坏了我们的大计是大。再说，人体可以携带少量毒品，可我们的枪支怎么带？"

刘大侃说："小龙，你说得在理。你说怎么办好呢？"龙大章说："我想可以充分发挥我们物流的优势，这样，少了好多中间环节，直通快捷。"刘大侃说："没想到啊，小龙弟初出茅庐，却满腹韬略。"龙大章忙摆手道："大哥过奖了，我也是提个建议，东北方面的事儿，还是鹏哥说了算。"

武玉鹏倒了一大杯酒，站了起来："好，我听小龙弟的，暂回龙城，再做定夺。回敬各位一杯，啥时到龙城，酒喝干，再斟满，不醉不还。"他说完，一仰脖，一大杯白酒入了肚。龙大章抿了一口，看着武玉鹏。武玉鹏放下酒杯，眼睛红了，醉醺醺地从包里拿出两块鸡血石来："这是中国四大名石之一——巴林鸡血石，（拿着那块真的）送给大掌柜，（拿着那块假的）本来是想送给二掌柜的，可是，他无福受用，就送给小龙弟吧。"

刘大侃眯缝着眼睛看了看："稀世奇石啊！"武玉鹏醉醺醺地说："这不算什么……如果有缘让你们见一见真正的稀世珍宝——鸡血麻神……小龙的眼珠子不掉出来才怪呢！可惜啊……哈酒……喝起——"

刘大侃听说鸡血麻神眼睛亮起来，几只酒杯又碰到了一起。龙大章静静地看着武玉鹏，没有任何表情……

龙城那处豪华住所，神秘人站在阳台上向下看着，楼下是滚滚的车流。

金疤痢进来兴奋地说："大哥，武玉鹏回来了。"神秘人头也没回，问道："顺利吗？"金疤痢说："大哥，听说很顺利。过去要走几个月的路程，现在飞几个小时就能到。有你给办的假身份证和整了容的脸，再有你过去的网络，他没费任何周折就找到了刘大侃……"

神秘人打断金疤痢的话："我是问你刘大侃的事儿。"金疤痢说："刘大侃溺死大黑猫，想另立山头的事儿算是做实了。"神秘人沉默了一会儿，点点头："不是还没捅破窗户纸吗？他不是还得认我这个大哥吗？每月的月供不是还按时给着吗？"

金疤痢答："那倒是。这次武玉鹏去，我叮嘱过他，不提大黑猫的事儿，只提龙城的业务。刘大侃招待得很热情，并一再表示是大黑猫从中间挑拨是非，还说要盛情邀请大哥去亲自指导工作，他当面请罪呢。"

神秘人说："他现在还不敢公然和我对抗。只是，大黑猫一死，'东北新干线'势必受到很大影响，他们准备用什么方式确保'东北新干线'安全、通畅地运行？"

金疤痢说："大哥，大黑猫一挂，很多网点得重新布局。凤城方面的意思是先走物流，这样进可攻、退可守。"

神秘人沉重地思索着："这是个战场啊！贩毒、缉枪，斗智斗勇，成败只在一瞬间。人体吞服、电脑、行李箱、内衣裤、鞋底、纽扣、乐器、雕像等五花八门的藏毒、运枪方式，都难逃警员的一双双'鹰眼'，走物流倒是简单且实用的办法！"

金疤痢说："大哥说得对，只是还要进一步研究进退之策。"

神秘人说："听说武玉鹏带了个叫小金子的女孩儿去的？那个小金子可靠吗？"金疤痢说："武玉鹏说想带小金子先试试水，但小金子对体内藏毒之事一直没答应，凤城方面也不赞成体内藏毒，他们认为小金子不是那块儿料。"神秘人问："大侃说的？"金疤痢说："不，听说是一个叫小龙哥的年轻人的主意。"神秘人说："后生可畏啊，我也不赞成人体携毒，太小家子气。"

金疤痢说："大哥，如果你同意这个方案，那我就让武玉鹏告诉凤城发货。"神秘人说："先试一试吧。告诉武玉鹏，休息两天，再去凤城，和我的人联系上，接替大黑猫的工作。"

7

凤城宾馆内，姜美祺倚在枕头上，眼睛忽闪忽闪地看着天花板。耳边响起姜长庚的声音："孩子，你找到他又如何？我想，他和朱丽雅已经成婚了。"姜美祺"呼"地坐起来，下地收拾行李，她和龙大章等同学的合影掉了出来。突然，她又停住了，耳边又响起了龙大章的声音："美祺，你能给我时间解释吗？"

她想："我是不是太冲动了，我几千里地来了，是要搞明白的。我不能这么不明不白地回去呀。"她把收拾好的东西又拿了出来。她换了身衣服，精心化了妆，向外走去。

龙大章住处旁的树丛里，有一双大眼睛盯着龙大章的住处。一辆轿车驶过来，"吱"的一声停在了楼前。龙大章挽着朱丽雅的胳膊走下车来，很亲密地向楼内走去。龙大章问："玩得开心吗？"朱丽雅说："很开心，孔雀姐还给我们跳孔雀舞了呢，那叫一个绝……"

车子开走了，姜美祺静静地看着龙大章和朱丽雅手挽手进了楼房，屋里的灯光亮了一会儿，很快就熄灭了。她看了一会儿，听了一会儿，里面传来嬉笑声……

室内，龙大章站在窗前，向外面望去。他看见了姜美祺的身影，心痛地低下了头。朱丽雅看着龙大章的表情，也向外面望了望。她看见一辆汽车开过来，姜美祺迅速躲了起来。

龙大章穿着整齐地上了汽车，车子开走了，窗户玻璃上是朱丽雅的大眼睛。姜美祺到路边打了个出租车跟了上去。

通过几天的观察，姜美祺确认龙大章和朱丽雅已经"结婚"了。但是，有一件事她始终没搞明白，那就是龙大章在凤城到底在做什么。

第十五章　虎口脱险，再谋大计

1

龙城一快递公司，鲁运和公司快递人员悄悄地说着什么。快递人员把来自凤城的包裹一一拿来给鲁运看，一个写有凤城寄至龙城的写有"波罗蜜精"的包裹引起了鲁运的注意，鲁运快速地换上了快递人员的服装。

周至祥、李明乔等几名年轻的警察分散在快递公司外边，像一群社会闲散人员一样游荡着。

鲁运给接货人打电话："你好，你有个包裹办理的是自取，你要是再不来，我们送去可是要收取费用的……噢……在路上？好。"

终于，一个穿着很邋遢的男人出现在"快递员"身边。鲁运查验了他的身份证，那男人在包裹单上签上了自己的名字。就在那男子抱起包裹准备离开的一刹那，周至祥和李明乔冲了进来，迅速扑上去，把那男子按在了地上。

快递公司外，有一个黑衣年轻人向里面看了看，慢悠悠地走了。

伏龙区刑警大队，姜长庚疲惫地坐在桌前看着案卷。周至祥坐在沙发上低头不语。李明乔进来说："姜局，审了三次了，取货人交代说，他是在临时用工市场碰见的一个人，让他代收货物，他赚取保管费。"姜长庚问："那个人怎么取货？"周至祥说："到他家去取，我们可以在他家设伏。"姜长庚气

327

道："你以为还会有人取货吗？"他气愤地指着周至祥的鼻子："谁叫你擅自行动的？让你们跟踪，你们却抓人。你们抓了个一问三不知的代收人员，有什么用？他就是个农村二流子，给钱干活，让我怎么向上级交代？"周至祥说："我们也是想顺藤摸瓜……"姜长庚说："鱼还没有入网，你们就收网，坏了我们的清网大计！这是我们老公安的耻辱！"

周至祥低头听着，李明乔面带惭愧地退了出去。

姜长庚布置的任务是跟踪取货人，到周至祥那里却变成了抓捕取货人，这样一来，没抓获贩毒是小，暴露了龙大章是大。更让姜长庚担心的是，姜美祺去了凤城，这无疑把龙大章和她自己都置于危险之中。

他赶紧起身关严了门，再次打通李文勇的电话。李文勇告诉他，已经把美祺可能带给他们的危险传递给了龙大章，可大章说不能因为这个就半途而废、无功而返。姜长庚问："那怎么办呢？"李文勇说："我会时时关注着他们那里的情况，一旦有变，我们只好变为正面作战了。"姜长庚说："如果是那样，我们以前所做的工作将前功尽弃，只能打掉对方的皮毛。不到万不得已，一定要坚持。"李文勇说："好吧，我会派人监视美祺的活动和通达公司的动态。"姜长庚叮嘱道："文勇，除此之外，还要让他们注意对方的反侦察和试探，确保大章他们的安全。"

姜长庚放下电话，站在窗前，忧心忡忡地向西南望去。

2

刘大侃有一间很特别的办公室，墙上分别挂着猪头、羊头和牛头。他正在百无聊赖地摆弄着一件古董，响起轻轻的敲门声，保镖谭四进来说："大哥，我回来了。"刘大侃问："怎么样？"

谭四说："我到了张小龙的老家通城，调查得来的情况基本上和这个张小龙说的一样。通城警方现在还在网上对张小龙进行追逃呢。"他把一个文件袋递上来说："这是我调查的全部情况，请大哥过目。"

刘大侃把文件袋里的文件和照片拿出来，认真看着："嗯，老四，你辛苦了。从照片和调查情况看不出什么来，可不知为什么，我心里总有一种不踏实的感觉。"谭四说："大哥，是你太敏感了。"刘大侃沉思着自语："龙城的货刚一落地就被公安盯上了……这个张小龙能和杀猪卖肉的联系起来？细节没毛病，可就是感觉哪儿不对劲……你叫小龙两口子和孔雀到帝豪等我。"

刘大侃来到凤城帝豪大酒店包间时，天已微暗，酒已上桌。见刘大侃到来，龙大章、朱丽雅和孔雀马上站了起来。刘大侃端起酒杯，笑眯着眼睛问："小龙、素梅，我们先碰个兄弟酒。你们在这儿生活得还习惯吗？"

龙大章说："大哥，说实话，还真不习惯。"刘大侃问："为什么？"龙大章说："我当兵，她在农村，粗茶淡饭的日子习惯了，让我天天上这大馆子，我还真受不了。"

刘大侃笑道："在我这儿，总有一些不识好赖的东西……我是说大黑猫之流。你能吃香的喝辣的，别人为什么不能？因为你救过我的命……哪怕你是雷子，我也拿你当兄弟对待，我就不信用我的肚皮捂不热一块铁。"

龙大章说："大哥，小龙有做得不对的地方吗？"刘大侃说："龙城运毒失败了。不过，你不要往心里去，我的第二把交椅等着你呢。咱们庆贺两杯？"刘大侃刚举起酒杯，电话响了。他放下酒杯，到里间去接电话。

一会儿，刘大侃不大高兴地从里间出来："鹏哥又要来了。"龙大章问："又来了？不是才走两天吗？"刘大侃说："他要做第二个大黑猫。（喝了一口酒）来猫去狗，越过越有。小龙，你下午去机场接机，顺便替我招呼一下。不过，公司方面的任何事情都不要跟他说。"龙大章答应道："好，大哥，我明白。他算哪杆子的，我知道端谁饭碗替谁砍柴的道理。"

闲聊了一会儿，几个人从帝豪大酒店里出来，龙大章发现树影里有一个人像是姜美祺。他匆匆地上了车，扬长而去。回到住处，龙大章和朱丽雅对坐在餐桌两边，电视的声音开得很大。龙大章在纸条上写道："大鹏朝凤，是否归笼？"朱丽雅拿过纸条，点了点头。

窗外似乎有人动了一下，龙大章写道："美祺还在，把她气走。"朱丽雅写道："办场婚礼，她才死心。"龙大章写："NO，想法儿送她回龙城。"俩人把纸条撕得粉碎，扔进了下水道里。龙大章说："素梅，睡觉吧。"朱丽雅拿起那个洋娃娃："小龙，我们结婚吧。"龙大章问："你等不及了？我们需要一个亲朋满座、喜气洋洋的婚礼，我现在办不到。"朱丽雅娇嗔地笑道："你个花心男人，怕是看上那个小金子了吧。"

二人的大笑声传到窗外，姜美祺默默离去了。

落日的余晖洒满凤城机场，武玉鹏戴着大号墨镜从机场出口走出来。龙大章赶紧迎了上去："鹏哥，刘总让我来接你。他有急事，不然就一起来了。"武玉鹏说："马上就一个锅抢马勺了，不用那么客气。"

龙大章一摆手，一辆车开过来，他们上了车。汽车驶出机场，龙大章坐在车上静静地思索着。姜美祺的到来已让龙大章十分尴尬，武玉鹏这么快又返回来，让龙大章的神经绷得更紧了。姜美琪带着猜疑的心在凤城流浪，在这个鱼龙混杂的地界，她可能会让龙大章的身份随时败露，那么他之前的努力就会付之东流，两个人还会时时面临着生命危险……

武玉鹏问："小龙，你在想什么？"龙大章说："我在想，鹏哥可真是干事业的人，也没休息两天就又出来奔波了。"武玉鹏说："小龙弟，我也是身不由己啊。听说那个叫大黑猫的人起了外心，他的人都肃清了吗？"龙大章一愣："鹏哥……你说大黑猫啊，我也不太了解，你还是亲自问刘总吧。"

来到帝豪大酒店，早已华灯璀璨，二人进了歌舞厅包间，发现刘大侃坐在昏暗的包厢里，表情严肃。但在见着武玉鹏的一刹那，他马上笑脸相迎，与武玉鹏握过手后，突然脸色一沉："二位，你们对龙城物流失利怎么看啊？"武玉鹏说："那还用说吗？是你们的人办事不力，泄露了秘密，影响了我们的发展大计。"刘大侃问："小龙，你看呢？"龙大章说："大哥，我以为现在出事是好事儿，免得龙城方面对这个事儿不重视。我们现在毕竟是投石问路，小打小闹，公安又没有抓到什么鱼，'东北新干线'一点儿也没受伤，就当练练兵吧。"

刘大侃说："嗯，嗯——你说得很轻巧啊。这些日子我在犯难，以前大黑猫把'东北新干线'做得顺风顺水，他这一出事儿，还真让我一时搞不清头绪。"武玉鹏接上话茬："大哥，武某不才，愿接替大黑猫的工作，做你坚实的左膀右臂。"刘大侃笑道："哈哈哈——'东北新干线'，后继有人啊！鹏哥，你知道大黑猫的主要工作吗？"

武玉鹏说："大哥指哪儿我打哪儿。"刘大侃说："哈哈，我明白了，鹏哥此行肩负钦差和监军之责，有你这样的大才，何愁大事做不来呢。"武玉鹏忙解释道："大哥，我是来协助你的，你可别误会。"刘大侃大叫一声："来人！"他顿了有一分钟，笑眯眯地说："小菜十六个，小姐六个，上啊——为鹏哥荣升二当家的洗尘庆贺！"

龙大章愣了一下，武玉鹏的到来，让刘大侃许诺的龙大章坐第二把交椅成了泡影。大黑猫执掌的"东北新干线"将由武玉鹏接替，龙大章离核心又远了一些，看起来，"老大"的威力很有穿透性。

包厢的门打开了，二十几个小姐鱼贯而入。让龙大章惊奇的是，姜美祺站在小姐队伍的最后，表情姣美、严肃而从容，只是显得很另类。

刘大侃眯缝着眼，武玉鹏瞪着眼，四只贪婪的眼睛审视着小姐们。刘大侃不满地摆摆手："哎呀，怎么全是些老面孔？（指着小姐）你，你，你，还有穿白纱那位，光膀子那位……"突然，他发现了姜美祺，眼睛一亮："你，新来的？怎么穿那么厚啊？"

姜美祺低头喃喃："是，先生，我是新来的。"武玉鹏嘴一咧："从北极来的？"姜美祺没吱声，刘大侃对姜美祺她们几个说："你们六个留下，其余的出去。"

没有被点名的小姐们出去了，姜美祺等人留了下来。龙大章看见姜美祺正在瞪着自己，愣在那里，像一个蜡人儿。姜美祺气得脸色发白，指着龙大章："你——你——你，龙……"姜美祺话还没说完，龙大章跳起来，一手捂住她的嘴，一边把她往外拖一边大声喊："不就欠你几个钱儿吗，值得当着这么多人丢我面子吗？"他拿出一把钱塞在姜美祺手里吼道："你给我滚！我们两清了。"

姜美祺脸憋得发紫，大口地喘着气："我……算看透你了！"龙大章继续咆哮："你给我滚！滚！滚！"姜美祺还想说什么，但看见龙大章一脸凶相，扭身掩面向夜色中跑去……

刘大侃向其他五名小姐一瞪眼睛："开了眼了啊，连小姐都学会当卧底了，都给我出去！"五名小姐争先恐后地向外跑。"刷——"刘大侃和武玉鹏两把枪一起对准了龙大章的脑袋。

姜美祺大口大口地喘着粗气，看见保镖谭四带着人向她跑来。谭四一边追一边喊："站住！再不站住就开枪了！"姜美祺一惊，疯了一样漫无目的地跑着，穿过一片热带植物林，头发上挂满了杂草树叶。她来到大街上，身边是呼啸而过的车辆，远处是如梦如幻的霓虹……

她想不明白，好端端的龙大章为什么变成了现在的样子，背叛了誓言不说，还变得五毒俱全。爱与恨仅一墙之隔，爱之深，恨之切，她伤心得想马上飞回龙城，一辈子也不想再见到龙大章。她拼命地跑着，保镖们在后面拼命地追着，眼看就要追上，似有警车闪着警灯过来，谭四等人愣了一下，放慢了脚步。

这时，一辆黑色的轿车"吱"的一声急刹车，停在姜美祺身边，车里传来喊声："快，上车！他们要杀了你！"姜美祺赶紧上了车，喘着粗气，瘫倒在车上。

当姜美祺回过神儿来时，看到的是身着凤城少数民族服装的朱丽雅。她先是一惊，然后沉下脸来。朱丽雅从倒车镜向后望望，车子一个急速右转，甩掉了谭四等人，消失在一条偏僻的小路上。

朱丽雅面无表情地向姜美祺望了望："美祺，你马上回龙城吧，我和大章已经结婚了，你不要再纠缠他了。这里的涉黑组织会抓你去坐台的。我送你去机场。"姜美祺回头望了望到处闪烁的霓虹灯："不用你送，停车！"朱丽雅没有停车："我们的事儿，希望你不要和任何人提起……"姜美祺喊道："我叫你停车！提你们？我怕污了我的眼睛和嘴……"

车子在路边一个急停，姜美祺下了车，拦了一辆出租车离去。朱丽雅看着她走远，抹了抹胸脯，长出了一口气。

凤城会馆的包间里，被两支枪顶着脑袋的龙大章异常镇静，他冷笑着：

"哈哈哈，没想到江湖上有名的刘大哥就这肚量。"武玉鹏问："笑什么，那个女人是谁？你为什么不让她说话？"

龙大章低沉地说："我要你们把枪放下！我说过，我最烦别人拿枪比画我，武玉鹏，你这是第二次，第三次，你就得死！"武玉鹏拿枪的手抖了起来。

刘大侃收起了枪："这话说得，谁愿意让别人拿枪顶着脑袋啊？可是，现在我们如果稀里糊涂的，将来那枪就不是光比画的事儿了。我的人马上就会带那姑娘回来，看你还怎么抵赖！"

谭四气喘吁吁地跑进来："大哥，那妞子出了门在大街上被人接走了。"刘大侃气道："你们这些白痴！"谭四说："大哥，其实……我们是能抓到她的，因为有辆警车开过来。"刘大侃气道："你们都是瘸子、瞎子啊！挖地三尺，找遍凤城，也要把她找回来！"谭四领命退了出去。刘大侃收起枪："鹏哥，听他解释。"

龙大章坐了下来，猛地喝了一杯酒，看了刘大侃和武玉鹏一眼，缓缓地说："我说了，你们千万不能告诉素梅。她是我前女友，我花了她不少钱，并且上了她的床，我对不起她。可是，我不能和她生活在一起，她醋劲儿太大，死盯着我，让我难堪……"

刘大侃冷笑道："笑话，擅长讲笑话。龙城的事儿，主意是你出的，你得给我一个合理的解释，否则，你看见大黑猫的下场了吗？"

龙大章说："我没什么好解释的，我这几天一直与你在一起，要是我有问题，你也有问题。"刘大侃半信半疑地抖了抖枪："鹏哥，联系龙城，看雷子是怎么查到那批货的。谁要是敢吃里爬外，我让他生不如死！把小龙给我带下去，打到他说实话为止！"

武玉鹏收起枪，答应一声，和保镖谭四押着龙大章向外走去。

3

龙城那处豪华住所，神秘人悠闲地看着一本线装书。他连看也没看金疤癞，说："出师未捷，道高一尺，魔高一丈。公安，神了！查清走漏风声的人了吗？"

金疤癞低声下气地说："大哥，还没有，知道这事儿的只有武玉鹏我们三个人。"神秘人问："不是有个叫小金子的是和武玉鹏一起去的吗？她……知道发货时间、地点和接货人吗？"金疤癞说："她跟武玉鹏回来后就失踪了，应该不知道。我想是市局发起了一个'绿色物流大检查活动'，我们刚巧赶上了。大哥，看来'马药'这碗饭不太好吃了，能不能……"

神秘人说："什么饭好吃？什么道好走？不好吃，我们才要吃。下坡道好走，我们能走吗？想当年，我们就是靠这个起家的。毒根一断，我们就像断了脊梁的癞皮狗，苟延残喘地活到现在，还有什么意思？邮寄不通，可以转弯儿，先用人体携带的办法小打小闹地试着。"

金疤癞说："好，我这就去物色人。"神秘人冷冷地说："那个小金子不是现成的人选吗？不把她彻底拉下水，她早晚是我们的祸害。"金疤癞说："想让她去，可能只有绑架了，再想骗她不容易。"

神秘人说："那就绑了她，也好弄清这次是不是她走漏的消息！我们不能放过任何一丝线索。"金疤癞说："我不知道她的行踪啊。"神秘人说："怎么？一个小丫头片子能上天啊还是能入地啊？你是不是在等我亲自去找啊？"金疤癞忙道："大哥，我这就去找……"

夜色阑珊，小金子租住的房屋，一阵敲门声惊起了小金子和一个男人。小金子起来从猫眼儿向外望，看见一高一矮两个黑衣人的身影。她倒吸一口凉气，直向同住的男人摆手："是我前男友，你就说我早不在这儿住了。"

小金子找了一根绳子拴在暖气管子上，顺着绳子向窗外爬去。外面门敲得山响，那男人边解绳子边喊："谁？敲什么敲？把门卸下来得了！"那男人打开门，两个人凶神恶煞一般跨进门里。高个子一双眼睛巡视着："小金子呢？"那男人说："什么小金子小银子的，这房子可是我租的。"高个子"啪"地给了那男人一个大嘴巴："搜！"

吴寄瑶正在做着发财梦，一阵急促的敲门声吓醒了她。她一百个不愿意地从猫眼儿向门外望去，看见小金子衣衫不整地站在门外。她打开门，惊讶地问："小金子，你怎么这样狼狈？快进来。"

小金子披散着头发进门："吴姐，有人要抓我！"吴寄瑶说："抓你？为什么？我明白了，姐我可是好长时间没见你人影了，又去'打快柴火'（陪酒）了？我告诉过你，不到万不得已不要走那条道，你就是不听！"小金子低着头说："吴姐……我对不起你，我没听你的话，出去赚钱去了。"

吴寄瑶关上门沉下脸来："傻孩子，你以为那钱是那么好赚的吗？"小金子喃喃道："是啊……外面坏人太多了。"吴寄瑶端详着小金子："妹妹，我可告诉你，吴姐我不许你去那种地方，没钱和我说！"小金子说："是。吴姐……有个事儿不知该不该和你说……我上凤城……"

说到这儿，她突然想起龙大章的话："可不能乱说啊，要死人的！"她迟疑了一下："上了趟凤城……于海平把我辞退了。"吴寄瑶恼了："反了他了，明天你就上班去，我看谁敢辞退你！"

小金子说："吴姐，你真是我亲姐姐。可是，我暂时不能去那儿上班了，有个坏人要抓我。"吴寄瑶问："大半夜，这个闹，谁要抓你？"小金子惊恐地说："大姐，别问了，我们惹不起他们，天亮后我要出去躲躲……"

吴寄瑶边说边给小金子收拾行李："那你就出去躲躲。你刚才说去了一趟凤城，那地方好玩吗？"小金子说："那是一个特别美丽的地方。吴姐，你猜我在那儿见到谁了？"吴寄瑶问："谁？"小金子迟疑了一下："龙……树上飞舞的孔雀。"吴寄瑶不解："龙树上有孔雀？不是啥稀奇古怪事儿，睡吧，天快亮了。"

4

龙城的天快亮了，通达公司却还在夜里。龙大章被绑在椅子上，武玉鹏和谭四一人手里拿一根皮鞭。龙大章的脸上和身上已经被打了十几条血道道。

武玉鹏托起龙大章的下巴："兄弟，在我的记忆中，共产党员在面对皮鞭的时候，都能咬紧牙关，看来，你真是共产党啊！"

龙大章咬牙切齿地说："鹏哥，你给我等着，犯到我手里时，我饶不了你！"武玉鹏轻浮地笑道："哈哈，犯到你手里？兄弟，你还有机会吗？刘大哥最恨会编故事的人了，等抓到那个女的，一起和你们算账。给我打！"

谭四举起鞭子，轻轻地落下，不知为什么，他对龙大章还有一丝好感。

凤城龙大章住处，朱丽雅急得来回走。她一遍一遍地拨打着电话，电话里传出："您拨打的电话已关机。"她迟疑了半天，终于拨打了一个号码："刘大哥……大清早的给你打电话实在不好意思……小龙你们在一起吗……让他接电话……醉了，睡了？消夜……老爷儿都要出来了（天都快亮了）……我去接他？……好，我等着。"她放下电话，焦急地向外望着。此时的朱丽雅感觉到龙大章一定出事了，但从刘大侃的语气上看，他们还没有抓住龙大章任何把柄，否则，早来抓她了。

晨光照着凤城市高大的菩提树和龙大章他们住的房屋。朱丽雅站在窗前焦急地向外望着，一辆黑色的轿车停在楼前，龙大章被保镖谭四等人扶着下车，向楼内缓缓走来。朱丽雅慌张地打开了门，扶住了满身伤痕的龙大章，惊愕地问："小龙，你怎么成了这个样子?"

龙大章没有吱声，谭四不好意思地走了。

朱丽雅把龙大章扶进了卧室，焦急地问："这到底是乍（咋）的啦？"龙大章有气无力地说："他……还是不信任我……鹏哥打的。"朱丽雅含泪说道："小龙，我夜来个哄上（昨晚）脑袋一沾枕头就做噩梦，这活儿，咱们不干了! 我找刘大侃算账去！"她风一样跑进厨房，拎起一把菜刀。

龙大章赶紧上前拦住："别……别……还是刘大哥让他们放的我呢，要不，鹏哥得把我打死。"朱丽雅气愤地喊道："我要剁了鹏哥这个恶棍！"龙大章扯住朱丽雅，从床上坐起来，在纸条上写道："他们在找姜美祺，保护她顺离。"

朱丽雅惊讶地点了点头，大喊："你凭什么不让我去呀？"龙大章说："鹏哥已经给我赔不是了，我也原谅了他，我想休息一下。咱们和他们斗不起。"朱丽雅大声地说："小龙，你这几天都在干什么？他把你打成这样，肯定有勾三搭四的事儿！"

龙大章厉声喊道："嚷嚷什么？以后，男人的事儿不要问！"朱丽雅气道："不问！不问！我还懒得问你呢，把我自个儿（自己）放家里，你出去瞎折腾……"

"啪——"一个茶壶摔在地上，龙大章吼道："你心着不了？闷得慌你给我滚出去！"朱丽雅骂道："好赖不知的玩意儿，我这辈子是该（欠）你的！我也出去野去！"说完，"嘭"的一声，摔门而去……

刘大侃穿着一身睡衣，正在监听龙大章和朱丽雅的对话。"嘭"的摔门声吓得刘大侃一激灵。他拿下耳机，躺在床上，才看见孔雀正不是好眼地看着他："天天听人家小两口的密语，很过瘾呗。"刘大侃说："你懂什么，我是在看他是不是我的人。"

孔雀没好气道："疑神疑鬼的这个闹，想睡个好觉都不成。"说完，起身向外走去。

刘大侃说："让你接近李素梅，这些天有什么收获啊？"孔雀回头说："就心直口快一东北翠花。你想从她那儿收获什么？不是又看上人家了吧？"

保镖谭四在门外喊："大哥，查遍了凤城，终于查着了她的踪迹。"刘大侃向孔雀使了个眼色："你去街上逛逛？四儿进来说。"谭四进来了，孔雀瞪了刘大侃一眼，向外走去。

刘大侃问："什么情况？"谭四说："昨晚那个姐子正好打了我们一个小弟的车，她在凤城宾馆下的车，要不要去宾馆抓她？"刘大侃说："不要去宾馆，那样动静太大。"孔雀蹑手蹑脚地站在门外听着。

凤城大街上，朱丽雅从药店里出来，正碰见孔雀兴致很高地走过来："梅子，我找你半天了。你怎么不高兴呢？"朱丽雅说："孔姐，我想和小龙离开这儿嘎达了。"孔雀惊讶地问："为什么？"朱丽雅眼泪流了下来："他们不信任小龙，对小龙动手了。"孔雀说："就为这个呀，这可能是他们的行规吧，过了这关就好了。"

街边有几只孔雀在悠闲地走着。朱丽雅感叹道："到了孔姐的家乡，我想起了'孔雀东南飞，五里一徘徊'的诗句，我如果能像孔雀一样'腾腾'地飞就好了。"孔雀的眼睛里流露出忧伤的眼神："梅子，其实孔雀是不能飞的，除非……为了生存。"

朱丽雅好奇地问："噢？不会飞，它只好五里一徘徊了？"孔雀黯淡地说："是的。"朱丽雅问："孔姐，像你这样的人也有忧伤吗？"孔雀说："可能比你的忧伤多一些吧。不说这个了，说点儿高兴的事儿。梅子，你和小龙谈多少年了？"朱丽雅说："有一年多了吧。"孔雀说："天天在一起住着……社会上有一句话，说如今的姑娘和媳妇一个样，看到你，我理解这句话了。"朱丽雅低头："孔姐，又拿我开涮呢。"

孔雀说："唉——阎王爷逗小鬼——快乐一会儿是一会儿吧。"朱丽雅问："孔姐，难道你真的不快乐吗？"孔雀说："我叫孔雀，我会跳孔雀舞，可是我不会飞，我连五里一徘徊也做不到。我的快乐很短暂，（用手一指）只像帝豪舞厅的一首舞曲那么短。等大侃他们从凤城宾馆抓到什么姐回来，我的好梦又要醒了……"

朱丽雅暗暗吃了一惊，她抬头看了看凤城帝豪大酒店歌舞厅的牌子，恍然大悟地说："哎呀，才想起来，那天我新买的指甲油好像落在歌舞厅里了，我得去找找。"孔雀意味深长地说："我陪你去找。"

帝豪大酒店歌舞厅还没有顾客，二人进了歌舞厅，朱丽雅直奔吧台："你好，我前天好像在这儿落下一管指甲油，不知你们的服务生发现没有。"吧台女看了看朱丽雅说："放心吧，只要是丢在这儿的东西，你就是一年后来找，也丢不了。"她低头从吧台里拿出一管指甲油："是这个吗？"朱丽雅点头："是，太谢谢你们了，我可喜欢这管指甲油了。"

孔雀看了看指甲油，疑惑地问："梅子，我记得你买的指甲油是红色的，怎么变成粉色的了？"朱丽雅说："晚上看和白天看不一样。"孔雀带着笑："是吗？"她的电话响了，她边接着电话边向外走。朱丽雅回手把龙大章写的纸条塞到了吧台女手中，在一个单子上写上"速去凤城宾馆接姜离"后，也向外走去。

凤城市通达物流公司办公楼前，一辆轿车停了下来，龙大章从车里下来，看见武玉鹏小声而神秘地和刘大侃嘀咕着什么。他走到刘大侃面前："大哥，你叫我？"刘大侃的眼睛锥子一样看着龙大章："小龙啊，你昨晚说的那前女友，鹏哥又给你接回来了。你不想和她叙叙旧吗？她叫什么来着？"

龙大章说："她和我说叫王誉誉，（平静地）我这辈子都不想再见她了。"刘大侃嘲讽地说："兄弟，不能这样，我们是讲情义的人。鹏哥，带小龙和前女友见面！但是，这次见面不准动粗、撒野。"

武玉鹏似笑非笑地推着龙大章向楼内走去，来到一楼一个灯光昏暗的屋子里。龙大章忐忑不安地向里面望去，一个女人被绑在椅子上，背对着他坐着，和姜美祺昨晚穿着一样的晚礼服，但颀长的身姿和妩媚的动作却引起了龙大章的注意。

龙大章说："誉誉，我不是跟你说了吗？我们已经结束了，你不要再缠着我了。"见那女人没有任何反应，他又说："张小龙我对不起你了，你重新开始你的幸福生活吧！他走上前去，想扳过她的脸给她个暗示。"

那女人妩媚地缓缓地转过头来："不，我们还没开始。"龙大章赶紧松手惊呼："孔姐！你干什么呢？"孔雀笑道："小龙弟，演戏呢。"龙大章不解："演戏？孔姐，你演得可真像我的前女友。"孔雀小声说："你演得比我好……"

龙大章向孔雀一抱拳，转身向门口走去，见到武玉鹏后愤怒地喊："演戏，演戏！你们这是对老子的不信任，老子不干了！"

武玉鹏说："兄弟，性子太急了吧，戏还没收场呢，好戏还在后头呢。我们的人已经找到了你那所谓的前女友的住处，这会儿应该快回来了。"

龙大章气愤地要去找刘大侃算账。武玉鹏一把扯住了龙大章，龙大章顺势一拳打在武玉鹏的脸上，那脸就扭曲起来、眼睛也封上了。

刘大侃大喝一声："住手，软货硬卖啊。先把他给我押下去，等带来那个妞子再和你一起算账！"两个保镖如狼似虎般扭住了龙大章的胳膊，向库房拖去。

5

凤城宾馆，姜美祺拉着拉杆箱惆怅地从客房走到大厅，戴着墨镜的保镖谭四和另一个人跟了过来。姜美祺并没有察觉，走到吧台退了房卡，向外走去。

谭四小声地打着电话："人马上出去，身材苗条，长发及腰，淡蓝色裙装，准备好迷药，在上机场的半路拦截。"

姜美祺到宾馆门口的时候，电话响了，里面传来赵直帆的声音："美祺，你去凤城也不告诉我一声，问了姜叔才知道你去那里休假了。"姜美祺说："嗯……休假。"赵直帆说："怎么这声音，病了吧？你在那儿等我，我飞过去。"姜美祺说："不用……我已经订了十二点的机票，四小时后就飞到北京了。"赵直帆说："我到北京接你，给你接风。"

姜美祺还要说什么，电话里已传来"嘟嘟"声。她走到宾馆门外，向一辆早已等候在那里的出租车招手。那辆出租车"唰"地停在她面前，谭四和另一个保镖的车也跟着开了过来。美祺正要上出租车，一辆警车开过来别在出租车前面，两个警察下车走了过来。

一个警察向姜美祺亮出警察证："你好，我们接到举报，你涉嫌吸食毒品，为了你的清白，请配合我们检查。"

姜美祺一愣："你们是不是搞错了？我要赶飞机的。"那警察严肃地说："赶飞机也不行！"姜美祺说："你们还讲不讲理？"

两个警察不由分说，架起她的胳膊把她塞进了警车。警车开走了，保镖谭四瞪大了眼睛，疑惑地看着警车飞驰而去……

凤城市通达物流公司，龙大章被武玉鹏绑在椅子上，武玉鹏摸了摸肿起的脸，拎了一根棍子，恶狠狠地向龙大章走来。他把棍子举得高高的，正要落下来时，刘大侃喊："住手！"

刘大侃拿过棍子："鹏哥，你过分了。在通达公司，只能令出一门，（指指自己）那就是我。不能有多种声音，你明白吗？这是规矩！"武玉鹏说：

"是……大哥。"他没趣儿地退到了后边。刘大侃走过来，笑眯眯地说："我刘大侃做事赏罚分明，就是让你死，也要让你死得明白，让你自己都觉得该死了。"

谭四风风火火地进来："大哥，那姐子涉嫌吸毒，被警方带走了。"

刘大侃脸一沉："吸毒？小龙弟，你说你都交些什么人啊？我这辈子最恨吸毒的人了。你们还不给小龙松绑？"

谭四跑过去给龙大章松了绑。龙大章拍了拍身上的土，起身默默地向外走去。

凤城机场，熙熙攘攘的人流中，旅客们有序地通过安检口，一个像是怀孕状的年轻女人引起了值班人员的警觉。值班民警说："请出示你的机票、身份证。"值班民警看着机票："从哪儿来，到哪儿去？"那名妇女答道："噢，京城，回去。"值班民警说："请您到里边去，要接受我们的进一步检查。"那名妇女被带到了检查室。

站前指挥所，公安局副局长李文勇接起电话："你是说此人有体内藏毒嫌疑？马上让缉毒局送医院，做CT扫描！"

机场内，武玉鹏看着那名妇女被带走，灰溜溜地溜出了机场。

两名民警把姜美祺送到机场安检口，走绿色通道向飞机跑去。一警察说："对不起，是我们搞错了，险些误了你登机。"姜美祺气愤地拿过行李和登机牌，沉默地向里面走去。

在机场登机坪上，她回望了一眼，失望地踏上了飞机的旋梯。机舱内，姜美祺看着手机上的锁屏照片发呆。她按了几下，把龙大章的照片删除了，换上了龙城的风光照片。

凤城机场外，朱丽雅看着凌空飞起的波音737，长出了一口气。龙大章出现在朱丽雅身后，向天空望着："你终于把她送走了。"朱丽雅说："迫不得已，只好举报她吸食毒品。她走了，很失望。你比她还失望吧？"

龙大章没有吱声，仿佛看见了姜美祺失望的眼泪飞向了九霄云外。他没有哭，但他心里在流泪……

6

"青山横北郭，白水绕东城。此地一为别，孤蓬万里征。浮云游子意，落日故人情。挥手自兹去，萧萧班马鸣。"刘大侃正在公司听孔雀朗诵李白的诗《送友人》。

龙大章拎着皮箱来向他辞行。

刘大侃听说他去意已决，飞深圳的机票都买好了后，诚恳地挽留："小龙，给大哥个面子，留下来，是我错怪你了。"龙大章说："大哥，我要活命，我得养家，我陪你玩儿不起了！"孔雀盯着龙大章，没有吱声。武玉鹏说："大哥，小龙前女友的事儿我们还没查清楚，龙城人体携毒又被公安抓了个正着，这难道是巧合吗？"

龙大章说："说来说去，就是我有问题呗。你用屁股想一想，人体藏毒可是你一手操作的，我根本就不知道。鹏哥来，异己也该清除了。我一走，鹏哥是猪八戒割耳朵——心宽眼亮。"

刘大侃狠狠地看了武玉鹏一眼："都是你安排的狗撒尿事儿！"

龙大章说："我张小龙有恩必报，有仇也必报。我走之前，要和鹏哥来个了断！"话音刚落，未等三人反应过来，他放下皮箱，一脚把武玉鹏踢倒在地，接着几个连环脚，把武玉鹏踢得像球一样在地上翻滚。谭四来帮武玉鹏，也被龙大章踢倒在地上直喊"哎哟"。

刘大侃走过来，阴沉而坚定地举起了枪："住手！小龙，这是我的主意，你要怪就怪我。"武玉鹏在地上挣扎着："大哥，灭了他，这小子下手太狠了。"刘大侃瞪了武玉鹏一眼："你还来精神了？你们，跟我来！"

龙大章顺势停住拳脚，瞪了一眼鼻青脸肿的武玉鹏，跟着刘大侃向楼上走去。武玉鹏也满脸是土、一瘸一拐地跟了上来。在十楼东侧，刘大侃打开了办公室的门。

刘大侃进门，往转椅上一靠："小龙啊，知道吗？现在能进我这个办公室的，除了谭四，你是第三个人——我你他。第二个人大黑猫已经死了，由鹏哥代替他。进我办公室的顺序就是你在通达公司的位置，就是你孔姐都没有资格进这办公室半步。"

龙大章仔细地看着这个普通的办公室，哂笑："没看出什么特别的。"刘大侃说："平常之中有不寻常。"龙大章问："为什么让我进来？"刘大侃说："你救过我，立过功，而且你经过了多重考验，我是拿你当亲兄弟对待的。我刚才已经说了，你在这儿坐第三把交椅。"

龙大章不服地瞪了武玉鹏一眼，摸摸身上红肿的地方，漫不经心地看着这间大办公室，墙上挂着一个牛头，一个羊头，一个猪头，个个精巧古怪、栩栩如生。

刘大侃说："小龙，你在想什么呢？"龙大章说："我在想……要是大哥再拿我当亲兄弟一次，我这小命可就得交代了。"刘大侃歉疚地说："小龙，干我们这行的，把脑袋掖在裤腰里，你要理解。我们的'东北新干线'在大黑猫死后，网络一直没有铺开，你要多用心啊。"

武玉鹏插嘴道："大哥，别指望着他。"刘大侃不无讽刺地说："鹏哥，去洗洗你那老脸吧。想想你的前任，这么多年了，没办利落一件事不说，还想除掉我。鹏哥，你说他行吗？"武玉鹏说："我和大黑猫不一样，既然来了，全听大哥的。我去洗把脸。"他没趣地摸摸肿得老高的脸，悻悻地出去了。

刘大侃问："小龙，你有什么高见？"龙大章说："大哥，这事儿你还是问坐二把交椅的那位吧。"刘大侃说："我知道你不服，对那位爷，我也没办法，但我有分寸。"龙大章说："我一开始就不赞成人体携带的方式，这样量小、关卡多。"刘大侃说："有道理啊，小打小闹，利润不多，风险不少。"武玉鹏脸还没擦就回来了："大哥，你甭听他胡咧咧。"刘大侃不满道："胡咧咧？鹏哥，你也咧咧一个。"

武玉鹏拍着自己的脑袋："大哥，你还不知道我吗？你指哪儿我打哪儿。"刘大侃不耐烦地摆摆手："鹏哥，楼下凉快，你上那儿去。小龙，说你的想法。"龙大章说："常言道，越是危险越安全。"

刘大侃问："兄弟，你心里是不是已经有主意了？"龙大章说："我不过有了一个初步的想法，还不成熟，还需要仔细筹划一下。我认为可以公然大批量运输，反而不会引起公安的注意。这样冒险一次，可以几年安稳地吃喝玩乐。"刘大侃拍拍龙大章的肩："兄弟，我就看出你与他们不一样，有点儿大思路啊。好，就按你说的设计。"

7

姜美祺无精打采地拉着行李走出北京机场，迷惘地看着北京的天空，随着熙熙攘攘的人流向外走着。一束硕大的鲜花映入她的眼帘，挡住了她的去路。姜美祺躲着，但那束鲜花始终挡在她的面前。姜美祺用手一拨，鲜花后面是笑得比鲜花更灿烂的赵直帆的脸。

姜美祺惊道："你？"赵直帆说："我……我在时时关注着你的动向，怕稍不留神，你就会飞走了。欢迎你，孔雀西南飞，又飞回来了。"他说着，把那束鲜花献了上来。姜美祺接过鲜花，苦涩地笑了笑。突然，她感到天旋地转、眼冒金星，慢慢地倒在了赵直帆的怀里，那束鲜花掉在了地上。

姜美祺醒来时，发现自己躺在宾馆的床上，赵直帆在给她喂汤："美祺，能说说你凤城一行的见闻吗？"姜美祺无力道："我太累了，想睡一会儿。"

赵直帆说："你已经睡了两个小时了。"

姜美祺眼睛望着天花板，凤城的一幕幕在她脑海里浮现出来，就像刚刚做过的一场梦，而且是想起来就让人心悸的噩梦："我不是在做梦吧？我饿了，直帆，我们去吃饭吧。"

北京烤鸭店，姜美祺和赵直帆对坐在餐桌旁，桌上有四个小菜。赵直帆说："美祺，我们喝一杯吧，为你接风。"姜美祺端起酒杯一饮而尽。赵直帆惊讶地说："悠着点儿喝啊！这次出来没见到龙大章吧？"

姜美祺把酒杯一蹾："以后少在我面前提起这个恶心的名字！他……结婚了。"

赵直帆先惊后点头："结婚？好……好。"姜美祺问："直帆，书……洋娃娃都是你买的？为什么是你买的呢？"她的眼泪流下来了。赵直帆问："美祺，你怎么了？"姜美祺擦着眼泪，咬牙切齿地说："明天我要嫁给你！"

清晨的迷雾早已散去，龙城的街心公园，一曲《今天你要嫁给我》结束了。

姜长庚放开敖拉倚的手，擦着汗："我们去那边歇会儿吧。"他和敖拉倚坐在街心公园的长椅上。敖拉倚问："老姜，美祺还没回来吧？她的事你要让她自己做主，不要走我的路……"姜长庚难过地说："怕是已经晚了，她打电话来说不想回龙城了。她说她感到工作和生活都太压抑……直帆在陪她散心呢。"

敖拉倚问："直帆陪她？直帆的幸福也来得太突然了吧？"姜长庚说："谁知道呢。这一代，我越发不懂了。我快要想通了，她自己却又转向了。"

西南的凤城，成了姜长庚这辈子抹不去的心结。他不知道姜美祺的凤城之行经历了什么，可从与美祺的通话情况看，此行对美祺的打击一定不小。

晨光斜射在北京潭柘寺歇心亭上，姜美祺和赵直帆依亭而望，四周风光尽收眼底。姜美祺惆怅地念叨着："还是康熙皇帝赐名的'岫云寺'好些。"赵直帆说："你坐在歇心亭上，就省点儿心吧。"

姜美祺没有吱声，她想起了那副名联："大肚能容，容天下难容之事；开怀一笑，笑天下可笑之人。"可姜美祺毕竟没有那么宽广的胸怀，这几天的一切，她仍不能释怀，她心里还是放不下凤城。

8

凤城市区，繁花似锦，游人如织，熙熙攘攘，与北京潭柘寺的宁静形成了鲜明的对比，人间的争斗还将在这座美丽的城市上演。

凤城龙大章住处，朱丽雅在厨房忙着做早餐，龙大章帮忙摆放碗筷。他把筷子摆了一个个方格子，用手量着它们的尺寸。

朱丽雅端上牛奶："小张子，开饭啦！"龙大章把筷子收起："小李子，辛苦啦！"二人相视一笑。龙大章在纸条上写道："龙城要有大动作，办公室里有密室。"朱丽雅在纸条上写道："密室里面有什么？"龙大章写道："现在还不好说，可能藏着各地毒犯的资料。"朱丽雅写道："怎么查？"龙大章写道："利用孔雀的猜疑。"

这时，响起了敲门声，二人迅速把纸条撕碎扔到了洗手间。龙大章开门，看见武玉鹏立在门外。武玉鹏进屋，看了看桌子上放着的早餐："这准小两口日子过得蛮有滋味嘛。"龙大章揶揄地问："鹏哥，脸还疼吗？"武玉鹏摸摸脸，色眯眯地看着朱丽雅："小龙弟，以后对哥悠着点儿，都是弟兄。"

龙大章并不退让："你用皮鞭蘸凉水抽我的时候，考虑弟兄了吗？"武玉鹏说："兄弟，我也是奉命行事。我们要开工了，以前的一页翻过去吧。"朱丽雅把碗筷一推："说得轻巧，你给俺小龙磕头认错就翻篇儿。"武玉鹏尴尬地看着龙大章，龙大章劝道："小梅，别说了，鹏哥也是依令行事。鹏哥，电话通知一下不就得了，大老远的，还跑一趟。"武玉鹏说："外行了不是，大哥说，有些事是不能在电话里说的。"龙大章说："那好吧，你在外面等我，我换身衣服就出去。"

武玉鹏说："不用，我就在这儿等你。"他说完，像检查卫生一样，各屋"扫描"着，还不时地往朱丽雅身上扫。朱丽雅把碗一掼，脸一拉，上厨房去了。龙大章放下碗筷，跟着武玉鹏走了。

朱丽雅注视着龙大章的背影，久久地立在窗前。她目送龙大章离开后，就去找孔雀。她们有说有笑地走在大街上。朱丽雅说："孔姐，你说男人是不是都是吃着盆儿望着碗儿的？"

孔雀说："也不全是吧，比如说你的小龙哥，我看就不像那种人。"朱丽雅说："孔姐，你在逗我。我跟你说，人都在变，每个男人都有自己的小九九。小龙也不是铁板一块，有一天，我就看见他衬衣上有好几个口红印子呢。那天在舞厅，小金子都贴上去了。"孔雀问："真的？"

这时，通达物流公司的牌子出现在她们面前。朱丽雅说："孔姐，这不是小龙工作的地方吗？我们进去看看呗？"孔雀迟疑："看看？刘大侃从不让员工家属来公司。我跟了刘大侃两年了，他的办公室就从没让我进过。"

朱丽雅说："刘大哥好像……没事儿吧，我看他啥事都由着你的性子来呢。"孔雀沉重地说："你不懂，他是个笑面虎。我的恋人是我的大学同学，是他硬把我抢过来的。他能抛弃七个妻子，就能像换衣服一样换掉我。"

朱丽雅说："两口子之间应该没有秘密，他虎不拉地（竟然）不让你去他办公室，是不是床下藏人啊？"孔雀说："那叫金屋藏娇。不过，他藏不藏的我已经不在乎了。爱一个人，就会在意他的一切；不爱他，对他的一切都不感兴趣。不过，我倒是很想看看这老东西究竟有多少秘密瞒着我。"

二人说着话走到了通达公司门里，上楼。在通达物流公司刘大侃办公室前，谭四做出了拦阻的手势。

孔雀怒道："你敢拦我，我是谁你不知道吗？"谭四说："知道，可是，董事长有令，谁也不能进他的办公室。"孔雀问："我要是进去了呢？"谭四说："我轻则下岗，重则断手。"孔雀问："你就不怕我断了你的手吗？"

谭四低眉顺眼道："你不会。"孔雀说："怎么不会？一会儿，老刘来，我就告诉老刘，你不仅吸毒，还在他不在时调戏我。那样，就不仅是断了你的手吧？"谭四"扑通"一下跪在地上："孔姐，这玩笑万万不可开啊。我还得赚钱供妹妹念书呢！"

孔雀得意地说："那就开门吧！"

谭四贼眉鼠眼地四下望了望，手哆嗦着打开了门："孔姐，屋里的东西，不能乱动，看一下马上出来。"孔雀没理他，和朱丽雅在刘大侃的办公室里转悠着。朱丽雅敲敲墙，里面发出空声。

墙上的一个牛头、一个羊头、一个猪头引起了朱丽雅的注意："孔姐，看，这三个头，好玩儿不？"说着，要去动那猪头。孔雀"啪"地把朱丽雅的手打开："你找死啊！我听谭四说过，动了猪头，就会有一股毒气喷出，人立时会被熏死；动了羊头就会有无数支枪同时发射，人会被子弹穿三个窟窿。我们只能动一动这个牛头了。"

孔雀走过来，轻轻一转牛头，壁橱上，一道密室的门打开了。朱丽雅和孔雀惊讶地看着那扇徐徐打开的门，疑惑地向里望去，发现还有一道上锁的门。这时，楼道里响起了急促的脚步声，谭四慌慌张张地向楼上跑来，急促地敲着门，孔雀只好把牛头又转了回去。

谭四打开门悄声说："孔姐，快走吧，董事长马上回来了。"孔雀来到门口："你去告诉刘大侃，就说我在他的办公室。"谭四跪下道："孔姐，你就饶了我吧！谁也没踏进过这办公室半步。"孔雀用手指一点谭四的脑门："算你乖。"

二人在谭四的引导下，匆忙从侧楼梯向楼下走去。

凤城通达物流公司走廊里，刘大侃边接电话边向办公室走来："这一仗要干得漂亮！好，快快乐乐地过中秋……"他与保镖谭四碰了个对面："你这是干什么呢？"谭四吃了一惊："大哥，巡逻……巡……"

刘大侃说："你脸色不正。"谭四掩饰道："没……累的。"刘大侃指着保镖谭四的脑门儿："别跟我耍！"谭四说："没……不敢。"刘大侃正色道："你以为能瞒得过我吗？"谭四紧张道："我……我……我也是迫不得已啊！"刘大侃说："你要再是喜欢吸两口……我可告诉你，我最恨吸毒的人，这儿的规矩你该明白，你给我注意点儿！"

谭四答："是……"说完，满头大汗，灰溜溜地向楼下跑去。

9

凤城的森林小路上，一辆越野车飞驰着。车子停在山脚下，龙大章和武玉鹏还有两名保镖从车上下来，几个人快速向山上走去。

武玉鹏喘着粗气，递给龙大章一支六四手枪："小龙……今天就看你的了。"龙大章看了看武玉鹏："鹏哥，我现在是一头雾水啊，咱们这是没头没脑地在山里转什么呢？"武玉鹏一屁股坐在地上："我们的任务是翻过这座山，埋伏在密林深处，等那边的两伙交了钱、验了货，我们就动手。"

龙大章惊道："黑吃黑啊？这违背商业道德啊。"武玉鹏站起来："大惊小怪，算你聪明。要知道，大哥是黑道中人，是人人痛恨的毒枭、枪贩，你跟他讲道德，脑子是进水了吧！我们走吧，还有很远的路呢。"龙大章拍拍屁股上的土："我们这样做，不怕人家来寻仇吗？"

武玉鹏说："寻什么仇？大哥说了，我们都是生面孔，身份是'缉毒公安'，做得天衣无缝，两伙只会互相猜疑，不会想到是我们干的。"他们换上了警服，一条蛇从面前"飞"了过去。龙大章说："嗯，够毒。"几个人挥汗向山上走去，一会儿，人就隐没在了密林中。

阳光从树叶的缝隙照下来，照在武玉鹏那丑陋的脸上，武玉鹏紧张而焦急地望着山下。龙大章擦了一把汗，焦急地向山下的小路上看着。他擦把汗说："这天也太热了，没有任何迹象啊。"武玉鹏说："兄弟，挺会儿，情报绝对准，快了……"

山下的小路边，两伙人拎着皮箱，慢慢地靠近了。一条蛇出现在龙大章的面前，正向龙大章游动。龙大章惊恐地小声喊："蛇、蛇、蛇。"武玉鹏向山下指了指，示意他不要出声。那条蛇向龙大章的身上爬去，直往他衣服里钻。龙大章突然果断地出手，抓住那条剧毒的银环蛇，一甩，那条蛇便直挺挺地躺在了地上。透过树影，他们发现山下的两伙人正在验货和数钱……

武玉鹏小声喊："收秋，上！"几个人一跃而起，举着枪向山下冲去。枝上的鸟被吓得"扑棱棱"飞了起来。武玉鹏高喊："公安，都别跑！都给我站住！"

两伙人一听公安，跑得比兔子还快，转眼间消失在密林中。可是，有一个人没跑，他像一尊泥像，盯着那成箱的钱发愣。武玉鹏举起了手枪瞄准，在他扣动扳机的一刹那，龙大章一脚飞起，枪和子弹一齐飞了出去，枪声把树上的小鸟惊得"扑棱棱"飞了起来。

武玉鹏揉着被踢疼的手腕，气急败坏地吼道："小龙，你哪伙儿的？要是意气用事，坏了老大的大计，你吃不了兜着走！"龙大章说："我们要货要钱，不要人命！"

龙大章冲到了没跑的那人面前，愣住了。郝子强正在用异样的眼神看着他。龙大章愣了一下，凶狠地喊道："还不快滚，找死啊？"郝子强说："你……们，不是公安吗？"龙大章喊道："滚！再不滚老子打死你！"

说着，龙大章举起了枪，黑洞洞的枪口对准了郝子强。郝子强用疑惑的眼神儿看着龙大章。龙大章一脸凶相，吓得郝子强连滚带爬地消失在密林里。

武玉鹏望着郝子强的背影，揉着手腕："不杀他，会坏了老大的大事的！"

龙大章说："一个吓傻的人，你没看见吗？杀个废物，没用。"

　　武玉鹏一跺脚，和那两个年轻人手忙脚乱地收拾钱和物。密林里，有一双贼溜溜的眼睛盯着四个人的一举一动。一会儿，这里的一切又归于平静……

第十六章　密室失手，两地同怀

1

一轮朦胧的月亮照在北京的天坛公园里。姜美祺和赵直帆站在天坛的圜丘上，看着天上的一轮圆月。

赵直帆说："美祺，天好像离我们很近啊。"姜美祺说："因为这是祭天的地方，在这个地方要是许下什么心愿，一定能够实现。"赵直帆眼睛盯着姜美祺说："真的？那我可是有个心愿，能说吗？"姜美祺说："我知道你要说什么，别说了。"赵直帆说："不说会憋死的。"

姜美祺说："直帆，感谢你这两天一直陪着我，我们得回去了。"赵直帆说："看你失魂落魄的样子我就难受，你总算有些笑容了。我们再玩儿两天吧。"姜美祺问："知道吗？今天是什么日子。"

赵直帆说："中秋节呀。"姜美祺问："西南和东北的中秋一样吗？"赵直帆说："自然，傻孩纸（子），全国都一样。"

姜美祺说："是啊，望月怀人，全国人民都一样。直帆，你陪我跑了上千里的路，我该怎么谢你呢？"赵直帆说："不远千里，一句谢谢，我赵公子感动天、感动地，就是感动不了冷漠的姜美祺。苍天啊，我该怎么办啊？"他跪在圜丘上，举起双手。姜美祺向下走，回头说："别发疯了，你的举动让人看着感觉不靠谱。"

赵直帆赶紧爬起来："我赵公子就是一个让人感到意外的人，下一次，我会给你一个更大的不靠谱。"姜美祺说："别费心思了，你知道，一个女人心有所属的之后，就再也容不下另一个男人了，我们回吧。"本来心情大好的赵直帆今晚又坠入雾里。

一架飞机在云层里穿行，向着一轮圆月而去。机舱内，姜美祺向着那轮孤寂的圆月望去，外面是一片清淡的寒光。飞机正在降落，掠过这座从小就熟悉的龙城，她已经看到了龙城的地标式建筑——那条筒万俱全的大楼和敖拉倚家那高楼林立中的一座孤独的小楼。赵直帆兴奋地看着飞机掠过的城市的灯火。姜美祺疲倦地靠在后背上，眯着眼睛，脑海里响起了敖拉倚朗诵诗歌的声音。

此时，敖拉倚穿着蓝白的外衣，站在阳台上朗诵着自己创作的诗歌："墙上一轮镜，又照玉兔宫。皎皎斑斑秋水去，昔日蒙尘，如今月色羞于洒芙蓉。人前一面镜，人心如青铜。嘴德心善常揩拭，人间有爱，满目期待镜照月华明。"

朗诵完，她郁郁地进了屋里，来到一楼，点燃一炷香，跪在先人的画像前："又是一年月明时，先人啊，我没有完成你们的遗愿，藏宝图没有任何线索，鸡血麻神赎回也是遥遥无期，我该怎么办呢？"香火跳了几下，竟无声地熄灭了，算是回答……

那处豪华住所，阳台上摆着赏月的瓜果酒品，神秘人和金疤痫碰了一杯酒，微醉地站在阳台上赏着圆圆的月亮。金疤痫恭敬地立在神秘人身后，略显沧桑。

神秘人说："疤痫，你跟我有三十年了吧？"金疤痫答："是。"神秘人问："你了解我吗？"金疤痫答："了解。"神秘人说："我想，在你的大脑中，我是一个杀人越货、贩毒贩枪，无恶不作的坏人。你知道我发光的一面吗？"

金疤痫说："大哥，我了解。你曾经是一个品学兼优的三好学生，后来因为家贫上不起学……家贫只是一方面，是一个地痞把你的养父母说成日伪汉奸，把他们逼死了，你才成了黑道中人。"

神秘人喃喃道："你说的只是一个方面，如果没有一些特殊的经历，我或许能成为诗人或是军人。可是，无论白道黑道，文化才是王道。可惜啊，我的孩子丢了，不然，我一定让她好好学习，做一个诗人，浪漫而闲适地度过一生。"

金疤痢问："大哥还有诗人的情怀？"神秘人问："读过我写的诗吗？"金疤痢摇头。神秘人说："取笔墨纸来。"金疤痢端上笔墨纸，神秘人挥毫写下一首诗：清辉催秋早，月圆梦不圆。仰视星不朗，愁雾遮清闲。低头思前路，我心如冰寒。何日春风暖，温情满人间。

金疤痢赞道："好诗，好字！月圆梦不圆？"神秘人说："是啊，疤痢，有我们这样的人在，有多少人不能团圆啊！所以，我们这辈子，可以干尽坏事，就是不能贩卖人口。知道我的想法吗？"金疤痢疑惑："大哥，你要改正……归邪？"

神秘人说："改什么正啊？我们要把鸡血麻神从姜长庚的手里要出来，由凤城出境。那时，我们的春天才会真正地到来。"金疤痢问："大哥，不是说鸡血麻神永不出手吗？"神秘人说："听黑猫说，刘大侃对鸡血麻神很感兴趣。我要用它把属于我的财富从刘大侃那儿拿回来。"

金疤痢说："大哥，武玉鹏在那儿并没有打开局面，名义上是二当家的，其实并没有实权，所有的事情大侃都在自行料理，他办不了。"

神秘人说："这一点我早预料到了。黑猫，那么多年的弟兄，比武玉鹏能干百倍，轻易地栽在刘大侃手里。武玉鹏，一介草包，更不是他的对手。我用武玉鹏这个俗人，只是为了减缓大侃反水的速度。"

金疤痢情绪低落地说："大哥，我们两种贩毒方式都失败了，再也没办法了。"神秘人说："现在啥生意也不好做，市场在成熟，公安在成熟，我们还在天真。"金疤痢说："大哥，为了'东北新干线'我们付出的太多了，能不能……"

神秘人猛地转过身来："你是说你付出太多了吗？我，为了'东北新干线'，付出了青春、爱情、亲情……难道真的是天不助我吃这碗饭吗？不，我赫老大不是见硬就软的人，我一定要干一番大事业！"

金疤瘌看着神秘人的背影："大哥，凤城提出公然运输，让我向你请示我觉得不靠谱，便没说。"神秘人沉默了一会儿："经过反复较量，姜长庚也没有原来的斗志了。趁老猫打盹儿，五鼠闹龙城，就依大侃的办法办。"

2

夜色朦胧，月圆云袭。龙大章和朱丽雅肩并肩走在凤城的大街上，举头看明月，明月也在追随着他们的脚步。凤城的中秋之夜和别的城市一样，车水马龙，彩灯熠熠。

龙大章说："素梅，今天收获怎样？刘大侃的办公室有什么秘密。"朱丽雅说："里面有间密室。"龙大章问："密室里有什么？"朱丽雅说："只看到了密码锁，刘大侃要回来了，我们就走了。"龙大章沉思道："我想那里一定有'东北新干线'的资料和贩毒、贩枪网络人员名单。你们是怎么进去的？"

朱丽雅说："屋内有个牛头，一转，暗室的门就开了。记住，千万别动羊头和猪头。"龙大章问："为什么？"朱丽雅说："那两个都有暗器。"龙大章说："噢。想当年，恰同学少年，风华正茂，赵直帆对暗器一类的东西颇感兴趣，要是他在身边……"朱丽雅说："关心赵直帆是假，惦念姜美祺是真。"龙大章黯然地说："这次对她伤害太大了……"

沉默了半天，朱丽雅感叹道："南国的中秋怎么不如北国的气氛浓厚呢？"

龙大章说："我想有三个原因，一是在这四季如春的凤城，季节变化不明显，中秋如夏；二是这里有很多少数民族的节日，冲淡了中秋的气氛；三是你想家了。"

朱丽雅反驳道："你不也是归心似箭吗？"龙大章说："我们要想早点儿回去，就得早点儿完成任务。可是，我们还在毒网的边缘摸索。"

他们在街心公园的长椅上坐了下来。朱丽雅说："一想起你那天受伤，我心里就受不了了。"龙大章问："你是不是后悔了？"朱丽雅点了点头："有时间陪我上玉龙雪山走走吧。"龙大章问："为什么去那儿？"朱丽雅说："我们的工作比想象中的危险多了，我们来到这个世界上，什么也没享受过呢。我听孔雀姐说玉龙雪山有着凄婉悲伤的殉情故事，我要去那里求得心灵的安慰。"

龙大章说："我们现在哪有精力谈什么情啊？龙城的鸡血麻神案还没有破获，'东北新干线'还没瘫痪……"

郝子强突然出现在他们面前："龙大章，你可真能耐了！"龙大章和朱丽雅吓了一跳，站了起来："你？"郝子强恨恨地说："龙大章，姜美祺对你一往情深，没想到你现在成了这个样子。"龙大章说："子强，我们借一步说话。"说完，不由分说，扯起郝子强向不远处的一个胡同里走去。

月光拉长了两个人影。龙大章说："怎么找到我的？"郝子强说："美祺和小晴说起过你，说你变成混蛋了，居然是真的！"龙大章说："别说我。说说你为什么在凤城，为什么和毒贩子搅在一起。"

郝子强声音低沉："一言难尽啊。我本来是到凤城培训风险投资的，有两个学员本来就是毒贩，赚了点儿钱，做风险投资赔得倾家荡产，一气之下，他们绑架了我，让我去给他们交易毒品和枪支。"龙大章问："为什么不报警？"郝子强说："他们把我看得死死的，我没机会啊。昨天让你们给冲散了，我才得以脱身。哎，你救了我，但为什么对我那态度？"

龙大章说："这你就别问了，很危险的。赶紧绕道回龙城去吧，小晴等着你呢。以后，不要跟任何人说起在这里见过我，包括小晴，能答应吗？"他拿出武玉鹏的照片："把这个照片秘密地交给美祺的爸，他就会明白的。"

郝子强问："我想知道你被开除后到底在这儿干什么？你是不是成了坏人？"龙大章说："子强，身边坏人、小人多多，我能独善其身吗？记住我的话，快回龙城去。"郝子强疑惑地看着龙大章："能……能借我点儿钱吗？我现在身无分文了。"

龙大章从包里拿出一沓钱交到郝子强手里，推他走出了胡同口。直到看不见郝子强的身影，他和朱丽雅才转身向住处走去。

凤城的月亮时隐时现，月光照在龙大章居住的楼上。二人走到门前，朱丽雅正准备拿钥匙，龙大章从包里拿出五根钢丝，试了几下才打开了门。龙大章打开电视机，把那五根钢丝认真地打磨着，朱丽雅坐在旁边无声地看着。

　　钢丝终于打磨完了，龙大章走出屋门，锁上暗锁，用那几根钢丝开起锁来。门很快就被打开了，龙大章看了看时间，又坐下来认真打磨起钢丝来。朱丽雅会意地点了点头，把电视的声音开得更大了，还不时议论几句剧情。

　　龙大章用那五根钢丝反复地试着，终于跟用钥匙开门的速度一样了。他满意地把那五根钢丝收好，穿上了一身夜行衣，戴了一顶帽子，默默地向门口走去。朱丽雅跟过去，被龙大章推了回来，门轻轻地关上了。

　　朱丽雅站在窗前，从窗帘的缝隙向外望去，见龙大章消失在夜色中，脸上掠过一丝担忧……

　　在一个休闲会所里，刘大侃和武玉鹏微闭着眼躺在足疗床上，两个女足疗师在给他们做按摩。刘大侃一挥手，两个足疗师退了出去。他把一沓票子扔给武玉鹏："昨天的活儿干得不错，有时间你领小龙他们去潇洒潇洒。"武玉鹏说："大哥，我总觉得小龙这小子和咱们不是一条道上的车。"刘大侃问："怎么的？"

　　武玉鹏说："昨天打劫黑道，有个小子没跑，我要杀了他，张小龙愣是不让。后来，我看那小子的眼神儿，好像认识张小龙，会不会坏了咱们的事儿啊？"

　　刘大侃说："张小龙不杀人，说明他还有人性，不是坏事儿。我们虽然是坏人，但也愿意和好人交往，也要讲人性嘛。人要是都像大黑猫那样没了人性，相处起来就都没有安全感了。像你我，还能这么坦诚地躺在这儿吗？"

　　武玉鹏说："大哥，为什么总提大黑猫？我不是他，我就是你的马前卒。"刘大侃笑道："哈哈哈，识时务者为俊杰。小龙是讲义气的，你是识时务的，有了你们俩，大哥我高枕无忧了。"武玉鹏问："大哥，你了解小龙吗？"

　　刘大侃说："他一直在我的监控之中。那小子白天跟咱们混，晚上有时领着未婚妻去逛会儿街，在家就是看电视里的警匪片儿，还没发现他和别人有联系。鹏哥，和我说说鸡血麻神的事儿呗？"

　　武玉鹏说："鸡血麻神啊？大哥，你问我就问对了，鸡血麻神就是老弟我偷出来的。你要是真有兴趣的话，有时间到龙城一见？"刘大侃说："龙城？

兄弟，这么大的烂摊子，我哪儿有时间去龙城啊？"

刘大侃一听武玉鹏让他去龙城，心里就犯嘀咕。他背着老大溺死了老大的铁杆儿兄弟大黑猫，去了龙城，只怕老命不保。虎落平阳遭犬欺的道理他还是明白的，离开了根据地，他就成了任人宰割的小绵羊了。

凤城通达物流公司，一轮圆月留下两个保镖在外面巡逻时拉出的斜长的影子。

保镖乙说："中秋节了，也不放个假，这个破大楼有啥好看的？"保镖丙说："在这儿干活儿，有白天没晚上的，少说话吧。"保镖乙说："也是，谭四儿跟了老大那么多年，染上毒瘾还是被绑在床上没人管，像个可怜虫。"保镖丙说："我们就这个命了，自己照顾自己吧。"

一个黑影躲过保镖进了办公大楼。保镖乙说："好像有人进了楼呢。"保镖丙说："一惊一乍的，还没喝酒呢，就胡说了。咱俩也整点儿酒喝去吧。没人疼的苦瓜蛋子……"说着，俩保镖进了一楼，拿出酒和熟食。

刘大侃的办公室门慢慢地打开了，一个黑影闪了进来，用一个微型手电照着，摸索着向那个牛头而去。那个黑影用手慢慢去摸那个牛头，牛头慢慢地转着，转到大半圈儿时，突然警铃大作……

外面传来两个保镖的喊声："不好了，有贼啊！"手电乱晃，两个保镖从一楼屋里冲了出来，跑进电梯，按下了"10"。

刘大侃办公室，那个黑影迅速地转回牛头，闪出门外，带上了门，向楼道另一端的附属楼梯奔去。后续的几名保镖一窝蜂地从主楼梯向十楼涌来。那个黑影敏捷而从容地从附属楼梯向下走去，却发现有两个保镖从附属楼梯上来了。那个黑影从后面的一扇窗跳了出去，几个箭步跳出了公司的大墙。后面传来一片叫嚷声："抓贼啊——"

会所里，休息得很好的刘大侃心满意足地起身穿衣服。武玉鹏也赶紧穿衣服。这时，保镖甲慌慌张张地进来了："大哥，不好了，出事儿了！"刘大侃不悦："慌慌张张的，成何体统，说。"保镖甲说："大哥，谭四毒瘾发作，按您的命令，我们把他铐在了床上，但没锁住，他自残后跑了。"

刘大侃还没答话，手机响了。他接起电话："啥？……办公室进贼？你们倒是抓啊！……好，守住大门，我这就到！"他放下电话道："真是祸不单行，你们还愣着干什么？跑了的赶紧找啊，不要让他落在公安的手里，他知道的事儿太多了；来了的赶紧抓，不要放走一个喘气儿的。"

武玉鹏答道："是。"刘大侃说："鹏哥，顺路叫上张小龙，他身手利落。"武玉鹏答应一声，向外跑去。

寂静的住宅里，朱丽雅焦急地向外望着，不时地看着手机。这时，她远远地看见一辆汽车疾驶而来，车一停，跳下几个人来。朱丽雅愣了一下，回到卧室。

武玉鹏使劲地敲门："小龙，小龙，要干活了，快起来！"朱丽雅在门内，假装刚被吵醒的样子："谁啊？半夜三更的也不让睡个安稳觉。"武玉鹏在门外喊："李大妹子，是我。"朱丽雅说："是谁也不好使，大过节的，也不让人睡个囫囵觉，啥破公司啊？我们小龙不稀得（愿意）干了！"武玉鹏急道："弟妹，鹏哥真的有要紧的事儿啊！"朱丽雅说："小龙他喝二了，起不来啦。就是天塌下来，他也没法儿站着给你开门了。"武玉鹏吼道："醉死也不行，刘大哥等着他呢！"

朱丽雅焦急地转着圈儿，搓着手，望着空空的床铺。她快速地把被子打开喊："张小龙——小龙，你个猪，喝这么多马尿干啥？起来啊！你倒是起来啊……"朱丽雅还没说完，就见龙大章穿着一身夜行衣站在她身后。

龙大章迅速换了衣服，又从柜子里拿出一瓶酒，连喝带洒地灌了起来。

门被敲得山响，武玉鹏大声喊："再不开门，我可要把门卸下来了啊！"朱丽雅打开门，武玉鹏带人冲了进来。龙大章一脸醉态地从床上坐起来，醉眼蒙眬地看着武玉鹏："干……啥呢？抄……家啊？鹏哥……脸还肿吗？"

龙大章带着满身酒气跟着武玉鹏来到公司，又来到凤城一处住宅，眼前的场景让龙大章转过头去吐了起来。简陋的卧室里，遍地是血，床上是一只被砍断了的手，向人们无声地诉说着什么。

刘大侃冷冷地对武玉鹏说："谭四儿是我最优秀的小弟。我说过多少回了，在我们公司不允许任何人吸毒。鹏哥，你来了有些日子了吧，你是怎么管理的？"

武玉鹏低头说："大哥，是我失职，是我失职。"刘大侃突然大声地吼："找人去啊！找不回来你也别回来见我！"武玉鹏垂头丧气地说："找到了怎么办？"刘大侃说："让他上'那面'（指指地下）吸去。这样的人活着，害人害己。我最恨的就是这样的人！"武玉鹏点头答道："我明白。"说完，向外跑去。

刘大侃火气正盛，保镖乙进来了："大哥，进你办公室的那个贼没有抓到。"刘大侃一个大嘴巴拍在保镖乙的脸上："一群废物！"他转身笑眯眯地问龙大章："小龙，你说贼半夜三更的进我办公室想得到什么呢？"

龙大章低头答："我想是钱吧……人为财死，鸟为食亡，谁也逃不出这个怪圈儿……"话没说完，"哇——"地吐了一大口。刘大侃皱着眉头看了龙大章一眼："没少喝啊，回去休息吧。其他人，继续找！"

龙大章向刘大侃挥手道别，独自一人歪斜着向一个胡同走去。在胡同里，龙大章被什么绊了个跟头，险些摔倒，地上传来哼哼声。龙大章小心地回过身来仔细看着，见地上躺着一个人。龙大章问："喂，你是谁？你怎么了？"

谭四痛苦道："我受伤了，救我……"龙大章一惊，把地上的人扶起来，借着微弱的手机光亮，发现是谭四。他断了一只手。龙大章紧皱眉头，放下谭四，朝街边跑去，向出租车招手。

朱丽雅坐在椅子上焦急地等待着，不时地看着手机上的时间。锁响了，龙大章开门进屋，身上沾满了血，吓了朱丽雅一跳："你？"龙大章手向上一指："对……对不起，我喝……多了，摔了个……跟头，回来晚了，夫人……别生气好不好啊！"朱丽雅大声呵斥道："以后不许灌那么多猫尿！死那屋睡觉去！"

龙大章跟着朱丽雅向卧室走去，"嘭"地关上了门，打开了电视，小声地说："那年轻的保镖谭四染上了毒瘾，为了找毒品，砍断了自己的手。刘大侃怕公安知道，要除掉他，结果人被我救了。"

朱丽雅感到不可思议："为了吸毒，自己砍断了手？"龙大章沉痛地说："要不是亲眼所见，我也不信。这疼痛岂是常人能想象的？缉毒工作责任重大啊！你要尽快通知李大哥，把谭四秘密接走，他应该知道不少情况。"朱丽雅点了点头："刘大侃办公室情况怎么样？"

龙大章说："我转了那个牛头，那是个报警器开关啊。"朱丽雅感到奇怪："孔雀白天试过，能打开密室啊！"龙大章问："她是怎么拧的？"

朱丽雅拿茶杯比画了半天，龙大章恍然大悟："我明白了，应该逆时针转。"朱丽雅问："武玉鹏堵着门找你时，你是怎么进屋的？"

龙大章把阳台门锁上，用五根钢丝演示了一下。朱丽雅说："我明白了，快把脏衣服脱下来吧，我给你洗洗。"龙大章脱下衣服，朱丽雅默默地看着龙大章身上的鞭痕。突然，朱丽雅一头扎到龙大章怀里，头埋着，一动不动……龙大章拢着她的头，表情复杂地看着这个与他朝夕相处的战友，轻轻地推了一下。

朱丽雅头扎得更紧了："不，我今天要睡在你床上。"

龙大章低声地说："丽雅，现在不是谈感情的时候，我们还有很多事情要做。天就要亮了，有时间，我们去你向往已久的玉龙雪山，那里或许也有秋天的红叶。"

朱丽雅点了点头："好吧，想到这无尽的紧张日子，我还真有点儿想家了。我喜欢龙城的秋色，秋天枫叶的红色……"

没等说完，朱丽雅在龙大章身边幸福地睡着了，龙大章起来给她盖上了被子，向另一个房间走去。

3

龙城龙山森林公园，阳光照在深秋的枫叶上，发出一片耀眼的红色。姜长庚和敖拉倚穿梭在红叶之中，脸上冒着细汗。

姜长庚给敖拉倚擦汗："时不我待啊，念书时，我们爬龙山，一口气能走二十几里山路。"敖拉倚感叹道："是啊，时过境迁了。"姜长庚说："你总是这么消沉，我叫你来，就是想让你高兴一下。"敖拉倚手里捻着一片红叶："我想，我的青春正如这片红叶，美丽的日子不多了。"

这时，一辆黑色的奔驰车从山下驶过，姜长庚的目光随着车移动。敖拉倚问："谁的车？"姜长庚答："直帆的。"敖拉倚说："听小艺说，他和美祺有了进展。"姜长庚说："是啊，他在猛追。"敖拉倚问："正合你的意？"姜长庚点了点头："他们是同学，我希望他们能成。但是，想了想我们的过去，我会尊重美祺的个人意愿。"敖拉倚问："听说那个龙大章也在追美祺？"姜长庚点头："是啊，美祺心里过去只有龙大章。可是，出了一趟门儿，回来就再也不提龙大章了。"敖拉倚奇道："为什么呢？"

秋风吹起片片红叶，公路上的车载满五颜六色的收成。赵直帆开着黑色的奔驰车行驶在去碾盘沟的路上。姜美祺坐在副驾驶的位置上，用照相机不时地拍着窗外的风光。白小艺坐在车内不时地发出赞叹和惊叫声。她对每一片树叶都感到新奇。

车子在一片枫树林边停了下来，姜美祺跳下车，兴奋地拍了起来。白小艺穿着雪白的风衣，摆着各种姿势让美祺给她拍照。赵直帆说："美祺，坐下歇一会儿吧。"姜美祺停止了拍照，在土坡上坐了下来。白小艺问："大姐，你为什么这么喜欢红叶啊？"

姜美祺说："怎么跟你说呢？红叶象征美好的爱情，'红叶经霜久，依然恋故枝'。红叶象征英雄本色，'书中夹红叶，红叶颜色好。请君隔年看，真红不枯槁'。红叶象征奉献精神，'落红不是无情物，化作春泥更护花'……"

赵直帆打趣道："调子起高了，欣赏不了。"白小艺说："大姐，你这么一说，我都爱上红叶了。"姜美祺感慨道："看啊，夕阳如火，枫叶如丹，层林如染，艳如赤锦，灿若彩霞，不美吗？只是不知南国有没有红叶……"白小艺说："我只知道南国有红豆，又叫相思豆。我明白了，大姐是借红叶思人。"姜美祺瞪了小艺一眼："就你明白。"

赵直帆接过话茬："姜大小姐，南国连霜都没有，怎么会有红叶呢？别浪费感情了。"姜美祺没有说话，向远处的夕阳望去，那里残阳如血……

4

一辆旅游大巴在大西南深秋的绿色里穿行。车子驶入了盘山公路，映入视野的是繁花绿草和蓝天白云。玉龙雪山那皑皑的白雪，银雕玉塑般，仿佛要刺破蓝天。车内，导游绘声绘色地讲着玉龙第三国的传说："玉龙雪山是纳西族人心目中一座神圣的山。这里让人无限崇敬的十二欢乐峰，是纳西族痴情男女殉情的神山。传说，在那里，遍地开满鲜花，没有痛苦忧愁；在那里，'白鹿当坐骑，红虎当犁牛，野鸡来报晓，狐狸做猎犬'；在那里，有情人可以自由结合，青春的生命永不消逝……"

朱丽雅如醉如痴地听着，孔雀若有所思地听着，刘大侃眯缝着眼睡觉，龙大章向后排走去。导游的讲解让龙大章想起了姜美祺，要是美祺在身边该有多好啊！玉龙雪山殉情谷里透露的不仅是悲情，更是纳西人独有的文化。他无暇品味导游的讲解，他有更重要的事要做。

游客如织，龙大章和朱丽雅相拥着走在玉龙雪山上，远处隐约传来了纳西族的歌舞声。朱丽雅靠在龙大章怀里，静静地听着。

龙大章看了一眼远在后面的刘大侃等人："素梅，想什么呢？"朱丽雅愣了一下："小龙，你说真有玉龙第三国吗？"龙大章说："那只是痴情的男女对美好爱情的向往和无力的抗争罢了。"

朱丽雅说："要是真有该多好啊！"龙大章问："要是真有，你有殉情的对象吗？"朱丽雅说："有啊，远在天边，近在眼前。"龙大章说："我可没你那么傻，我要好好地活着，有这么好的世界、这么好的生活等着我们呢。"朱丽雅问："我要是强拉硬拽，非要把你留在玉龙雪山上呢？"

龙大章说："别开玩笑了，玉龙雪山再好，也没有北国的红叶。这个可爱的世界，不能有毒品和抢掠，我们的任务是守护安宁与和谐，不能让金三角的毒品、自制的枪杆武器打破社会的和谐。你不是着急回去吗？我一定让你看到明年的红叶。"

李文勇路过龙大章身旁，顺手把一张纸条悄悄地塞给了龙大章。龙大章悄悄地看纸条——"四已秘转。查网络，找毒源，觅工厂。"

龙大章把纸条撕碎了，向山顶望去。朱丽雅说："小龙，我现在突然有一个想法——我不太想马上完成任务了。"龙大章笑道："你个叛徒……"朱丽雅用拳头往龙大章身上打，他们二人现出了久违的笑容。

龙大章和朱丽雅从雪山上下来时，发现刘大侃、孔雀和武玉鹏正站在山下用望远镜向远处望着，便问："大哥，你们怎么不上山上啊？"刘大侃说："我不信传说，只信这个。"他做了一个用手捻钱的动作："小龙，看我们的大西南怎么样啊？"龙大章说："绿茵和白雪结合得这么完美，着实让人感到惊喜。"

刘大侃说："想当年，吴三桂从东北追击李自成的部队，一路追到大西南。没想到，他竟然相中了这个四季如春的地方。这让我很受启发，东北和西南永远在一条线上。小龙，你的家乡现在会是什么样子？"

龙大章向东北方向望着："白雪皑皑，草木凋零，到处是连绵的雪山。"刘大侃问："比不上这人间天堂吧？"龙大章叹道："锦城虽云乐，不如早还乡。我的地狱，你的天堂。"

刘大侃问："想家吗？"龙大章点了点头："怎能不想呢？可是，我不能回去……"

5

两个月后，姜美祺的思绪从花团锦簇、绿茵如织的凤城快速地切换到了白雪皑皑、草木凋零的塞外龙城。

龙城晚报多功能厅，主席台上方的液晶显示屏上"龙城晚报社与各界读者庆祝二〇一二年新年联谊会"的字不停地闪动着。主席台下，用会议桌围成了一个表演区，会议桌上放着各种食品。人们坐在椅子上，高兴地吃着水果、喝着茶。

陈立言迈着方步走上主席台："尊敬的各位领导、社会各界读者代表，亲爱的报界同仁们，你们好！（掌声）春夏秋冬，花开花谢，风霜雪雨又一年；云卷云舒，此消彼长，熙熙攘攘又一年。《龙城晚报》陪伴着热心读者们度过了二〇一一年，时间的脚步又将我们带入二〇一二年。今天，我们欢聚一堂，共话成功的喜悦和真诚的友谊，在这个美好而快乐的日子里，我们的主题有三个：表彰、暴撮、狂欢。（掌声）读者的订阅就是对我们新闻人的最大奖赏，首先，我们有请《龙城晚报》订报大户龙城实业集团董事长那顺先生为获得全国晚报新闻一等奖的姜美祺颁奖。”

姜美祺和那顺从两侧走上主席台，那顺为姜美祺颁奖，全场报以热烈的掌声。姜美祺微笑致谢后要走下主席台时，赵直帆突然出现在主席台下，大声地说：“美祺，且慢，主题还有一个！”全场人都愣了，转着脖子、瞪着眼睛向赵直帆看去。

赵直帆走上主席台：“我宣布第四个主题——我，赵直帆，在姜美祺获奖的日子，郑重向她求婚！”他单膝跪地，向姜美祺献上一束鲜红的玫瑰花。

姜美祺的脸一下子像红布一样。她愣在主席台上，看着赵直帆火辣辣的目光，一动不动。赵直帆执着地举着。陈立言向姜美祺使了个眼色，姜美祺才接过了那束玫瑰。人们愣了一下，继而报以更热烈的掌声和呐喊声：“姜美祺，嫁给他！姜美祺，嫁给他……”

元旦的龙城大街上，人们哈出了一团团冷气，树上垂着白色的树挂，成就了一个银色的世界。郊外的大道，一辆辆满载货物的汽车飞驰而过。

姜长庚站在办公室的窗前，向远方凝望着。周至祥进来问：“姜局，这么大的雪还要查车啊？”姜长庚说：“这是二〇一二年的第一场雪，为了大家的安全，我们要配合好交警查车。”

那处豪华住所，神秘人和金疤瘌对坐在围棋桌前，桌上放着两杯热茶，棋盘上布满了黑白棋子。金疤瘌落下一子，又要悔棋，神秘人说：“疤瘌，这落子无悔的规矩你明白不？”金疤瘌说：“明白，只是我要是不悔棋，就又要让你围死一大片了啊。”

神秘人问：“疤瘌，知道你为什么总输吗？”金疤瘌说：“请大哥指教。”神秘人说：“因为在生死和利益上你总是分不清谁重要。牺牲小的利益，是为了换取更大的利益。新的一年就要到来了，我们的事业也该有些起色了。”

金疤瘌说：“大哥，按照你的部署，‘东北新干线’一路顺风，新进的货物估计马上就会抵达各地。”神秘人说：“疤瘌，你跟了我大半辈子，你了解‘东北新干线’的含义吗？”金疤瘌说：“大哥，不就是个组织代号吗？”

神秘人摇头：“理解得太肤浅了。清朝初年，明末名将吴三桂‘冲冠一怒为红颜'，从东北打到大西南，敢与清廷分庭抗礼。民国初年，日本上层设计从东北和西南两个方向占领中国，他们知道，东北和西南贯通了，占领整个中国也就成功了。我们的'东北新干线'并不是个代号，也不是麻将里的和牌方式，它是一个实实在在的工程。我们要贯通南北，辐射全国，形成一个现代化的地下经济王国。"

金疤癞遗憾地说："大哥，我真听不懂。（收起棋子）我想，我还是去收货吧。"

龙城东郊，鲁运一身冬装，从一辆汽车的底盘底下钻了出来，满脸都是尘土，羽绒服的后背上留着两道被滑轮擦过的痕迹。李明乔说："你疯了？鲁哥。这一天，车已经查过几百辆了。我们就是协助交警查车，有必要那么认真吗？我们撤吧。"鲁运一边拍打身上的残留物，一边朝驶来的一辆货车举停车牌："受人之托、忠人之事，还得查。"

旁边，周至祥比比画画地在向姜美祺等记者介绍情况："在这二〇一二年第一场雪里，我们各警种配合，让群众过一个踏实的冬天……"

一辆小厢货徐徐停在了杆前，鲁运迅速跑上前去检查。鲁运问："哪儿来的？拉的什么？"司机答道："凤城，普洱茶。"鲁运问："有货单吗？"司机答道："有。"鲁运问："货送哪儿去？"司机答道："货主一会儿告诉我。"

鲁运拿起几包普洱茶仔细掂着，又拿起货单仔细看着。李明乔把警犬牵过来闻着。那警犬围着厢货显得特别兴奋。鲁运看完后，一摆手，放那辆车过去了。李明乔说："哎，怪了，鲁哥，这辆车好像不太正常，怎么不查了？"鲁运小声而神秘地说："众里寻他千百度，那人却在灯火阑珊处。凤城那么远，拉那么点儿货，利润还不够油钱呢，除非货主有病，就是他了，秘密跟上他，千万不能让他察觉。"李明乔问："为什么不拿下他？"鲁运说："他就是个开车的，什么都不会知道的。"李明乔点头："噢。"

小厢货行驶着，李明乔开车跟了上去。那辆小厢货七拐八拐的，最后在东郊一个仓库前停了下来。看库房的老龙头迎了过来。司机问："大叔，货主是让把茶叶交给你吧？这是货单，请签收。"老龙头问道："什么货？"司机说："茶叶。"老龙头和司机把货物搬到屋里，清点了一下数量，老龙头在货单上签了字，司机扬长而去。

李明乔等警员在不远处的车里看着，没有声张，开车离去。

伏龙区刑警大队队长室，姜长庚吸着雪茄烟，耐心地听着鲁运汇报："根据他的运货量、单包重量以及警犬的表现来看，那辆小厢货里有我们要找的毒品，还应该有仿六四式手枪之类的东西。"

姜长庚问："监视仓库的情况怎么样？"鲁运说："我们安排了三班人马，二十四小时不间断地监视。目前，除了那个看门儿的老龙头，并没有人接近仓库。"姜长庚说："老龙头，他好像是龙大章的父亲吧，难道……这样吧，继续监视。"

周至祥似乎在门口闪了一下。姜长庚压低声音："鲁运，这次行动一定不能轻举妄动，你要全权负责，只向我一人汇报，注意保密，弄好了有可能打掉龙城的涉黑组织，你明白吗？"鲁运答道："明白。"

龙城东郊的仓库，老龙头在来回地走，仓库来了一个喝得醉醺醺的年轻人："我刚才看见卸了一车货……是上好的普洱茶？我想买一包。"老龙头说："茶叶倒是有，但我不能卖，主人不在。我就是个看库房的。"年轻人蛮横地说："你卖也得卖，不卖也得卖，劳资（老子）……今天就相中你的茶叶了。"

老龙头不理那个年轻人，那年轻人照着库房的门踹了两脚。老龙头气道："你这人，怎么不说理呢？"年轻人说："我……揍死（就是）不说理了……怎么着吧！"照门上又踹了两脚。老龙头气得拿起电话要报警。年轻人马上按住老龙头的手，满脸赔笑："老人家……我喝多了，逗泥（你）玩儿呢，不卖拉倒吧……"年轻人说完，斜斜歪歪地走了。对面的楼房里，李明乔要冲出去，鲁运按下了他的肩膀。鲁运朝库房盯了好半天，再也没人靠近那个库房。

那处豪华住所内，神秘人背着手在阳台上站着。金疤癞进来得意地说："大哥，经过我们的试探，库房那边没有任何动静，公安应该是没有察觉，我们是不是太谨慎了？让他们提货吧？"神秘人说："小心驶得万年船，再去试试。你过来，我告诉你……"金疤癞附耳过来，神秘人在叮嘱着什么，金疤癞连连点头。

　　冬天的太阳照着城市的街道，过往的车辆和行人都带着一团雾气。龙城东郊某仓库外，依旧那么冷清，只是多了一个卖烤红薯的。李明乔等人在对面的楼房向下望着，看库房的老龙头儿穿着个假军大衣无精打采地来回走动着，不时地搓搓手。他看看没啥情况，也走了。

　　神秘人在近处一栋房子的阳台上看着过往的车流。金疤瘌上气儿不接下气儿地跑上来："大哥，试过了，周围没有任何反应。说明根本没人在意那个库房。"神秘人问："周围有什么变化？"金疤瘌说："现在这天气，外边没啥人，就一个卖烤红薯的。"神秘人回过身："好，快速接货。"

　　库房外的胡同里，金疤瘌带着两个人疾步向库房走去，离鲁运越来越近，鲁运嘴里喊着"烤红薯，热乎的烤红薯"。神秘人狐疑地看着窗外自言自语："烤红薯的？以前那儿没烤红薯的啊！"疑惑间，神秘人腰间的电子显示器亮了……

　　金疤瘌走到库房附近时，电话响了，里面传来："疤瘌，让你办的事儿缓缓再说吧，在帝豪给我留个单间儿。"金疤瘌放下电话，表情凝重地向烤红薯摊儿走来。他嘲讽地扔下五十元钱："老板，来两个大点儿的地瓜，钱不用找了。这大冷天的，不容易啊！"金疤瘌等人拿着烤红薯走了，鲁运在寒风中跺着脚。

　　伏龙区刑警大队队长室的灯还亮着，姜长庚正在看案卷。鲁运进来说："姜局，东郊仓库的货还是没人去取。"姜长庚一脸疑惑："不对呀，要是茶叶春节前正是销售旺季，总该有人取货卖货啊，看来是走漏了风声。"鲁运说："我也是这么想的，昨天有个酗酒的年轻人在那儿闹事，今天有两个人跑到我的烤红薯摊子上，东拉西扯的……"

　　姜长庚问："你们没有暴露吧？"鲁运答："绝对没有。后来……又冒出三个买烤红薯的，很可疑。他们走后，我仔细回忆了一下，掏钱的那个人像是在哪儿见过。"姜长庚皱着眉头说："采取外松内紧的策略。再过一个月就过春节了，偷偷留下一个精细一点儿的人看着，其他人撤回来。"

　　清冷的街道，流淌的车灯，与帝豪会馆形成了鲜明的对比。在灯光昏暗的包间内，有两个人对饮着，屋里的烟雾让彼此看不清对方的脸。

神秘人把刚吸了一口的中华烟捻在烟灰缸里："场子上的一些事，老弟，你还得帮我。"那个人小声说："就是场子上的事儿吗？"神秘人声音很低："别的事儿你也得帮我，谁让我们是哥们儿呢。"

那个人盯着神秘人看了看，一字一顿地说："我已经帮你很多次了。"他把脸伸过来低声说："我不帮你，十七年前你就栽了；我不帮你，刚才你的人就落网了……"

神秘人说："这些，我都明白。"他把一个信封推了过来。那个人把信封推了回去："老大，如果你真的可怜小弟，我只希望从此咱们各走各的道，就当此生没相逢过。"神秘人诧异地说："生分了。有个词叫互通有无，殊途同归。"

那个人说："有个词叫'道不同，不相为谋'。警是警，匪是匪，咱们不是一家人，不能硬往一块儿扯！"神秘人笑了："开弓没有回头箭！"那个人也不示弱："浪子回头金不换！""呵呵"，神秘人冷笑了一声，喝了一杯红酒转身走了。那个人阴冷地看着他，挠了挠头，把一杯红酒灌了下去……

神秘人回到那处豪华住所，金疤痢马上迎过来："大哥，你可回来了。"神秘人问："有什么事情吗？"金疤痢神秘地说："大哥，西南方面以很多事情由大黑猫经手为名，拒绝报告网络开展及经营情况。"神秘人问："武玉鹏不是已经接替了大黑猫的工作，坐了第二把交椅吗？"

金疤痢一脸无奈："据武玉鹏说，他名义上是公司的二把手，但刘大侃并没有把他当回事儿。我们要不要让武玉鹏取代了刘大侃？"

神秘人端起一杯茶："不拿他当回事儿，武玉鹏还能多活几天，局面还能稳定几天。我们鞭长莫及，让武玉鹏取而代之？说得轻巧，就他那智商？疤痢，一时半会儿，刘大侃还不敢公然和我对抗。为了'东北新干线'的发展大计，告诉武玉鹏，是龙盘着，是虎卧着，摸清情况，从长计议。"

6

凤城通达物流公司，刘大侃焦躁地坐在椅子上，武玉鹏立在前面，龙大章漫不经心地坐在沙发上摆弄手机。

武玉鹏低着头说："还没有消息，要是栽了，可是个大跟头啊！"

刘大侃故作沉着地说："是福不是祸，是祸躲不过。"

这时，龙大章的电话响了："你说什么……顺利到了？好，好，太好了！"刘大侃赞赏地看着龙大章，又不是好眼地看着武玉鹏："鹏哥啊鹏哥，你看人家。你说你，还会不会给我整个光溜事儿啊？手下谭四儿跑了两个多月了，不知去向；我的办公室进人了，你一无所知。你的脑袋到底还想不想吃饭啊？"武玉鹏嘀咕道："大哥，我看那贼就是谭四儿。"

刘大侃不屑地拍了拍武玉鹏的肚子："我现在明白了，你这么大个肚子，里面全是大粪。你看看人家张小龙，安排的事就是地道，龙城那批货顺利入库啦——"

武玉鹏嫉妒地看着龙大章，龙大章看都不看武玉鹏一眼："大哥，实践证明，这种运货方式一年只要运输两次，根本不用天天担着风险。"刘大侃满意地点了点头："那就全铺开吧。从今天开始，东北、华北由张小龙负责。鹏哥，你给打下手？"

龙大章连忙摆手："现在全面铺开为时尚早，还得等等。"武玉鹏不太高兴地斜了龙大章一眼："大哥，我可是'大'哥的亲戚。"刘大侃眯着眼说："你是谁的亲戚也没用，我这儿不是国企，任人唯能。"

刘大侃说完，来到了通达物流公司的外面。阳光照着通达物流公司那奇怪的大楼，在楼后的阴影里，刘大侃大咧咧地歪在藤椅上。龙大章和武玉鹏在他对面站着，周围一片鸟鸣。

刘大侃小声问："小龙，龙城的货物真的没问题吗？"龙大章答道："大哥，放心吧。春节黄金周，车流量是平时的五倍，公安查不过来。这是全国人民的黄金周，更是我们的黄金周。"刘大侃得意地说："公安要过年，我们更要过年。好，大手笔，2012，开门大吉。"

龙大章悄声问："只是……大哥，如果此模式在龙城试验成功，就要在全国铺开，我们需要大量的货源，库存已告急，怎么办？"武玉鹏抢答道："小龙，这是你该考虑的事吗？大哥让你办你就去办，货源没问题。我们有自己的车间，可以加班……"刘大侃瞪了武玉鹏一眼，武玉鹏赶紧止住了，龙大章看了他们一眼，向外走去。

公司仓库外，几辆厢式货车排列整齐。龙大章走进仓库，指挥着搬运工们装运货物并做着记录。他来到一个秘密仓库，看见保镖们正在贴商标，就对一个保镖说："你这样包装不是正好给公安提醒呢吗？要从规格、重量、外包装上把它做的和其他货物一样，明白吗？白吃饱！"他把几件货扔了出来说："重新包装。"

刘大侃和武玉鹏坐在车里，看着龙大章忙碌的身影。刘大侃满意地点了点头："人才啊人才，二十一世纪最缺的是什么？人才！走吧，让这个年轻人忙着。元旦了，我们去休闲一下。只是，办公室那儿还不能松懈，不怕贼偷，就怕贼惦记。"

龙大章望着远去的车子，从通达公司走了出来。在凤城大街的拐角处遇见了朱丽雅："素梅，怎么在这儿？"朱丽雅小声说："小龙，我等你半天了。龙城方面反馈信息，至今没人取货。"龙大章问："是走漏了风声还是对手换了取货方式？"朱丽雅答道："他们也说不清。"龙大章沉思了一下："看来，龙城的水确实很深。我有个不祥的预感，对手会用出其不意的方式取走货物，打我们个措手不及，我们还在傻傻地等待……"

朱丽雅却轻松地说："小龙，没人取货也是好事儿，如果那么一大批毒品流入市场，危害也太大了。"龙大章说："是啊，所以我在努力找理由控制发货。刘大侃让我在全国铺开龙城模式，我以货源为由进行了推脱，这也是为了尽快找到毒品加工厂。"朱丽雅深情地看了龙大章一眼："要是我们能马上回龙城就好了。"

龙大章说："你现在又归心似箭了？来的时候，我们把任务想简单了，新的一年到来了，我们可能得打持久战了。丽雅，你先撤退吧。"朱丽雅问："你想让我当逃兵？"龙大章深沉地望着东北方："想当年，师傅用了三年的时间才摧毁'东北新干线'，我现在理解了。我想，我们的父母、亲人、师傅、同学、同事都翘首以盼，等着我们早日回去呢。"

朱丽雅没有吱声，二人向着东北的天空望去，那里苍茫悠远……

7

一辆轿车在龙大章的住所外停下，朱丽雅从孔雀的车上下来，挥手道别：“孔姐，谢谢你送我回来，明天我还陪着你去跳舞。”孔雀意味深长地说：“快去陪你那白马王子吧，心急火燎的，一日不见，如隔三秋了。”

孔雀的车开走了，朱丽雅挽着龙大章的胳膊走出了居住的小区。龙大章问：“素梅，李大哥那儿可有新情况？”朱丽雅道：“据谭四说，刘大侃在抢到孔雀后，曾带孔雀去游大观楼，受导游小姐讲解大观楼长联的启发，确定了毒品工厂的选址和密室内门的密码。”龙大章问：“谭四是怎么知道这些的？”朱丽雅答：“据说是刘大侃有一次喝多了，无意中说出来的。李大哥建议咱们去一趟大观楼，看能不能从那副对联中发现一些线索。”

龙大章左右看了一下：“我们这就去。”他又看了看朱丽雅挽着他的胳膊：“能不能松开我的胳膊啊？”朱丽雅嘴一噘：“不松，今天闲聊时孔姐说，咱们不像结婚的小两口。我问她怎么不像，她说，老色鬼刘大侃想听你们的情话，但一句也没听到。”龙大章一惊：“这说明刘大侃还在监听着我们。他对我们的怀疑并没有解除。”

孔雀为什么说这个呢？带着疑问，龙大章和朱丽雅来到了大观楼。

大观楼下，游人如织，灯火缤纷。滇池韵彩，西山鸣翠。龙大章和朱丽雅穿过涌月亭、凝碧堂、览胜阁、观稼堂等亭台楼榭，在垂挂于大观楼临水一面的门柱两侧的“古今第一长联”前停了下来，那是清代名士孙翁所做的一百八十字长联。龙大章顺口读道：“五百里滇池，奔来眼底，披襟岸帻，喜茫茫空阔无边。看东骧神骏，西翥灵仪，北走蜿蜒，南翔缟素。高人韵士，何妨选胜登临。趁蟹屿螺洲，梳裹就风鬟雾鬓；更苹天苇地，点缀些翠羽丹霞，莫辜负四围香稻，万顷晴沙，九夏芙蓉，三春杨柳。”

朱丽雅接道：“数千年往事，注到心头，把酒凌虚，叹滚滚英雄谁在。想汉习楼船，唐标铁柱，宋挥玉斧，元跨革囊。伟烈丰功，费尽移山心力。尽珠帘画栋，卷不及暮雨朝云；便断碣残碑，都付与苍烟落照。只赢得几杵疏钟，半江渔火，两行秋雁，一枕清霜。"

龙大章赞道："风光历史，寓情于景，情景交融，浑然一体，真是千古佳作。"朱丽雅叹道："此情此景，片刻欢娱，人间若无罪恶该是多好！"

龙大章用手机把对联拍了下来："素梅，从对联中看出点儿什么？"朱丽雅说："光顾欣赏了，没看出什么。"龙大章提示道："注意里面的方位词和数词。'东骧神骏，西翥灵仪，北走蜿蜒，南翔缟素'，或许刘大侃的制毒工厂就在其中一处山上，而里面的'四、万、九、三、几、半、两、一'或许就是密室的密码。"

朱丽雅恍然大悟："有道理。要是从中破解了刘大侃的秘密，我们就可以回家了。"龙大章说："是啊，过了元旦，新年就要到了，家乡在等待着我们，我们要早点儿回去……"

第十七章　佳节思亲，新春较量

1

　　二〇一二年元旦的钟声敲响后二十三天，农历的除夕夜到来了。节日的喜庆气氛笼罩着龙城和凤城，人们在忙着贴对联、挂彩旗、放鞭炮的同时，也增添了对远在他乡的亲人的一份牵挂。

　　龙城晚报社，保安把大幅的红对联贴在了门口。姜美祺背着相机从楼里走出来，迎接她的是赵直帆那醉人的笑容："美祺，你怎么总躲着我啊？春节了还不休息？我妈邀请你到我家吃午饭呢。"姜美祺说："那可不行，我还有个采访没有完成。"说完就向外走。

　　赵直帆紧紧追了上来："没你，这报社得关门吧？"姜美祺回身生气地说："总跟着我干什么啊？"赵直帆死皮赖脸地说："我不跟着你跟着谁呀？"姜美祺指着赵直帆的脑门儿："你说你，总让人措手不及，元旦那天整的是什么事儿啊，当着几百号人让我难堪！你真是太不靠谱了。"赵直帆理直气壮："我不这样你能答应吗？"

　　姜美祺说："我什么时候答应你了？我那是为了让你下得来台，不算。"赵直帆耍赖道："全社会、全报社的人都听见你答应了，你要始乱终弃啊？"姜美祺气道："哼！这还赖上了。我得去采访公安除夕执勤情况了，没时间和你瞎扯。咱们的事儿以后再说。"说完，向街口走去。

望着姜美祺的美丽身姿，赵直帆"啪"一拍大腿，哼着"骑马坐轿修来的福，推车担担他命该然"，美滋滋地向姜长庚家走去。

楼下响着稀稀拉拉的鞭炮声，姜长庚戴着围裙乐呵呵地忙这忙那，为一家人准备年夜饭。这时，响起敲门声，打开门一看，赵直帆拎着大包小包的东西进了屋，放下东西，寒暄几句，扬长而去。

姜美祺回来了，白小艺告诉她赵公子送年货来了。姜美祺看了看放在地上的东西说："该来的不来。"白小艺对着厨房喊："姜爸，能不能让敖拉老师过来和我们一起吃年夜饭啊？她一个人多孤单啊！"

姜长庚惊讶地探出头来："这事啊，我说了不算，你得问你大姐。"姜美祺说："别拿我打马虎眼了，我没你那么保守。"姜长庚说："小艺，你去请吧，我是请不来。"

白小艺开心道："好咧，我这就去。"说完，她蹦跳着下楼去了。姜长庚看着白小艺的身影，有了久违的笑容。姜美祺看了姜长庚一眼，走向卧室，向西南方望去……

外面响起了密集的鞭炮声。姜长庚一家人和敖拉倚快乐地坐在桌子旁边。敖拉倚的脸上也露出了久违的笑容。菜上来了，酒上来了，饺子也上来了。白小艺说："大家先别吃啊，新年新气象，新年新福气，我们每个人都要说一个新年愿望，才能吃饺子。谁不说，不能动筷子。"姜长庚高兴地说道："好啊，小艺，你给大家带个头儿。"

白小艺说："让我先说我就说。新年，我有两个愿望：一是我能顺利地考上大学，二是姜爸和敖拉姨能再续前缘。"敖拉倚不好意思地说："这孩子……"

姜长庚点头道："嗯，我爱听。美祺，你呢？"姜美祺推说："老爸先说。"姜长庚说："也行。我今年最大的希望是美祺第二次投胎，嫁个好人家。"

姜美祺说："爸爸，我不要好人家，我要好人。"姜长庚说："都一样。"姜美祺反驳道："不一样。"姜长庚笑笑："随我——犟，可是，美祺不出嫁，我们……不考虑婚事。小倚，你呢？"

敖拉倚深沉地望着姜长庚："我要说我想收回鸡血麻神，你不会不愿意吧？"

凤城的夜色在绿色中透着红红的喜气，外面阵阵的礼花和鞭炮像一簇簇报春花。龙大章笨拙地擀着饺子皮："丽雅，过年了，你跟着我受苦了。"朱丽雅吃惊地向天花板上指。龙大章笑了笑："春节往外接彩灯时，我'不小心'把那个传声器碰坏了，现在，我们是自由的啦！"朱丽雅说："太好了，我们再也不用那么压抑地生活了。"说着，她突然搂住了龙大章的脖子。

龙大章说："龙城第一批货顺利到达，公安没有查获那批货，对我们来说是好事，刘大侃已经不怀疑我们了。"朱丽雅把头埋在龙大章的怀里："那就赶紧搞到'东北新干线'的路线图，你好回去。"龙大章说："不是我，是我们。现在还不能急于下手，自从上次办公室出事后，刘大侃加强了警戒，想再进那个办公室太难了。另外，我们到目前还没有弄清他毒品和枪械的加工地点。缉毒缉枪，不光要治标，还要治本。"

朱丽雅叹气："唉，我是真想家了，找不见我，不知道父母多么担心呢！"说着，朱丽雅的眼泪流了出来。龙大章轻轻地推开朱丽雅，给她递上一张餐巾纸："丽雅，别着急，这活儿急不得。你知道咱师傅两次卧底卧了几年吗？前五年，后三年。"朱丽雅惊讶地说："八年抗战啊？那我都老了。"龙大章坚定地说："我们用不了八年……"

大年夜，那处豪华住所的桌上摆着丰盛的晚餐，神秘人却阴郁地向窗外望着，没有动筷，窗外响着密集的鞭炮声。

金疤癞走到神秘人背后："大哥，我们现在什么都有了，可为什么你一到过年就不大高兴啊。"神秘人说："我们有什么啊？除了钱，我们一无所有。小时候读古诗，有'每逢佳节倍思亲'的句子，现在是真正读懂了。"金疤癞说："是啊，我们打打杀杀地混了大半辈子了，还是孤独、恐惧地活着……"

神秘人猛地抬头盯着金疤癞："你跟着我后悔了？"金疤癞慌忙地说："大哥，没有啊。"神秘人说："世上没有后悔药，我们只有一条道跑到黑了。"金疤癞说："是，大哥，按照你的吩咐，鸡血麻神的事儿正在运作，敖拉教授对它很感兴趣。"神秘人点了点头："好，拖着她。过了年，先让武玉鹏和大侃联系一下。我们不能指望一棵树上吊死。"金疤痫说："我担心……"神秘人用手捏起一个饺子放到嘴里，阴沉地说："按我说的去做！"

金疤痫怯怯地问："大哥，这么多年过去了，你每年都不动筷子，每年都望着窗外，你在看什么？"神秘人叹道："唉，我在看什么？我在看我那可爱的小莲莲，希望有一天会她突然出现在我的视野里。一天不见到她，我就用这种方式等着她。"金疤痫说："大哥真是亲情的模范啊！"神秘人说："莲莲是大年初一的生日，常言说，初一的娘娘十五的官，她会生活得怎么样呢？"金疤痫说："应该……挺好的吧。"

神秘人伤感道："每年大年初一临近，我都彻夜难眠。我昨天看见一个残疾的女孩，那么冷的天还在步行街上要钱，听说要的钱都归了黑心的人贩子，我就更担心了。"金疤痫说："大哥，也许有一天，莲莲真的会站在你面前呢。"神秘人说："这样的梦，我做了十七年了。你不用安慰我，就算她站在我面前，我能认出她吗？她能认得我吗？有我这样的爸爸，她能快乐吗？"神秘人说着，饺子也不吃了，竟滴下两滴浑浊的泪来……

金疤痫赶紧转移话题："大哥，儿童福利院有个活动，你去参加吗？"神秘人说："福利院那儿我们能帮忙的一定要尽全力，像我养父母那样，对我比对自己亲生儿女好，有奶总是让我先吃，有新被也要让我盖。我这辈子想当这样的父亲，怕是没机会了。"金疤痫说："大哥，你前几天说领养孩子的事儿，我把莲莲小时候的照片给儿童福利院的领导看了，她还真上心帮着办了。福利院有个两岁的小姑娘，私生遗弃，据说长得和莲莲一样。"

神秘人喜道："真的？"金疤痫说："大哥，明天我陪你去一趟，你亲自看看。"神秘人说："疤痫，我就不去了，我受不了那场面，你去时多拍几张照片回来，我看了再定夺。"

龙年的大年初一，儿童福利院到处挂着彩色的气球。孩子们天真无邪地跑来跑去，笑语嬉戏，透着一种祥和喜庆的气氛。金疤痫背着相机，笑眯眯地抱着一个女童向会议室走去。他脸上挂着从没有过的慈祥和笑容："丫，来，我给你拍照片。"

会场的主席台上挂着"人间温暖照芽芽——社会团体新春义演"的横幅。金疤瘌把小女孩交给阿姨："小朋友，好好表演，一会儿大爷给你拍照。"小姑娘蹦跳地跟着阿姨向后台走去。他把一个红包投到捐助箱里，找了一个靠前的座位坐了下来。

台上，一阵欢快的锣鼓，催出一群天真的顽童，那小姑娘无邪地舞着、跳着。金疤瘌弓着腰、撅着腚给小姑娘拍照。这时，白小艺走到台上那群孩子中间，用甜美的声音报幕："各位领导、社会爱心人士和福利院的全体工作人员、小朋友们，小艺艺术团的演出开始了！"

金疤瘌相机的闪光灯在"咔咔"地闪着……

神秘人在电脑上看着金疤瘌传回的照片，一张张地仔细欣赏着。突然，他的眼睛一亮，站了起来："啊，这不就是我的莲莲吗？"金疤瘌看了一眼纠正道："大哥，她不叫莲莲，她叫党丽娜，小名娜娜。"神秘人说："太像了！太像了！我一定要领养这个孩子。"神秘人继续看照片，突然，他伸长了脖子，长久地注视着白小艺的照片——莲莲的照片、妻子的照片和白小艺的形象在他眼前闪来闪去。

金疤瘌关切地问："大哥，怎么了？"神秘人疑惑道："嗯？嗯……我是不是糊涂了，怎么看谁都像莲莲呢？（手指着）你看这个姑娘。"金疤瘌看了看："大哥，这是姜长庚的女儿白小艺。"神秘人头也没抬："是……不是。他是王彪的女儿！"金疤瘌说："大哥，她只是我们让老姜就范的一个砝码。"

神秘人"腾"地站起来，恶狠狠地说："从今天起，谁要是再敢打白小艺的主意，我要了他的狗命！"金疤瘌吓了一跳，小声地问："为什么？"神秘人说："以后我再告诉你，去办鸡血麻神的事儿吧。"

金疤瘌问："大哥，那领养的事儿啥时候办？"神秘人坐下来："我仔细看了，那个女童一点儿也不像莲莲，领养的事儿再说吧，命里无儿莫强求啊！"

金疤瘌疑惑地出去了。他跟了赫老大半辈子，还是猜不出这个反复无常的老家伙到底要出哪张牌……

2

南国的正月，花开的季节。闲下来的龙大章和朱丽雅却无心赏花，他们在等待着一个机会，可是，刘大侃从不给他们机会，大楼加了保安。

朱丽雅往餐桌上端着饭菜，龙大章拿着一把唢呐擦拭着。朱丽雅说："今年我们过了一个淡泊年。"龙大章附和："现在人情味淡了，人情味一淡，什么都淡了，尤其是我们生活在这种没有人情味的环境中。"朱丽雅问："大章，从你身上，我怎么看不出你想家的情绪呢？"

龙大章缓缓地说："我出生在龙乡的农村，每年在青草长出之前，都算是过年。每逢过年，我们不管多忙都要回家。我们家是祖传的皇家御用工匠，我父亲不仅是有名的木匠，还是有名的喇叭匠，这唢呐从腊月吹到二月二，那叫个年味十足。那年，他爬房梁摔坏了腰，工匠技术要失传，唢呐吹法也要失传。去年，他要把几十代积攒下来的木工秘诀传给我，我没有接，但接了唢呐。闲暇时，我要让乡亲们在唢呐声中尽情地扭起大秧歌……"

说着，龙大章吹起了唢呐曲《抬花轿》，那欢愉而滑稽的曲子从客厅里流淌出去，脑海里浮现出乡亲们扭起大秧歌的场景来。朱丽雅如痴如醉地听着，眼泪流了出来……

唢呐《抬花轿》响彻龙城广场，几百名群众在这欢快而热烈的曲子中扭起了大秧歌。这里扭得最带劲的是敖拉倚。她自然、流畅而夸张的表演引来很多人驻足观看。

到了龙城河西村，唢呐《抬花轿》的声音渐渐小到没有，姜美祺拿着采访本在村里采访民俗："龙大爷，现在村里没人组织秧歌队了吗？"老龙头叹气："村里连个年轻人的人影都看不着了，留守的都是老弱病残，没人组织了。我腰受伤后，也没底气吹唢呐了，就把唢呐传给了儿子龙大章。"

听到这个名字，姜美祺心中一动："大爷，我是大章的同学，大章春节没回来，也没打个电话来吗？"老龙头摇头，叹气道："没有啊。说是去南方做生意，赚不到钱就回来。这马上过二月二了，连个音信也没有，真不让人省心……"说着，眼泪已经流了出来。

姜美祺劝道："大爷，不说这个了，我这次来，是想了解一下民俗方面的事儿。你知道'二月二'的来历吗？"老龙头说："我知道一点儿，祖传下来的，'二月二，龙抬头'嘛。我找人算了，二月二之后，龙大章这条'龙'就能抬起头来了。"

老龙头张嘴大章闭嘴大章的，使姜美祺已无心采访。她从老龙头家院子里出来，远远地传来一群小孩儿唱打油诗的声音："二月二，龙抬头，天子耕地臣赶牛。正宫娘娘来送饭，当朝大臣把种丢……"

回到城里，在外面广场唢呐声的启发下，她在电脑里写下《农村，留守老人和孩子们的春韵》。

被唢呐声深深感染的还有神秘人，这个声音让他回到了六十多年前。

在破旧的村落里，一个秧歌队在唢呐声中扭得正欢。一个三十多岁的汉子扛着一个七八岁的小男孩（赫顺）在看秧歌，小男孩看到里面的《西游记》人物乐得前仰后合。赫老二赫利跑过来："爸爸，我想让你驮我看。"赫顺眼一瞪："不行，我还没看够呢。"赫利喊道："我就要看，就要看！"他一扯赫顺的脚，把赫顺扯了下来。赫顺一把把赫利推倒在地，捺着打了两巴掌。赫利坐起来一边哭一边骂："你个小日本儿，你给我滚回老家去！"赫顺一听，捂着脸跑了。那个汉子转过身来，给了赫利一巴掌……

金疤癞来到身后："大哥，你又在想什么？"神秘人说："唢呐这东西很奇怪，能吹出喜来，也能吹出悲来。同样的一首曲子，有人能听出喜来，有人能听出悲来。清明时，我要给父母和二弟去上坟，你好好准备一下。"金疤癞说："好，大哥。我们的货就永远不提了吗？"神秘人说："提啊，马上派人去。"他对金疤癞耳语一番，金疤癞点头而去。

晚春时节，东城库房外的地上是放过鞭炮的残红，两个年轻人正在收拾着库房。他们把一些啤酒瓶子等杂物搬了出来，把一些纸盒子等东西一捆，扔到了外边。这时，金疤癞装扮成收破烂的老头推着车、敲着锣走了过来，喊着："收破烂啊——"

库房对面的楼房内，李明乔迷迷瞪瞪地看了一眼"收破烂的老头"，漫不经心地发着短信。库房外，两个年轻人把纸盒子等物品放到了金疤瘌的车上。金疤瘌给了钱，推着车走了。拐角处，鲁运和李明乔挡在了车前。

鲁运笑眯眯地说："老人家，今天收获不小啊！"金疤瘌说："我不懂你说什么。"鲁运亮出警察证："我们是伏龙区公安局的，接到举报，说你车上有违禁品，让我们搜查一下吧。"金疤瘌急道："凭什么？我不同意！"鲁运说："你不同意？你肯定不同意，因为你害怕。搜！"

金疤瘌用手一拦："搜可以，可说清楚了，要是搜不出东西，你们得给我照样捆好，还得赔礼道歉。"鲁运点头："好，我答应你。"

鲁运和那名警员把金疤瘌收的破烂一点点打开，仔细查找，没发现任何毒品或枪支。他们只好狼狈地给金疤瘌捆着破烂儿……

伏龙区刑警大队，姜长庚看着《案情信息》读道："今年春节期间发生十几起烟花爆竹造成的伤亡案，多为非法储运、过期储运造成的，有关部门要加大侦办和宣传力度……"

鲁运带着一身土匆忙地进来了："姜局，从东城库房收废品的老头车上没有发现违禁品。"姜长庚沉思着："不对吧，他们如此沉得住气？"鲁运说："我们日夜监视东城库房，三个多月了，只有老龙头时常去看下门锁，一直没有其他人靠近那个库房。"姜长庚说："这就更说明这批货有问题。你想，进的茶叶，春节旺季不销售，难道等着淡季做广告吗？马上以检查烟花爆竹等易燃易爆品的名义，检查那批货。"

东城库房，老龙头正在库房前巡视。鲁运带着一名刑警来到东城库房门前，向老龙头出示了证件："我们是伏龙区公安分局的，例行检查一下你们的库房是否有易燃易爆品，请配合一下，打开库房门。"

老龙头拿出钥匙，打开了门。鲁运和那刑警走了进去，发现所有的货物整齐地放着，只是比原来少了十几包。鲁运仔细地检查着库房，突然，他发现后墙有一个洞是新砌上去的。鲁运眼睛瞪得大大的："我们中计了，他们的货早已从后墙洞取走了，检查所有货物！"

他们查遍了所有的货物，发现都是未开封的普洱茶……

神秘人和金疤瘌悠闲地碰了一下普洱茶杯："疤瘌，公安的举动说明我们的'东北新干线'里有他们的内线，那个看门的老头没问题吧？"金疤癞肯定地说："他什么都不知道，他只知道谁有钥匙让谁提货。"神秘人点了点头。金疤癞问："大哥，那批货，投放市场吗？"神秘人说："不投，你没看出姜长庚也在盯着这批货吗？'东北新干线'，有姜长庚在，龙城永远是一潭死水。"

金疤癞说："大哥，这世界上，唯有你能和姜长庚打个平手，我实在太佩服你的智商和魄力了。大哥，你能告诉我，你这是怎样练成的吗？"神秘人说："生活，磨难。疤癞，别看你跟了我三十年，你并不了解我。你想听听我的故事吗？"金疤癞说："我太想听了，只是不敢问。"

神秘人长叹一声："说来话长，一言难尽啊。"

一九四五年八月，日本投降的消息传到辽阔的内蒙古大草原上时已经很迟了。一辆日本军车在奔驰着，但是，一批手执镐头、镰刀、棍棒、土枪的农民挡在了车的前头。一位日本军人抱着一个刚刚出生的婴儿走下车，把婴儿放在那些农民面前后，他又上了车，趁那些农民围观婴儿之机，日本军车绝尘而去……

神秘人悲怆地说："那个婴儿就是我。我的养父母给我起名叫赫顺，小名赫老大。他们在自己吃不饱、穿不暖的情况下，哺育着我和比我晚出生一个月的弟弟赫老二赫利，后来又有了妹妹赫兰。八岁时，从赫利的一句气话中我才知道我是'小日本'。十二岁，我满怀希望地到日本寻根，可是，我的日本父母根本不认我，我的亲弟弟和妹妹对我大肆辱骂，把我踹出了家门。日本的右翼势力收留了我，在一个叫'忍者基地营'的地方训练了我五年。他们把我派回中国时，我发现我的养父母因为我正戴着'汉奸'的帽子在游街……"

金疤癞惊道："日本？大哥，你居然有这么复杂的过去。"神秘人说："知道我为什么走上这条路吗？一为我的养父母，他们被一个地痞逼死了，我要报复社会；二为我的亲生父母，我要让他们看看，他们舍弃的这个儿子能洗刷他们战败的耻辱！"金疤癞吃了一惊："大……大哥，这就是你的'东北新干线'？"

神秘人点头："是的，我要用鸡血麻神这把开山的钥匙，打开龙城的大门，进而打开东北到西南的经济大通道！"

金疤瘌倒吸了一口冷气，没想到，自己追随了三十年的大哥竟然有这么大的志向。他战战兢兢地说："大……哥，武玉鹏从凤城传过话来，说刘大侃对鸡血麻神十分感兴趣，但是，他不会来龙城商谈。"

神秘人说："好啊，那就投其所好。大西南，我还得想办法收回来。"

3

凤城的春天繁花似锦，吸引着大批游人前来观光。阳光照在凤城市通达公司的主建筑上，在楼下拉出一个长长的黑影。

龙大章、朱丽雅和孔雀在通达公司院外的花丛中扑着蝴蝶，同时仔细观察着周边的环境。保镖甲跑过来说："小龙哥，大哥有请。"

来到凤城通达公司刘大侃办公室，墙上的猪头、羊头、牛头在阳光的照射下似乎发出嘲笑的光。烟雾中，两个人神神秘秘地在电脑上看着一张张照片。

刘大侃惊奇地说："这就是鸡血麻神？太神奇了！"武玉鹏说："是啊，大哥，这宝贝既有文物价值又有藏石价值。听说，它还和契丹宝藏有联系呢。谁得到它，富得可以买下整个小日本儿。"刘大侃笑道："没文化，真可怕，那叫富可敌国。小龙，你来看看，这东西真有他说的那么神奇吗？"

龙大章凑过来："大哥，武二说得没错。我在通城时就听说过这个国宝，只是无缘见到。听朋友说，那鸡血麻神，只要得到一块，就够全县人吃一辈子饭的。"武玉鹏说："大哥，我跟你坦诚吧，什么都告诉你了。"刘大侃点头道："嗯，没想到鹏哥还挺讲究啊。只是，这国宝现在何处啊？"武玉鹏说："龙城。"

刘大侃给武玉鹏使了个眼色，又向龙大章看了一眼，龙大章识趣儿地向外走去。刘大侃见众人退去，笑眯眯地说："鹏哥，你说我刘某待你如何啊？"

武玉鹏说："那没的说，比亲兄弟还亲。大哥，什么也别说了，我今天就飞回龙城，把宝物取来。只是……这价钱嘛……咱可得先小人后君子。"刘大侃说："我刘大侃说话是算数的。我已经和一个缅甸富商说好了，他先交一部分定金，再把三个翡翠矿押上。（向外喊）把礼物献上来。"

一保镖捧着两个盒子进来了，刘大侃打开盒子，里面的翡翠发出了绿色的光。刘大侃把盒子交给武玉鹏："一盒是给你的，一盒是给老大的，还望武老弟在老大那儿多言好事，更希望老大能过来看看我。"

武玉鹏一见翡翠，眼睛放光："大哥太客气了，其实，我就是你的马前卒。"他一抱拳，拿起盒子："过两天见！"说完，向外走去。刘大侃意味深长地看着他。

回避到门外的龙大章来到通达公司的库房，清点着货物，并在一些货物上悄悄地做着标记。不知何时，刘大侃悄悄地进来了。

龙大章说："大哥，你怎么来了。"刘大侃说："我来看看库存情况。"龙大章说："大哥，各地货物均已投放市场，库存告急，怎么办呀？"刘大侃说："这我知道。小龙，我来是和你随便聊聊。"龙大章说："大哥，你尽管吩咐。"

刘大侃说："小龙，过去有些地方我对不住你，不信任你，让你受了不少委屈。你不记恨大哥吧？"龙大章直言不讳："说实话，我当时恨不得杀了你！"刘大侃惊道："噢？"

龙大章继续说："后来想想，大哥也是迫不得已，心里还是向着小龙的，就不恨了。"刘大侃说："义士啊！小龙，你说武玉鹏这个人怎么样？"龙大章说："鹏哥啊，挺好的，为人侠义，出手大方，对你忠诚，比那个大黑猫强……"

刘大侃打断他，说："错，小龙啊，我看人还是看不错的，这个人还不如大黑猫呢。他表面忠诚，实则狠毒奸诈，'有奶便是娘'这个词用在他身上是最恰当不过的了。他为什么向我兜售鸡血麻神？因为他想携款自肥。小龙，等他回来，你要给我好好地看着他，鸡血麻神一到手，（做一杀头动作）立马把他给我'咔嚓'了。"

龙大章说："大哥，我听你的。可是，你觉得武玉鹏真会把鸡血麻神带来吗？"刘大侃问："怎么，你不相信？"龙大章说："我不相信。武玉鹏一个出苦力的人，手里能有那样的国宝？"

刘大侃若有所思道："我不是相信他，而是相信……"

这时，龙大章的电话响了："鹏哥……噢……后天，刘总的大哥？……好，我转告刘总……好，告诉我飞机班次……后天见。"他放下电话："大哥，武玉鹏来电话说，后天他要和你大哥一起过来。你在龙城还有亲戚啊？"

刘大侃说："哈哈，小龙，我想我大哥是不会来的。我了解他，他要说来准不来；他要是说正忙啥呢，没准马上就出现在你面前。他这次要是真来了，说明他还是我的亲大哥。"龙大章满脸疑惑："不懂。"刘大侃说："小龙，还记得大黑猫吗？我想，如果没有我大哥，大黑猫是不会跟我较劲的。一栋大厦的倒塌，主要是来自自身的力量，我大哥就是太多疑了。"

刘大侃议论他"大哥"时，他大哥神秘人正在闷闷不乐地一边喝茶一边看一个婴儿的照片。金疤瘌抱着一个盒子进来了。神秘人问："刘大侃能出得起那么大的价钱？"金疤瘌说："听说是一个缅甸矿主出钱。"神秘人说："我就说嘛，他应该没那么大的实力。"

金疤瘌说："据武玉鹏说，自从说起鸡血麻神后，刘大侃对他不像以前那样了，很客气。"神秘人打开盒子，随意地看了看："很客气？那武玉鹏快完了。刘大侃这个人我知道，对谁一笑一客气，这个人就要遭殃了。刘大侃没提什么要求吧？"金疤瘌说："他要求货到付款。"

神秘人问："疤瘌，你说，刘大侃究竟有没有反叛我的意思呢？"金疤瘌说："他跟武玉鹏说，他是你的铁哥们儿，没有你就没有他的今天，还捎话说想让你过去看看他，玩儿些日子。"神秘人说："不要听他说什么，要看他做什么。"

金疤瘌说："做什么……没看出啥来啊。该孝敬您的不是都给了吗？"神秘人说："明天，我和他一起带上鸡血麻神飞凤城和缅甸商人交易。不过，要见钱付货，一次了结。"金疤瘌说："大哥，他们要先验货后付款。"神秘人说："就随他们，你休息去吧。"金疤瘌又问："大哥，你真想去凤城？"神秘人没有吱声。

4

凤城机场，一架波音737缓缓降落，舷梯落定，舱门打开。武玉鹏戴着墨镜拎着一个长方形手提箱从飞机上走下来。龙小晴戴着旅行帽和导游旗从飞机上走下来，后边跟着她带的旅游团。出站口，龙大章向武玉鹏招了下手，迎了上去。

龙小晴从出站口出来，看见了龙大章，向龙大章这边走来。龙大章发现了龙小晴，愣了一下，扯起武玉鹏："快走，那边好像是通城的便衣。"

武玉鹏也愣了一下，跟着龙大章急急地向机场外跑去，上车，扬尘而去。龙小晴追着龙大章的背影，望着远去的奔驰车，沉思着。

凤城夜巴黎会馆，鸡血麻神在聚光灯的照射下发出耀眼的红光。几个人的眼睛都瞪得溜圆。

刘大侃拿起一块麻将："太神奇了，不愧为国宝啊！"武玉鹏得意地说："那是。"刘大侃点头："嗯，稀罕物。小龙，缅甸方面没有问题吧？你也欣赏一下。"

龙大章会意道："大哥，人家钱都备好了，就等着提货呢。"他拿起一块麻将，掂量着，突然哈哈大笑起来。刘大侃不解："小龙，你笑什么？"龙大章说："大哥，我在笑缅甸富商起了个日本名——缺心眼子。"他拿起一块掂量着："一钱不值的C货。"

刘大侃一惊："小龙，你说这是假的？"龙大章说："大哥，我有个舅舅就是倒卖鸡血石的，他有时会拿边角料做成的小玩意儿给我们玩儿。这根本就不是什么鸡血石，更谈不上什么'王'。"刘大侃闻听收起笑容，大怒："武玉鹏，你蒙谁呢？我这么重视这单生意，特意让他去接你，你竟敢拿假货蒙老子！给我拿下！"

两个保镖冲上来，架住武玉鹏的胳膊，把他按倒在地，拳头、巴掌、窝心脚像雨点一样落在武玉鹏的脸上、身上。武玉鹏挣扎着喊："张小龙，你敢利用大哥报复我！"

龙大章用手抬起武玉鹏的下巴："鹏哥，你可以拿我小龙当傻子，可你不能拿大哥当二百五。"武玉鹏吐了一口血水，故作镇定地说："哈哈哈，你说是假的就是假的啊？你是专家啊？专家也有看走眼的时候。"刘大侃向龙大章说："把他给我做了！"龙大章说："大哥，小龙也是一家之言，又不是专家，不能错怪了鹏哥。"

刘大侃说："好，人货暂扣。去找个行家看一下，我要让你死得心服口服！"

凤城市凤凰区公安局，龙小晴坐在椅子上，一个民警给她做着笔录。

民警问："你看准了吗？"龙小晴说："他是我双胞胎哥哥，亲哥哥，能看不准吗？"民警问："你是怀疑他被绑架还是怀疑他加入了涉黑组织？"龙小晴说："我怀疑他被人控制了。我们已经半年多没有他的音讯了。我朋友亲眼见过他帮助别人打劫过贩毒者。具体的我也说不清，找到他你们就能弄明白了。"民警说："好，我们马上调取相关视频，看那辆车在哪儿，他不会走出我们的视线的。"

龙小晴站起身："拜托了，我还忙着带旅游团呢。（拿出一张名片）这上面有我的电话，有消息请立刻通知我。"民警说："好的，谢谢你给我们提供这么重要的线索。"龙小晴和民警握手道别后，忧心忡忡地向外走去。

龙城那处豪华住所，神秘人和金疤瘌悠闲地喝着茶、下着围棋。

神秘人问："疤瘌，武玉鹏这会儿应该到凤城了吧？"金疤瘌说："一个小时前就到了，这会儿可能正在进行交易呢。不过，大哥，我有点儿担心，刘大侃还有那缅甸富商就认不出假货来吗？"

神秘人说："那就要看武玉鹏的造化了。认不出，我们收钱；认得出，武玉鹏纳命。同时，我也要看刘大侃对武玉鹏会怎么处理。"金疤瘌担心道："大……哥，那样不是害了武玉鹏吗？"神秘人说："武玉鹏对于我们来说，（指着一小片棋子）就像这几枚棋子一样，早死了。他已经完成了他的历史使命，不用再想着和我们平分鸡血麻神了。他为了'东北新干线'捐躯在凤城，我们会悼念他的。"

金疤瘌呆呆地听着，汗都出来了。

凤城街道上，一辆黑色的车飞驰到大章家楼下。朱丽雅正在帮孔雀试衣服。孔雀穿着一身内衣，露出了身体的曲线。龙大章匆匆开门进来，愣了一下，马上退了出去。孔雀大方地说："噢，小龙弟啊，上着班也忘不了回家看看媳妇，素梅真幸福啊。"龙大章在门外说："大哥让我找个专家，我把通讯录落家了，回来找一下他的电话和地址。顺便跟素梅请个假，龙城的鹏哥到了，晚上在夜巴黎会馆陪他，可能晚些回来。"

朱丽雅会意地把一个电话本递出来，望着龙大章的背影点点头。孔雀把住门框："噢，亲自请假啊，这样的好男人可是不多了。"朱丽雅说："孔姐，好男人有时是无能的代名词。这身衣服太好看了，你要是去歌舞厅转上一圈儿，保准得有几十个男人眼珠子掉出来。"孔雀在镜子前转了一圈："我们好久没放松自己了，你陪我去？"朱丽雅说："那是自然，红花得有绿叶扶，我得衬托着你啊。"

二人高兴地拉着手向外走去。

凤城夜巴黎会馆，武玉鹏被绑在椅子上，嘴被一只袜子堵着，脑袋像死人一样耷拉着。龙大章进来，递上一张纸："大哥，专家的鉴定结论。"

刘大侃拿过来看了看，"啪——"一个大嘴巴抽在武玉鹏的脸上，武玉鹏的脸马上起了五个红印子；"啪——"刘大侃又一个大嘴巴抽在武玉鹏的脸上，武玉鹏另一边脸上也起了五个红印子。"你鸡毛掸子（胆子）也太大了，敢拿假货唬你刘爷？"

武玉鹏想说话，可是袜子堵在嘴里，只能着急地摇头。龙大章提醒道："大哥，堵着嘴呢。"刘大侃把武玉鹏嘴里的袜子扯了下来，闻了闻，扔出很远。武玉鹏问："专家说假的就假的啊？"刘大侃说："专家说了不算数，难道你说的算数？假滴！"刘大侃说着去撕武玉鹏的嘴，那嘴角便出了血。

龙大章站在一边不吱声，看着武玉鹏。武玉鹏说："实话和你们说吧，这是个仿制品，我是怕你们黑了我。"刘大侃眼睛一瞪："真品呢？"武玉鹏说："真品现在不在我们手里……但是能拿回来。"龙大章厉声问："在谁手里？"武玉鹏说："这……我不能告诉你们！"

刘大侃眯着眼笑了笑，掏出手枪，安上消音器，打开了扳机。他阴冷的眼睛透着杀气："鹏哥，你不能怨我，按照行规，明年的今天是你的祭日！去找你的大黑猫兄弟吧。死在这么好的酒店，白瞎了这个环境了。"

夜巴黎会馆的树荫里，几名便衣秘密集结。一名便衣拿着一张合影照片："看清照片上这个人，按门搜查，找到这个叫龙大章的人！分层行动！"警员们回答："是！"警察们迅速冲进了会馆大厅。

夜巴黎会馆二楼某房间，刘大侃用枪指着武玉鹏："怎么，还是不说吗？"武玉鹏耷拉着脑袋，一言不发。刘大侃气愤地打开扳机，正要开枪，龙大章手一挡，把枪口指向了顶棚，"噗"的一声，那顶棚便被打穿了一个洞。

刘大侃气道："小龙，你？"龙大章小声说："大哥，你听。"几个人都屏住呼吸静听，门外走廊里传来闹哄哄的人声和敲门声："开门，开门！"

凤城市公安局副局长室，李文勇急得来回走动，打着电话："胡闹！找什么龙大章，谁让你们擅自行动的？我们有个重要的案子，正要秘密行动，准备抓获一个叫鹏哥的人，你们这样大张旗鼓地搜查等于给嫌疑人通风报信！……来不及，来不及就把在场的所有人带回来！不能跑了一个！"

李文勇得到朱丽雅"武玉鹏在夜巴黎会馆"的消息迟了一步，他的下属们已在大张旗鼓地搜寻龙大章了，他急忙驱车向夜巴黎会馆奔去。

夜巴黎会馆二楼，刘大侃气愤地看了龙大章一眼，贴在门上听外面的动静。武玉鹏的手在偷偷地用刀片割着绳子。龙大章从容地说："大哥，不能杀他，我们要的是鸡血麻神，不是他的烂命，把这个人交给我吧。"

这时，门突然开了，年轻保镖丙慌慌张张地跑进来："大哥，不好了，雷子们在一楼堵了门在搜查呢，说要找到一个叫什么大章的人。"龙大章愣了一下，悄悄地站在了武玉鹏身后，帮他解绳子。刘大侃恨恨道："武玉鹏，今天便宜了你，你要是给我找不来鸡血麻神，我早晚杀了你！"

武玉鹏说："大哥，快放开我，没听见一楼正在搜查吗？到了二楼，我们都得完蛋！"刘大侃对保镖丙说："把他弄到床底下去！"保镖丙去抓武玉鹏，结果被一脚踹到了床上。武玉鹏突然从打开的窗户向外跳去，龙大章立马从窗户跳下去追了出去。

刘大侃吃惊地看着他们，门外响起了公安人员的敲门声。刘大侃给保镖丙使了个眼色，二人摆上酒食。外边的门被敲得山响，刘大侃快速地把绑武玉鹏的绳子往外一扔。

门被打开了，警察眼前的是醉醺醺的刘大侃。他正若无其事地和保镖丙喝着酒、吃着花生米……

5

凤城市龙大章家，朱丽雅焦急地望着窗外，龙大章一进门，疲惫地倒头躺在床上。朱丽雅关切地问："大章，怎么了？没抓到武玉鹏吗？"龙大章说："没有。就在我们要问出鸡血麻神下落的时候，被找我的公安人员冲散了，还让武玉鹏跑了。"朱丽雅惊讶道："公安找你？"

龙大章说："今天我在机场看见龙小晴了，我想是她报告的公安。看来，让郝子强带的照片没有带到。龙城警方要想抓获武玉鹏很难，他是我们卧底潜在的最大的危险人物。"朱丽雅问："我们直接除掉武玉鹏不行吗？"龙大章说："那怎么行呢？除掉他，鸡血麻神案的线索就断了。而且，刘大侃也会怀疑我们的。"

朱丽雅说："你的意思是还得找凤城警方？"龙大章点头道："是啊，趁着武玉鹏还没离开凤城，抓获他。之后我们再找到毒网、查毒源和枪源、缉拿嫌犯，就能完成任务了。"朱丽雅把脸凑过来："大章，正好，我约了李局长在凤城电玩城见面。"龙大章说："太好了，赶紧去。"

凤城某电玩城里大部分是年轻人，热闹而充满杀气。

龙大章和朱丽雅走进电玩城，他们惊奇地发现，刘大侃正坐在休息厅里悠闲地喝着茶，笑眯眯地看着他们。龙大章走上前："哟，大哥，你喜欢这个？这可是我们年轻人的爱好。不是巧合吧？"

刘大侃说："你说呢？小龙，你们坐。我年轻的时候最喜欢打电子游戏，可是，那时候家里穷啊！为了玩儿游戏我把自己家的锅砸了卖铁，被父母吊起来打得皮开肉绽，就再也不敢玩儿了。后来，我有钱了，发誓要把过去的欢乐找回来，所以就时常来坐会儿。"

龙大章问："欢乐能找回来吗？"刘大侃叹了口气："找不回来了。很多东西，逝去了就永远找不回来了！"龙大章问："大哥喜欢玩儿什么游戏？"刘大侃说："我这个年龄了，就只喜欢玩俄罗斯方块、推箱子之类的啦。"

朱丽雅问："为什么？"刘大侃说："俄罗斯方块告诉了我成功的经验，人犯下错误会不断地积累，直到罪行累累……"他对着龙大章的头比画："'叭'——一个枪子儿，登时玩儿完。可是，假如你侥幸成功了，像你们老家的大雪一样，能掩盖所有的臭狗屎。"

龙大章笑道："哈哈，大哥从小游戏里能悟出大道理，高人啊。"刘大侃问："大章，你喜欢玩儿什么？"龙大章说："我嘛，喜欢刺激的，像枪战类。"

刘大侃问："为什么？"龙大章说："要非得说个为什么的话，我觉得，枪战的游戏告诉我们，阻止我们前进的往往不是前方的敌人，而是背后的黑枪。"刘大侃说："不对吧，我感觉你应该喜欢玩儿'天黑请闭眼'之类的警匪游戏。"

龙大章说："噢，你说的是'杀人游戏'吧，我不喜欢这个名字。"刘大侃看了朱丽雅一眼："弟妹呢？"朱丽雅说："你说我呀，一个妇道人家能喜欢什么呢？我们是男人的衣裳和影子，也就玩儿个接龙、找顺溜、摆八卦之类的呗。"她一边说着一边挨着李文勇的位子坐下来，趁刘大侃和龙大章说话时，把一张纸条塞到李文勇手里。

刘大侃笑眯眯地看着龙大章："说得太好了，我最恨的就是背后的黑枪！可是，假如你在我背后放了黑枪，我依然认为是枪走了火。小龙弟，我们去江边转转？"

龙大章向朱丽雅看了一眼，朱丽雅也看着他。刘大侃仍旧笑眯眯地说："弟妹，你自由了，小龙弟要和我出去一趟。"朱丽雅向外望去，见龙大章后面跟着两个保镖上了车，她和李文勇也分别向外走去。

来到凤城机场，朱丽雅和李文勇穿着便衣在不同的角落静静地盯着安检口。机场广播："旅客们，凤城飞往北京的G8977号航班就要起飞了，请张鹏旅客马上登机……"广播了五遍，仍然没有武玉鹏的身影。

龙小晴带着她的旅游团队向机场入口走来。她拿出电话，拨打着电话。朱丽雅快速地从另一个门溜了出去。直到飞机起飞，她也没有看到武玉鹏的身影。

一辆大客车奔驰在山道上，武玉鹏坐在凤城开往贵州的大客车上，帽檐儿压得很低，他正在恹恹昏睡……

江边，江风正盛。刘大侃靠在越野车的车门上，半眯着眼看着眼前的龙大章。他突然大喝一声："给我拿下！"两个保镖冲上来，把龙大章按在了地上。

龙大章大声地问："大哥，你要干什么？"刘大侃冷笑着："张小龙，阻止我们前进的往往不是前方的敌人，而是背后的黑枪。你，就是那背后的黑枪！"龙大章说："大哥，你说我是黑枪，证据呢？"

刘大侃说："事情在那儿明摆着，你敢违背我的意思，放武玉鹏走人。还有，龙城的货为什么被公安钉着不放？我明白了，你们才是一伙的。不过，我还真佩服你，你的鹏哥跑了，你还有心情陪着老婆去玩儿游戏。"

龙大章说："大哥，我们要是一伙的，我能戳穿他假鸡血麻神的事儿吗？"刘大侃说："这个道理很简单，你知道我迟早会知道鸡血麻神是假的，你们何不就此先演一出苦肉计？趁我没注意，你放跑了他，又假意去追他，你当我看不出来吗？"龙大章讪笑着："我明白了，不怕神一样的对手，就怕猪一样的队友……"

刘大侃气道："你敢骂我？按规矩，鹏哥走了，你就得陪那个沉下江底的兄弟去了！"龙大章说："大哥，即使是我放了他，也是为了让大哥得到那件举世罕见的宝贝。试想，武玉鹏要是在我们这儿没了，谁还敢把鸡血麻神送来？你的大哥会饶过你吗？"刘大侃围着龙大章转了一圈儿，盯着龙大章说："兄弟，你的话，我怎么觉得说得有道理呢？但是，你不想想，他这一跑，我大哥还会信任我吗？鸡血麻神还会到手吗？"龙大章说："大哥，我们可以从长计议啊！"刘大侃气道："我没那个耐心了。放江，喂鱼！"

两个保镖一起把龙大章往江里拖，一直按到水里，看看没了动静，刘大侃带着他的人回到了通达公司……

刘大侃坐在椅子上沉思着，在他眼前，大黑猫、武玉鹏、龙大章的形象不断地闪来闪去。这时，响起了敲门声。

刘大侃说："你不懂规矩啊？会客室等着去！"龙大章推门进来，刘大侃仰脸问："小龙？你没死？"龙大章说："大哥就根本没想让我死，为什么？"刘大侃脸一沉："其实，我应该感谢你。我也没想真杀了武玉鹏，你那么一挡，让我有了个台阶下。但是，道上的规矩不能破。你和大黑猫、武玉鹏不一样，你死了，怪可惜的。可是，你要是不死，我还睡不好觉，你说怎么办吧？"

龙大章说："大哥，好办，大路通天，各走半边。我消失在你的视线里，你觉也睡好了，我命也保了，两全其美。"刘大侃问："要是我不放行呢？"龙大章说："那我也要走。你们不去抓武玉鹏，却与自己人斗来斗去的，爷们儿我不干了！怎么着吧？"

刘大侃站起来，给龙大章拍了拍身上的土："年轻人，违抗我命令的，你是活下来的第一人。我算服你了。我求你了，我刘大侃真的很需要你这样的人，就是我将来死在你手上，我也知足了。"

龙大章在刘大侃这里的信任和地位问题都解决了，可是，他没有一点儿高兴和放松，他要昧着良心地帮刘大侃做坏事，还要思念着东北的亲人。他的心在受着双重的煎熬。

6

夏草又绿。凤城龙大章住所，窗外下着小雨，几只鸭子在水塘里浮着。朱丽雅百无聊赖地趴在窗前，看着地上的水花和塘里的鸭子。

龙大章浑身湿透地开门进来："看什么呢？"朱丽雅回头看了龙大章一眼，吃了一惊："怎么这么狼狈？"龙大章说："从山上回来的，我要找到他制毒的工厂。"

朱丽雅问："找到了吗？"她给龙大章找来换洗的衣服。龙大章边换衣服边说："没找到，我要和刘大侃比比耐力。没事儿看鸭子戏水呢？"朱丽雅说："无所事事，只好看鸭子了。"龙大章说："丽雅，我们就是那两只鸭子，表面平静，两条腿却要不断地倒腾。"

面对匆匆而过的时光，龙大章比谁都着急。他一直在寻找机会，无奈，刘大侃等人并没有放松对他的警惕，没给过他任何机会，他只有像这鸭子一样平静地浮在水面上。

他刚想躺下歇一会儿，刘大侃的电话来了。

凤城通达公司，刘大侃斜倚在转椅上。龙大章很冷淡地站在他面前。刘大侃问："小龙，还生大哥的气呢？"龙大章淡淡地说："不敢。"刘大侃说："你已经敢了！可是，大哥我不生你的气，大哥我喜欢人才，大哥我重人才、杀歪才，因为我相信你说的话，阻止我们前进的往往不是前方的敌人，而是背后的黑枪。"

龙大章看着他："大哥的意思，我还是那黑枪？"刘大侃说："小龙啊，记得那个大黑猫吗？他才是黑枪。从心里讲，你前几个月干得不错。"他把一把车钥匙扔给龙大章："这个，奖你的。"龙大章接过钥匙："大哥抬举了，小龙身犯重案，大哥不弃……"

刘大侃摆摆手："小龙，别跟大哥我客气了。最近……各地催货很急，听说你不让发货？别忘了，端午节是中国人民的节日，得有点儿节日气氛啊！"

龙大章说："大哥，库存几乎没有了，我得囤积居奇。"刘大侃站了起来："哈哈哈，没想到你还很会过日子。发吧，可劲儿地发，货……我们有的是。（转身问保镖甲）工厂那儿怎么样了？"保镖甲说："正在加班生产，这两天就能完活了。"

刘大侃问："工人把握吗？"保镖甲说："都是经过考验的，干完活儿他们就到境外消费去了，不会有问题的。"刘大侃严肃地说："出了问题，我要你脑袋！"保镖甲答道："是。"刘大侃问："武玉鹏怎么样了？"

龙大章说："鹏哥已绕道回去了，他说谢你的不杀之恩，第一批货已进入市场，鸡血麻神……他不愿和咱们合作了，说怕掉了吃饭的家什。"刘大侃说："你不是救过他一命吗？以你的面子，给鹏哥道歉，就是管人家叫祖宗，也得把鸡血麻神弄过来！"龙大章说："大哥，我拼上自己的脸面试试吧。"

凤城大街上，龙大章开着刘大侃送他的新车慢慢地走着，眼前是凤城五月的美好风光。在一个僻静处，他停下车，在车里车外仔细擦拭着。在后视镜的下部，他找到了一个针孔摄像头，他就像没看见一样，开着车走了。

刘大侃成了惊弓之鸟，谁也不信任了。龙城怎么样了？美祺怎么样了？这是龙大章日思夜想的话题，他很想知道，却又不敢知道。他向路边一个公用电话亭开去，车停在离电话亭很远的地方。他前后左右看了看，下了车。

龙城晚报社，姜美祺正在电脑上打字，固定电话响了，她接起电话："喂，你好……你好，这里是龙城晚报社采访中心……怎么不说话呀？"她疑惑地放下电话，电话铃又响了，再接："你好，请讲话……再不说话我可挂了！"

敲门声响，赵直帆在门口向姜美祺扮着鬼脸……

一双秀气的手拍在龙大章的肩上，龙大章吓了一跳。孔雀用她那迷人的眼睛看着龙大章，甜滋滋地说："小龙弟，这是给谁打电话呢？三番五次地打电话怎么不说话呀？有色心没色胆啊！"

龙大章回头："孔姐，是你啊……怎么这么巧呢？"孔雀说："不是巧，别以为你聪明，到处都有一双双警惕的眼睛。"这时，电话铃响了。孔雀说："接吧。为什么不接？"要不我替你接？龙大章看着显示的电话号，为难地说："孔姐，我告诉你，你可不能跟素梅说……我还是不接了。"

孔雀说："说吧，你孔姐我最喜欢成人之美了。"龙大章说："这是我老家的初恋。"孔雀说："小龙呀，没想到……你看着挺老实的，心还挺花的。我告诉你，你那初恋是你的远水，鞭长莫及，姐我可是离你很近很近……人生本过客，何必千千结？"说着，把身子凑了过来。

龙大章忙道："孔姐，大哥叫我呢，我得走了。"孔雀拉住他："不行，你得回答我一个问题再走。"龙大章说："孔姐，你说。"

孔雀说："你给我说说，这里的风情和你老家有什么不同。"龙大章说："这里四季如春，老家春如四季；这里的四季顺序播放，老家的四季随机播放。好了，我真得走了。"孔雀说："偷换概念。你说，西南的女人和东北的女人有什么不同。"

龙大章说："这个……这个，我一时回答不好。"孔雀笑道："看把你急的，快走吧，不要智乱情迷。"龙大章像被释放，快速逃离了那个电话亭向车走去。

姜美祺仔细看了看电话上显示的号码，再次回拨过去，电话通了，是一个女人（孔雀）的声音："痴心女子，你那负心汉走了！"电话里传来忙音，姜美祺又要回拨。赵直帆说："别回拨了，不就是一外地的骚扰电话嘛，不值得这么上心。"姜美祺放下电话，沉思着："不像……龙大章？我感觉到了龙大章的气息。直帆，抛开私心，你说龙大章在干什么？"赵直帆说："不是说好不说龙大章了吗？"姜美祺说："我主动说行，你主动说不行。"

赵直帆无语："那我就被动地说。他呀，听公安的人说，被除名后，和朱丽雅私奔了。估计是还没混出个人模狗样的，要不早回来了。"姜美祺摇头："我不信。"赵直帆说："你不信？是你亲口和我说的，龙大章结婚了。"

姜美祺说："不说这个了，你找我有事儿？"赵直帆说："钱如意新开盘的金绣一期有栋别墅，我们一起去看看？"姜美祺说："别墅？你要买？"赵直帆点头："是的，如果你能相中的话。"姜美祺问："那得不少钱吧？买到手不会砸到手里吧？"

赵直帆肯定道："不会，以现在房地产价格的发展趋势，升值的空间很大。老爷子出去考察刚回来，说外地的房价都在'噌噌'地涨呢。据我所知，有人已经囤了十几处房产了。"

姜美祺说："囤积居奇？我明白了，房价'噌噌'涨，就是这么来的。直帆，你自己的事儿你自己做主吧，我外行。"赵直帆说："怎么是我自己的事儿呢？你可是当着全报社员工的面答应我的。"姜美祺无奈："这还真当真了？不行，我一会儿得给小艺辅导功课呢，这丫头，就知道玩儿。"

7

春天的花在灯红酒绿的映衬下越发流光溢彩。有莺声燕语不断从夜巴黎会馆这座欧式建筑中传出来，使这里的气氛热烈而暧昧。在一间挂着法国安格尔的代表作《大浴女》的房间里，刘大侃一边和一个外国美女把酒言欢，一边环视着这里的环境。

保镖甲眼睛直勾勾地盯在油画上——这位裸体女性坐在柔软的床上，背对着他，这让他感觉不爽。

刘大侃对保镖甲的执着很不满："你是要等大浴女转过身来吗？叫你联系小龙的事儿怎么样了？"保镖甲转过身："大哥，他一直关机，我已经让人去找了。大哥，非得找他吗？"刘大侃说："我知道你们心里想什么。他虽然来得比你们晚，可他是个人才，是人才就要培养，我要让他阅尽人间春色，死心塌地为我所用……"

保镖乙进来说："大哥，小龙手机没电了。他在库房忙活，说让我跟您请个假。"刘大侃问："你孔姐呢？我有个应酬，让她跟我去。"保镖乙说："大哥……刚才我出来时看见孔姐往库房那边走了。"刘大侃疑惑地说："库房？知道了。"

晚上的通达公司仓库灯光昏暗摇曳。龙大章拿着小本子在认真地盘点货物，不时地在一些货物上做着不明显的标记。突然，他发现孔雀不知何时立在他面前，一双大眼睛正在微笑地看着自己，龙大章吃了一惊。

孔雀妩媚地说："小龙弟，你这活计干得可够细心的。下午你那初恋让我给你回了，指不定在哪儿哭呢。"龙大章说："孔……姐，你来干什么？这里尘土太多了，你快出去吧。"孔雀走过来，眼睛盯着龙大章："小龙弟啊，干我们这行的还怕尘土吗？"

龙大章说："孔姐，这个库房没有大哥的命令，谁也不能进。"孔雀说："大侃啊……他算个什么东西，他要是有你小龙弟十分之一我也不算委屈了。来，小龙，这么大个库，空荡荡的，姐和你说点儿悄悄话……"说着，把身子靠了过来。龙大章向后退着。

库房的门悄悄地开了，刘大侃悄然闪了进来。看见孔雀靠向龙大章，他掏出了手枪，打开保险，躲在暗地里偷偷地观察着。

龙大章推开孔雀："孔姐，请自重！"孔雀怒道："哟，哟，跟我来假正经是吧？允许你们男人拈花惹草，就不许我们女人招蜂引蝶？"龙大章转身说："孔姐，我得走了，我劝你好自为之！"说完，头也不回地向外面走去。

孔雀眼神儿迷离地看着龙大章。刘大侃收起了枪，悄悄地闪了出去。

第十八章　端午寻网，劫持天涯

1

夏初的龙城大桥下凉风习习。猫了一个冬春的张半仙又坐在了黄牙子旗下，给来往的行人测字。

白小艺蹦跳地从他眼前走过，他眼睛突然一亮喊："小姑娘，算一卦？"白小艺说："老先生，我不信这个。"张半仙说："不要钱的，就算游戏。"白小艺眼睛一转："那就算一卦。"白小艺在张半仙身边坐了下来，写了一个"艺"字。

张半仙愣了一下，眼前出现了过去的一幕。

二十年前，张半仙的卦摊儿上，一个长得很像白小艺的女人郑重地写下一个"艺"字。张半仙问："为什么写这个字？"那女人说："我喜欢文艺……"

白小艺问："老先生，发什么愣呢？到底会不会测啊？"张半仙说："会……会，小姑娘，为什么测这个字呢？"白小艺说："我想考艺校，从事艺术是我们女孩子的梦想。老先生，你有女儿吗？"

张半仙若有所思："噢……有……没有……我给你测字吧。"他在一张黄纸上写下繁体艺字，然后配上四句诗：手执新生禾，田野正沃偌。种下希望树，要结开心果。

张半仙高兴地说："小姑娘，你会成功的。"白小艺拿起纸看了看，开心地说："真的？太好了。"她一蹦一跳地走远了。张半仙站起来，远远地望着她……

白小艺蹦蹦跳跳地向敖拉倚家走去，在楼下，她发现姜美祺正拎着一袋点心，驻足聆听敖拉倚的弹奏和歌声："小院闲窗春已深，重帘未卷影沉沉。倚楼无语理瑶琴。远岫出山催薄暮，细风吹雨弄轻阴。梨花欲谢恐难禁……"

白小艺悄悄地走过去，捂住了姜美祺的耳朵。姜美祺说："小妮子，别闹。"白小艺说："大姐，这么难听的歌也能打动你啊。"

姜美祺说："小妮子，你不懂，这是宋代才女李清照的《浣溪沙·小院闲窗春色深》。"白小艺问："说的啥？"姜美祺问："写的是一个独居小院的女人寂寞伤感的情绪……跟你说了你也不懂，因为你的文学素养还没培养起来。"

白小艺说："有什么难的，不就是思春吗。"姜美祺说："这小妮子在学校都学了些什么啊？走，上楼去，我们给敖拉姨送点心去。"

琴声和歌声都停了，敖拉倚热情地把姜美祺和白小艺让到了屋里。姜美祺说："敖拉姨，这是我爸给你做的酥饼。"敖拉倚问："你爸怎么没来？"姜美祺说："他加班儿。"敖拉倚说："他不加班儿的时候少。"姜美祺说："敖拉姨，这大半年，你教育小艺受累了。"

敖拉倚谦虚地说："没什么，小艺长进很快，专业课没任何问题。"白小艺说："我这辈子要是能像敖拉姨这么多才多艺，得把我乐死。敖拉姨，你刚才试唱的曲子真好听。"敖拉倚说："小艺就是会说话。其实，我是在试着给李清照的词谱曲，但还非常不成熟。"

姜美祺说："敖拉姨，我这次来是想认真跟你谈一下你和我爸的事儿。你俩有近三十年的感情基础，就打破传统搬到一起吧……毕竟人生短暂、青春易逝……"

敖拉倚说："这一点我们都清楚。可是，你爸执意要等你完婚后才考虑我们的事儿。他的脾气，你也是知道的。"姜美祺点点头："敖拉姨，我明白了。小艺，我们回去吧，要自习文化课了。"敖拉倚说："好吧，美祺常来。"

从敖拉倚家出来，姜美祺拉着白小艺向龙城大桥走去："小艺，陪我上大桥溜达一下。你的专业课没问题了，心思多往文化课上用用吧，别让你姜爸操心。"白小艺应道："嗯，姐，我用着心呢，天天学到半夜，都要累死了。"

姜美祺说："那也得挺着，我们每个高考生都是这么熬过来的。现在不受苦，将来受长苦。六月六，看谷秀。明天就端午节了，马上就要检验你是谷子还是秕子了。"

白小艺说："测字先生说我能考上。"

这时，姜美祺的电话响了："小晴……你回来了？玩儿得怎么样啊？……挺好……那就好……碰见你哥了？……跑了……嗯？……他早就变了……以后不要在我面前提起他！我马上就要嫁人了，他爱谁谁吧。"姜美祺放下电话，呆呆地看着天空，那里没有一颗星星。

白小艺顽皮地问："大姐，你真要嫁人啊？"姜美祺面无表情道："真的，嫁人，免得天天跟你费口舌。"白小艺抱住美祺的肩："大姐，你可千万不能出嫁啊。"姜美祺问："为什么？"白小艺笑道："你要是出嫁了，谁天天还会像我妈一样唠叨我啊？"

姜美祺嗔道："你个自私的小崽子，我告诉你，我要是不出嫁，你姜爸就得一个人熬着。"白小艺点头道："噢，这就叫小楼闲窗春色深啊！"

姜美祺没有接小艺的茬，努力向西南的天空望去，并没有找到那条银河。

2

同样望不到银河的还有身在凤城的龙大章。他仰望星空，俯视绿荫，竟找不到回家的路。他锁上库房门，正要向自己的车走去，就见刘大侃站在他的车前，笑眯眯地看着自己。

龙大章问："大哥，这么晚了还亲自来？"刘大侃说："小龙啊，这么晚了你不也在辛勤地工作吗？"龙大章说："大哥，明天就端午节了，我要把最后一批货发出去，也好一心忙活公司的十周年庆典。"

刘大侃拍拍龙大章的肩："小龙，你没有让大哥失望。给个面子，跟我去参加个宴会。"龙大章说："大哥，实在不好意思啊，明天庆典的事儿我还没准备呢。我得为你长脸，让弟兄们心服口服，让外界刮目相看，也好为上市造势。"他打开车门，车向院外驶去，坐在刘大侃车里的孔雀一直注视着龙大章离开。

龙大章回到住处，朱丽雅正在包粽子。龙大章用三根钢丝开门进来，看见朱丽雅包的粽子特别难看："素梅，学着过日子呢？"朱丽雅说："不学怎么着啊？我是东北村姑，我得学会做酸菜。明天就过节了，我想请孔雀姐来家吃粽子呢。"龙大章说："孔雀？我那天在货物上掺假、做标记，可能让她发现了。"

朱丽雅问："为什么做标记？"龙大章说："我把现在库存的毒品都秘密销毁了，免得再流入社会。"朱丽雅一惊："她会不会告诉刘大侃呢？"龙大章摇头："不清楚……她是个很怪的人……"

月明星稀，孔雀扶着醉醺醺的刘大侃进了家门。刘大侃说："雀儿……我可是告诉你，让你监视素梅……你啥也没发现；让你试探张小龙，你要是给我假戏真做……给我戴上绿帽子，我就要你的血脖子。"他一边说一边拿水果刀比画。

孔雀慎道："死样，你让我假装勾引他，我能不做得像真的吗？以后我再也不管你的事儿了。"刘大侃说："真的？"孔雀佯装生气道："那还有假。你个死人还知道吃醋呢？你让我陪的那些人，一个个地对我流着口水，你看不见啊？"刘大侃说："那是为了生意和发展……"

这时，刘大侃的电话响了，他看了孔雀一眼，进卧室接电话："噢……碧鸡山，那儿要加班……一定要抓紧啊，要在后天把货物全部投放到市场上！到时，货要是供应不上，我卖了你的肾！"

孔雀在门外静静地听着，可是刘大侃关严了门，里面的声音越来越小，她只好向洗手间走去。

3

一曲《庆端阳》在龙城广场响起，几个广场舞团队像比赛似的跳得正欢。

姜长庚从楼下走上来，在家门口插上了艾草。他开门进了屋，直奔厨房而去。他拿着剩下的艾草，眼睛望着敖拉倚家那二层小楼。

姜美祺穿着睡衣，悄悄地站在了姜长庚身后。姜长庚一回头，不好意思地笑笑："美祺，我小艺给你敖拉姨送粽子送到了吗？"姜美祺说："爸爸，小艺还睡得正香呢，她只能在梦中送了。你和敖拉姨的事……我请求你有点儿男人的气概。"

姜长庚说："美祺，等你完婚，我马上考虑我们……这是我和你敖拉姨的约定。"姜美祺气道："等我干什么呀！我还年轻，你们……"姜长庚说："我们走过人生的大半截了，我们是为你们而活。"

姜美祺说："活得这个沉重……爸，你自己送去吧，等小艺就得吃中午饭了。"姜长庚拎起袋子向门外走去。姜美祺默默地站在爸爸背后，目送着爸爸向对面敖拉倚家走去。

敖拉倚站在阳台上，拿着一张纸稿，正在"啊啊"地练嗓。

姜长庚走上阳台："小倚，又有什么大作问世啊？我给你送粽子来了。"敖拉倚说："老姜，我给你朗读一下我的新诗？"姜长庚饶有兴趣道："好啊，我还是二十八年前听你朗读自己的诗呢。那时，你说，如果三十岁之前成不了诗人，就去死。"敖拉倚笑道："你在笑我没成诗人，但还活着？"姜长庚摇头："那不是。小倚，我认为，你的人生本身就是一首多彩的诗。"敖拉倚笑道："学会奉承人了，那我可朗诵啦。沐浴五月初五第一缕晨光，山溪追逐着新绿的梦想。挥洒缕缕苦艾的思恋，露珠挂满幸福的太阳。龙山忽略了伤感的传说，不见塞外契丹烈烈，只有楚天槐花芬芳……"

姜长庚感叹道："你为什么念念不忘契丹啊？现在都民族大融合了。"

敖拉倚说："这叫数典不忘祖。我要证明契丹这个伟大民族没有消亡。"

姜长庚从敖拉倚家出来，仿佛敖拉倚的朗诵声已印在他心里，眼前浮现出他和敖拉倚小时候上山采艾蒿的情景。听着敖拉倚的诗,姜长庚落下了一滴浑浊的泪。他扭头去擦泪,才发现姜美祺正站在窗前望着他。

进了家门,他默默地坐在沙发上,姜美祺也跟过来坐在沙发上,俩人不约而同地看着屋内熟睡的白小艺。姜美祺劝道:"爸,敖拉姨等了你大半辈子,从飘洒的青丝到参半的白发,把她接过来吧。"姜长庚依然固执:"美祺,等你结婚了,我马上把她接过来。"姜美祺气道:"爸,假如我不结婚,难道你们准备在龙山公墓里会合吗?"姜长庚淡淡道:"美祺,爸就是为了你和小艺而活着,把你们安排好,我才对得起你妈妈。把你们安排好了,我们终会在龙山公墓相聚的——可能迟到,不会缺席……"

这时,响起敲门声。姜美祺去开门,看见赵直帆站在门外,手里拎着大包小包的礼品:"美祺,不想让我进门吗?"姜美祺没有吱声,姜长庚高兴道:"直帆呀,快进来!"赵直帆进门,把大大小小的礼品放在地上:"姜叔,我妈让我给您带的南方的粽子。"

姜长庚拿起粽子盒:"这才是呢,来就来呗,还带这么贵的粽子。美祺,沏茶去呀!"姜美祺去沏茶。姜长庚说:"美祺、直帆,你敖拉姨要我带她去一趟龙山湖,你们聊,中午直帆就在这儿吃吧。"姜美祺说:"爸,我和直帆也出去走走。"

姜美祺和赵直帆走出来,默默地坐在了街心公园的长椅上。

赵直帆看着姜美祺的脸:"我收过很多礼,这回,我理解送礼人的心情了。好心好意地送过来,人家脸还拉着,着实让人难受啊!"

姜美祺说:"直帆,你送的带肉的南方粽子,我们吃不习惯。"赵直帆问:"美祺,我就那么让你讨厌吗?"姜美祺说:"直帆,你是在浪费表情、心情和青春,我们俩不合适。"

赵直帆不甘道:"我知道,你心里还是放不下龙大章。你到凤城找过他,他心里还有你吗?八个月了,他要是心里有你,能不和你联系吗?没准人家在哪儿乐呵呢。"

姜美祺没有吱声,眼泪默默地流了出来……

4

凤城帝豪大酒店歌舞厅，气氛祥和而热烈，灯光温馨浪漫。人们高兴地吃着自助餐，品着鸡尾酒、啤酒、葡萄酒、香槟酒、白兰地、威士忌和果汁。

龙大章盛装出场："女士们，先生们，大家期盼的通达物流公司成立十周年酒会终于和大家见面了。"

孔雀一袭晚礼服："为了这次酒会，公司董事长刘大侃先生精心为大家准备了可口的、特色的自助晚餐、酒会及舞会，还有精彩演出和抽奖活动。"

龙大章说："酒会结束后还有万人放河灯活动和大型户外烟花会演，请大家尽情地挥洒吧！"

孔雀说："让我们敞开胸怀，拿出热情，尽情地欢乐，共同祝愿通达公司今年上市成功！"

刘大侃红光满面地给大家敬酒。他走到一个穿着暴露的年轻女人面前时，停了下来，眼睛色眯眯地看着。孔雀在台上主持着，眼睛却向刘大侃扫过来。

朱丽雅走到刘大侃面前："大哥，我们小龙火燎毛子脾气，没少惹你生气。我敬你一杯，就算赔不是了。"刘大侃笑眯眯地说："妹子……不要见外，干！"朱丽雅给刘大侃倒了三满杯，自己也倒了三满杯："按往们（我们）老家的盔成（习俗）——草原的蚂蚱撒撒（仨仨）地，三杯美酒敬亲人——喝了，你就是小龙的亲哥！"

朱丽雅说完，一口气干了那三杯酒，一手持杯，一手挽住刘大侃，眼睛直勾勾地看着他。她放浪的表现让刘大侃眼睛笑得眯成了一条缝，三大杯酒倒在一个大茶杯里，一仰脖灌了下去："妹子，豪爽！"

龙大章一边礼节性地和别人碰着酒，一边看着朱丽雅和刘大侃，看到刘大侃手伸向朱丽雅的肩膀，他把酒杯一蹾，酒洒了一桌子，气呼呼地走了出去。

孔雀跟在龙大章身后："小龙弟，演出还没开始呢，你这是哪儿去呀？"

龙大章回过头来："孔姐啊，我胃不舒服，想回去睡觉。"

孔雀笑道："胃不舒服了，可别逗咧，吃醋吃多了吧，小心眼子男人，姐陪你喝？"

龙大章说："孔姐，真的对不起啊，吃不习惯西南菜，胃病又犯了。"说完，气呼呼地走了，身后是男男女女的欢声笑语和孔雀暧昧的眼神儿。

夜幕下的凤城市显得苍翠而凝重。通达公司的两个保镖正在一楼保安室里脸红脖子粗地喝着酒，打着花花哨。

保镖乙说："老弟，今天咱就可劲儿造吧，都喝着呢，没人理会咱们的。"保镖丙说："就是……就刘大侃那大肚子，好酒没少喝，好吃的没少造，好女人没少糟蹋，我们也……干！"保镖乙举杯："干！不干还等什么……刘大侃就是那第一个吃上天鹅肉的癞蛤蟆，那个张小龙一来……更没我们啥事儿了……"

龙大章悄悄地打开了后面一扇窗，跳进大楼，顺着侧楼梯向上爬去。他蹑手蹑脚地走到刘大侃的办公室前，用钢丝打开了门。

天上的月亮正明，月光从外面射进来，照在龙大章的脸上。他关上门，小心地走到牛头前，慢慢地转动牛头，密室的门开了，他敏捷地进入了密室。

走廊的转角处的黑暗中，一双眼睛正盯着龙大章的一举一动……

凤城南湖旁、树林里，放河灯的人们拉起了一条长长的火龙。每个人都双手捧着一盏河灯，载歌载舞，走到河边的码头上，任河灯在湖面上自由地漂浮而下。

朱丽雅跟在刘大侃身后，跟跟跄跄地走着，这时那个穿着暴露、醉眼蒙眬的年轻女人凑到刘大侃面前妩媚地一笑："哟，刘哥，我找你找得好苦啊！我要和你一起放河灯。"

刘大侃说："艳丽啊，（打个饱嗝儿）好……好……"他顺手掐了一下那女人的屁股。

朱丽雅拿过三杯红酒，走到刘大侃和那个穿着暴露的女人面前，三人一饮而尽。刘大侃和那女人各持一盏河灯，假装虔诚地放在湖面上。朱丽雅跟跄地找了个树坑，"哇哇"地吐了起来。吐完看周围没人，趁机向别处走去。

刘大侃看了那女人一眼："许个愿吧？"那女人嫣然一笑："我嘛，想成为通达公司的压寨夫人。"刘大侃咧着大嘴："真会……开玩笑，我们又不是什么……土匪，我们是正经的……商人。我的愿望……没你那么复杂，我不求天长地久，只在乎……一夕拥有。"说完意味深长地一笑，挽着那女人的胳膊走了。

湖边响起了几声礼炮声，天空中马上现出火树银花的场景。人们手拉手欢快地跳起了舞。那女人灵巧的手正被肥笨的刘大侃的大手牵着，刘大侃的脸上带着成功者的微笑。

通达物流公司密室内，龙大章关好了门，用微型手电照着。打开牛头，在这看似平常的屋子里，又出现了一个门，门用密码锁锁着。

眼前的情况让龙大章想起了大观楼那副长联里的数字，里面的"四、万、九、三、几、半、两、一"或许就是密室的密码。那么，里面的"万、几、半"是什么数字呢？龙大章的脑子飞速旋转着，他推测，"万"大概取自英语的"一"，"几"不算数字，"半"是"05"……

龙大章反复推敲了一会儿，在密码的键盘上按下了"41930521"，门竟然无声地开了。眼前的物品让龙大章吃了一惊——这里除了各种瓷器，还有一些奇石、文物，简直就是一个小的展馆。橱柜里有很多文件袋，龙大章一一打开来。一个文件袋引起了他的注意，他打开那个文件袋，眼睛一亮，一份"通达物流销售网"的文件映入了他的眼帘。龙大章拿起那份材料，草草地翻看着，通达物流网最后一页，赫然写着"联系人龙城张鹏"。

他掏出微型照相机正准备把那份名单拍下来时，突然，外面传来了说话声。门响了，传来刘大侃的声音："遇见了我……想躲……门儿也没有……你死定了……看我怎么收拾你。"一个女人说："谁……死，那……可不一定……"

龙大章吃了一惊，不自觉地关上密室门，把自己关在了密室里。他左顾右盼，没有藏身之处，便迅速而敏捷地向天花板上的通风口爬去。

门开了，刘大侃满脸酒气地进屋了，那个穿着暴露、醉醺醺的女人勾着他脖子。刘大侃说："能进我的办公室……不是我的人……就是死人。"那女人说："死……我就想死一回……你个死鬼……等你八媳妇扒你八层皮。"

刘大侃打开了灯，把那个女人扶到床上，开始宽衣解带。这时，他突然看见了墙上的牛头、羊头、猪头，似乎都在嘲笑着自己，牛头向右偏了一点点。他穿上衣服，警觉地拔出了手枪。

那女人吓了一跳："你……要杀人灭口？"刘大侃没理那女人，转了一下牛头，密室的门开了，刘大侃提着枪直奔密室而来。躺在床上的女人醉里说着梦话："快来呀……死东西……拿个破玩具枪吓唬谁呀……"

密室里，刘大侃按了密码键，内室门开了。他打开了灯，仔细地搜寻着，眼前只有那些瓷器、奇石和文物。他眼睛向天花板看着，这时，听见天花板上有动静。

"呼——"一声，枪响了。刘大侃办公室里，那个女人从床上惊叫一声弹了起来，一只老鼠从天花板的通气孔掉了下来，两个保安跑了上来。

刘大侃看了看那只弹着腿的老鼠，提着冒烟儿的枪走到那个橱柜前，把那份"通达物流销售网"的文件拿出来看了看，又放进抽屉里。那个醉女人站在密室的门口惊惶地看着，惊魂未定地噘着嘴："半夜三更的，诈尸啊？"

两个保镖在门外嚷嚷："董事长，怎么了？怎么了？"刘大侃提着枪，打开门："嚷嚷个屁，假精神！把门给我看好了，除了我们，不得放一个人进出！明白不？"保镖们忙说："明白！"两个保镖疑惑而恐慌地退了下去。

夜里的一切显得那么静。办公室内，刘大侃把那个女人扑到了床上。那女人说："你可真是老了，疑神疑鬼的，怎么老看走眼呢？"刘大侃向墙上的牛头看了看，那牛头、羊头、猪头似乎还在嘲笑般地看着他。刘大侃关了灯，像黑熊一样把那女人放倒在了床上……

门外的转角处，一个人影闪了过去。保安室内，两个保镖大眼瞪小眼地看着大门，不敢再有半点含糊。

折腾了一会儿，凤城的风浪平息了。刘大侃塞给那女人一沓钱，带着那女人向楼下走去，大楼又归于平静。

密室里，通风口慢慢地打开了，龙大章从天花板的通风口小心地下来。他悄悄地向外看了看、听了听，回头把那份"通达物流销售网"的材料抽出来，展开在桌子上。

窗外，好像有烟花闪过，室内，闪光灯在不停地闪，龙大章一页一页地拍着。拍完后，他又把密室里的其他东西拍了个遍。突然，他发现密室里还有一个小型保险柜，镶嵌在一个墙角里。他正要去动那个保险柜，听见楼下传来说话声。他断然收手，走出密室，扭正牛头，锁上刘大侃的办公室门，快速向楼下走去。

龙大章走到四楼的时候，发现三楼以下的灯全都开着，像白天一样明亮，他不得不停下了脚步，疑惑地向下看着。他发现平时两个人值班的大楼，又多了两个保镖，也就是说，退路被断了。

就在龙大章焦急地开四楼窗户的时候，肩被人拍了一下，他惊愕地回过头来，发现孔雀正在笑眯眯地看着他，并向他伸出四个手指，又摆了摆手，向楼下指去。正当龙大章疑惑的时候，孔雀快步向一楼走去。

两个保镖站在一楼的走廊上，来回走动着，另外两个保镖准备到楼上去巡逻。保镖乙见到孔雀一惊："孔姐，你是什么时候进来的？"

孔雀嫣然一笑："你孔姐我是狐狸精，能隐身。你们老大让你们不放任何人进出，你们竟然没有看见我，你们不怕他挖了你们的眼睛吗？"

两保镖一齐跪下："求孔姐开恩。"孔雀扶他们起来："没那么严重。将来大侃的事儿你们勤和我说着点儿，今晚这事儿就过去了。还愣着干什么？你们开这么多的灯，不怕费电吗？"保镖丙说："我们眼神儿不好，孔姐可别告诉老大。"

孔雀说："怎么可能呢？我还要敬你们一杯呢，表扬你们为大侃泡姐站岗有功，走吧？我们进屋吧。"保镖乙难堪地说："孔姐……我们也是没办法。"孔雀说："没人怪你们，叫他们都进屋吧。"孔雀一边说着一边向屋里走，从随身的小包中摸出两瓶精制的洋酒，向四个保镖晃了晃。四个保镖关了所有的灯，乐呵地进了保安室。

龙大章在他们进屋的一刹那，从一楼悄悄闪了出去，匆匆向住处跑去。

凤城住处的灯关着，朱丽雅焦急地躲在窗帘后向外看着，不时看着手机上的时间。可是，外面只有风吹枝叶"唰唰"的声音。

时针指向一时，龙大章轻轻开门进了屋。朱丽雅坐在椅子上，拿着一条白色的纱巾，正愣愣地看着龙大章。龙大章内疚地点了点头，朱丽雅的眼泪流了出来，一头扑到龙大章怀里，那块白纱巾掉在了地上……

朱丽雅含情脉脉地说："还顺利吗？让人担心死了。"龙大章轻轻地拍着朱丽雅的背："没事的，别担心了，我这不是回来了吗？"朱丽雅紧紧地抱着龙大章："我不想让你有任何事，宁愿那个去冒险的是我而不是你。"

龙大章安慰道："傻丫头，我们都不能有事。"他把纱巾拿起来说："你不是还盼望着有一天找一个如意郎君，穿上这样洁白的婚纱呢吗？"朱丽雅说："我只想与你在一起，哪怕是这样的日子我也愿意。"龙大章轻轻地推开朱丽雅，走进卧室，关上门，拿出相机，抠出相机卡："丽雅，有大收获。我们必须马上把这个卡送到凤城市公安局李副局长那儿，协同全国各地的警方，同时拿获各地毒贩。"

朱丽雅兴奋地说："好，这就去。"龙大章说："你在家等我，我这就去李副局长家。"朱丽雅亲了龙大章一口："大章，太好了，我们已经完成任务了，一起去吧？"

龙大章说："不，我们现在对刘大侃的制毒窝点还没有掌握，境内毒网还没有被摧毁，不算完成任务，还要继续战斗。我们必须得有一个人在家，一旦有人找我，你就说我吃醋斗气出去了。"

朱丽雅抱了一下龙大章，眼巴巴地看着龙大章消失在夜色中。

5

晨光洒落在龙山蜿蜒的山道上，两个黑点到了山顶。姜长庚和敖拉倚并排坐在山上一块平坦的石头上，龙山风光尽收眼底。

敖拉倚感慨道："长庚，我们有二十八年没登龙山了。龙山还是那么年轻、壮丽，我们却老了。我由衷地佩服我们的祖先，找到了这样一块风水宝地。"

姜长庚说："我奇怪的是，你们的祖先也曾统治这里二百多年，为什么留下的东西那么少呢？"敖拉倚反驳道："不是东西少，是我们的东西不在表面，你没有找到。"姜长庚说："也是，从我们破获的文物案来看，有很多涉及辽代文物。"

敖拉倚说："那些都是小打小闹的算不了什么。假如有一天，真正的契丹宝藏面世，将晃瞎很多人的眼。"姜长庚说："我才不相信什么契丹宝藏呢，那都是文人的杜撰。"敖拉倚说：文"人怎么会杜撰呢？你想就美祺他们那样的文人，只会实打实地记录。"

姜长庚说："是啊，这孩子太心重了。我这个当父亲的一定要早日让她有个归心之地。"敖拉倚调侃地说："为了她，也是为了你自己吧？"姜长庚说："那是，我肩负着民族融合的大任，改变一下你们这个封闭的民族。"

敖拉倚靠在姜长庚的肩上，向山下的龙城望去，六月的阳光照亮了绿色的龙城，龙城晚报社的笔尖形建筑直刺云天。

龙城晚报社，姜美祺坐在椅子上，翻着《龙城市志》《辽史》等有关大辽国的书籍，在翻看《辽代契丹婚俗》时，她轻轻地读了出来："在灭后唐战争中，辽军占领洛阳，十九岁的耶律阮得宫人甄氏，一见钟情，不顾民族地位差别而纳为王妃……承天皇太后萧绰的大姐适齐王，齐王死后寡居，与蕃奴私通，并愿以蕃奴为夫。世宗和齐妃为了爱情，能冲破世俗禁忌，这体现了契丹婚姻中的开放风气……"

突然，姜美祺的眼睛被人蒙上了。姜美祺问："谁……呀？"没人吱声，她兴奋而又充满期望地说："大章，是大章吗？"赵直帆手撒开了，不太高兴地说："就知道大章大章的。"

姜美祺失望："直帆，你呀！这么大个人了也没个正形，这是单位，你也是有身份的人呢。"赵直帆说："单位怎么了，要不我嚷两嗓子？"说着手做喇叭状，要喊。姜美祺说："可别犯神经病了，说，来干啥？"

赵直帆掏出一把车钥匙："这是给你的。"姜美祺说："车钥匙？"赵直帆又掏出一把房钥匙："这还是给你的。"姜美祺更疑惑："房钥匙？"赵直帆神气地说："准确地说，这叫别野（墅）钥匙。"姜美祺说："太突然了吧？"赵直帆说："不，你可是在元旦时就答应我了，说好不反悔的，我要你做我的六月新娘。"

姜美祺失神地掂量着那两把钥匙，沉甸甸的竟掉在了地上……

他们来到龙城青丝茶楼玲珑茶室时，龙小晴和吴寄瑶早已等在那里。室内迷漫着茶香和醉人的古筝曲《爱情的故事》。

姜美祺说："太迷人了，《爱情的故事》。可谁能说出什么是爱情呢？"

龙小晴说："太难回答了，我在百度上搜过，搜出'爱情'的相关信息有上亿条。"

姜美祺说："你得输'什么是真正的爱情'。"龙小晴说："那也有几千万条，可以说，无解。"姜美祺说："她吴姐，你说呢？"

吴寄瑶摇头："你说你们，放着好好的茶不喝，和我一个婚姻失败的人谈爱情，你们不觉得这对我是一种伤害吗？"

龙小晴说："就是个讨论嘛。哎寄瑶，你是过来人，你说，在爱情的天平上，物质和精神，哪个更重要啊？美祺迷茫着呢，你就不能给她指条明路？"

吴寄瑶说："要我说啊，物质是基础，精神是上层建筑。我们搞建筑的，没了基础，上层就得倒塌。爱人能帮你数数兜里的钱能买几碗干饭，而情人只能帮你数数天上有多少星星在眨眼睛。"

龙小晴说："你太现实了。"姜美祺说："我今天研究了一下辽代人的爱情观，种族、世俗、金钱、地位，没有什么可以阻挡真正的爱情，我们现代人还不如古人吗？"

吴寄瑶说："现代人，小三儿、贫困、疾病、长相、学历、工作……很多东西都是爱情的障碍。"

姜美祺悄声地问："小晴，你又与凤城警方联系了？可有大章的消息吗？"龙小晴说："问过了。凤城警方说认真查过了，没有我们要找的人，说是我看走了眼。"姜美祺不再吱声，转身向外走去，和手捧鲜花的赵直帆撞了个满怀。

赵直帆单膝跪地，奉上鲜花。姜美祺没有接受那束鲜花，抽身走了，那曲

《爱情的故事》渐渐地淡了下去……

龙城那处豪华住所，昏暗的灯光下，神秘人的面目不太清楚。他半仰着头，静静地望着窗外。

金疤癞说："大哥，你对大侃看得很透，他盯着鸡血麻神不松嘴了。"神秘人问："你看他是真心要出钱吗？"金疤癞说："大哥，他愿意先出一千万的定金。"神秘人说："这倒可以考虑……让他们把定金打过来。"金疤癞念叨："武玉鹏上次凤城之行，不太顺利，成了惊弓之鸟，要不是他多个心眼儿，那天就栽了……他说，是那个张小龙救了他。"

神秘人问："大侃的人为什么要违抗刘大侃的命令救他呢？你仔细想过没有，从去年发生的事情及公安的表现看，问题会不会是出在凤城呢？"

金疤癞说："凤城？他们断自己的财路？"

神秘人说："不是他们，是公安。你上回说武玉鹏在凤城发现张小龙像龙城的一个小警察，凑巧，伏龙区刑警大队就'私奔'了一男一女俩警察。"

金疤癞惊道："是吗？"

神秘人说："你让凤城方面把那俩人的照片发过来，我们要调查一下，看问题究竟出在哪儿。这个问题弄不明白，我们'东北新干线'会有大麻烦。"

6

凤城，龙大章拿着一张凤城市地图看着，朱丽雅紧挨着他坐下来，看一眼地图，又看一眼龙大章："从地图上能找到什么？"龙大章说："我在想刘大侃的制毒、制枪车间在什么地方。"朱丽雅说："地图上怕是没标吧？我们慢慢找呗。"

龙大章说："来不及了，各地公安一行动，刘大侃就会知道毒网泄露的事，就会怀疑我们。我们的处境已经很危险了。他一旦警觉起来，就会逃离公安的掌控，一旦让这条大鱼漏了网，'东北新干线'还会兴风作浪。"

朱丽雅问："那怎么办？"龙大章说："我们要在近一两天找到工厂地

点。"朱丽雅深情地看着龙大章:"我现在不想急着完成任务了,我怕那样我们就不能在一起了。"龙大章放下地图:"丽雅,我说过,我们永远是战友。"朱丽雅一把抱住龙大章:"不,我们是夫妻,我们已经做了八个月的夫妻了。"

龙大章轻轻地推朱丽雅:"丽雅,我谢谢你对我所做的一切,没有你,我们很难成功。"朱丽雅推开龙大章,气愤地说:"你谢谢我?你个冷血动物!我打死你!"说完,用力往龙大章身上捶着。这时,响起了敲门声。

朱丽雅警觉地从猫眼儿向外看着:"谁呀?"保镖乙在门外说:"小龙哥,刘总在公司等您呢。"龙大章说:"知道了,这就出去。"龙大章出门走了,朱丽雅在窗帘后看着他上了保镖乙的车。

凤城通达公司一楼办公室里,保镖分列,气氛紧张。

刘大侃一动不动地坐在椅子上,盯着龙大章:"说吧,昨晚为什么进我的办公室?"龙大章低着头不吱声。刘大侃说:"小龙,我问你话呢,昨天晚上放河灯为什么没见你人影?"

龙大章"啪"地给了刘大侃一个大嘴巴,把刘大侃打了一愣怔,掏出了枪。几个保镖冲了进来,扭住了龙大章。

刘大侃捂着脸:"你敢打我?(对保镖)把他给我往死里打!"龙大章喊道:"我就打你这个流氓了,怎么着吧!"刘大侃放下枪,脸一拉:"小龙,动手解决不了你的问题,你今天不说清昨晚的事儿,就过不了这一关!"

龙大章气道:"有道是,朋友妻,不可欺,你倒是不客气。刘大侃,有人说了,昨晚就是你自己带了个女人回到了办公室,你还贼喊捉贼!"刘大侃虽然是老流氓,可当着这么多人的面被龙大章的先发制人给弄蒙了,竟一时没了言语。龙大章继续道:"大侃,你不是问我为啥没去放河灯吗?告诉你,我胃疼。"

刘大侃说:"小龙,我不是问你胃疼还是腚疼,我问你昨晚人在哪儿?"龙大章说:"不说……行吗?"刘大侃冷笑着,用枪点了点他:"你问它,行吗?"

龙大章嘟囔:"我胃疼……孔姐知道。后来,去了趟足疗馆,回去就和素梅吵了一架……"

刘大侃斜着眼看了龙大章半天，拨打个电话："孔雀啊，小龙昨晚胃疼说是你知道？……噢……后来……足疗馆？"他放下手机，哈哈一笑："胃疼——醋吃得多了？你是怀疑跟我回来的女人是素梅……哈哈，一会儿我让你见见昨晚跟我回公司的女人。女人嘛，如衣服；兄弟嘛，如手足。你给我大度点儿！"

龙大章说："这么说，我……错怪你了？"刘大侃摸着发红的脸："这次我原谅你，以前我欠你的，两清了。小龙，生产已经完毕，这批货一到就马上发出去，去办吧。"

刘大侃表面上信了龙大章的话，可他必须到那个足疗馆求证一下。他一边享受着女足疗师的泰式按摩一边拿出龙大章的照片问："昨晚这个人来过吗？"足疗师瞄了一眼："噢，这个人啊，来过。"刘大侃问："几点？"足疗师说："也就十一点左右吧，他交了钱，说要休息一会儿，不用做了。过了半夜，我觉得收了人家钱不给做违反职业道德，可是，我打水来找他时，人已经走了。"

刘大侃愣了一下，不耐烦地说："你是饭店面食师傅出身吧，揉面呢？给我下去！"那个女足疗师赶紧收拾东西嗒嗒地退了出去。刘大侃喊："来人！"

保镖甲跑进来："大哥，有事儿？"刘大侃说："我今天有点儿心神不定，你调查昨夜进我办公室的人有线索了吗？"保镖甲说："大哥……调查了，真的没……人。"

刘大侃气道："没人？你以为我是白痴？我的密室被人动过，你想找死啊！"

保镖甲"扑通"一下跪在地上："大……大哥，不敢瞒你，是孔姐。"刘大侃说："嗯，我说嘛，那娘们儿早晨阴阳怪气的……不对，除了她，小龙也去过。"保镖甲说："大哥，你怀疑孔姐和小龙……"

刘大侃说："你个猪头玩意儿，小龙没你那么下作，他另有目的。我感觉要出大事了，加工厂那儿没事儿吧？"保镖甲说："大哥，天下太平，最后一批货包装完，他们就可以放假了，货应该快运回来了。"刘大侃说："那就好，你们给我用点儿心。把一千万给龙城打过去，等鸡血麻神一到手，我们就转战海外，在中国赚钱，到外国享受去，不再过这担惊受怕的日子了。"保镖甲点头道："好，我这就去办。"

　　这个夜晚，对毒贩来说是幸福时光的终结。

　　上海，深夜，喧闹的大街上，行人匆匆，一辆黑色进口轿车夹杂在车流中转着，一圈，两圈，三圈……最终，这辆黑色轿车停在了一户住宅楼下的车库前。一名四十来岁的男子从楼上走下来，四下打量一番之后打开车库。与那名驾车的男子默默地从车库搬出一个箱子，装在车上。驾车的男子还没上车，就被周围埋伏的公安人员扑倒在地……

　　天津，夜晚，郊区。一位穿戴普通的中年妇女从村子里走了出来，不多时，一个开小货车的男子也来到了这个地方。男子和这名妇女交换了一下眼神，很快，中年妇女从男子手中接过一个箱子，然后漫不经心地将另一个箱子交给他，两人互换箱子后，坐上小货车离开了。一辆轿车跟踪这名男子一段路之后停下，里面跳下来几位公安民警，当场将这名男子抓获，并缴获了其箱子里的海洛因。

　　广州，一条偏僻的小巷里，一名毒贩悄悄地来到某库房，在取货时被埋伏的公安人员抓获。接着，在这被抓人员的带领下，公安人员把正在狂欢的一伙毒贩全部擒拿……

　　龙城帝豪会馆三楼包间，阳光透过纱帘斜射进来，神秘人在帘子后面，从外面看不清他的脸。他和金疤瘌拿着龙大章的照片及资料比对着："通城的张小龙和凤城这个张小龙的照片不一样。"金疤瘌说："我看着一样呢。"神秘人说："看人不要看外形，得看眼睛和骨骼。你看，通城的张小龙眼带凶光，而凤城的张小龙眼如利剑。"

　　金疤瘌说："龙大章八个月前被开除失踪，据说南下经商去了。朱丽雅为情所困，跟着龙大章走了。可是，谁也不知道他们在做什么生意。"

　　神秘人说："我想，凤城的张小龙就是这里的龙大章，李素梅就是这里的朱丽雅。（叹了口气）想当年，凤城的王彪碰上了姜长庚；看现在，凤城的刘大侃又碰上了龙大章。天地万物，相生相克。我们苦心经营三十多年的'东北新干线'就要败在你们这些猪头手里了！"

金疤癞急得直搓手："这可怎么办啊？"神秘人说："马上通知凤城方面，转移档案，销声境外。龙大章要是活着回来，就是你们的死期！"金疤癞急道："大哥，我这就去办。"说完，他像肉球一样跑了出去。

神秘人搓着手，走向一个暗道……

接二连三的毒网被端震惊了刘大侃，他皱着眉头正在对着那个牛头出神。

电话又响了："噢，福州……被公安端了？……知道了。"刚放下电话，电话又响了："什么？……你们那儿也出事了……那就跑吧。"

刘大侃扔下电话说："眼皮老跳，我就知道没好事，名单泄漏了。（喊）来人！"保镖甲进来，道："大哥，叫我？"刘大侃说："去，把孔雀给我做了……这娘们儿，敢偷我的网络名单！"保镖甲迟疑："大哥，这……"

刘大侃刚要发火，电话又响了："我是……老大！你说什么？张小龙是龙城刑警龙大章，李素梅是刑警朱丽雅？……老大，我可没反你的意思啊……好……我这就去办了他们！"他放下电话，看着保镖甲，脸上的肌肉都僵了："张小龙、李素梅是卧底，完了，完了！你还愣着干什么，快叫几个弟兄给我搬家，然后把龙大章和朱丽雅给我带走！快去呀，你个笨蛋！你等公安来抓你呀？"

保镖甲急忙向外跑，鞋掉了都没顾得上穿。

7

凤城龙大章住处，一堆资料摆在面前，朱丽雅把一堆资料放到一边——这里边没有任何对生产车间的记载。

龙大章说："我想，有两个人或许知道车间在哪儿，一个是孔雀，另一个是保镖谭四，他们都是刘大侃身边的人。我们这就分头行动。"

朱丽雅问："这么急吗？"龙大章说："老天给我们的时间不多了，我们是在和时间赛跑。"朱丽雅说："好，孔雀说要来找我，我等她。"

龙大章说："我去见谭四。"他又回过头来，看着朱丽雅，嘱咐道："你自己要多留心，一旦情况有变，三十六计——走为上。"朱丽雅说："怎么学得婆婆妈妈的了，你去吧，我又不是小孩子。"

凤城市公安局副局长室，李文勇坐在办公桌前看着案卷。

缉毒支队副支队长进来，说："报告李副局长，根据我们提供的名单和货物标记，现在各地公安调查后同时收网，已有二十三个贩毒、贩枪组织落网，其他地方也在积极行动。"

李文勇点头："好，请他们把情况快速传真过来。我们也要马上行动，各分局分管副局长和大队长都到齐了吗？"缉毒支队副支队长说："还差道远的几个。"李文勇拿起电话："办公室吗？马上通知其他警种，准备协助。（向窗外望着）我们马上行动，不能让刘大侃制毒、贩枪成员跑掉一个！"

凤城戒毒所接待室，龙大章和保镖谭四隔着铁栅栏对坐着。保镖谭四正了正戒毒服："你是我的救命恩人，我把我知道的都说出来了。只是，制毒、制枪地点我确实不知道。"龙大章说："你仔细想想刘大侃常去什么地方。"

谭四说："听大黑猫说在哪个山上的原始森林一带有栋别墅，离中缅边境很近，具体位置不知道。那里归大黑猫管，还是有一次大黑猫喝多了酒说的。"

龙大章问："你了解孔雀吗？"谭四说："那个女人过去是全省著名的舞蹈演员，是刘大侃抢来的。为了这个女人，刘大侃的人还打伤了孔雀的未婚夫和舞蹈搭档。"龙大章问："孔雀参与贩毒了吗？"谭四说："不，她天天就知道消费，啥贵买啥，根本不过问生意上的事儿，对刘大侃找女人也是睁一只眼闭一只眼。"

龙大章的电话响了，他示意戒毒管理人员把谭四带走。他一边接电话一边走出了戒毒所，向凤城市公安局走去。

凤城市龙大章的住处，朱丽雅做好了饭菜，把孔雀给的化妆品一擦，戴上纱巾，看了看手机，静静地等待着孔雀。她照了照镜子中的自己，镜子中出现了她美丽的面容。她高兴地自言自语："姑娘我可要回龙城了。"

这时，外面响起了杂沓的脚步声。朱丽雅掀开窗帘的一角，发现保镖甲带着人正向楼里冲来。她冷静地拿出手机，敏捷地按了一个快捷键。

门"嘭"的一声被撞开了，保镖甲凶神恶煞般站在朱丽雅面前。孔雀正远远地走过来，目睹了这一切，吓得赶紧躲了起来。

龙大章来到凤城市公安局副局长室，李文勇正在接听电话。龙大章说："李局，我们的想法一样，来不及查制假点了，各地毒贩一落网，凤城的刘大侃会马上警觉起来。"李文勇说："是啊，我已通知各部门，马上就行动，抓获刘大侃。"

这时，龙大章的手机响了，里面传来朱丽雅的声音："你们，要干什么？"保镖甲问："干什么？朱丽雅，龙大章呢？"朱丽雅说："什么朱丽雅、龙大章？"保镖甲说："哈哈，妹子，别演戏了，大哥已经查明你们的身份了，你们是龙城公安局的刑警龙大章和朱丽雅。弟兄们，把她带走！"

一阵叫嚷声，手机断线了。龙大章放下手机，焦急地说："丽雅出事了，赶紧去营救！"李文勇喊："来人，紧急集合，封锁出城要道，一只苍蝇也不要放过！"龙大章和李文勇向外跑去。龙大章到住处的时候，早已人去楼空，地上一片狼藉。

凤城街道，警车鸣笛、警灯闪烁而过，直冲通达公司。通达公司外散乱的灯光伴着杂沓的脚步，大批民警把通达物流公司围得水泄不通。几声枪响后，保镖、保安及工人全部蹲在地上，双手抱头。

龙大章进入公司时，李文勇已经控制了局面。龙大章踢了地上一个年轻保镖一脚问："刘大侃呢？"保镖说："从这儿走了有一个多小时了。"龙大章问："知道哪儿去了吗？"保镖说："他跟我说去北池子找他。"

李文勇回头对警员说："速派人去北池子。"龙大章说："李局长，刘大侃去北池子的可能性很小。楼上有刘大侃的密室，我们去那儿看看？"李文勇说："好。"几人急步向楼上走去。

密室的门开着，地上一片狼藉，里面重要的东西已经不在了。龙大章仔细地检查着墙角，那个小型保险柜不见了，只留下一个小小的墙洞。

龙大章说："看来刘大侃已经把重要的东西转移了。"李文勇问："什么东西？"龙大章说："一个小型保险柜，那里一定装着'东北新干线'的核心机密，只怪我上次没来得及打开它。"

李文勇说："大章，别自责了，你已经做得不错了。他能转移到哪儿去呢？（回头对警员）快，让各卡口报告拦截情况。"警员说："报告李局，各地均报告没有发现嫌疑人踪迹。"

龙大章焦急地看着李文勇，从窗口，他发现民警押着孔雀站在楼下，他快步向楼下走去。孔雀被民警押着来到龙大章面前。她看见龙大章，眼睛一亮："小龙弟，我可没犯罪啊，你让他们给我松开吧。"她扬了扬戴着的手铐。龙大章用眼神请示着李文勇，李文勇点点头："给她打开手铐。"民警给孔雀打开了手铐。

龙大章说："孔雀，刘大侃集团已经完了，我知道你没少帮我们做工作，你要争取立大功。你知道刘大侃逃到哪儿去了吗？"孔雀说："警官，我也是受害者啊！我早就知道你们两口子有问题，我帮你们是为了让那个恶魔早日完蛋！"龙大章说："这个，我们会给你记功的，当务之急是找到刘大侃和他的制毒地点。"

孔雀说："这个我真不知道。不过，有一次他打电话我好像听到一个叫什么山的名字。"龙大章说："暂时还要委屈你几天，还知道什么情况要及时告诉我们。"孔雀恨恨地说："放心吧，那个天杀的，你们把他抓住要千刀万剐才好！"

晚上，一片阴云侵袭着龙城那处豪华住所。神秘人阴郁地向外望着，金疤癞站在身后着急地拨着电话。

神秘人问："怎么样？"金疤癞无奈地放下电话："大哥，他先是不接，这会儿无法接通了。"神秘人说："刚才不是报告已经把朱丽雅抓获了吗？"金疤癞说："大哥，或许刘大侃他们这个时候正在抓龙大章呢。"神秘人说：

"但愿如此吧，继续和凤城方面联系，联系上之后一定让他们把'东北新干线'的资料全部销毁！"

金疤瘌又打电话："还是不接，暂时失联。"神秘人叹了口气："不是暂时，估计凤城的船翻了。我苦心经营了半辈子的'东北新干线'，就这么葬送在一个笑面小人手里。（对着桌上围棋）收拾残局吧。"他气愤地抓起一条鱼向地上摔去。

凤城市公安局副局长室，龙大章和李文勇坐在沙发上一筹莫展地看着凤城地图。李文勇说："这凤城周边叫什么山的地方有的是，会是什么山呢？"龙大章说："重点是在中缅边境附近。"

这时，缉毒支队副支队长进来："报告李局，搜遍了通达公司的住宅，没有刘大侃等人的下落，北池子也没有刘大侃的踪影，倒是有个老乡捡了部手机，交到了城郊派出所，不知有没有用途。"说着，缉毒支队副支队长把手机送上。

龙大章惊讶地说："这是朱丽雅的手机，在哪儿发现的？"缉毒支队副支队长说："西山山脚下的一条林间小路上。"

李文勇对缉毒支队副支队长说："有情况及时报告。（转身对龙大章）你休息一会儿吧，我们天亮后大面积搜查。"

龙大章拿着那部手机，痛苦地说："李局，我想他们已经从小路出城了，这是朱丽雅留给我们的路标。"他要过那个捡手机的老乡的电话，拨通了："……有好多山？……上山有路吗……两条……一条大路，一条小路……大路绕多远……五十公里……好，还有什么情况你要及时向我们报告……"

龙大章放下电话，拿起凤城地图仔细而焦急地看着，他把城西叫什么山的都圈了起来。大观楼的长联中"东骧神骏，西翥灵仪，北走蜿蜒，南翔缟素"的句子在他脑海中不断闪现，他希望有一种灵感让他找到答案。突然，地图上一个地名引起了他的注意，他兴奋地喊："李局，碧鸡山，一定是碧鸡山，他们可能会逃往这儿——碧鸡山。"

李文勇问："为什么？"龙大章说："谭四说，刘大侃是带着孔雀游玩大观楼时想到的办厂地址。大观楼的长联中'东骧神骏，西翥灵仪，北走蜿蜒，南翔缟素'译过来的意思是：东方的金马山似神马奔驰，西边的碧鸡山像凤凰飞舞，北面的蛇山如灵蛇蜿蜒，南端的鹤山如白鹤翱翔。这说明，他的厂子选在了碧鸡山。"李文勇疑惑："我还是不大明白。"

龙大章说："因为西边的碧鸡山像凤凰飞舞，此时的刘大侃得到了孔雀就像得到了凤凰……"李文勇说："嗯，你接着说。"龙大章在图上指着："你看，这个位置是朱丽雅丢掉手机的小路，这条小路是东西方向的，也就说刘大侃他们是向西逃跑，这条小路是去碧鸡山最近的道，也是为了避开我们在大路上拦截的唯一出路。到了碧鸡山，离缅甸已经很近了，他们可能是要撤到境外。"

李文勇说："有道理。再有三个小时天就亮了，我们天亮后去搜山。"龙大章说："不行。刘大侃他们深知罪孽深重，必然会加速逃跑，大队追杀把他置于绝望境地，朱丽雅就危险了。"李文勇问："那怎么办？"

龙大章说："他们劫走朱丽雅，是要跟我谈条件。以我当诱饵，钓出刘大侃，拖延时间，寻找机会。你们秘密跟进，随时接应包围，就能把他们一网打尽。"李文勇反对道："大章，那太危险了，弄不好，会把你搭上的。这些毒枭枪贩，什么都能干得出来啊。"龙大章说："李局长，现在刘大侃最恨的人是我，只要我一出现，他们一定会出来的。如果牺牲我一个能断了毒根，摧毁兵工厂，值得。"

李文勇迟疑地说："那就试试吧，再想想有没有万全之策。"龙大章说："没时间再想了，赶快给我配车，我要连夜上山！另外，能否联系边防指挥部，封锁碧鸡山方向的边境？"李文勇赶紧打电话："装备处，马上把那辆带有精密导航仪的越野车开过来，交给龙大章使用！指挥部，给我联系边防指挥部！"

窗外响起了汽车马达声，龙大章提着枪向楼下跑去。

第十九章　彻夜追逃，联战毒枭

1

深山夜路，三辆轿车在泥泞的山路上艰难地爬行着，最前面的一辆车陷入水坑中，车轮旋着泥浆空转着。

保镖甲从车里出来，走到刘大侃的车前："大哥，就这路，前两天又下了雨，实在爬不上去啊。"刘大侃说："那怎么办？你不会让我走着上缅甸吧？"保镖甲说："大哥，只能扔下车走两步了，到前面再看看有没有车。"

刘大侃走下车，转了两圈，无奈地说："好吧，把车上的东西卸下来，抬上它们上路，上路前把这三辆车推到沟里去。"保镖甲问："为什么要推沟里去？"刘大侃看了朱丽雅一眼："你想留下它们给龙大章做路标吗？"

朱丽雅被绑着双手，平静地看着那伙人把车推到了沟里。

神秘的山林，崎岖的山路，刘大侃等人在山林里狼狈地走着，几个浑身是泥的保镖跟跄地给他抬着箱子。朱丽雅被反绑着双手，在保镖们的推搡下慢慢地挪动着步子，保镖甲不停地喊着"快快快"。

刘大侃说："弟兄们，我们已经脱离危险区了，（对保镖甲）去看看有没有可以用的交通工具。"保镖甲向远处望着，似有一辆车的灯光闪了一下。这时，刘大侃的电话响了。他看着手机上显示的"老赫大哥"，痛苦地摇了摇

421

头，眼前出现了过去一幕幕。

神秘人坐在一把硕大的椅子上，盯着跪在面前的刘大侃和大黑猫，把一个奇怪造型的标识交给刘大侃："兄弟，把这个象征着财富的'东北新干线'标识交给你，就等于把我的老根据地和身家性命交给了你。为了'东北新干线'，我失去了兄弟，失去了家人，你不要辜负了我对你的期望。"刘大侃说："老大，你就放心吧，我的命是你给的，你不高兴时可以随时收回去。"神秘人："黑猫，你要协助你大哥把'东北新干线'做得越来越通畅，别忘了入会的誓言。"

山风阵阵，刘大侃的耳边仿佛响起入会时三人共同发出的誓言：我心忠诚，天地可鉴，若有二心，天理不容！

望着无边的夜，看看自己的狼狈相，刘大侃一言不发地把手机扔到水沟里，向着东北磕了三个头。朱丽雅坐在地上，静静地看着刘大侃磕头的方向。

一辆越野车驶了过来，保镖甲跑过去截车，车一点儿没有减速，从保镖甲面前驶了过去，溅了保镖甲一身泥。保镖甲擦擦脸上的泥，指着车骂道："让你掉沟里去！"

西南的银河贯通了东北，神秘人放下手机，一言不发。金疤痫不安地在屋里来回走着："大哥，他不接电话了。"神秘人说："电话通了，这说明刘大侃他们还没被公安控制，但是处境很不好。疤痫，命比钱重要，早做准备，收拾行囊，切断与凤城的一切联系，清除与凤城方面交往的一切通讯工具和痕迹，终止与'东北新干线'有关的一切活动。"

金疤痫问："大哥，武玉鹏怎么办？"神秘人说："让武玉鹏到老三那儿躲些日子吧。一旦龙大章逃脱，第一个要找的人就是武玉鹏。在适当的时候让他消失！"金疤痫说："是。大哥，'东北新干线'就这样没了吗？"

神秘人说："不，俗话说，东方不亮西方亮，老天爷关闭一扇门，也会为你打开一扇窗。刘大侃身在总部，可他掌控的只是一小部分资源，所以他不敢反水，我也不怕他反水。疤痫，我们的时间不多了，抓紧取回鸡血麻神，寻找《辽域地志》的线索，在龙大章回来之前，我们争取全身而退。"金疤痫说："我这就去办。"

金疤瘌跑了出去，神秘人拿起电话，小声地说着什么……

刘大侃等一伙人疲惫地走着，汗水混着泥土，让每个人都有了一张大花脸。朱丽雅双手被反绑着，被保镖乙和保镖丙押着艰难地向山坡上走。两个保镖抬着那个小保险柜沉得龇牙咧嘴。刘大侃示意他们把保险柜放下来。他打开保险柜，把里面的东西付之一炬。

他回头猥琐地推了朱丽雅一下："看吧，你们想要的东西，别想得到。走，磨蹭什么，你那龙哥哥救不了你了。乖乖地听我的话，一呢，少受点儿皮肉之苦；二呢，跟着哥哥我到境外享清福去。"

朱丽雅"呸"了刘大侃一下，一屁股坐在地上："我走不动了！"刘大侃去拽朱丽雅："你今天就是爬，也得给我爬到中缅边境去。"朱丽雅坐在地上，任保镖们打骂，就是不起来。刘大侃掏出手枪，枪口对准了朱丽雅。朱丽雅闭上眼睛："你开枪吧。"刘大侃见朱丽雅毫不畏惧，把枪收了起来，对保镖们说："你们几个，轮流背她。"保镖乙不情愿地说："是……"

一辆车的车灯照亮了刘大侃那扭曲的脸。刘大侃一示意，几个保镖放下箱子，把木头、树枝等杂物快速地横在了路上，人们躲到了树后。那辆家用四轮车驶了过来，车灯照在木头、树枝上。司机停下车，下来搬那些杂物。刘大侃等人冲出来，把司机按倒在地。司机哆嗦地说："你们……你们要干什么？"刘大侃说："干什么？你的车被征用了，老实在这儿待着，或许还能活命，把他捆起来。（向手下人喊）快，把箱子搬上车。"

人们七手八脚地把箱子搬到了车上，保镖乙坐在了驾驶室里，刘大侃上了车，笑嘻嘻地对朱丽雅说："朱丽雅，上车吧？我要请你免费出国了。"朱丽雅挣扎着不上车，刘大侃一努嘴，几个保镖把朱丽雅抬到了车上。刘大侃对司机说："兄弟，你得受点儿委屈了。"他一挥手，保镖丙把那名司机绑在了橡胶树上，将一只臭袜子塞在他嘴里，一些人开始乱哄哄地往车上挤。刘大侃对其余几名保镖用枪一点："你，你……你们八个留下，要是龙大章带人上来，进行阻击！"他们无奈地说："是……"车子启动了，被绑在树上的司机无奈地看着一行人开着他的车远去了。

2

凤城西郊的山路上，一辆越野车怒吼着向碧鸡山冲去，车轮卷得黄泥飞溅。

龙大章表情严肃地坐在驾驶室里，手握方向盘，紧盯着前方。前方是泥泞而崎岖的山路，耳畔是与朱丽雅的过往。龙大章说："我说了，我们一辈子只做战友。"朱丽雅扑过来："我也说了，不行！"朱丽雅含情脉脉地说："我在想，啥时能穿上像这条纱巾一样的婚纱。"想到这儿，龙大章的脚向油门儿踏去……

碧鸡山的山路上，那辆农用四轮车也在加速奔跑着。坐在后车厢的朱丽雅抹了一把脸上的泥，默默地低着头。刘大侃笑眯眯地看着朱丽雅："素梅，不，丽雅，水灵灵的，让人心疼。谁绑的绳子，绑得这么紧，刘哥我给你松开。"

四轮车在一个陡坡处陷进坑里熄了火，保镖甲越着急越打不着火。刘大侃说："检查一下，看哪儿出了毛病。"他一边给朱丽雅解绳子，一边乱摸。朱丽雅气愤地跳下车，倚在后车轮上，并趁着别人忙乱中，在黑夜的掩护下用头上的簪子向后轮胎的气门扎去。

刘大侃走过来："你说你这么好的人当什么卧底啊？跟着你刘哥出国吧。"朱丽雅"呸"地一口唾沫吐在刘大侃脸上。刘大侃刚想发火，农用四轮车的后轮越陷越深，"哧——"的一声没气了。四轮车"咯噔"了几声，停在了路上。

刘大侃和保镖乙慌忙跳下车，仔细地检查着。保镖乙说："大哥，后轮没气儿了。"刘大侃阴沉着脸："朱丽雅，你还得走着了。"朱丽雅走了几步，趁别人不注意，把白纱巾挂在了树上。刘大侃踹了四轮车一脚，一招手，几个保镖骂着把车推下了山涧。

碧鸡山的山路上，龙大章的越野车在颠簸的山路上艰难地行驶着。有一段山路被冲坏了，龙大章跳下车，他发现地面上有着杂沓的脚印和轿车轮迹。

他四处巡视了一下，就发现被刘大侃遗弃的三台轿车。他打电话："报告李局，我在半山腰发现了他们丢弃的汽车，基本可以断定他们是从这条小路上的山……好，我马上跟进。"他用树枝、石头把水沟垫了起来，车子继续前进，就这样走走停停地直奔山上。

顺着龙大章走过的山路，李文勇坐在越野车内，指挥着公安人员和武警战士全速跟进，十几辆车有序前进着。

碧鸡山的丛林里，保镖们埋伏在那里，枪口向山下移动着。一名保镖说："哥，老大这不是让我们白白送死吗？"另一人说："兄弟，这我还不明白吗？可是，我们跟了刘大侃这么多年，还不知道吗？让公安抓住是个死，让刘大侃抓住也是个死……"远远的一辆车灯闪了一下。保镖丁说："别说话了，有车上来了，注意隐蔽，子弹上膛！"

碧鸡山上，刘大侃一行人在深夜的山林里深一脚浅一脚地走着，背着朱丽雅的保镖几次险些摔倒。刘大侃踢了背着朱丽雅的保镖丙一脚："你倒是快点儿走啊，到了别墅，我们就有车了。"保镖丙说："大哥，我实在背不动她了。不信，你试试。"刘大侃又踹了保镖丙一脚："你敢跟老子这么说话了？你是看老子不中用了？"

保镖丙被踹倒在地上。他爬起来说："大哥，这山道……要不就在这儿把她做了算了。"刘大侃说："不行，她是我们的最后一张牌了。再有半个小时就到别墅了，坚持！"几个人喘着粗气相扶着向前走着，朱丽雅故意坐在地上不起来。

一向骄奢淫逸的刘大侃这会儿像丧家犬一样狼狈地逃着命，这出乎他的意料，但是，只要有一线希望，他就幻想着东山再起。

去碧鸡山的山道上，那辆越野车疾驰着，龙大章紧锁着双眉注视着前方。他隐约地听见含混不清的喊"救命"的声音。他停下车，下车警惕地搜寻着。

"救命啊——"那个含混的声音又传了过来。龙大章循着声音望去，看见了被绑在橡胶树上的那名四轮车司机。龙大章把那个被绑在树上的司机解救下来。那司机扯掉堵在嘴里的袜子："快，有人劫了我的四轮车！"龙大章问："往哪儿去了？"那司机向刘大侃他们逃跑的方向一指："那边。他们还劫持了一个女的。"龙大章拿出朱丽雅的照片："是不是她？"那司机拿着照片看："是……"

"砰"一声枪响划破了宁静的夜空。司机拿的照片被打飞了，跟前的树皮被打掉了一块，龙大章立即拉着那司机一起趴在地上，随即掏出了手枪。这时，枪声密集地响起来，龙大章就地一滚，举枪还击。他对吓傻的司机说："快，从那个水沟爬过去，跑下山去给公安报信。"说完，向山坡上打了几枪。那名司机按龙大章的说法，连滚带爬地向山下跑去。龙大章开枪掩护着。

碧鸡山下，车队车灯打出一条亮线，蜿蜒上山，景物依稀可见。李文勇正带着大队人马前进，隐约的枪声划破了夜空。

李文勇焦急地说："快！龙大章有危险，我们全速前进！"越野车溅起泥浆，大队车辆全速向山上冲去。

听到枪声，艰难前行的刘大侃嘿嘿一笑："朱丽雅，你的龙大章果然来了。（向保镖们）快，想活着享福的尽快逃离这个鬼地方。"保镖甲推了朱丽雅一下："快走！再不走老子崩了你！"朱丽雅假装摔倒。保镖甲赶紧把她拉了起来。朱丽雅被人推搡着一步三回头地向山上走着。

枪声停了，保镖们包围过来，提着枪，小心地搜寻着。保镖丁用枪一指："弟兄们，就他一个，打死有功，活捉有赏，上。"

龙大章伏在地上快速移动着，绕过水沟，绕过丛林，悄悄地绕到了保镖丁的后边。当保镖丁领着人合围过去时，龙大章突然出现在保镖丁的身后，用枪顶在他的脖子上："别动，动就打死你！"保镖丁的脸变得扭曲了，突然拔出刀，一个急转身向龙大章刺去。枪响了，保镖丁倒下了。

龙大章用枪点着其余的七个人："你们听好了，你们已经被公安和武警包围了，不想死的，放下武器，向山下走，看见那片车灯了吗？马上就会有人接收你们，听明白了吗？"

一保镖放下枪，对其他人说："弟兄们，投降吧，我们再也不给刘大侃卖命了。他已经把咱们甩了，是让咱们送死的！放下呀，放下呀！"这名保镖首先放下了枪，其他人也慢慢地放下了枪。龙大章用枪指着他们问："告诉我，刘大侃在哪儿？"众人一起向山上指，"上山了""说山上有一栋别墅"……

龙大章说："你们向山下走，不许回头！"保镖们向山下走去。龙大章把八支枪一收，往车上一放，开着车向山上冲去。

3

晨曦初照碧鸡山，龙大章的越野车在崎岖的山路上急速地行驶着。车内，龙大章用焦急而坚毅的目光看着前方。遭遇这帮保镖，更加印证了龙大章的判断，他坚信刘大侃逃跑的方向就是碧鸡山上的那栋别墅。

李文勇领着大批警员，开着经过伪装的军车，穿着迷彩服驱车跟在后边。那名四轮车司机像泥猴一样向军车跑来，边跑边喊："停车！停车！"李文勇一挥手，停下了车。那名司机大口大口地喘着粗气："快！山上打起来了……"

龙大章小心翼翼地走过了一段盘山道，在一个岔路口，车子停了下来。他下车不时地查看路上的脚印。他捡起地上的一块泥巴，仔细看了看，脑海里闪出朱丽雅穿着运动鞋的样子。他跳上车，加速向山上开去。

一棵松树上飘着的白纱巾引起了龙大章的注意。他停下车，把那块白纱巾摘下来，默默地放进了车里。他向山上望了望，又看了看地上的脚印，坐在驾驶室里，车子怒吼着向山上冲去。

一栋老式的二层别墅出现在人们的视野里。保镖甲等人向别墅旁边的一辆吉普车跑过去，其他人跟跟跄跄地跟在后边。

刘大侃滚动着球一样的身体向别墅跑去。可是，里面没有一个人影，只有各种机器和乱扔的几个破桶静静地躺在那里。墙上，挂着一幅骷髅画，下面歪歪斜斜地写着几个字——刘大侃葬身地。刘大侃气急败坏地扯掉那幅画，转身出来，来到车跟前，看见保镖甲正在驾驶室里不停地转动着车钥匙。可是，试了几次，都没有打着火。

保镖甲趴到车底查看，地上到处是漏出的汽油。他两眼失神地看着恼怒的刘大侃，刘大侃一个大嘴巴打在他脸上："人呢？枪呢？毒品呢？你就是这么给我办事的？"保镖甲捶胸顿足地说："大哥，我们完了。我们的人一定是带着武器、卷着毒品跑了！"刘大侃仰天长叹："见利忘义！见利忘义的东西……天要绝我啊！"保镖甲说："大哥，恐怕不是见利忘义那么简单。"

刘大侃眼睛一转，联想到刚才那幅画，顿时气往上涌。他放开喉咙大喊："谁在算计我？有种的出来——"碧鸡山一片回声："出来出来出来……"刘大侃绝望地望着天空，天上有被惊起的鸟飞过，吱吱地叫着。

几个保镖抬着珠宝箱有气无力地走着，一个保镖摔了个跟头，箱子摔破了，里面的古董、奇石、金条、饰品掉得满地都是。刚才还无精打采的保镖们眼睛突然亮了，像打了鸡血一样精神起来。他们扑上去，哄抢着满地乱滚的宝贝和文物……

枪响了，一枪、两枪、三枪……刘大侃用无声手枪像点名一样，还没等那几个抢宝贝的人反应过来，他们就上了西天。保镖丙和乙吓得脸色煞白，慌忙跪在地上，磕头好像鸡啄米。

刘大侃吹了吹冒烟的手枪："好，算你俩聪明。有些人至死都不知道是命重要还是财重要。不要像死了爹妈似的，一会儿就有人给我们送车送枪来了。"

远处传来汽车的马达声。刘大侃手一挥："走吧，该来的总会来的。朱丽雅，想必是你那龙哥带公安的人来救你了，让他给你收尸吧！顺便问一声，你幸福吗？"朱丽雅幸福地点了点头。

刘大侃小声地对保镖甲和保镖丙说："去，劫了那辆车，直达边境，这是我们最后的希望了，不能失手。"保镖甲和保镖丙答应一声，提枪向别墅走去。

那辆越野车向山上冲来，朱丽雅向来的车直摆手。刘大侃对保镖乙说："把她先绑起来，带走！"保镖乙把朱丽雅绑了起来，堵上嘴。刘大侃他们押着朱丽雅，一伙人向林子里退去。

"吱——"的一声，龙大章的车子在碧鸡山上一片原始次生林旁边的旧别墅边停了下来。龙大章跳下车，警惕地向旧别墅搜寻着。他走过旧别墅，看见旧别墅外几具被刘大侃打死的保镖尸体，觉得很奇怪。

他小心地进入旧别墅，旧别墅已经空无一人，地上有多处焚烧物品的痕迹，屋角是一些被扔得乱七八糟的机器零件。他提着枪向二楼走去，还是空无一人。他拿起一个塑料桶看了看，扔掉。突然，两支乌黑的枪口对准了龙大章的脑袋。保镖甲说："龙大章，好小子，大哥说你会来，你还真独自来了。放下枪，举起手来！"

龙大章举起双手，看也没看保镖甲和丙，喊道："刘大侃，我是龙大章！我知道你就在这儿，我知道你们要抓的是我，我可以换回朱丽雅。她什么也不知道，事情都是我做的！"可是，只有屋里的回音，其他一点儿动静也没有。

碧鸡山的森林边，刘大侃在探头探脑地向这边望着。他发现只有龙大章一个人时，嘿嘿地笑了。他对保镖乙说："绕过去看一下，是不是有埋伏。"保镖乙猫着腰向龙大章身后走去又折了回来："大哥，就龙大章一个人，车里没人，山下也没有任何动静。"刘大侃向朱丽雅一瞪眼："把她绑结实，看好了，带过来。我想，我的弟兄们已经得手了。"说完，他戴上墨镜，提着枪从树林里走出来，向那栋旧别墅走去。

4

碧鸡山半山腰，七名保镖举着手向李局长的车队走来，李文勇他们疑惑地列队警戒。一名保镖用手向碧鸡山顶指了指，说明他们是来投降的。几名公安人员过来给七个人戴上了手铐，押走了。

李文勇命令道："王副支队长，你带人快速迂回秘密包围山上别墅一带；张副支队长，你带着车切断山上通往边境的山路；其他人随我来！"几队人马风一样分头向山上围来。

旧别墅里，保镖甲和丙的枪顶在龙大章的脑袋上，三人正在僵持。

刘大侃笑眯眯地上到了二楼：小龙弟，不龙大章。不要命的主，你就不怕我一枪崩了你吗？

龙大章镇静地说："你不会开枪的，打死了我，那辆用密码开启的车你开不走。另外，你知道已经被公安包围了，你还舍不得半世荣华弄个鱼死网破。"

刘大侃走过来："龙大章，我佩服你机智、灵活、有胆量。可是，现在，朱丽雅在我们手上，你是想让她死吗？"他一挥手，两个保镖把绑得结结实实、满脸是泥的朱丽雅推了出来。龙大章平静地说："这事儿跟朱丽雅无关。"刘大侃说："你没有资本和我谈判，我的人现在手指一动，你的命就没了。你毁了我苦心经营二十多年的'东北新干线'，断了我的前程。我二十多年的心血，让你一个毛头小子给毁了。（恶狠狠地）你们，都得死——"

龙大章说："大侃，只要你老实交代你们的核心机密和上线，我们会考虑你的立功表现的。"刘大侃说："你是在糊弄三岁小孩吗？我所犯下的罪，横竖都是个死，可我死之前，得让你和你的心上人殉葬。"龙大章说："那样不是双输吗？公安，已经围山了；边境，已经封锁了。刘大侃，你现在已经众叛亲离了，在我们的包围圈中，快投降吧！"

刘大侃说："我的处境不用你提醒，你的处境你也清楚。我们可以换位思考，各放对方一马，我给你生路，你给我活路。你们跟我干，过去可以既往不咎！"

龙大章说："据我所知，'东北新干线'并不是你的，你充其量不过是一个'店小二'而已。或许，连店小二也算不上。"

刘大侃笑道："你想知道谁是'东北新干线'的掌舵人吗？目前，知道他的一是大黑猫，你要问他，得到那边去问了；另一个是我，我要是死了，你就永远也找不到我那个大哥了！"

龙大章说："刘大侃，你现在唯一的出路就是与公安配合，将功赎罪。"

刘大侃冷笑道："将功赎罪？你知道我犯了多少罪吗？得立多少功能赎回来呀？你既然这般不要命，在我的字典里没有瓦全，只有玉碎，我们都去死吧！"他举起了枪。

朱丽雅痛苦地看着龙大章："大章，你就不该来救我……"这时，有一群鸟从屋顶"扑棱棱"飞过。刘大侃吓得一边隐蔽一边把枪指向了半空。

龙大章知道，那是李文勇领着大批警员在林中急行军惊起的飞鸟。他似乎看到了战士们小心翼翼搜山合围的情景，似乎看到了每一个阔叶林后，都有一双警惕的眼睛在慢慢地移动。想到这儿，他哈哈大笑，笑声穿过屋顶，很多鸟被惊得飞了起来，"喳喳"地叫着。

刘大侃惊恐道："你笑什么？"龙大章说："我笑你这有名的大毒枭，也有贪生怕死的时候。你已经是穷途末路了，还在和我谈条件。"刘大侃恼羞成怒："不识好歹！兄弟们，打死他！"

保镖甲和丙听到后紧扣扳机。在保镖甲扣动扳机的一刹那，龙大章一个缩身，横着一扫，保镖甲倒在地上。枪"砰砰"两声打在了天花板上。刘大侃举枪射击，被后面的朱丽雅用脚一端，跪在地上。龙大章飞身跃起，把刘大侃的枪抢到了手里，保镖丙登时毙命。另两个保镖正要射击，被龙大章一枪一个，也倒在了地上。

龙大章转身跳跃，枪顶在了保镖甲的头上。刘大侃转身想跑，龙大章扯着保镖甲堵在了门口，枪口对准了刘大侃："刘大侃，我说过，你这是第三次用枪对着我，你得死了！"

刘大侃哆嗦了一下："龙大章，你不可能杀我，因为你还有用得着我的地方。"龙大章把枪顶在保镖甲的头上："我先杀了他！"保镖甲吓得一下瘫倒在地上："小龙弟，不，大章，别杀我，我戴罪立功！"

龙大章问："嗯，你想立功？真的？去，把刘大侃铐上。"龙大章用力一推保镖甲，保镖甲就撞在了刘大侃身上，又被刘大侃端出去很远。龙大章随手扔给保镖甲一副手铐，保镖甲在龙大章枪口的指引下，向刘大侃走去。

刘大侃气愤地喊："你个软皮蛋！"保镖甲一脸熊样："大哥，活命要紧啊。"说着，"啪嗒"一声，给刘大侃戴上了手铐。

龙大章指指手铐的另一端："那边给自己戴上吧。就一副，你俩将就着用吧。"保镖甲给自己扣上了手铐，把自己和刘大侃连在了一起。龙大章眼睛盯着两个连在一起的人，一手用枪指着刘大侃，一手给朱丽雅解绳子。

5

下山，方见碧鸡山的路多么曲折陡峭。

朱丽雅开着车，龙大章押着坐在前排的刘大侃和身边的保镖甲，车子在山路上小心地行驶着。龙大章说："丽雅，前面有段盘山路，你要小心啊！"朱丽雅说："没事儿，我也是有三年驾龄的人。"

刘大侃回过头来："小龙，不，大章兄弟，我可是一直拿你当兄弟对待的。你救过我的命，我应该一辈子报答你，可是现在……"

龙大章说："我现在很后悔当初救你。"刘大侃说："我们萍水相逢，却有救命之恩，本来是一辈子的兄弟，我们非得你死我活吗？"龙大章冷冷道："你不仅是我龙大章的仇人，更是全国受毒品、枪支侵害的人的公敌，你要不死，就会有更多人生不如死或死于非命。你说，你不死公平吗？"

刘大侃仍不死心："兄弟，本来，我为你准备了一栋价值八百万的别墅，你就一点儿也不动心吗？"

龙大章说："动心，钱财儿女动人心。我没有可结婚用的房子，没有可以代步的车子，可是，我要通过正当渠道得到它们。"

刘大侃说："天真，你以为住别墅的人有几个是正当渠道得到的？"龙大章反问："你看见他们都有好下场了吗？"

汽车行驶在盘山道上，朱丽雅紧张而小心地打着方向盘。

刘大侃眼睛狡黠地转着："兄弟，那我就不跟你废话了，发晕当不了死，大不了同归于尽！"说完，刘大侃突然去抢朱丽雅的方向盘。车子在盘山路上画着"S"，一次次险些冲下悬崖。车内，朱丽雅惊恐地抓住方向盘，拼命地踩着刹车。

碧鸡山山腰，密林中，李文勇焦急地用望远镜向山上望着，他看了看表："传我命令，前头部队从山林里悄悄地加速冲进别墅！"公安民警跑过来："李局，别墅悬崖边上有一辆车。"李文勇举起了望远镜："李局，是龙大章的车。大章，好样的，他成功了！全速靠近！"

碧鸡山的悬崖边，车终于在悬崖边上刹住了，朱丽雅吓得满脸是汗。龙大章用手一拧，把刘大侃的胳膊掰向了后边，刘大侃疼得直叫唤。

朱丽雅擦了把汗，慢慢地向后倒车。龙大章把绑朱丽雅的绳子拿出来，把刘大侃结结实实地绑在了座位上。车子又向山下缓缓地行驶着。车内，龙大章警觉地看着刘大侃和保镖甲的一举一动。

刘大侃说："龙大章，就是你们抓了我也没用。你有我犯罪的证据吗？"龙大章用手向山下一指："大侃，你看那是谁。刘大侃顺着手望去，见断手的保镖谭四正在仇恨地瞪着他；孔雀一袭黑衣，站在李局长身后，冷冷地瞅着他。"

龙大章冷冷地加了一句："除此之外，还有你在山上没有彻底毁灭的物证以及我拍摄的图像证据。"刘大侃的头顿时低了下去："我认栽了。大哥，我对不起你啊！我没有背叛你，是你太多疑了，他们永远找不到你！"

车子缓缓地在李局长面前停了下来，朱丽雅第一个跳下车。她打开右车门，刘大侃一骨碌掉在了地上。朱丽雅惊讶地说："大章，他咬毒自尽了！"

龙城那处豪华住所，神秘人站在阳台上忧郁地望着西南方，金疤痫默不作声地站在他身后。

神秘人叹道："辛辛苦苦几十年，一夜回到解放前，大西南消停了。"金疤痫说："老大……刘大侃的福享够了。"神秘人说："疤痫，你不要小看那个大侃，他能吃满汉全席，能做私房小炒；能当孙子，也能当爷爷。他是我的兄弟、我的臂膀……现在看来，他并没有单干的意图……不过，这些都不重要了。"

金疤痫问："我们怎么办？"神秘人说："我有辱使命，按日本的传统当剖腹自尽……"他眼睛突然发出凶光："不，我虽然断了刘大侃这一条腿，但我的身躯还在。'东北新干线'要在经济、文化上全面进攻，完成我们大日本前辈不可能完成的事业！我们先撤……"

6

凤城市公安局多功能厅，李文勇和其他领导手捧鲜花站得笔直地等待着，长条桌上摆着丰盛的晚宴。龙大章和朱丽雅背着行囊，一身警服，健步走进屋里。李文勇带头献上鲜花，屋里响起热烈的掌声。

李文勇兴奋地说："龙大章、朱丽雅，今天，我们要隆重欢迎你们——来自东北的缉毒缉枪英雄。九个多月来，你们浴血缉毒，冒险卧底，成功破获了刘大侃集团贩毒案，使全国一百多个贩毒、贩枪组织土崩瓦解。此次行动中，全国共抓获贩毒嫌疑人四千二百七十四名，缴获毒品一千六百三十五公斤、各类枪支五百零五支……凤城市公安局决定为你们秘密请功！下面，请公安厅王厅长为你们颁发特别荣誉证书！"

王厅长颁奖，龙大章敬礼，朱丽雅敬礼。王厅长还礼："向英雄致敬！大章、丽雅，你们给大家讲几句。"

龙大章说："各位领导，请不要给我们请功。因为，是我的疏忽大意，才造成了刘大侃吞毒自尽；是我的侦察不力，使制毒制枪工厂制造出来的毒品、枪支神秘消失；是我能力有限，使幕后的老大不能归案，我请求给我处分。"

李文勇说："大章、丽雅，处分以后再说。"龙大章说："碧鸡山上的制毒制枪团伙突然集体消失，或许并不是保镖所说的跑到境外那么简单，请李局明察。"李文勇说："我们会查找他们的痕迹的。大章、丽雅，你们现在最想做的是什么？"朱丽雅说："我想好好地睡一觉。"龙大章说："我要回家！"

回到住处，已是深夜。朱丽雅在收拾东西，龙大章走出去，向东北的天空望着。天上有无数的星星，一颗流星在天空从西南向东北划过。龙大章席地而坐，双目微闭，双手合十，许下了心愿。

朱丽雅静静地站在了龙大章的身后，他们有共同的心愿。"想家了吧？报纸上说今晚东北能看见二十一世纪最大、最密集的一场流星雨。"

龙大章说："是吗？这九个月像是九年，我真想象不出姜副局长卧底八年是怎么熬过来的。"朱丽雅问："大章，你刚才许的什么愿？"龙大章说："快点儿见到我们的亲人。你说，他们都在干什么呢？"

朱丽雅深情地说："我们就要回去了，我怕……回去，我们就远了。"

龙大章说："不会远的，我们这辈子永远是最好的兄妹加战友。"

朱丽雅用失望的眼神看着他："你还想着她……"她把龙大章拢过来，紧紧地抱在了一起。朱丽雅的眼泪涌了出来，二人一起望着东北方，仿佛听到了熟悉的《鸿雁》。

7

这首《鸿雁》是由白小艺演唱、敖拉倚伴奏的。在敖拉倚家阳台上响起，一直飘到龙城大辽绿都。大辽绿都，这个龙城的标志性建筑的顶上，飞逝的灯光设计就像一颗颗流星落到了这里。酒店十楼的窗前，也有两个人在看流星。

姜美祺说："二十一世纪最大的流星雨……人要是像流星一样就好了。"赵直帆说："那人活着还有什么意思——转瞬即逝。"姜美祺说："人活着不为长短，而是要活出质量，活得光彩。直帆，你能为我而死吗？"

赵直帆说："傻孩纸（子），怎么会问这个问题，那还用说吗？"姜美祺说："那你……给我跳下去！"赵直帆惊道："你疯了？"

姜美祺说："我没疯，你不是口口声声说可以用生命爱我吗？这是十楼，跳下去，我就嫁给你！"赵直帆走到窗前看了看，又回头眼巴巴地望着姜美祺："美祺，说话算数。我先走一步了。"他一下子从窗户翻了出去，姜美祺惊愕地向窗外望去。

敖拉倚和白小艺停止了演唱，静下心来等待着流星雨，连续的流星从天上飘来，谁不想一睹它的风采呢？白小艺用手一指："敖拉姨，又是一颗。"敖拉倚一瞥："什么又是一颗，那是你姜爸扔的烟头。"二人大笑后，白小艺说："敖拉姨，难得你今天这么高兴，作首诗吧？"敖拉倚说："好。"她酝酿了一下情绪，一首诗随着流星而落："我，曾是一颗流星，燃烧在思恋的大气层。那转瞬即逝的白光，就是我闪烁的生命……"

白小艺说："为什么要活在思恋中呢？我……我，想爱就爱，想恨就恨。"敖拉倚低沉地说："我也想像我的裙子一样蓝白分明，可是，在这个多彩的世界，我做不到。"白小艺问："敖拉姨，你为什么总爱穿蓝色的裙子呢？"

敖拉倚说："因为我是契丹人的后裔。"白小艺说："历史课本上不是说契丹族早就消亡了吗？怎么能证明你是契丹族的后裔呢？"敖拉倚说："这说来话长了。首先是专家们在四川乐山取到了契丹女尸的腕骨，再从内蒙古自治区赤峰市取到了有墓志为证的契丹人牙齿、头骨，然后再对古标本的牙髓和骨髓中提取的线粒体做DNA分析，确认我为契丹族的后裔。"

白小艺说："听着挺复杂、挺吓人的。敖拉姨，你很在意你的出身吗？"

敖拉倚点头："是的，有句话叫作'富不过三代'，还有一句话'没有三辈子培养不出一个贵族'，而我的家，持续了近千年的繁盛，那就是因为我们的执着……"

一辆黑色的宝马车在黑夜中奔驰着，车内的人顾不上看外面的流星雨。神秘人皱着眉头，金疤癞也垂头丧气。前面一辆车挡在路上，一个黑大个从车里出来，走到宝马车跟前，敲敲车窗，打开车门，上了宝马车。

神秘人问："老三，你来接我？"黑老三说："大哥，都查清楚了，凤城方面全军覆没，刘大侃吞毒自尽，涉及核心机密的那个保险柜被大侃烧了，公安并没有得到有关你的任何证据。"神秘人长出了一口气："唉——刘大侃有良心，看来，他真的没有背叛我，都是那个大黑猫挑的事儿。那两个小警察呢？"

黑老三说："听说还在凤城。大哥，据我们的人说，我们的兵工厂和制麻车间似乎是被我们自己的人收拾的。"神秘人惊道："有这事儿？凤城的水我也不知道有多深多浅了。"黑老三点了点头。

金疤癞问："大哥，凤城那边的残局怎么收拾？"神秘人说："倾巢之覆，安有完卵，不用收拾了，这条道断了……销毁一切与凤城相关联的痕迹，夹起尾巴，等待时机。"他拿起一本古书，自言自语道："龙城的明天会是什么样子呢？又要起风了，打道回府！"金疤癞一惊："大哥，这时回龙城？"

神秘人点了点头："仓皇出逃，不是我的性格。这么好的流星雨，我想再看看。"车子杀了个回马枪，神秘人向窗外望去，西南，似有流星划过天际。

回到那处豪华住所，神秘人走上阳台向西南望着，金疤癞默默地走了过来："大哥，你似乎心情不好……我们……必须这么执着吗？"神秘人说："疤癞，听口气你有点儿气馁了，你要退却？按你的理解，我们现在不缺吃、不少穿，也该知足了。我也知道，人不能把钱带到棺材里，钱却可以把人带到棺材里。但是，人要有信仰，我的信仰就是'东北新干线'。"

金疤瘌迟疑道："可是，我们的'东北新干线'已经不行了……"

神秘人说："那是你的理解，我说过，东方不亮西方亮，'东北新干线'还会东山再起的。只是，经营方式要改变了。我们要向正经生意进军，洗白我们的黑钱。"

金疤瘌说："正经生意多么难做啊！"神秘人说："那也得做。"

8

凤城大街，多彩的灯影里，一曲《彩云之南》正在回响。龙大章、朱丽雅和李文勇欣赏着凤城的城市风光。

龙大章说："来了这么久，今天才真正有心情欣赏这里的美景。"李文勇说："凤城好玩儿的地方还有很多，我们已经安排你们在这里玩儿几天再回去，你和丽雅就算旅行结婚了。"

朱丽雅开心道："太好啦，多年以前，我就向往能到这个少数民族聚集的地方，在歌舞声中举行我们的婚礼。"龙大章说："锦城虽云乐，不如早还乡。李局，我们的亲人不知道多么担心我们呢。况且，我和丽雅只是战友。"

李文勇疑道："只是战友？"龙大章点头："我们的工作就得舍小家、顾大家，舍自家、顾国家，舍小爱、顾大爱。我现在还顾不上谈个人感情……"

朱丽雅"哼"了一声，跑出很远，不理龙大章。

龙大章说："李局，我们还会来的。因为，清除'东北新干线'是我们共同的责任。目前，制毒制枪的那伙嫌犯还没有找到，'东北新干线'的核心还没有找到，我们的鸡血麻神也还没有找到。"

李文勇说："我们会继续深挖的，一有消息就通知你们。不过，你们的事儿也该考虑了，不然，让丽雅情何以堪啊。"龙大章说："多谢李局，今晚我们就要踏上归程，希望我们还能并肩战斗。"

晨昏飞度，一辆黑色的轿车停在了机场停车场，李文勇从驾驶室里出来，从后备厢里拿出两个拉杆箱。龙大章和朱丽雅从车里走出来，和李文勇握手道别："李局，我们现在是归心似箭。我们还会来的，因为，'东北新干线'还没有彻底清除，新的犯罪还在酝酿，今后的路或许更加艰险。希望你到塞外做客，我们会用热情火辣的蒙古族舞蹈欢迎你。"

孔雀远远地跑过来，向朱丽雅招手："小龙、素梅，不对，叫大章和丽雅，你们要回去也不告诉我一声，给你们的饯行宴都安排好了。"朱丽雅说："孔姐，来不及了，（指龙大章）那位已经归心似箭了。"孔雀说："大章、丽雅，是你们让我结束了不人不鬼的日子，我该怎么感谢你们呢？"

朱丽雅与孔雀相拥泪下："孔姐，我特别爱看你跳的孔雀舞，你能再给我们跳一次吗？"孔雀点头："好吧。"李文勇打开了车上的音响，孔雀跳起了孔雀舞。她今天跳得格外轻松、欢快，那欢快的旋律在机场停车场回荡……

夜幕下，一架波音737飞上了天空，李文勇和孔雀仰头看着，孔雀眼中的泪涌了出来。龙大章和朱丽雅并排坐在机舱里，向凤城的夜空回望。夜晚的凤城像一只起飞的凤凰，拖着一条条长长的灯火金线。龙大章说："丽雅，我们要到北京了，你不提前告诉家里一声吗？"朱丽雅说："早告诉了。你呢？"龙大章说："我，不，我要给我的亲人、朋友、同事、同学一个惊喜……"

晨光中，龙大章和朱丽雅拉着拉杆箱向北京北站走去。晚霞中，龙大章和朱丽雅坐在北京开往龙城的列车上。

朱丽雅倚在龙大章身上，喃喃地说："以前，朝思暮想完成任务早点儿回去，现在，我多么希望向师傅一样，论持久战……"

龙大章说："丽雅，无论在哪儿，我们都是最好的兄妹、战友，我一辈子都会感激你的。"

朱丽雅将脸扭过去，看着车窗外连绵的远山，不再说话。她感觉到，一回到龙城，她再也不能靠在这个坚实的肩膀上了，迎接他们的将是一场新的战斗。